AUERBACH & AUERBACH

Ein neuer Fall
für Pippa Bolle

*Tödlicher
Bienenstich*

Ullstein

Besuchen Sie uns im Internet:
www.ullstein-taschenbuch.de

Originalausgabe im Ullstein Taschenbuch
1. Auflage März 2018
2. Auflage 2018
© Ullstein Buchverlage GmbH, Berlin 2018
Umschlaggestaltung: bürosüd° GmbH, München
Titelabbildung: Michael Sowa/Motiv »Biergarten«
Satz: LVD GmbH, Berlin
Gesetzt aus der Sabon
Druck und Bindearbeiten: CPI books GmbH, Leck
ISBN 978-3-548-29021-8

Für Irma und Heike,
Leserinnen der allerersten Stunde

Personenliste

Pippas Team

Pippa Bolle	hütet Bienen und tritt dabei in ein Wespennest
Freddy Bolle	Pippas Bruder und bester Freund
Karin Wittig	Pippas beste Freundin
Sven Wittig	Pippas Patensohn, Computernerd
Effi Bolle, Hetty Wilcox, Ede Glasbrenner, Käthe Kasulke, Miriam ...	Familie und Nachbarn der Transvaalstraße 55, für Pippas Wohl zu allem bereit
Morris Tennant	Pippas Freund, leider in Cambridge
Jodokus Lamberti	Bankier a. D. mit Kochhobby und Tatendrang
Ilsebill Lamberti	Gattin mit Hobbykoch und Bremsklotz

Das Pro-Natur-Forum und seine Anhänger

Thilo Schwange	spätberufener Bienenzüchter
Kati Lehmann	die Lieblichste der Lieblichen
Bodo Baumeister	säße gern am Stammtisch
Ursula ›Uschi‹ Findeisen	Tante Emma auf Rädern
Jonathan Gardemann	Arzt für jede Spezies
Letizia Gardemann	sitzt am Fenster zur Welt
Natascha Klein	›Haar-Klein‹ auf der Höhe
Lilo Kraft	Biobäuerin mit nichtsnutzigen Onkeln
Pfarrer Kornelius Michel	hält mehr als eine Gardinenpredigt

Die Neustart-für-Lieblich-Liga und ihre Sympathisanten

Arno Passenheimer	Patriarch und Stammtischhocker Nr. 1
Margot Passenheimer	seine Schwiegertochter, mit Arno im Geize vereint
Max Passenheimer	arbeitet unter Druck an Lieblichs Computeraufzucht, -hege und -pflege, Stammtischhocker Nr. 5
Gila Passenheimer	seine geliebte Frau, nimmt den Druck raus

Klein Martin Passenheimer	ihr Sohn, drückt Katze Luzie
Nicolai »Nico« Schnittke	begnadeter Hacker in Lieblichs Cyber-Garten
Rüdiger Lehmann	Forstoberinspektor a. D. und Katis Cousin
Hans Neuner	Lilos Faulpelz Nr. 1 und Stammtischhocker Nr. 2
Franz Neuner	Lilos Faulpelz Nr. 2 und Stammtischhocker Nr. 3
Eveline Berlinger	Allroundtalent mit Schafherde und Schäferstündchen
Gisbert Findeisen	Ursulas Mann und Stammtischhocker Nr. 4 – leider tot
Agnes Freimuth	Wirtin des Gasthauses ›Zum verlorenen Schatz‹
Upper Crust Food Company/UCFC	hat Pläne mit Lieblich
Regina Winterling	Unterhändlerin der Firma, erklärt die Pläne

Immer präsent, aber nie da

Elsie Neuner	zum Zigarettenautomaten gegangen
Tacitus Schnapphahn	hält Lieblich seit hundert Jahren in Atem

Pfarrer Ludwig Michel	hielt viel von leben und leben lassen
Amanda und Jeremias Klein	lebten und liebten eine Legende

Liebliche Ermittler

Kriminalmeister Kaspar Röhrig	Freund und Helfer der ersten Stunde
Polizeihauptkommissar Wolfgang Schmidt-Daubhaus	im Rheingau, der Liebe wegen
Theo Bahlke	Winzer mit Hang zu höheren Lagen

Prolog

Durch das Fenster der Gaststube konnte man sehen, dass der Schnee in dicken Flocken vom Himmel fiel. Regina Winterling hörte das Schaben eines Schneeschiebers, mit dem jemand den Eingang des Gasthauses ›Zum verlorenen Schatz‹ freischaufelte, zum dritten Mal an diesem Abend.

»Hat der Wintereinbruch viele Leute davon abgehalten, heute Abend herzukommen?«, fragte sie den Ortsvorsteher.

Gisbert Findeisen sah sich im Schankraum um und stellte mit Befriedigung fest, dass bis auf ein paar Kranke und die ganz kleinen Kinder samt ihren Babysittern das ganze Dorf seiner Einladung gefolgt war; jede Familie war vertreten. Sogar Margot Passenheimer war da. Kein Wunder, sie konnte mit der Entscheidung des heutigen Abends ja auch einiges gewinnen.

»Keine Angst, so ein bisschen Puder hält unsereins nicht vom Ausgehen ab. Schnee sind wir gewohnt, da muss es schon schlimmer kommen. Außerdem treibt die Neugier die Leute schneller vor sich her als der Winterwind.« Er wies auf einen runden Tisch mit sieben Stühlen in der linken hinteren Ecke des Raumes, vor fünf dieser Stühle stand auf dem Tisch jeweils ein Fähnchen mit einer Nummer. »Alle wissen um die Wichtigkeit dieser Veranstaltung. Sogar der Stammtisch rückt zusammen, um Platz für weitere Zuhörer zu machen. Ein denkwürdiges Ereignis. Wir fünf bleiben sonst lieber unter uns«, sagte er.

Er erwähnte nicht, dass die beiden Männer, denen ein Sitzplatz zugestanden worden war, die nächsten Anwärter auf eines der Stammtischfähnchen waren. Bodo Baumeister und sein bester und treuester Freund Rüdiger Lehmann würden nachrücken, falls es einem aus der Runde irgendwann nicht mehr möglich war, seinen Stuhl täglich zu benutzen.

»Heißt das, es sind alle da?«, fragte Regina Winterling nach. »Und wir können endlich anfangen?«

Gisbert Findeisen wurde immer ein wenig nervös, wenn sie das Wort an ihn richtete. Geschäftsfrauen wie sie, elegant, weitgereist und sprachgewandt, erinnerten ihn daran, dass er als Ortsvorsteher der 333-Seelen-Gemeinde Lieblich lediglich ehrenamtlich die Geschicke leitete. Es gab einfach nicht genug zu tun.

Er wagte ein Lächeln in Reginas Richtung. Genau das würde sich mit dem heutigen Abend ändern. Wenn alles lief wie geplant, würde in Lieblich bald wieder der Wohlstand einziehen, und er war fest entschlossen, dafür zu sorgen, dass keiner der Dorfbewohner je vergaß, wem er das zu verdanken hatte. »Ja, ich denke, wir können anfangen. Es fehlen nur Nico, der Auszubildende der Passenheimers, der vorm Computer sitzt, meine Großmutter Letizia, auf deren Meinung wir gerne verzichten können, und meine Uschi, aber die muss heute Nacht dafür sorgen, dass meine Fischteiche nicht zufrieren.«

»Nun, ich gehe doch davon aus«, sagte Regina Winterling und ließ dabei eine Hand vertraulich auf dem rechten Unterarm ihres Gesprächspartners ruhen, »dass Ihre Frau Ihnen ohnehin in allem folgt, richtig?«

Gisbert Findeisen blieb die Antwort schuldig, wandte sich dem Publikum in der Gaststube zu und bat um Ruhe. Dann richtete er das Wort an die Gemeinde, genau in der Art und Weise, wie er es mit Regina Winterling seit Tagen geübt hatte.

Na, geht doch, dachte seine Hoffnungsträgerin, lächelte, als sie vorgestellt wurde, in alle Richtungen und schaltete ab, während Findeisen den Bewohnern Lieblichs erklärte, wie das Vorhaben der *Upper Crust Food Company* und ihrer Projektleiterin im Einzelnen aussah. Die Worte Klimawandel, Versuchsfelder, Rettung des Rieslings drangen an ihr Ohr. Je mehr der Ortsvorsteher erzählte, je mehr Versprechungen aus seinem Munde kamen, desto vehementer konnte sie später, falls sich unerwarteterweise doch alles anders entwickelte als heute Abend entworfen, mit gutem Gewissen behaupten, derartige Auskünfte nie *selbst* gegeben zu haben, und dies bis in die letzte richterliche Instanz beschwören.

»Unser Dorf ist regelrecht ausgeblutet, seit uns die Verdienstmöglichkeiten genommen wurden. Die Abwanderung von Familienangehörigen, die aus der Ferne Geld nach Hause schicken, lassen uns unsere ausweglose Situation bitter spüren. Wir haben nicht nur eine Durststrecke durchwandert, sondern mussten jahrelang den fortschreitenden Verfall unseres lieblichen Lieblichs mit ansehen«, fasste der Redner die dörfliche Situation so dramatisch wie möglich zusammen. »Aber jetzt gibt es nicht nur Licht am Ende des Tunnels, sondern auch wieder Arbeit für alle. Unser Ort wird in neuem Glanze erstrahlen. Putzt eure Pensionszimmer, öffnet eure Geschäfte wieder, bringt das Hotel auf Vordermann – bald werden wir in aller Munde sein. Und das im wahrsten Sinne des Wortes: mit Riesling aus Lieblich! Und damit übergebe ich jetzt das Wort an die Projektmanagerin der *UCFC*, der *Upper Crust Food Company*, mit der ich im Vorfeld alle strittigen Fragen gewissenhaft erörtert habe.«

Gisbert Findeisen legte eine kurze Pause ein, um seinen letzten Worten Gewicht zu geben. »Uns erwarten goldene

Zeiten. Und wie das geschehen wird, das sagt euch nun Frau Regina Winterling!«

Die Blicke aller richteten sich auf die Unterhändlerin.

In den Augen einiger Männer konnte sie Skepsis lesen. Zieht euch warm an, Messieurs, wenn ihr glaubt, eine Frau ist nicht die Richtige für diesen Job, dachte sie amüsiert. Euch stecke ich mit Leichtigkeit in die Tasche.

Einer der Stammtischbrüder, vor dem die Fahne mit der Nummer 2 stand, spielte ihr direkt in die Hände: »Hans Neuner mein Name, ich wüsste gerne, welche Position Sie in der Firma einnehmen und ob eine zarte Frau tatsächlich genug Durchhaltevermögen für so einen Riesenjob hat.«

Danke, dachte Regina Winterling, dass du mit diesem Einwurf schon mal alle Frauen auf meine Seite treibst. Jetzt kann ich demonstrieren, wie leicht Männer wie du vom Thema abzulenken sind. Sie lächelte erst dem Stammtisch, dann der gesamten Zuhörerschaft gewinnend zu. »Bevor ich ausführlich auf diese Frage eingehe, möchte ich dafür sorgen, dass jeder von Ihnen in aller Ruhe zuhören kann und nicht auf halber Strecke verdurstet. Deshalb erst einmal«, sie drehte sich zur Theke und riss filmreif die Arme in die Höhe, »Saalrunde!«

Der Applaus und das Gelächter der Anwesenden wurden von Fragen wie »Reden wir von Flaschen?« und »Wein oder Schnäpsje?« unterbrochen. Regina Winterling nickte den Sprechern zu: »Wein *und* Schnaps und selbstverständlich Flaschen. Auf jeden Tisch, zur Selbstbedienung. Die Kellnerinnen sollen schließlich auch zuhören können.«

»Unter den Umständen rolle ich gleich Fässer rein«, schlug die Wirtin vor und grinste. »Niemand soll sagen, dass wir auf Ansturm nicht vorbereitet sind.« Während Agnes Freimuth und ihre Kellnerinnen in Windeseile Flaschen und saubere Gläser auf den Tischen verteilten, lobte die Projektleiterin leise den Ortsvorsteher. »Ich bin beeindruckt, sehr schön haben Sie das gemacht. Ich denke, der Boden ist bereitet. Jetzt kann ich säen.«

Gisbert Findeisen nahm sich vor, den Satz beim nächsten Stammtisch selbst zu benutzen und hinzuzufügen: »… und wir alle können ernten.«

Auf ein Zeichen der Wirtin hin erhob Regina Winterling ihr Weinglas und prostete den Gästen zu, ohne selbst zu trinken. Sie dankte ihrem Vorredner für die gute Zusammenarbeit in den letzten Wochen und warf dann ihren Köder aus. »Meine sehr verehrten Damen und Herren, verehrte Liebliche, meine Firma, die *Upper Crust Food Company*, hat lange nach *dem* idealen Standort für unsere Testlabore und Versuchsfelder gesucht. Dafür wurden europaweite Studien in Auftrag gegeben und weder Kosten noch Mühen gescheut, aber für mich war immer klar: Ich will nach Lieblich, ich will auf den Wispertaunus und somit in den eher unbekannten und deshalb noch unberührten Teil des Rheingaus. Ich will in die Wiege des Rieslings.«

Regina Winterling machte eine Kunstpause, hob ihr Glas und drehte es so, dass das Licht einer Kerze auf dem Regal hinter ihr die Flüssigkeit darin zum Schillern brachte. Es wurde still im Raum, während sie so tat, als nähme sie einen Schluck und spürte dem Geschmack des Weines nach, dann nickte sie anerkennend und stellte das Glas vor sich auf einen Tisch.

»Die *UCFC* und ich, wir könnten natürlich auch nach Rheinhessen, also auf die andere Rheinseite hinübergehen. Ein Investitionsvolumen von fünfundzwanzig Millionen Euro, etwaige EU-Mittel nicht eingerechnet, ist überall willkommen.« Regina Winterling schnippte ein imaginäres Staubkorn vom Revers ihres Businesskostüms und wartete, bis das Raunen über die Zahl abgeebbt war. »Die Geschäftsführung hatte ihr Augenmerk bereits auf eines der kleinen Weindörfer geworfen, die sich rund um den Donnersberg scharen.« Nun suchte sie erneut den Blickkontakt mit der Menge. »Dort ist, wie Sie alle wissen, die Infrastruktur um einiges einladender als hier oben. Die schnelle Anbindung an Autobahn und Schiene in Rheinhessen hat zweifelsohne den undurchdringlichen Wäldern und den kurvenreichen Landstraßen entlang der Wisper und des Rheins einiges voraus. Wenn also hier und heute, an diesem entscheidenden Abend, von Ihnen, meine sehr verehrten Lieblichen, kein eindeutiges Votum für dieses bahnbrechende und für alle überaus lukrative Projekt gefunden wird, dann wird die *UCFC* mit ihren breiten Schultern zucken und sich in die geöffneten Arme jenseits des Rheins werfen. Ich allerdings werde mehr als eine Träne zerdrücken, denn für mich und die mir zuarbeitenden Experten im Hintergrund ist der Luftkurort Lieblich oberhalb des Wispertals tatsächlich die erste Wahl. Und warum, werden Sie sich berechtigterweise fragen, warum ist das trotz aller Mängel der Fall? Weil dieser Ort so viel idyllischer liegt oder bessere Luft zu bieten hat als seine Konkurrenten auf der anderen Rheinseite? Ganz sicher nicht.« Regina Winterling beugte sich vertraulich vor. »Ich will Ihnen den Grund verraten. Einen sehr persönlichen Grund.« Sie richtete sich wieder zu voller Größe auf und beglückwünschte sich dabei innerlich, dass sie sich an diesem Abend für die neun Zentimeter hohen High Heels entschieden hatte. Sie gaben ihr nicht nur einen guten Überblick über den gesamten Gastraum, sondern ließen sie auch ein wenig größer erscheinen als den Dorfvorsteher an ihrer Seite. »Ich, Regina Winterling, bin Ihrem Ort verbunden, seit ich vor vielen Jahren als Knirps mit meinen Eltern aus dem qualmenden Ruhrpott immer wieder herkam, um meine Lunge durchpusten zu lassen. Ich kenne die Wirkung der guten Luft hier oben und ich weiß, wie kräftig die Sonne hier auf die Felder und Wälder strahlt, bin ich doch als Kind selber dort herumgestrichen. Mit Lieblich sind meine besten und gesündesten Kindheitserinnerungen verknüpft – und deshalb möchte ich Ihnen etwas von der Lebensqualität zurückgeben, die mir durch Lieblich geschenkt wurde. Ich will mich für Sie alle einsetzen, wie Lieblich sich für mich eingesetzt hat.«

Regina Winterling hatte diese Sätze so oft vor dem Spiegel geprobt, dass sie die rührende Geschichte inzwischen fast selbst glaubte und sich ehrlich freute, in den meisten Gesichtern vor sich echten Respekt lesen zu können. »Es dauert mich, dass das kleine Hotel, in dem ich jedes Frühjahr wieder zu Atem kam, seit Jahren geschlossen ist und die Pensionszimmer aller anderen Anbieter leer stehen. Es tut mir leid, dass Sie für einen Arztbesuch meilenweit fahren müssen und ein Krankenwagen über zwanzig Minuten braucht, um durch das Tal bis zu einem Notfall vorzustoßen. Mich bedrückt, wie die Geschäfte eines nach dem anderen für immer die Tore schließen mussten, und dass jeder, der heute Abend hier sitzt, für einen Liter Milch und eine Scheibe Brot die lange und kurvenreiche Strecke bis hinunter nach Lorch am Rhein fahren muss und so nicht nur wertvolle Lebenszeit vergeudet, sondern auch unsere Umwelt mehr als nötig belastet; eine Umwelt, die doch das größte und höchste Gut Ihrer Heimat ist. Kurzum, mich bekümmert, was aus Lieblich geworden ist, diesem traditionsreichen, geschichtlich bedeutsamen Ort, dessen Bewohner aus jeder Situation das Beste für sich herauszuholen wussten, einem Ort, der für mich einst das Paradies bedeutete und der auch allen anderen bot, was man sich nur wünschen konnte.« Regina Winterling unterdrückte ein Lächeln, als sie sah, wie sich einige der Stammtischhocker bei diesen

Worten zunickten, die Gläser in ihre Richtung hoben und ihr zutranken.

Das läuft ja wie geschmiert, dachte sie. Dann will ich die Falle mal zuschnappen lassen. Die Unterhändlerin der *UCFC* holte tief und vernehmlich Luft, um so noch einmal an die alten Zeiten Lieblichs als Lungenheilort zu erinnern, und legte dann die rechte Hand auf ihr Herz. »Dass ich heute vor Ihnen stehen und reden kann, ohne zu husten, weil meine Lunge gesund und kräftig ist, das verdanke ich Ihnen. Lieblich hat aus einem mickrigen kleinen Mädchen mit Pseudokrupp eine tatkräftige, enthusiastische Frau gemacht. Eine Frau, die weiß, was dieser Ort für sie getan hat, und die jetzt willens und in der Lage ist, das Geschenk ihrer Gesundheit zu vergüten. Geben Sie mir die Chance, mich zu bedanken. Lassen Sie mich Lieblich zu dem zurückführen, was es einst war: ein blühender Ort in sauberer Umwelt mit Arbeitsplätzen, die die Existenz aller hier wohnenden Familien sichern können. Stimmen Sie heute für ein reiches, ein prosperierendes Lieblich, damit der Ort, der einmal der kleinste, aber feinste Luftkurort Deutschlands war, bald der einzige Ort in dieser Höhenlage wird, wo bester Riesling geerntet werden kann! Lassen Sie die *Upper Crust Food Company* hier ihre Versuchsfelder und Labore anlegen. Bringen Sie mit uns Lieblich zurück auf die Landkarte des Wohlstandes!«

Der Ortsvorsteher neben ihr klatschte eine Sekunde zu früh los, aber Regina Winterling verzieh es ihm, denn er riss den größten Teil der Zuhörer mit seiner Begeisterung mit. Sie verneigte sich kurz und klatschte dann ihrerseits den Bewohnern zu, als wären sie es, die gerade diese wohlgesetzte Rede gehalten hatten. Dabei erfasste sie mit einem Blick, wer nicht applaudierte. Die drahtige, überaus hübsche junge Frau, die bei ihrem Eintreffen Klavier gespielt hatte und während der gesamten Zeit ihrer Rede auf dem Hocker hin und her geschaukelt hatte, erschien ihr besonders gefährlich, weit mehr noch als der Pfarrer mit den niedlichen Grübchen und dem dunkelbraunen Wallehaar. Der erinnerte sie an den Teddybären, den sie in ihrer Kindheit an einem Baum aufgeknüpft hatte, um zu sehen, welches der Nachbarskinder den Mut hatte, die gefährliche Kletterpartie auf sich zu nehmen, um ihn zu retten. Und diese Frau dort mit dem Kurzhaarschnitt und dem karierten Holzfällerhemd hatte sie erst aus Augen wie Schlitzen angesehen, um dann dankenswerterweise bei der Hälfte ihrer Rede vernehmlich zu gähnen und einfach einzuschlafen. Besser so, dachte Regina Winterling, diese Frau riecht nach Naturschutz. Solche Leute sind hungrig nach Diskussionen statt nach Lösungen, und für derlei Spielchen bleibt keine Zeit, wenn der Bauer schon im Märzen seine Rösslein anspannen und die ersten Versuchsfelder anlegen soll. Alles Notwendige in nur drei Monaten abzuwickeln, würde auch so ihren ganzen Einsatz erfordern, darum musste sie heute zu einem Ergebnis kommen.

Während ihr Publikum noch klatschte, raunte sie Findeisen zu: »Ich hoffe, Sie sind mit mir zufrieden? Ich denke, wir haben die Mehrzahl der Dörfler überzeugt. Vielleicht bis auf die Kleine da drüben am Klavier.«

Gisbert leckte sich nervös die Lippen. »Das ist Kati, Kati Lehmann, seit sieben Jahren in Folge die Organisatorin und Repräsentantin unseres jährlichen Traditionsfestes, der Schnapphahnkerb, außerdem Kusine meines Freundes Rüdiger und studierte Gartenbauingenieurin.« Sein Gesicht verfinsterte sich: »Leider befindet sie sich derzeit auf Abwegen.« Er wies mit dem Kopf zur Eingangstür, in deren Rahmen ein Endvierziger lehnte, der exakt in Reginas Beuteschema passte: wettergegerbt, durchtrainiert, Hugh-Grant-Tolle, und mit genau der Prise Lässigkeit ausgestattet, die eine beinharte Professionalität überdeckte. Sie lächelte gewinnend zu ihm hinüber und setzte den Mann ganz oben auf ihr Unterhaltungsprogramm für die Tage, die sie in Lieblich verbringen musste, bis das Projekt von alleine lief. Für ein gemeinsames Candle-Light-Dinner würde er allerdings auf sein abscheuliches, gelb-schwarz kariertes Halstuch verzichten müssen.

Blitzschnell fanden ihre Augen den Weg zurück zu Kati Lehmann, die ein identisch aussehendes Accessoire trug. Wenn diese junge Frau glaubte, dass sie und das Schokoladenstück an der Tür eine dauerhafte Einheit bildeten, würde Regina sich die Zeit damit vertreiben, das Stück Stoff um Katis Hals so festzuziehen, dass dem Mädchen Lieblichs sprichwörtlich gute Luft ausging.

Mit einem Lächeln zwang Regina Winterling sich zu Aufmerksamkeit, denn ihre zukünftige Konkurrentin fragte gerade: »Verstehe ich das richtig? Hier oben bei uns, auf fast vierhundert Meter Höhe, sollen Rebflächen entstehen, auf denen der Riesling den Gegebenheiten des Klimawandels angepasst werden soll? Wo Züchtungen wachsen werden, die den steigenden Temperaturen trotzen und Weine wie entlang des Rheins hervorbringen?«

»Ich hätte es nicht besser zusammenfassen können«, bestätigte die Unterhändlerin der *UCFC*. »Wir möchten erhalten, was der Rheingau der Welt schenkt: säurebetonte Weine von einer Güte, wie sie heute noch – aber eben nicht mehr lange – in den Niederungen von Wiesbaden bis Lorch produziert werden. Wir wollen ein Bollwerk schaffen gegen ...«

»Werden die Versuchspflanzen genmanipuliert sein?«, unterbrach Kati unbeirrt Reginas Redeschwall, so als hätte diese überhaupt nicht geantwortet.

In Gedanken zog Regina Winterling das Halstuch ihres Gegenübers noch ein wenig fester zu und sicherte es mit einem Doppelknoten. »Nun, sehen Sie, wir werden alles in unserer Macht Stehende ...«

»Wissen Sie, Frau Winterling«, unterbrach sie dieses Kind doch tatsächlich noch einmal. »Mein Partner Thilo Schwange und ich«, Kati zeigte auf den Mann im Türrahmen, »wir züchten Bienen, und Bienen brauchen gesunde Pflanzen, um die Arbeit zu tun, die uns allen das tägliche Brot sichert. Nur durch gesunde Bienen gibt es Nahrung für uns alle. Gesunde und bezahlbare Nahrung. Das dürfte aber nicht gerade das Hauptziel einer Biotechnologie-Firma wie *UCFC* sein, die sich *Upper Crust* nennt, also bereits im Namen ihr Ziel verdeutlicht, eher für die oberen Zehntausend zu produzieren.«

»Was unterstellst du Frau Winterling da, Kusinchen?«, fragte Rüdiger Lehmann ungehalten. Er war offenbar fest entschlossen, seinem Freund Gisbert beizustehen. »Die Frau bringt uns den Wohlstand zurück, und da redest du von Thilo Schwanges winzigem Betrieb?«

»Ein Betrieb, aus dem niemand außer Thilo und dir Gewinn zieht«, übernahm der Ortsvorsteher wieder das Zepter und nickte dabei Rüdiger Lehmann anerkennend zu. »Regina Winterling hingegen bietet uns allen«, er machte eine ausladende Geste, die sämtliche Gäste des Schankraumes umfasste, »uns allen, hörst du, eine bessere, was sage ich, eine goldene Riesling-Zukunft.«

»Du meinst also, Arbeitsplätze sind mehr wert als das tägliche Brot? Sollen die Menschen ihre Sparbücher essen, wenn alle Bienen tot sind?«, fragte Kati nach.

Gisbert Findeisen zog wütend die Luft ein, wurde aber einer Antwort enthoben, weil der Stammtischbruder mit der Nummer 2 lospolterte: »Jetzt bleib aber mal auf dem Teppich, Kati. Du kannst doch nicht ernsthaft glauben, dass ein paar schwarzgelbe Brummer mehr oder weniger das Bestehen unserer Nahrungskette gefährden! Schließlich haben wir schwer arbeitenden Bauern da auch noch ein Wörtchen mitzureden.«

Kati Lehmann stand auf und stemmte die Hände in die Hüften. »Schwer arbeitende Bauern? Zum Arbeiten habt ihr, du und dein Bruder, doch gar keine Zeit. Ihr müsst ja alle Probleme am Stammtisch aussitzen.« Sie zeigte auf das Schild, das über dem runden Tisch baumelte. *Hierhoggediedieimmerhierhogge* stand darauf. »Wenn der Einwand von deiner Nichte Lilo gekommen wäre, Hans Neuner, dann würde ich das ja noch verstehen, aber Franz und du, ihr lasst sie doch alleine schuften, seit deine Elsie vom Zigarettenholen nicht mehr zurückgekommen ist. Auf eurem Hof gibt es nur eine einzige fleißige Biene, und die heißt Lilo Kraft.«

Hans Neuner erhob sich halb vom Tisch, als wollte er sich auf Kati stürzen, wurde aber von den Nummern 5 und 1 wieder auf seinen Sitz gezogen. Die Männer rechts und links von ihm konnten allerdings nicht verhindern, dass er die Faust hob und wetterte: »Dir ist es bei uns wohl jahrelang zu gut gegangen, Kati Lehmann? Haben wir dich allesamt zu sehr verwöhnt? Oder sind wir dir schlicht nicht mehr gut genug? Dann geh doch zu deinem Städter, wenn du nicht mehr weißt, wohin du gehörst.«

Die junge Frau kniff den Mund zusammen, warf dem Mann an der Tür, der ihr mit kurzem Nicken Mut zusprach, einen dankbaren Blick zu und verkündete dann: »Keine Angst, für eine solche Entscheidung brauche ich deinen Rat nicht, Hans Neuner, die ist bereits gefallen. Aber da du es schon ansprichst, kann ich es auch gleich allen verkünden: Ich ziehe in die Mühle, raus aus dem Ort. Thilo hat um meine Hand angehalten, und ich habe Ja gesagt. Und damit das ein für alle Mal klar ist: Wir sind beide gegen die Versuchsfelder. Unumstößlich. Wir werden uns mit aller Kraft gegen dieses dubiose Vorhaben stemmen, bei dem wer weiß was angebaut werden kann, über das wir keine Kontrolle haben. Wir werden alles tun, damit Lieblich so lieblich bleibt, wie es ist.«

Der Tumult, der auf diese Bekanntmachungen folgte, war erheblich lauter als der Applaus, den Regina Winterling mit ihrer Rede eingefahren hatte. Sie konnte nicht erkennen, worüber die Menschen mehr erbost waren: Über die Tatsache, dass der Liebling des Ortes sich einen Fremden zum Ehemann erkoren hatte, oder über die Ankündigung, dass sie auch, was die Versuchsfelder anging, in ihrem eigenen Interesse und nicht dem des Dorfes entschied. Der Unterhändlerin der *UCFC* war weder das Abdriften vom eigentlichen Thema noch die Gegnerschaft Katis recht. Sie sah mit Sorge, wie sich die Stimmung von Feierlaune hin zu einer anstrengenden Diskussion entwickelte, und warf dem Ortsvorsteher einen warnenden Blick zu. Er reagierte sofort.

»Kati«, sagte Gisbert Findeisen und versuchte, sich in väterlich-verständnisvollem Ton Gehör zu verschaffen. »Wir verstehen doch alle, dass du auf Imkerin umsatteln möchtest. Gartenbau war einfach viel zu anstrengend für dich, das haben wir dir immer gesagt.« Er räusperte sich. »Aber du musst es doch mit der Loyalität gegenüber deinem neuen Arbeitgeber nicht gleich übertreiben. Spalte den Ort nicht in zwei Lager, das würde weder Lieblich noch dir gut bekommen.« Der Ortsvorsteher ließ seinen Blick über die Gesichter der Anwesenden wandern und sprach dann alle an. »Denkt nach, bevor ihr euch entscheidet, denn wer nicht für uns ist, ist gegen uns und hat die Konsequenzen zu tragen.« Der drohende Unterton seiner Stimme war unmissverständlich. »Das gilt für alle. Und jeden.«

Kapitel 1

»Freddy, halt! Sonst knallt's!«, schrie Pippa, doch die Warnung machte alles nur schlimmer. Mitsamt der Leiter auf der Schulter drehte sich ihr Bruder zu ihr um und spießte dabei die Lichterkette auf, die er gerade mühsam aufgehängt hatte. Die Girlande wurde vom oberen Ende der Leiter wie eine Gummischnur gedehnt, riss von der Hauswand los und jagte mit dem befreiten Ende durch die Luft wie eine Peitsche. Sie schlug mit Wucht gegen eine Mauer und verabschiedete sich dabei von drei Birnen gleichzeitig, dann schnellte sie gegen ein Fenster im ersten Stock des Hinterhofes und ließ einen neuerlichen Glühbirnenregen auf Pippa und ihre Freundin Karin niedergehen.

»Ende einer Ära«, kommentierte Karin trocken. »Diese Lichterkette hat seit unserer Einschulung jedes Hoffest der Transvaalstraße 55 beleuchtet. Glühbirnen, so groß wie ihre fruchtigen Namensgeber und obendrein in grellbunten Farben; dafür gibt es keinen Ersatz.«

»Diese Lichterkette hat wahrscheinlich das Gaslicht abgelöst«, setzte Pippa noch eins drauf. »Mein Vater hat schon erwogen, sie dem Thomas-Alva-Edison-Museum in New Jersey zu stiften, als Beitrag zur Geschichte der Lichtkultur, und so Entscheidendes für die deutsch-amerikanische Freundschaft zu leisten.«

»Meinst du denn, die würden goutieren, dass das Licht

am Ende des Tunnels ausgerechnet aus Berlin kommt?« Karin und Pippa lachten los, aber Freddy stand mit hängenden Schultern da und schaute auf die im weiten Rund verstreuten Glasscherben.

»Lacht nur! Ihr zieht ja auch nicht den Zorn der ganzen Hausgemeinschaft auf euch.« Er seufzte theatralisch. »Mir kommen langsam Zweifel an unserer Feier. Sie steht unter keinem guten Stern. Erst geht ihr unter meiner Leiter durch, als ich die Girlande aufhänge, und jetzt zerspringt auch noch jede Menge Glas. Das bringt sieben Jahre Pech.«

»Du verwechselst da was.« Karin stemmte die Hände in die Hüften. »Wir sind nicht unter deiner Leiter durchgegangen, wir haben sie festgehalten, damit sie sicher steht und du nicht herunterfällst. Und Scherben bringen ausschließlich Glück.«

»In einem muss ich Freddy recht geben«, verteidigte Pippa ihren Bruder. »Mir erschließt sich auch nicht, warum unsere Hausgemeinschaft ausgerechnet meine Scheidung feiern will. Ich könnte mir fröhlichere Anlässe vorstellen.«

»Wieso? Ob wir deinen endgültigen Abschied vom leckeren Leo feiern, die fünfzigste Kollektion der Schneiderinnen aus dem dritten Stock oder die Schauspielschülerinnen aus der WG darunter über ihr verpatztes Vorsprechen hinwegtrösten, ist doch völlig unerheblich. Hauptsache, es ist Sommer, es ist gutes Wetter, es ist Freitagabend, und die Hausbewohner bekommen ihr Hoffest. Da ist deine Scheidung ein ebenso guter Anlass wie jeder andere«, erklärte Karin.

Freddy leckte sich die Lippen. »Ganz so beliebig ist Pippas Freiheitsfeier wieder nicht. Schließlich ist Leo Italiener, und das setzt Standards für ein besonders köstliches Buffet. Wenn du mich fragst, sind Insalata Caprese und selbstgemachte Gnocchi mit Pfifferlingen eine prima Alternative zu Kartoffelsalat und Würstchen. Ich habe gehört, dass unsere

Tafel mit zwölf verschiedenen Gerichten gefüllt sein wird. Effi kocht gerade jede Menge Spaghetti gegen Sehnsucht, und Grandma Will backt Abschiedskuchen à la Nonna.«

Wider Willen musste Pippa lachen. »Auf dich und deinen Magen ist immer Verlass. So lange es frittiert wäre, würdest du selbst am Haar in der Suppe noch etwas Positives finden. Also los, holen wir Besen und Kehrschaufel, fegen die Überreste unserer elektrischen Beleuchtung auf und holen als Ersatz die Lampions vom Dachboden.«

Noch bevor Pippa ihr Vorhaben in die Tat umsetzen konnte, wurde das Fenster ihrer Wohnung im obersten Stock des Hinterhauses geöffnet, und ihr Patensohn Sven lehnte sich hinaus: »Telefon für dich, Pippa. Klingt ganz nach einem neuen Auftrag.«

Erfreut sah Pippa zu ihm hinauf. »Für die Übersetzerin oder die Haushüterin?«

»Vom Deutschen ins Englische übertragen, wenn ich das richtig verstehe«, gab Sven weiter. »Das Vokabular solltest du nach den letzten Aufträgen noch draufhaben, da ging es um dieses mysteriöse Bienensterben, sagt der Typ.«

»Redest du von Thilo Schwange, dem Imker?«

»Ganz genau. Er ist für irgendeinen Lehrgang in Berlin und fragt, ob er dich treffen kann. Jetzt gleich. Er könnte in fünf Minuten hier sein.«

Pippa glaubte keinen Moment, dass die Entscheidung, sich an einem Tag wie diesem mit einem potentiellen Auftraggeber zu treffen, allein bei ihr lag; da würden ihre Nachbarn sicher ein Wörtchen mitzureden haben. Die nächsten Minuten bestätigten ihr, dass es richtig gewesen war, nach langem Aufenthalt in Italien vor drei Jahren wieder in die Transvaalstraße 55 zurückzukehren: Die Hausgemeinschaft war zwar anstrengend, aber auch stets unterhaltsam. Denn jetzt gingen in dem von Vorder- und Hinterhaus samt Seitenflügeln perfekt geschlossenen Karree eine ganze Reihe weiterer Fenster auf, und Nachbarn gaben ihre Kommentare ab.

»Klar kann Herr Schwange kommen. Auf einen Esser mehr oder weniger kommt es nicht an«, meldete sich Käthe Kasulke aus dem Schneideratelier neben ihrer Wohnung.

»Er kann sich mit Pippa auf die Bank unter der Kastanie setzen und alles Wichtige besprechen. Ich koch schon mal den Tee.« Pippas Mutter Effi Bolle lebte zwar bereits länger in Berlin, als sie jemals in ihrem Heimatland England zugebracht hatte, vertrat aber noch immer die Überzeugung, dass mit Earl Grey jedes Treffen, jedes Gespräch automatisch geadelt wurde.

»Verjiss nich, Honig hinzustellen, der Mann is Imker, der süßt nich mit Zucker«, schlug Ede Glasbrenner aus dem ersten Stock des Seitenflügels vor. Es verblüffte Pippa immer wieder, dass der alte Herr niemals einen ihrer Klienten vergaß. Wann immer sie längere Zeit nicht erreichbar war, überließ sie diesem Berliner Urgestein den Telefondienst. Da konnte sie sicher sein, dass er potentiellen Auftraggebern mehr an Informationen und Bezahlung entlockte, als es ihr selbst gelang. Als Kleinrentner war er froh, sich bei Pippa etwas dazuzuverdienen, und darüber hinaus machte er im gesamten Afrikanischen Viertel von Berlin für ihren Haushüterservice Reklame. War in der näheren Umgebung die eine oder andere Katze oder Pflanze zu betreuen, dann übernahm er den Auftrag gegen ein kleines Entgelt gerne selbst.

»Sagtest du nicht, der Mann ist so etwas wie George Clooney für Arme?«, erkundigte sich Miriam und lehnte sich dabei aus dem Fenster direkt über Ede. »Lade ihn also bitte zu unserer Feier ein, ich angle ihn mir. Ich habe mal wieder nichts als einen unbezahlten Auftritt in einem Studentenfilm an Land ziehen können und brauche in Zukunft jemanden mit starkem sozialen Engagement für meine Mietzahlungen.«

Glasbrenner redete während des Einwurfs der Schauspielschülerin unbeirrt weiter. »Schade, dat ick keen Englisch spreche, dit mit de Bienen wär jenau det richtje Thema für mich. Ick hab früja oben in Frohnau in meen Schrebajarten och Bienen jehalten. Bienen sind schließlich ...«

»Sven, sag Thilo bitte, ich treffe ihn vorm Haus und geh mit ihm ins Café. In spätestens zehn Minuten«, rief Pippa in die guten Ratschläge hinein, um gleich darauf vielstimmig das Wort »Spielverderberin« genießen zu können.

Dann hob sie die Hände in einer Tut-mir-leid-Geste und sagte: »Sieht ganz so aus, als ob ihr zwei euch allein um den Scherbenhaufen kümmern müsst. Mich ruft die Pflicht. Aber ich bin sicher, dass alle, die gerade jede Menge Zeit hatten, an unserer Unterhaltung teilzunehmen, euch gerne dabei helfen werden.«

Auf der Treppe hinauf zu ihrer Wohnung nahm Pippa immer zwei Stufen gleichzeitig, um den Kunden nicht zu lange warten zu lassen. Dabei drückte sie sich selbst die Daumen, dass dieser Auftrag zustande kommen würde. Sie hatte in letzter Zeit, auch bedingt durch die Scheidung, mehr Ausgaben als üblich gehabt und musste sich wieder ein kleines Polster anlegen, mit dem sich der nächste Besuch bei ihrem Freund Morris in Cambridge finanzieren ließ.

Schon vom zweiten Stock an konnte sie Sven reden hören. Er hatte die Tür zu ihrer Wohnung mal wieder offen stehen lassen, ganz so, als wäre die gesamte Transvaalstraße 55 noch immer die grenzenlose Spielwiese, in der er aufgewachsen war.

»Nein, nein«, hörte sie ihn sagen. »Ich gehöre nicht zum Team der Haushüter um Pippa Bolle und ich bin auch kein Übersetzer. Ich bin ihr vielseitig einsetzbarer Computertherapeut. Gerade bringe ich ihre Internetseite auf Vordermann.« Ein kurzes Schweigen folgte, dann fuhr er fort: »Nein, das ist unbezahlbar. Die Pflege für ihre Homepage bekommt sie regelmäßig von mir zu Weihnachten und zum Geburtstag. Pippa ist ja im Juni geboren, so ist praktischerweise jedes Halbjahr abgedeckt, und ich muss mir nie Gedanken um ein anderes Geschenk machen.«

Danach hörte ihr Patensohn offenbar seinem Gesprächspartner zu und lachte schließlich. »Genau, praktisch für beide Seiten. Klar können wir zwei auch ins Geschäft kommen. Aber ich bin schweineteuer.« Nach erneutem kurzen Schweigen sagte er: »Dann würde ich vorschlagen, Sie kommen jetzt doch lieber hoch zu uns. Klingeln Sie einfach irgendwo am Vorderhaus. Die Leute hier wissen alle Bescheid, die lassen Sie rein.«

Pippa hatte ihren Eingangsflur erreicht, war mit wenigen Schritten bei Sven und wollte ihm den Hörer aus der Hand nehmen, aber er hatte schon aufgelegt und strahlte sie an.

»Du hast ihm nicht gesagt, dass ich ihn an der Haustür abhole, richtig?«, stellte Pippa ergeben fest. »Du hast ihn herbeordert.«

Sven grinste zufrieden. »Lass Miriam doch den Spaß, ihn in natura zu sehen. Dann hat sie heute Abend einen Tanzpartner, und ich kann mich besser auf den schnuckeligen Besuch der Peschkes aus dem zweiten Stock konzentrieren.« Er drehte sich zum Computer um und zeigte auf den Bildschirm. »Hier, dieses Dokument hat Thilo Schwange dir schon mal vorab geschickt. Er will in einer internationalen Fachzeitschrift einen Artikel über *Colony Collapse Disorder* veröffentlichen und darlegen, welche Maßnahmen Imker ergreifen können, um ihre Völker optimal vor dem Bienensterben zu schützen.«

Sven öffnete die Datei, und Pippa warf einen kurzen Blick darauf. »Das ist machbar«, sagte sie. »Wie schnell braucht er die Übersetzung denn?«

»Bis Ende nächster Woche. Konditionen und Bezahlung würde er gerne von den letzten Aufträgen übernehmen«, antwortete er.

Pippa runzelte die Stirn. »Aber dann ist doch alles klar. Wenn ihr das schon besprochen habt, wieso kommt er dann noch persönlich vorbei?«

»Keine Ahnung – weil er dich näher kennenlernen will? Oder wegen deinem Patensohn, der die zwei Internetauftritte einer Haushüterin und einer beeidigten Übersetzerin so fabelhaft zu einem verschmelzen kann?« Sven musterte sie von oben bis unten. »Für Ersteres wäre es allerdings gut, wenn du kurz den Staub des Hinterhofes abduschst und aus der Hausmeisterkluft deines Vaters in Pippa-Bolle-Farben wechselst.«

Dafür blieb aber keine Zeit mehr, denn Pippa hörte, wie Freddy und Svens Mutter Karin im Hinterhof einen Mann begrüßten und nicht nur umständlich erklärten, wie er ihre Wohnung finden konnte, sondern auch gleich eine Einladung zum abendlichen Fest aussprachen.

Bis Thilo Schwange an ihrer Tür klingelte, hatte sie gerade noch Zeit, Gläser und Fassbrause auf ihren Besprechungstisch zu stellen und ein paar selbstgebackene Florentiner, die eigentlich für das abendliche Buffet gedacht gewesen waren, auf einen Teller zu legen. Sven steckte sich sofort einen davon in den Mund, kaute genüsslich und machte nicht den Eindruck, als wollte er seine Arbeit an ihrer Homepage für die Dauer des Besuches unterbrechen und sie und ihren Auftraggeber allein lassen. Mit wahrem Feuereifer hämmerte er auf der Tastatur herum und gab den Nerd, der nichts um sich herum wahrnimmt, solange er vor dem Bildschirm sitzen darf.

»Ist ja gut«, sagte Pippa. »Du kannst bleiben und ihm von mir aus auch gerne deine Künste anbieten. Der Mann weiß schließlich, worauf er sich einlässt. Er arbeitet ja schon mit mir.«

Thilo Schwange entsprach nicht dem Bild, welches Pippa sich von ihm gemacht hatte, bevor sie ihn vor mehr als einem Jahr zum ersten Mal traf. Bei der Arbeit an seinen engagierten Texten über Klimawandel, Bienenschutz und Bedrohung durch Pestizide sowie seinen leidenschaftlichen Appellen für den Erhalt von Streuobstwiesen und Brachland mit natürlichem Bewuchs hatte sie einen sehr engagierten, aber im Ton immer leicht aggressiven und auch unerbittlichen Mann kennengelernt. Sie war deshalb mehr als erstaunt gewesen, einen weltgewandten, sorgfältig gekleideten und zugleich lässigen Mann Ende vierzig vor sich zu sehen, der sein Leben in der Stadt nicht mit romantischen Vorstellungen vom Landleben aufgegeben hatte, sondern nach reiflicher Überlegung und sorgfältigem Studium der Bienen einen neuen Beruf ergriff und mit seinen Texten aufrütteln wollte. Auch heute empfand sie Thilo wieder als angenehmen Verhandlungspartner, der dankbar war, wenn seine Vorträge von ihr nicht nur übersetzt wurden, sondern auch den letzten Feinschliff bekamen.

»Ich freue mich sehr, dass Sie sich bereit erklärt haben, mich sofort zu empfangen«, sagte er, als sie ihn an der Tür begrüßte. »Ich weiß durchaus, dass jemand an einem Freitagnachmittag Besseres zu tun haben kann, als sich mit mir über Bienen zu unterhalten.«

»Werden wir uns denn über Bienen unterhalten?«, fragte Pippa geradeheraus. »Wir arbeiten doch seit Monaten sehr gut miteinander, ohne uns vor jedem neuen Auftrag persönlich zu sehen.«

Thilo Schwange grinste verstohlen, als hätte man ihn ertappt. »Um ganz ehrlich zu sein: Ich wollte Sie wiedersehen. Ich wollte überprüfen, ob mein positiver Eindruck einem zweiten Treffen standhält.« Er räusperte sich und sah dann kurz zu Sven hinüber, der einen undefinierbaren Grunzer ausgestoßen hatte. Nun starrte er aber hingebungsvoll auf seinen Bildschirm und bearbeitete eifrig die Tastatur. Pippas warnenden Blick schien er nicht zu registrieren.

Sven stieß die üblichen Flüche aus, die er immer dann benutzte, wenn er in seiner Arbeit auf ein unerwartetes Problem stieß; warum er dabei aber wiederholt Freddys Namen nannte, erschloss sich ihr nicht. Pippa zwang sich, weiterhin aufmerksam Thilo Schwanges Ausführungen zu lauschen.

»Ich war bisher mit Ihren Übersetzungen, ganz gleich, ob sie für Vorträge oder Fachzeitschriften gedacht waren, sehr zufrieden. Auch wenn ich kein englischer Muttersprachler bin, konnte ich doch an den Reaktionen meiner Leser und Zuhörer erkennen, dass Sie einen guten Ton getroffen haben.«

»Ich bin zweisprachig aufgewachsen«, erklärte Pippa. »Ich fühle mich in Deutsch und Englisch gleichermaßen wohl.«

»Und sie hat sieben Jahre in Italien gelebt, sodass sie Italienisch mindestens genauso gut spricht«, warf Sven unvermittelt ein. »Falls Sie diese Sprache auch mal brauchen sollten …«

Also doch nicht so konzentriert bei der Arbeit, wie er tut, dachte Pippa. Was macht er da bloß am Computer? Arbeitet er an meiner Homepage oder ist er mit ganz anderem beschäftigt?

Sie hatte plötzlich die Vorstellung im Kopf, wie überall in den Wohnungen Nachbarn gespannt vor ihren Geräten saßen und mitlasen, was sich in ihrem Büro abspielte, weil

Sven ihre Unterhaltung allen Bewohnern der Transvaalstraße schriftlich übermittelte.

»Wissen Sie, Frau Bolle, ich baue gerade mit ein paar Kollegen ein internationales Netzwerk zum Schutz der Bienen auf. Und wir hoffen, von der Europäischen Gemeinschaft nicht nur Aufmerksamkeit, sondern auch finanzielle und rechtliche Unterstützung für unsere Arbeit zu erhalten. Aus diesem Grunde werde ich in den nächsten zwei Monaten sehr viel unterwegs sein. Ausgerechnet!«

Jetzt hatte Thilo Schwange nicht nur Pippas ganze Aufmerksamkeit, sondern auch die von Sven. »Ausgerechnet?«

Der Imker nickte und erklärte eher ihrem Patensohn als Pippa, warum es für ihn im Mai und Juni schwierig war, nicht bei seinen Bienen zu sein. »Jetzt ist Schwarmzeit. Wir Imker sollten in diesen Monaten eigentlich ständig vor Ort sein und unsere Bienenvölker nicht aus den Augen lassen. Wir müssen bereitstehen, sobald sie ausschwärmen, um sie dort, wo sie sich niedergelassen haben, abzuholen und ihnen Bienenkisten zu bieten, in denen sie sich heimisch fühlen und optimal entwickeln können.«

»Wie muss ich mir das vorstellen?«, fragte Sven. »Den Bienenvölkern wird es zu eng in ihrem Stock, und deshalb entscheidet sich eine Hälfte, das Weite zu suchen? Oder werden die regelrecht rausgeschmissen?«

»In diesen Monaten ermöglicht die Fülle an Nektar und Pollen, dass die Bienenkönigin sich mit einem Teil ihres Volkes aufmacht und sich irgendwo in der Umgebung als Schwarmtraube in einen Baum oder an eine Hauswand setzt. Wie Sie sich vielleicht vorstellen können, ist ein solch neues Bienenvolk von großem Wert für jeden Imker.«

»Aua, ich würde nicht gerne so eine kribbelnde Masse vom Baum pflücken müssen. Das stelle ich mir gefährlich vor.«

»Nicht so gefährlich, wie jede Nacht mutterseelenallein in einer abgeschiedenen Mühle zu verbringen und nicht zu wissen, ob man sich nur vor einem Dumme-Jungen-Streich oder vor einem regelrechten Anschlag fürchten muss.«

»Wie bitte?«, fragten Sven und Pippa wie aus einem Mund.

Thilo Schwange seufzte. »Ich will ehrlich sein, Frau Bolle: Ich habe Angst um meine Verlobte. Kati hat sich in ihrer Umgebung nicht gerade beliebt gemacht, als sie mich Zugereisten all den Junggesellen vorzog, die schon lange um sie warben.« Thilo Schwange stockte. »Ich fürchte, die Zuneigung ihrer Verehrer könnte in Hass umschlagen.« Er legte eine Pause ein, als wäre es für ihn alles andere als einfach, fortzufahren. Um es ihm leichter zu machen, stand Pippa auf und ging zum Fenster. Als sie dabei einen Blick auf den Computer warf, verschlug es ihr den Atem. Von dort starrten ihr – dicht an dicht – die Gesichter ihres Bruders, ihrer besten Freundin, Ede Glasbrenners und ihrer Großmutter entgegen. Allesamt sichtlich bemüht, über die virtuelle Standleitung jedes gesprochene Wort mitzubekommen. Kurzerhand bückte sie sich und zog den Stecker.

Der Bildschirm wurde schlagartig schwarz, gerade, als Thilo Schwange sagte: »Ich weiß, Sie sind eine hervorragende Übersetzerin, Frau Bolle. Im Internet kann ich aus vielen Bewertungen herauslesen, dass Sie außerdem eine sehr verlässliche Haushüterin sind. Ich hoffe, Sie werden sich auch noch in einem dritten Beruf bewähren.« Er sah Pippa direkt an. »Ich möchte Sie als Bodyguard engagieren.«

Kapitel 2

»Auf einem Spaziergang redet es sich leichter, und wir werden außerdem nicht durch das Hoffest gestört. Allein die Lautstärke der Musik würde jede ernsthafte Unterhaltung unmöglich machen. Heute wird von Caruso bis Celentano alles bis zum Anschlag aufgedreht, vom begeisterten Backgroundchor will ich gar nicht erst reden.« So versuchte Pippa, ihren Vorschlag zu erklären, die Unterhaltung im nahegelegenen Volkspark Rehberge weiterzuführen. Während sie mit Thilo Schwange auf einem der Hauptwege durch das sommerliche Grün schlenderte, hoffte sie inständig, dass ihr Auftraggeber ihre plötzliche Flucht aus der Wohnung nicht hinterfragte, nahm sich aber gleichzeitig vor, der Hausgemeinschaft eine Standpauke zu halten. Insgeheim war sie sowohl amüsiert über die wohlwollende Neugier ihrer Nachbarn als auch irritiert über die neuartigen Möglichkeiten der Technik, über die sie bislang nie nachgedacht hatte. In jedem Fall wollte sie ohne spionierendes Publikum Einzelheiten erfahren zu Thilo Schwanges Vorschlag, für ein paar Wochen zu seiner Verlobten zu ziehen. »Ich habe verstanden, dass Sie und Kati Lehmann sich bedroht fühlen, aber ich habe noch nicht verstanden, warum«, schnitt sie das Thema an. »Deshalb bitte ich Sie, noch einmal ganz von vorn zu beginnen. Nur dann kann ich entscheiden, ob ich wirklich die Richtige für diesen Auftrag bin. Bisher hege ich da erhebliche Zweifel.«

»Im Gegenteil, Sie sind die beste Wahl. Sie passen sich bei jedem Einsatz einer neuen Umgebung an, stellen sich auf Haus und Hof ein. Genau diese Flexibilität suche ich. Aber ich kann verstehen, dass Sie mehr Informationen möchten, und die will ich freimütig liefern«, erwiderte Thilo Schwange. »Ich war schon in meiner Jugend ein leidenschaftlicher Hobbyimker, habe aber als guter Sohn zunächst etwas Anständiges gelernt und deshalb lange Jahre meines Berufslebens mehr schlecht als recht im Frankfurter Bankenwesen verbracht.« Er seufzte. »Nach der letzten Finanzkrise hatte ich dann endgültig die Nase voll und entschied mich, meine Ersparnisse zu nehmen und mich zum hauptberuflichen Imker weiterzubilden, um anschließend irgendwo in reiner Natur und ohne die Hektik der Börsenwelt Bienen zu züchten.«

Pippa warf ihrem Gesprächspartner einen zweifelnden Seitenblick zu, auf den er auch sofort reagierte. »Könnte auch sein, dass nicht nur mein Überdruss am Stadtleben bei dieser Entscheidung eine Rolle spielte, sondern auch die Warnung meines Arztes, dass mein Herz dringend Entlastung braucht, wenn ich nicht gesteigertes Interesse an einem Infarkt, einem Sauerstoffzelt oder Schlimmerem verspüre.«

»Sie haben tatsächlich die Reißleine gezogen?«, fragte Pippa.

»Wenn ich ehrlich bin, war ich für diesen Weckruf sogar dankbar«, gestand Schwange ein. »Aus eigenem Antrieb hätte ich das nicht geschafft. Ich war so verwurzelt in meinem früheren Leben, dass ich immer wieder triftige Gründe fand, mein sicheres Einkommen nicht aufzugeben.«

»Wenn Sie wüssten, wie gut ich das verstehe«, sagte Pippa und dachte nicht nur daran, wie lange es gedauert hatte, bis sie Italien den Rücken kehrte, sondern auch an ihre derzeitige Situation. »Veränderungen scheinen uns immer komplizierter zu sein, als sie es wirklich sind, bis wir sie endlich umsetzen.

Ich habe mich in den drei Jahren seit meiner Rückkehr in unserer Hausgemeinschaft schon wieder dermaßen eingeigelt, dass die Bitte meines Freundes Morris, zu ihm nach Cambridge zu ziehen, mir vor lauter Wenn und Aber die Haare zu Berge stehen lässt.« Sie zählte an den Fingern ab, welche Gedanken ihr immer wieder durch den Kopf gingen. »Wie finde ich dort Aufträge? Werde ich genug verdienen, um nicht abhängig zu sein? Was wird aus meinem Haushüterdienst, für den derzeit noch zwei weitere Kollegen im Einsatz sind, für die ich als Organisatorin mitverantwortlich bin?«

»Man findet und erfindet ständig neue Hindernisse, warum man seine Komfortzone nicht verlassen kann«, stimmte Thilo Schwange ihr zu, »bis man schließlich muss.«

»Alles wird einfacher, wenn uns die Entscheidung durch die Umstände abgenommen wird?«

»So ungefähr. Aber seltsamerweise ließ sich in meinem Fall wirklich alles leichter regeln, als es mir meine Albträume vorgegaukelt hatten. Bis jetzt. Jetzt habe ich das Gefühl, dass eben diese Albträume die Vorahnung von Schlimmerem, sehr viel Schlimmerem waren.« Er blieb stehen und ließ einen sorgenvollen Blick über den Teich zu ihrer Rechten gleiten, aber Pippa war sich sicher, dass er den kleinen See nicht wirklich wahrnahm. Sie zog den Imker weiter bis zu einer Bank und setzte sich neben ihn. »Schlimmer als Herzinfarkt und Sauerstoffzelt?«, fragte sie leise.

Schwange sah auf seine Hände hinab, dann ballte er sie zu Fäusten. »Hinterhältigkeit, Neid, Missgunst, Rache, Verleumdung …«

Pippa schluckte, fragte aber nicht nach, um ihn nicht zu unterbrechen.

»Dass ich bedroht werde, kann ich verkraften.« Schwange zuckte die Achseln. »Aber wenn Kati etwas passieren sollte, fürchte ich, die Beherrschung zu verlieren. Dann stehe ich den

Dorfbewohnern ebenso unversöhnlich gegenüber wie sie mir.«

»Sie haben den gesamten Ort gegen sich aufgebracht?«

»Eine Hälfte, um genau zu sein: die Mitglieder der Neustart-für-Lieblich-Liga.« Thilo Schwange wagte den Versuch eines Lächelns. »Aber Sie wollten ja, dass ich die Geschichte von Anfang an erzähle. Da ich jetzt schon weiß, dass mir dabei die Kehle trocken werden wird – gibt es hier ein Café, in das wir zwei uns setzen können?«

Auf dem Weg zum Restaurant des Parks erzählte Pippas Auftraggeber von seiner Suche nach einem geeigneten Ort für sich und seine Bienenzucht. »Um den idealen Platz zur Produktion von echtem Waldhonig zu finden, bin ich in jeder freien Minute durch Deutschland gereist, um diesen Ort am Ende direkt vor meiner Haustür zu entdecken.« Er sah Pippa fragend an. »Kennen Sie den Rheingau?«

»Ich war noch nie da, aber ich weiß, dass er sich irgendwo zwischen Wiesbaden und der Loreley erstreckt, dass dort jede Menge Burgen und Schlösser stehen und guter Wein wächst.«

»Nicht nur das«, bestätigte Thilo Schwange, »wir haben mit dem Hinterlandswald das größte zusammenhängende Waldgebiet Hessens und mit dem Wispertal einen der letzten, wahrhaft verwunschenen Flussläufe der gesamten Republik.« In Schwanges Stimme klang Stolz und Hingabe mit, als er fortfuhr: »Und genau dort, unterhalb eines Höhenkamms, an einem wilden Zufluss der Wisper, habe ich eine alte Mühle gekauft und renoviert. Die Plappermühle liegt sehr abgeschieden, mitten im Wald, knapp zwei Kilometer von Lieblich entfernt, zu dessen Gemarkung sie gehört. Hier gibt es alles, was man sich nur wünschen kann: gut ausgebaute Wanderwege, saubere Quellen, historische Brunnen, weite Wiesen und dunkle Wälder. Sogar zwei stillgelegte Schieferstollen, wenn man Höhlenentdecker spielen will. Irgendwo soll obendrein ein Schatz, der von einer berühmten Räuberbande versteckt wurde, darauf warten, gefunden zu werden.« Er nickte traurig. »Lieblich ist ein Ort, der seinem Namen mehr als gerecht wird – leider gilt das nicht mehr für die Stimmung unter seinen Bewohnern.«

»Gab es dafür einen Auslöser?«

»Und ob! Der lässt sich sogar auf einen ganz bestimmten Tag datieren. Genauer gesagt: auf die Nacht vom 9. auf den 10. Januar dieses Jahres. In dieser Nacht spaltete sich das Dorf in zwei Parteien: das Pro-Natur-Forum und die Neustart-für-Lieblich-Liga. Unversöhnlich verließ man den Ort der Auseinandersetzung, die einzige Kneipe des Dorfes, ›Zum verlorenen Schatz‹.« Schwange seufzte. »Jeder stapfte durch Eis und Schnee heim, ohne nach rechts oder links zu sehen. Nur einer kam nie zu Hause an: Gisbert Findeisen, unser Ortsvorsteher, der saß am nächsten Morgen noch immer auf der Bank in der Dorfmitte zwischen den beiden Linden und war tot.«

Pippa blieb wie angewurzelt stehen: »Mord?«

»Gott sei Dank nicht, aber erfroren. Er war offenbar zu betrunken gewesen, um allein heimzugehen«, antwortete Schwange und fügte nach kurzer Pause hinzu: »Nein, Mord war es nicht, aber unterlassene Hilfeleistung eines ganzen Dorfes. Sagt das nicht alles über den Zustand unserer Gemeinschaft?«

»Aber man lässt sich doch in winterkalter Nacht nicht einfach so auf einer Bank nieder, um zu erfrieren.«

»Normalerweise nicht. Aber in dieser Nacht war nichts normal. In der Schankstube ›Zum verlorenen Schatz‹ ging es heiß her, während draußen ein Schneesturm tobte, wie ihn unsere Gegend seit Beginn der Wetteraufzeichnungen noch nicht erlebt hatte.«

»Selbst wenn der Mann einen über den Durst getrunken hatte, er wäre doch in der Kälte nicht einfach auf der Bank sitzen geblieben ...«

»Es erklärt auch nicht, warum er sich überhaupt hingesetzt hat, wo doch die warme Gaststube gerade mal dreißig Meter Luftlinie entfernt liegt«, bestätigte Schwange.

»Er muss da draußen also auf jemanden gewartet haben, den er allein sprechen wollte ...«

»Das ist es ja: auf Kati und mich.« Thilo Schwange seufzte. »Jedenfalls behaupten das die Mitglieder der Neustart-für-Lieblich-Liga. Sie glauben, er wollte meine Freundin überreden, sich von mir ab- und dem Dorf wieder zuzuwenden.«

»Und? Hat er auf Sie gewartet? Hat er Sie angesprochen?«

»Hat er! Aber da stand er noch direkt am Ausgang des ›verlorenen Schatzes‹.« Thilo Schwange rieb sich die linke Schläfe, als wollte er einen Anflug von Kopfschmerz vertreiben. »Kati mochte seine Einwände nicht hören, also haben wir ihn keines Blickes, geschweige denn einer Antwort gewürdigt. Wir sind wortlos an ihm vorbeigegangen, in unseren Jeep gestiegen und davongebraust.«

»Und das wird Ihnen jetzt vorgeworfen?«

»Wer glaubt uns schon, dass wir nicht mit ihm geredet haben?« Schwange zuckte die Achseln. »Niemand spricht es direkt aus, aber insgeheim machen uns alle verantwortlich für seinen Tod. Gerade so, als wären wir die Letzten gewesen, die Gisbert lebend gesehen haben. Wir spüren die Ablehnung, die Vorbehalte, die unausgesprochenen Drohungen fast körperlich.«

Während die beiden den Garten des Cafés betraten und sich an einem vollbesetzten Tisch vorbeidrängten, um in eine ruhige Ecke zu gelangen, schwieg der Imker. Aber nachdem sie Cappuccino geordert hatten, zog er sein Smartphone aus der Hosentasche, schaltete es ein und zeigte Pippa ein paar Impressionen seiner Heimat, die er bei einem Rundflug mit einer Cessna aufgenommen hatte. Pippa konnte ein Dorf auf einem Hochplateau erkennen, das von drei Seiten vom Wald umgeben war und an das sich nach Nordwesten hin Felder und Wiesen anschlossen.

»Bei Ihnen scheint ja die Zeit stehen geblieben zu sein«, sagte sie, während sie die an der höchsten Stelle des Dorfes liegende Kirche und die traditionellen Fachwerkhäuser des Ortskerns betrachtete. Am südlichen Rand des Dorfes waren ein Hotel, eine Pension und ein paar Häuser zu erkennen, die schmiedeeiserne Geländer und Glasbausteine aufwiesen, typisch für die späten Sechzigerjahre. Zwei einzelne Gehöfte, eines davon mit mehreren Teichen, waren in der näheren Umgebung auszumachen, aber eine Mühle konnte sie nicht entdecken. »Und wo wohnen Sie?«

»Die Plappermühle liegt mitten im Wald. Da stehen die Bäume zu dicht für gute Fotos. Am ehesten könnten Sie hier etwas erkennen«, sagte er und zoomte den Mittelteil eines Fotos mit zwei Fingern heran.

Pippa stockte der Atem. Als hätte sich ein Vorhang aufgetan, bot sich ihr der Blick auf eine alte Wassermühle mit mannshohem Rad, über das sich schäumend das Aufschlagwasser ergoss, bis es vom Ablauf aus wieder bis in den nahen Bach geleitet wurde. »*Es klappert die Mühle am rauschenden Bach*«, intonierte Pippa spontan.

»Meine Plappermühle ist sogar noch älter als das Kinderlied«, sagte Thilo Schwange stolz. »Sie wurde 1603 zum ersten Mal urkundlich erwähnt und ist damit älter als sämtliche ihrer Geschwister in der Umgebung. Gefällt sie Ihnen?«

»Sie ist ein Schmuckstück! Und sie überredet mich gerade, ihre Idylle persönlich kennenzulernen.«

»Solange es diese Idylle noch gibt.« Schwanges Stimme klang bitter. »Wäre Gisbert nicht gestorben, dann hätte man den Südhang des Waldes wahrscheinlich bereits gerodet und um das Dorf herum, auf den freiliegenden Äckern und Wiesen, würden durch die Biotechnologie-Firma *Upper Crust Food Company* die ersten Versuchsweinberge entstehen. Findeisens Tod hat uns sozusagen Aufschub geschenkt, bis nach unserem Dorffest, der sogenannten Schnapphahnkerb. Bisher gibt es nur Proberodungen, aber selbst die sind mir schon ein Dorn im Auge. Und wer weiß, was auf der Kerb passiert ...«

»Das klingt jetzt, als ob Sie auch mit dem Fest ein Problem auf sich zukommen sehen«, stellte Pippa fest.

»Bisher ist die Anzahl der Bürger nahezu gleichmäßig auf die Parteien pro und contra Versuchsfelder verteilt, durch die Kerb könnte sich das Lager der Befürworter allerdings maßgeblich vergrößern. Regina Winterling, die Unterhändlerin der *UCFC*, hat Sponsorengelder für Festzelt, Umzug und Bühne in nicht unbeträchtlicher Höhe in Aussicht gestellt, diese jedoch von einer Mindestzahl in ihrem Sinne agierender Dorfbewohner abhängig gemacht.«

Pippa pfiff durch die Zähne. »Das ist Bestechung.«

»Die Befürworter haben eher das Empfinden, besonders viel für den Ort herausgeschlagen zu haben. Ganz so, wie sie es von Gisbert Findeisen erwartet hätten«, erklärte Schwange. »Dummerweise wurde mit der Kopfprämie der *UCFC* noch ein zusätzliches Argument gegen Kati und mich geschaffen.«

»Weil Sie nicht umzustimmen sind und deshalb auf Geld verzichtet werden muss?«

Schwange schüttelte den Kopf. »Kati organisiert seit nunmehr sieben Jahren unsere Kerb, weigert sich jetzt aber, diese

Tradition fortzusetzen, weil sie nichts mit den Sponsoren zu tun haben will. Sie hat das Dorf nun ihrerseits vor ein Ultimatum gestellt: Entweder sie wird wieder der Kopf des Organisationsausschusses und erledigt das enorme Arbeitspensum, ohne zu murren, oder das Geld der *UCFC* wird angenommen, und sie rührt niemals wieder einen Finger. Mit dieser Ankündigung hat sie eine ganze Menge Dorfbewohner wieder in unsere Reihen zurückgetrieben. Keiner will auf die Kerb verzichten, aber niemand will sie organisieren.«

»Wie soll ich mir so eine Kerb vorstellen?«, fragte Pippa, die den Ausdruck nicht kannte. »Wie ein Schützenfest?«

»Entschuldigen Sie, daran hätte ich denken müssen.« Schwange schüttelte über sich selbst den Kopf. »Kerb ist unser Ausdruck für Kirchweih oder Kirmes. Unsere erhielt ihren Namen, nachdem ein gewisser Tacitus Schnapphahn zu Beginn des letzten Jahrhunderts mit einer großzügigen Spende für die Verschönerung der Kirche sorgte. Seither dient das Fest in Lieblich als eine dreitägige Entschuldigung, sich um nichts anderes zu kümmern als um den eigenen Weinkonsum, zu essen, was das Zeug hält, und in der Samstagnacht Schuhe durchzutanzen. Drei tolle Tage im Sommer, sozusagen. Nur ist das alles für Kati und mich nicht mehr so lustig wie zuvor.« Er wartete, bis die Bedienung den Cappuccino serviert hatte und wieder gegangen war, und fuhr dann fort: »Die ganze Geschichte macht uns beide krank, das sagt auch unser Tierarzt.«

Pippa runzelte die Stirn. »Der Tierarzt?«

»Lieblich war einst Deutschlands kleinster Luftkurort für Atemwegserkrankungen. Damals hatte der Ort Badeärzte und Spezialisten aller Art. Seit der Kurbetrieb durch die Sparmaßnahmen der Krankenkassen zum Erliegen gekommen ist und Touristen billiger nach Mallorca fliegen, als mit Bus oder Auto zu uns hinauf in die Einsamkeit zu fahren, haben wir nicht einmal mehr einen Hausarzt in der Nähe. Nur Jonathan Gardemann, unseren Tierarzt.« Zum ersten Mal, seit die beiden den Park betreten hatten, grinste Schwange und sah dabei sofort zehn Jahre jünger aus. »Da das nächste Krankenhaus oder auch nur ein Allgemeinmediziner mehr als eine halbe Autostunde von uns entfernt sind, ist Gardemann immer unsere erste Anlaufstelle. Wir gehen davon aus: Wer Tiere rettet, die nicht beschreiben können, wo es ihnen wehtut, kann erst recht Menschen helfen.«

»Und das funktioniert?«, fragte Pippa ungläubig.

»Jedenfalls hat Gardemann immer eine volle Praxis und kann beim Hausbesuch für Lumpi auch gleich nachsehen, ob die Oma noch lebt.«

Pippa lachte. Bisher hatte sie ihren Auftraggeber zwar als eloquenten Gesprächspartner mit leicht antiquierter Wortwahl und selten gewordenem Kavaliersgebaren kennengelernt, ihn aber auch für humorlos und ein wenig selbstbezogen gehalten. In seinen letzten Worten blitzte ein Schalk auf, der ihr ausnehmend gut gefiel. Sie hob anerkennend ihre Kaffeetasse und wollte ihm zutrinken, als er mit ihr anstieß, als hielten sie Weingläser in den Händen. »Lassen Sie uns auf das ›Du‹ trinken«, bat er, »falls Ihnen das nicht unangenehm ist.«

»Ganz und gar nicht«, antwortete Pippa und hatte das Gefühl, zu verstehen, warum Kati Lehmann sich für diesen Mann entschieden hatte. Er drängte sich nicht auf, setzte sich zielstrebig für seine Sache ein, konnte aber auch sich und seine Situation mit Augenzwinkern betrachten. Eine sympathische Mischung.

»Weißt du, die Bewohner unseres Ortes sind schon eine ganz besondere Spezies. Sie geben traditionell wenig auf staatliche Vorschriften, halten sich nur an Gesetze, deren Notwendigkeit sie einsehen, und haben eine unnachahmliche Art, Widrigkeiten zu ihrem Vorteil auszulegen«, sagte

Schwange, und in seinem Tonfall mischten sich Anerkennung und Kopfschütteln. »Auch deswegen habe ich mir Lieblich ausgesucht, und gerade deshalb möchte ich auch unbedingt bleiben und alles dafür tun, damit Kati und ich wieder zur Gemeinschaft gehören.«

»Das kann ich nur zu gut verstehen«, stimmte Pippa ihm zu. »Einen Ort, an dem ich mich wohlfühle, würde ich auch nicht kampflos aufgeben. Es käme mir vor, als gäbe ich den Verleumdern damit recht oder würde ihnen durch meinen Wegzug ausweichen.«

Thilo Schwange warf ihr einen dankbaren Blick zu. »Genau darum geht es: Den Gerüchteköchen die Stirn zu bieten, bis auch der Letzte verstanden hat, dass Kati und ich das Gemeinwohl ebenso im Auge haben wie die Gegenseite, nur mit anderen Vorzeichen, und dass wir für unsere Ideen nicht über Leichen gehen. Um diese Zeit durchzustehen, brauche ich dich.«

»Über welchen Zeitraum reden wir denn?«

»Ab sofort und solange du kannst«, gab Schwange an. »Noch vor den Ereignissen des 9. Januar bin ich zum Sprecher einer internationalen Bienenschutzorganisation gewählt worden. In dieser Eigenschaft muss ich nicht nur einen weiteren Lehrgang absolvieren, der mich den Sommer über von meiner Mühle fernhält, sondern auch Lobbyarbeit hier in Berlin und in Brüssel machen. Das bedeutet, ich werde immer wieder längere Zeit abwesend sein, und Kati hat dann nicht nur viel Arbeit mit den Bienen, sondern wird auch einsam sein. Für diese Zeit wünsche ich mir eine Gefährtin für sie ...«, Thilo Schwange blinzelte und sah Pippa leicht verschämt an, »und für mich jemanden, der die Aufmerksamkeit der männlichen Bevölkerung Lieblichs in frische Bahnen lenkt.«

Pippa hob erstaunt die Augenbrauen. »Wie soll ich das denn verstehen?«

»Ich bin leider nicht frei von Eifersucht«, gab Schwange zu, »und da hilft es ganz und gar nicht, dass ich sämtliche unverheiratete Männer des Dorfes – und obendrein einige verheiratete – als Nebenbuhler habe. Vom Bauern bis zum Kfz-Mechaniker und der Mehrzahl der Stammtischbrüder versteht nämlich kein Einziger, warum Kati ausgerechnet mit mir leben will. Darin sind wir uns allerdings einig: Ich verstehe das ja selbst nicht.«

»Da ich nicht annehme, dass du mir gerade vorschlägst, mich diesen Herren als neues Objekt ihrer Begierde zu präsentieren, gehe ich davon aus, du glaubst, dass von den enttäuschten Rivalen Gefahr für deine Verlobte ausgeht – oder für eure Beziehung.« Pippa sah Thilo Schwange offen in die Augen. »Fürchtest du, Kati könnte sich von dir trennen wollen, wenn die Herrschaften zu oft an ihrem Tisch sitzen und ihr einreden, wie viel besser sie es bei jedem anderen haben könnte?«

Schwange schüttelte traurig den Kopf. »Nein, so schwer es mir auch fiele, ich würde Kati nicht zurückhalten, wenn sie sich in jemand anderen verliebt. Ich fürchte vielmehr, einer dieser Männer könnte aus Enttäuschung oder schlicht aus falsch verstandener Solidarität eine Drohung in die Tat umsetzen, die seit dem Tod Findeisens die Runde bei denen macht, die sich ihm besonders verbunden fühlten.« Er rührte gedankenverloren mit dem Teelöffel in der fast leeren Tasse. »Ich werde derzeit bei jeder sich bietenden Gelegenheit aufgefordert, Kati und Lieblich gefälligst auf Nimmerwiedersehen zu verlassen, sonst ...«

Pippa ließ ihm einen Moment Zeit, hakte dann aber nach: »Sonst?«

»Sonst kämen sie, um Kati zu holen, und ich müsste mit demselben Schicksal rechnen wie Gisbert Findeisen. Auge um Auge – Zahn um Zahn.«

Kapitel 3

Pippa sah unschlüssig auf die Massen an Gepäck hinunter, die sie gerade vom Laufband gezogen hatte. Die vielen Koffer und Taschen dokumentierten nicht nur die geplante Länge ihres Aufenthaltes, sondern auch ihre derzeitige Entschlusslosigkeit.

Nein, korrigierte sie sich, ich bin durchaus in der Lage, spontan einen mehrwöchigen Einsatz als Haushüterin anzunehmen, aber welche Kleidung ich dabei tragen will und ob ich meinen Auftraggebern eine ordentliche Waschmaschine zutraue, die sich auch meiner Wäsche annimmt, scheint außerhalb meines Entscheidungshorizonts zu liegen. Während sie wegen des umfangreichen Gepäcks mit sich selbst schimpfte, hievte sie zwei Koffer, eine Hutschachtel, eine Reisetasche und einen Rucksack auf einen Gepäckwagen und schob damit zum Ausgang.

Als sich die Türen des Sicherheitsbereiches des Frankfurter Flughafens vor ihr öffneten, hoffte sie inständig, dass Kati Lehmann trotz der knapp zweistündigen Verspätung des Flugzeuges auf sie wartete und sie ihre Last nicht allein bis in den Wispertaunus transportieren musste. Sie sah sich suchend um.

In der Ankunftshalle standen zwar etliche Abholer, aber niemand hatte auch nur im Entferntesten Ähnlichkeit mit einer brünetten Frau Anfang dreißig, die ein gelb-schwarz kariertes Halstuch trug und dem Bild ähnelte, das Thilo Schwange ihr gezeigt hatte. Während sie nach Kati Lehmann Ausschau hielt, blieb ihr Blick an einem Schild hängen, auf dem in Großbuchstaben *Regina Winterling* zu lesen war. Es wurde von einem jungen Mann in die Höhe gehalten, der so jugendlich aussah, dass er gerade erst den Führerschein gemacht haben konnte.

Wenn das kein gnädiger Zufall ist, dachte Pippa. Würde mich doch sehr wundern, wenn Frau Winterling nicht ans selbe Ziel gebracht werden soll wie ich. Sie schob ihren Wagen auf den jungen Mann zu, stellte sich vor und fragte dann: »Kommen Sie aus Lieblich?«

Als ihr Gegenüber nickte, erklärte sie den Grund ihrer Frage näher: »Ich soll hier von Kati Lehmann abgeholt werden, aber mein Flugzeug ist eine gefühlte Ewigkeit lang Warteschleifen geflogen, und sie vertreibt sich mittlerweile sicher die Zeit in einem Café. Kennen Sie Kati vielleicht, Herr ...?«

»Nicolai Schnittke«, beantwortete der junge Mann ihre unausgesprochene Frage, »aber alle nennen mich Nico.« Er hielt ihr die Hand zur Begrüßung hin. »Sie sind Katis Besuch aus Berlin, richtig? Machen Sie sich keine Sorgen, für Sie ist alles bestens arrangiert.« Er taxierte Pippas Gepäckwagen und fuhr dann fort: »Jonathan Gardemann, unser Tierarzt, hat einen Land Rover, da passen Sie mit Ihren Koffern mühelos rein – und dann ist noch Platz für eine ganze Schafherde.« Er fuhr sich mit der Linken durch die strubbeligen schwarzen Haare, wodurch diese tatsächlich einen Moment lang gebändigt wirkten. »Jonathan musste sowieso zum Flughafen, da hat er Kati versprochen, Sie gleich mitzubringen. Er ist schon auf dem Weg. Wir brauchen nur hier zu warten, er holt uns ab.« Bevor er weiterreden konnte, öffnete sich die Schiebetür erneut und eine Dame im blütenweißen Trenchcoat kam direkt auf ihn zu, ein Smartphone am Ohr und eine elegante Laptoptasche über der Schulter. Den Rollkoffer, den sie mit der anderen Hand hinter sich herzog, ließ sie sofort stehen, als sie Nicolai Schnittkes Schild entdeckte.

»Ja, wunderbar, Herr Passenheimer, ich habe Ihren Azubi bereits entdeckt«, hörte Pippa Regina Winterling sagen. »Sie stehen mit Ihrem Auto wieder direkt vor Ausgang 6? Ich bin in weniger als einer Minute bei Ihnen. Machen Sie sich in der Zeit schon mal Gedanken, wo wir auf dem Weg nach Lieblich ein akzeptables Arbeitsessen einnehmen können. In Wiesbaden, Eltville oder Rüdesheim müsste sich doch irgendwo ein Plätzchen finden lassen, wo wir ungestört plaudern können. Und bitte keine Pizzeria. Ich komme gerade aus Italien, mein Bedarf an Pasta und Pizza ist gedeckt. Mir ist nach Steak, blutig, und einer Stange Spargel.« Sie strebte grußlos an Nico Schnittke vorbei, zeigte aber, ohne hinzusehen, erst mit der freien Hand auf ihn und dann über die Schulter auf ihren Rollkoffer. Pippa konnte in Nicos Miene deutlich lesen, dass er verstanden hatte, was von ihm erwartet wurde; er machte aber keinerlei Anstalten, den Koffer zu holen. Stattdessen wandte er sich Pippa zu und sagte lauter als nötig: »Gucken Sie mal, Frau Bolle. Ein unbewachter Koffer. Sollten wir die Flughafenpolizei rufen? Ich wollte schon immer mal sehen, wie so etwas gesprengt wird.« Wenn Regina Winterling diese Bemerkung noch gehört hatte, so nahm sie sie nicht ernst. Oder sie war gewohnt, dass am Ende doch alle taten, was sie von ihnen erwartete, denn sie drehte sich nicht um, sondern verließ zielstrebig das Flughafengebäude.

»Die Dame weiß, was sie will«, sagte Pippa anerkennend.

»Und sie bekommt es auch.« Nico verzog unwillig die Mundwinkel. »Ich war mitten im Entwickeln einer neuen

App, mit der man ...« Er unterbrach sich selbst und zerknüllte wütend das Schild in seinen Händen. »Jedenfalls rief die Winterling an und wollte den Chef sprechen. Samstag? Freier Tag für Nico? Interessiere sie nicht, sagte sie. Sie habe ja auch nie frei. Und was macht der Chef? Springt höher und weiter als ein Eichhörnchen und spannt mich gleich mit ein. Nur weil die beiden ungestört miteinander reden wollen, muss ich alles stehen und liegen lassen und ihren Koffer schleppen. Echt krass! Die Frau will unser ganzes Dorf umkrempeln, aber schafft es nicht, sich selbst um ihren Koffer zu kümmern.« Die Art, wie er seinem Unmut Ausdruck verlieh, ließ Pippa vermuten, dass er nicht zum ersten Mal wegen der Beauftragten der *Upper Crust Food Company* an seinem arbeitsfreien Samstag gestört worden war. Sie wollte ihn etwas aufmuntern, bot ihm an, sich zu duzen, und fragte dann: »Du kennst dich also mit Computern aus. Was genau soll deine neue App denn können?«

Nico grinste breit. »Prüfung bestanden. Ich dachte schon, du hättest den Köder nicht geschluckt. Die meisten Leute machen einen großen Bogen, wenn ich anfange, über meine Arbeit zu erzählen. Aber du kannst hier nicht weg, und über irgendwas müssen wir uns ja unterhalten.«

Pippa lachte. »Stimmt. Und wenn ich das richtig sehe, haben wir außerdem auf der Fahrt nach Lieblich zusätzliche siebzig Kilometer lang Zeit. Du kannst also gerne ins Detail gehen. Ich bin allerhand gewohnt.« Sie erzählte ihm von Sven, der, nachdem er sein Abitur endlich in der Tasche hatte, darauf brannte, im Herbst ein Studium für angewandte Informatik zu beginnen.

»Echt? Cool! Aber ein Studium wäre nichts für mich. Mein Ding ist *Learning by doing*. Ich lerne Fachinformatiker. Bei meinem Onkel.« Nico fuhr mit der ausgebreiteten Hand durch die Luft, als würde er ein Banner ziehen: »Max

Passenheimer Elektrohandel sowie Computerhege, -pflege und -aufzucht. Letztes Lehrjahr.«

»Eure Firma hat ihren Sitz in Lieblich?«, fragte Pippa.

»Wir *sind* Lieblich. Keiner schaltet in der näheren und weiteren Umgebung ein Radio, einen Fernseher oder einen Computer ein, ohne dass wir etwas damit zu tun haben. Wir haben sogar ein Intranet für die Mitglieder der Neustart-für-Lieblich-Liga entwickelt«, antwortete Nico stolz.

Pippa runzelte die Stirn. »Und was ist mit dem Pro-Natur-Forum?«

»Die sind außen vor. Es sei denn, sie wollen ein eigenes Netz. Mein Onkel wartet nur darauf. Er wird ihnen mit Sicherheit das Doppelte abknöpfen – obwohl er nur noch die Hälfte der Arbeit hat.« Nico schüttelte unwillig den Kopf. »Seitdem alle das große Geschäft wittern, ist es bei uns auf dem Hügel um einige Grade kälter geworden. Selbst in unserer Firma.«

»Du bist nicht begeistert von den Veränderungen?«

»Lieblich war für mich immer so etwas wie eine Familie. Jetzt habe ich das Gefühl, Vater und Mutter lassen sich gerade scheiden«, sagte er traurig.

Um ihn abzulenken, wechselte Pippa das Thema: »Aber jetzt raus mit der Sprache: Du wolltest mir erzählen, worum es in deiner App geht.«

»Du hast es aber drauf. Freiwillig ist bisher niemand auf mein Lieblingsthema zurückgekommen«, sagte er anerkennend. »Und bevor du es dir anders überlegst, bekommst du die volle Breitseite. Ich entwickle eine Applikation für Tierstimmen und Naturgeräusche. Sozusagen mein Gesellenstück, das ich Kindergärten und Schulen anbieten will. Die können sich dann anhören, wie eine Kuh muht, wenn sie Hunger hat, und wie es klingt, wenn sie gemolken werden will. Und denk mal an die vielen Vogelstimmen! Man geht durch den Wald und hört einen Specht klopfen, das erkennt jedes Kind. Aber die anderen Vögel? Davon hat doch keiner einen blassen Schimmer. Wir hören zwar am Motorengeräusch, welches Auto sich nähert, aber ob das Gezwitscher von einer Meise oder einer Drossel kommt, das kannst du dann mit meiner App lernen. Man nimmt mit seinem Smartphone einfach die Geräusche auf, das Programm vergleicht die Töne automatisch mit meiner Datenbank und peng – schon hat man die Antwort: So hört es sich an, wenn der Klapperstorch einen Jungen abliefert, und so, wenn er ein Mädchen bringt.«

Pippa lachte und hob den Finger. »Genau die App, die ich brauche. Eine Abonnentin hast du schon. Ich sollte Sven für eine Woche hierher beordern, ihr würdet euch prächtig verstehen.«

Nicos Gesicht verfinsterte sich. »Blöderweise könnten wir uns dann nur heimlich treffen, denn ihr wohnt ja in der Mühle, und auf Thilo ist Onkel Max gerade gar nicht gut zu sprechen.«

»Verstehe: Thilo leitet das Pro-Natur-Forum.«

»Das ist es nicht. Thilo und Kati haben nicht unterstützt, dass er der neue Ortsvorsteher wird. Sie fanden, es wird Zeit, dass eine Frau das Amt übernimmt, und haben eine Gegenkandidatin vorgeschlagen: die Witwe des verstorbenen Gisbert Findeisen, Uschi.«

Kluger Schachzug, dachte Pippa. »Es haben sich bestimmt viele verpflichtet gefühlt, sie zu wählen, schon allein aus Achtung gegenüber dem Verstorbenen«, vermutete sie.

»Oder aus Schuldgefühl gegenüber Uschi«, murmelte Nico Schnittke. »Jedenfalls haben die beiden die gleiche Anzahl Stimmen auf sich vereinigt, und dann hat Uschi zugunsten meines Onkels zurückgezogen. Das will ihm nicht so recht gefallen.«

»Er hat das Gefühl, Ortsvorsteher von Uschi Findeisens Gnaden zu sein?«, fragte Pippa.

»Schlimmer: von Thilos und Katis. Jedenfalls darf ich seitdem nur noch bei akuten Computerproblemen in die Plappermühle runter, ansonsten herrscht im wahrsten Sinne des Wortes Funkstille.«

Deshalb hat der Imker Sven um Hilfe bei seiner neuen Homepage gebeten, folgerte Pippa in Gedanken. Laut wandte sie ein: »Immerhin darfst du mit mir zusammen zurück nach Lieblich fahren.«

»Dafür ist Max Passenheimer viel zu neugierig. Er könnte diesen einsamen Koffer ja auch sehr gut im eigenen Auto transportieren, aber dann hätte er sich den Bericht über dich bei unserem Tierarzt abholen müssen, und das wäre unter seiner Würde gewesen.« Nico grinste zufrieden. »Max wollte meine Version über dich, und wie die ausfällt, hängt von deiner Geduld ab, mit mir weiter über Computer zu reden.«

Pippa lachte laut. Nicos trockener Humor, gewürzt mit einer kleinen Prise Aufmüpfigkeit, gefiel ihr ausnehmend gut. Neustart-für-Lieblich-Liga hin und Pro-Natur-Forum her – sie würde versuchen, sich mit ihm auf neutralem Boden zu treffen und zu plaudern. Als wären ihre Gedanken auf ihrer Stirn zu lesen, sagte Nico Schnittke: »Außerdem dürfen sich bei Jonathan Gardemann alle Lieblichen und ihre Besucher gefahrlos begegnen. Mit dem will es sich keiner verscherzen. Schließlich kriegen die Haustiere aus beiden Lagern ihre Wehwehchen und wollen von ihm geheilt werden.«

»Die Menschen auch, wie ich höre«, warf Pippa ein.

»Stimmt. Deshalb ist Kati ja auch nicht hier, um dich abzuholen.«

Pippa stutzte. »Kati ist krank?«

»Sie hat sich heute Morgen im Wald den Fuß verknackst. Hat sie denn nicht angerufen oder dir eine SMS geschickt?«

Pippa verdrehte die Augen. »Verdammt. Ich habe mein Telefon in Berlin am Check-in abgeschaltet.« Sie wühlte in der Handtasche und schaltete ihr Smartphone ein. In schneller Reihenfolge zeigten sich einige Anrufe in Abwesenheit und zwei Nachrichten, erst von Thilo Schwange und dann von seiner Verlobten. Beide wollten sie darauf vorbereiten, dass sie vom Tierarzt abgeholt werde, weil Kati weder laufen noch Auto fahren könne.

Nico starrte Pippa an wie das achte Weltwunder. »Soll das bedeuten, dass du seit Stunden nicht auf dein Handy geguckt hast? Hammer! Was hast du denn die ganze Zeit gemacht?«

»Ich weiß, dass der durchschnittliche Handynutzer in der Stunde mindestens zehnmal auf das Display guckt. Aber ich habe bis in die frühen Morgenstunden mit meiner Hausgemeinschaft und Thilo gefeiert, deshalb wollte ich jetzt nur noch Ruhe. Und die finde ich beim Lesen.« Sie zog ein Buch aus der Tasche. »Wenn ein Buch gut ist, dreht sich die Erde ohne mich weiter. Neben mir kann der schönste Mann der Welt umlagert von Tausenden von kreischenden Fans eine Pressekonferenz geben – wenn meine Lektüre spannend ist, sehe und höre ich nichts.«

»Echt? Genauso geht es mir, wenn ich an meiner App arbeite.« Er sah auf das Buch in ihrer Hand. »Hast du keinen E-Reader? Ich könnte dir sehr günstig einen besorgen und dir auch gleich noch jede Menge Lesestoff drauladen.«

»Danke, ich besitze einen. Aber dieses Buch stand in meinem LBR, meinem Lieblingsbücher-Regal, und ich wollte mir in Lieblich endlich mal wieder die Zeit nehmen, zu überprüfen, ob es da noch hineingehört.« Pippa zeigte auf den Rucksack, der zuoberst auf ihrem Gepäck lag. »Der ist so prall gefüllt, weil darin noch jede Menge anderer Romane darauf warten, zum trauten Klappern des Mühlenrades noch einmal gelesen zu werden.«

»Echt?« Nico nahm ihr das Buch aus der Hand und blätterte so vorsichtig darin, als könnten die Buchstaben herausfallen. »1984, George Orwell«, sagte er. »Das wollte ich schon immer mal lesen. Davon wird so viel erzählt. Big Brother und so.«

»Ich kann es dir gerne leihen, wenn ich es durchhabe.«

»Mir auch?«, fragte eine sonore Stimme hinter ihr. Pippa fuhr herum und sah sich dem Prototyp eines Mannes gegenüber, der den Großteil seiner Zeit im Freien verbringt. Dafür war er absolut passend gekleidet: dunkelgrünes Jägerhemd, darüber eine Anglerweste mit unzähligen aufgenähten Taschen, dazu halbhohe Wanderstiefel mit Profil.

»Jonathan Gardemann, nehme ich an. Freut mich, Sie kennenzulernen. Ich bin Pippa Bolle«, sagte Pippa und musste grinsen, weil ihr unwillkürlich der Gedanke kam, dass dem Tierarzt zum perfekten Klischee nur noch eine karierte Schiebermütze fehlte. Dann konnte er jedem englischen Landjunker aus schmalzigen deutschen Fernsehfilmen Konkurrenz machen.

»Gerne nur Jonathan«, sagte Gardemann und schüttelte ihr die Hand, als sie nickte. »Thilo hat nicht übertrieben, als er sagte, du würdest aus der Menge herausstechen. Ich habe dich gleich erkannt.«

»Ich weiß, meine roten Haare können wahlweise eine Nebelschlussleuchte oder einen Leuchtturm ersetzen.« Als Jugendliche pflegte sie ihre Haarpracht unter jeglicher Art von Kopfbedeckungen zu verstecken, aber mittlerweile war sie stolz auf das britische Erbe ihrer Mutter. »Vielen Dank, dass du mich mit nach Lieblich nimmst«, ergänzte sie.

»Kein Problem, ich musste ohnehin unser neues Familienmitglied abholen«, sagte Gardemann. »Er ist auch der Grund, der mich zum Aufbruch blasen lässt, denn der kleine Kerl ist schon den ganzen Tag unterwegs und will endlich in seinem neuen Zuhause ankommen.«

Wenn Pippa geglaubt hatte, dass es sich bei Jonathan Gardemanns Familienmitglied um einen Verwandten handelte, so sah sie sich beim Einsteigen in den Land Rover eines Besseren belehrt. Auf der Ladefläche seines Autos stand eine Transportbox, an deren Gitterstäben sich eine Hundenase platt drückte.

Pippa stieß einen Schrei des Entzückens aus und beugte sich vor. »Das ist ein Jack-Russel-Terrier, richtig?«, fragte sie, als sie ein dunkelbraunes und ein hellbraunes Knickohr ausmachte, die sich deutlich vom Weiß der Schnauze abhoben. »Wie heißt er?«

Jonathan Gardemann zuckte die Achseln. »Seine bisherigen Betreuer haben ihn Jo-Jo getauft, was mich befürchten lässt, dass er diesen Namen verdient.«

Mittlerweile versuchte der Hund, mit der Zunge durch das Gitter an Pippas Hand zu gelangen. »Wie alt ist er?«, fragte sie und musste alle Willenskraft aufbieten, das Tier nicht sofort aus seinem Gefängnis zu befreien.

»Ungefähr sechs Monate, denke ich. Genau weiß man das nicht. Die Papiere sind wahrscheinlich allesamt gefälscht.« Er fluchte leise. »Freunde aus dem Hamburger Tierschutz haben ihn und noch dreißig seiner Kollegen aus einem illegalen Hundetransport gerettet und mich gebeten, einen davon zu übernehmen. Ich suchte ohnehin gerade einen tröstenden Begleiter für meine Schwägerin. Da kam mir Jo-Jo gerade recht.« Der Tierarzt steckte dem Hund ein Leckerli zu und sprach beruhigend auf ihn ein; der legte den Kopf schief und schien genau zuzuhören. »Die Hamburger haben mir jede Menge Fotos von ihrer Rettungsaktion und Beschreibungen der einzelnen Hunde geschickt. Bei diesem Kerlchen glaube ich, gefunden zu haben, was ich suche: einen loyalen Begleiter mit ausgeprägtem Schutzverhalten. Etwas, was man im Lieblich dieser Tage mehr als nötig hat.«

Kapitel 4

Als Jonathan Gardemann auf die Autobahn fuhr, merkte Pippa, wie müde sie war. Auf der ausgelassenen Feier der Hausgemeinschaft am Abend zuvor hatte sie Thilo Schwange beim Karaoke lauthals angefeuert, als er Gianna Nanninis *Bello e impossibile* zum Besten gab. Er hatte mit seiner kraftvollen Interpretation des Liedes jeden zum Mitsingen animiert, was im Transvaalstraßenkarree Fußballstadionatmosphäre aufkommen ließ, in einer Lautstärke, die bei der dritten Wiederholung des Songs unerbittliche Ordnungshüter auf den Plan rief. Alarmiert von Nachbarn umliegender Häuser, zogen diese erst wieder ab, als Freddy, seines Zeichens Wasserschutzpolizist, seinen erdgebundenen Kollegen versicherte, man sei gerade beim Schlusslied angekommen, jetzt ginge es ans Aufräumen. Da auch dies in Feierlaune erfolgte, hatte Pippa sich erst ans Packen ihrer Koffer gemacht, als sich bereits erste Silberstreifen am Horizont zeigten. Bis Karin und Sven sie zum Flughafen brachten, waren nur noch wenige Stunden unruhiger Schlaf zusammengekommen. Nun war es bereits wieder Abend, und sie lief trotz des guten Wetters und der netten Gesellschaft Gefahr, einzuschlafen. Am liebsten hätte sie sich zu Jo-Jo auf die Ladefläche gelegt und sich mit ihm die Zeit vertrieben, sah aber ein, dass er im Transportkorb sicherer aufgehoben war. Seufzend sah sie nach hinten, um einen Blick auf die Hundebox zu werfen, und riss vor Entsetzen die Augen auf. Nico hatte Regina Winterlings Rollkoffer neben sich auf den Rücksitz gelegt und bohrte hingebungsvoll mit einem kleinen spitzen Gegenstand im Sicherheitsschloss herum.

»Um Gottes willen«, sagte Pippa, »was machst du denn da, Nico? Du kannst doch nicht einfach Frau Winterlings Koffer öffnen.«

Leicht verschämt sah Nico auf. »Mich interessiert nicht, was sie eingepackt hat, ich will nur ausprobieren, ob mein selbstgemachter Dietrich funktioniert. Ich habe ihn für TSA-Schlösser entwickelt, und ihr Koffer hat so eines.«

»TSA-Schlösser?«, fragte Pippa verständnislos.

»Das sind Spezialschlösser für Fluggepäck, die mit einem Generalschlüssel der Transportsicherheitsbehörde der USA ohne Wissen des Eigners oder einen passenden Ziffercode geöffnet werden können, sollte sich beim Durchleuchten im Koffer ein verdächtiger Gegenstand zeigen«, erklärte der Tierarzt.

»Nach der Kontrolle wird das Gepäckstück dann unbeschadet wieder verschlossen – ohne dass der Besitzer etwas davon erfährt«, ergänzte Nico eifrig. »Ich will mir auch so ein Schloss zulegen. Dann muss ich mir keine Nummernfolgen mehr merken.«

»Abliefern, sofort«, donnerte Jonathan Gardemann. Ohne den Blick von der Straße zu wenden, bedeutete er Pippa, den Dietrich von Nico einzufordern, und stopfte ihn umgehend in die Brusttasche seiner Anglerweste. »Und rede keinen Unsinn, Nico, du besitzt weder einen Koffer, noch planst du eine Reise in die USA. Außerdem kann sich keiner Zahlen so gut merken wie du. Du hast ein Gehirn wie ein Schweizer Uhrwerk. Ohne dich wäre Max Passenheimer aufgeschmissen. Jeder weiß, dass du hochbegabt bist und keine Fehler machst – bis auf die Tatsache, dass du deinen Chef für deinen

Lehrmeister hältst und offenbar noch neugieriger bist als er.« Der Tierarzt blickte in den Rückspiegel, um Nicos Reaktion auf seine Rede nicht zu verpassen. Als der junge Mann unzufrieden die Arme vor der Brust verschränkte, fuhr er fort: »Außerdem halte ich das Spionieren in Frau Winterlings Koffer für überflüssig. Ganz gleich, was sie darin verstaut hat, ihre wichtigsten Unterlagen wirst du darin nicht finden. In der Hinsicht ist sie wie du: Sie hat alles im Kopf.«

Nico schien den Verlust seines illegalen Werkzeuges nur schwer zu verschmerzen, denn er antwortete Gardemann nicht, sondern schaute angelegentlich aus dem Fenster. Obwohl sie auch der Meinung war, dass Nicos Finger nichts an Regina Winterlings Koffer zu suchen hatten, wollte Pippa die beiden ablenken und für bessere Stimmung sorgen. Sie erkundigte sich deshalb nach Kati.

»Alles im grünen Bereich«, erklärte der Tierarzt. »Sie sollte ein paar Tage den Fuß hochlegen. Wenn sie den Knöchel auch noch mit meiner hausgemachten Eutercreme einreibt, ist sie bald wieder so gut wie neu. Trotzdem habe ich sie zu ihrer Freundin Natascha gebracht; die darf aufpassen, dass Kati sich an meine Anweisungen hält. Ab morgen kannst du das dann übernehmen.«

Pippa fuhr der Schreck in die Glieder. »Heißt das, ich bin in meiner ersten Nacht in der Plappermühle allein?«

Gardemann warf ihr einen erstaunten Seitenblick zu. »Kommst du denn nicht öfter zu Einsatzorten, wenn die Hausbesitzer schon abgereist sind?«

»Nein, das ist eher selten. Normalerweise möchten mich meine Auftraggeber persönlich in alles einführen, besonders, wenn Tiere im Haus sind.« Pippa fügte nicht dazu, dass diese Auftraggeber in der Regel in der Stadt wohnten und ihr eher die Aussicht auf eine Nacht in völliger Abgeschiedenheit und fremder Umgebung Unbehagen bereitete.

»Wenn man eine Katze oder einen Hund hat, dann wird das wichtig sein, die müssen gefüttert werden«, ließ sich Nico von hinten vernehmen. »Aber bei Tausenden von Bienen ist das unnötig. Die fliegen einfach zum Dinner auf die nächste Blüte.« Während er das sagte, fuhren sie an einer Ausfahrt in Richtung Wiesbaden vorbei, was Pippa ablenkte. Angestrengt sah sie aus dem Fenster, um wenigstens einen flüchtigen Eindruck von der Stadt zu erhaschen. »Ich würde gerne mal nach Wiesbaden hinunterfahren, während ich hier bin. Dort wohnen gute Bekannte, die ich lange nicht gesehen habe.« Pippa dachte an Jodokus und Ilsebill Lamberti, mit denen sie im vorigen Sommer in der Steiermark einen kniffligen Fall mit Bravour gelöst hatte. »Wie lange dauert es denn mit öffentlichen Verkehrsmitteln von Lieblich bis in die Innenstadt?«, fragte sie.

»In einer beschwerlichen Tagesreise sollte das zu schaffen sein. Allerdings nicht an Sonntagen und nicht während der Schulferien und auch nur, wenn zufällig mal keine Straße gesperrt ist«, tönte es von der Rückbank, und der Tonfall zeigte an, dass Nico seinen Dietrich abgeschrieben hatte. Ohne Zweifel, weil er wusste, wie er zu ersetzen war.

Pippa drehte sich zu ihm um. »Heißt das, es gibt keine Busse?«

»Seit die Kurgäste wegbleiben, sind Leute ohne fahrbaren Untersatz auf den Schulbus oder auf Mitfahrgelegenheiten angewiesen«, sagte Nico. »Lade deine Freunde lieber zu uns ein, das ist auch für das Dorf interessanter. Am besten gehst du mit ihnen in den ›Schatz‹. Agnes Freimuth gibt euch dann den Tisch in der Mitte, damit wir alle hören können, worüber ihr redet.« Er strahlte Pippa an. »Außerdem gibt es bei ihr verdammt leckere Forelle Müllerin aus Uschi Findeisens Fischteichen.«

Jonathan Gardemann nickte zustimmend. »Forellen aus

dem Wispertal gelten hier landauf, landab als besondere Delikatesse. Aber wenn die Wiesbadener wirklich deine Freunde sind, erspare ihnen besser das Schaulaufen und brate ihnen selber welche.«

»Stimmt, von der Plappermühle bis zu Uschi musst du nur zweimal lang hinschlagen, dann bist du da«, bestätigte Nico.

»Wenn meine Schwägerin nicht zu Hause ist, kannst du dir im Verkaufsraum einfach alles Gewünschte aus dem Kühlregal holen. Das machen alle so. Es stehen immer eine Waage samt Preistabelle und ein Sparschwein für deinen Obolus bereit. Uschi ist nämlich selten zu Hause.«

»Sie fährt mit einem Lebensmittelwagen über Land. Drei verschiedene Routen pro Woche, montags, mittwochs und freitags«, warf Nico als Erklärung ein.

»Lebensmittelwagen?«, fragte Pippa. »Man bestellt Waren bei ihr, und die bringt sie dann ins Haus?«

Jonathan Gardemann schüttelte den Kopf. »Schon ihr Vater hat seine Fische mit einem Wagen an den Mann gebracht, und Uschi hat das so beibehalten. Seit aber in den umliegenden Ortschaften immer mehr Läden geschlossen werden, weil sie mit den Preisen der Supermärkte im Tal nicht mithalten können, hat sie das Angebot auf Grundnahrungsmittel erweitert. So muss man nicht wegen eines Liters Milch zwölf Kilometer fahren.«

»Mittlerweile wartet jeder in der Umgebung sehnsüchtig auf ihre Runde, denn sie hat auch frische Brötchen und Laugenbrezeln dabei. Selbstgebacken! Für ihren Bienenstich stehen wir Schlange, der ist legendär. Nicht mit Zucker, sondern mit Honig gebacken.« Nico schmatzte in Erinnerung an den Kuchen. »Wir sind alle Bienenstich-Junkies, und Uschi ist unser Dealer.«

Pippa hatte der Unterhaltung erstaunt entnommen, dass Gardemann und Ursula Findeisens Ehemann Geschwister gewesen waren. Aufgrund der unterschiedlichen Nachnamen kam sie zu dem Schluss, dass der verstorbene Ortsvorsteher und sein Bruder entweder aus einer Patchworkfamilie stammten oder Gisbert auch mit allen namensrechtlichen Konsequenzen in den väterlichen Betrieb seiner Frau eingeheiratet hatte. Wenn Ersteres der Fall war, interessierte sie Jonathans Geschichte, war es Letzteres, dann wollte sie unbedingt Ursula kennenlernen. Während Pippa darüber nachdachte, wie selten es auch heute noch war, dass der Ehemann den Namen der Frau wählte, veränderte sich draußen die Landschaft. Waren sie bis jetzt ausschließlich durch städtisch geprägte Gebiete gefahren, breiteten sich jetzt rechter Hand Weinberge aus, und kleine Ortschaften wechselten sich ab mit freien Blicken auf den Rhein. Die Namen einiger Dörfer kannte sie von den Etiketten der Weinflaschen, die in der Transvaalstraße 55 hoch in Kurs standen: Eltville, Erbach, Rüdesheim.

In Lorch setzte Jonathan Gardemann den Blinker und bog rechts ab, einem Schild in Richtung *Wispertal* folgend. Kurz nach dem schmucken Weinort hörten die Weinberge auf und machten dichtem Baumbestand Platz. Das Tal wurde enger, die Straße folgte den vielen Windungen des kleinen Flusses bergwärts. Viele Kilometer lang unterbrach keine Ansiedlung, kein Haus die Abgeschiedenheit. Pippa kam sich vor, als wäre sie in eine Märchenwelt eingetaucht.

»Ist das schön hier«, entfuhr es ihr. »So stelle ich mir einen Zauberwald vor.«

»Da könntest du recht haben«, knurrte Jonathan Gardemann leise. »Ich habe in letzter Zeit durchaus das Gefühl, mich in der Gesellschaft gehässiger Hexen und hinterhältiger Waldschrate zu befinden.«

In diesem Moment begann Jo-Jo zu wimmern und ungeduldig an den Gitterstäben seines Käfigs zu kratzen. Der

Tierarzt horchte in seine Richtung. »Ich fürchte, der Kleine schafft es nicht mehr bis hinauf nach Lieblich. Ich verordne uns allen ein kurzes Gassigehen.« Gleich darauf fuhr er auf einen Parkplatz unter hohen Bäumen und stellte das Auto ab.

Nico holte demonstrativ sein Smartphone hervor und begann in einer Geschwindigkeit darauf herumzutippen, um die ihn so mancher Romanautor beneidet hätte, machte aber keinerlei Anstalten, ebenfalls auszusteigen. Gardemann murmelte etwas von: »Schade, dass elektronische Geräte nicht durch Luft und Sonne aufgeladen werden, sonst wärst auch du viel häufiger draußen.«

»Durch Sonne geht schon, für das andere lass mir noch ein bisschen Zeit«, sagte Nico, ohne den Blick vom Display zu heben. »Außerdem wage ich mich nur mit Leuten in die freie Wildbahn, die meine Arbeit zu würdigen wissen. Du hast ja keine Ahnung, wie lange ich an meinem Spezialdietrich gefeilt habe.«

Pippa versuchte noch, ihn zum Aussteigen zu überreden, aber er zeichnete Sternchen in die Luft, als würde er in einem sozialen Netzwerk einen Eintrag schreiben, und sagte: »*ist beleidigt. **kostet das voll aus.«

Während Jonathan Gardemann den Hund anleinte, stieg Pippa aus dem Auto und atmete tief die frische Waldluft ein. Es erschien ihr unwirklich, dass sie noch vor wenigen Stunden mitten im Berliner Häusermeer dem Lärm der Stadt ausgesetzt gewesen war, während es hier nichts anderes zu hören gab als das Gurgeln eines Flusses und das Rauschen des Windes in den Baumwipfeln. Sie drehte sich nach dem Tierarzt um. Der kniete mit einem seligen Lächeln nieder, um Jo-Jo zu streicheln. Der Terrier drückte sich an ihn, glücklich über die Aufmerksamkeit, und versuchte, die

Hand seines neuen Besitzers mit der Nase zu weiteren Liebkosungen zu animieren. Pippa wäre gern hinübergegangen, um ebenfalls mit ihm zu schmusen, entschied sich aber, Herrn und Hund nicht zu stören. Sie wandte sich ab und erkundete die Umgebung. Gleich neben dem Steig-aus-und-wandere-Schild des Parkplatzes stand eine Informationstafel mit einer Landkarte der Region und dem obligatorischen Sie-sind-hier-Pfeil. Das Wispertal war als landschaftlich besonders reizvolle Strecke ausgewiesen. Pippa entdeckte entlang der gesamten Route nur wenige Häuser und bloß ein einziges Dorf, Geroldstein. Lange, bevor man es erreichte, führte schräg gegenüber dem Parkplatz, auf dem sie sich gerade befand, eine Stichstraße aus dem Wispertal hinauf nach Lieblich und eine weitere nach Espenschied, einen etwas größeren Ort. Sie fand einen historischen Brunnen und Hinweise auf mehrere stillgelegte Schieferstollen in der näheren Umgebung. Noch während sie nach Thilo Schwanges Plappermühle suchte, fiel ihr die Reproduktion eines alten Geldscheins ins Auge, die neben der Landkarte hing und mit fünfzig Pfennig Notgeld beziffert war. Als würde sie ihren Inhalt direkt in den Rhein ergießen, konnte man darauf eine auf dem Kopf stehende Flasche erkennen, deren Hals durch zwei Halbkreise gebildet wurde. Links und rechts der Orte Kaub und Lorch schnitten sie in den Fluss, der eine mit der Flagge der Vereinigten Staaten von Amerika versehen, der andere mit der Trikolore. Unterschrieben war das Notgeld mit den Worten: *Nirgends ist es schöner als in dem Freistaat Flaschenhals.*

Pippa suchte auf der Tafel nach einer Erklärung und wurde fündig: ›Herzlich willkommen auf dem Gebiet des ehemaligen Freistaates Flaschenhals‹, stand da zu lesen. ›Sie befinden sich auf weltgeschichtlich bedeutsamem Boden‹.

Überrascht sah sie sich um. Weder die Wisper noch die

schmale Landstraße oder der dichte Wald machten den Eindruck, als hätte die Welt jemals von ihnen Notiz genommen.

›Die Entstehung der Republik Freistaat Flaschenhals geht auf einen schlichten Berechnungsfehler zum Ende des 1. Weltkrieges zurück. Als 1918 im Waffenstillstand von Compiègne die Besetzung durch die Alliierten angeordnet wurde, vergaßen die Siegermächte, dass Zirkel keine geraden Grenzen ziehen können, und schufen so ungewollt zwischen dem US-amerikanischen Brückenkopf von Koblenz und dem französischen bei Mainz einen schmalen Streifen Landes – der sich umgehend und stolz für selbstständig erklärte. Das Gebiet hatte die Form eines Flaschenhalses und reichte vom Rheinufer fast bis nach Limburg hinauf. Es bestand vom 10. Januar 1919 bis zum 25. Februar 1923 und ist auf unserer Schautafel gelb unterlegt.‹

Pippa fuhr gerade mit dem Finger die Form des Gebietes nach, als Jo-Jo den Tierarzt zu ihr herüberzog, um auch von ihr Streicheleinheiten einzufordern.

»Ich sehe, du machst dich gerade mit unseren fünf Minuten Weltruhm bekannt«, sagte Gardemann.

»Hat es diesen Freistaat Flaschenhals tatsächlich gegeben?«, fragte Pippa und beugte sich hinunter, um den Hund zu streicheln.

»Und ob!« Gardemann wies auf einen kleinen rosa Punkt am linken oberen Rand des farbig markierten Gebietes. »Sozusagen mit Lieblich als Bodensatz. Zwischen den einzelnen Sektoren setzte damals rege Schmugglertätigkeit ein, anders konnte das Gebiet nämlich nicht beliefert werden. Die Besatzungsmächte hatten schließlich keinerlei Interesse, den Stachel in ihrem Fleische auch noch mit Lebensmitteln und Kohle zu versorgen. Wahrscheinlich hofften sie, Hunger und Kälte trieben die Bewohner dazu, um Aufnahme in einer der Besatzungszonen zu betteln. Aber da hatten sie die Rechnung ohne das Dorf gemacht. Die ›Lieblichen‹, wie sie seitdem auch außerhalb des Dorfes anerkennend genannt werden, zeichneten sich dabei durch bemerkenswerten Einfallsreichtum in der Beschaffung von Waren aus. Besonders, wenn der einen oder anderen Besatzungsmacht ein Schnippchen geschlagen werden sollte.«

»Klingt wie ein Modellversuch für das viergeteilte Berlin«, scherzte Pippa.

»Wenn du den Vergleich mit Berlin gegenüber den Lieblichen ziehst, hast du bei den Bewohnern einen Stein im Brett«, vermutete der Tierarzt. »Dort sind bis heute alle stolz darauf, eine Hochburg des Schwarzhandels gewesen zu sein. Ich kenne keinen, der die damalige Sonderstellung und ihre finanziellen Möglichkeiten nicht romantisiert. Wahrscheinlich, weil es etliche Familien gibt, deren Haus und Hof auf der damaligen Beute gründet. Einige geben das sogar offen zu.« Er zeigte zum Auto hinüber. »Nicos Arbeitgeber zum Beispiel. Der hat das Geld für seinen Elektrohandel von seinem Vater und der wieder von seinem Vater geerbt, und jeder weiß, dass ehrlicher Hände Arbeit nichts damit zu tun hatte. Arno Passenheimer, der Patriarch der Familie, ist mit sechsundneunzig Jahren der älteste Bürger Lieblichs und ungekrönter König des Stammtisches, nur weil er sich noch an die Flaschenhalszeit erinnern kann. Obwohl er bei ihrem Ende erst knappe fünf Jahre alt war, behauptet er, an der Schaffung des Vermögens mitgearbeitet zu haben, und achtet eisern darauf, den damals erworbenen Grundstock stetig zu vermehren.« Er kratzte sich am Kinn, als käme ihm diese Idee zum ersten Mal. »Wenn ich es genau bedenke, sind die Passenheimers die Einzigen, denen das gelingt, denn Computer, Handy, Fernseher und andere Elektrogeräte bietet Max zu wirklich erschwinglichen Preisen an, und obendrein mit günstigen Wartungsverträgen.«

»Und Nico hat an Passenheimers Verdienst maßgeblichen Anteil?«, wollte Pippa wissen.

»Nico ist die Computerseele des Ortes. Er ist immer zur Stelle, um zu helfen und alles wieder ins Laufen zu bringen, ganz gleich, ob der PC nicht funktioniert, weil man vergessen hat, den Stecker in die Dose zu stecken, oder ob ein Trojaner deine Daten mit Haut und Haaren fressen will.«

»Das klingt, als ob ihm sein Beruf im Blut liegt.«

»Er *ist* sein Blut, fürchte ich«, sagte Gardemann und sah kurz zum Auto hinüber, wo Nico immer noch mit gesenktem Kopf saß. Er schien seine Position in der letzten Viertelstunde nicht einmal geändert zu haben. »Nico müsste ab und an mal Pause machen, tanzen gehen, Freunde treffen, von mir aus auch über die Stränge schlagen – aber er sitzt immer im Haus, ständig vor dem Bildschirm. Deshalb sieht er aus, als wäre er gerade erst der Pubertät entkommen, ist aber schon knappe zwanzig Jahre alt.«

»Vielleicht empfindet er das, was er tut, nicht als Arbeit«, warf Pippa ein und erzählte von Sven, der sich durch nichts und niemandem ablenken ließ, bis er ein Computerproblem gelöst hatte.

»Dagegen wäre nichts einzuwenden, wenn es nur um ihn selber ginge«, erwiderte der Tierarzt und ließ sich von Jo-Jo bis zu einer alten Eiche weiterziehen, die der Hund unbedingt beschnuppern wollte. Er winkte Pippa, ihm zu folgen. »Aber wir sind viele. Bei uns im Dorf gibt es immer irgendein Problem zu lösen. Jeden Tag. Da gibt es keine Ruhe. Keine echten Pausen.«

»Und sein Chef lässt ihn gewähren?«

»Welcher Arbeitgeber stoppt seinen Mitarbeiter, wenn dieser ihm das Geld verdient? Ich fürchte, Max macht da keine Ausnahme.« Jonathan seufzte. »Erschwerend kommt hinzu, dass Nico die Passenheimers als seine Familie betrachtet.

Selbst wenn er mal keine Lust hat, er macht trotzdem weiter – aus purer Dankbarkeit.«

Pippa hätte brennend gern gewusst, wie das zu verstehen war, aber in diesem Moment öffnete Nico die Autotür und rief: »Redet ihr etwa über mich?«

»Selbstverständlich«, gab Pippa zurück, »mit irgendwem muss ich ja anfangen, wenn ich die Lieblichen richtig kennenlernen will.«

Zu ihrer Überraschung stieg Nico jetzt doch aus dem Auto und kam herüber. »Dann musst du mit mir reden, nicht mit ihm«, sagte er. »Ich kenne jeden Haushalt der Umgebung und jeden einzelnen Bewohner, jedenfalls, wenn er einen Computer hat. Der da«, er zeigte auf Jonathan, »der kennt nur die Tiere.«

»Die sind mir derzeit auch lieber«, warf Gardemann ein, »denn die kommen zu mir, um ihre Probleme loszuwerden, und nicht, um neue zu schaffen.«

Wenn der Satz auf Nico gemünzt war, so reagierte der nicht darauf, sondern sprach weiter zu Pippa: »Wenn du die Lieblichen möglichst schnell und vollzählig kennenlernen willst, komm morgen zum Sonntagssingen in den ›verlorenen Schatz‹. Da werden alle da sein, ganz egal, ob sie aus dem Pro-Natur-Forum oder aus der Neustart-für-Lieblich-Liga sind. Beim Sonntagssingen machen alle mit.«

»Stimmt«, sagte Jonathan Gardemann grimmig. »Sie singen gemeinsam. Ob sie allerdings auch miteinander reden, steht auf einem anderen Blatt.«

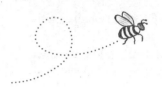

Kapitel 5

Als sie wieder im Land Rover saßen, verschwand die Sonne bereits hinter den Hügeln. Während es auf der Anhöhe vermutlich noch hell war, ließen der tiefe Wald und die Senke, durch die sie fuhren, einen frühen Abend einkehren. Die einspurige Landstraße wand sich in Haarnadelkurven den Hügel hinauf, und Pippa verstand, warum der Tierarzt bei diesem Terrain einen Wagen mit Allradantrieb als fahrbaren Untersatz gewählt hatte. Im Winter war es bestimmt kein Vergnügen, sich hier mit einem normalen Pkw fortzubewegen.

Geradezu mystisches Zwielicht, dachte Pippa, es verzaubert aber nicht nur, es wirkt auch bedrohlich. Sie bekam eine Gänsehaut, wenn sie sich vorstellte, in dieser Umgebung völlig auf sich allein gestellt zu sein. Kein Wunder, dass Thilo Schwange Unterstützung für seine Verlobte gesucht hatte.

Jonathan Gardemann zeigte nach rechts auf terrassenförmig angelegte Teiche, die alle miteinander verbunden waren. Etwas von der Straße zurückgesetzt stand das Wohnhaus mit einem seitlich angebauten Verkaufsraum, über dem eine grelle Leuchtreklame prangte. Sie war vielleicht in den sechziger Jahren modern gewesen, jetzt wirkte sie geradezu trotzig nostalgisch. Pippa konnte eine springende Forelle erkennen, die mit Hilfe einer Flosse eine Fahne mit dem Schriftzug *Fritze Findeisens frischer Fisch* hinter sich herflattern ließ.

»Komm uns mal besuchen«, sagte der Tierarzt. »Du brauchst nicht an der Straße entlangzulaufen. Es geht schneller, wenn du von der Mühle aus direkt dem Lauf der Plapper folgst. Es gibt einen Trampelpfad, der über die Überschwemmungswiesen direkt zu uns führt.«

Bevor Pippa sich für die Einladung bedanken konnte, hörte sie ein schnell lauter werdendes Knattern, und Jonathan zog seinen Wagen scharf nach rechts. Sekunden später erschien hinter der nächsten Kurve ein Motorrad und raste in beträchtlichem Tempo an ihnen vorbei.

»Darf ich vorstellen?«, fragte Jonathan Gardemann. »Bodo Baumeister ...«

»... auf seiner neuen Suzi. Eine tolle Crossmaschine ist das«, schwärmte Nico. »Wenn ich endlich den Führerschein habe, will ich auch so eine.«

»Der hatte es aber eilig«, bemerkte Pippa. »Ist das bei diesen Straßenverhältnissen nicht zu gefährlich?«

»Hier sind alle informiert und wissen, wie viel Freude es ihm macht, sie zu testen. Bodo fährt schon den ganzen Tag die Strecke von Lieblich hinunter ins Wispertal, bei Espenschied wieder auf die Anhöhe und über die alte Forststraße zurück bis nach Lieblich«, erklärte der Tierarzt. »Da passt jeder auf – und zu überhören ist er ja auch nicht.«

»Heute Morgen hat er für eine Runde noch vierzig Minuten gebraucht. So wie er jetzt in der Kurve liegt, wird er die Zeit bald auf die Hälfte reduziert haben«, kommentierte Nico begeistert. »Wenn ich verspreche, ihm für sein Lenkrad eine wasserdichte Halterung für sein Navi zu entwickeln, übt er mit mir Quad fahren. Hat er versprochen!« Nico strahlte, und Gardemann warf Pippa einen Blick zu, den sie leicht mit ›Was habe ich gesagt? Alle nutzen ihn aus‹ übersetzen konnte.

Jonathan Gardemann wurde ihr immer sympathischer.

Er rettete nicht nur Hunde, holte fremde Frauen vom Flughafen ab, kümmerte sich um menschliche und tierische Wehwehchen, sondern hatte offenbar auch einen ausgeprägten Gerechtigkeitssinn. Seine witzigen Kommentare zu den Lieblichen enthielten allerdings stets eine Prise Bitterkeit, wenn nicht gar unterdrückte Empörung. Noch bevor Pippa zu dieser Diskrepanz eine harmlos wirkende Frage formulieren konnte, bog der Tierarzt rechts ab und fuhr tiefer in den Wald hinein. Die Zufahrt zur Plappermühle war abschüssig, von hohen Eichen flankiert, und die Umrisse der Gebäude waren erst zu erkennen, als sie den Vorplatz erreichten. Die Mühle zeichnete sich dunkel gegen den Abendhimmel ab. Erst als der Bewegungsmelder das Auto erfasst hatte, wurden der Wasserlauf, das mächtige Mühlrad, Haus und Nebengebäude in warmes Licht getaucht. Pippa fühlte sich, als wäre sie auf einem Filmset eingetroffen, wo ein Historienschinken gedreht werden sollte. Auf Thilo Schwanges Luftaufnahme war die Idylle erkennbar gewesen, aber die Harmonie des Ensembles, dazu das melodische Klappern des Rades und das Rauschen der Plapper, wie sie sich über das mächtige Rad ergoss und es antrieb, erzeugten eine Aura so stimmungsvoller Grazie, wie Pippa sie an modernen Gebäuden noch nie wahrgenommen hatte.

Sie öffnete die Autotür und glitt vom Fahrersitz. Völlig verzaubert bestaunte sie ihr Zuhause auf Zeit. Alle Bedenken, hier allein zu bleiben, waren wie weggeblasen. Jonathan und Nico gesellten sich zu ihr.

»Nicht schlecht, oder?«, fragte Nico, als würde er seinen eigenen Besitz präsentieren.

Jonathan Gardemann angelte einen klobigen, eisernen Schlüssel aus seiner Weste und übergab ihn Pippa. Er lag schwer in ihrer Hand. »Lastenausgleich«, scherzte er. »Du trägst den Schlüssel, wir bringen die Koffer.«

Das ließ Pippa sich nicht zweimal sagen. Sie betrat die Holzbrücke, die über das abfließende Mühlwasser führte, und stand direkt vor den Schaufeln. Der Wind trug leichten Sprühnebel zu ihr herüber. Sie trat zur Seite, um nicht nass zu werden, und konnte nun die volle Kraft und Größe des Rades erkennen. Sie schätzte seinen Durchmesser auf zehn Meter, denn es reichte zusammen mit dem Wasserzulauf bis unter die Fenster des ersten Stockwerkes. Pippa riss sich von dem Anblick los und ging weiter bis zur großen Holztür an der Giebelseite.

»Falsch!«, rief Nico. »Durch diese Tür kommt man in den Keller und in die ehemaligen Lagerräume der Mühle; du musst auf die Rückseite gehen. Da führt eine Treppe hinauf zum Haupteingang.«

Pippa ging um das Haus herum und sah sich einer breiten Holztreppe gegenüber, die nach zehn Stufen in einer ausladenden Terrasse mündete. Von dort aus hatte man bei Tage sicher einen großartigen Ausblick auf den Zufluss der Wisper und das umliegende Tal, denn hier floss die Plapper nicht durch Wald, sondern über Wiesen, die bei Hochwasser oder Schneeschmelze zweifelsohne als Überlaufgebiet dienten.

»Morgen früh wird hier gefrühstückt«, versprach Pippa sich laut.

»Ganz bestimmt nicht«, widersprach Jonathan, der soeben um die Hausecke kam. »Ursula und ich holen dich zum Frühstück ab und bringen dich danach ins Dorf, rechtzeitig zur Messe. Du hast ein Gesamtpaket gebucht, aber was drin ist, erfährst du immer erst, wenn wieder ein Teil ausgepackt ist.«

Pippa grinste. »Das ist eine sehr nette Art, mir mitzuteilen, dass niemand daran gedacht hat, für mich einzukaufen, und ich hier einen leeren Kühlschrank vorfinde.«

Jonathan seufzte theatralisch. »Kati mag zwar bei jedweder Organisation das Zepter fest in der Hand halten, aber auf ihren eigenen Haushalt erstreckt sich diese Weitsicht leider nicht.«

Pippa verspürte prompt ein Ziehen in der Magengrube, hoffte aber, dass sie trotz Jonathans Warnung eine Scheibe Brot oder etwas Obst in den Vorratsschränken fand.

Sie schloss die schwere Eichentür auf und tastete an der Innenwand nach dem Lichtschalter. Eine Sekunde später trat Pippa gänzlich aus dem 21. Jahrhundert hinaus, mitten hinein in die lebendige Geschichte des Wispertaunus.

Der Raum, der sich vor ihr auftat, nahm die gesamte untere Etage des Hauses ein und war offenbar Hauptarbeitsraum, Küche und Kontor zugleich. An der Stirnseite gab es einen Kamin, der groß genug war, um darin Spanferkel zu drehen. Rechts davon standen antike Geschirrschränke, zwischen denen ein Durchgang zur Speisekammer freigelassen worden war. Gekocht wurde auf der anderen Seite, wo man alle Annehmlichkeiten einer modernen Landhausküche verbaut hatte, einschließlich eines neuen, aber historisch anmutenden Spülbeckens. Ein ausladender Eichentisch mit sechs schweren Stühlen stand in der Mitte des Raumes. Jemand hatte ein gewebtes Tuch darübergebreitet, das fast wie ein Teppich wirkte. Ein riesiger Kandelaber hing von der Decke, und Pippa fragte sich, ob er nachträglich elektrifiziert worden war. Genau gegenüber der Eingangstür führte eine Stiege erst zu einer kleinen Galerie und den Räumen im ersten Stockwerk, und dann weiter bis ins Dachgeschoss. Gleich daneben schuf eine Standuhr den Übergang zum Wohnbereich, der von gemütlichen Sofas und Sesseln, einer beeindruckenden Stereoanlage und einem Fernsehtisch gebildet wurde.

»Himmel, war das mal ein Rittersaal?«, fragte Pippa angesichts des enormen Raumes. Waren ihr schon Hof und Gebäude wie ein Filmset erschienen, so fühlte sie sich inmitten der schweren, altehrwürdigen Möbel endgültig in eine Traumwelt versetzt. »Kann mich bitte jemand kneifen?«, fragte sie.

»Den Auftrag würde ich gerne an Thilos Bienen weitergeben«, antwortete Jonathan Gardemann. »Nico und ich müssen uns langsam verabschieden. Jo-Jo sollte auch dringend gefüttert werden. Der Kleine ist bestimmt inzwischen so hungrig wie ein Wolf.«

Pippa hätte gerne eingewandt, dass es ihr ähnlich ging, verabschiedete die beiden aber stattdessen und stand gleich darauf allein in der Mühle.

Auf dem Tisch lehnte ein handgeschriebener Zettel an einer Flasche Spätburgunder, daneben standen ein Glas und eine Schale Nüsse. Gierig nahm sie eine Handvoll und las dann Katis Entschuldigung für den unkonventionellen Empfang und ihre Instruktionen für Pippas erste Nacht. Wenn Pippa sie erreichen wolle, sie sei bei ihrer Freundin Natascha Klein zu finden. In der Speisekammer, die durchaus mit der Größe ihres eigenen Arbeitszimmers konkurrieren konnte, fand Pippa Eier und eine Mettwurst sowie jede Menge Spaghetti und Fertigsaucen, ansonsten herrschte gähnende Leere.

»Pasta geht immer«, sagte Pippa laut und ging zu dem gusseisernen Standherd hinüber, um Wasser aufzusetzen. Dann öffnete sie die Flasche Rotwein, um der Fertigsauce damit später etwas Schwung zu verleihen. Während sie auf das Kochen des Wassers wartete, sah sie sich nach einem Telefon um und rief ihre Mutter Effi an, um zu berichten, dass sie gut angekommen war. »Und du glaubst nicht, worauf ich mir gleich Spaghetti kochen werde«, sagte Pippa. »Auf einem echten AGA-Herd, genau wie du ihn liebst. Aber im Gegensatz zu unserer Küche daheim sieht er hier trotz seiner Größe geradezu verloren aus.«

Mit dem Telefon am Ohr erklomm sie die enge Stiege hinauf zur Dachkammer, in der sie die nächsten Wochen verbringen sollte. Ein umsichtiger Architekt hatte eine Giebelseite der früheren Gesellenstube vollständig verglast und dem Raum so trotz der schrägen Wände Luftigkeit und Weite gegeben. Hinter einer hölzernen Wand befanden sich Toilette, Duschbad und ein begehbarer Schrank. Pippa beschrieb ihrer Mutter die Räumlichkeiten und wusste, Effi war die einzige Person in der Transvaalstraße 55, die ihre Begeisterung mit typisch britischem Understatement gegenüber ihren Nachbarn mit dem Satz: »Pippa fühlt sich wohl« zusammenfassen würde.

Nach dem Telefonat ging sie zum gläsernen Giebel hinüber. Eine Balkontür öffnete sich zu einer Loggia, die vom Rest des Dachstuhls überragt wurde. Von dort aus konnte man in den Hof schauen, auf den Mühlteich und weiter bis zu der Stelle, wo das Mühlwasser sich wieder mit der Plapper vereinigte. Mittlerweile war der Mond aufgegangen und warf ein fahles Licht auf die Szenerie unter ihr. Alles sah malerisch und geradezu beschaulich aus.

Pippa fragte sich, warum sie sich durch die Aussicht auf diese Abgeschiedenheit so unwohl gefühlt hatte – und erhielt umgehend die Antwort. Am Waldrand war ein Schatten wahrzunehmen, der kurz aus dem Schutz der Bäume heraustrat und, als er ihrer ansichtig wurde, sofort wieder in Deckung ging. Von der Statur her ein hochgewachsener Mann, hatte er den Kopf in einer überraschten Bewegung zurückgeworfen und dabei zweimal kurz hintereinander das Kinn gereckt.

Pippa klopfte das Herz bis zum Hals. Sie hatte sich nicht getäuscht. Da verbarg sich jemand hinter den Bäumen. »Hallo«, rief sie. »Ist da jemand?«, und schüttelte im nächsten Moment den Kopf über sich selbst. Wenn jemand nicht gesehen oder gehört werden wollte, würde er vor einer so naiven Frage nicht die Waffen strecken. Sie kniff die Augen zusammen, um besser fokussieren zu können, aber außer an den Zweigen, die sanft nachschwangen, war keine weitere Bewegung auszumachen. Pippa trat in ihr Zimmer zurück und schloss die Balkontür ab. Ihre gute Laune war ebenso verflogen wie ihr Appetit.

Sie ging wieder hinunter in die Küche und stellte das Wasser ab. Dann trug sie ihre zahlreichen Gepäckstücke nacheinander hinauf in ihr Zimmer und versuchte, ihr heftiges Herzklopfen mit der Menge der Stufen zu erklären, die sie bewältigen musste. Zurück im großen Mühlenraum, sah sie sich unschlüssig um. Ein Blick auf die Pendeluhr bestätigte ihr, dass es viel zu früh war, um schlafen zu gehen. Wenn sie sich jetzt hinlegte, würde sie mitten in der Nacht aufwachen und sich bis zum Morgengrauen im Bett herumwälzen.

Es gibt mit Sicherheit eine ganz plausible Erklärung, warum jemand um diese Zeit durch den Wald läuft, dachte Pippa. Schade nur, dass ich sie nicht kenne.

Um nicht untätig herumzusitzen und zu grübeln, suchte sie die Nummer ihrer Wiesbadener Freunde heraus und wählte. Ilsebill Lamberti nahm bereits beim zweiten Klingeln ab. »Pippa, das ist aber eine schöne Überraschung. Ich dachte, es wäre Jodokus, der sich meldet, weil er von der Weinprobe abgeholt werden will. Er macht sie schon zum dritten Mal mit, und das, obwohl er den Wein dieses Winzers gar nicht mag.«

»Oje.« Pippa lachte und war froh, durch die Freundin auf andere Gedanken zu kommen. »Jodokus stirbt schon wieder vor Langeweile?«

Am anderen Ende der Leitung wurde vernehmlich geseufzt: »Wir haben es jetzt mit Kochkursen versucht, Thai und mexikanisch. Tauchen hat ihm der Arzt wieder verboten, und die Jägerei widerspricht seinem Naturell. Nein, bisher haben wir nichts gefunden, womit er sich so gerne beschäftigt wie mit dem Börsenhandel. Er verliert an allem anderen eher über kurz als über lang das Interesse. Nur das Kochen hält vor – weil er danach wenigstens physisch satt ist.«

»Vielleicht solltet ihr es doch mal mit einem Hund versuchen«, schlug Pippa vor.

»Keine Chance«, widersprach Ilsebill. »Da mache ich dicht. So schnell, wie Jodokus die Lust an allem verliert, bliebe das arme Geschöpf an mir hängen. Und ich bin nun mal keine Frau, die bei jedem Wind und Wetter in Wachsjacke und Gummistiefeln nach draußen geht.«

Vor Pippas innerem Auge erschien das Bild der eleganten Ilsebill, die seit einem Jahr versuchte, ihren Mann an den Ruhestand zu gewöhnen. Jodokus hatte ein erfolgreiches Leben als Bankier geführt und sah sich jetzt seines Lebensinhalts beraubt. Nur, um sinnvoll beschäftigt zu sein, hatten die beiden für Pippa sogar einen zweiwöchigen Haushütereinsatz in Italien übernommen, damit sie ihrem Freund Morris in Cambridge beim Umzug helfen konnte.

»Du kannst es drehen und wenden, wie du willst«, sagte Ilsebill, »aber Jodokus hat in der Steiermark Lunte gerochen. Nur als Detektiv in deinem Fahrwasser hat er sich richtig wohlgefühlt. Könntest du dir nicht etwas ausdenken, das er für dich machen soll? Gibt es nicht irgendeine Recherchearbeit, die er erledigen könnte?«

Pippa überlegte einen Moment und sagte dann: »Wenn ich es genau betrachte, da gäbe es tatsächlich etwas. Könnte dein Mann vielleicht Nachforschungen über die *Upper Crust Food Company* anstellen? Und damit er nicht zu schnell fertig ist und sich gleich wieder langweilt, auch über deren Unterhändlerin Regina Winterling?«

Erst jetzt kam Pippa dazu, Ilsebill zu erklären, wo sie sich befand, und erntete begeisterten Zuspruch. »Der Sommer ist gerettet!«, rief die Wiesbadenerin. »Du bist im Wispertaunus. Könntest du nicht auch noch eine kleine Erpressung aus dem Hut zaubern oder irgendwo eine Leiche finden?«

Pippa verzog den Mund. »Ich weiß, du machst nur Spaß, aber ehrlich gesagt gibt es das alles schon.« Während sie für Ilsebill zusammenfasste, wieso sich in Lieblich zwei unerbittliche Lager gebildet hatten, fiel es ihr selbst leichter, die Situation einzuschätzen, und nach dem Telefonat war sie ruhiger als zuvor. Wer immer da draußen im Wald herumstreunte, konnte an ihr kein Interesse haben, er hatte Kati allein geglaubt und war, als er erkannt hatte, dass noch mehr Leben im Haus war, enttäuscht wieder abgezogen. Das war ein liebeskranker Kater, dachte Pippa, daran hätte ich auch gleich denken können. Sie schielte unschlüssig zum Topf mit dem Wasser hinüber. Zum Kochen hatte sie jetzt definitiv keine Lust mehr, aber so ganz ohne Abendbrot würde sie nicht einschlafen können. Sie entschied sich gerade, Eier in die Pfanne zu schlagen, als sie draußen einen Hund bellen hörte und eine weibliche Stimme, die beschwichtigend auf ihn einredete. Die Bewegungsmelder reagierten eine Sekunde später, und als Pippa ans Fenster trat, sah sie Jo-Jo stürmisch an seiner Leine zerren. Sie wurde von einer rundlichen Frau um die fünfzig gehalten, die genau die Art wetterfester Outdoorbekleidung trug, die Ilsebill für sich ablehnte. Pippa öffnete die Eingangstür, sah dem Hund und seiner Begleiterin entgegen und bemerkte erst jetzt, dass die Frau in der anderen Hand einen Korb trug.

»Ursula Findeisen?«, fragte Pippa, als der Hund die Treppe hinaufstürmte und die Angesprochene an der Leine hinter sich herzog.

»Heute Abend eher Rotkäppchens Großmutter, die einen Gegenbesuch macht«, antwortete Ursula Findeisen fröhlich.

Sie betrat die Mühle und zeigte Jo-Jo, wo er sich hinlegen konnte. Dann zog sie die schwere Decke vom Tisch, stellte den Korb ab und gab Pippa zur Begrüßung die Hand. »Ich dachte, ich höre nicht richtig: allein in der Mühle, und das am ersten Abend.« Sie schüttelte den Kopf. »Wie ich Prinzessin Kati kenne, ist nicht einmal ein Stückchen Brot im Haus.« Sie packte geräucherte Forellen, Meerrettich, Butter und frisches Brot aus und richtete alles appetitlich an. Pippa wusste nicht genau, wie sie sich eine trauernde Witwe vorstellen sollte, aber gewiss nicht wie die Frau, die da gerade die Schubladen aufzog und alles Notwendige hervorzauberte, als wäre sie in der Mühle so gut wie zu Hause. Aber Ursula Findeisen schien Gedanken lesen zu können, denn gerade als Pippa sich fragte, wie sie sich gegenüber ihrer Besucherin verhalten sollte, antwortete diese auf ihr unausgesprochenes Problem: »Und solltest du dich fragen, wie du mit jemandem umgehen sollst, der vor einem knappen halben Jahr Witwe geworden ist, dann wisse, dass auch Witwen manchmal einfach einen Abend Pause von der Trauer brauchen und mit jemandem zusammensitzen möchten, ohne bemitleidet zu werden.« Sie zeigte auf den Rotwein neben der Herdplatte. »Bekomme ich auch einen?« Dann gab sie Jo-Jo einen Kauknochen und setzte sich an den Tisch. Sie zerteilte fachgerecht zwei Forellen, legte Pippa und sich vor und sagte: »Essen fassen.«

Pippa strahlte ihren Besuch an und bestrich das dunkle Brot so dick mit Butter, als hätte sie Angst, nie wieder welche zu bekommen. Sie probierte gerade die Forelle, als sich Motorengeräusch näherte. Pippa schluckte den Fisch zusammen mit ihrer Enttäuschung hinunter: »Wollte Jonathan dich mit dem Auto wieder abholen?«

»Wollte er, aber erst, wenn ich anrufe«, bestätigte Ursula und kräuselte nachdenklich die Stirn. »Könnte jemand aus dem Pro-Natur-Forum sein, der Kati besuchen will, aber noch nichts von ihrem dramatischen Rückzug zu Natascha weiß.«

»Dramatischer Rückzug?«

»Jede andere Frau würde den Knöchel mit Jonathans Eutercreme einreiben, einen Verband umlegen, um ihn zu stützen, sich danach die Krone richten und weitermachen wie bisher.« Ursula grinste: »Weil die meisten von uns Frauen doof sind! Statt sich pflegen zu lassen, beißen wir die Zähne zusammen und halten durch. Aber Kati ist alles andere als doof: Die findet sofort jemanden, der ihr den Fuß kühlt, Kissen unterlegt, Knabbereien bringt und ihr obendrein die Krone richtet.« Sie seufzte: »Ich wünschte, sie würde Kurse in dieser Kunst geben!«

Pippa lachte und gab Ursula insgeheim recht; auch sie schonte sich viel zu selten, sondern versuchte ständig, ihre zwei Berufe miteinander in Einklang zu bringen und nie krankheitsbedingt auszufallen.

»Ich bin nie auf die Idee gekommen, mal alle fünfe gerade sein zu lassen. Ich habe schon immer alles allein gemacht, selbst als mein Mann noch lebte«, fuhr Ursula Findeisen fort. Sie nahm einen Schluck Rotwein, als würde sie nach der Erwähnung des Verstorbenen eine Pause brauchen. »Das ist erst anders, seit Jonathan zu mir gezogen ist. Der packt mit an. Ich fürchte mich jetzt schon vor dem Tag, wenn er in seine Wohnung zurückgeht.«

Pippa bekam keine Gelegenheit zu einer Antwort, denn Autotüren klappten und zwei Frauen schienen sich draußen bestens miteinander zu amüsieren. Ursula legte den Kopf schief, als könnte sie so besser hören, dann sagte sie: »Wenn mich nicht alles täuscht, kommen da Schafskäse und kalter Lammbraten, zusammen mit frischer Kuhmilch und selbstgemachtem Spundekäs.«

Pippa zog fragend die Augenbrauen hoch und sie präzisierte: »Eveline Berlinger, unsere Schäferin, und Lilo Kraft, Biobäuerin. Beide Frauen wissen alles auf ihrem jeweiligen Gebiet, kennen aber *dolce far niente* auch nur vom Hörensagen.«

Dann ging sie zur Tür, öffnete und verbeugte sich, als die beiden Frauen eintraten: »Zu Tisch die Damen, zu Tisch. Aber Achtung vor dem Hunde, seine Hab-mich-lieb-Augen sind stärker als eure Gegenwehr. Ich will wissen, was ihr ihm zusteckt. Das wird von euren Portionen abgezogen.« Dann guckte sie demonstrativ nach draußen, bevor sie die Tür schloss. »Gibt es noch mehr Leute, die die Neugier auf Pippa Bolle heute hierhertreibt, Lilo?«

Die junge Frau, die Pippa auf knappe dreißig Jahre schätzte, zuckte die Achseln: »Keine Ahnung, ob noch jemand zu erwarten ist. Ich war heute in Nataschas Salon zum Haareschneiden, und sie hat mich gebeten, Milch und Wurst herzubringen, damit Katis Besuch nicht verhungert, bevor sie selbst nach ihm gucken kann.«

Sie zeigte auf die andere Frau, die etwa zehn Jahre älter sein mochte als sie und selbst unter Holzfällerhemd und Hosen, die mehr als zwei Nummern zu groß waren, nicht verstecken konnte, wie schön sie war. »Auf dem Weg hierher habe ich dann Eveline getroffen und mitgenommen.«

Die Schönheit ließ einen Rucksack vom Rücken gleiten und packte dann genau die Lebensmittel auf den Tisch, die Ursula Findeisen prophezeit hatte. Lilo hatte außer der Milch noch selbstgemachten Saft und Tomatensalat dabei.

Pippa konnte kaum glauben, wie sich die Szenerie innerhalb kurzer Zeit verändert hatte: Plötzlich saß sie mit drei Frauen am Tisch, lachte und scherzte, erzählte von Berlin und hörte den Einschätzungen der Frauen über Lieblichs Zukunft zu, während sie Leckereien genoss, die allesamt von Fertigkost Geschmackswelten weit entfernt waren.

Eine Stunde später war Pippa mit der Entscheidung, nach Lieblich gekommen zu sein, äußerst zufrieden. Selbst wenn Kati sich als Langweilerin entpuppte, mit diesen drei Frauen, Jo-Jo und den Lambertis würde sie einen ausgesprochen interessanten Sommer verleben. Sie nahm Lilo Kraft das Versprechen ab, ihr das Melken beizubringen, und bat Eveline Berlinger, einmal in einem echten Schäferkarren schlafen zu dürfen.

»Woher kennst du eigentlich Kati?«, fragte diese unvermutet. »Sie ist hier in der Umgebung zwar eine Berühmtheit, aber ich kann mich nicht erinnern, dass sie die Region jemals verlassen hat, geschweige denn Freunde in Berlin besitzt.«

»Ich kenne Thilo Schwange; ich übersetze seine Texte«, dehnte Pippa die Wahrheit ein wenig, weil sie nicht wusste, wie viel ihre Arbeitgeber über den Auftrag bekannt werden lassen wollten.

»Noch besser! Du bist also von Thilos Seite«, sagte Lilo und die drei Frauen wechselten einen Blick, den Pippa nur als konspirativ bezeichnen konnte. »Dann kannst du uns ganz bestimmt eine Frage beantworten, die dem Dorf seit der für hiesige Verhältnisse so sang- und klanglosen Verlobung unter den Nägeln brennt: Wann wird es endlich so weit sein? Wann heiraten die beiden?«

»Niemand im Dorf hat Kati bisher von einem Hochzeitstermin reden hören«, setzte Ursula noch eins drauf. Sie zeigte auf die Schäferin. »Eveline ist nebenbei in unserer Kirchengemeinde die Küsterin. Selbst sie weiß nichts Näheres.«

»Pfarrer Kornelius Michel hat mir für das nächste Halbjahr bisher drei zusätzliche Veranstaltungen genannt, an denen ich Dienst habe. Katis Hochzeit war nicht darunter«, bestätigte Eveline Berlinger. »Sieht ganz so aus, als müssten wir uns noch ein Weilchen gedulden, bis es einen Polterabend gibt.«

Lilo sah Pippa forschend ins Gesicht. »Es sei denn, Berlin ist zum Helfen hergekommen und erster Vorbote der Feierlichkeiten.«

Pippa schüttelte als Antwort den Kopf, ließ sich aber durch den fröhlichen Ton der drei nicht täuschen: Diese Diskussion war ernst gemeint. Sie resultierte nicht nur aus Neugier, sondern auch aus der Sorge um Kati und war obendrein ein Test für Pippas Loyalität.

»Also, was meinst du?«, fragte Ursula Findeisen, und die anderen beiden beugten sich mit ihr über den Tisch und auf Pippa zu: »Ist Kati freiwillig in die Mühle übergesiedelt, oder hat Thilo sie gezwungen, herzuziehen? Hat er irgendwas gegen Kati in der Hand, weshalb sie eingewilligt hat, ihn zu heiraten?«

Pippa beschloss, im gleichen Ton zu antworten, in dem die Fragen gestellt worden waren: »Ich habe nicht die geringste Ahnung, warum Kati sich für Thilo entschieden hat. Aber selbst wenn er der widerwärtigste Mensch wäre, den ich kenne, und davon kann keine Rede sein, dann wäre diese Mühle«, sie machte eine ausladende Handbewegung, die das ganze Anwesen mit einschloss, »ein unschlagbares Argument für mich, für immer bei ihm zu bleiben. Und ich bin mir sicher, Kati ist genauso schlau wie ich.«

Kapitel 6

Pippa erwachte am nächsten Morgen durch ein Klopfen an der Zimmertür. Sie brauchte einen Moment, um sich zu erinnern, dass Eveline Berlinger am gestrigen Abend auf einem der ausladenden Sofas genächtigt hatte, weil alle der Meinung gewesen waren, dass Pippa nicht allein bleiben sollte.

»Aufstehen! In diesen Breiten beginnt die Heilige Messe bereits um halb zehn Uhr morgens, und als Küsterin muss ich spätestens eine Stunde früher dort sein. Außerdem willst du doch nicht erst dann durch die Reihen gehen, wenn sie schon vollbesetzt sind, oder? Spießrutenlaufen oder Catwalk, kommt auf deine Einstellung an, wie du das siehst.«

»Kann ich auch einfach gar nicht gehen?«, fragte Pippa. »Ich habe mich gerade erst so richtig ans Schlafen gewöhnt …«

»Wenn du das Fegefeuer riskieren willst, ist das deine Sache, du verpasst dann allerdings auch Rührei, gebratenen Speck und den letzten Rest Spundekäs, den du gestern übrig gelassen hast.«

»Und heißen Tee mit Milch?«

»Den verpasst du auf jeden Fall, den gibt es bei Kati und Thilo nicht. Hier trinkt man Kaffee.«

»Das denkst du«, sagte Pippa und war mit einem Satz aus dem Bett. »In meinem Gepäck befindet sich eine Notration besten Earl Grey. Da bin ich ganz die Tochter meiner Mutter.

Ich habe sogar in meiner Handtasche immer ein paar englische Teebeutel. Nur zur Sicherheit, falls ich in feindliche Hände falle.«

Keine Viertelstunde später freute sich Pippa, zum zweiten Mal seit ihrer Ankunft am gedeckten Tisch Platz nehmen zu können. »Ihr seid wirklich klasse«, lobte sie Eveline. »So herzlich bin ich von fremden Menschen noch nie empfangen worden.«

»Reiner Eigennutz«, wiegelte die Schäferin ab. »Glaub mir, du wirst bald verstehen, warum. Ganz gleich, aus welchem Lager, jeder wird versuchen, dich durch irgendeine Leckerei auf seine Seite zu ziehen, und dabei hoffen, dass du dank dieser kulinarischen Argumente Einfluss auf Thilo und Kati ausübst. Im Sinne des Spenders natürlich.«

»Und welches sind deine Argumente, jenseits von Rührei mit Speck?«

»Ich habe keine. Oder zu viele.« Eveline seufzte. »Je nachdem, wie man es betrachtet.«

»Dann zähle doch mal alle auf.« Pippa schaufelte sich Rührei auf den Teller, gab einen Klacks Spundekäs dazu und sagte: »Mit vollem Munde spricht man nicht, und ich bin gewillt, von diesem Frühstück nichts übrig zu lassen. Du hast also gleich jede Menge Zeit, mir deine Sicht der Dinge zu schildern.«

»Es ist ganz unspektakulär«, kam Eveline ihrer Aufforderung nach. »Ich hatte schon als kleines Mädchen den Wunsch, Schafe zu züchten und mit anderen Biobauern zu kooperieren. Beides ist mir gelungen. Seit Lilo den Hof ihrer Tante bewirtschaftet, arbeiten wir Hand in Hand.« Sie zuckte die Achseln. »Aber finanziell reicht es hinten und vorne nicht. Und das hatte ich nicht erwartet. Die Lebensmittelkonzerne drücken unseren Verdienst, bis wir ihn selbst nicht mehr erkennen können. Wenn man dann auch noch für ein eigenes kleines Reich spart, muss man entweder alle anderen Wünsche streichen oder sich nach Nebeneinkünften umsehen. Und Letzteres habe ich getan.«

»Du arbeitest als Küsterin für Pfarrer Michel«, sagte Pippa, »und bist deshalb auch sonntags Frühaufsteherin.«

Eveline nahm die Finger zur Hilfe: »Ich arbeite als Küsterin, übernehme zweimal die Woche die öffentliche Kinderbetreuung, halte am Samstagmorgen Lilos Hofladen offen, leite den Chor und das Sonntagssingen. Ich bin Vorsitzende der Freiwilligen Feuerwehr und des Wandervereins, und in dieser Mission führe ich auch Touristen durch den Wald. Da bin ich allerdings nicht die Einzige, dafür kann man auch Katis Cousin Rüdiger Lehmann buchen. Der macht es allerdings in erster Linie, weil er hofft, dabei irgendwann über Hinweise auf das Versteck des Schnapphahnbandenschatzes zu stolpern.«

»Aufhören, aufhören!«, rief Pippa und hielt sich mit gespieltem Entsetzen die Ohren zu. »Und ich dachte bisher, ich wäre mit meinen zwei Jobs bestens ausgefüllt.« Sie hätte sich am liebsten auf die Zunge gebissen, weil ihr dieser Satz rausgerutscht war. Damit Eveline nicht nachfragte, welche Tätigkeit sie neben dem Übersetzen noch ausübte, fuhr sie, ohne Atem zu holen, fort: »Zu all deinen Tätigkeiten kommt jetzt auch noch die Aufteilung des Dorfes in die Neustart-für-Lieblich-Liga und das Pro-Natur-Forum. Als Schäferin muss ich dich wohl nicht fragen, für wen du dich entschieden hast.«

»Das denkst du! So einfach ist das nicht. Meine Zusatzjobs werden zum größten Teil von Mitgliedern der Neustart-für-Lieblich-Liga bezahlt. Da würde es gar nicht gut aussehen, wenn ich auf der Gegenseite das Wort führe und allein meinen Herzensinteressen folge.« Sie ließ die Schultern hängen. »Ich fürchte, ich bin wider besseres Wissen und gegen meine eigene Überzeugung auf der Seite, die unsere Umwelt nachhaltig schädigen wird, wenn wir den entscheidenden Leuten nicht aufmerksam auf die Finger gucken.«

»Mit deinem Wissen über Landwirtschaft und Tierzucht kannst du doch gerade im Neustart-Lager aufklärend wirken und zwischen allen vermitteln.«

»Hast du schon mal versucht, zwei aufeinander zurasende Lokomotiven mit bloßen Händen aufzuhalten? Hier im Ort ist derzeit niemand für echte Aufklärung, geschweige denn für Vermittlungsversuche zu haben.« Eveline verzog das Gesicht. »Jedenfalls nicht von meiner Seite.«

»Immerhin hast du dir durch deine Wahl nicht alle Sympathien verscherzt«, gab Pippa zu bedenken. »Mit Uschi und Lilo scheinst du dich doch bestens zu verstehen.«

»Lilo und ich sind beruflich verbandelt. Das können und wollen wir nicht aufs Spiel setzen. Außerdem glaubt sie, dass es gut ist, mich als Spionin im gegnerischen Lager zu haben, weil sie so erfährt, was ihre nichtsnutzigen Onkel Hans und Franz so alles treiben.«

Pippa prustete los. »Heißen die beiden wirklich so?«

»Schlimmer! Sie benehmen sich so.« Eveline verdrehte die Augen. »Die zwei muss dir keiner vorstellen, du brauchst dich beim Sonntagssingen nur umzusehen. Wer außer dem Mund nie etwas anderes bewegt, das sind die beiden.«

»Die schaffen die Arbeit auf dem Aussiedlerhof und mit dem Bauernladen zu dritt? Alle Achtung.«

»Lilo erledigt die Arbeit auf der ›Wisperweide‹ so gut wie allein, seit Hans' Ehefrau Elsie ... nicht mehr da ist. Da kommt einiges zusammen: vierzig Kühe, hundertfünfzig Hühner, sechs Katzen, ein Hund – und zwei Faulpelze.« Eveline schenkte sich Kaffee nach. »Selbstverständlich helfe ich auch da, wo ich kann, ganz besonders, seit Hans und Franz sich in den Kopf gesetzt haben, die Neustart-für-Lieblich-Liga anzuführen und den Hof an die *UCFC* zu verkaufen.«

»Aua!« Pippa zog scharf die Luft ein. »Kein Wunder, dass Lilo hofft, durch dich alles zu erfahren, was sie für ihre weitere Existenz wissen muss.«

»Sie erwartet leider mehr, als ich ihr bieten kann, fürchte ich. Sie ist sich sicher, dass ich Regina Winterling schlagende Argumente entgegensetze, wenn es nötig ist, oder ihr klarmache, wie wichtig Naturschutz ist.«

»Und? Tust du das?«

»Regina Winterling kennt alle Argumente und hat für jedes zehn ausgeklügelte und rechtlich einwandfreie Gegenbeweise. Außerdem hält sie sich für eine Schützerin der *menschlichen* Natur und ihrer Bedürfnisse. Sobald sie mit den entsprechenden Scheinen winkt, hat sie bei den meisten gewonnen.« Eveline hob resigniert die Hände. »Ich bin die Letzte, die sich darüber aufregen darf. Ich bin ja aus denselben Gründen auf ihrer Seite. Trotzdem kannst du sicher sein, dass ich versuchen werde, für meine Heimat zu sprechen, und zu retten, was zu retten ist.« Sie stand auf, brachte ihr Geschirr zur Spüle und drehte sich dann langsam zu Pippa um. »Um zum zweiten Teil deiner Frage von eben zu kommen: Ob ich mich mit Uschi noch immer vorbehaltlos gut verstehe, kann ich dir nicht sagen. Es gibt da eine ganze Menge Gerüchte, da macht man sich auch so seine Gedanken.«

Pippa legte überrascht ihre Gabel auf den Teller. »Und wo führen diese Gedanken hin?«

»Sagen wir, ich bin vorsichtiger geworden, warte ab, was sich in den nächsten Monaten so zeigt, und fälle erst dann mein Urteil.«

Pippa stand auf und trug Teller und Tasse zu Eveline hinüber. »Los, raus mit der Sprache, wovon redest du?«

Eveline ließ Wasser einlaufen, gab etwas Spülmittel dazu

und begann abzuwaschen. »Du weißt, dass Uschis Mann im Januar erfroren ist? Am Abend nach der ersten öffentlichen Diskussion des Projektes, das Lieblich wieder zu Wohlstand verhelfen soll?«

Pippa nickte. »Thilo hat mir erzählt, dass an diesem Abend alle im ›Zum verlorenen Schatz‹ waren, um Regina Winterling zuzuhören.«

»Fast alle. Jonathan Gardemann wurde zwischendurch zu einem Grippefall im Nachbarort Espenschied gerufen, kam dann aber wieder.« Eveline nickte, als würde sie sich die Richtigkeit ihrer Erinnerung bestätigen wollen. »Ansonsten fehlten genau drei Personen: Jonathans Großmutter, Letizia Gardemann, für die der Weg durch den Schnee in ihrem Alter zu beschwerlich gewesen wäre, Nico Schnittke und Uschi. Nico war zu Hause, um auf die Welt der Computer und Klein Martin, den Sohn der Passenheimers, aufzupassen. Er hatte per Skype eine Standleitung zu seinem Chef gelegt, um virtuell dabei zu sein.« Eveline biss sich auf die Lippen, und es war ihr anzusehen, dass sie nicht wusste, wie sie das Folgende formulieren sollte, ohne bereits zu richten. »Für Uschi gab es keinen Grund, nicht zu erscheinen. Sie hat keine Kinder und auch keine Tiere zu versorgen.«

»Die Fischteiche?«, fragte Pippa und suchte sich ein Geschirrtuch, um abzutrocknen.

»Die waren schon vor Weihnachten leergefischt, bei uns will zu Heiligabend jeder seine Forelle. Die verbliebenen Fische hielt Gisbert in einem temperierten Becken unter einem sicheren Dach.« Eveline schüttelte den Kopf. »Nein, es gab keinen Grund für Uschi, ihren Mann nicht zu so einem wichtigen Treffen zu begleiten.«

»Hat Uschi ihren Mann in der Nacht überhaupt nicht vermisst? Sie muss doch auf ihn gewartet haben.«

»Bei dem vielen Schnee war kein Durchkommen mehr.

Alle in der Schankstube haben gehört, wie ihr Mann sie anrief, um ihr zu sagen, dass er in einem der Zimmer im ›verlorenen Schatz‹ übernachte und erst nach Hause komme, wenn der Schneepflug bei den Fischteichen vorbeigekommen sei. Seine Frau sollte ihm Bescheid geben, wenn es so weit sei.« Eveline stellte den letzten abgewaschenen Teller auf den Ablauf und sprach dann leiser weiter. »Das hat Uschi auch gemacht. Sie ist am frühen Morgen direkt hinter dem Räumdienst her bis ins Dorf gefahren. Leider, denn sie hat ihren Mann gefunden. Sie hat ihn da sitzen sehen, zwischen den Linden ...«

Pippa schlug sich vor Entsetzen die Hand vor den Mund. »Das muss für die arme Frau doch ganz furchtbar gewesen sein. Stell dir nur mal vor, du gehst deinen Mann suchen ... und dann ...«

Eveline hob beschwörend die Hand, wie um die Bilder zu verscheuchen, die Pippas Worte bei ihr auslösten, dann nickte sie. »Du hast recht, aber dummerweise ist genau das der Auslöser für die Gerüchte: Uschi war als Erste beim Leichnam und hat umgehend ihren Schwager alarmiert, damit der alles Nötige veranlasst. Der war also Nummer zwei vor Ort. Das sehen die Lieblichen als Bestätigung.«

»Geht das genauer?«

»Die Klatschmäuler der Umgebung haben eins und eins zusammengezählt – und dabei ist drei herausgekommen.«

Pippa wollte schon andeuten, dass sie noch immer nicht verstand, als ihr ein Licht aufging. »Du meinst doch nicht etwa, Jonathan und Ursula ...«

»Es wird gemunkelt, dass die beiden schon lange vor Gisberts Tod ein Verhältnis hatten«, bestätigte Eveline. »In einer ländlichen Gegend wie dieser achtet man aufeinander. Da hat jeder zu irgendeinem Zeitpunkt mal irgendetwas mitbekommen, was später ins Bild passt. Eine Frau sah, wie Uschi weinte und Jonathan sie in den Arm nahm, um sie zu trösten. Eine andere hat die beiden in großer Eintracht in Rüdesheim in einem Restaurant sitzen sehen, wieder andere wussten von einem gemeinsamen Wochenendausflug zu Gisberts Eltern zu berichten ... ohne Gisbert ...«

»Und jetzt wohnen die beiden auch noch zusammen, seit Ursula Witwe ist«, vollendete Pippa. »Und schon wird aus purer Hilfsbereitschaft das Fundament für üble Nachrede.«

»Und ein Motiv für Mord«, sagte Eveline und sah dabei sehr unglücklich aus. »Ich fürchte den Tag, an dem die beiden davon erfahren.«

Das haben sie wahrscheinlich schon, dachte Pippa und erinnerte sich daran, dass Jonathans Bemerkungen über die Lieblichen zwar immer witzig gemeint gewesen waren, aber auch eine Prise Bitterkeit und Verachtung enthalten hatten. »Sieht denn keiner, dass Jonathan seiner Schwägerin nur helfen will? Und selbst wenn da mehr wäre, hieße das doch noch lange nicht ...«

»Ich verurteile Uschi nicht, das musst du nicht denken«, unterbrach die Schäferin Pippa. »Im Gegenteil: Ich würde ihr echtes Glück gönnen, vor allem seit der Nacht vor Gisberts Tod.« Sie machte eine bedeutungsvolle Pause. »Da ging es im Hause Findeisen nämlich hoch her ...«

»Ursula und Gisbert haben sich gestritten?«

»Und wie. Ich konnte die beiden bis in den Verkaufsraum zanken hören.«

Pippa musste nachfassen, damit ihr der Teller, den sie gerade abtrocknen wollte, nicht aus der Hand fiel. »Du hast den Wortwechsel gehört?«

»Ich würde das eher Ehekrieg nennen«, sagte Eveline. »Ich hatte den beiden versprochen, ihnen einen Lammbraten vorbeizubringen, und mich verspätet. Die Vorhersage hatte von Schneesturm gesprochen, also wollte ich meine

Schafe erst in den Stall der ›Wisperweide‹ treiben, den ich von Lilo gepachtet habe.« Eveline hielt einen Moment inne, als würde sie sich den Abend noch einmal genau in Erinnerung rufen. »Ich kam bei Findeisens an und wunderte mich, dass die Einfahrt zugeschneit war. Das war sehr ungewöhnlich, denn Gisbert achtete immer streng darauf, dass der Laden leicht erreichbar blieb. Ich stellte mein Auto also auf der Straße ab und ging zu Fuß.« Die Schäferin sah Pippa entschuldigend an. »Ich wollte mich nicht anschleichen, aber der Schnee schluckte alle Geräusche und die Ladenklingel war wohl eingefroren. Jedenfalls haben die beiden mich nicht kommen hören.«

»Wahrscheinlich waren sie ohnehin zu sehr mit sich selbst beschäftigt«, vermutete Pippa.

»Davon kannst du ausgehen, denn ich hörte gerade, wie Gisbert schrie: ›… und dann werden wir dafür sorgen, dass du alles verlierst, alles.‹ Worauf Uschi antwortete: ›Nur über meine Leiche.‹«

Pippa schluckte. »Und was hat ihr Mann darauf erwidert?«

»›Pass auf, was du dir wünschst, es könnte in Erfüllung gehen.‹«

Pippa holte tief Luft. »Das ist starker Tobak. Hast du davon irgendwem erzählt?«

»Nur Lilo, und die hält dicht. Sie liebt den Wispertaunus ebenso wie ich, aber wir trauen eher unseren Tieren als den Menschen.«

Pippa sah der Schäferin offen ins Gesicht: »Und wieso bist du dann mir gegenüber so freigiebig mit deinen Informationen?«

Eveline zog den Stöpsel aus dem Abfluss, als wollte sie nicht nur das Wasser ablaufen, sondern auch eine Katze aus dem Sack lassen: »Weil ich weiß, wer du bist!«

Der letzte Teller polterte nun doch auf den alten Steinfußboden, überlebte aber den Sturz. Pippa bückte sich mit rotglühendem Kopf. »Wie meinst du das?«, fragte sie verlegen.

»Aus gutem Grund wollen Lilo und ich immer genau wissen, wer sich in Lieblich aufhält. Und in deinem Fall haben wir unsere Hausaufgaben besonders gründlich gemacht. Es kam uns seltsam vor, dass Thilo so plötzlich eine Berliner Freundin aus dem Hut zaubert, die auch noch wochenlang zu bleiben gedenkt.« In Evelines Stimme klang Stolz mit. »Es hat ein wenig gedauert, aber dann wussten wir so gut wie alles über dich und einen Fall in der Steiermark, einen in Südfrankreich, in Berlin und in der Altmark. Wahrscheinlich gibt es noch mehr, und von denen wollten wir uns gestern Abend von dir selbst erzählen lassen.«

»Aber dann war Uschi bei mir«, vermutete Pippa, »und ihr habt den Mund gehalten.«

»Wir sind fast geplatzt vor Neugier«, gab die Schäferin zu, »doch sie ist nun mal die Einzige, die wir nicht dabeihaben wollten, wenn wir Tacheles reden.«

»Deshalb hast du darauf bestanden, über Nacht zu bleiben, und Ursula und Jonathan so die Bürde abgenommen, mich zu verköstigen und in die Messe zu kutschieren.«

»Was blieb mir anderes übrig?« Eveline grinste. »Wir dachten, wenn wir dir anbieten, dir bei der Eingewöhnung hier zu helfen, hilfst du uns vielleicht, herauszufinden, was hinter den Gerüchten steckt und wie und warum Gisbert auf die Bank unter den Linden kam.«

Pippa hob abwehrend die Hände. »Ihr zwei braucht keine Hilfe. Ihr habt auch ohne mich alles im Griff.«

»Haben wir, aber uns fehlt der objektive Blick. Wir finden zu viele Entschuldigungen für die Leute, die wir mögen, und haben zu viele Vorurteile denen gegenüber, die uns schon lange auf die Nerven gehen.« Eveline schlug bettelnd die Finger beider Hände aneinander. »Denk bitte noch mal nach, bevor du ablehnst. Wir wollen unbedingt herausfinden, von wem Gisbert gesprochen hat, als er Uschi drohte. Er sagte *wir*, nicht *ich*, verstehst du? Deshalb glauben Lilo und ich, die Person, die hinter diesem *wir* steckt, hat auch Antworten auf eine Menge anderer Fragen. Sie ist vielleicht sogar die Quelle der Gerüchte, um Uschi weiter zu schaden und die Drohung wahr zu machen. Auch noch nach Gisberts Tod.« Sie sah Pippa besorgt an. »Wir würden dieser Person gerne das Handwerk legen und damit nicht nur Uschi, sondern ganz Lieblich einen Teil seines früheren Friedens und seiner Gemeinschaft wiedergeben. Vielleicht kommen wir uns dadurch auch bei der Entscheidung zu den Versuchsweinbergen wieder ein wenig näher.«

Bevor Pippa ihre detektivischen Erfolge herunterspielen konnte, begann die Standuhr zu schlagen.

»Mist. Es ist schon Viertel nach acht. Wir sollten uns schnell fertig machen und zur Straße hinaufgehen. Lilo müsste jeden Moment kommen, um uns abzuholen.«

Pippa schloss das Haus sorgfältig ab und folgte Eveline die Treppe hinunter bis zur kleinen Brücke. Dort blieb sie stehen und warf erst einen Blick hinauf zur Loggia und dann zum Waldrand gegenüber, wo sie am Vorabend den Schatten bemerkt hatte. Sie zögerte, aber dann bat sie Eveline, ihr noch einen Augenblick Zeit zu geben, erklärte ihr den Grund und marschierte auf die Stelle zu, von der aus sie beobachtet worden war. Aber dort waren weder Fußabdrücke zu erkennen, noch hatte die Person einen anderen Hinweis auf sich hinterlassen.

»Es hat hier lange nicht geregnet, oder? Der Waldboden ist so trocken, hier würde nicht einmal ein Elefant einen Abdruck machen«, sagte Pippa. »Hast du eine Ahnung, wer mein nächtlicher Besucher gewesen sein könnte?«

Die Schäferin grinste breit. »Es ist zeitsparender, wenn ich dir aufzähle, wer nicht in Frage kommt.«

»Lass mich raten: Jonathan Gardemann, der damit den Gerüchten um seine Affäre mit Uschi zusätzlich Nahrung gibt, und der katholische Pfarrer, Kornelius Michel.«

»Bingo!« Eveline wiegte den Kopf abwägend hin und her. »Obwohl der durchaus mal zu Kati gehen könnte, um sein Schäfchen ins Gebet zu nehmen, finde ich.«

»Ansonsten kommen wirklich alle männlichen Einwohner Lieblichs in Frage?«, wollte Pippa ungläubig wissen.

»Nur ist die Hingabe an das Objekt der Begierde bei einigen stärker ausgeprägt als bei anderen.« Die Schäferin nahm die Finger zur Hilfe, als sie aufzählte: »Kati hat keine Lust, ihren Großeinkauf selbst zu erledigen? Gleich drei Männer bieten sich an, ihr diese Last abzunehmen. Kati muss zum Flughafen nach Frankfurt, um von dort nach Mallorca zu fliegen? Ganz gleich, zu welcher unchristlichen Zeit der Charterflug aufgerufen wird, sie findet jemanden, der ihr die Koffer trägt und sie rechtzeitig zum Check-in bringt. Und wenn Thilo auf einer seiner vielen Reisen ist, kommen selbstverständlich alle gerne nur mal so vorbei, um ihr die Zeit zu vertreiben.«

Pippa lachte, dann gingen die beiden zur Brücke zurück und schlugen den Weg zur Landstraße ein. »Wie stand es in dieser Hinsicht mit Gisbert Findeisen? War der immun gegen den Kati-Virus?«

»Früher war er durchaus an ihr interessiert, wenn er es auch besser verbergen konnte als alle anderen. Aber in den letzten Wochen vor seinem Tod war er von Regina Winterling fasziniert«, erklärte Eveline. »Sie hat sich aber auch alle Mühe gegeben, ihn zu beeindrucken, hat ihn in die besten

Lokale zum Essen eingeladen, in die Schaltzentralen der *Upper Crust Food Company* mitgenommen, Kurztrips ins Ausland spendiert, angeblich, um ihm ähnliche Anlagen zu präsentieren, wie sie bei uns entstehen würden. Dank ihrer Einflüsterungen glaubte Gisbert, nicht mehr ohne Versuchsweinberge auszukommen.«

Dieselbe Masche strickt sie jetzt offenbar auch bei Max Passenheimer, dachte Pippa. Ihr war nicht entgangen, dass Eveline völlig ohne Neid und mit echter Anerkennung von Kati gesprochen hatte. Verstohlen betrachtete sie die Frau neben sich und war sich sicher, dass diese natürliche Schönheit jeden Laufsteg veredeln könnte: Grüne Augen und haselnussbraunes Haar, kombiniert mit bronzefarbenem Teint, der ohne Rouge auskam, und Mundwinkel, die stets lächelten, verliehen Evelines Gesicht eine fast strahlende Offenheit.

»Warum wird eigentlich nur Kati beweihräuchert?«, fragte Pippa. »Sowohl Lilo als auch du, ihr wärt doch eine prima Alternative.«

»Um Gottes willen, wir sind alle froh, dass Kati von uns anderen Frauen ablenkt.« Eveline hob entsetzt die Hände. »Es macht uns frei, zu tun und zu lassen, was wir wollen. Nein, keine von uns beneidet Kati um ihre Stellung im Dorf, und wir können gut verstehen, dass sie sich so ein Sahneschnittchen wie Thilo nicht entgehen lassen will, um all dem ein Ende zu setzen. Und genau zu diesem Thema erhoffe ich mir von dir Klarheit, weil du den Mann besser kennst als wir.«

Pippa war froh, dass ihr die frische Morgenluft und der kleine Anstieg zur Straße die Wangen gerötet hatten, da ihre Gesprächspartnerin so nicht erkennen konnte, wie sehr sie sich schämte, nicht die Wahrheit zu der Bekanntschaft zwischen ihr und dem Imker sagen zu können, ehe dieser es ihr erlaubte. »Um welches Thema geht es denn genau?«, fragte sie vorsichtig nach.

»Im Gegensatz zu Uschi und dem Rest des Dorfes fragen wir uns, ob Kati sich in der Mühle verkrochen hat, weil sie endlich, endlich Ruhe finden will – und ob Thilo davon tatsächlich genauso begeistert ist wie sie.«

Pippa sah ehrlich überrascht auf. »Wie meinst du das? Thilo ist doch eindeutig verliebt in Kati!«

»Nun«, sagte Eveline, »wenn das so ist, muss ich mich doch sehr wundern. Seit der Verlobung ist er kaum noch zu Hause gesehen worden. Ich wollte es gestern Abend nicht so deutlich sagen, aber … Neulich musste ich für Kornelius eine Sterbeurkunde suchen und habe dabei die Unterlagen für die zusätzlichen Gottesdienste durchgesehen. Es gab schon mehrere Termine für die Hochzeit der beiden – aber Thilo hat sie immer wieder verschoben.«

Kapitel 7

Wie Eveline vorausgesagt hatte, stand Lilos alter Pick-up bereits oben an der Straße. Lilo Kraft lehnte an der Fahrertür, hielt ihr Gesicht mit geschlossenen Augen in die Morgensonne und wartete auf die beiden. Pippa erkannte die junge Bäuerin fast nicht wieder. Die fleckige Jeans und der ausladende Wohn-Pullover vom Vorabend waren einem roten Kleid mit weißen Tupfen gewichen. Beides brachte den frischgeschnittenen schwarzen Pagenkopf der jungen Frau gut zur Geltung.

Pippa pfiff anerkennend durch die Zähne: »Ganz ehrlich? Die Männer dieser Gegend müssen blind sein, wenn sie euch übersehen.«

»Wenigstens können wir sicher sein, dass die, die uns trotz Kati den Hof machen, wirklich uns meinen«, erwiderte Eveline vergnügt. »Aber danke für das Kompliment, von einer ihrer Bekannten ist es noch einmal so viel wert.«

Pippa war einen Moment irritiert, bis sie begriff, dass Eveline und Lilo glaubten, sie würde Kati persönlich kennen und hätte deshalb den Auftrag angenommen, sie in der Mühle zu unterstützen. Himmel, dachte Pippa. Wenn bloß keine merkt, wie es sich wirklich verhält. Schließlich habe ich von Kati bisher nichts als ein Handyfoto gesehen. Was, wenn ich sie in der Kirche nicht erkenne? Das würde ein wirklich seltsames Bild auf meine Auftraggeber werfen. Ganz so, als würden sie den Lieblichen unterstellen ... was sie ihnen unterstellen. Sie schwor sich insgeheim, nie wieder Aufträge anzunehmen, die Heimlichkeiten erforderten, und hoffte inständig, sich mit Kati über das weitere gemeinsame Vorgehen austauschen zu können, bevor irgendjemandem ihr Unwissen unangenehm auffiel.

»Also dann«, sagte Lilo und öffnete einladend die Beifahrertür: »Auf zur Messe und damit zum sozialen Ereignis der Woche: der Einführung von Pippa Bolle in Lieblich.«

Eveline kicherte. »Schätze, es ist besser, wenn ich die doppelte Anzahl Gesangbücher rauslege. Wenn mich nicht alles täuscht, wird die Kirche heute voll.«

Die Straße war vom Wispertal bis zur Plappermühle mit gefährlich engen Kurven gespickt gewesen, jetzt zog sie sich in elegantem Bogen bis zur Anhöhe hinauf, um oberhalb von Lieblich durch Wiesen und Kornfelder das Dorf zu erreichen. Auf einer Weide stand Evelines Schäferkarren inmitten ihrer Herde. Warum wundert mich nicht, dass er knallgelb gestrichen ist?, dachte Pippa und freute sich schon jetzt darauf, darin eine Nacht zu verbringen. Gleich darauf entdeckte sie die ›Wisperweide‹, einen stattlichen Aussiedlerhof. Von dem exponiert liegenden Wohnhaus musste man einen atemberaubenden Blick über den gesamten Wispertaunus bis zum Hinterlandswald haben.

»Thilo sagte, es sind knappe zwei Kilometer bis nach Lieblich, aber mir kommt es viel länger vor«, sagte Pippa.

»Er hat mit Sicherheit die Abkürzung über die alte Forststraße gemeint, auf der ist es vermutlich sogar noch weniger. Wenn du dem Trampelpfad folgst, der an der Mühlenbrücke beginnt, stößt du direkt darauf und schneidest ein ganzes Stück ab«, erklärte Eveline. »Es kommt natürlich darauf an, wie gut du zu Fuß bist, aber mehr als zwanzig Minuten bergauf braucht wirklich niemand für die Strecke.«

»Entlang der Landstraße dauert es wahrscheinlich doppelt so lange, dafür sparst du dir den Rückweg«, schlug Lilo vor. »Du kommst einfach auf der ›Wisperweide‹ vorbei, lässt dir Milch abfüllen und buchst dabei gleich eine Heimfahrt für dich mit dazu. Meine Onkel mögen faul sein, aber Frauen hofieren können sie.«

»Klar«, sagte Eveline, »das haben sie ja auch lange genug geübt und sich für jedes Lächeln, jedes Kompliment und jede Streicheleinheit fürstlich entlohnen lassen. Kein Wunder, dass sie sich jetzt für die Stallarbeit zu gut sind.«

Pippa glaubte, ihren Ohren nicht zu trauen. »Deine Onkel waren Gigolos?«

Eveline lachte, aber Lilo wiegte abwägend den Kopf hin und her. »Damit liegst du gar nicht so falsch. Die beiden kamen während des Kurbooms hierher und machten sich als galante Eintänzer und professionelle Kurschatten einen Namen. Onkel Hans ist bis heute ein verdammt erotischer Tangotänzer, und Onkel Franz fallen Komplimente ein, nach denen sich sämtliche Autoren der Weltliteratur die Finger lecken würden. Es ist leider nur niemand mehr da, an dem sie ihre Künste demonstrieren könnten.«

»Wie du siehst«, sagte Eveline und versuchte dabei ernst zu bleiben, »die zwei hat das Ende dieser Ära besonders schwer getroffen.«

»Aber sie hatten doch den Hof …«, vermutete Pippa und wischte sich Lachtränen aus dem Gesicht.

»O nein, der gehörte meiner Tante Elsie schon, bevor sie zu oft und zu lange mit Onkel Hans tanzte. Bevor die Musik für immer aufhörte zu spielen, hat er um ihre Hand angehalten, und sie hat in einem schwachen Moment zugestimmt.« Lilo verzog das Gesicht. »Als sie merkte, dass sie sich nicht nur einen Siebenschläfer auf den Hof geholt hatte, sondern gleich zwei …«

»Hans und Franz machen so gut wie nie etwas ohne einander«, warf Eveline erklärend ein.

»… hat sie kurzerhand dafür gesorgt, dass die beiden einen guten Teil des Tages abwesend sind. Sie hat den Stammtisch ›Hierhoggediedieimmerhierhogge‹ gegründet, an dem die wichtigsten fünf Bewohner des Ortes Platz nehmen dürfen. Dafür hat sie eigens eine Stiftung eingerichtet, die immer die Zeche desjenigen zahlt, der die niedrigste Rechnung des Abends hat. So sorgte sie außerdem dafür, dass die Brüder nie betrunken nach Hause kamen.«

»Ihr nehmt mich auf den Arm.«

»Durchaus nicht.« Lilo grinste breit. »›Männer können im Haus ja so im Weg sein‹, pflegte sie zu sagen, ›da muss man schauen, wie man sie unter andere Dächer und Fächer bekommt.‹«

»Aber diese Stiftung muss doch ein Vermögen kosten«, vermutete Pippa.

»Lilos Tante ist eine gerissene Person, von der können wir alle noch etwas lernen. Sie hat die Satzung der Stiftung eigenhändig aufgesetzt und dabei verfügt, dass die Männer selbst wählen müssen, wer am Tisch sitzen darf und wer nicht. Wer aufgenommen wird, muss einen Obolus bezahlen, mit dem er genauso gut einem renommierten Golfclub beitreten könnte, aber dann würden die Lieblichen ja nicht sehen, dass sie es mit einem der fünf wichtigsten Bürger zu tun haben. Männlichen Geschlechts, selbstverständlich.«

»Ihr wollt mir erklären, dass Lilos ausgebuffte Tante es geschafft hat, aus fünf Stühlen um einen runden Tisch in einer Kneipe ein Prestigeobjekt zu machen, für das die Inhaber der Stühle auch noch zahlen?«

»Sag ich doch«, ließ sich Eveline vernehmen. »Elsie Neuner ist hier in der Umgebung für viele Frauen ein Vorbild. Von ihr könnten wir alle noch etwas lernen.«

»Könnten?«, fragte Pippa vorsichtig nach.

Lilo schüttelte bedauernd den Kopf. »Meine Tante hatte vor knapp drei Jahren trotzdem die Faxen dicke. Sie wollte raus ins Leben und ist deshalb eines Tages wortlos gegangen. Ihr einziges Lebenszeichen war wochenlang unterwegs – eine Postkarte von irgendeiner obskuren Fähre im Indischen Ozean.«

»Moment mal ...« Pippa versuchte, zu rekapitulieren. »Eveline hat mir doch gesagt, Hans und Franz haben sich der Neustart-für-Lieblich-Liga angeschlossen und planen, den Hof und alle Liegenschaften für gutes Geld an Regina Winterlings Firma zu verkaufen, um sich mit dem Erlös ein gutes Leben zu machen. Können die beiden denn den Hof ohne ihr Einverständnis verkaufen?«

»Nein, können sie nicht«, bestätigte Lilo und schien dabei weder ärgerlich noch beunruhigt. »Aber die *UCFC* hat versprochen, alle Rechtsanwalts- und Notarkosten zu übernehmen, damit meine verschollene Tante baldmöglichst für tot erklärt werden kann. Nach deutschem Recht ist das bereits nach sechs Monaten möglich, wenn jemand nach einer Seereise vermisst wird.«

»Aber sie hat doch nur von einem Schiff geschrieben, das heißt doch nicht ...«, begann Pippa, aber Eveline erinnerte sie an das Gespräch vom vergangenen Abend: »Ich sagte dir doch, Pippa, Regina Winterling kennt die besten Anwälte, die wissen mehr über dein Leben und Sterben als du.«

»Verstehe, die Juristen wollen der Firma zu den Ländereien verhelfen, und deshalb müssen sie dafür sorgen, dass Lilos Onkel Hans sein Erbe antreten kann.«

»Ja«, sagte Eveline und kniff dabei zufrieden die Augen zusammen, »bis jetzt glaubt er nämlich, dass ihm mit dem Tag von Elsie Neuners Todeserklärung die ›Wisperweide‹ wie ein reifer Apfel in den Schoß fällt.«

Pippa war verwirrt. »Tut sie das denn nicht?«

Die beiden Frauen wechselten einen Blick des Einverständnisses, dann sagte Eveline: »An ihr kannst du üben, die Wahrheit zu sagen, Lilo. In ein paar Wochen erfährt eh alle Welt, wie es sich wirklich verhält.« Sie nickte Pippa zu. »Bis dahin wird unser Neuzugang gerne schweigen. Sie hat einen exzellenten Ruf als Haushüterin zu verlieren, sie wird ihr Insiderwissen nicht ausplaudern.«

Pippa hob abwehrend die Hände. »Ich kann ganz gut ohne weitere Geheimnisse leben.«

»Mitgefangen, mitgehangen«, scherzte Eveline. »Wenn du herausfinden willst, wie die Welt um Gisbert Findeisen wirklich aussah, solltest du auch dieses Puzzlesteinchen kennen.«

»Und das hat mit mir zu tun«, sagte Lilo. »Tante Elsie ist erst auf große Reise gegangen, nachdem sie mir den Hof rechtmäßig übertragen hatte – verbunden mit der Aufgabe, mich für dieses Geschenk noch drei Jahre um meine beiden Onkel zu kümmern. Bis sie endlich Rente bekommen und auf eigenen Füßen stehen können, um genau zu sein.«

Die junge Bäuerin drosselte die Geschwindigkeit, parkte den Pick-up oberhalb der Kirche auf einem Parkplatz, der für Friedhofsbesucher gedacht war, stellte den Motor ab und drehte sich dann zu Pippa um. »Und diese drei Jahre sind in diesem Sommer vorbei. Auf der nächsten Schnapphahnkerb, um genau zu sein. Nur noch wenige Wochen und die Wisperweide ist Neuner-frei.«

»Freut mich wirklich, dass ihr mir helfen wollt«, sagte Eveline und schloss die Sakristei auf. »Ich bin verdammt spät dran.« Sie stieß die schwere Eichentür auf und ließ erst Pippa, dann Lilo eintreten. »Herzlich willkommen in der Kirche des heiligen Nikolaus, des Schutzpatrons der Schnapsbrenner, Pfandleiher, Kaufleute, Bankiers und … Diebe.«

Pippa stutzte. »Du machst Witze!«

»Absolut nicht.« Lilo kicherte. »Ja, er ist auch der Patron der Fischer, der Bauern, der Bäcker, der Kinder und vieler anderer Hilfesuchenden, aber die eben genannten fünf Berufsgruppen haben in Lieblich für die Benennung unserer Kirche gesorgt. So weiß es jedenfalls die Legende, und so wird es jedes Jahr bei unserer Kerb verlesen und von der Kanzel gepredigt.« Sie hob den Finger. »Du hörst es an den Glocken!«

Eveline betätigte einige Schalter, und gleich darauf klangen die satten Töne schwerer Kirchenglocken durch den Raum. »Uff, gerade noch pünktlich«, sagte sie mit Blick auf ihre Armbanduhr. »In genau einer Stunde beginnt die Messe, und in dreißig Minuten schließe ich die Türen auf.«

»Und was hat das mit dem Klang der Glocken zu tun, außer dass sie die Gläubigen zum Gottesdienst rufen?«, wollte Pippa wissen.

»Sie sind aus gestohlenem Material gegossen«, erklärte Lilo nicht ohne Stolz. »Der Räuberhauptmann Tacitus Schnapphahn und seine Bande haben 1919 irgendwo im amerikanischen Sektor eine evangelische Kirche um ihre Bimmeln erleichtert, die Glocken einschmelzen lassen und die neu gegossenen dann bei Nacht und Nebel hierher transportiert. Bis zu diesem Zeitpunkt hatte unsere Kirche zwar einen Turm, aber kein Geläut. Seit seiner ... Schenkung nimmt Tacitus Schnapphahn bei uns in etwa denselben Stellenwert ein wie Robin Hood in England, Rob Roy in Schottland, Angelo Duca in Italien, Gaspard de Besse in Frankreich ...«

»Aber sind das nicht zum großen Teil Figuren, die erst durch die Literatur romantisch verklärt wurden, so wie der Schinderhannes oder Rinaldo Rinaldini?«, wagte Pippa einzuwerfen. »Ich bin mir nicht sicher, ob ich ihresgleichen gerne in natura begegnen würde.«

»Da magst du recht haben. Auf jeden Fall rufen seitdem ausgerechnet die von Dieben gestifteten Glocken die Lieblichen zum Gebet und schließen damit den Kreis zu ihrem Schutzpatron«, knurrte Eveline. »Niemand könnte darüber unglücklicher sein als unser Herr Pfarrer, seines Zeichens der einzige bekannte Nachkomme der einflussreichen Schmugglerfamilie von Schnapphahn – und alles andere als stolz darauf. Manchmal denke ich, er ist nur Theologe geworden, um den Rest seines Lebens für seine Vorfahren Buße zu tun.« Ohne einen weiteren Kommentar abzugeben, befüllte sie einen Mörser mit Weihrauchharz und …

Pippa glaubte, ihren Augen nicht zu trauen. Mit zwei Schritten war sie bei der Schäferin und nahm ein Blättchen in die Hand, welches Eveline gerade zerstoßen wollte. »Aber das ist doch Cannabis!«, sagte sie ungläubig.

»Möglich ist das.« Eveline nahm ihr das Blatt wieder aus der Hand und sagte gleichmütig: »Reiner Weihrauchgeruch ist schließlich nichts für jeden. Mindestens drei Leute aus unserem Dorf reagieren auf eine zu starke Konzentration mit Husten und Schwindel – leider auch Pfarrer Kornelius Michel. Darum habe ich überlegt, wie man Abhilfe schaffen könnte, und zusammen mit Lilo angefangen zu experimentieren, was sich kombinieren lässt, um es bekömmlicher zu machen.«

»Gemeinsam mit dem Duft von Marihuana ist Weihrauchharz nicht mehr so beißend und aufdringlich, und so legt sich selbst auf die unfreundlichsten Gemüter des Ortes ein wenig sonntägliche Gelassenheit. In der Hustensaison geben wir übrigens noch kräftig Menthol dazu«, zählte die Bäuerin auf. »Du solltest mal sehen, wie voll unsere Kirche ist, seit wir diese Mischung verwenden. Wir haben ein Vielfaches der Besucher der Kirchen unten am Rhein und auch mehr als unsere Nachbardörfer.«

»In der Tat«, konstatierte Pippa, »Pfarrer Michel ist ein würdiger Nachkomme seines berühmt-berüchtigten Ahnen. Hat er keine Angst, dass die Kirche ihn rausschmeißt, wenn sie das herausbekommt?«

»Er weiß es ja nicht. Lilo und ich haben unsere Mischung als Edelprodukt aus Äthiopien ausgewiesen«, erklärte Eveline.

»Seit zwei Jahrtausenden nebeln wir Katholiken die Leute nicht nur mit Gerüchen ein, wer will da in Gut und Böse einteilen? Wann wird aus gutem Geschmack schlechter? Wann beginnt die Suche, wann die Sucht?«, fragte Lilo. »Von hier aus gehen fast alle Gläubigen direkt in die Kneipe zum Frühschoppen und zum Sonntagssingen – und das schon, seitdem die Kirche und das Gasthaus vor dreihundert Jahren gebaut wurden. Der gesamte Rheingau legt Zeugnis darüber ab, wie Wein eine Landschaft prägt. In der Stadt Geisenheim wurde schon 1872 eine Lehranstalt gegründet, die sich bis heute eine eigene Versuchsanstalt für Weinbau leistet und mittlerweile Universitätsstatus hat.«

»Jesus hat auf der Hochzeit zu Kana Wein aus dem Wasser gemacht, keinen Traubensaft, richtig?«, ließ sich Eveline vernehmen. »Es kommt halt ganz darauf an, wo man wohnt und auf welche legalen Genussmittel sich eine Gemeinschaft einigt. Nur weil mehr Leute Wein trinken als Gras rauchen und Alkohol deshalb erlaubt ist, bleibt er trotzdem ein Rauschmittel.«

Pippa dachte an den ersten Fall, in den sie jemals verwickelt worden war, und welche tragende Rolle Hanf dabei gespielt hatte, und seufzte. »Immerhin können alle, die Bescheid wissen, während des Gottesdienstes ihre Sünde sofort beichten. Sehr praktisch.«

»Außer dir weiß es ja niemand – und du wirst uns nicht verraten, da sind wir sicher.« Eveline lächelte. »Wir haben die

Lobpreisungen deiner Auftraggeber über deine Verschwiegenheit auf deiner Webseite aufmerksam gelesen.«

»Ich verspreche, ich werde mich bedeckt halten. Aber wieso merkt die Polizei des Dorfes nichts, sagt nichts, greift nicht ein?«, erkundigte sich Pippa, noch immer nicht gänzlich überzeugt. »Gehen die Polizisten schlicht nicht in die Kirche? Oder sind die evangelisch?«

»Unsere Polizeistation wurde schon vor Jahren geschlossen, zusammen mit all den anderen Dingen, die wir verloren haben. Vielleicht wird das wieder anders, falls die Versuchsfelder wirklich kommen und wieder mehr Leute hierher ziehen«, antwortete Eveline. »Vermisst habe ich die Blaumänner allerdings nie.«

Lilo feixte: »Stellt euch vor, wir könnten Regina Winterling überreden, hier oben statt Riesling Marihuana zu medizinischen Zwecken anzubauen. Im Bereich des legalen Anbaus sind die Gewinnmargen, seit Cannabis auch in Deutschland auf Krankenschein bezogen werden kann, durch die Decke gegangen. Dann würde vielleicht sogar das Pro-Natur-Forum seine Position noch einmal überdenken, schließlich müsste man dafür unsere Wälder nicht abholzen. Schon mit einem Bruchteil des geplanten Anbaugebiets könnte man zehnmal so viel Geld verdienen wie mit Wein – und hätte dazu noch den Segen der Glocken des heiligen Nikolaus.«

Fast gegen ihren Willen fragte Pippa: »Ja, wächst das Zeug denn hier oben? Ist es auf einer Hochebene wie der Lieblichs nicht zu zugig?«

»Och«, machte Eveline und zwinkerte erst Lilo und dann Pippa zu.

Die hob abwehrend die Hand. »Betrachte die Frage als nicht gestellt, Eveline. Ich glaube, ich bin viel besser dran, wenn ich die Antwort nicht kenne.«

Kapitel 8

Zwanzig Minuten später saß Pippa zusammen mit Lilo auf der Empore neben der Orgel und sah auf die Reihen der Kirchenbänke hinunter, die sich langsam füllten. Zu jedem, der eintrat, gab Lilo eine kurze Erklärung ab; Pippa schwirrte bald der Kopf von den vielen Namen und Informationen. Gleichzeitig war sie froh, selbst nicht allzu sehr im Blickfeld der neugierigen Lieblichen zu sein, auch wenn sich nicht wenige umdrehten oder den Kopf reckten, um sie zu begutachten. Wann immer sie unverhohlen oder verstohlen beäugt wurde, gab sie vor, den Innenraum zu betrachten, und der bot einiges, was sie in einer Dorfkirche nicht erwartet hätte. Die vier hohen Fenster auf jeder Seite des Kirchenschiffs waren aufwendig gestaltet und zeigten biblische Figuren, die allesamt keine lupenreine Biographie aufzuweisen hatten. Auf der linken Seite war das Alte Testament mit Kain und Abel, Adam und Eva, Jakob und Esau und einer sehr eindrucksvollen Szene aus Sodom und Gomorrha vertreten, gegenüber fanden sich Gestalten aus dem Neuen Testament mit dem Zöllner Levi, der angeblichen Sünderin Maria Magdalena, den Geldverleihern vor dem Tempel und dem Schächer Dismas, der zusammen mit Jesus gekreuzigt wurde und bereute.

»Da ist ja mal eine illustre Gesellschaft versammelt«, sagte Pippa und zeigte auf die farbigen Bleiglasfenster.

Lilo grinste. »Ja, wir sind hier gänzlich unter uns. Das gilt übrigens auch für die Akustik. Was unten gesagt wird, schallt zu uns hinauf, aber hier oben kann man miteinander reden, ohne Gefahr zu laufen, den Rest der Gemeinde zu unterhalten. Einer der Gründe, warum Eveline und ich es vorziehen, auf die anderen hinunterzugucken. Obendrein hat man einen besseren Blick auf die Fenster.«

»Ich nehme an, die stammen auch aus der Zeit des Freistaates Flaschenhals?«

»Nicht nur, die Stiftungen gingen schon ab 1890 los. Irgendjemand glaubte immer, sich Ablass zu verschaffen, wenn er Geld für die Kirche gab, wollte aber vor den anderen Dorfbewohnern nicht zu reuig erscheinen. Die Szene aus Sodom und Gomorrha ist übrigens zur damaligen Jahrtausendwende vom Besitzer der Plappermühle gestiftet worden. Ob er damit sein Lebensmotto umreißen oder zur Buße aufrufen wollte, ist allerdings nicht überliefert.«

Pippa betrachtete die Szene eingehender und bewunderte sowohl die handwerkliche Kunst als auch die Phantasie des Glasers, als Lilo sie am Ärmel zupfte und nach unten zeigte. »Das ist der Passenheimer-Clan: Oma Margot, Uropa Arno, Klein Martin, Mama Gila und ...« Lilo stutzte. »Nein, Max fehlt.«

»Nico kann ich auch nirgends sehen«, ergänzte Pippa.

»Stimmt.« Lilo nickte. »Das ist ein untrügliches Zeichen für einen Notfall im Cyberspace.«

Und wieder mal ein Hinweis, dass Max Passenheimer seinem Azubi keinen Samstag und keinen Sonntag gönnt, dachte Pippa. »Könnte Nico einfach nur ausschlafen wollen?«, erkundigte sie sich.

»Unwahrscheinlich, dann wäre Max allein hier.« Lilo zeigte mit dem Kopf auf Arno Passenheimer, der sich mit seinem Rollator bis in die erste Reihe vorarbeitete. Dabei setzte er das Gerät weniger als Stütze denn als Waffe ein, mit der man Menschen, die im Wege standen, schmerzhaft in die Hacken fahren konnte.

Jetzt scheuchte er ein junges Mädchen von der rechten Kirchenbank auf und schickte es hinüber auf die andere Seite des Mittelganges. Margot Passenheimer blieb so lange an der Bankreihe stehen, bis der Transfer vollzogen war, und nickte dann zufrieden. Lilo stöhnte. »Wie du siehst, hat man sich darauf geeinigt, dass die Neustarter auf der rechten und die Mitglieder des Pro-Natur-Forums auf der linken Seite des Kirchenschiffes sitzen. Das betrifft auch die nicht stimmberechtigte Jugend, die von den Entscheidungen der Eltern in Sippenhaft genommen wird. Die Pläne der *UCFC* haben das Dorf geteilt wie Moses das Rote Meer.«

In diesem Moment traten Jonathan Gardemann und Ursula Findeisen unter der Empore hervor. Sie drehten sich gleichzeitig nach oben um und winkten Pippa und Lilo zu, bevor sie sich demonstrativ gemeinsam in die linke Bankreihe setzten. »Na, das ist ja mal ein Statement«, sagte Lilo erstaunt. »Hoffentlich nehmen sich die zwei nicht gerade selber die Butter vom Brot, wenn sie auch noch gemeinsam auf der Pro-Natur-Forum-Seite sitzen.«

»Du meinst, die Kranken könnten in Zukunft eine andere Praxis vorziehen und Uschis rollender Tante-Emma-Laden auf seiner Ware sitzen bleiben?«

Lilo überlegte, dann schüttelte sie den Kopf. »Jetzt, wo du es ansprichst – eine solche Entscheidung würde eher für die Verweigerer schlecht ausgehen: Sie müssten ohne Uschis göttlichen Bienenstich überleben, und gegen diese Höllenqualen haben weder Arzt noch Priester ein Gegenmittel.« Da das Knarren der hölzernen Wendeltreppe die Ankunft einer Person ankündigte, unterbrachen Lilo und Pippa ihr Gespräch.

»Ich bin's nur«, sagte Eveline und setzte sich an die Orgel. »Liegt Pippa schon auf unserer Linie, oder muss ich noch den einen oder anderen erhellenden Satz zu den Lieblichen beisteuern?«, fragte sie und begann, ihre Notenblätter zu ordnen.

»Nur über dich, Eveline, denn du beginnst mir unheimlich zu werden«, sagte Pippa. »Du bist also nicht nur Chorleiterin, sondern spielst auch die Orgel. Wann um alles in der Welt findest du denn auch noch Zeit, zu üben?«

»Du wirst es gleich hören: Sie übt, während wir singen«, sagte Lilo und verdrehte belustigt die Augen. »Hier sitzen sonst Bodo Baumeister oder Kati Lehmann, aber die fallen heute beide aus.«

Eveline verzog den Mund. »Leider. Kati kann wegen ihrer Verletzung derzeit keine Pedale treten, und Bodo ist viel zu aufgeregt, um zu spielen. Der Stammtisch verkündet heute beim Sonntagssingen endlich, wer die neue Nummer 5 an ihrem Tisch wird. Lange genug hat die Entscheidung ja gedauert.«

»Das ist spannend«, sagte Pippa. »Und? Wer steht zur Auswahl? Irgendjemand, den ich schon kenne?«

»Man kann sich nicht wirklich bewerben, wie du weißt, man wird ernannt«, erinnerte Lilo. »Aber im Vorfeld wird geprüft, ob derjenige sich den Platz überhaupt leisten kann. Dazu lädt man den Anwärter vor, und an diesem gemeinsamen Kneipenabend eruiert der Stammtisch, was derjenige zu bieten bereit ist. Es gibt einige, die nicht wenig springen lassen würden, während andere regelrecht Angst vor einer Ernennung haben.«

»Ich weiß zum Beispiel, dass unser Automechaniker Bodo Baumeister für einen Platz lichterloh brennt, Jonathan Gardemann nicht abgeneigt wäre, weil er immer noch glaubt, den Stammtischbrüdern mit fundierten Argumenten beikommen zu können, und Kornelius Michel die Ernennung fürchtet wie der Teufel das Weihwasser.«

»Und was denkst du, für wen man sich entscheidet?«, wollte Pippa wissen.

»Für denjenigen mit der größten Mitgift. Und deshalb bin ich sicher, man nimmt Rüdiger Lehmann«, antwortete Eveline. »Seines Zeichens Forstoberinspektor, offiziell aus gesundheitlichen Gründen in den Ruhestand versetzt, aber noch nicht einen einzigen Tag seines Lebens erkältet gewesen.« Sie zeigte völlig ungeniert ins Kirchenschiff hinunter und drosselte auch ihre Stimme nicht, woraus Pippa entnahm, dass Rüdiger Lehmann und Eveline Berlinger nicht die allerbesten Freunde waren. »Siehst du den da, in der dritten Reihe von rechts? Der so demonstrativ zum Eingang guckte, als Uschi Findeisen hereinkam, sie und Jonathan dann von oben bis unten musterte und den Kopf schüttelte? Das ist er.«

»Für seine Wahl spricht außerdem, dass er und Gisbert dicke Freunde waren«, fügte Lilo den harschen Worten ihrer Vorrednerin hinzu. »Diese Freundschaft erstreckte sich übrigens nie auf Uschi. Würde mich gar nicht wundern, wenn er Urheber der Gerüchte um eine Liaison mit ihrem Schwager wäre. Jedenfalls ist Rüdiger der festen Überzeugung, es gebe keinen Würdigeren als ihn, um Gisberts Platz einzunehmen. Dafür lässt er einiges springen. Und das hat er auch, denn es wird gemunkelt, dass er Regina Winterling und die *UCFC* erst auf Lieblichs Wälder und Felder aufmerksam gemacht hat und bei Verwirklichung des Projektes eine saftige Provision erwarten darf. Falls er das Geld nicht schon bekommen hat. Seine Ausgaben in den letzten Wochen legen das jedenfalls nahe. Außerdem sind auf seinem Grund und Boden schon Proberodungen gemacht und erste Pflanzungen angelegt worden. Dafür hat er ebenfalls kassiert. Und nicht zu knapp.«

Pippa betrachtete den Hinterkopf des Mannes mit dem einzigen schlechten Haarschnitt in der gesamten Gemeinde. »Rüdiger Lehmann geht wohl nicht zu Natascha Klein in den Salon?«, fragte sie bissiger, als es ihre Art war. Einem Mann gegenüber, der keine Rücksicht auf den Gemütszustand einer Witwe nahm, sondern stattdessen seine schlechte Meinung über sie wie eine Monstranz vor sich her bis in die Kirche trug, empfand sie instinktive Abneigung.

»Nein, der fährt für alles und jedes nach Wiesbaden. Friseur, Zahnarzt, Allgemeinmediziner, Herrenausstatter, das muss alles an der Wilhelmstraße liegen, nur dann ist es gut genug für ihn.«

Pippa erinnerte sich daran, dass ihr die Lambertis, als sie ihr einen Besuch bei ihnen schmackhaft machen wollten, von der Prachtstraße der hessischen Landeshauptstadt erzählt hatten, die auf der einen Seite von hochherrschaftlichen Häusern mit Ladenzeilen und auf der anderen von einem Park gesäumt war. »Ein wenig blasiert also, der Gute?«, fragte sie.

»Wenn du ›ein wenig‹ weglässt und dafür arrogant und selbstgefällig hinzufügst, liegst du goldrichtig«, sagte Lilo und kicherte. »Und er hat sich in den Kopf gesetzt, Eveline zu erobern und ihr ein Leben im Luxus zu Füßen zu legen.«

Pippa sah überrascht zu der Schäferin hinüber. »Und, hat er Chancen?«

»Am Tag, an dem ein katholischer Priester einen Imam heiratet«, sagte Eveline. »Lieber arbeite ich doppelt so viel wie jetzt.«

Ihr waren die Avancen des Forstoberinspektors a. D. offenbar mehr als unangenehm, deshalb fragte Pippa nach Hans und Franz Neuner und der Wirtin. »Wo sitzen die?«

»Die suchst du hier vergeblich. Agnes Freimuth bereitet jetzt gerade alles für das Sonntagssingen vor«, beantwortete Lilo ihre Frage. »Und meine Onkel gucken ihr zu. Die glühen schon mal vor, bis alle anderen kommen. Die sind heute Morgen sogar schon vor mir los, um im ›verlorenen Schatz‹ zu frühstücken.«

In diesem Moment kam eine Frau in Lilos Alter die Treppe heraufgestürmt. Sie trug eine schwarze Jeans und eine blütenweiße, weite Seidenbluse, die ihre langen dunklen Haare gut zur Geltung brachte. Sie begrüßte sowohl Eveline als auch Lilo mit Wangenkuss, dann wandte sie sich mit offenen Armen Pippa zu. »Ich bin Natascha Klein. Und du bist Pippa Bolle. Freut mich wirklich, dich kennenzulernen«, sagte sie. »Ich soll dir viele Grüße von Kati ausrichten und dich gleich nach der Messe zu ihr bringen. Sie hat sich nicht zugetraut, den ganzen Weg bis zur Kirche hinaufzuhumpeln.«

Erleichtert, einer Begegnung mit ihrer Auftraggeberin in aller Öffentlichkeit entgangen zu sein, stimmte Pippa gerne zu, wurde dann aber abgelenkt, denn zu ihrer Überraschung betraten gerade Jodokus und Ilsebill Lamberti den Mittelgang und sahen sich suchend um. Mit einem nur mühsam unterdrückten Ausruf der Freude lief Pippa, so schnell sie konnte, die Wendeltreppe hinunter und fing das Ehepaar ab, bevor es sich in einer Bank niederlassen konnte. Die drei begrüßten sich freundschaftlich, und Pippa spürte die neugierigen Blicke der anderen Kirchenbesucher im Rücken. Um vom Präsentierteller herunterzukommen, nahm sie das Ehepaar mit auf die Empore. »Ist das schön, euch zu sehen!«, sagte sie ehrlich begeistert. »Wie lieb von euch, so früh aufzustehen und herzukommen.«

»Ich wäre schon früher gekommen, aber es wollte und wollte nicht Tag werden«, sagte Jodokus aufgeräumt. »Ich habe aus Vorfreude die ganze Nacht nicht geschlafen.«

»Du kannst froh sein, dass wir nicht schon gestern Abend nach Lieblich gekommen sind«, sagte Ilsebill. »Jodokus war nur mit größter Mühe davon abzuhalten, die Koffer vom

Speicher zu holen und sich umgehend in Lieblich einzunisten.«

»Aber wieso seid ihr direkt zur Kirche gekommen? Viel logischer wäre es doch gewesen, erst mal in der Plappermühle nach mir zu suchen.«

»Absolut nicht! Watson denkt mit!«, erklärte der Wiesbadener und tippte sich mit den Fingerspitzen an den Kopf, um anzudeuten, dass seine Kombinationsgabe gefordert gewesen war. »Ich habe mich nach Ilsebills Lagebericht gefragt, wie du dir wohl einen schnellen und präzisen Überblick über unsere neue Zielgruppe verschaffen würdest, und sofort war mir klar, dass du dort zu finden sein wirst, wo sich die Mehrzahl der Bagage an einem solchen Morgen aufhält: im Gottesdienst und beim Sonntagssingen.«

Die Messe lief ab wie ein gut geöltes Uhrwerk, und Pippa zollte sowohl Evelines Orgelspiel als auch dem Gesang der Gemeinde insgeheim Anerkennung. Hier saßen Leute zusammen, die ihre Lieder kannten, wenn auch ein paar Jugendliche wohl vom jeweils anderen Geschlecht abgelenkt wurden. Einige von ihnen hoben selten den Kopf, was Pippa zu der Vermutung veranlasste, dass auch hier wie in ihrer Jugend heimliche Zettelchen oder vielmehr ihr elektronisches Äquivalent herumgeschickt wurden, schließlich boten die hohen Lehnen guten Sichtschutz. Damit, und auch mit den neugierigen Blicken, die immer wieder zum Ehepaar Lamberti oder ihr hinaufgeschickt wurden, war allerdings Schluss, als Pfarrer Kornelius Michel die Kanzel betrat. Eine volle Minute betrachtete er wortlos die Kongregation, bis einige Mitglieder nervös in den Bänken hin und her zu rutschen begannen. Von seiner Statur her hätte der Priester keine Kanzel gebraucht, um auch aus der letzten Bankreihe gesehen zu werden. Pippa wusste von Eveline, dass er die vierzig bereits erreicht hatte, fand aber, dass Kornelius Michel noch immer jungenhaft wirkte, was an der Länge seiner Haare und den Grübchen liegen mochte, durch die sein Gesicht etwas freundlich Geduldiges bekam. Seine Stimme klang jedoch weder freundlich noch geduldig, als er zu predigen begann. »Seit fünf Monaten weiß ich, wie es sich für Paulus angefühlt haben muss, die Galater am Hals zu haben«, sagte er, und eine gefährliche Gelassenheit lag in seiner Stimme. »Ich frage mich nicht mehr, warum der Apostel seinen Brief so scharf formulierte, dass er sogar auf eine freundliche Anrede oder einen Dank am Ende verzichtete, sondern stattdessen mit den Worten schloss: *In Zukunft mache mir niemand mehr Mühe!* Früher fand ich Paulus' Worte harsch, heute verstehe ich ihn. Ihr habt mich durch euer Verhalten der letzten Monate nachdrücklicher gelehrt, welche Achterbahn an Gefühlen ihn gequält haben muss, als ein jahrelanges Theologiestudium.« Kornelius Michel ließ seinen Blick über die Häupter seiner Schäfchen gleiten und schlug dann so hart mit der Faust gegen das Holz seiner Kanzel, dass einige Zuhörer zusammenzuckten. »Der arme Mann hatte ebenso genug von seinen Galatern wie ich von euch! Seine Gemeinde hatte sich in so ziemlich allem geübt, was ihm das Leben schwer machte. Götzendienst, Feindschaften, Streit, Eifersucht, Jähzorn, Eigennutz, Spaltungen, Parteiungen, Neid und Missgunst zählt Paulus auf. In Kapitel 5, Vers 15 heißt es gar: *Wenn ihr einander beißt und verschlingt, dann gebt acht, dass ihr euch nicht gegenseitig umbringt!*«, donnerte der Geistliche und hob beschwörend die Hand. »Und sind wir hier in Lieblich nicht schon genauso weit wie die Galater?«

Pippa sah bei seinen Worten zu Eveline hinüber, die sich von der unbequemen Orgelbank zu Lilo gesetzt hatte und deren Mundwinkel ein winziges Lächeln des Triumphes umspielte. Würde mich doch sehr wundern, wenn ihr zwei nicht auch bei dieser Predigt eure Finger im Spiel hättet, dachte Pippa.

»Jeder von euch glaubt, gute Argumente zu haben, weshalb eure Position die richtige ist, aber das ist noch lange kein Grund, die des anderen nicht gelten zu lassen und ihn zum Feind zu erklären«, fuhr Pfarrer Michel ruhiger fort. »Ich bin es leid, Sonntag für Sonntag von der Kanzel auf eine Gemeinde hinunterzugucken, die zwar zu mir aufblickt, aber vom Nachbarn so weit wie möglich abrückt und nach der nächsten Beichte ungerührt so weitermacht wie bisher.« Der Pfarrer machte eine Pause, in der es mucksmäuschenstill war. »Auf den Tag genau in einem Monat begehen wir wieder das Kirchweihfest unseres schönen Gotteshauses, das seit der Stiftung der Glocken durch meinen Vorfahren ihm zu Ehren ›Schnapphahnkerb‹ genannt wird. Wie soll die Kerb in diesem Jahr aussehen? Feiert die Neustart-für-Lieblich-Liga am Freitag allein im Zelt und tanzen die Mitglieder des Pro-Natur-Forums dafür am Samstag? Wird es zwei Umzüge geben, einen für die eine Seite, einen für die andere? Aber wer wird dann am Straßenrand stehen, um zu bewundern, mit wie viel Liebe die Wagen geschmückt wurden? Wer wird die anderen noch beklatschen, ihnen Respekt zollen? Seit Tacitus Schnapphahn und seine Bande den Schleichhandel zwischen dem Freistaat Flaschenhals und den besetzten Landesteilen aus der Not heraus zu einer erstrebenswerten Berufsperspektive erhoben, glaubt die Mehrzahl von euch, dass Aufmüpfigkeit, Eigensinn und Sturheit, gewürzt mit einer guten Prise Ungesetzlichkeit, noch immer eure vornehmsten Eigenschaften sind – und handelt danach. Aber eines vergesst ihr dabei!« Pfarrer Kornelius Michel beugte sich weit über die Brüstung der Kanzel seinem Publikum zu. »Tacitus Schnapphahn wurde gefasst, er musste für seine

Taten büßen, er starb zusammen mit seinen Kumpanen im Kugelhagel der Polizei, da draußen auf der Straße, die ihr gleich auf dem Weg zum ›verlorenen Schatz‹ hinuntergeht. Weil jemand ihn verraten hatte! Jemand aus den eigenen Reihen, jemand aus seinem Dorf. Und das tat dieser Jemand ganz sicher nicht aus Gerechtigkeitssinn, sondern weil er oder sie allein nach der Beute des letzten Raubzuges suchen wollte. Wir wissen bis heute nicht, ob die Person das Diebesgut tatsächlich fand und damit glücklich wurde, aber wir wissen, dass danach im Dorf nichts mehr so war wie vorher. Es gab für lange, lange Zeit keine Werte, kein Vertrauen mehr. Nichts war mehr lieblich in Lieblich. Genau wie heute.« Kornelius Michel ließ seinen Blick durch die Reihen schweifen, bevor er weitersprach.

Pippa sah, wie einige Gemeindemitglieder verschämt den Kopf senkten. Auch Rüdiger Lehmann gehörte zu ihnen. Er drehte sogar vorsichtig den Kopf, um nach Ursula Findeisen hinüberzusehen. Pippa konnte deutlich erkennen, wie die Blicke der beiden sich trafen, aber keiner wagte eine versöhnliche Geste. Stattdessen starrten sie sich an, als hofften sie, der andere möge zuerst wegschauen. Pippa versuchte, die Blicke der beiden zu interpretieren, und stufte Lehmanns als Rechtfertigung, Ursulas als Anklage ein. Aber in beider Augen stand auch blanke Abneigung.

»Paulus hatte von den gegenseitigen Drohungen, den Streitigkeiten und der Missgunst der Galater die Nase gestrichen voll und machte ihren Querelen ein für alle Mal ein Ende«, kam Pfarrer Michel auf seinen Predigttext zurück und zog damit auch die Aufmerksamkeit Ursula Findeisens und Rüdiger Lehmanns wieder auf sich. »Er rief seiner Gemeinde ihre in Vergessenheit geratenen Werte wieder in Erinnerung und drohte mit ewiger Verdammnis, sollten sie diese nicht hochhalten. Ich brauche damit nicht zu drohen.

Seit einer aus unseren Reihen den Tod gefunden hat, einer, dem wir hätten helfen können, hegen wir alle Zweifel am eigenen Tun und Lassen. Jeder wünscht sich, das Rad zurückdrehen zu können.« Die Stimme des Pfarrers klang weicher. »Deshalb sollten wir ab jetzt alles tun, um die Harmonie in unser Dorf zurückzuholen. *Ihr seid zur Freiheit berufen, Brüder*, schreibt der Apostel Paulus an die Galater. *Nur nehmt die Freiheit nicht zum Vorwand für das Fleisch, sondern dient einander in Liebe! Denn das ganze Gesetz ist in dem einen Wort zusammengefasst, Du sollst deinen Nächsten lieben wie dich selbst!*« Kornelius Michel erhob den rechten Zeigefinger und schlug noch einmal eine schärfere Tonart an: »Deshalb erhebe ich ab jetzt Vers 26 des Galaterbriefes zum Gesetz in Lieblich. Ich zitiere frei und für jeden von euch da unten verständlich: Wir wollen nicht mehr prahlen, nicht mehr miteinander streiten und einander nichts mehr nachtragen. Kapiert? Alle?« Er faltete die Hände, als wollte er beten. »Und damit beginnen wir gleich heute beim Sonntagssingen. Wir werden die Stunde nutzen, um *gemeinsam* die nächste Kerb zu planen, *gemeinsam* Mittel und Wege zu finden, in Lieblich wieder lieblich zu leben. Amen!«

Pfarrer Kornelius Michel sah über seine Gemeinde hinweg zur Empore hinauf, indem er zweimal kurz hintereinander energisch das Kinn reckte, um Eveline anzuzeigen, dass sie zurück an die Orgel konnte, um das nächste Lied zu spielen. In diesem Moment musste Pippa den Impuls unterdrücken, die Hand vor den Mund zu schlagen. Sie sang weder das nächste Lied mit, noch nahm sie die Musik wahr, denn obwohl sie sich von Kornelius Michels Predigt betroffen fühlte, hatte sein Aufschauen zur Galerie sie noch mehr bestürzt. Dieses zackige, zweifache Zucken des Kopfes hatte sie schon einmal gesehen. Es war so prägnant, dass sie bezweifelte, dass es noch einen zweiten Mann mit dieser Statur im Ort gab, der diese ungewöhnliche Art hatte, das Haupt zurückzuwerfen. Es war zwar dunkel gewesen, aber die Bewegung war zu charakteristisch, als dass man sie nicht wiedererkennen konnte. Pippa war sich sicher: Pfarrer Kornelius Michel hatte am Vorabend am Waldrand gestanden und zur Loggia hinaufgesehen. Sie versteckte ihr Gesicht im Gesangbuch, um weder Evelines noch Lilos Aufmerksamkeit zu wecken und Fragen nach dem Grund ihrer Verblüffung zu provozieren. Sie konnte und wollte nicht erzählen, dass die Reihen der liebeskranken Kater möglicherweise ausgerechnet von einem katholischen Priester angeführt wurden.

Kapitel 9

Pippa verließ die Kirche mit Herzklopfen. Nicht nur, weil sie glaubte, Pfarrer Kornelius Michel am vergangenen Abend unter ihrem Fenster entdeckt zu haben, sondern auch, weil sie endlich auf Kati Lehmann treffen würde. Zusammen mit Natascha Klein und dem Ehepaar Lamberti schlenderte sie hinter den anderen Kirchenbesuchern die Straße hinunter zur Dorfmitte. Als sie ihren Blick über die Fassaden der Häuser schweifen ließ, entging ihr nicht, dass einigen neuer Putz oder ein Anstrich gutgetan hätte. Nur ein größeres bäuerliches Anwesen wirkte, als wären das Fachwerk vor kurzer Zeit meisterlich renoviert und die ehemaligen Stallgebäude ihrer neuen Bestimmung als Arbeits- und Ausstellungsräume zugeführt worden. »Da wohnen die Passenheimers. Solltest du während deines Aufenthaltes ein Problem haben, welcher Art auch immer – wenn es in Lieblich lösbar ist, dann weiß ihr Clan, wie und durch wen«, erklärte Natascha. Dann zeigte sie auf das Nachbargrundstück, an dessen Fachwerkhaus Gerüste standen, um der Fassade das Make-up zu verpassen, das auch anderen Häusern in der Reihe gutgetan hätte. »Hier wohnt Rüdiger Lehmann«, fuhr sie fort. »Er kann sich leisten, gründlich zu sanieren. Und selbst wenn er das Grundstück daneben noch dazukauft, bleibt ihm mit Sicherheit genug Geld, um die nächsten Jahre Däumchen zu drehen und es sich gut gehen zu lassen.«

Daher also die finanzielle Freigiebigkeit dem Stammtisch und Eveline Berlinger gegenüber, dachte Pippa. Dann stutzte sie. In der Einfahrt stand ein funkelnagelneues Großraumtaxi, noch ohne Nummernschild. Natascha folgte ihrem Blick. »Rüdiger hat sich ein Sammeltaxi angeschafft und plant, für seine Fahrten nach Wiesbaden Plätze für Mitfahrer anzubieten, gegen ein entsprechendes Entgelt natürlich.« Als sie weitersprach, war die Kritik in ihrer Stimme nicht zu überhören. »Früher wäre eine solche Gefälligkeit selbstverständlich gewesen; er macht eine Geschäftsidee daraus. Gegenüber den Stammtischbrüdern soll das große neue Auto natürlich ein zusätzliches Argument sein. Rüdiger hat angekündigt, nach seiner Aufnahme mit den Mitgliedern Ausflüge in die Umgebung zu machen und kostenlose Weinproben bei Winzern des Rheingaus zu organisieren.« Sie grinste breit. »In den Ohren des einen oder anderen Stammtischhockers könnte so viel unnötige Aktivität allerdings auch wie eine Drohung geklungen haben.«

Drei Häuser weiter bogen die meisten Kirchgänger in das Gasthaus ›Zum verlorenen Schatz‹ ab. Einige blieben davor noch in Grüppchen stehen, um sich von Freunden und Bekannten, die nicht mit am Sonntagssingen teilnehmen wollten, zu verabschieden oder für die kommende Woche zu verabreden. Niemand setzte sich auf die nahe Bank, die zwischen den zwei Linden stand.

»Ist das ...«, begann Pippa.

»Ja, das ist die Bank«, fiel Natascha ihr ins Wort. Offensichtlich war es ihr unangenehm, darüber zu reden. »Der Platz sollte schon lange umgestaltet und die Bank in diesem Zuge abgebaut werden. Aber Rüdiger stellt sich quer, weil seine Familie sie vor Jahren gestiftet hat. Er findet, sie sollte zum Gedenken an seinen Freund neu gestrichen werden und eine Erinnerungstafel erhalten, statt irgendwo in

Feld, Wald oder Wiese einen neuen Standort zugewiesen zu bekommen.«

Ilsebill Lamberti war bisher wortlos neben den beiden und ihrem Mann hergegangen, jetzt erschauderte sie. »Gibt es denn irgendjemanden, der überhaupt noch auf der Bank sitzen will? Für mich wäre sie kein Ort mehr, um mich auszuruhen.«

»Das geht den meisten ähnlich«, bestätigte Natascha. »Ich habe sie von meinem Salon aus automatisch im Blick, und seit Gisberts Tod habe ich dort nur mal den einen oder anderen müden Wanderer sitzen sehen, aber niemanden aus dem Dorf.« Natascha deutete auf ein Gebäude auf der anderen Seite des Dorfplatzes, dessen gesamte untere Etage von altmodisch wirkenden Schaufenstern eingenommen wurde. Über der Glasfront war in geschwungenen goldenen Lettern ›Friseursalon Haar-Klein‹ zu lesen. Bevor sie darauf zusteuern konnten, sagte Jodokus: »Wir werden uns im Dorf ein wenig die Füße vertreten und das Terrain sondieren«, und Pippa wusste, sie durfte anschließend einen umfassenden Bericht mit seinen sämtlichen Eindrücken von ihm erwarten.

»Gut. Wir treffen uns nach meinem Besuch bei Kati Lehmann beim Sonntagssingen«, antwortete Pippa und folgte Natascha zum Salon. »Sag mal«, fragte sie auf dem Weg dorthin und zeigte über die Schulter zurück auf die Schänke, »muss ich mich nachher dort bei irgendjemandem vorstellen, wenn ich nicht gegen die Dorfetikette verstoßen will? Dem Stammtisch zum Beispiel?«

»Nicht nötig, die haben alle schon ein festes Bild von dir«, beruhigte Natascha und lächelte spitzbübisch. »Schließlich bist du von Nico und Jonathan nach Lieblich gebracht worden. Sei froh, wenn du nicht schon eine eigene Fanseite auf Facebook hast – mit mindestens zwei Likes!«

Der Friseurladen stammte zwar in dieser Form aus der Zeit ihres Großvaters, war aber von seiner jetzigen Besitzerin mit viel Geschmack und Einfallsreichtum auf den Stand der heutigen Technik gebracht worden, ohne das historische Flair zu zerstören. Werbeplakate der Sechzigerjahre waren klug mit den dazu passenden Artikeln der Gegenwart kombiniert worden, neu gepolsterte Nierensessel für die wartende Kundschaft wurden von der ihnen gegenüberliegenden Spiegelwand, vor der Nataschas Arbeitsgeräte standen, einladend reflektiert. Der hintere Teil des Ladens enthielt niedrige Sitzmöbel, jede Menge Spielzeug und weiche Teppiche, die jedem Kindergarten zur Ehre gereicht hätten.

»Können die Kinder bei dir spielen, während du ihre Eltern frisierst?«, fragte Pippa.

Natascha seufzte: »Oder während sie zum Einkaufen fahren, Heu einbringen, einen Zahnarztbesuch machen, kurz, alles das tun, wofür sie ihre Kinder nicht brauchen können. Wir haben keine Krippe, keinen Kindergarten und keine eigene Schule mehr. Seither hat sich mein Laden zur Notbetreuungsstelle entwickelt. Wo sollen die Minis sonst auch hin? Nur ich habe von morgens bis abends geöffnet. Genau wie die Kneipe, aber dahin können wir die lieben Kleinen ja nicht guten Gewissens schicken.«

Mit diesen Worten ging Natascha zur Wendeltreppe, die in der Mitte des Raumes in den ersten Stock und damit direkt in ihre Wohnung führte. Pippa folgte ihr und befand sich kurze Zeit später in einer einladenden Wohnküche, in der Gemütlichkeit Vorrang vor Funktionalität hatte. Am Spülbecken stand eine schlanke Frau, die ihr nussbraunes Haar zu einem Pferdeschwanz zusammengebunden hatte, der bei jeder Bewegung auf und nieder wippte. Sie trug eine ausgewaschene Jeans und ein ausgeleiertes T-Shirt, wirkte aber selbst in dieser einfachen Kleidung wie ein Modell, bei dem wohl jeder Maler sich gewünscht hätte, nicht nur ihr Äußeres, sondern auch ihre natürliche Anziehungskraft auf Leinwand bannen zu können. »Herzlich willkommen«, sagte sie und hob die Linke, als würde sie Pippa davon abhalten wollen, vor ihr zu knicksen. »Ich freue mich, dich endlich begrüßen zu können, Pippa Bolle.«

»Kati Lehmann?«, fragte diese, erstaunt, ihre Auftraggeberin ohne Beeinträchtigung herumlaufen zu sehen. »Ich dachte, du kannst nicht stehen und deshalb nicht zum Gottesdienst oder zum Sonntagsingen gehen.«

Kati nickte und bedeutete ihr, sich mit ihr auf die Eckbank zu setzen. »Stimmt«, sagte sie und sah dabei kein bisschen zerknirscht aus. »Zum Sonntagssingen kann und will ich unter gar keinen Umständen gehen. Nicht, wenn Regina Winterling und ihre Freunde dort heute den Ton angeben.«

Pippa sah von Kati zu Natascha und wieder zu Kati: »Heißt das, du hast dir den Fuß gar nicht verstaucht? Du willst nur nicht in aller Öffentlichkeit auf die Unterhändlerin der *UCFC* treffen?«

»Das ist zumindest die Version für Jonathan, der ja dafür sorgen musste, das Gerücht meiner Invalidität in die Welt zu setzen. In Wahrheit will ich nicht dabei sein, wenn bekanntgegeben wird, wer in Zukunft Gisbert Findeisens Platz am Stammtisch einnimmt. Ich hätte Angst, mich zu verraten. Ich bin keine gute Lügnerin.«

Pippa runzelte die Stirn. »Was hat denn das eine mit dem anderen zu tun?«

Natascha kicherte. »Kati hat die Wahl zu ihren Gunsten manipuliert, was sonst?«

»Wie bitte?«, fragte Pippa ungläubig. »Wie ist denn das möglich? Hat sie Mitspracherecht? Ich dachte, das machen die Stammtischhocker unter sich aus?«

»Pff«, machte Natascha amüsiert. »Und die Erde ist eine

Scheibe! Du vergisst, dass die ganze Stammtischidee ursprünglich von einer Frau geboren wurde. Und dabei hat sie für ihr Baby eben auch das eine oder andere Schlupfloch gelassen, damit die Frauen des Dorfes ihre Interessen einbringen können.«

»Ich bin Hans Neuner ein wenig um den Bart gegangen, und er hat mir verraten, mit welcher Summe es sich Cousin Rüdiger am runden Tisch bequem machen will. Den Betrag habe ich dann dank meiner Ersparnisse nicht unbeträchtlich erhöht und einem Bewerber meines Vertrauens ausgehändigt, um dessen Chancen auf den Stammtischplatz zu steigern.« Sie sah auf die Uhr. »Ich hoffe zuversichtlich, dass dieser in spätestens einer Stunde das Fähnchen mit der Nummer 4 ausgehändigt bekommt.«

Pippa überlegte einen Moment, wer das sein könnte. »Jonathan Gardemann? Hast du das Geld dem Tierarzt gegeben?«

»Jonathan?« Kati klang überrascht. »Wenn der wollte, könnte er die geeignete Summe selbst aufbringen. Nein, ich habe Bodo Baumeister den Etat erhöht, damit er alle anderen ausstechen kann.«

»Dem Biker?«, fragte Pippa, um sich zu vergewissern, dass sie beide von derselben Person sprachen.

»Genau dem«, antwortete Kati triumphierend. »Wir haben einen netten kleinen Vertrag aufgesetzt. Er ist bereit, das Geld in den nächsten Monaten bei den Bienen und in der Mühle wieder abzuarbeiten.« Sie strahlte Pippa offen an. »Für mich bedeutet das: Ich kann zu Thilo nach Berlin fahren. In Rekonvaleszenz, sozusagen. Du hast nicht zufällig ein paar Tipps, welche Clubs gerade besonders angesagt sind oder wo heiße Tangonächte durchtanzt werden? Ich bin außerdem an Ausstellungen interessiert, am besten Moderne Kunst. Alte Schinken hängen in der Mühle genug herum.«

Pippa öffnete mehrmals den Mund und schloss ihn wieder. Sie verstand plötzlich, warum die anderen Lieblicher Frauen bei Kati in die Lehre gehen wollten. Die junge Frau verfolgte ihre Pläne mit großer Verve, brachte aber gleichzeitig das Kunststück fertig, dass man ihr jegliche Manipulation verzieh, weil man sich insgeheim wünschte, ebenso zielstrebig zu handeln. »Darf ich fragen, was dir die Aktion bringt? Wieso ist es gut für die Plappermühle, wenn Bodo mit am Stammtisch sitzt?«

»Liegt das nicht auf der Hand?«, stellte Kati die Gegenfrage. »Die Tischrunde setzt sich allein aus Neustartern zusammen. Die bekakeln da jeden Tag, wie sie wen als Nächstes auf ihre Seite ziehen können. Das muss aufhören. Das Pro-Natur-Forum muss endlich auf demselben Stand der Dinge sein wie die Fackelträger von Regina Winterling.«

»Verstehe. Bodo ist Pro-Natur-Forum und somit gegen die Versuchsfelder«, folgerte Pippa.

»Nein, ist er nicht«, sagte Natascha und weidete sich an Pippas verständnislosem Blick. »Bodo ist in erster Linie Pro-Stammtisch. Es ist sein Traum, dazuzugehören. Und das könnte Katis Geld ihm ermöglichen.«

»Und wie heißt es doch so schön: Wes' Brot ich ess', des' Lied ich sing«, fügte Kati hinzu. »Jedenfalls so lange, bis er alles fein zurückgezahlt hat.«

»Ihr habt dem Stammtisch ein Kuckucksei ins Nest gelegt. Einen Spion platziert, um euch einen Vorteil zu verschaffen«, stellte Pippa fest und wusste nicht so recht, ob sie die Maßnahme schlau finden oder darüber den Kopf schütteln sollte.

»Ein wenig eleganter hätte ich das jetzt schon ausgedrückt«, meinte Kati. »In der Sprache der Banker, hat Thilo mal gesagt, umschreibt man eine eher unkonventionelle, aber gerade deshalb Gewinn versprechende Aktion wie die unsere als ›vollständiges Ausschöpfen des Potentials einer im Eigeninteresse liegenden Ersatzleistung‹.«

»Und für das Werfen dieser Nebelkerze hätten sich keine anderen Männer des Dorfes geeignet als Bodo Baumeister?«, fragte Pippa.

»Oh, oh«, machte Natascha. »Sie will wissen, wer für einen Wink von dir Haus und Hof verpfänden würde. Da gehe ich lieber zum Sonntagssingen. Ich bin diese Liste schon zu oft selbst durchgegangen.« Sie verschwand die Wendeltreppe hinunter, und einen Augenblick später hörten sie die Ladenklingel. Als die Tür ins Schloss gefallen war, atmete Kati erleichtert auf, als wäre sie froh, mit Pippa allein zu sein. »Mir sind meine Verehrer peinlich, vor allem vor den wunderbaren Frauen unseres Ortes«, sagte die junge Frau leise. Pippa glaubte ihr sofort, denn das Geständnis klang weder aufgesetzt noch beifallheischend.

»Gilt das für alle deine Bewunderer?«, fragte Pippa, »oder gibt es da den einen oder anderen, für den du Gefühle hegst oder dem du ungewollt Hoffnungen machst?«

Kati sah Pippa erstaunt an. »Du hast doch jemand Bestimmten im Sinn, nicht wahr? Hattest du gestern nicht nur weiblichen, sondern auch männlichen Besuch?«

Pippa erzählte ihr von ihrem Blick von der Loggia herunter und Kati lachte laut. »Kornelius? Ja, der wollte zu mir. Er kam anschließend direkt hierher und besprach mit mir unser weiteres Vorgehen in Sachen Schnapphahnkerb. Deren Organisation habe ich jahrelang fast allein gewuppt und kenne mich deshalb damit aus. Um etwas anderes ging es nicht. Er wollte nur nicht, dass seine Pläne vor der heutigen Predigt bekannt würden.« Sie schüttelte amüsiert den Kopf. »Nein, da kannst du ganz beruhigt sein: Unser Pfarrer gehört mir nicht.«

»Gibt es jemand anderen?«

Wieder schüttelte sie den Kopf. »Niemanden. Im Gegenteil, ich würde viel darum geben, wenn sie mich endlich alle in Ruhe ließen und ich nicht ständig unter Beobachtung stünde. Ganz gleich, was ich in diesem Ort tue oder lasse, es wird kommentiert. Und zwar von den Bewunderern, als könnte ich nichts falsch, und von den Neidern, als könnte ich nur Fehler machen.« Sie seufzte. »Ich brauche dringend eine Auszeit von diesem Druck. Ich will zu Thilo, um einmal außerhalb Lieblichs völlig unbeschwert mit ihm zusammen zu sein wie andere Verliebte auch. Ich will endlich erkennen, ob meine Wahl richtig ist oder ob ich nur aus Protest vor den ewigen Einflüsterungen der Dorfbewohner jemanden wähle, den ich nicht schon mein ganzes Leben lang kenne.« Sie sah Pippa bittend an. »Ich weiß, es war nicht so abgesprochen, aber ich würde mich freuen, wenn du allein auf die Plappermühle aufpassen könntest. Bei den Bienen hilft dir Bodo. Er kennt sich bestens aus, von ihm hat Thilo seine ersten Bienenvölker übernommen, als Bodo sein Hobby von Gebrumm auf Geknatter verlegte.«

Pippa runzelte die Stirn. »Hat dir schon irgendwann einmal jemand etwas abschlagen können?«, fragte sie und sah zu ihrem Erstaunen, wie sich Katis Gesicht verfinsterte.

»Ja«, antwortete sie. »Der Stammtisch hält sich, aus was für obskuren Gründen auch immer, für den würdigen Nachfolger der Schnapphahnbande, deren Ehrenkodex sie folgen: Nimm dir, was du brauchst, von Personen, die du nicht kennst, dann verteile großzügig an Bedürftige und binde sie so durch Dankbarkeit an dich, als wären auch sie dein Eigentum.« Sie schnaubte wütend. »Selbstverständlich wird bei so viel Selbstlosigkeit erwartet, dass der gewährte Betrag freiwillig doppelt und dreifach zurückerstattet wird, sollte es dem Empfänger einmal besser gehen.« Kati machte eine Pause. »Du weißt, warum Nico bei den Passenheimers lebt?«

»Nein, ich weiß nur, dass Max Passenheimer sein Onkel ist.«

»Von wegen. Die zwei sind nicht verwandt«, sagte Kati. »Nico hat bereits in jungen Jahren eine wenig rühmliche Geschichte im Justizvollzug geschrieben. Als seine Bewährungshelferin einen Neuanfang für ihn suchte, hat der gesamte Passenheimer-Clan dafür votiert, ihn bei sich aufzunehmen, und ihm so die Möglichkeit gegeben, ehrlich zu werden.« Kati sah Pippa vorwurfsvoll an, als trüge sie eine Teilschuld. »Seitdem ist Nico Tag und Nacht im Einsatz, um der Familie zu beweisen, wie dankbar er für diese Chance ist.«

Deshalb die langen Arbeitsstunden ohne großes Murren, dachte Pippa und sagte laut: »Vielleicht wollen sie durch die ständige Beschäftigung verhindern, dass er wieder unter die Räder kommt. In meinen Augen haben die Passenheimers menschlich gehandelt.«

»Und nicht nur die«, bestätigte Kati. »Der Plan für die Aufnahme von Nico Schnittke wurde am Stammtisch ausgeheckt. Von allen, die vor vier Jahren darum herumsaßen. Geradezu ironisch, dass der Junge nach all seinen Gaunereien und Diebstählen ausgerechnet in der Nachfolge eines Tacitus Schnapphahn nach Lieblich geholt wurde. Der Räuberhauptmann und Schmuggler tat nichts, ohne genau zu überlegen, wie es ihm selbst nützen könnte. Stets gab er einen Teil seiner Beute weiter an Bedürftige, um Sympathien im Volk zu wecken und dadurch von ihm gedeckt und versteckt zu werden.« Bei den nächsten Worten verhärteten sich ihre Züge. »Nach derselben Masche haben die wichtigsten Familien des Ortes Kornelius Michel, als Tacitus' einzigem bekannten Nachkommen, das komplette Studium finanziert und mich in Geisenheim Gartenbau studieren lassen. Kornelius hat sich für diese finanzielle Unterstützung einreden lassen, dass es besser sei, Pfarrer zu werden als Religionslehrer, weil dann unsere Kirche endlich wieder einen einheimischen Priester bekäme. Ich habe meinem Cousin als Pfand für die monatliche Unterstützung meinen Teil des großväterlichen Waldgrundstückes gegeben, als ich nach dem zweiten Bildungsweg richtig loslegen wollte. Wie blöd kann man sein?« Sie schüttelte den Kopf über ihre eigene Dummheit. »Kaum fertig mit dem Studium, bat ich Rüdiger um weiteren Aufschub für die Rückzahlung und erklärte ihm und Gisbert Findeisen, warum ich noch Zeit bräuchte, bis sie ihr Geld zurückbekämen, bot ihnen aber eine Teilhaberschaft an.«

»Wann war das?«, fragte Pippa.

»Vor etwas mehr als zwei Jahren«, antwortete die junge Frau. »Da habe ich den beiden auseinandergesetzt, dass ich probieren will, in unseren Höhenlagen Wein anzubauen, und habe ihnen gesagt, wie man es anstellen könnte, dafür von der EU Fördermittel zu bekommen.« Sie holte tief Luft, als könnte sie sonst nicht ruhig weitersprechen. »Und was machen die beiden? Erklären mir, dass unsere Abmachung wegen Fristüberschreitung meinerseits ohnehin nicht mehr gelte und das Waldgrundstück bereits an Rüdiger gefallen sei.« Kati sah Pippa direkt an, und die Haushüterin konnte den Hass in ihren Augen lodern sehen. »Und sofort nach dieser niederträchtigen Absage haben sie nichts Besseres zu tun, als meine Idee an Regina Winterling und die *UCFC* zu verkaufen und zu behaupten, sie stamme von ihnen.«

Kapitel 10

Auf dem Weg vom Friseursalon ›Haar-Klein‹ bis ›Zum verlorenen Schatz‹ überlegte Pippa, ob es noch irgendein Versprechen geben konnte, das Kati ihr nicht abgeluchst hatte, um bei Thilo in Berlin eine unbeschwerte Zeit verbringen zu können. Pippa hatte sogar Karin angerufen und sie gebeten, mit Kati eine Rundfahrt auf der Havel zu unternehmen, um ihr auch die grüne Seite der Stadt zu zeigen, während der Imker seine Kurse besuchte. Katis Überredungskunst ist so sanft und gewinnend, dass man bis zum Schluss glaubt, eigene Entscheidungen zu treffen, dachte Pippa anerkennend. Ich habe überhaupt nicht gemerkt, dass ich mir gerade eine gute Woche Arbeit in absoluter Einsamkeit eingehandelt habe. Hoffentlich hält Bodo Baumeister sein Versprechen, jeden Morgen zwei Stunden bei mir und den Bienen vorbeizuschauen. Pippas Einwand, handlungsunfähig zu sein, wenn die Bienen, wie Thilo befürchtete, ausgerechnet jetzt schwärmen würden, wischte Kati mit dem Argument beiseite, dass sie selbst in diesem Fall ebenfalls auf externe Hilfe angewiesen wäre.

Hatte Thilo Schwange ebenso gebannt um die Hand der jungen Frau angehalten und rannte jetzt jedes Mal zum Pfarrer, um den Hochzeitstermin zu verschieben, wenn Katis Wirkung nachließ und ihm Zweifel kamen? Nach deutschem Recht mussten die beiden ohnehin zuerst standesamtlich heiraten. Wo und wie hatten die beiden das geplant? Wollte Kati auch weg aus dem Dorf, um endlich die Verantwortung für die Organisation der Schnapphahnkerb los zu sein, oder ärgerte sie sich so über Rüdiger Lehmann, dass sie befürchtete, Dummheiten zu machen? Pippa blieb stocksteif stehen. Thilo Schwange hatte davon gesprochen, Gisbert Findeisen habe in seiner Todesnacht mit ihnen reden wollen, hatte dabei aber den Eindruck erweckt, es sei dabei ausschließlich um die Beziehung zwischen Kati und ihm und die Ablehnung der *UCFC*-Pläne gegangen. Was aber, wenn Gisbert vorgehabt hatte, ihnen zu erklären, warum er und Rüdiger Kati vom Handel mit Regina Winterling ausgeschlossen hatten – oder gar, sich zu entschuldigen? Dann könnte es sich als fatal erweisen, ihn nicht angehört zu haben, denn im Lichte von Katis unverhohlener Wut gegenüber den Dieben ihrer Idee wurde aus ihrer Ablehnung, mit Gisbert Findeisen zu reden, ein deutliches Rachemotiv.

Pippa schluckte und entschied sich, an der Eingangstür des Gasthauses vorbei in den Biergarten zu gehen und darüber nachzudenken, warum der Imker diesen Umstand unerwähnt gelassen haben könnte.

Durch die geöffneten Fenster konnte Pippa dem Gesang der Dorfbewohner lauschen, der zu ihr herausdrang. *In einem Bächlein helle, das schoss in froher Eil, die launische Forelle, vorüber wie ein Pfeil* tönte es nun aus dem Inneren des Gasthauses, ein drastischer Wechsel, nachdem sie gerade die *Caprifischer* über den Dorfplatz begleitet hatten.

»Das Repertoire umfasst alles von ABBA bis zum Zupfgeigenhansl«, sagte eine Stimme hinter Pippa. Diese drehte sich überrascht um und entdeckte erst jetzt, dass sie nicht allein war. Unter einer Pergola im Halbschatten saß Regina Winterling, zwei Mobiltelefone, einen Laptop und ein Glas stilles Wasser vor sich auf dem Tisch. Offenbar hatte sie eben noch telefoniert oder Musik gehört, denn sie trug einen Kopfhörer im Ohr, der via Kabel mit einem der Smartphones verbunden war. Pippa war zu verblüfft, um zu antworten, aber die Verhandlungsführerin der *UCFC* schien keinerlei Kommentar erwartet zu haben. »Sind Sie gestern gut an Ihrem Bestimmungsort angekommen?«, erkundigte sie sich, als wollte sie mit dieser Frage anzeigen, wie gut sie über alle Vorgänge im Dorf informiert war. »Wie ist die Mühle denn so? Außer antik und abgelegen? Werden Sie sich dort als Städterin nicht einsam fühlen? Ich persönlich bevorzuge ein eher modernes Ambiente, aber da ist die Auswahl in Lieblich leider äußerst eingeschränkt – bisher. Ich hoffe, das baldmöglichst zu ändern.« Sie tippte auf den Laptop. »Alle Pläne sind hier drin. Bis ins Detail ausgearbeitet.«

Pippa sah von der überdeutlichen Einladung ab, nach diesen Plänen zu fragen, ergriff aber die Chance, einige Informationen mit den Ausführungen Katis abzugleichen, und fragte: »Wie ist Ihre Firma eigentlich auf die Idee verfallen, den Riesling zu retten? Und das ausgerechnet in Lieblich?«

Regina Winterling schlug elegant ein Bein über das andere. »Meine Firma ist ständig bemüht, unserem Firmennamen gerecht zu werden. *Upper Crust Food Company* – das setzt Standards und weckt hohe Erwartungen. Wir kümmern uns um alles, was zu unserer exklusiven Klientel passt. Von Champagner bis Single Malt Whisky, von Käse aus Eselsmilch über weiße Alba-Trüffel bis hin zu Almas-Kaviar aus dem Iran – und das sind nur einige der ausgewählten Spitzenprodukte in unserem Portfolio. Damit die kontinuierliche Versorgung unserer Kunden jederzeit gewährleistet ist, liegt es in unserem Interesse, mit den besten Produktionsstätten nicht nur zusammenzuarbeiten, sondern sie auch zu erwerben und in unserem Sinne weiterzuentwickeln.« Sie nahm das Glas Wasser in die Hand und betrachtete es, als begutachte sie die Farbe edlen Weines, und Pippa war sich sicher, dass die folgenden Sätze nicht nur wohlüberlegt, sondern sorgfältig einstudiert waren. »Unser Wein aus Lieblich wird genau die elegante Säurestruktur aufweisen, für die Kenner ein Vermögen zahlen. Und nachdem dessen Anbau direkt am Rhein in der jetzt bekannten Form nicht mehr über Generationen hinweg gewährleistet werden kann, mussten wir uns nach Alternativen umsehen. Wir begreifen uns als Wächter des wahren Rieslings, als Retter eines bedrohten Geschmacks, der ohne uns womöglich aussterben würde.« Pippa registrierte amüsiert, dass die Unterhändlerin viele Worte machte, um nicht auf die ursprüngliche Frage antworten zu müssen. Glaubte Regina Winterling wirklich, sie würde das nicht merken oder ihre Frage gar vergessen? Jetzt machte die Firmenvertreterin eine wegwerfende Handbewegung und wechselte das Thema. »Ich weiß, Leute wie Kati Lehmann und Lilo Kraft halten jede Biotechnologie-Firma, jeden Futtermittelproduzenten, jeden industriellen Erzeuger von Lebensmitteln von vornherein für den Verbündeten eines bedenklichen Fortschritts, der für Profit über Leichen geht und sogar Quellen aufkaufen würde, um anschließend für das Trinkwasser exorbitante Preise zu verlangen. Dabei wird übersehen, dass gerade ein weltweit agierender Konzern das Know-how und die finanziellen Möglichkeiten besitzt, auf ökologische Art und Weise neue Wege zu beschreiten, also auch derartige Quellen besonders rein und sauber halten kann. Da reicht es nicht, nur einen Zaun um das Gelände zu ziehen, da ist mehr gefordert. Deshalb sind wir bereit: Wir können, müssen und wollen Vorreiter sein, um vom Klimawandel bedrohte Pflanzen zu testen, zu verändern und damit zukunftsfähig zu machen.« Sie lächelte zufrieden. »Die *Upper Crust Food Company* hält sich nicht nur durch ihren klangvollen Namen für *den* Nahrungsmittelfabrikanten der ›oberen Zehntausend‹, sondern auch für einen wahrhaften und wehrhaften Aufpasser am Ursprung der Nahrungskette und in diesem Fall«, sie machte eine ausladende Handbewegung, »für die Lösung aller Probleme Lieblichs.« Regina Winterling lächelte, aber das Lächeln erreichte ihre Augen nicht. »Niemand will heutzutage mehr auf liebgewordene Genüsse verzichten. Die *UCFC* sorgt also auf der einen Seite dafür, dass Leute mit dem entsprechenden Portemonnaie das auch nicht müssen, während wir gleichzeitig den Erzeugern dieser Köstlichkeiten auf dauerhafte Weise ihren Lebensstandard sichern. Ganz gleich, welche Widrigkeiten sich uns durch Klimawandel, Handelsschranken, Ausfuhrbeschränkungen oder schlecht informierte Gegner in den Weg stellen, wir meistern jede Herausforderung.« Sie kniff leicht die Augen zusammen und schien dabei Pippas Wert einzuschätzen. »Jeder Mensch hat irgendwo einen *soft spot*, einen Genuss, der durch den Magen geht, eine Schwäche, mit der er sich belohnt oder tröstet. Ganz gleich, ob auf der Seite der Connaisseurs oder auf der Seite der Anbieter – wir loten die Tiefen aus und finden das richtige Produkt ... und den richtigen Preis. Auch für Sie, Frau Bolle, genauso wie für jeden hier im Dorf.«

Himmel, dachte Pippa, sie bietet mir Geld an, auf elegante Weise, aber es bleibt Bestechung. Sie wunderte sich bei dieser Offerte über zweierlei: dass sie die Frau nicht durch und durch unsympathisch fand, und zweitens, warum die Unterhändlerin sich die Mühe machte, sie zu behandeln wie den Rest der Lieblichen. »Gut«, sagte Pippa und ging auf das Spiel ein, indem sie das Gesagte absichtlich falsch interpretierte. »Dann schätzen Sie doch mal, welches Ihrer Produkte für mich besonders interessant wäre. Ich verspreche, ich werde ehrlich zugeben, wenn Sie meinen *soft spot* getroffen haben.«

Regina Winterling schnüffelte in die Luft, als hätte man ihr einen besonders aromatisch duftenden Trüffel vorgesetzt, legte den Kopf schief und zählte dann auf: »Da wäre zunächst Cider aus England, kurze Zeit im Eichenfass gelagert und etwas rauer als der Durchschnitt, dazu Wensleydalekäse mit Cranberries, gereicht auf geröstetem Zwiebelbrot. Ja, ich denke, für diese kulinarischen Köstlichkeiten würden Sie so einiges springen lassen.«

Pippa stand vor Überraschung der Mund offen. Genau diese Kombination kam zu ihrem Geburtstag auf den Tisch, ganz gleich, wo sie sich befand. Da hatte es nur eine einzige Ausnahme gegeben: Als sie ihren vierzigsten Geburtstag in Südfrankreich gefeiert hatte, war frisch perlender Blanquette kredenzt worden und sie hatte Knoblauchsuppe mit Olivenbrot als würdigen Ersatz empfunden.

»Ja, was Getränke angeht, folgen Sie eher nicht dem Einheitsgeschmack, weshalb Sie hervorragend in unsere Zielgruppe passen würden«, fuhr die Unterhändlerin fort. »Allerdings sind unser Blanquette, unser Schilchersekt, unser Bonarda und unser Raboso frizzante so exklusiv, dass Sie sich diese angesichts Ihrer derzeitigen finanziellen Möglichkeiten leider, leider niemals leisten könnten.«

Pippa hatte Mühe, Regina Winterling nicht anzustarren wie das Kaninchen die Schlange, denn sie hatte in allem recht: Jede der genannten Weinsorten, allesamt in ihrer moussierenden Form, hatten es ihr angetan. Jeder, der Pippa kannte, wusste das. Aber von wem war Regina Winterling so umfassend informiert worden, und warum wollte sie, dass Pippa wusste, wie ausgezeichnet sie ihre Hausaufgaben gemacht hatte?

»Ich ziehe meinen Hut vor Ihren Recherchen«, sagte Pippa. »Wann finden Sie neben all der Arbeit, die Ihr Job mit sich bringt, Zeit, sich so tief in die Vorlieben einer Randfigur Ihres Lebens einzuarbeiten? Und vor allem, warum? Welchen Vorteil hat es für Sie ...«

Weiter kam sie nicht. Die Tür zum Lokal wurde aufgestoßen, und Bodo Baumeister und Max Passenheimer steckten die Köpfe aus der Tür. Sie sahen sich im Biergarten um, dann lief Bodo bis zum Dorfanger und drehte sich dort einmal um sich selbst. Mit hängenden Schultern kam er zurück. »Nirgends zu sehen, die beiden«, sagte er zu Passenheimer, der leise fluchte, bevor er sich räusperte und Pippa und Regina Winterling ansprach: »Falls Sie dabei sein wollen – mein Großvater und Pfarrer Michel wollen gleich ihre Pläne für die Organisation der Schnapphahnkerb vorstellen, und der Stammtisch wird verkünden, wer in Zukunft Platz 4 einnimmt.« Bodo Baumeister holte bei seinen Worten eine Pfeife aus der Tasche und versuchte, sie mit zittrigen Händen zu stopfen, gab dann aber auf und kehrte, ohne geraucht zu haben, in die Schenke zurück.

Pippa nickte Regina Winterling kurz zu und hörte noch, wie diese dem Elektronikhändler erklärte, dass ihr ein ruhiger Platz an der Sonne lieber sei als ein überfüllter Gastraum.

›Zum verlorenen Schatz‹ bot innen etwa fünfzig Besuchern an Tischen Platz, und die waren bis auf den letzten Mann gefüllt. Nur an der Theke stand noch ein freier Barhocker, und am Stammtisch saß niemand außer dem Dorfältesten. Arno Passenheimer spielte nervös mit ein paar Bierdeckeln und sah fragend seinem Enkel entgegen, als der sich durch die Reihen zu ihm hindurchkämpfte, um sich hinter dem Fähnchen mit der Nummer 5 schwer auf den Stuhl fallen zu lassen.

Schräg hinter den beiden, an einem Nachbartisch, saß Rüdiger Lehmann, der sich zur Feier des Tages ein dunkles Jackett übergeworfen hatte, und ebenso selbstsicher und ruhig wirkte, wie Bodo Baumeister nervös und ungeduldig.

Pippa schwang sich auf den leeren Barhocker und bestellte bei der Bedienung hinter der Theke eine Traubensaftschorle. Außer ihr nutzten viele Gäste die Pause, um ebenfalls Getränke oder Essen zu ordern. Als eine gigantische Portion Bauernfrühstück an ihr vorbei zu einem Sänger getragen wurde, bestellte sie sich das Gleiche und registrierte dann erst, dass Natascha bei Eveline und Lilo saß und sich köstlich mit den beiden zu amüsieren schien. Ursula Findeisen und Jonathan Gardemann fehlten.

Wenn ich vor kurzem Witwe geworden wäre, bekäme ich auch keinen Ton heraus, dachte Pippa und sah auf die Uhr. Das Ehepaar Lamberti hatte über seinem Erkundungsgang offenbar das Sonntagssingen vergessen, denn auch sie waren bisher nicht eingetroffen. Nico fehlte ebenfalls. Sie rutschte vom Barhocker und zwängte sich durch die Menge bis an den Stammtisch, dort stellte sie sich den beiden Passenheimers vor und fragte nach dem jungen Mann. Max sah sich um, als würde ihm das Fehlen seines Auszubildenden erst jetzt auffallen, dann nickte er, als fiele ihm plötzlich wieder ein, wo er war. »Wir haben heute Morgen bei einem Kunden am Ortsausgang eine schief hängende Satellitenschüssel gerichtet. Der Besitzer hatte Angst, dass sie vom Dach fällt und Schaden anrichtet. Und Nico hat gleich noch nachsehen wollen, ob innerhalb des Hauses alles paletti ist. Der Junge ist immer ganz versessen darauf, am Sonntag Überstunden zu leisten«, fügte er hinzu. »Doppelte Stundenabrechnung, Sie verstehen?« Er holte sein Smartphone aus der Tasche und suchte nach einer Nachricht. Als er sie gefunden hatte, las er vor. »Bin Sonnenklang 3 fertig, zeige jetzt Pippas Freunden Fußweg zur Mühle. Für Agnes: Das größte Steak, gut durch, + 1 Tonne Spargel sind diesmal für mich, nicht für R. W.«

Nicos dringende Vorbestellung schien durchaus sinnvoll, denn die Tische füllten sich mit Tellern voll Wispertalforelle, Spargel mit Beilagen von Steak bis Lachs, bodenständigem

Handkäs mit Musik und Bauernfrühstück. Agnes Freimuth hatte zusammen mit ihren zwei Aushilfen alle Hände voll zu tun. Da es im Schankraum immer voller wurde, man sogar Stühle aus dem Biergarten hereinholte und die Tür nach draußen offen ließ, damit Zuhörer im Vorraum sitzen konnten, bildeten die drei eine Kette und reichten so von der Theke bis in den hintersten Winkel Gläser und Essen in einer Schnelligkeit durch, die deutlich zeigte, wie oft sie diese Situation schon erlebt hatten. Agnes Freimuth schien Pippa die personifizierte Wirtin: unangestrengtes Lächeln trotz schwerer Arbeit, eine blitzsaubere weiße Schürze über weit schwingendem dunklen Rock und Blümchenbluse, und eine Figur, die jedem erzählte, wie gut in ihrem Gasthaus gekocht wurde.

Pippa bedankte sich bei Max Passenheimer für die Nachricht von Nico und freute sich insgeheim, dass die Lambertis auf den jungen Mann getroffen waren und sich ihr eigenes Bild von ihm machen konnten. Während sie sich wieder bis zu ihrem Barhocker durchschlängelte, schnappte sie den einen oder anderen Satz von Unterhaltungen an den Tischen auf. »Wann geht es denn jetzt endlich los?«, maulte Gila Passenheimer, zwei Tische von ihrem Mann entfernt. »Klein Martin braucht seinen Mittagsschlaf.«

»Wo sind denn die Neuner-Brüder?«, fragte eine Dame am Nebentisch in die Runde. »An einem so wichtigen Tag wie heute?«

»Die haben Angst, dass sie bei der Neuvergabe der Kerb-Organisation einen Posten aufs Auge gedrückt bekommen«, mutmaßte eine andere. »Da sind sie vorsichtshalber gleich ganz weggeblieben.«

»Was für ein Job sollte das sein?«, erkundigte sich eine dritte, und sofort flogen Vorschläge durch den Raum: »Vorkoster? Dauerhocker? Schlechtes Vorbild?«

Pippa beobachtete die Dorfbewohner ganz genau, konnte aber keine Aufteilung in die eine oder andere Riege entdecken. »Welche Seite gehört denn hier der Neustart-für-Lieblich-Liga und welche dem Pro-Natur-Forum?«, wandte sie sich an die Bedienung hinter der Theke, als diese ihr die bestellte Schorle zuschob.

»Diesen Unfug gibt es bei uns nicht«, antwortete diese. »Wer hier reinkommt, wird platziert und damit gut. Hier sitzt jeder bei jedem, und zwar in der Mischung, die Agnes gefällt.« Sie legte Pippa die Speisekarte hin, schlug die erste Seite auf und tippte mit dem Finger auf den Willkommenstext des Wirtshauses: »Die Agnes macht alles genau so, wie die Tradition es erfordert. Alles andere wäre ja auch noch schöner.«

Pippa zog das Menü zu sich heran und entdeckte eine Landkarte des Freistaates Flaschenhals. Die Demarkationslinie zwischen dem amerikanischen Sektor und der kuriosen Mikrorepublik war demnach keine hundert Meter hinter der Sankt-Nikolaus-Kirche verlaufen. Der Text klärte Pippa über die erste urkundliche Erwähnung des Ortes im Jahre 1650 auf und beschrieb, dass bereits zu diesem Zeitpunkt eine Schanklizenz für ein von der Familie Freimuth betriebenes Wirtshaus bestanden habe, welches damals noch den Namen ›Der Lieblichen Wirtin‹ trug. Dieser Name sei aber nach der Schießerei zwischen der Polizei und der Räuberbande geändert worden, seitdem erinnere er jeden schon beim Eintreten daran, dass die Beute des letzten Raubzuges nie gefunden worden war.

Sie wurde aus ihrer Lektüre gerissen, weil Arno Passenheimer mit erstaunlich kräftiger Stimme um Ruhe bat. Alle Aufmerksamkeit wandte sich ihm zu. »Als Dorfältestem steht mir das Recht zu, jegliche Organisation für unsere traditionelle Schnapphahnkerb selbst in die Hand zu nehmen oder an Personen meines Vertrauens zu delegieren.« Er räusperte sich, und Pippa hatte den Eindruck, dass er angestrengt versuchte, Zeit zu gewinnen. Sein Blick ging zu seinem Enkel, aber der zuckte mit den Achseln, als wisse auch er nicht, was zu tun sei. Er holte sein Handy aus der Tasche, warf einen Blick darauf und schüttelte dann fast unmerklich den Kopf. Arno Passenheimer verzog verärgert den Mund und sprach dann weiter: »In den letzten Jahren hat Kati Lehmann diese Aufgabe mit Bravour für uns alle gelöst. In diesem Jahr halten sie dummerweise … schmerzliche Umstände von einem neuerlichen Einsatz ab.« Er sah sich mit zusammengekniffenen Augen um. »Ich will keine großen Worte machen. Pfarrer Michel hat in der heutigen Predigt schon alles Notwendige gesagt. Die Feindseligkeiten müssen ein Ende haben, und das geht nur durch eine anständige, für alle bindende Entscheidung. Und so eine Entscheidung lässt sich nur durch eine ordentliche Wahl erreichen. Deshalb ist unser gemeinsamer Vorschlag auch keine freundliche Einladung zur Diskussion, kein Entwurf und keine Empfehlung, es ist ein verdammter Befehl, sich zusammenzureißen und Demokratie walten zu lassen. Morgen wird mein Enkel eine freie und geheime Abstimmung ins Netz stellen, an der sich jeder Liebliche über vierzehn Jahren beteiligen kann, denn schließlich ist unsere Entscheidung gerade für die Jugend unseres Dorfes zukunftsweisend. Wir werden darüber abstimmen, ob die Versuchsfelder kommen oder nicht – und die Mehrheitsentscheidung anerkennen. Alle.« Arno Passenheimer holte tief Luft. »Danach werden wir die Kerb ausrichten, wie wir dies immer gemacht haben, gemeinsam und mit großer Leidenschaft, auch oder gerade weil in diesem Jahr Pfarrer Kornelius Michel und unsere liebe Küsterin Eveline Berlinger die Hauptverantwortlichen für ihr Gelingen sind.« Die Schäferin hob überrascht den Kopf und tauschte einen fragenden Blick mit dem Pfarrer, bis sie mit einem Seufzen nickte.

»Na, diese Berufung ist jedenfalls schon mal richtig demokratisch und in aller Einvernehmen gelaufen«, stichelte Lilo und legte tröstend die Hand auf Evelines Arm. »Ich werde dir helfen, wo ich kann.«

Abgesehen von ihrem sarkastischen Kommentar schienen jedoch alle anderen Bewohner des Ortes froh, dass jemand ein Machtwort gesprochen hatte, und damit sowohl die leidige Frage der Ablehnung oder Annahme des Vertrages mit der UCFC geklärt als auch die Durchführung der Kerb auf sichere Füße gestellt war.

»Bis morgen früh werde ich ein Schreiben an alle Haushalte verfasst haben, auf welche Weise abgestimmt werden kann. Eure E-Mail-Adressen habe ich vorliegen. Wer seine Stimme nicht im Internet abgeben will, kann das den ganzen Dienstag über an der Wahlurne in Nataschas Friseursalon tun. Das Wahllokal schließt zeitgleich mit dem Ende der Online-Abstimmung«, erklärte Max Passenheimer das weitere Vorgehen. Jetzt sah Natascha Klein alles andere als begeistert aus, knickte aber unter dem bittenden Blick des Pfarrers ebenso ein wie Eveline.

Kornelius Michel räusperte sich und stand auf: »Wer gleich anschließend Zeit und Lust hat, ist herzlich eingeladen, zusammen mit Eveline, Natascha, Lilo und mir die ersten Ideen für unser Fest zu sammeln. Jeder ist willkommen. Jeder.«

»An dieser Stelle bleibt jetzt nur noch eines zu tun«, übernahm der Dorfälteste wieder das Zepter. »Um voll leistungsfähig zu sein, fehlt unserem Dorf nur noch ein wieder komplettierter Stammtisch.« Er sah sich kurz um und nickte dann sowohl in Rüdiger Lehmanns als auch in Bodo Baumeisters Richtung. »Auch da sind die Würfel gefallen.«

War es bei der Bekanntgabe der Neuigkeiten zur Abstimmung und zur Kerb im Raum sehr ruhig gewesen, so konnte man jetzt rundum Flüstern und das Knistern von Geldscheinen vernehmen, was Pippa zu der Annahme veranlasste, dass letzte Wetten auf den Ausgang dieser Entscheidung abgeschlossen wurden. »Ich freue mich, in Zukunft als einen der wichtigsten fünf Bürger Lieblichs und als die neue Nummer 4«, Arno Passenheimer machte mit einem natürlichen Gefühl für Spannung eine Pause und sah sich um, »Bodo Baumeister am Stammtisch begrüßen zu können.«

Die auf diese Ankündigung folgende Atmosphäre erinnerte Pippa an das Gewusel in einem Bienenkorb, und sie musste unwillkürlich über die Parallele zu ihrem Auftrag lächeln. Während einige lachten oder klatschten, stand Bodo Baumeister mit hochrotem Kopf auf und verneigte sich in alle Richtungen.

Rüdiger Lehmann war das Lächeln vergangen. Wutentbrannt sprang er von seinem Stuhl auf. »Das habt ihr euch nur getraut, weil Hans und Franz nicht da sind. Wahrscheinlich sind sie deshalb zur Bekanntgabe nicht erschienen, weil ihr über ihre Köpfe hinweg entschieden habt.« Er hob drohend die Faust. »Der Platz hätte mir zugestanden. Die Nummer 4 gehörte meinem besten Freund, und Gisbert hätte gewollt, dass ich ihm nachfolge!« Ohne darauf zu achten, wen er schubste oder wem er wehtat, boxte sich Lehmann durch die Enge der Schankstube. An der Tür stieß er fast mit Regina Winterling zusammen, die gerade eingetreten war. »Mit mir braucht ihr in Zukunft nicht mehr zu rechnen. Keiner von euch«, brüllte er sie an. Dann wandte er sich noch einmal der Menge zu. »Macht euch auf was gefasst!«

Mit diesen Worten stürmte Rüdiger Lehmann aus dem Haus, nicht ohne noch andere Dorfbewohner im Vorraum anzurempeln und zu schimpfen, bis er außer Hörweite war.

Regina Winterling sah ihm mit leicht amüsiertem Lächeln nach, dann schlängelte sie sich zu Pippa durch und sagte leise: »Einen schönen Gruß an Frau Kati. Ich goutiere, wenn die Gegenseite ein elegantes Tor erzielt, aber die Zeit wird zeigen, ob es sich dabei nicht doch um ein Eigentor handelt.« Sie nahm sich ein Glas Wein, das die Bedienung hinter dem Tresen für jemand anderen eingeschenkt hatte, stieß an Pippas Schorleglas an und sagte: »Alle Menschen sind bestechlich, sagte die Wespe zur Biene, und sah gelassen zu, wie diese nach ihrem mutigen Einsatz ... starb.«

Kapitel 11

Als das frischgebackene Organisationskomitee der Schnapphahnkerb, bestehend aus Pfarrer Michel, seiner Küsterin, Natascha und Lilo, den Schankraum verließ, kam die Friseurin bei Pippa vorbei. »Kati hat mir eine SMS geschickt. Sie fragt, ob du dir vorstellen kannst, die Schnittstelle zwischen ihren Ideen und unseren zu werden. Wir würden uns alle sehr darüber freuen, wenn du bei den Planungen dabei bist. Kati schlägt sogar vor, die Orga-Sitzungen in der Mühle abzuhalten, damit du ab und an etwas Unterhaltung hast und nicht nur allein bist.«

Pippa grinste. »Das muss man deiner Freundin lassen, sie findet immer den richtigen Ton und lässt einem dabei keine Chance für ein Nein. Das Argument gemütlicher Tischrunden zieht tatsächlich, und wenn dazu noch der eine oder andere Spundekäs mitgebracht wird und ein kostenloser Haarschnitt durch dich dazukommt, bin ich dabei.«

»Du lernst verdammt schnell«, antwortete die Friseurin. »Wie gut, dass Kati nach Berlin abdüst, sonst hätte ich Angst, ihre Tricks würden gänzlich auf dich abfärben. Aber ich schere dir gerne am Wahltag den Kopf«, fügte sie hinzu, »wenn du dafür im Gegenzug die Urne beaufsichtigst und jeden von der Liste abstreichst, der seine Stimme abgegeben hat.«

»Du bist in Katis Kunst offenbar auch nicht mehr erstes

Lehrjahr«, erwiderte Pippa, versprach aber ihre Unterstützung sowohl am Wahltag als auch im Komitee.

Nachdem Pippa gezahlt hatte, traten die beiden aus der Tür, um sich im Biergarten zu den anderen Organisatoren zu setzen. Dort war allerdings kein Durchkommen. Die meisten der Leute, die eben noch drinnen gesessen hatten, ballten sich jetzt vor dem Gasthaus, und Pippa brauchte eine Weile, bis sie den Grund des Tumults begriff: Rüdiger Lehmann saß auf der Bank zwischen den Linden. Breitbeinig und provozierend hatte er sich genau in die Mitte gesetzt. Die Arme auf die Rückenlehne gestützt, genoss er, dass keiner der Lieblichen den Mut aufbrachte, sich an ihm vorbeizudrücken.

»Das darf doch nicht wahr sein«, presste der Pfarrer mühsam beherrscht durch die Lippen. »Kommt gar nicht in Frage, dass du unseren brüchigen Waffenstillstand jetzt schon torpedierst, mein Lieber.« Er griff sich einen der unbesetzten Gartentische und trug ihn, als wäre das von vornherein seine Absicht gewesen, zum Dorfanger und stellte ihn direkt vor der Bank ab. Eveline begriff sofort. »Los, Mädels, die Stühle«, forderte sie und sofort trugen Lilo, Natascha und Pippa Sitzgelegenheiten hinüber.

»Fein, dass du in unserem Orga-Komitee mitmachen willst, Rüdiger«, sagte der Pfarrer ungerührt und setzte sich auf einen Stuhl. »Ich fand ohnehin, wir Männer sind wieder mal etwas unterrepräsentiert. Ständig wird von den Frauen über unseren Kopf hinweg Wichtiges entschieden. Deshalb ist deine Entscheidung besonders zu begrüßen. Denn was ist in unserem Dorf für alle Bewohner das Wesentlichste? Noch *vor* dem Stammtisch?«, fragte er in die Runde, und Lilo antwortete: »Die Schnapphahnkerb natürlich. Der Stammtisch sitzt schließlich nur rum und diskutiert, während draußen das Leben ohne ihn stattfindet.«

»Was glaubst du, warum ich unbedingt im Komitee sitzen wollte?«, fragte Eveline, als hätte sie vergessen, dass sie ohne ihr Zutun zum Mitglied ernannt worden war. »Unser Organisationsausschuss wird der neue Szenetreff von Lieblich.«

Pippa zögerte einen Moment, aber dann setzte sie sich statt auf einen Stuhl direkt neben Rüdiger Lehmann, der eher widerwillig zur Seite rückte. Waren die Dorfbewohner eben noch von seiner Provokation geschockt gewesen, kamen sie jetzt am Tisch vorbeigeschlendert, boten ihre Hilfe an oder hinterließen Ideen und gute Ratschläge. Pfarrer Michel notierte alles gewissenhaft, fragte nach und lud jeden geduldig ein, sich bis zur Auszählung der Stimmen am Dienstagabend Gedanken zu machen, wie er oder sie sich bei der Planung und Durchführung des Festes einbringen könnte.

Rüdiger Lehmann saß die gesamte Zeit mit unbewegtem Gesicht da, den Blick in die Weite gerichtet, aber seine Körperhaltung entspannte sich und verriet, dass seine Wut langsam verrauchte.

Diese Bank steht wirklich auf einem sehr gut gewählten Platz, dachte Pippa. Von hier aus kann man den größten Teil des Dorfes überblicken und außerdem sehen, wer in der Kneipe und im Friseurladen ein und aus geht. In der Nacht vom 9. auf den 10. Januar werden die Straßenlaternen das Areal beleuchtet haben. Nicht nur Gisbert Findeisen konnte, sobald es aufgehört hatte zu schneien, jede Bewegung beobachten. Auch er musste gut zu sehen gewesen sein, als er sich setzte. Sie zählte die Gebäude, die um den Anger standen. Irgendjemand in diesen elf Häusern muss doch etwas oder jemanden bemerkt haben. Pippa nahm sich vor, darüber mit Natascha zu reden, da der Friseursalon die beste Aussicht auf die Bank zwischen den Linden bot.

»Bisher stand jede Schnapphahnkerb unter einem besonderen Motto«, erinnerte die Friseurin gerade. »Wollen wir das in diesem Jahr wieder so halten?«

»Welche Themen sind bisher ausgewählt worden?«, wollte Pippa wissen, um eine bessere Vorstellung zu bekommen.

»Wir haben häufig Liedtexte als Grundlage genommen. Hier legten schon die *Caprifischer* ihre Netze aus und Kalinkas tanzten Kasatschok, aber wir hatten auch schon die goldenen zwanziger Jahre«, zählte Lilo auf.

»Erinnerst du dich noch an das Jahr, als wir uns für ›Das Dschungelbuch‹ entschieden hatten? Es war der heißeste Sommer, den man sich vorstellen konnte, und wir trugen schweren Webpelz in allen Variationen zur Schau.« Pfarrer Michel grinste vor Vergnügen. »Nur Kati hatte mal wieder richtig gewählt, die ging als Libelle und trug nichts als Flügel und einen changierenden Badeanzug.«

»Vergesst nicht: Für Umzug, Tanzabend und das ganze Programm drum herum haben wir immer Wochen und Monate gearbeitet«, erinnerte Eveline. »Die Vorbereitungen gingen schon im Januar los. Das können wir jetzt wirklich nicht mehr leisten. Selbst dann nicht, wenn Regina Winterling uns nicht nur die Stoffe, sondern auch die Schneider bezahlen würde. Falls wir überhaupt noch darüber nachdenken, Sponsorengelder anzunehmen.«

»Sowieso alles Unfug«, polterte Rüdiger Lehmann. »Das halbe Dorf muss das ganze Jahr über mit dem Geld knausern, und für drei Tage tun wir so, als könnten wir uns alles erlauben. Ein Tag feiern, das aber richtig, würde völlig reichen. Dann braucht man auch die Gelder der *UCFC* nicht und kann tun und lassen, was man will. Ohne anderen ins Gehege zu kommen oder sich bei irgendjemandem anbiedern zu müssen.«

»Da hast du völlig recht, Rüdiger«, stimmte Lilo ihm zu. »Leute wie Eveline, Uschi oder ich können ohnehin immer nur kurzzeitig dabei sein. Die Tiere lassen einfach keine tagelange Vernachlässigung zu.«

»Ich finde Rüdigers Antrag einwandfrei«, stimmte Eveline zu, als hätte Lehmann mit seinem schlechtgelaunten Einwurf tatsächlich etwas Konstruktives beitragen wollen. »Wir planen nur den Samstag ein, an dem kann so gut wie jeder von uns dabei sein, oder wir sorgen dafür, dass jeder, der es braucht, eine Vertretung findet.«

Natascha zog Pfarrer Michels Notizen zu sich heran und protokollierte, dann sagte sie: »Auf diese Weise bleiben uns der Freitag für die Vorbereitungen und der Sonntag zum Aufräumen, statt wie früher eine ganze Woche nach getaner Arbeit damit beschäftigt zu sein, die Nachwehen zu beseitigen. Dein Vorschlag ist ein wirklich guter Kompromiss, Rüdiger.«

Falls Lehmann gehofft hatte, mit seiner Forderung neue Unstimmigkeiten heraufzubeschwören, war er jetzt durch Lob und Zustimmung aus dem Konzept gebracht. Irritiert sah er von einer zur anderen, konnte aber keine Ironie in ihren Gesichtern lesen, denn auch der Pfarrer signalisierte sein Einverständnis: »Großartig. So machen wir es. Ich bestehe allerdings darauf, dass der Tag mit einem Kerbegottesdienst beginnt, schließlich ist dies unser Kirchweihfest. Und ich erwarte volles Haus. Es wird erst gefeiert, wenn alle sich den Segen abgeholt haben.«

Lilo klatschte begeistert in die Hände. »Danach ziehen alle zu mir hinauf auf die ›Wisperweide‹, wie zu einem Sonntagssingen im Freien, mit gemeinsamem Picknick. Die Kinder dürfen ausmisten, mir beim Füttern helfen und die Schafe mit Tierfarben bemalen. Ich gebe Hans und Franz die Oberaufsicht, dann können unsere Sprösslinge sicher sein, dass sie endlich mal tun und lassen können, was sie wollen.« Sie tippte mit dem Finger auf die Aufzeichnungen. »Kornelius, Natascha, notiert mal, dass wir eine Liste brauchen, in der jeder, der am Picknick teilnehmen will, eintragen kann, was er an Getränken und Essen mitbringen wird. Wir wollen schließlich nicht hundert verschiedene Kartoffelsalate, sondern eine große Auswahl an Leckerbissen.«

»Auf jeden Fall sollten wir bei Uschi Findeisen zehn Bleche ihres legendären Bienenstichs ordern«, forderte Natascha.

»Das ist aber knapp, das reicht ja nicht mal für die Kinder.« Lilo begann an den Fingern abzuzählen, wie viele Besucher zu erwarten waren. »Also ich denke, das Doppelte deckt gerade mal die Grundbedürfnisse. So viele sollten es schon sein«, sagte sie und warf einen beredten Blick auf Rüdiger. »Ich kann mir keinen Lieblichen vorstellen, der auf Bienenstich verzichten will.«

»Auch die Anzahl der Thermoskannen ist wichtig«, schaltete sich Eveline ein, damit er sich gar nicht erst durch negative Äußerungen über die Witwe seines besten Freundes zu Wort melden konnte. »Bisher hatten wir noch auf jeder Veranstaltung zu wenig Tee und Kaffee.«

Während die anderen weiter diskutierten, sah Pippa auf die Uhr. Das Ehepaar Lamberti hatte sich bereits vor mehr als zwei Stunden von ihr verabschiedet. Ihr langes Ausbleiben beunruhigte sie. Sie machte ein entschuldigendes Handzeichen und stand vom Tisch auf, um in einiger Entfernung zu telefonieren. Leider teilte ihr die Mailbox nur mit, dass der gewünschte Empfänger vorübergehend nicht erreichbar sei. Ilsebill hatte allerdings vor wenig mehr als dreißig Minuten ein Foto geschickt, das aus einiger Höhe aufgenommen worden sein musste. Die Lambertis winkten fröhlich in die Kamera und wirkten, als hätte die Länge des Selfiesticks gute zehn Meter betragen. Pippa runzelte die Stirn. Wie war den beiden das gelungen? Hatten sie Nico wie eine Katze auf den Baum gejagt, um dieses Foto zu schießen? Auf der Aufnahme konnte man keine einzige menschliche Behausung ausmachen, dafür eine Wiese voller Wildblumen und dahinter hohen Baumbestand. Die drei hatten sich also auf ihrer Erkundungstour weit von Lieblich entfernt – und dabei die Verabredung mit Pippa vergessen. Es bleibt mir nichts anderes übrig, als auf Ilsebill und Jodokus zu warten, und dann gemeinsam mit den beiden zur Plappermühle zu fahren, dachte sie und wurde dann gewahr, dass alle anderen erwartungsvoll zu ihr herübersahen.

»Rüdiger ist heute in Höchstform«, rief Natascha fröhlich. »Er hat ein sehr schönes Motto vorgeschlagen, bei dem wir deine Hilfe gebrauchen könnten.«

Nichts Gutes ahnend, ging Pippa zum Tisch zurück. »Wenn in Lieblich jemand etwas vorschlägt, hat das meiner Erfahrung nach vor allem Konsequenzen für andere«, sagte sie vorsichtig, weil sie ahnte, dass neue Arbeit auf sie zukam.

»*Ich hab' noch einen Koffer in Berlin*«, sang Rüdiger Lehmann und sagte dann: »Wie wäre eine Kerb mit Berliner Schnauze und Currywurst? Dann wäre es natürlich gut, Sie nähmen das restliche Programm unter Ihre Fittiche, sozusagen als Expertin.«

Nein, mein Lieber, dachte Pippa. So haben wir nicht gewettet. »Berliner Schnauze in südhessischer Ausprägung habt ihr wahrlich schon genug«, sagte Pippa. »Und wie man eine Nacht durchfeiert, weiß man hier auch ohne meine Anleitung. Ich habe deshalb einen Gegenvorschlag: Warum nehmt ihr die Schnapphahnkerb nicht mal wörtlich?« Sie zeigte auf das Gasthausschild ›Zum verlorenen Schatz‹. »In diesen Worten ist doch das ganze spannende Programm bereits enthalten.« Sie setzte sich wieder an den Tisch. »Warum organisiert ihr nicht einfach eine große Schnitzeljagd, heute dank elektronischer Hilfsmittel auch gerne als Geocaching bezeichnet, und stellt die ganze Kerb unter das Thema: Die Jagd nach dem verlorenen Schatz.« Sie sah Eveline an. »Du hast mir erzählt, eine Legende besagt, dass noch irgendwo ein verborgener Schatz der Schnapphahnbande zu heben ist, und dass in Erinnerung daran sogar das Gasthaus umbenannt wurde. Tragt doch sämtliche Dokumente und alles, was ihr über den letzten Beutezug wisst, zusammen und veranstaltet eine gemeinsame Suche. Metalldetektor, Nachtsichtgerät und falsche Fährten inklusive.«

Pippas Vorschlag fand bei allen, außer bei Rüdiger Lehmann, begeisterte Zustimmung, zumal sich die Gestaltung der passenden Bekleidung auch für das kleinste Portemonnaie leicht in die Tat umsetzen lassen würde.

»Du bist nur dagegen, weil der Stammtisch und ein paar Unentwegte seit Jahren meinen, das alleinige Anrecht auf die Schatzsuche zu haben«, sagte der Pfarrer. »Wenn es den Schatz tatsächlich gäbe, mein Lieber, dann wäre ich der Alleinerbe, daran möchte ich an dieser Stelle erinnern – und ich erlaube deshalb ab jetzt allen, nach diesem meinen verschollenen Hab und Gut zu suchen.«

Rüdiger Lehmann seufzte. »Ich will ja nur nicht, dass der Schatz in falsche Hände gerät. Es könnte ja sein, dass jemand etwas findet und es dann einfach für sich selbst behält ...«

»Unwahrscheinlich«, tröstete Pippa und hatte Mühe, ernst zu bleiben. »Wenn dreihundert Leute ausschwärmen, sollte das schwierig werden.«

»Außerdem haben Gisbert und du doch in den letzten Jahren das gesamte Terrain schon x-mal durchkämmt, ohne auch nur eine Spur des Schatzes zu finden«, sagte Eveline. »Mir machst du nichts vor. Eure nächtlichen Ausflüge waren nie der Jagd geschuldet, sondern der Suche nach der Beute des letzten Raubzugs der Schnapphahnbande. Bei dem Eifer, den ihr bei der Suche an den Tag gelegt habt, könnte man meinen, ihr hättet an die wahren Besitzverhältnisse ebenfalls keinen Gedanken verschwendet.«

»Also, ich muss doch sehr bitten ...«

»Du vergisst, dass ich in hellen Mondnächten von meinem Schäferkarren aus einiges mitbekomme. Und ich weiß auch, dass man auf die Jagd ein Gewehr und keinen Metalldetektor mitnimmt.«

Das Thema wurde Rüdiger Lehmann erkennbar unangenehm und so erklärte er abrupt: »Ich lasse mir einen echten Räuberhut mit Feder machen, einen, wie Tacitus Schnapphahn ihn getragen hat. In Wiesbaden gibt es eine hochkarätige Putzmacherin, die bekommt den mit Sicherheit genauso hin wie auf den alten Porträts.« Er zog sein Smartphone aus der Tasche und suchte augenscheinlich nach der Adresse. Dabei murmelte er: »Oh, schon so spät ...«, stand auf und entfernte sich vom Tisch, um sich intensiv mit seinem Telefon zu beschäftigen. Die anderen ließen ihm das Fluchtmanöver durchgehen, froh, ihn so lange bei der Stange gehalten zu haben.

»Ich brauche nur auf dem Speicher zu gucken. Die Truhen meiner Urgroßeltern sind wahre Fundgruben. Wahrscheinlich kann ich damit ganz Lieblich passend einkleiden«, vermutete Natascha. »Montag ist der Salon geschlossen, Pippa. Wenn du Lust hast, können wir schon mal zusammen durchgucken, was sich da alles bietet. Vielleicht finden wir auch Stoffe, um das Festzelt für den Abend zu schmücken.«

Der Pfarrer hob abwehrend die Hand. »Das Festzelt war immer eine große finanzielle Belastung. In diesem Jahr sollten wir darauf verzichten. Ich stelle stattdessen die Kirche zur Verfügung. Den Altarraum können wir mit tragbaren Wänden vom Kirchenschiff abschließen und die Kirchenbänke zusammenschieben. Dies ist schließlich unser Kirchweihfest, da sollte es in Ordnung sein, auch einmal in der Kirche zu tanzen.«

»Bist du dir sicher?«, fragte Eveline überrascht. »Wenn das rauskommt, kriegst du Ärger.«

Kornelius Michel zuckte mit den Achseln. »In anderen Kirchen gibt es weltliche Konzerte, werden Ausstellungen organisiert, auch von Yoga- und Meditationskursen habe ich schon gehört. In Auringen, einem Vorort von Wiesbaden, gibt es eine katholische Kirche, die bei ihrem Bau so konzipiert wurde, dass man den Altarraum abtrennen und den übrigen Raum für Feiern aller Art nutzen kann. Wieso sollten wir da nicht einen Abend mit ...«, er zögerte einen Moment, als würde er nach der passenden Vokabel suchen, »... Volkstanz anbieten? Sollten mich danach Blitz und Donner treffen, so werde ich das aushalten. Irgendwann muss man Farbe bekennen, und ich bin nun mal ein waschechter Nachkomme von Tacitus Schnapphahn.« Er schlug gut gelaunt mit der Faust auf den Tisch. Die Detonation, die darauf folgte, war so ohrenbetäubend, dass alle zusammenzuckten. Erschrocken sahen die sechs sich an, dann sprang Lilo auf und zeigte zum Wald hinüber. Zwischen den Bäumen stieg eine gewaltige Staubwolke auf.

»Das kommt aus der Richtung des alten Schieferstollens«, sagte Eveline. »Und es klang wie eine Sprengung.« Mit diesen Worten rannte sie zum Feuerwehrhaus auf der Südseite des Angers. Schon eine Minute später ertönte die Sirene, die alle Mitglieder der Freiwilligen Feuerwehr zusammenrief. Fast zeitgleich traten überall Leute aus den Häusern und machten sich entweder direkt auf den Weg zum Wald oder gingen zum Gerätehaus, um Eveline Berlinger zu helfen.

Noch während weitere Schritte eingeleitet wurden, kam Nico Schnittke völlig außer Atem auf den Dorfplatz gehetzt und rief schon von Weitem: »Schnell, helft uns! Wir können jeden Mann gebrauchen. Ruft einen Krankenwagen!«, rief er. »Der alte Schieferstollen ist eingestürzt – und die beiden Neuner-Brüder sind noch drin.«

Kapitel 12

Pippas Lungen brannten. Sie lief querfeldein auf die Staubsäule zu, die, aus der Ferne gesehen, nur wenige Meter von der Plappermühle entfernt schien. Auf ihr verzweifeltes »Wo sind Ilsebill und Jodokus?« hatte Nico nur in die Richtung des Stollens gezeigt. Sie hatte keine weiteren Erklärungen abgewartet, sondern war losgerannt. Auf dem abschüssigen Gelände voranzukommen war alles andere als einfach, aber die Angst um ihre Freunde trieb sie vorwärts. Schon von Weitem rief sie die Namen der beiden.

Obwohl sie eine Wiese gequert hatte, um schneller am Ort des Geschehens zu sein, konnte sie beobachten, wie Eveline und die Freiwillige Feuerwehr über die alte Forststraße rumpelten und mit ihrem Wagen im Wald verschwanden, dicht gefolgt von Lilos Pick-up.

Wenn ich nur nicht so untrainiert wäre!, fluchte Pippa. Es waren die vielen Stunden am Schreibtisch, die ihr jetzt Seitenstiche bescherten. Als sie an einer Bank vorbeikam, die direkt am Waldrand aufgestellt war, hielt sie sich einen Moment an der Lehne fest, um wieder zu Atem zu kommen. Allerdings war der Staub, den die Detonation aufgewirbelt hatte, durch den Wind hierhergezogen, und so biss es in ihrer Lunge stärker als zuvor. Sie angelte nach einem Taschentuch und hielt es sich vor den Mund. Nur wenige Schritte weiter bog die Forststraße in den Wald ab und das Laufen wurde leichter, dafür hatte Pippa das Gefühl, sich durch bräunliche Nebelschwaden fortzubewegen. Der Weg führte sie direkt zur Unfallstelle, wo Ilsebill stand und aufgeregt winkte, als sie ihre Freundin entdeckte. Pippa fing vor Erleichterung zu weinen an. »Gott sei Dank«, sagte sie und nahm Ilsebill in die Arme. »Dir geht es gut. Wo ist Jodokus?« Sie sah sich suchend um. »Was um alles in der Welt ist passiert?«

Ilsebill zeigte zu einer Lichtung hinüber, die sich hinter dem Stollen befand und dank der windabgewandten Lage nahezu staubfrei war. »Jodokus ist da drüben, bei ... einem der Neuner-Brüder. Er hat ihn aus dem Eingang des Schachtes gezogen und in die stabile Seitenlage gebracht.« Sie machte eine Pause, in der sie sich bei Pippa unterhakte, als wollte sie ihr, aber auch sich selbst Stabilität und Stärke vermitteln. »Wo der andere ist, wissen wir nicht.«

Ilsebill sah zum Eingang des Stollens hinüber, vor dem Natascha eine fassungslose Lilo in die Arme nahm. »Wir wissen auch nicht, was passiert ist. Wir hatten gerade einen Blick auf die Plappermühle geworfen und wollten uns auf den Weg zurück nach Lieblich machen, da hörten wir die Explosion. Meine Ohren tun immer noch weh von dem Knall.« Sie wies erneut auf die Lichtung. »Dort drüben gibt es einen Trampelpfad, der direkt bis zu deiner Mühle führt. Nachdem Nico uns kreuz und quer durch den Wald gelotst hatte, wollten wir nach Lieblich zurückkehren – aber dazu ist es nicht mehr gekommen.« Sie schwieg einen Moment, wie um sich die Bilder ins Gedächtnis zu rufen, dann fuhr sie fort: »Nicos erster Gedanke war, es müsste sich um eine Fliegerbombe aus dem Zweiten Weltkrieg handeln. Die sind hier noch massenhaft zu finden, sagt er. Manche Waldabschnitte oberhalb des Rheins tragen sogar Warnschilder, damit Wanderer nicht von den Wegen abgehen und versehentlich ...«

Ilsebill schüttelte sich. »Meine Güte, ich plappere und

plappere. Immer wenn ich aufgeregt bin, geht mein Schwatzventil auf.« Sie seufzte. »Jedenfalls ist jetzt schon klar: Eine Fliegerbombe war das nicht, aber ganz ohne Sprengstoff ist der Eingang bestimmt nicht eingestürzt.«

Die zwei Frauen hörten Eveline Befehle bellen, die von ihren Leuten in erstaunlicher Geschwindigkeit und Präzision ausgeführt wurden. Immer mehr Menschen, die helfen wollten, fanden sich ein. Jonathan Gardemann kniete sich neben Jodokus, um den Verletzten zu untersuchen, der braun vor Staub war. »Es ist Franz!«, rief er. »Ihr sucht nach Hans. Hans Neuner muss noch im Stollen sein.«

Da der Stollen über zwei Eingänge begehbar war, konzentrierten sich die Rettungskräfte jetzt darauf, von der freien Seite her zu dem Verschütteten vorzudringen.

»Ich will auch da runter!«, rief Lilo. »Kommt gar nicht in Frage, dass ihr ohne mich geht. Ich kenne diesen verdammten Stollen seit meiner Kindheit in- und auswendig. Ich weiß, wie und wo wir suchen müssen.«

Ihr Onkel versuchte, sich bei ihren Worten aufzurichten, sank aber erschöpft zurück. Gardemann schiente ihm notdürftig ein Bein und redete dann beruhigend auf den Mann ein.

Pippa und Ilsebill wollten gerade zu den beiden hinübergehen, als sie auf Rüdiger Lehmann aufmerksam wurden, der das Geschehen mit kreidebleichem Gesicht aus einigem Abstand beobachtete.

»Der zittert ja am ganzen Leib«, sagte Ilsebill. »Sind die Neuner-Brüder seine Freunde?«

Pippa nickte. »Jedenfalls hat er sie vorhin bei der Bekanntgabe des Stammtischhockers Nummer 4 schmerzlich vermisst.« Sie ging zum Versorgungswagen der Freiwilligen Feuerwehr, ließ sich einen Becher Wasser geben und trug ihn zu Lehmann. »Sie sehen zwar aus, als ob Sie Stärkeres gebrauchen könnten, aber vorerst sollte dies den Staub und den Schrecken hinunterspülen«, sagte sie.

Rüdiger Lehmann führte den Becher mit zittrigen Händen an den Mund. »Das wollte ich nicht. Ehrlich nicht«, sagte er, als er getrunken hatte. »Wer denkt denn auch, dass die beiden Idioten heute loslaufen und im Schacht nachgucken, ob ich recht habe.« Er sah Pippa hilfesuchend an. »Sie müssen mir glauben: Damit habe ich nicht gerechnet und das habe ich so auch nicht gewollt.«

Pippa kam nicht dazu, nachzufragen, womit er nicht gerechnet hatte, weil Ilsebill ihr zuvorkam. »Was haben Sie nicht gewollt?«, fragte sie sanft, nahm Rüdiger Lehmanns Hand und streichelte sie. »Uns können Sie sich ruhig anvertrauen. Wir gehören nicht zum Dorf und wir kennen dort niemanden. Wir können also ganz objektiv entscheiden, ob Ihr Wissen zur Polizei getragen werden muss oder in aller Ruhe vergessen werden kann.«

Ihre sanfte Art zeigte sofort Wirkung. Lehmann beruhigte sich und begann zu reden. »Wissen Sie, dieses Waldgrundstück gehört mir«, stieß er hervor. »Deshalb habe ich mich mal schlaugemacht, was man damit so alles machen könnte.« Er nahm Haltung an. »Ich bin Forstoberinspektor, müssen Sie wissen. Also, zumindest war ich das, bevor ich aufgrund meiner schwachen Lungen in den Ruhestand versetzt wurde. Wenn ich nicht ausgerechnet im ehemaligen Luftkurort Lieblich leben würde, wer weiß, wie weit es dann mit mir mittlerweile gekommen wäre. Jede Arbeit, jede Anstrengung sind Gift für mich …« Er hüstelte leicht, wie um seinen Worten Nachdruck zu verleihen. »Was ich damit sagen will: Durch meinen Beruf habe ich immer noch Zugang zu den Archiven, die sich mit den hessischen Forsten beschäftigen, und da habe ich vor Kurzem recherchiert, wann meine Schieferstollen eigentlich aufgegeben wurden.«

»Sie wollten schauen, ob es sich lohnt, den Schiefer weiter abzubauen und damit Geld zu machen«, vermutete Pippa, und das auf einem Grundstück, das eigentlich zur Hälfte Cousine Kati gehört, fügte sie im Stillen hinzu.

»Wenn man so früh in Pension geht wie ich, dann muss man finanziell sehen, wo man bleibt«, verteidigte sich Lehmann. »Und da unten gibt es tatsächlich noch jede Menge Schiefer. Festen, witterungsbeständigen Schiefer, mit dem man Dächer decken kann. Der ist seltener und teurer als andere Sorten und derzeit besonders in Belgien und den Niederlanden gefragt. Da könnte der eine oder andere zusätzliche Euro drin sein, wenn man internationale Kontakte hat.«

Pippa verdrehte die Augen. »Lassen Sie mich raten: Ihre internationalen Kontakte heißen Regina und Winterling.«

Rüdiger Lehmann kniff beleidigt die Lippen zusammen, und Pippa ohrfeigte sich in Gedanken, weil sie nicht den Mund gehalten hatte. Sie sah Ilsebill bittend an, damit diese das Gespräch wieder in ruhigeres Fahrwasser lotste, und die reagierte sofort. »Ich verstehe. Sie wollten das Geschäft zusammen mit Hans und Franz Neuner machen, da Sie alle drei eine Finanzspritze nötig haben, und jetzt fürchten Sie, die beiden haben eine Probesprengung vorgenommen, ohne Sie vorher zu informieren, richtig?«

Lehmann sah Ilsebill Lamberti verständnislos an. »Was? Wieso? Nein, natürlich nicht. Denen geht es nur um den verlorenen Schatz der Schnapphahnbande. Ich habe den beiden gegenüber fallen lassen, dass ich von einem Dokument weiß, welches beweist, dass dieser Stollen in der Nacht nach dem letzten Raubzug, also in den Stunden, bevor sie aufflogen, der gesamten Bande als Unterschlupf diente. Zu diesem Zeitpunkt müssen sie noch im Besitz des Diebesguts gewesen sein. Schließlich waren sie kurz vor dem Ziel. Es muss also etwas gegeben haben, das zu bewachen war.«

»Und natürlich haben Sie sich dann Gedanken gemacht, wo diese Beute wohl geblieben ist, da keiner der Schmuggler bei seiner Festnahme beziehungsweise bei der Erschießung zwischen Kirche und Gasthof mehr Notgeld des Freistaates Flaschenhals bei sich trug, als man für eine warme Suppe und ein Bier brauchte«, fasste Pippa zusammen.

»So ungefähr«, gab Rüdiger Lehmann zu. »Aber natürlich ist diese Erklärung nur eine von vielen. Das Diebesgut des letzten Raubzuges kann durchaus irgendwo anders versteckt sein. Aber auf jeden Fall hier in der näheren Umgebung, im Umkreis von fünfhundert Metern, würde ich sagen. Es weiter wegzubringen, dazu fehlte die Zeit.«

»Dummerweise haben Hans und Franz Neuner Sie wörtlich genommen«, folgerte Pippa. »Das ist bedauerlich, erklärt aber nicht, warum sie sich trauten, einfach auf Ihrem Grundstück nach dem Gestohlenen zu suchen.«

Rüdiger Lehmann nahm noch einen tiefen Schluck aus seinem Becher. »Also, so ganz genau weiß ich nicht mehr, wie ich das formuliert habe, aber es könnte schon sein, dass die beiden mich nicht ganz richtig verstanden haben. Vielleicht haben sie es als Aufforderung verstanden, als ich sagte, dass ich mit jedem teilen würde, der mir die Arbeit abnimmt, selbst nach dem Schatz zu suchen.« Er sah entschuldigend von Ilsebill zu Pippa. »Mit meinen kranken Lungen kann ich unmöglich selbst in einen Schacht hinuntersteigen. Dafür müsste ich mir geeignete Leute suchen.«

»Wie es aussieht, haben Hans und Franz sich für geeignet gehalten«, sagte Pippa trocken. Sie blickte nach oben, denn über den Baumwipfeln tauchte ein Helikopter auf, der Anstalten machte, auf der kleinen Lichtung zu landen. Die nächsten Minuten schaute Pippa fasziniert zu, wie der Pilot seine Maschine mit schlafwandlerischer Sicherheit auf den Boden aufsetzte. Erst dann begriff sie, dass der Rettungshubschrauber geordnet worden war, weil man Hans Neuner gefunden hatte. Auf einer Krankentrage wurde er aus dem freien Ausgang des Stollens nach draußen und zum Flieger getragen. Lilo stand mit hängenden Schultern da und sah ihm nach, dann sank sie erschöpft zu Boden. Jonathan Gardemann ließ sofort von Franz Neuner ab und wollte sich Lilo widmen, die aber jede Hilfe ablehnte.

»Die Frauen dieses Dorfes beißen wirklich die Zähne zusammen«, sagte Ilsebill. »Das muss am Alter liegen. Wenn man erst so weit ist wie ich, entdeckt man die Gnade des Delegierens.«

Während auch Franz Neuner in den Rettungshubschrauber gebracht wurde, trat ein Polizeibeamter in Zivil auf Ilsebill zu. »Kriminalmeister Kaspar Röhrig«, stellte er sich vor. »Ich höre, Sie und Ihr Mann waren in der Nähe, als die Detonation erfolgte? Allein?«

»Nein, zusammen mit Nicolai Schnittke«, antwortete sie und sah sich suchend um. »Der junge Mann war so nett, uns die Umgebung von Lieblich zu zeigen. Wir hatten versprochen, ihn im Gegenzug zum Essen einzuladen.« Sie zeigte auf Nico, der am anderen Ende der Lichtung vor seinem Chef auf und ab ging und wild mit den Armen ruderte, während er auf ihn einredete. Max Passenheimer stand mit vor der Brust verschränkten Armen da und schüttelte zu allem, was sein Auszubildender sagte, den Kopf.

Dumm, dass man nicht hören kann, worüber die beiden sich unterhalten. Nach bestem Einvernehmen sieht es jedenfalls nicht aus, dachte Pippa. Schade, wenn ein gutes Verhältnis Risse bekommt.

»Nicolai Schnittke?«, sagte Röhrig und kniff den Mund zusammen. Sein anschließendes Gemurmel klang für Pippa wie: »Sieht man den auch mal wieder ...« Laut formulierte er jedoch nur: »Können wir uns irgendwo ungestört unterhalten? Jenseits dieses Massenauflaufs und der überbordenden Gerüchte über einen verlorenen Schatz, den die beiden Unfallopfer gefunden haben sollen? Mein Chef möchte mit Ihnen beiden reden, aber gerne im Sitzen und in einem geschlossenen Raum, der keine Ohren hat.« Röhrig sah auf die Uhr. »Er müsste jeden Moment hier sein.«

»Beordern Sie ihn direkt in die Plappermühle«, schlug Pippa vor. »Dort sind wir wirklich unter uns, und der Weg dahin ist nicht weit – glaube ich jedenfalls.«

Röhrig bedankte sich. »Ich bin nicht sicher, wahrscheinlich wird sich Hauptkommissar Daubhaus erst ein Bild machen wollen, wie es hier aussieht. Danach kommen wir aber gerne zu Ihnen.«

Während Ilsebill ihm erklärte, wie er in etwas mehr als fünf Minuten die Mühle erreichen konnte, ging Pippa zu Lilo, um ihre Hilfe auf dem Hof anzubieten. Sie traf gleichzeitig mit Eveline ein, die dasselbe vorgehabt hatte.

»Lieb von euch, da gäbe es tatsächlich so einiges«, sagte sie. »Ich muss morgen den Hofladen offen halten, gerade montags kommen viele und füllen ihre Vorräte auf. Ich würde aber gerne zu Hans in die Klinik nach Wiesbaden fahren, ihn besuchen und ihm ein paar notwendige Toilettenartikel bringen.«

»Der Vormittag ist kein Problem, da springe ich gerne ein. Am Nachmittag habe ich einen Termin im Veterinäramt, den darf ich leider nicht verpassen«, erklärte Eveline.

»Den Nachmittag übernehme ich«, versprach Pippa. »Solange ich weiß, welche Preise du verlangst, bekomme ich das hin. Wenn es weiter nichts ist.«

»Doch, ich fürchte, da ist noch mehr. Ihr müsstet euch auch um Franz kümmern.« Lilo kaute verlegen auf der Unterlippe. »Wie ich das einschätze, wird er sehr schlechtgelaunt sein, was es nicht einfacher macht.«

Pippa war überrascht. »Wird man ihn nicht im Krankenhaus behalten?«

»Er wird wahrscheinlich noch heute Abend oder morgen in aller Frühe auf den Hof zurückgebracht. Jonathan meint, er hat außer einem gebrochenen Bein und dem einen oder anderen blauen Fleck keine Blessuren davongetragen.«

»Klarer Fall von mehr Glück als Verstand«, knurrte Eveline. »Wollen wir hoffen, dass diese Regel auch bei Hans greift.«

Lilo seufzte. »Jonathan wird jetzt für mich noch ins Krankenhaus fahren und die Ergebnisse abwarten. Ich muss ja zum Melken hierbleiben.« Pippa, die immer von ihrer Familie gestützt wurde und kein Haustier hatte, begriff allmählich, was es bedeutete, wenn die Einteilung des Tages durch Lebewesen bestimmt wurde, die versorgt werden mussten. Zwar wurde sie oft als Haushüterin gebucht, weil im Haushalt Katze oder Hund zu betreuen waren, nie jedoch waren diese Tiere für den Lebensunterhalt ihrer Besitzer von Bedeutung.

»Pippa, könnten wir zur Mühle gehen?«, unterbrach Jodokus das Gespräch der drei Frauen. Staub und Dreck hatten sich wie Puder über seinen ganzen Körper verteilt, und er sah müde aus. »Ich würde gerne duschen, bevor ich mit den Kommissaren rede. Ich bin fix und fertig. Mich hält nur noch der Schmutz zusammen. Und ich muss dringend etwas trinken. Meine Kehle ist staubtrocken.«

Pippa verabschiedete sich sofort von Lilo und Eveline und schlug zusammen mit den Lambertis den Weg über die Lichtung und zur Mühle ein. Gleich neben der Stelle, wo der Trampelpfad abzweigte, stand ein Hochsitz. Pippa sah die Leiter hinauf und drehte sich dann um. Das Areal war fast quadratisch, und auf der Wiese wuchsen viele Arten von Blumen, von Mondviole und Wald-Vergissmeinnicht über

Akelei, bis hin zu den ersten Weidenröschen des Jahres. Ein bunter Teppich.

»Moment mal«, sagte sie und holte ihr Mobiltelefon aus der Tasche, um das Foto anzusehen, das Ilsebill ihr geschickt hatte. »Euer Bild stammt von hier. Ihr habt Nico nicht auf einen Baum, sondern auf diesen Hochsitz hinaufgeschickt.«

»Wir haben da oben unseren Spaziergang Revue passieren lassen. Weder Ilsebill noch ich hatten bisher eine Ahnung davon, wie herrlich es hier ist«, sagte Jodokus.

»Wir sind ja auch durch deine ewige Arbeiterei nie aus dem Haus gekommen«, warf Ilsebill ein. »Umso schöner, dass wir die Gegend jetzt mit Pippa erkunden können.«

»Das sollten wir unbedingt tun«, stimmte Jodokus seiner Frau zu. »Ich bin mir sicher, dabei kommen mir gute Ideen, wie man aus den vorhandenen Strukturen mehr machen kann, als ausgerechnet mit Versuchsfeldern und Laboren an der perfekten Idylle zu knabbern.« Während sie weitergingen, schwärmte er von der Lage eines leerstehenden Hotels am Ortseingang von Lieblich, und Pippa hatte das Gefühl, dass er auf diese Weise versuchte, seine Erschütterung über das Erlebte in den Griff zu bekommen. »Das ehemalige ›Gästehaus Sonnenklang‹ hätte eine perfekte Größe, um es für internetabhängige Manager herzurichten, die fernab jedes funktionierenden Funknetzes wieder lernen wollen, was Natur für den Menschen bedeutet.«

»Während Jodokus vom Hochsitz aus ganz Lieblich geistig umbaute, haben wir zu dritt ein kleines Picknick eingenommen«, unterbrach Ilsebill ihren Mann. »Bestehend aus einem ehrlich geteilten Schokoriegel, zwei Karamellbonbons und einem Stück Traubenzucker.« Sie seufzte. »Trotzdem fühle ich mich immer noch so satt, als hätte ich ausführlich gespeist.«

»Ihr habt Adrenalin getankt«, vermutete Pippa. »Das

überdeckt alles andere, nicht nur den Hunger. Auf jeden Fall mache ich euch gleich eine Riesenportion Spaghetti. Ihr habt euch beide heute ein Kilo Kohlenhydrate verdient. Jeder von euch.«

Auf dem schmalen Trampelpfad gingen die drei im Gänsemarsch hintereinander her. Ilsebill hatte nach Jodokus' Angaben den besten Orientierungssinn und führte deshalb. Pippa musste die Augen zusammenkneifen, denn in diesem Teil des Waldes standen die Stämme dicht an dicht und schlossen das grelle Sonnenlicht nahezu aus. Ein paar Schritte weiter blieb Jodokus vor einer Holzhütte stehen. »Es fühlt sich seltsam an, dass ausgerechnet wir dir den Grund für deinen Auftrag in Lieblich zeigen, aber du hattest ja bisher weder Zeit noch Gelegenheit, hierher zu kommen: Das hier sind Thilo Schwanges Bienen – oder doch wenigstens ein Teil davon.«

Pippa hätte sich das enorme Bienenhaus liebend gerne angesehen, aber die Erschöpfung in Jodokus' Stimme war unüberhörbar, und so verschob sie ein genaueres Kennenlernen auf den ersten Besuch Bodo Baumeisters.

War es am Bienenhaus bis auf das Summen seiner Bewohner völlig still gewesen, so hörte Pippa schon wenige Meter weiter das Klappern der Plappermühle. Als sie ins Freie trat, sah sie ein ihr unbekanntes Auto auf der Parkplatzseite des Baches stehen. Sie runzelte die Stirn, denn niemand saß hinter dem Steuer. Leicht beunruhigt ging sie über die Brücke, bog um die Hausecke und sah einen Mann auf den Treppenstufen sitzen. Dann schnappte sie nach Luft.

»Wolfgang Schmidt!«, sagte sie. »Mit dir habe ich zu allerletzt gerechnet.«

»Kriminalhauptkommissar Daubhaus, wenn ich bitten darf«, forderte er sie genüsslich auf. »Ich freue mich auch, dich nach all den Jahren wiederzusehen, Pippa Bolle. Mein Leben drohte gerade langweilig zu werden.«

Kapitel 13

Pippa setzte Teewasser auf und drehte sich dann zum Tisch um, wo der Kommissar Platz genommen hatte, während das Ehepaar Lamberti sich im Badezimmer vom Schmutz ihrer Rettungsaktion befreite. »Verstehe ich das richtig, Wolfgang? Du hast gewusst, dass ich zurzeit hier bin?«, fragte sie.

»Ich weiß immer, wo du bist. Deine Mitarbeiter Tatjana und Abel geben mir deine Koordinaten stets lückenlos durch«, antwortete Wolfgang Schmidt zufrieden.

»Erinnere mich daran, dass ich die beiden in Zukunft auf Zwei-Kanal-Ton schalte, damit ich im Gegenzug erfahre, was du so treibst.« Sie verspürte einen Hauch Bedauern, sich nicht um den Freund ihrer Haushüterkollegen gekümmert zu haben, zumal sie den Kommissar schon vor den beiden auf Schreberwerder kennengelernt hatte und alle vier erst danach durch einen weiteren Mordfall in Südfrankreich zusammengetroffen waren.

Der Kommissar grinste. »Ich gebe zu, du hast mich trotzdem überrascht. So schnell nach deiner Ankunft hatte ich nicht mit unserer Begegnung gerechnet – und auch nicht mit diesem Knalleffekt.« Er hob anerkennend den Daumen. »Als mir Kaspar Röhrig die Namen meiner Sparringspartner des Tages durchgab, habe ich ihm den Tatort großzügig überlassen und bin sofort zu dir geeilt.«

»Ganz im Gegensatz zu mir wusstest du nach der Aufzählung der Namen ja auch, wer dich erwartet, denn ich habe mich weder nach meiner Heirat noch nach meiner Scheidung hinter einem anderen Namen versteckt«, sagte Pippa und betonte: »*Kommissar Daubhaus.*«

»Ich auch nicht.« Er seufzte. »Ich heiße Schmidt-Daubhaus, aber für den ganzen Namen haben die Kollegen nie Zeit.«

»Du hast also geheiratet und dich von Berlin hierher versetzen lassen?«

»Genau: der Liebe wegen in den Rheingau.«

»Wie heißt sie denn?«

»Riesling.«

Pippa lachte und fühlte sich plötzlich trotz der Ereignisse völlig sicher. Mit Wolfgang Schmidt-Daubhaus hatte ein Hüter des Gesetzes sich der Situation angenommen, dem sie bedingungslos vertraute. »Jetzt mal im Ernst«, sagte sie, »wie geht es dir? Wo lebst du? Wie gefällt es dir hier? Fühlst du dich wohl, so weit weg von Berlin?«

Der Kommissar stöhnte. »An deinen Vernehmungsmethoden hat sich in den letzten Jahren nicht allzu viel geändert. Du willst immer noch alles auf einmal wissen. Dann fange ich mal mit dem Wichtigsten an«, sagte er, während er zusah, wie sie erst Tee aufgoss und dann Wasser für Pasta zum Kochen brachte. »Für mich ist es immer noch eine mittelgroße Portion, es sei denn, du machst Spaghetti carbonara, dann verschlinge ich die doppelte Menge. Ganz wie dein Bruder Freddy.«

Pippa grinste und holte demonstrativ ein zweites Päckchen Nudeln aus der Speisekammer. »Das darfst du ganz alleine aufessen, wenn du endlich meine Fragen beantwortest.«

»Was soll ich sagen? Es ist alles deine Schuld: Seit ich wusste, dass es einen attraktiven Schotten an deiner Seite gibt, der obendrein eine Professur in Cambridge hat« – der

Kommissar spielte auf ihren Freund Morris an –, »sah ich für mich keine Chance mehr. Deshalb habe ich mich in der Welt umgesehen und festgestellt, es gibt tatsächlich noch andere Frauen, mit denen sich ein Leben auf der Überholspur wie ein Sonntagsausflug anfühlt – und habe zugegriffen. Susanne arbeitet am BKA in Wiesbaden und leitete bei uns in Berlin einen Fortbildungskurs, an dem ich teilnahm. Der Rest ist in jedem guten Liebesroman nachzulesen.«

»Herzlichen Glückwunsch«, sagte Pippa und hob dann den Daumen. »Es tut verdammt gut, dich zu sehen.«

Als die Lambertis, sichtbar erholt, in den Wohnraum zurückkehrten, bestand Pippa darauf, die beiden erst zu füttern, bevor der Kommissar sie befragte. Während sich alle ihre Spaghetti carbonara schmecken ließen, sagte sie: »Und dann gehe ich auch gleich und lass euch drei allein.«

»Aber wieso denn? Bleib ruhig«, sagte Schmidt-Daubhaus. »Alles, was das Ehepaar Lamberti mir jetzt erzählt, wirst du zweifelsohne anschließend ebenfalls wissen wollen. Ich kenn dich doch, du lässt nicht locker. Wir sollten es den beiden ersparen, alles doppelt wiedergeben zu müssen.« Er wandte sich an die Lambertis. »Dann legen Sie mal los. Ich frage dazwischen, wenn mir etwas unklar sein sollte.«

Ilsebill ergriff zuerst das Wort. »Wir sind heute Morgen mit dem Auto von Wiesbaden nach Lieblich gekommen, um Pippa zu besuchen. Um die Gegend besser kennenzulernen, die für die nächsten Wochen ihr Zuhause ist, baten wir einen jungen Mann aus dem Dorf um eine Führung.«

»Name?«

»Nicolai Schnittke.«

Der Kommissar pfiff leise durch die Zähne. »Na, da waren Sie ja wirklich in guten Händen.«

»Sie kennen den jungen Mann?«, fragte Ilsebill erstaunt.

Pippa warf Wolfgang Schmidt-Daubhaus einen warnenden Blick zu, aber seine Antwort verriet nichts über Nicos Vorgeschichte. »Er gilt im Rheingau als Computergenie. Wer ein Problem hat, ruft ihn an oder schreibt ihm eine Mail. Er hat sogar eine eigene Sprechstunde, so etwas wie einen Computerkummerkasten, wo er für kleines Geld weiterhilft. Ich habe ihn auch schon kontaktiert, als sich mein privater PC plötzlich nicht mehr booten ließ. Nicolai Schnittke ist wirklich ausgeschlafen – und das nicht nur in technischen Dingen.«

»Wir hatten auch das Gefühl, dass der junge Mann weiß, wovon er redet, andernfalls hört er lieber zu«, bestätigte Ilsebill. »Nico kennt sich bestens aus, obwohl er erst etwas über drei Jahre in Lieblich wohnt. Er hat uns erklärt, warum so viele Häuser leer stehen, das Hotel geschlossen und das Dorf derzeit tief gespalten ist – und uns damit eine kleine Kulturgeschichte des Niedergangs des Luftkurortes gegeben. Währenddessen haben wir erst Lieblich umrundet und sind dann ein Stück auf dem Wispersteig gelaufen.«

»Der Wispersteig ist ein besonders attraktiver Rundwanderweg dieser Gegend«, schob Jodokus zur Erklärung ein. »Er führt vorbei an atemberaubenden Aussichten und einem historischen Brunnen. Wir waren bereits eine ganze Weile unterwegs, als wir am Stollen vorbeikamen. Nico hat sofort angeboten, uns hineinzuführen.«

»Nur ein kleines Stück allerdings. Wir hatten ja keine Taschenlampen dabei, nur unser Handylicht«, ergänzte Ilsebill.

»Wir sind immerhin bis zu einem unterirdischen Teich vorgedrungen. Glasklares Wasser, sage ich Ihnen, man konnte bis auf den Grund sehen.« Ihr Mann seufzte. »Schätze, damit wird es durch die Explosion vorbei sein.«

»Leider trug ich nicht das richtige Schuhwerk, um Nico und meinem Mann tiefer in den Schacht zu folgen«, sagte

Ilsebill. »Erst als die beiden schon weg waren, habe ich am Rand des Wassers die Gummistiefel bemerkt.«

Der Kommissar war überrascht. »Es standen Gummistiefel am See?«

»Ja, Nico fand später, das sei nichts Ungewöhnliches. Viele Liebliche würden herkommen, um die Gänge zu erforschen und dabei Material für weitere Erkundungsgänge zurückzulassen«, bestätigte Ilsebill. Dann überlegte sie. »Aber etwas war trotzdem seltsam. In einem Schaft steckte ein Papier.«

»Davon hast du mir gar nichts gesagt«, empörte sich ihr Mann. »Da geht man ein paar Meter ohne dich weiter, und schon ermitt... guckst du in anderer Leute Schuhe.«

»Ich wollte wissen, ob ich euch nicht doch folgen kann. Deshalb habe ich die Gummistiefel umgedreht, um auf der Sohle nach der Größe zu gucken. Sie hätten mir gepasst«, sagte Ilsebill. »Dabei fiel das Blatt heraus.«

Pippa runzelte die Stirn. Sie war wie selbstverständlich davon ausgegangen, dass die Stiefel von Hans oder Franz Neuner am Ufer zurückgelassen worden waren, aber deren Schuhgröße hätte an Ilsebills Füßen wie Siebenmeilenstiefel gewirkt.

»Haben Sie sich das Papier genauer angesehen?«, wollte Schmidt-Daubhaus wissen.

»So genau, wie es im Licht meines Mobiltelefons ging«, sagte Ilsebill und wurde verlegen. »Ich hatte gehofft, dass es ein Plan der Höhle ist, aber es war ein Liebesbrief. Als ich das merkte, habe ich ihn sofort zurückgesteckt.«

»Jemand hat die Stiefel als heimlichen Postkasten benutzt?«, fragte Pippa interessiert nach. »Wie romantisch.«

»Gar nicht romantisch«, widersprach Ilsebill. »Der Brief war mit Computer geschrieben. Macht man das heute so?«

Der Kommissar fragte nach: »Können Sie sich an einen

Namen erinnern? Irgendetwas, was auf die Identität des Schreibers hinweist? Könnte ja sein, dass diese Person auch etwas gesehen hat.« Er stutzte einen Moment und sagte dann: »Oder sich zur Zeit des Einsturzes auch noch im Schacht befand.«

»Oh, daran haben wir nicht gedacht.« Ilsebill schlug entsetzt die Hand vor den Mund. »Namen wurden auch nicht genannt, jedenfalls nicht in dem Stück, das ich gelesen habe.«

Kommissar Schmidt-Daubhaus gab die Neuigkeit dennoch telefonisch an seinen Kollegen vor Ort weiter und bat ihn, sicherzustellen, dass der Einsturz des Stollens keine weiteren Opfer gefordert hatte.

»Nach dem Ausflug in die Unterwelt hat Nico uns auf die kleine Lichtung geführt«, nahm Jodokus anschließend die Beschreibung ihres Spaziergangs wieder auf. »Dabei haben wir bemerkt, dass ein schwarzer Peugeot auf der alten Forststraße abgestellt war. Ganz schön verbeult übrigens.«

»Ich erinnere mich an Nicos Erstaunen, weil das Auto den Neuner-Brüdern gehört und er die beiden um diese Zeit beim Sonntagssingen vermutete«, warf Ilsebill ein.

»Dann haben wir ein Foto von uns machen lassen, um es Pippa zu schicken. Dafür ist Nico auf einen Hochstand geklettert. Oben hat er gemerkt, dass sich jemand nähert, und uns zu sich hinaufbeordert«, fügte ihr Mann hinzu.

Ilsebill kicherte. »Er hat gerufen: ›Wenn ihr Liebliche in der Brunft beobachten wollt, könnt ihr das jetzt tun.‹ Offenbar ist die Lichtung ein beliebtes Plätzchen für Liebespaare.«

»Wir sind also nach oben gestiegen und haben abgewartet«, bestätigte Jodokus. »Ein Paar führte einen jungen Hund spazieren. Der Tierarzt und seine Schwägerin, hat Nico, glaube ich, gesagt.«

Pippa unterdrückte ein Seufzen. In Ilsebills und Jodokus' Augen sah dieser Spaziergang mit Sicherheit völlig harmlos aus; hoffentlich galt das auch für Nico, der mit dieser Beobachtung die Gerüchteküche weiter anheizen konnte.

»Die beiden waren gerade wieder weg«, fuhr Jodokus in seiner Aufzählung fort, »und wir wollten schon wieder herunterklettern, als Nico uns zurückhielt, weil wir aus der Richtung der Plappermühle Stimmen hörten. Leider traten die drei Personen, die da kamen, nicht gänzlich aus dem Schatten der Bäume heraus, sodass wir den einen Mann nicht richtig erkennen konnten, aber bei den anderen beiden handelte es sich um Hans und Franz Neuner.«

»Die beiden trennt ein Jahr, aber sie könnten genauso gut Zwillinge sein, jedenfalls in meinen Augen«, sagte Ilsebill. »Sie kleiden sich gleich, sie haben dieselben Stimmen und dasselbe Gebaren.«

Wolfgang Schmidt-Daubhaus notierte gewissenhaft. »Gibt es noch etwas, was Sie zum dritten Mann sagen können?«

Die beiden überlegten, dann schüttelte Ilsebill den Kopf. »Wir haben ja nicht erwartet, dass es mal wichtig werden könnte. Ich kann nur sagen, er warf einen sehr langen Schatten, obwohl es Mittagszeit war. Er muss also recht groß gewesen sein. Leider konnte ich von meiner Position aus wenig sehen, die Sichtschlitze des Hochsitzes gehen nur auf die Lichtung hinaus und die Männer standen seitlich von uns, direkt am Waldrand. Kannst du dich noch an Einzelheiten erinnern, Schatz?«

»Der dritte Mann hatte einen weißen Hut auf. Einen Hut mit einer sehr breiten Krempe, die sein Gesicht bedeckte«, antwortete ihr Mann. »Ich dachte noch: So ein Sommerhut ist bei dieser Hitze und dem grellen Licht praktisch; er erspart einem die Sonnenbrille und das Taschentuch zum Schweißabwischen. So einen werde ich mir zulegen.«

Seine Frau hob den Finger, als wäre ihr gerade etwas in

den Sinn gekommen. »Der Mann trug strahlend weiße Turnschuhe. Die müssen ganz neu gewesen sein, denn mich hat gewundert, wie makellos sie waren. Auf dem Waldboden und nach einem längeren Spaziergang hätten sie nicht mehr so ausgesehen. Nicht bei dieser Trockenheit. Meine Schuhe waren jedenfalls nach unserem Spaziergang völlig eingestaubt.«

»Der Mann muss demnach von der Plappermühle gekommen sein oder im Auto der Neuners gesessen haben«, folgerte Schmidt-Daubhaus. »Also war er nicht mit den Neuners im Stollen oder ist erst hineingegangen, nachdem Sie ihn gesehen haben.«

»Er ist nicht mit in den Schacht hinuntergestiegen. Wir waren Zeugen, wie die drei sich noch am Waldrand trennten. Die Brüder haben dann den Eingang in den Stollen gewählt, der zur Lichtung zeigt, nicht den mitten im Wald, durch den wir zuvor hinunter sind. Der Unbekannte ist auf dem Trampelpfad zurückgegangen, in Richtung Mühle«, erklärte Ilsebill.

»Nico hat den anderen Mann auch nicht erkannt?«, erkundigte sich Pippa, aber das Ehepaar schüttelte den Kopf.

»Er hat sich ganz schön den Hals verrenkt, aber er konnte ihn auch nicht besser sehen als wir. Und um etwas vom Gespräch zu verstehen, waren die Männer einfach zu weit entfernt«, bestätigte die Freundin.

»Als die drei fort waren, sind Sie vom Hochstand heruntergekommen?«, erkundigte sich der Kommissar.

Ilsebill nickte. »Keine drei Minuten später waren wir auf dem Trampelpfad und sind am Bienenhaus vorbei bis zur Plappermühle spaziert. Auf demselben Weg, den auch der Mann genommen haben muss.«

»Und dabei ist euch niemand begegnet?«, erledigte Pippa Wolfgangs Arbeit.

»Niemand. Auch an der Plappermühle war es ruhig. Wir

sind über die Brücke bis hinauf zur Landstraße geschlendert, aber da war nirgends eine Menschenseele«, bestätigte Jodokus. »Bevor wir zurück zur Lichtung kamen, haben wir noch einen kurzen Blick auf das Bienenhaus geworfen. Ich habe wohl eine etwas romantische Auffassung von professioneller Imkerei. In meiner Vorstellung geistern noch immer die geflochtenen Körbe vergangener Zeiten herum. Diese Anlage ist dagegen so etwas wie eine Honigfabrik. Jedenfalls wirkt sie von außen so. Hineingehen konnten wir nicht, wir hatten ja keinen Schlüssel.«

Kommissar Schmidt-Daubhaus sah auf seine Aufzeichnungen hinunter. »Wie lange hat das alles gedauert? Von dem Moment an, als Sie vom Hochsitz geklettert sind, bis zur Explosion?«

Das Ehepaar überlegte, dann schüttelten beide den Kopf. »Wir müssten die Strecke noch einmal ablaufen und überall da stehen bleiben, wo wir die Aussicht bewundert oder uns unterhalten haben«, schlug Ilsebill vor, »dann könnten wir das genauer schätzen. Aber wir waren auf jeden Fall mindestens zwanzig Minuten unterwegs. Während unserer Rettungsaktion hat keiner mehr auf die Zeit geachtet, da schien uns alles viel zu lang zu dauern.«

»Schließlich wussten wir: Wenn Hans und Franz Neuner noch da drin sind, sieht es für die beiden nicht gut aus«, bekräftigte Jodokus. »Nico ist sofort zum Dorf hochgelaufen, und wir haben versucht, zu helfen.«

»Warum um alles in der Welt habt ihr nicht einfach angerufen?«, fragte Pippa. »Warum habt ihr den Jungen den Hügel hinaufgehetzt?«

»Man sollte seine Handys nicht zu lange als Taschenlampen benutzen, dann sind die Akkus ganz schnell leer.« Ilsebill sah ihren Mann strafend an. »Die Mobiltelefone der Männer hatten ihren Geist bereits im Schacht aufgegeben.

Ich konnte von meinem gerade noch das Foto an dich absetzen, dann lebten wir wieder in einer Welt, in der man sprinten muss, um Hilfe zu holen, statt sich nur das Smartphone ans Ohr zu halten.«

Den Rest des Gesprächs bekam Pippa nicht mehr mit, weil das Festnetztelefon der Mühle klingelte. Als sie sich meldete, hatte sie einen äußerst ungehaltenen Thilo Schwange am Apparat: »Ja, sag mal, was ist denn im Dorf los? Ich telefoniere mir die Finger wund, aber man bekommt niemanden ans Ohr, und dein Handy ist auch schon wieder abgestellt.«

Pippa wollte nicht gleich mit der Tür ins Haus fallen, indem sie erklärte, sie habe aufgrund des Besuchs eines Kriminalkommissars auf lautlos geschaltet, und fragte, um Zeit zu gewinnen: »Wieso? Hast du Kati auch nicht erreicht?«

»Doch, heute Mittag, deshalb will ich ja mit dir oder Natascha sprechen.« Seine Stimme wurde ruhiger. »Stell dir vor, Kati hat angekündigt, zu mir nach Berlin zu kommen! Das geht auf gar keinen Fall. Ich bin den ganzen Tag auf dem Lehrgang, da kann ich mich nicht auch noch um sie kümmern. Abends bin ich dann zu erledigt, um sie so zu verwöhnen, wie sie es verdient. Kati wird sich langweilen, den ganzen Tag allein im Hotel.«

Pippa glaubte, aus seinen Worten herauszuhören, dass er nicht informiert war, und stutzte. »Du denkst, deine Freundin ist wirklich verletzt?«, fragte sie überrascht und setzte ihrem Arbeitgeber die tatsächliche Situation auseinander.

Am anderen Ende herrschte Schweigen, als sie geendet hatte, bis ein halbherziges »Ach so« durch die Leitung kam. Pippa konnte sich des Eindrucks nicht erwehren, dass diese Information für Thilo die Situation trotzdem nur unwesentlich änderte, denn er räusperte sich und suchte ganz offensichtlich nach den passenden Worten. »Wie dem auch sei:

Montag und Dienstag machen wir mit dem Kurs Ganztagesexkursionen zu Imkern im Berliner Umland, um uns verschiedene Produktionsstätten anzusehen. Ich bin erst ab Mittwoch wieder kontinuierlich vor Ort, dann kann sie gerne herkommen. Bitte sprich noch mal mit ihr. Rede ihr aus, dass sie morgen früh nach Berlin fährt. Sie würde mich bis zum späten Abend nicht zu Gesicht bekommen. Da lohnt ein Besuch doch gar nicht.«

Pippa war zwar der Meinung, dass man sich in Berlin auch ohne Begleitung wunderbar amüsieren konnte, und sie traute Kati durchaus zu, sich allein zurechtzufinden, ließ es aber bei seinen Worten bewenden. »Ich nehme an, du hast deine Freundin seit dem Mittag nicht mehr erreicht?«

»Ganz genau. Ich fürchte, sie ist sauer, weil ich von ihrer Idee, mich zu besuchen, nicht so begeistert war, wie sie gehofft hatte. Sie hat mitten im Gespräch aufgelegt. Seitdem geht sie nicht mehr ans Telefon. Und Natascha auch nicht.«

»Das hat leider schwerwiegendere Gründe«, sagte Pippa und seufzte, weil sie es hasste, am Telefon schlechte Nachrichten zu überbringen. Thilo Schwange hörte ihrem Bericht aufmerksam zu, fragte nur wenig nach, konnte aber ein Lachen nicht unterdrücken, als er von Rüdiger Lehmanns unfreiwilliger Einbindung in das Festkomitee hörte. Anschließend wünschte er den Neuner-Brüdern gute Besserung. Als Pippa sich von ihm verabschiedete, lehnte sie seine neuerliche Bitte ab, Kati bis zum Mittwoch oder Donnerstag zu vertrösten: »Deine Freundin weiß selbst, was gut für sie ist. Im Lichte der heutigen Ereignisse würde ich mich ohnehin wundern, wenn sie Lieblich in den nächsten Tagen verlässt. Ich bin sicher, du kennst sie besser als ich, aber so spannende Tage wie die kommenden wird sie vermutlich nicht verpassen wollen.«

Als Pippa zum Tisch zurückkehrte, blätterte Wolfgang Schmidt-Daubhaus gerade in seinen Notizen und sagte: »Das war alles gut verständlich erzählt und macht auch Sinn. Jedenfalls, was die Explosion angeht.« Er sah auf und blickte von einem zum anderen. »Aber was ich immer noch nicht weiß, ist, warum Sie beide Pippa besuchen wollten, und warum Pippa sich, als Sie gerade angekommen sind, sofort in eine Kneipe verzieht, während Sie sich von einem Fremden durch Wald und Flur scheuchen lassen. Deshalb, meine Lieben, würde ich gerne noch alles über die Geschichte hinter der Geschichte erfahren. Und zwar ausführlich. Auch wenn es so lange dauert, bis Pippa noch einmal Spaghetti kochen muss. Also raus mit der Sprache: Was geht hier wirklich vor?«

»Wenn man es genau nimmt«, sagte Ilsebill und vergaß für einen Augenblick jegliche Damenhaftigkeit, »dann stellen Pippa und ich gerade ein außergewöhnliches Unterhaltungsprogramm für meinen Mann zusammen, damit Jodokus den ganzen Sommer in Sommerlaune bleibt.« Dann wurde sie wieder ernst und schilderte die Situation aus ihrer Sicht in kurzen und klaren Worten.

Der Kommissar schrieb konzentriert mit, fragte zweimal nach und legte am Ende kommentarlos den Stift aus der Hand. »Dann bedanke ich mich hiermit ganz herzlich für Ihre Zeit. Sollte ich weitere Informationen benötigen, sehen wir uns wieder.« Er nahm sein Mobiltelefon, rief seinen Kollegen Röhrig an, um ihm mitzuteilen, dass er in den nächsten zehn Minuten am Stollen eintreffen würde, und ging dann ohne ein weiteres Wort zur Eingangstür. Dort drehte er sich noch einmal um: »Magst du mich und Susanne mal besuchen kommen, Pippa? Wir würden uns freuen.« Statt eine Antwort abzuwarten, öffnete er die Tür und war verschwunden.

Pippa sah verblüfft zu, wie das schwere Portal hinter ihm

ins Schloss fiel. »O nein, mein Lieber, so haben wir nicht gewettet.« Mit zwei Sätzen war sie an der Klinke und riss die Tür wieder auf. »Wirklich schön, dich wieder in meiner Nähe zu wissen, besonders in diesem Fall«, rief sie hinter ihm her. Erst in diesem Moment wurde ihr klar, was sie gerade gesagt hatte. Fall? Welcher Fall? Es gab doch überhaupt keinen Mord, dachte sie. Sekunden später hatte sie den Kommissar eingeholt und fasste ihn am Arm. »Wieso bist du überhaupt hier, Wolfgang? Wieso seid ihr gerufen worden?«

»Du hast es also doch gemerkt. Ich dachte schon, du fragst nie.«

»Also? Es gab bisher keinen Mord. Warum hat man die Mordkommission gerufen?«

»Weil alles immer mit allem zusammenhängt und deshalb sämtliche Kollegen den Befehl haben, mir Bescheid zu sagen, wenn in Lieblich wieder etwas Ungewöhnliches passiert«, sagte Wolfgang Schmidt-Daubhaus. »Und weil ich seit dem 10. Januar eine Akte auf dem Tisch habe, die mich ärgert und die ich nicht unter ›dumm gelaufen‹ ablegen will.«

Kapitel 14

Am nächsten Morgen streifte Pippa sich ein Sommerkleid mit buntem Blumenmuster über und setzte sich mit dampfender Teetasse und Buch auf die Terrasse vor die Eingangstür der Mühle. Sie legte ihre Beine auf die Balustrade, um ihnen die Morgensonne zu gönnen, und schlug dann George Orwells *1984* auf. Wie immer, wenn Ereignisse sie überrollten, verwirrten oder verunsicherten, nahm sie etwas zum Lesen zur Hand, um sich durch Lektüre wieder zu beruhigen. Diesmal wollte das Antistressmittel allerdings nicht recht wirken, denn Orwells schwarze Utopie war nicht geschrieben worden, um den Leser zu entspannen, sondern um ihn aufzurütteln.

Ihre Gedanken schweiften vom Text ab und wanderten zu dem Moment, als Kommissar Schmidt-Daubhaus beim Abschied seinen Zweifel am natürlichen Tod Gisbert Findeisens formuliert hatte. Er hatte allerdings zugegeben, keine Ahnung zu haben, wer und was dabei geholfen haben könnte, den Mann ins außerstoffliche Dasein zu befördern. Der Dorfvorsteher war obduziert worden, aber die Pathologen hatten keine Hinweise auf Fremdeinwirkung festgestellt.

Auf dem Weg zurück ins Haus hatte sich Pippa geärgert, dass sie ihm versprochen hatte, dem Ehepaar Lamberti diese Information vorzuenthalten. Die beiden brachen jedoch ohnehin gerade auf, als sie sich wieder zu ihnen gesellte.

»Bitte entschuldige, Pippa, aber wir sind erschöpft. Uns ruft das Sofa, wenn nicht sogar gleich das Bett«, hatte Jodokus gesagt und versprochen, am Montag wieder vollen Einsatz zu bringen. »Außerdem werde ich mich ab morgen durch die Archive unserer Landeshauptstadt wühlen und mich bei meinen früheren Geschäftspartnern nach Regina Winterling erkundigen. Da gibt es mit Sicherheit jemanden, der jemanden kennt, der von ihrer Firma schon mal Aktien gekauft hat. Was es über die *UCFC* zu erfahren gibt, werde ich erfahren, und was sich lohnt, über Tacitus Schnapphahn und seine Bande herauszufinden, werde ich herausfinden. Im Laufe der nächsten Tage werde ich Antworten auf alle Fragen haben, die uns aufgestoßen sind. Aber ehe ich das alles angehe, brauche ich einen ausführlichen Nachtschlaf. Und genau den würden wir dir auch empfehlen.«

Pippa hatte solcher Empfehlung nicht bedurft. Sie hatte sich ohnehin danach gesehnt, ausgiebig mit ihrem Freund Morris in Cambridge zu telefonieren und Karin in Berlin über die neuesten Entwicklungen in Kenntnis zu setzen. Anschließend noch in ihrem Buch zu lesen, um vor dem Einschlafen auf andere Gedanken zu kommen, wäre dann eigentlich nicht mehr nötig gewesen. Sie hatte das Buch dennoch zur Hand genommen und war nach den ersten Seiten eingeschlafen. Mitten in der Nacht war sie aufgewacht und musste nicht nur das Licht löschen, sondern auch ihr aufgeschlagenes Buch von der Bettdecke auf den Nachtschrank legen. Das hatte jetzt allerdings ein gewaltiges Eselsohr.

Freiheit ist die Freiheit zu sagen, dass zwei plus zwei vier ist. Wenn das gewährt ist, folgt alles Weitere, las Pippa, als ihr Buch von selbst an der beschädigten Seite aufklappte und sie auch gedanklich auf die Terrasse zurückkehrte. In diesem

Moment stieg ihr würziger Tabakduft in die Nase. Überrascht richtete sie sich auf und sah Bodo Baumeister um die Hausecke biegen, die Pfeife im Mund.

»Guten Morgen, Pippa. Ich bin gekommen, um dich den Bienen vorzustellen«, sagte er und brachte das Kunststück fertig, gleichzeitig schüchtern und freudig erregt zu wirken. Ein bisschen wie ein treuer Hund, dachte Pippa, der gleich etwas tun darf, was er liebt, wozu er aber nur selten Gelegenheit bekommt.

»Wo kommst du denn jetzt her?«, fragte sie. »Ich habe dein Motorrad gar nicht kommen hören.«

»Ich bin über die alte Forststraße gefahren, habe die Maschine aber schon am Waldrand abgestellt. Den Rest bin ich zu Fuß gegangen.« Bodo lächelte verschämt. »So konnte ich den Honigprinzessinnen schon mal kurz Hallo sagen.«

Dieser Mann vermisst sein früheres Hobby, dachte Pippa. Er ist regelrecht dankbar, dass Kati ihn in die Pflicht nimmt. »Magst du reinkommen und noch eine Tasse Tee mit mir trinken?«, fragte Pippa.

»Besser nicht. Ich muss heute noch einem Uraltgolf neues Leben einhauchen und die Meldeformalitäten für Rüdigers Riesenauto erledigen. Lass uns also lieber gleich rübergehen. Aber ich hätte nichts dagegen, wenn wir den Tee ins Bienenhaus mitnehmen und es uns dort gemütlich machen.«

Pippa brühte sofort neuen Tee auf, suchte nach einer Thermoskanne und angelte Kandis aus einem Küchenregal. Bodo nahm es ihr sanft, aber bestimmt aus der Hand. »Mich wundert, dass so etwas hier herumsteht«, tadelte er. »Zum Süßen nehmen wir selbstverständlich Honig.«

Auf dem Weg zum Bienenhaus hielt Pippa es vor Neugier nicht mehr aus und fragte ihn, wie er die Ereignisse des gestrigen Tages einschätzte.

»Verdammtes Pech war das«, sagte Bodo. »Oder unglaubliche Dummheit. Kommt ganz darauf an, wessen Idee es war, zu sprengen, während sie selbst noch im Stollen waren. Pech passt mehr zu Franz und Dummheit mehr zu Hans.«

Pippa unterdrückte ein Kichern. »Wieso die Unterscheidung?«

»Hätte Elsie sich damals für Franz entschieden, dann wäre manches anders gelaufen, da bin ich sicher. Franz ist nicht ganz so lethargisch, aber auch nicht so charmant. Ich fürchte, sie hat den gewählt, der sich wortreich über seine Gefühle auslassen, aber weit weniger gut zupacken kann.« Er seufzte. »Schade, dass ihr Frauen so viel Wert aufs Reden legt. Als Elsie merkte, dass hinter Hans' Mundwerk nichts steckt, war es zu spät, sich für seinen jüngeren Bruder zu entscheiden. Jetzt sitzt diese menschliche Luftpumpe auf der Wisperweide fest im Sattel und redet seinem Bruder ein, er wäre von ihm abhängig. Und Franz macht im Gegenzug treu und brav alles mit, was Hans anzettelt.« Er kicherte. »Vielleicht gut so, denn dadurch bleibt es in den allermeisten Fällen bei der Planung. Sonst käme dabei wohl öfter so etwas heraus wie gestern. Wollen wir hoffen, dass Hans' Verletzungen nicht lebensgefährlich sind.«

»Weiß man schon Näheres?«, fragte Pippa.

Bodo schüttelte den Kopf. »Ich habe nur gehört, dass Jonathan sehr spät aus Wiesbaden zurückgekommen ist. Mehr ist nicht durchgesickert.«

Bei diesen Worten erreichten die beiden das Bienenhaus, und Pippa fand endlich Gelegenheit, sich anzusehen, was sich hinter dem gelben Schild mit dem signalroten Schriftzug ›Vorsicht Bienen‹ verbarg.

»Muss man vor Bienen so eindringlich warnen?«, fragte sie und dachte an schmerzhafte Stiche aus ihrer Kindheit, die ihre Mutter mit frisch aufgeschnittenen Zwiebelscheiben behandelt hatte.

Bodo machte eine wegwerfende Handbewegung. »Bei so vielen Bienen, wie Thilo Schwange sie besitzt, ist es wahrscheinlich besser, den Leuten etwas Angst zu machen. Außerdem hält das Schild Idioten fern, die Honig klauen wollen, und ist somit eher Selbstschutz als Warnhinweis. Im Laufe der Jahre sind die Bienen durch entsprechende Züchtung immer sanfter geworden, es ist also nicht zu erwarten, dass man überhaupt gestochen wird.« Er paffte genüsslich an seiner Pfeife. »Allerdings schadet ein wenig Rauch noch immer nicht, der beruhigt die fleißigen Brummer. Der alte Spruch: *Wenn du zu den Bienen gehst, vergiss die Pfeife nicht*, hat sich zwar für die Insekten in der Zwischenzeit fast überlebt, aber nicht für mich.«

»Bienen sind also nicht gefährlich? Ich muss keine Angst haben?«

Bruno schüttelte den Kopf. »Es sei denn, du bist allergisch gegen ihr Gift oder bekommst es mit Tausenden von ihnen gleichzeitig zu tun.«

»Aber warum reagieren viele Menschen dann so panisch? Mein Bruder Freddy schlägt wild um sich, wenn sich ihm eine Biene nur auf hundert Meter nähert.«

»Das könnte ich nur verstehen, wenn er in einen Schwarm afrikanischer Bienen geraten würde, die sind wesentlich aggressiver als unsere.« Bodo lachte in sich hinein. »Oder wenn er in Akkon gelebt hätte, als Richard Löwenherz die Stadt belagerte und Bienen als biologische Waffe einsetzte. Der berühmte Kreuzfahrer befahl seinen Soldaten, volle Bienenkörbe über die Stadtmauer zu werfen – woraufhin die Bewohner sich in Panik ergaben.«

»Du machst Witze!«

»Wenn es nur eine Legende ist, dann ist sie gut erfunden«,

bemerkte Bodo. »Ich sammle solche Geschichten. Wenn du also mal eine findest ...«

»Wirst du informiert, versprochen.«

Pippa trat näher an das dunkelgrün gestrichene Holzhaus heran. »Das erinnert mich stark an das Gartenhäuschen meiner Freundin Karin auf der Insel Schreberwerder, nur ohne Fenster«, sagte sie.

»Nach einer solchen Vorlage habe ich es damals auch gebaut«, erklärte Bodo. »Ich wollte eine kleine Kammer zum Schlafen haben, einen Raum, um mir Kaffee zu kochen, und zusätzlich jede Menge Platz für die Bienen. Andere haben ihren Schrebergarten, ich wünschte mir eine Zuflucht im Wald und wollte Honig ernten statt Radieschen.« Er überlegte einen Moment, dann fügte er hinzu: »Andere macht das Schnurren einer Katze glücklich, mich das Summen und Brummen von Bienen.«

»Du hast das Haus gebaut?« Pippa war verblüfft. Sie hatte wie selbstverständlich angenommen, dass Thilo die Holzbude aufgestellt hätte, um in der Nähe der Mühle seinem neuen Handwerk nachgehen zu können.

»Vor etwas mehr als fünfzehn Jahren. Inklusive eines Örtchens für menschliche Bedürfnisse und einem Geräte- und Vorratsschuppen, in dem ich auch noch eine Schlafgelegenheit habe, falls Besuch kommt, der über Nacht bleibt. Thilo hat alles sorgfältig renoviert und seinen Bedürfnissen angepasst.« Er zeigte auf ein etwa zehn Meter entferntes Häuschen. »Ich habe übrigens auch die Lichtung angelegt und daraus eine Blumenwiese gemacht. Meine Bienen sollten ein üppiges Angebot an unterschiedlichen Blüten haben.« Er trat gegen eine Kiste Bienenfutterteig, die unter einem Verschlag stand. »So etwas habe ich im Sommer nie gebraucht, denn ich hatte nur acht Völker, keine achtzig. Für meine Schätzchen haben die Lichtung und alles, was der Wald hergab, immer gereicht. Bienen sind schließlich keine Mastschweine.«

Die Kritik hinter deinen Worten lässt sich nicht überhören, dachte Pippa. Aber resultiert sie jetzt aus Neid, weil du nicht mehr selber imkern kannst, oder passt dir nicht, wie und was Thilo hier tut?

»Wie finden die Bienen ihre Nahrung?«, fragte sie, um seine Zurechtweisung besser einschätzen zu können.

Bodo grinste breit. »Bienen sind weiblich, Pippa, deshalb reagieren sie auf Schönheit und Farbenpracht.«

»Die Farben der Pflanzen wirken als Lockmittel?«

Bodo wiederholte: »Genau deshalb habe ich die Lichtung angelegt. Ich wollte von Frühling bis spät in den Herbst hinein Einfluss auf die Pflanzenfülle nehmen können und so dem drastischen Rückgang der Blütenvielfalt entgegenwirken. Weit weg von den chemischen Keulen der modernen Landwirtschaft.«

»Ihr Imker seid also auch Naturschützer.«

»Jedenfalls manche von uns«, brummte der Hobbyimker. »Manche würden sich für ihren Beitrag zum volkswirtschaftlichen Nutzen von der EU am liebsten durchgängig subventionieren lassen, als wäre Geld eintreiben wichtiger als Honig sammeln und sehr viel wichtiger als die Bienenhaltung selbst. Manche reden eben lieber über Bienen, als sich mit ihnen zu beschäftigen.«

Noch eine Breitseite gegen Thilo und Kati, dachte Pippa. Aber als sie nachfragte: »Wie meinst du das genau?«, erwähnte er die beiden mit keinem Wort. »Über ein Drittel aller Nahrungspflanzen sind auf Bestäubung angewiesen. Es gibt Obstplantagen, die zahlen Prämien, damit Imker ihre Kästen bei ihnen aufstellen.«

»Lohnt sich das denn finanziell?«

»Ob sich das lohnt?« Bodo schnaubte. »Das will ich meinen. Ein durchschnittlich großer Süßkirschenbaum, der Besuch von einer Biene hatte, erreicht ungefähr dreißig Kilo Ertrag. Was glaubst du, wie viel es noch sind, wenn seine Blüten nicht bestäubt werden?«

Wenn Besitzer von Obstplantagen dafür zahlen, muss die Abweichung bemerkenswert sein, dachte Pippa und schätzte: »Die Hälfte?«

Bodo straffte stolz die Schultern. »Von wegen. Meine geschäftigen Immen hier sind viel wichtiger.« Triumphierend blickte er sie an. »Ungefähr eineinhalb Kilo, mehr ist ohne Bienen nicht drin.«

»Das nenne ich mal einen Unterschied.« Pippa war ehrlich überrascht.

Bodo sprach in Richtung Bienen. »Hört ihr, Mädels? Die Städterin hat begriffen, wie schwer ihr für ihr Wohlergehen schuftet.«

Bodo zog sie an die Südseite des Hauses, dessen gesamte Breite von einem ausladenden Holzdach überragt wurde, das Schutz vor Wind und Regen bot. Er zeigte ihr die Wand, hinter der auf der anderen Seite die Bienenvölker in ihren Holzkisten, sogenannten Beuten, lebten. Jede Beute besaß einen Ausflugschlitz, vor dem ein Brettchen mit Scharnier montiert war, auf dem es von Bienen wuselte. Einige landeten gerade und drängelten sich an abfliegenden Kolleginnen vorbei ins Innere des Bienenstocks.

»Diese Klappen können das Flugloch verschließen, richtig? Geöffnet wirken sie wie kleine Abflugrampen«, sagte Pippa begeistert und wagte sich näher heran, um beobachten zu können, wie die kleinen Wesen das Brett erreichten und wie sie es verließen.

Bodo freute sich über ihr Interesse. »Ganz richtig. Bei schlechter Witterung kann man den dahinterliegenden Stock so besser gegen Eintritt von Kälte oder Nässe schützen. Aus dem gleichen Grund habe ich auch das Holzdach über den gesamten Einflugbereich gezogen. Und als Windalarm habe ich dies hier aufgestellt.« Er zeigte auf eine Fahnenstange, die Pippa bis ans Kinn reichte und direkt vor dem Bienenhaus in den Boden eingelassen war. Auf das obere Ende hatte Bodo ein Stahlquadrat gesetzt, auf das in der Mitte eine Metallschachtel geschraubt war. An den Außenseiten war in jede Himmelsrichtung ein runder Metalltrichter angelötet, der mit der offenen Seite in die Luft ragte. Pippa trat näher heran und riss die Augen auf. »Das sind ja Teekesselpfeifen!«

»Jede von einem anderen Hersteller und deshalb mit einem anderen Ton«, erklärte Bodo stolz. »So kann ich gemütlich im Bienenhaus sitzen und jederzeit hören, woher der Wind weht.« Er schob Pippa vor einen der Trichter, damit sie hineinblasen konnte. Ein hoher, eindringlicher Ton erklang. »Nordwind ist gar nicht gut für die Bienen. Wenn ich diesen Ton höre, schließe ich sofort alle Klappen, damit die Mädels es weiterhin warm haben.«

Pippa probierte aus reiner Freude auch die anderen Teekesselpfeifen aus. »Ich würde am liebsten dem Westwind zuhören«, sagte sie. »Der Ton klingt für mich nach Frühling. Aber selbst dieses Geräusch würde mich nach kurzer Zeit zermürben.«

Bodo nickte. »Er soll ja nur Signalwirkung haben, danach kann man ihn ruhig wieder abstellen.« Er öffnete die Metallschachtel, holte einen Gummipfropfen heraus und demonstrierte, wie jeder weitere Laut im Keim erstickt werden konnte.

»Wirklich einfallsreich«, lobte Pippa, und Bodo wurde vor Freude über dieses Lob krebsrot.

Liebevoller und engagierter als Bodo kann man gar nicht sein, dachte Pippa. Wie ich das sehe, konnte Thilo sich hier ins gemachte Nest setzen. Und dann hat er Bodos kleiner

Bienenvilla ein Vielfaches an Völkern hinzugefügt, bis sie einem Brummerhochhaus gleichkam. Ganz geschickt, aber offenbar nicht im Sinne des Erfinders. Sie zeigte auf einen alten, aus Stroh gearbeiteten Bienenkorb, der unter der Decke des Vordaches hing. »Gibt es diese Dinger also immer noch«, sagte sie. »Die kenne ich noch aus meinen Kinderbüchern.«

»Diese Strohbeute habe ich von einem alten Heideimker bekommen. Sie ist uralt«, sagte Bodo stolz. »Ich habe sie Kati geschenkt, als sie mir damals ihren Teil des Waldes verpachtete und erlaubte, die Lichtung anzulegen. Das ist ein sogenannter Stülper, weil man die Körbe umstülpen muss, wenn man an den Honig kommen will.«

»Damals gehörte dieser Teil des Grundstücks also noch nicht Rüdiger.«

»Wenn das der Fall gewesen wäre, hätte ich mir einen anderen Wald gesucht«, sagte Bodo. »Seine Pachtforderungen wären für meinen Geldbeutel nicht erschwinglich gewesen. Nein, das war alles noch in Katis Hand, und der gefiel die Idee eines Bienenhauses und einer blumenübersäten Wiese mitten im Wald. Wir haben auch den Hochsitz gemeinsam aufgestellt. Du musst mal hinaufklettern. Er ist äußerst komfortabel ausgestattet. Wir haben sogar die Bänke gepolstert.«

»Und das Bienenhaus haben jetzt Thilo und Kati gepachtet?«

»Der Platz, auf dem das Haus steht, ist alles, was Rüdiger seiner Kusine von ihrem Besitz gelassen hat. Als ich sie bat, aus meinem Vertrag entlassen zu werden, und ihr meinen Nachfolger präsentierte, hat sie ihre Vertragsbedingungen einfach auf Thilo übertragen.« Er verzog den Mund. »Wenn man es genau nimmt, haben die zwei sich also durch mich kennengelernt.«

Die beiden betraten das Holzhaus, und Bodo führte sie durch einen Vorraum mit primitiver Küche direkt ins Allerheiligste. Dabei zeigte er nach rechts auf eine schmale Tür. »Da geht es in die Kammer mit dem Sofa für kleine Nickerchen. Ich habe hier früher meine Wochenenden verbracht. Ganz allein. Das ist meine Vorstellung von Zufriedenheit und Entspannung.«

Das größte Zimmer wurde durch die Rückseiten der Bienenstöcke dominiert, die, jeweils vier Kisten übereinander, die gesamte linke Seite einnahmen und eine geschlossene Wand bildeten. Davor standen zwei alte, ausladende Sessel und dazwischen ein kleiner Tisch, auf dem Pippa die Thermoskanne und die Tassen abstellte. Sie stieß einen Schrei des Entzückens aus, als Bodo die Rückwand einer Beute öffnete und sie durch eine Glasscheibe hindurch direkt in die Wohnstatt der Bienen schauen konnte. »Man kann ihnen beim Arbeiten zusehen, ohne dass man Angst haben muss, gestochen zu werden«, sagte sie begeistert und bestaunte den kunstvollen Wabenaufbau und das Gewimmel hinter der Glasscheibe, das nur dem laienhaften Betrachter willkürlich erschien.

»Bienenfleißig ist offenbar nicht nur eine leere Vokabel«, sagte Pippa, nachdem sie einen Moment zugeschaut hatte.

»Eine Biene kann mit vierzig Milligramm Nektar in den Bienenstock einfliegen, und das, obwohl sie selbst nur ungefähr einhundertzwanzig Milligramm wiegt. Wenn sie im warmen Stock ist, kann sie sogar bis zu hundert Milligramm schleppen. Und das macht sie jeden Tag, ohne Samstag oder Sonntag oder Feiertag, unermüdlich.«

»Klingt ein bisschen nach den Frauen aus Lieblich.«

Bodo lachte leise: »Deshalb hatten meine Bienenstöcke auch Namen. Einer hieß Uschi, einer Lilo, einer Agnes, einer Eveline …«

Pippas Bewunderung für die Tiere wuchs mit jeder seiner Bemerkungen, und sie ertappte sich bei dem Wunsch, eines der fliegenden Wunder aus der Nähe betrachten zu können. »Hast du schon mal eine Biene gestreichelt? Wie fühlt sich das an?«, fragte sie.

Statt einer Antwort setzte Bodo sich in einen der Sessel und bedeutete Pippa, es sich im anderen bequem zu machen. Er kicherte leise vor sich hin. »Hier drin fliegen zwar nur wenige Bienen herum, aber ich bin sicher, eine wird kommen und versuchen, aus den großen Blumen deines Sommerkleides Nektar zu ziehen.«

Keine Minute später landete eine Biene auf ihrem nackten Unterarm, und Pippa spürte ein sanftes Kitzeln, als das Tier ab und an mit seinem winzigen Riechkolben an den Härchen auf ihrer Haut entlangstrich. Andächtig sah Pippa der Biene bei ihrem Spaziergang zu und verlor dabei jegliche Sorge vor einem Stich. Sanft berührte sie den winzigen schwarz-gelben Körper, der sich zugleich zart und kraftvoll anfühlte. »Wie Seide«, flüsterte Pippa ehrfürchtig und bewegte sich nicht, bis die Biene sie unverrichteter Dinge wieder verließ.

Die Morgensonne fiel durch die Ritzen zwischen den Holzbalken und zeichnete nicht nur ein Muster auf die Wand mit den Bienenkästen, sondern sorgte auch für weiches, gedämpftes Licht. Durch Bodos aromatischen Tabak, die Ruhe und das gleichmäßige Summen der Bienen wurde Pippa schläfrig. Sie hatte gerade zufrieden die Augen geschlossen, als Bodo sie unvermittelt in die Wirklichkeit zurückholte: »Lieblich kommt mir vor wie ein Bienenstock. Kati ist die Königin, durch die der Betrieb bisher am Laufen gehalten wurde. Die anderen Frauen, von Natascha über Lilo bis hin zu Uschi und Agnes aus dem Gasthaus, sind die fleißigen Arbeitsbienen, die sich inner- und außerhalb des Stockes unermüdlich für das Wohlergehen und die Nahrung aller einsetzen.« Er stockte einen Moment und fuhr dann eine Spur resignierter in seinem Vergleich fort: »Wir Männer sind die Drohnen, die zum Sterben aus dem Stock geworfen werden, wenn sie ihre Schuldigkeit getan haben. Die Frauen des Dorfes brauchen uns nur für den Erhalt der Art, ansonsten werden wir von ihnen an den Stammtisch abgeschoben.«

»Aber du wolltest doch unbedingt mit am runden Tisch sitzen«, sagte Pippa erstaunt.

Bodo grinste: »Da bin ich wenigstens unter den Männern von einiger Bedeutung und werde hoffentlich nach Katis endgültigem Ausschwärmen von der neuen Königin besser wahrgenommen.«

»Ganz gleich, wer die nächste sein wird?«

Bodo überlegte einen Moment. »So ziemlich. Die derzeitige Auswahl liegt meiner Meinung nach weit über dem Durchschnitt der Republik.«

»Wer hat deiner Meinung nach Chancen, Katis Platz einzunehmen? Und wen würdest du dir wünschen?«

»Bei Rüdiger fiele die Wahl eindeutig auf Eveline, der Stammtisch würde wohl für Natascha votieren und ich stimme für Lilo.« Er zwinkerte ihr zu. »Aber du wärst auch nicht schlecht.«

Pippa lachte fröhlich. »Danke für das Kompliment.« Sie dachte an den Spruch, den Regina Winterling ihr am Vortag zugeflüstert hatte, und fragte unvermittelt: »Welche Position hätte denn die Unterhändlerin der *UCFC* in deinem Bienenweltbild?«

»Regina Winterling ist keine Biene. Sie ist eine Wespe«, sagte Bodo mit Bestimmtheit. »Bienen ernähren sich ausschließlich von Blüten. Das reicht einer Wespe nicht. Sie ist Fleischfresserin. Sie ernährt sich von Parasiten in Gehölzen und auf Pflanzen. Ganz genau wie Regina Winterling. In Lieblich wird es erst wieder lieblich zugehen, wenn wir wissen, wer Lieblichs Parasiten sind, und uns vor ihnen in Sicherheit gebracht haben – oder wenn Regina Winterling sie aufgefressen hat.«

Kapitel 15

Eine gute Stunde später stieg Pippa vor dem ›verlorenen Schatz‹ von Bodos Motorrad: »Danke fürs Mitnehmen. Und danke, dass du in Lorch meine Einkäufe erledigst. Stell sie einfach vor die Tür, wenn ich noch nicht zurück sein sollte. Ich weiß nicht, wie lange ich nachher auf der Wisperweide bleibe, um Franz zu betreuen. Es könnte spät werden, denn ich gehe nicht weg, bevor Lilo aus dem Krankenhaus zurück ist. Wer weiß, vielleicht muss ich dort sogar übernachten.«

Bodo sah zweifelnd zum Himmel hinauf. »Da oben braut sich was zusammen; es könnte ein Gewitter geben«, vermutete er. »Besser, ich stelle alles ins Bienenhaus. Dort bleibt es trocken, und es ist egal, wann du wieder zurück bist.«

Pippa konnte kein Wölkchen entdecken und unterdrückte ein Lächeln. Mach nur, dachte sie, wenn du noch mal mit den Bienen allein sein willst. Thilo und mir soll es recht sein. Sie stimmte Bodo gerade zu, als Regina Winterling aus dem Gasthof trat. Sie trug einen enganliegenden Jogginganzug und Laufschuhe, die vermutlich teurer gewesen waren als das, was Pippa als Monatsmiete hinblättern musste. Die Unterhändlerin legte sich ein Schweißband um die Stirn und ließ dabei an der linken Hand einen eindrucksvollen Opal in der Sonne blitzen. Pippa gestand ihr neidlos zu, dass sie sogar in legerer Kleidung selbstsicher genug wirkte, um vor großem Publikum aufzutreten – und Eindruck zu machen.

»Guten Tag, Frau Bolle, guten Tag, Herr Baumeister. Ich will meine zweite Runde ums Dorf drehen. Morgens, mittags, abends. Schön, wenn man für das Workout mal nicht aufs Laufband muss, sondern in die freie Natur darf.« Sie wandte sich an Bodo und begann dabei, auf der Stelle zu laufen. »Ich nehme an, Sie wollen zum Mittagessen Ihren neuen Platz einnehmen? Sie werden den Stammtisch verwaist finden.« Sie lächelte, aber ihre Augen blickten kühl, und Pippa musste unwillkürlich an eine Hyäne denken. »Nicht einmal der Methusalem Ihrer Gruppe, Arno Passenheimer, ist heute an Bord. Das scheint mir kein gutes Zeichen. Gibt es schlechte Nachrichten aus dem Hause Neuner?«

Bodo biss sich auf die Lippen und verlor schlagartig die Unbeschwertheit und Begeisterung, die er im Bienenhaus gezeigt hatte.

Pippa schickte ein Strahlen zu ihm hinüber. »Wie schön, wir sind rechtzeitig, Bodo. Du bist tatsächlich der Erste am Tisch und kannst die anderen begrüßen und versuchen, sie mit deinen Bienengeschichten aufzuheitern. Lass uns an jedem Morgen um dieselbe Zeit treffen, dann bist du immer pünktlich und ich muss kein schlechtes Gewissen haben.«

Regina Winterling nickte Pippa anerkennend zu. »Improvisieren können Sie also auch. Gepaart mit Ihrer Schlagfertigkeit und der Bereitschaft, sich stets flexibel zu immer neuen Einsatzorten zu begeben, sind das beste Voraussetzungen für beruflichen Erfolg. So jemanden wie Sie suchen wir. Sagen Sie mir Bescheid, wenn Sie gern einen Job hätten, in dem Sie zur Abwechslung mal richtig Geld verdienen. Die *Upper Crust Food Company* hält für unabhängige Frauen attraktive Angebote bereit.« Regina Winterling gab Pippa nicht die Chance, zu reagieren; sie trat ein paar Mal auf der Stelle, hob kurz die Hand zum Abschied und trabte dann in Richtung alte Forststraße davon.

»Ich kann mir nicht helfen«, sagte Bodo, »ich habe vor der Frau immer ein wenig Angst.«

»Sie trägt ihren Stachel ja auch stets gelöckt, damit wir nie vergessen, wer sie ist und was sie kann«, antwortete Pippa. »Außerdem wirken unerschrockene Frauen immer ein wenig dreister als Männer. An sie sind wir weniger gewöhnt. Leider.«

»Mein Mund ist jetzt jedenfalls trocken«, sagte Bodo. »Ich werde mir ein Bier zum Mittagessen genehmigen. Darf ich dir auch eines ausgeben? Als Dank für deinen Einsatz eben?«

Pippa schüttelte den Kopf. »Natascha wartet. Mit Rieslingcremesuppe und selbstgebackenem Brot.« Sie zeigte auf den Hof der Passenheimers, wo Arno und Nico gerade aus dem Tor kamen und zum Dorfplatz strebten. »Außerdem wirst du meine Gesellschaft gar nicht brauchen.«

Nico hatte einen Stapel Briefumschläge in der Hand und warf einen davon in den Briefkasten eines Nachbarn. Während sie darauf warteten, dass die beiden näher kamen, fragte Pippa: »Bodo, du hast doch bei Nico einen Stein im Brett. Hast du auch sein Vertrauen? Lebt er gerne in Lieblich?«

»Ich denke schon. Er will ganz sicher nicht zu seinen Eltern zurück. Die scheinen eh wenig Interesse an Kontakt mit ihm zu haben, sonst hätten sie ihn irgendwann einmal besucht. Haben sie aber nicht.« Bodo zögerte. »Er spricht nie über sie, und wenn ich es genau bedenke, dann fragt von uns auch keiner nach.« Er verstummte, denn bei diesen Worten war Nico herangekommen, während Arno nach kurzem Gruß mit dem Spazierstock den Eingang des Gasthauses ansteuerte.

Nico wedelte mit seinen Briefumschlägen. »Willst du auch einen, Pippa? Dies sind die Wahlunterlagen und die

Erklärungen zum Verfahren für alle, die keinen Computerzugang nutzen.«

»Ich darf zwar nicht wählen, aber interessieren würde mich schon, was ihr euch da ausgedacht habt«, antwortete Pippa und zupfte sich einen Umschlag aus dem Bündel. »Gibt es in Lieblich Leute, die trotz deines unermüdlichen Einsatzes noch immer nicht online sind?«

Nico seufzte. »Insgesamt zwölf Häuser fehlen mir noch. Wie die es ohne WLAN aushalten, ist mir ein Rätsel. Entweder sind es Aussiedlerhöfe, die noch angeschlossen werden müssen, oder die Leute haben kein Geld für einen Computer, sind zu alt, zu krank oder schlicht zu faul, sich mit der Materie zu beschäftigen.« Er zeigte auf den Briefkasten, in den er zuvor den Umschlag geworfen hatte. »Oder sie sind wie die alte Letizia Gardemann. Jonathans Großmutter ist schlicht gaga. Sie geht kaum noch aus dem Haus, züchtet schrille Vögel und liegt schon ihr halbes Leben mit Arno Passenheimer im Clinch. Sie war mal Lieblichs Gemeindeschwester und hat Haare auf den Zähnen. Letizia Gardemann hat sogar Arno in die Knie gezwungen. Davon wird im Dorf heute noch erzählt.« Nico seufzte. »Das hätte ich gerne erlebt.« Er zog zwei weitere Umschläge aus seinem Bündel und hielt sie Pippa hin. »Du gehst doch nachher zur Wisperweide. Bitte nimm die Briefwahlunterlagen für Hans und Franz Neuner mit. Dann kann ich mir diesen Weg sparen.«

Pippa hatte es aufgegeben, sich zu fragen, auf welchen Wegen sich Informationen in diesem Dorf so schnell verbreiteten, und nahm die Umschläge entgegen. Nico überreichte ihr eine Visitenkarte. »Hier ist meine E-Mail-Adresse. Schreib mir bitte, wann ich die ausgefüllten Wahlzettel wieder abholen kann.«

»Ich kann die Wahlumschläge der Neuners morgen mit ins Wahllokal bringen, dann sparst du dir auch das Abholen. Lilo fährt erst nach meiner Ankunft zu Hans ins Krankenhaus, und ich bleibe bis zu ihrer Rückkehr. Es wird also alles vollständig sein.«

Nico zog einen Stift aus seiner Hemdtasche und schrieb mit großen Buchstaben ›Bessere Dich, Hans – und das ist keine Bitte!‹ auf einen der Umschläge, bevor er ihn weitergab.

Während Bodo im ›verlorenen Schatz‹ verschwand, schlenderte Nico mit Pippa hinüber zum Friseursalon, und sie ergriff die Gelegenheit, ihren Begleiter nach seinen Erinnerungen an den vergangenen Tag zu befragen. Alles deckte sich vollständig mit den Aussagen der Lambertis. Nur an einer Stelle fragte Pippa nach: »Ilsebill und Jodokus kennen ja die Lieblichen nicht so gut wie du. Hast du eine Ahnung, wer der dritte Mann auf der Lichtung gewesen sein könnte?«

»Dummerweise nicht«, antwortete Nico. »Es nervt mich wirklich, wenn ich nicht über alles Bescheid weiß. Auch, dass Hans und Franz plötzlich von sich aus Fremde durch den Wald führen und Schätze in alten Schächten suchen, ohne dass ich davon weiß – echt krass.« Er seufzte. »Die beiden gehören leider zu denen, die sich die meiste Zeit meinem Einfluss entziehen. Schade, sonst hätte ich verhindern können, was gestern passiert ist, und die Neuners wären noch gesund.«

Pippa fragte sich zwar, wie er so viel Dummheit hätte verhüten können, nahm sich aber vor, Franz am Nachmittag genauestens unter die Lupe zu nehmen.

»Deine Freunde aus Wiesbaden sind übrigens echt cool«, bemerkte Nico. »Schade, dass es nicht mehr zum gemeinsamen Essen gekommen ist ...«

Pippa lächelte: »Jodokus und Ilsebill haben genau dasselbe über dich gesagt. Sie wollen das Essen unbedingt nachholen. Entweder bei Agnes Freimuth oder in der Plappermühle, um ihre eigenen Kreationen vorzustellen. Du darfst dir ein Gericht wünschen oder dich überraschen lassen. Ganz, wie es dir beliebt.«

»Ich komme lieber zu euch. Max werde ich nichts von der Gasthausoption erzählen, sondern das Essen als Belohnung für meinen gestrigen Einsatz deklarieren«, sagte Nico und wurde dann leise. »Dass jemand Essen für mich zubereitet, um sich bei mir zu bedanken, habe ich noch nie erlebt. Bitte kocht, was ihr wollt. Ich liebe Überraschungen, und das wäre zur Abwechslung mal eine schöne. Die sind in diesem Dorf ja selten geworden.«

Nachdenklich stieg Pippa die Treppe zu Nataschas Wohnung hinauf und dachte über den jungen Computerfachmann nach. Es erschien ihr einleuchtend, dass er sich wegen seiner Jugendsünden im Ort einiges gefallen ließ, um sich geläutert zu zeigen, andererseits wirkte er auf sie, als wäre er normalerweise mit seiner Arbeit und seinem Leben vollauf zufrieden. Seine letzten Worte hatten jedoch kurzzeitig den Schleier vor seinem Innenleben weggezogen und bei ihr die Ahnung tiefer Traurigkeit hinterlassen.

Nico braucht eindeutig mehr als eine Verwöhnladung, dachte Pippa. Ich muss irgendeinen plausiblen Grund finden, gegen den sein Dienstherr nichts einwenden kann, um den jungen Mann schon vor dem großen Essen in die Plappermühle einzuladen. Neustart-für-Lieblich-Liga hin, Pro-Natur-Forum her.

Der Grund fand sich bereits eine halbe Stunde später, als sie zusammen mit Kati und Natascha Regale und Truhen auf dem Speicher nach Brauchbarem für die Schnapphahnkerb durchforstete. In einer Kiste, die, der Fülle der sie überziehenden Spinnweben nach zu urteilen, in den letzten zwanzig Jahren nie geöffnet worden war, fand Pippa jede Menge

VHS-Kassetten mit deutschen Filmklassikern und verfilmter Literatur. *Das Wirtshaus im Spessart* lag einträchtig neben *Zimmer mit Aussicht, Kohlhiesels Töchter* auf den *Buddenbrooks*.

»Ob die noch funktionieren? Die würde ich gerne alle mal wieder sehen«, sagte Pippa. »Damit würden die einsamen Abende in der Plappermühle wie im Flug vergehen.«

»Das sollte kein Problem sein«, sagte Kati. »Ich habe dahinten einen alten VHS-Rekorder entdeckt. Wenn du Nico bittest, den für dich zu aktivieren und an unseren Fernseher anzuschließen, kannst du dich mit dem Inhalt der Kiste amüsieren – und ich darf länger bei Thilo bleiben.«

Als Pippa dann auch noch eine Verfilmung von *1984* mit John Hurt und Richard Burton in den Hauptrollen fand, war sie fest entschlossen, Katis Vorschlag in die Tat umzusetzen und Max Passenheimer zu bitten, Nico zu einem Arbeitseinsatz vorbeizuschicken. Dass sie dabei all ihre aus Italien mitgebrachten Kochkünste aufbieten würde, müsste ja außer dem jungen Computergenie niemand erfahren.

Pippa ging zu Kati hinüber, um mit ihrer Hilfe den Rekorder und eine Handvoll ausgewählter Filme in einer großen Tasche zu verstauen. Dabei fiel ihr Blick aus dem Dachfenster auf den Dorfplatz. Von hier oben konnte man das gesamte Oberdorf bis hinauf zur Kirche überblicken.

»Die Bank liegt so zentral, sie muss doch von jedem Haus rund um den Dorfplatz bestens zu sehen sein. Im Winter sind die Linden ja kahl«, sagte sie. »Es ist ein Wunder, dass Gisbert Findeisen dort niemandem auffiel, bevor Uschi ihn fand.«

Natascha stellte sich hinter sie und sah ebenfalls hinaus. »Die zwei Laternen sind sogar so aufgestellt, dass sie die Bank vollständig ausleuchten, damit dort auch ja niemand unbeobachtet turteln kann; trotzdem hat keiner etwas gesehen.« Sie seufzte. »Ich auch nicht. Mir war der ganze Abend so zuwider, ich habe mich gleich nach dem Ende des offiziellen Teils davongemacht und im Bett verkrochen. Ich ahnte, dass in Lieblich am nächsten Morgen nichts mehr so sein würde wie zuvor, aber mit so einschneidenden Veränderungen hatte ich nicht gerechnet.«

Kati seufzte. »Ich ertappe mich immer wieder bei dem Gedanken: Wenn Thilo und ich uns auf ein Gespräch mit Gisbert eingelassen hätten, wäre er dann anschließend zufrieden nach Hause oder zurück in die warme Schankstube gegangen? Wäre er jetzt noch am Leben?«

Natascha versuchte, ihrer Freundin auszureden, dass sie eine Mitschuld am Tod des Ortsvorstehers trug. »Stell das Kopfkino ab, Kati. Sofort. Jeder Mensch ist für sich selbst verantwortlich. Ihr habt ihn schließlich nicht gebeten, euch aufzulauern. Du erinnerst dich? Er wollte dir nicht nur einreden, dass seine dämlichen Weinberge und volle Portemonnaies besser für Lieblich sind als gute Luft, er wollte dir auch deine Verlobung ausreden.«

»Aber ich bin ihm trotzdem etwas schuldig geblieben, schließlich habe ich es ihm zu verdanken, dass ich wenigstens das Stück Wald vom Bienenhaus bis zur Plappermühle behalten durfte. Wenn er nicht auf Rüdiger eingeredet hätte, würde mir nicht mal mehr das gehören.«

»Stimmt! Aber sei doch mal ehrlich, das hat er in erster Linie gemacht, damit die Lieblichen ihn und seinen Freund nicht für gar zu gierig halten. Und natürlich, um sicherzugehen, dass du dich ihm für den Rest deiner Tage verpflichtet fühlst.« Natascha verdrehte die Augen. »Gisbert wusste Dankbarkeit ihm gegenüber immer in bare Münze zu verwandeln. Das hätte er bei dir auch geschafft. Nur deshalb – und nicht, weil er besonders fähig war – konnte er so lange Dorfvorsteher bleiben.«

Pippa fand es an der Zeit, das Thema zu wechseln, denn sie konnte Kati ansehen, wie sehr der Tod ihres nächsten Nachbarn sie belastete. »Wie lange steht dieses Haus denn schon?«, fragte sie Natascha.

»Der Großvater meines Großvaters hat es 1896 gebaut«, antwortete die Friseurin. »Auch er war schon Barbier. Ich habe noch einige seiner Werkzeuge – zum Zähneziehen.«

»Aua«, sagte Kati und ließ sich tatsächlich ablenken, weil ihr eine Idee für die Schnapphahnkerb kam. »Biete doch den Männern an, sich bei dir auf historische Art und Weise rasieren zu lassen. Genau wie zu Tacitus' Zeiten, in altertümlichen Kostümen. Stell dir mal das Bild vor: Männer mit weißen Schaumbergen am Kinn, und du hältst jedem die Klinge an den Hals!«

Natascha ging zu einem Biedermeierschrank hinüber, öffnete ihn und zog einen von Motten zerfressenen Stresemannanzug heraus. »Schade, der hätte bestens zum Thema gepasst, den kann man aber keinem mehr anbieten. Schauen wir mal, ob die Kleidung in der Truhe da drüben brauchbarer ist.« Da in diesem Moment ihr Smartphone klingelte, begrüßte sie zunächst die Anruferin. »Hallo Uschi, ja genau, wir durchstöbern gerade den Speicher.« Sie hörte einen Moment lang aufmerksam zu. »Es wäre ganz wunderbar, wenn du im Festkomitee mitmachen würdest ... allerdings, wir haben Rüdiger rekrutiert ...«

»Das könnte länger dauern«, flüsterte Kati und zog Pippa in die gegenüberliegende Ecke des Dachbodens vor eine schwere Eichentruhe mit gewölbtem Deckel und der Aufschrift: *Zur Hochzeit von Amanda und Jeremias Klein, anno 1923.*

»Eine Mitgifttruhe«, sagte Pippa ehrfürchtig, hievte den Deckel nach oben und legte eine Schicht leicht angegrauter, aber noch brauchbarer Bettwäsche frei. »Bist du immer noch wütend auf Thilo, weil er dich erst in ein paar Tagen bei sich haben will?«, fragte sie, während sie ein Kleidungsstück nach dem anderen herausholte und auf einem Tisch ausbreitete.

»War ich nie«, antwortete Kati. »Ich finde nur, er nimmt sich manchmal zu wichtig und vergisst dabei, dass ich selbst denken kann. Also erinnere ich ihn dann und wann daran. Thilo hat immer allein gelebt und nie über längere Zeit eine Partnerin gehabt. Er ist völlig ungeübt, wenn es darum geht, gemeinsame Entscheidungen zu treffen. Außerdem glaubt er immer, er müsste sich um mich kümmern. Langeweile in Berlin? Wie kommt er nur darauf? Lieblich ist viel kleiner, und ich wusste mich hier immer bestens zu beschäftigen – auch schon, bevor er auftauchte.«

»Er dachte, ohne ihn müsstest du deine Zeit im Hotelzimmer verbringen«, verteidigte Pippa ihren Auftraggeber halbherzig. »Du hattest vergessen, ihm zu sagen, dass du gar nicht gehbehindert bist.«

»Das habe ich nicht vergessen, das habe ich absichtlich nicht erzählt. Viele Mitwisser bedeuten viele Lücken«, konterte Kati. »Ich kenne doch Thilo, der hätte sich beim Nächsten, mit dem er telefonierte, sofort verplappert. Dieses Dorf hat sowieso zu viele Augen und Ohren. Mein schöner Plan wäre im wahrsten Sinne des Wortes die Plapper hinuntergeflossen, und in kurzer Zeit hätte jeder, der sich dafür interessiert, Bescheid gewusst.«

»Dann seid ihr ja jetzt quitt«, sagte Natascha, die gerade ihr Gespräch beendet hatte, und hielt Kati ihr Smartphone hin. »Los, ruf ihn an und teil ihm deine neueste Planung mit. Schließlich wirst du Mittwochabend Rüdigers erster offizieller Transfer zum Wiesbadener Hauptbahnhof. Thilo sollte wissen, wann er dich abzuholen hat.«

Katrin nahm das Handy entgegen und verschwand damit die Treppe hinunter in die Wohnung.

»Aha, wir sollen das Liebesgesäusel nicht hören«, stellte Natascha zufrieden fest. »Gutes Zeichen. In den letzten Tagen dachte ich schon, die zwei sind von den Ereignissen langsam so zermürbt, dass sie sich trennen.«

»Ein glücklicher Start sieht tatsächlich anders aus«, gab Pippa zu.

Ihr Gegenüber nickte, während sie ein paar alte Spitzenhauben, einen Plastron und zwei Gehröcke auspackte, die für die Kerb genutzt werden konnten. »Ich muss immer wieder an die Warnung denken, die Gisbert wenige Stunden vor seinem Tod an uns alle richtete.« Sie setzte sich auf den Dielenboden und schloss die Augen, als könnte sie sich so besser an die Szene erinnern. »Jeder, der nicht mithelfe, Lieblich wieder auf den Weg des Wohlstandes zu bringen, sagte er, habe mit Konsequenzen zu rechnen.«

»Was für Konsequenzen hat er gemeint? Hat er das näher ausgeführt?«

»Ich weiß nicht, was er gemeint hat, aber ich glaube, dass jemand ihm noch in der Nacht gezeigt hat, wie es aussieht, wenn diese Konsequenzen mit Gegenargumenten kollidieren.«

»Auf so tödliche Weise?«

»Auf ebenso tödliche Art und Weise wie damals bei Tacitus Schnapphahn und seiner Bande.«

Pippa setzte sich neben Natascha. »Du siehst Parallelen?«

»Leider.« Natascha horchte hinüber zur Tür des Speichers, aber von Kati war nichts zu hören. »Kati und Thilo wollen heiraten, richtig? Und das passt einigen Leuten nicht«, begann sie im Flüsterton. »Genauso war es auch bei Tacitus Schnapphahn und der Tochter der damaligen Wirtin des ›verlorenen Schatzes‹.«

»Der damals noch ›Der Lieblichen Wirtin‹ hieß«, warf Pippa ein.

»Ganz genau. Es war abgesprochen, dass es nur noch einen einzigen Schmuggelzug geben sollte – dann wollte Tacitus seine Bande auflösen. Das Ende des Freistaates Flaschenhals zeichnete sich ab, und er hatte den Wunsch, mit der neuen Zeit ein ehrliches und friedliches Leben zu beginnen. Die damalige Wirtin hatte für den Tag der Hochzeit die Übergabe ihres Gasthofes an die junge Generation geplant.«

»Klingt doch vernünftig.«

»Ja, aber irgendwer wusste das zu verhindern. Die meisten Mitglieder der Bande starben, bis auf die Vorfahren der Passenheimers, der Lehmanns, der Berlingers und des damaligen Besitzers der Plappermühle, dem damals auch die Wisperweide gehörte. Die waren entweder nur verletzt oder kamen mit dem Schrecken davon.«

»Wollte derjenige Tacitus' Tod, um sich selbst an die Spitze der Schmuggler setzen zu können, oder wollte er sicherstellen, dass die Bande nicht einfach aufgelöst wird und straffrei ausgeht? Stand er auf der Seite der Diebe oder auf der Seite der Ordnungshüter?«

»Nichts von beidem. Ich denke, er wollte schlicht verhindern, dass Tacitus und seine Geliebte heiraten, weil er die Braut für sich selber wollte.« Sie klappte den Deckel der Truhe zu und zeigte auf den Eintrag. »Das ist ihm auch gelungen. Amanda, die gemeinsam mit Tacitus Schnapphahn das Wirtshaus führen wollte, wurde schon drei Wochen später die Ehefrau des Barbiers.«

Kapitel 16

Auf halbem Weg von Natascha Kleins Salon zu Lilos Wisperweide blieb Pippa auf der Anhöhe hinter der Kirche stehen und staunte. Von hier aus bot sich ein beeindruckendes Panorama. Wie ein Idyll aus bunten Steinhäusern lag Lieblich ihr zu Füßen, eingefasst von Wiesen und Wäldern in üppigem Grün. Dahinter erstreckten sich bewaldete Hügel, die bis zum Horizont immer dunkler zu werden schienen, bis sie in der Ferne blauschwarz schimmerten. Eine Gabelweihe rüttelte hoch über der Wiese, eine Beute im Visier. Das Klopfen eines Spechtes drang aus dem Wald herüber, und der Geruch von Heu stieg ihr in die Nase.

Ich bin in einem Bilderbuch aus dem letzten Jahrhundert gelandet, dachte sie. Wenn ich es nicht wüsste, würde ich niemals glauben, dass ich mich hier inmitten einer der bevölkerungsreichsten Regionen Europas befinde.

Auch in Berlin gab es ländliche Gebiete, die man in einer Metropole nicht vermutete, dennoch blieb die Großstadt immer gegenwärtig. Auf den Garteninseln in der nördlichen Havel, wo Karins Familie ein Wochenendhaus besaß, hatte sich eine Kleingartenidylle herausgebildet, in die Pippa sich bei komplizierten Übersetzungsaufträgen gerne zurückzog, um ungestört arbeiten zu können. Aber selbst von Schreberwerder aus war es nur ein Katzensprung in die Kaufhäuser oder ins Nachtleben. Lieblich hingegen gab ihr nicht nur das

Gefühl, hinter den sieben Bergen bei geschäftigen Zwergen zu wohnen, sondern ließ die globalisierte Außenwelt geradezu unwirklich erscheinen. Dass in diesem Moment in Mainz Studenten ihrer Universität zustrebten oder auf Frankfurts Flughafen Tausende von Passagieren starteten und landeten, kam ihr bei diesem Ausblick ebenso irreal vor wie die Tatsache, dass Hans Neuner schwer verletzt in einem Wiesbadener Krankenhaus lag.

Bevor sie ihren Weg fortsetzte, drehte Pippa sich einmal um die eigene Achse, um die gesamte Umgebung in sich aufzunehmen, und sah dabei, wie Kornelius Michel im Sturmschritt auf das Gatter einer Weide zuschritt und es mit einem gekonnten Sprung bewältigte, statt es zu öffnen.

Der hat es aber eilig, dachte sie, als er auf der anderen Seite des Zauns zu laufen begann. Bei genauerem Hinsehen entdeckte sie Evelines Schäferwagen, der halb versteckt unter einer Baumgruppe im Schatten stand, wo auch Schafe vor der Hitze Schutz gesucht hatten. Da Wind aufkam, der selbst in Pippas Nase verdächtig nach Regen roch, wurden Pfarrer Michels Rufe auch ihr zugetragen. »Eveline, Eveline, bist du da? Ich weiß, heute war nicht abgesprochen, aber ich brauche dich dringend! Eveline!«

Und wieder wird ihr ein nicht eingeplanter Zusatzjob aufgebürdet, vermutete Pippa. Dieser Frau rennt die Arbeit buchstäblich nach. Als sich die Holztür öffnete und Eveline den Pfarrer zu sich hereinbat, winkte Pippa der Schäferin, die ihr sofort Zeichen machte, ebenfalls herüberzukommen. Pippa legte die Hände wie einen Trichter an den Mund: »Wir sehen uns auf der Wisperweide.«

»Ich komme gegen Abend vorbei!«, rief Eveline zurück. »Wir können die Tagesabrechnung für den Hofladen gemeinsam durchgehen.«

Pippa hob den Daumen und ging dann weiter bis zu einer Bank, um dort einen Blick auf die Wahlunterlagen zu werfen. Als sie sich setzte, bemerkte sie an der Rückenlehne ein Stifterschild aus Messing. »Leben sollte sein wie diese Bank«, las sie, »am selbstgewählten Platz, mit einer bunten Welt zu Füßen. Eure Elsie Kraft.« Diesen Ruheplatz hatte Lilos Tante, der Wahl des Familiennamens nach zu urteilen, noch vor ihrer Eheschließung gestiftet. Die Bank auf dem Dorfanger hatte Rüdiger Lehmann bezahlt, der Hochsitz war von Kati und Bodo aufgestellt worden. Gab es noch mehr freigiebige Bürger im Ort? Vielleicht konnte man daraus erkennen, wem das Wohl Lieblichs besonders am Herzen lag – oder wer sich der Dankbarkeit seiner Bewohner versichern wollte? Sie holte ihr Handy aus der Tasche, um bei Natascha nachzufragen, als sie Regina Winterling den Berg heraufschnaufen sah. Unwillkürlich blickte Pippa auf die Uhr. Diese unglaubliche Frau hatte tatsächlich die letzten zwei Stunden im Dauerlauf verbracht. Besser sie als ich, dachte Pippa.

Die Unterhändlerin warf sich neben ihr auf die Bank und zog sich die Kopfhörerstöpsel ihres Smartphones aus den Ohren. »Das letzte Stück hier herauf schafft mich jedes Mal«, stieß sie atemlos hervor. »Ich muss unbedingt intensiver an meiner Kondition arbeiten. Mögen Sie heute Abend oder morgen mal mitkommen?«

Pippa hob abwehrend die Hände. »Danke, nein, bei dieser Hitze widme ich mich lieber der einzigen Disziplin, in der ich in der Champions League mitspielen könnte: Powerlesen. Und selbst dafür habe ich bisher kaum Zeit gefunden.« Sie zeigte auf ihr Mobiltelefon. »Ich wollte gerade Natascha Klein anrufen, um zu erfahren, ob alle Bänke rund um Lieblich von jemandem gestiftet wurden«, sagte sie wie zur Entschuldigung. »Und ob sie so schöne Widmungen tragen wie diese hier.«

Regina Winterling machte eine wegwerfende Handbewegung. »Dafür brauchen Sie Frau Klein nicht zu bemühen, das kann ich Ihnen sagen. Die *UCFC* hat sämtliche Bänke abtransportieren lassen. Sie waren alle dermaßen altersschwach, da haben wir es als eine Selbstverständlichkeit angesehen, dem damaligen Ortsvorsteher unter die Arme zu greifen und neue zu ordern.« Sie legte einen Zeigefinger an die Stirn, als müsste sie überlegen. »Ich glaube, wir haben insgesamt zehn Ruhebänke im gesamten Waldgebiet, auf den Feldern und Wiesen verteilt. Überall dort, wo man guten Ausblick auf unsere zukünftigen Rebflächen haben wird. Wir wollten unseren Zusammenhalt mit dem Dorf demonstrieren und gleichzeitig verdeutlichen, dass wir nichts zu verbergen haben. Im Gegenteil, wir halten jeglicher Beobachtung stand und sind über jeden froh, der begreift, wie gut meine Firma es mit Lieblich meint.«

Regina Winterlings Pulsuhr begann zu piepsen. Sie erhob sich sofort. »Meine Pause ist leider beendet«, sagte sie und begann, vor Pippa auf und ab zu laufen. »Schön, miteinander geplaudert zu haben. Wir sollten unsere Gespräche unbedingt weiterführen. Ich denke, wir haben einander einiges zu sagen.« Dann hob sie die Hand zum Gruß und lief los. »Man sieht sich!«, rief sie über die Schulter zurück. »Zwangsläufig.«

Pippas Wunsch, in die Wahlunterlagen zu schauen, war verflogen. Sie entschied sich, schnell zur Wisperweide zu gehen, damit Lilo rechtzeitig zum Beginn der Besuchszeit ins Krankenhaus kam. Schon von Weitem konnte sie erkennen, wie die Bäuerin geschäftig auf dem Hof hin und her lief. Sie hob hier etwas an, stellte dort etwas um, als wollte sie ihrer Aufregung etwas zu tun geben. Als Pippa eintraf, klebte sie gerade ein Plakat an den Hofladen, das für die nächsten Tage eingeschränkte Öffnungszeiten verkündete. »Ich habe auch eine Liste geschrieben, was es alles im Laufe des Nachmittages für dich zu tun gibt, Pippa«, sagte Lilo nach der Begrüßung und klang unglücklich. »Aber so durcheinander, wie ich bin, kann es gut sein, dass ich etwas Wichtiges vergessen habe.«

»Kein Problem. Dann frage ich einfach Franz.«

Lilo sah sie zweifelnd an. »Aus dem ist im Moment kein Wort herauszubekommen. Erst hat er wie ein Wasserfall geredet und tausendmal beteuert, dass weder er noch Hans etwas mit dem Einsturz des Schieferstollens zu tun hätte. Aber seit ich laut überlegt habe, ob ich Tante Elsie bitten soll, nach Hause zu kommen, starrt er Löcher in die Luft und ist für niemanden mehr erreichbar.«

»Kannst du deine Tante denn herbeordern? Geht das so leicht?«

»Klar geht das!« Wider Erwarten grinste die Bäuerin. »Sie muss nur ihrer Angestellten die Verantwortung für ihre Katzenpension aufhalsen und sich in ihr Auto setzen, dann ist sie in etwas mehr als einer Stunde hier.«

Pippa sah sie mit offenem Mund an. »Sie lebt hier in der Nähe?«

»Kommt darauf an, wie man das sieht«, führte Lilo genüsslich aus. »Für einen normalen Menschen sind Rheinhessen und der Rheingau benachbarte Regionen, nur durch den Rhein getrennt. Für die Bewohner der beiden Gebiete ist das jeweils andere Rheinufer die *eebsch Seit*, die falsche Seite, die man niemals betreten würde. Überall auf der Welt wäre meine Tante Gefahr gelaufen, von einem Lieblichen entdeckt zu werden. Tokio, Schanghai, Istanbul, da kommt man ja mal hin. Aber Rheinhessen?«

Pippa lachte. »Auch Berlin und Spandau spielen dieses alte Spiel, aber es ist nicht ernst gemeint … meistens jedenfalls. Ist das hier anders?«

»Versuch mal, das aus Franz herauszubekommen – allerdings ohne ihm zu sagen, warum du danach fragst. Dann habt ihr gleich ein unverfängliches Gesprächsthema.« Bei diesen Worten versuchte Lilo, den Autoschlüssel in das Schloss ihres alten Pick-ups zu stecken. Es gelang ihr erst im dritten Anlauf, was deutlich verriet, wie aufgewühlt sie war und welche Anstrengung es sie kosten musste, nach außen ruhig zu wirken. »Du kannst mich jederzeit erreichen, wenn du eine Frage hast, Pippa. Schick mir einfach eine kurze Nachricht. Auch Eveline kann dir, was den Betrieb angeht, so gut wie alles beantworten.«

»Ich bin sicher, Franz und ich werden den Laden schon schmeißen«, beruhigte Pippa die junge Frau, auch wenn sie sich dessen alles andere als sicher war. »Ich halte hier die Stellung, bis du zurück bist. Los, ab mit dir.«

»Eins noch: Kannst du bitte versuchen, Franz zum Essen zu bewegen? Seit seiner Rückkehr aus dem Krankenhaus hat er alles verweigert. Vielleicht gelingt es dir ja leichter als mir.«

Pippa versprach, alles daranzusetzen, ihm noch etwas Nahrhafteres als Schmerztabletten einzuflößen, und sah dann dem Wagen nach, bis er nach einer Kurve im Wald verschwand.

Mit einem Seufzer betrat Pippa das Haupthaus der Wisperweide und fragte sich, wie sie ihren wichtigsten Auftrag erledigen konnte, wenn selbst die eigene Nichte es nicht schaffte, zu Franz durchzudringen. Sie ging durch den angenehm kühlen Eingangsbereich des alten Bauernhauses. Alles in dem abgedunkelten Flur atmete Sauberkeit und Frische, und sie wunderte sich, wie Lilo neben all der anderen Arbeit Zeit fand, das große Bauernhaus so blitzsauber zu halten. Vor der Tür zur Wohnstube zögerte sie einen Moment, dann drückte sie die Klinke und wappnete sich für den Dienst an Franz Neuners Krankenlager.

Lilos Onkel lag bleich in den Kissen des ausladenden Sofas, das geschiente Bein auf ein Keilkissen gebettet, und starrte unverwandt an die Decke.

»Kann ich Ihnen etwas bringen?«, fragte Pippa. »Tee, Kaffee, Saft, etwas zu essen? Lilo sagte, Sie haben seit gestern nichts mehr angerührt. Das sollten Sie aber, schon allein wegen der Tabletten, die Sie heute noch einnehmen müssen.«

Ihr Patient fixierte ungerührt einen imaginären Punkt über sich, als wäre sie gar nicht da. Pippa stellte sich neben das Sofa, legte den Kopf in den Nacken und tat, als wollte sie herausfinden, was die Zimmerdecke so Interessantes zu bieten hatte, konnte aber auch damit Franz nicht aus der Reserve locken.

Lilo hat recht, dachte Pippa, der Mann ist völlig abwesend, so sehr bekümmert ihn der schlechte Gesundheitszustand seines Bruders. Sie stellte sich vor, wie es in ihr aussähe, falls Freddy auf der Intensivstation läge – und verspürte umgehend einen Kloß im Hals und erhöhten Pulsschlag. Ganz gleich, wie die Neuner-Brüder sich normalerweise gebärdeten, sie empfand Mitgefühl und verwarf ihren Plan, Franz über den gestrigen Tag auszufragen. Stattdessen eilte sie in die Küche, suchte in den Schubladen nach Papier und Stift und schrieb eine provisorische Speisekarte, die sie Franz direkt vor die Augen hielt.

»Unsere Spargelcremesuppe«, sagte sie, als befänden sie sich in einem erstklassigen Restaurant, »ist durch ihren Hauch von Muskat ein echter Muntermacher. Sollten Sie von der stimmungsaufhellenden Wirkung dieser delikaten Nuss mehr wünschen, so reibe ich Ihnen gerne eine kräftige Prise direkt auf die Zunge.« Sie tippte auf die zweite Position ihrer improvisierten Speisekarte. »Ich kann Ihnen auch unseren Lammbraten empfehlen. Lilo hat davon sogar eine Portion mit ins Krankenhaus genommen, um Ihren Bruder zum Essen zu animieren. Ich finde, Sie sollten ihm in nichts nachstehen.«

Franz schloss sekundenlang die Augen, und Pippa sah, dass seine Wangenknochen arbeiteten.

»Für das Dessert könnte ich Uschi Findeisen anrufen und sie um einen Streifen ihres legendären Bienenstichs bitten. Ich gebe zu, ich wäre selbst nicht abgeneigt, diese Legende endlich probieren zu dürfen«, setzte Pippa noch eins drauf. Doch sie hatte Franz' Aufmerksamkeit bereits wieder verloren. Auch die mundgerecht zurechtgeschnittenen Apfelspalten verfehlten ihre Wirkung. Nicht einmal, als unvermittelt die Hofklingel schellte und anzeigte, dass sich Kunden im Bioladen eingefunden hatten, schien Franz Neuner von seiner Umgebung Notiz zu nehmen. Als Pippa vom Verkauf von Eiern, Mettwurst und eingelegten Gurken zurückkehrte, lag er noch immer genauso da, wie sie ihn verlassen hatte.

»Gut«, sagte sie. »Wenn leibliche Nahrung nicht fruchtet, versuchen wir es mal mit geistiger.« Sie zog sich einen Sessel neben das Sofa und nahm Orwells Buch zur Hand. »Dieser Roman ist auch in einem Bauernhaus geschrieben worden, wussten Sie das? In noch größerer Einsamkeit, als die Wisperweide sie bietet. George Orwell hat sich für sein berühmtes Werk auf der entlegenen schottischen Insel Jura ein Haus namens Barnhill gemietet, das sogar vom nächsten Nachbarn aus nur schwer zu erreichen ist. Bis heute endet die einzige öffentliche Straße meilenweit vor seinem damaligen Refugium. Vor den Fenstern sieht man nichts als Wald, Schafswiesen, Felsen und Wasser, Wasser, Wasser. Eine wahrlich inspirierende Welt.« Pippa kniff die Augen zusammen und versuchte, sich zurückzuerinnern. »Ich bin als Jugendliche mit meinen Eltern mit dem Boot dort vorbeigeschippert und habe mich gefragt, wie Orwell es geschafft hat, sich ausgerechnet an diesem beschaulichen Ort einen so beklemmenden Roman auszudenken.« Während sie von dem Urlaub erzählte und dem daraus entstandenen Wunsch, *1984* zu lesen, beobachtete sie Franz genau und bekam den Eindruck, dass sich sein Körper entspannte. »Ich war damals knappe sechzehn Jahre alt und beim Anblick dieses verwunschenen Ortes ärgerte ich mich, Orwells Text während der Schullektüre nicht genügend Aufmerksamkeit geschenkt zu haben.« Sie lachte leise. »Meine Eltern haben nicht schlecht gestaunt, als ich darauf bestand, ausgerechnet auf Jura die Originalversion zu erstehen. Danach war ich tagelang in dieses Buch versunken. Seitdem glaube ich, dass Landschaften nicht nur zum Schreiben, sondern auch zum Lesen animieren. Was meinen Sie?« Täuschte sie sich, oder brummte Franz gerade so etwas wie Zustimmung? Vielleicht war dieser Roman der Schlüssel, der sein Interesse an Unterhaltung wieder aufwecken konnte. Sie schlug *1984* auf der ersten Seite auf und begann vorzulesen: »*Es war ein klarer, kalter Tag im April, und die Uhren schlugen gerade dreizehn …*« Während sie Seite für Seite vortrug, nahm sie aus dem Augenwinkel wahr, wie sich Franz' Brustkorb immer schneller hob und senkte und er mehrmals schlucken musste. »*Das Ministerium für Liebe war das furchterregendste von allen*«, las sie. »*Es hatte überhaupt keine Fenster.*«

»Ich kenne das Buch. Ich lese viel. Wenn man es genau nimmt, mache ich kaum etwas anderes, seit ich nicht mehr tanze«, sagte Franz Neuner unvermittelt. »*1984* gehört zu den Büchern, die ich immer wieder zur Hand nehme. Auch wenn es vordergründig nicht so aussieht: Es ist ein Buch über Liebe, Liebe für andere und für sich selbst. Und über den Verrat an dieser Liebe.« Er machte eine auffordernde Handbewegung. »Lesen Sie mal die letzten beiden Sätze.«

Verwundert blätterte Pippa bis zur letzten Seite und las laut: »*Er hatte den Sieg über sich selbst errungen. Er liebte den Großen Bruder.*«

»Den Sieg über sich selbst zu erringen, ist der einfache Teil«, sagte Franz Neuner mit erstaunlich fester Stimme, sah dabei aber weiter unverwandt die Zimmerdecke an. »Es ist wie aufgeben, wie innerliches Sterben. Passiert unweigerlich, wenn man nicht den Mut hat, für seine Liebe und sein Leben einzustehen.« Er schloss die Augen, bevor er fortfuhr: »Den großen Bruder zu lieben, der diesem innerlichen Sterben in aller Ruhe zusieht und sich dabei alles nimmt, was einem wert und teuer ist, ist viel, viel schwerer.« Franz Neuner wandte sich Pippa zu und sah sie ernst an. »Es will mir nicht gelingen.«

Pippa ließ das Buch in den Schoß sinken und wartete, ob Franz weiterredete. Ihr Gegenüber hatte sachlich gesprochen, so, als wären diese Feststellungen eine altbekannte Tatsache, vor der er vor langer Zeit resigniert hatte. Elsie hätte sich damals für Franz entscheiden sollen, rekapitulierte Pippa Bodos Einschätzung, dann hätte sich manches anders entwickelt. Wäre Elsie dann nicht von der Wisperweide geflüchtet?

»Es muss sehr schmerzhaft für Sie gewesen sein, dass Elsie Kraft sich nicht für Sie, sondern für Ihren Bruder entschieden hat, besonders weil Sie das Glück der beiden täglich vor Augen hatten«, vermutete Pippa.

Hatte Franz eben noch in sich gekehrt und teilnahmslos dagelegen, so wurde sein Blick bei der Erwähnung Elsies sanft und zärtlich.

»Elsie wusste immer am besten, was gut für sie war. Aber jeder macht mal einen Fehler, und Hans kann sehr überzeugend sein, sehr überzeugend«, sagte er leise. »Ich rechne ihr hoch an, dass sie mich nicht weggeschickt hat und ich weiter auf der Wisperweide und in ihrer Nähe leben durfte.«

»Aber dann verließ sie den Hof ...«

Franz sah neben sich auf den Boden, und Pippa gewann den Eindruck, dass er die Bodenfliesen zählte, um so Struktur in seine Gedankenwelt zu bringen. Als sie schon nicht mehr mit einer Antwort rechnete, sagte er leise: »Mit der Schuld kann ich nur sehr schwer leben.«

Pippa zog die Stirn in Falten. »Daran tragen Sie keine Schuld. Es ist Elsie Neuners Entscheidung gewesen. Sie ist aus freien Stücken gegangen.«

Franz zögerte. »Ja, so haben wir es nach außen hin verkauft. Die Leute haben sich natürlich den Mund zerrissen. Was ist das für eine Ehefrau, hieß es, die einfach abhaut und Lilo die Verantwortung für ihr Hab und Gut«, er lachte unfroh, »und zwei faule Trottel überlässt.« Er verzog den Mund. »Hans wird seither von allen bedauert. Völlig unberechtigt, glauben Sie mir. Trotzdem habe ich Elsie nie verteidigt. Ich habe die Leute reden lassen. Besonders am Stammtisch fehlte mir der Mut. Auch da habe ich versagt.«

Pippa spürte die tiefe Traurigkeit des Mannes und ließ ihm Zeit. Während sie tat, als ob sie still für sich weiterläse, überlegte sie, wie er seine letzten Worte wohl gemeint hatte. Sie entschied sich, ihn offen danach zu fragen, sah vom Buch auf und erschrak. Franz weinte. Sie ließ ihre Lektüre fallen, setzte sich auf die Sofakante und legte den Arm um ihn. Zunächst lehnte Franz sich etwas unbeholfen an sie, dann ließ er sich erschöpft in ihre Arme fallen.

Eine Weile saßen sie wortlos da, dann flüsterte Franz: »Ich wusste damals nicht, was ich tun sollte, und ich weiß es heute nicht. Ich kann doch nicht gegen meinen Bruder aussagen! Das tut man nicht. Besonders dann nicht, wenn man dieselbe Frau liebt. Das würde so aussehen, als ob man sich nur auf die andere Seite schlägt, um selbst an den Schatz zu kommen.« Er seufzte. »Aber ich kann doch auch nicht ewig so tun, als wäre Elsie eine Frau, die wegläuft, um ihr Leben zu genießen, während andere für sie schuften.«

»Es ist nicht leicht mit der Loyalität«, stimmte Pippa ihm zu. »Sie ist nicht teilbar.« Dann drückte sie ihren Patienten sanft in seine Kissen zurück und suchte im Schrank nach einem Taschentuch. Als sie es ihm reichte, sagte sie: »Verstehe ich Ihre Andeutungen richtig? Hat Hans seine Frau aus dem Haus getrieben?«

Franz schnäuzte sich vernehmlich. »Hans hatte sich oft nicht in der Gewalt. Nach einer Auseinandersetzung über den vermaledeiten Schatz der Schnapphahnbande ... hat er ...« Er unterbrach sich und schluckte schwer. »Er hat Elsie geschlagen. Und da hat sie alles stehen und liegen lassen und ist gegangen. Sie will erst wiederkommen, wenn er weg ist.« Er seufzte tief. »Auf den Tag habe ich gewartet und gewartet und gewartet. Aber Hans kennt keine Scham, der bleibt einfach und setzt Elsie lieber vor aller Welt ins Unrecht.« Franz sah Pippa mit einer Verzweiflung an, die ihr wehtat. »Hans ist wütend auf Elsie, weil sie so konsequent ist. Er versteht nicht, dass die Situation auf der Wisperweide, wäre sie geblieben, früher oder später eskaliert wäre. Ich hätte mich nicht ewig zurückgehalten. Jedenfalls hoffe ich das.« Er schwieg einen Moment. »Wider besseres Wissen plant er nun, seine eigene Frau für tot erklären zu lassen.«

»Er weiß, dass sie lebt, und tut es trotzdem?« Pippa glaubte, ihren Ohren nicht zu trauen.

»Entweder zwingt er sie auf diese Weise zur Rückkehr, oder er macht, wenn sie fortbleibt, einen Reibach durch den Verkauf von Haus und Hof. Hans ist in jedem Fall der Gewinner.« Franz schüttelte angewidert den Kopf. »Obendrein stößt er bei all dem auch noch Lilo vor den Kopf. Und das, nachdem sie jahrelang für uns gesorgt hat und jetzt verrückt ist vor Angst, er könnte durch den Unfall bleibende Schäden davontragen.«

Pippa musste an sich halten, ihm die Sorge um den Hof nicht zu nehmen, indem sie ihm die wahren Besitzverhältnisse verriet. Sie atmete auf, als Franz weitersprach. »Hans hat Elsie und Lilo nicht verdient. Aber ich auch nicht. Ich bin ein Feigling. Ein erbärmlicher Feigling.« Franz Neuner fuhr sich mit der Hand über die Augen. »Nein, ich kann meinen großen Bruder nicht lieben. Ich hasse Hans. Wer immer gestern versucht hat, uns umzubringen, ich bedauere, dass er keinen Erfolg hatte.«

Kapitel 17

Die Klingel des Hofladens störte das Gespräch zwischen Franz und Pippa erneut, aber ihrem Patienten schien die Unterbrechung willkommen zu sein: »Gehen Sie nur, ich habe ohnehin schon zu viel gesagt. Ich brauche eine Pause.«

Pippa hob das Buch vom Boden auf und legte es ihm sanft auf den Schoß, dann ging sie in den Verkaufsraum und wog Möhren und Kartoffeln ab.

Wie machen Lilo und Uschi das nur?, fragte sie sich, während sie bediente. Ganz gleich, wie es ihnen geht, ihre Betriebe halten sie am Laufen. Ich bin schon nach dem Gespräch mit Franz mit meinen Gedanken ganz woanders und funktioniere nach außen bloß noch auf Autopilot. Während sie die Regale für Marmelade, Honig und Chutneys wieder auffüllte, überlegte sie: Es musste schwer für Lilo gewesen sein, wenn die ältere Generation des Dorfes schlecht über ihre Tante redete. Immerhin wusste sie Frauen wie Eveline hinter sich, aber wog es das auf? War man nicht versucht, irgendwann mit der Faust auf den Tisch zu schlagen und die Wahrheit zu sagen? Aber dann wäre Lilo Gefahr gelaufen, Elsies Aufenthaltsort zu verraten, und diese Information wäre ganz sicher über Umwege auch an Hans geraten.

Pippa begrüßte die nächsten Kunden und beantwortete die unweigerlichen Fragen zum Gesundheitszustand der Neuner-Brüder ebenso freundlich, wie sie Eier abzählte und

Milchkannen füllte. Insgeheim wünschte sie dabei aber jeden neuen Kunden zum Mond. Sie hatte gerade einer jungen Frau aus Espenschied Honig aus Thilos Imkerei und Schafskäse aus Evelines Fertigung verkauft, als sie einen Verkaufswagen auf den Hof rollen sah. *Findeisens frische Fische – mehr als Meer ...* stand auf der Seite. Sie verabschiedete ihre letzte Kundin und ging dann freudig auf den Wagen zu. Bevor sie Ursula Findeisen begrüßen konnte, sprang Jo-Jo bereits vom Sitz und hüpfte vor Freude auf und nieder, als wären sie beide schon seit Ewigkeiten Freunde.

»Jo-Jo macht seinem Namen alle Ehre«, stellte Pippa fest und versuchte, den kleinen Hund einzufangen, während seine Besitzerin aus dem Führerhaus stieg. Sie überreichte Pippa ein in Konditoreipapier gewickeltes Paket.

»Eine Kleinigkeit fürs Wohlbefinden von Patient und Pflegerin«, sagte sie. »Den habe ich vor den hungrigen Mäulern meiner Montagstour gerettet.«

»Sag, dass es dein berühmter Bienenstich ist«, bat Pippa und riss das Papier ein Stückchen auf. Sofort stieg ihr der Geruch von Mandeln und Bourbonvanille in die Nase. Beim Anblick des riesigen Stückes, von dem mindestens vier Personen satt werden konnten, fragte sie mit unschuldigem Augenaufschlag: »Und für Franz hast du nichts mitgebracht? Soll der arme Mann denn zusehen, wie ich das hier verschlinge?«

»Du könntest ihm die Kalorien abgeben«, schlug Uschi gut gelaunt vor. »Franz ist für meinen Geschmack ohnehin zu dünn.«

Pippa lachte und fragte dann: »Magst du mit hineinkommen und ihn begrüßen? Er kann eine Aufmunterung gebrauchen.«

Während Pippa in der Küche Kaffee aufbrühte und ein Tablett mit allem bestückte, was für ein Plauderstündchen nötig war, lief Jo-Jo aufgeregt hin und her, schnüffelte hier und schnüffelte dort. »Wie lebt sich der Kleine ein?«, fragte Pippa.

»Hervorragend, wenn man bedenkt, was er alles hinter sich hat«, sagte Ursula Findeisen. »Aber er lässt mich keine Sekunde aus den Augen, so als hätte er Angst, ich könnte weggehen und nicht wiederkommen. Sobald ich mich dem Auto nähere, will er unbedingt mit. Deshalb habe ich ihn auch mit auf die Montagstour genommen. Er hat in jedem Ort brav gewartet, bis ich die Verkaufsluke des Wagens geschlossen hatte, und danach jedes Mal einen Erkundungsgang verlangt. Meine Rundreise dauert so zwar doppelt so lange, aber sie macht viel mehr Spaß. Bis zu meiner nächsten Tour am Mittwoch werde ich einen Aushang schreiben müssen, dass sich meine Ankunftszeiten in Zukunft drastisch verschieben, denn ohne ihn will ich nicht mehr sein. Die Frage ist also weniger, wie lebt er sich ein, als wie ich bisher ohne ihn existieren konnte.«

»Dann ist der Beifahrersitz also in Zukunft belegt?«

»Jo-Jo hat es sich im Fußraum bequem gemacht, du kannst also gerne mitfahren. Ich würde dich Mittwoch gegen vierzehn Uhr an der Mühle abholen.«

»Prima, dann sehe ich ein wenig von der Gegend und wir können vorher gleich deine Honigvorräte aufstocken. Thilo sagte, du holst einmal in der Woche Nachschub.«

»Honig, das ist das Stichwort.« Ursula Findeisen hüstelte verlegen. »Ich wollte heute Morgen Thilos letzte Forderung begleichen und kann sie nicht finden. Ich bin sonst eine wirklich penible Buchhalterin, aber wo ich diese Rechnung hingelegt habe, ist mir völlig schleierhaft. Würdest du für mich in seinen Unterlagen nachschauen, wie viel ich zu bezahlen habe, oder Kati bitten, das zu erledigen?«

Pippa machte eine wegwerfende Handbewegung. »Kein

Problem. Ich sehe Kati morgen im Wahllokal, dann frage ich sie, wo die Rechnungen liegen, und ziehe dir eine Kopie.«

Auf dem Weg in die Wohnstube und zu Franz sagte Pippa: »Ich freue mich, dass du im Festkomitee mitmachst, obwohl Rüdiger dabei ist. Wir werden bestimmt jede Menge Spaß haben. Die Treffen sollen in der Plappermühle stattfinden, deshalb jetzt schon mal die eindringliche Bitte: Bring jedes Mal Jo-Jo mit – und deinen wunderbaren Bienenstich.«

Während Ursula Findeisen sich mit Franz unterhielt und ihm dabei mit mehr oder weniger sanftem Druck häppchenweise Bienenstich fütterte, sah Pippa die Wahlunterlagen zur Entscheidung für oder gegen die Versuchsfelder durch. Max Passenheimer und Nico mussten eine Nachtschicht eingelegt haben, um die Pläne, die beim Sonntagssingen verkündet worden waren, nicht nur in Schriftform zu bringen, sondern auch ins Internet zu stellen.

»Wie haben die zwei das alles an einem Tag umgesetzt? Als ich Nico heute sah, wirkte er überhaupt nicht müde auf mich, obwohl er mit absoluter Sicherheit nicht mehr als eine Mütze Schlaf bekommen haben kann«, überlegte sie laut. »Wenn mein Patensohn Sven eine gravierende Änderung auf meiner Homepage ausführen soll, dann legt er erst mal die Stirn in Falten, knetet seine Hände und seufzt. Danach versinkt er tagelang in seiner eigenen Gedankenwelt, tippt, rechnet und hebt jedes Mal abwehrend die Hand, wenn jemand ihn mit der realen Welt konfrontieren will. Auf jeden Fall ist er noch nie über Nacht fertig geworden.«

Ursula drehte sich zu ihr und setzte ein triumphierendes Lächeln auf: »Nico ist eben ein Genie und Max Passenheimer sein ausgebuffter Lehrer. Den beiden macht in Sachen Computer niemand etwas vor.«

Trotzdem, dachte Pippa, das Ganze ging verdächtig

schnell. Würde mich gar nicht wundern, wenn die beiden nicht nur die Idee zu dieser Abstimmung, sondern auch schon die Logistik auf Halde gehabt hätten. Allein für die Texte hätte ich mehr Zeit benötigt als die beiden für die gesamte Ausführung. Auf jeden Fall mehr als eine schlaflose Nacht.

Sie vertiefte sich in die Wahlregeln, nach denen sich jeder Wähler bis Dienstagabend achtzehn Uhr entweder bei Natascha einfinden oder seine Stimme elektronisch abgeben musste. Im Salon hatte man sich in eine Namensliste einzutragen, online schloss die Eingabe des Namens und der Personalausweisnummer den Wahlzettel auf und verhinderte nach Abschluss gleichzeitig jeden weiteren Zugriff auf das Programm. Wer aufgrund jugendlichen Alters noch keinen Ausweis besaß, aber wählen durfte, musste den Gang an die physischen Wahlurnen antreten. Kranke oder anderweitig Verhinderte konnten dem Überbringer der Wahlunterlagen eine Vollmacht mitgeben, die zur Namensliste gelegt würde.

»Genau die Information habe ich gesucht«, erklärte Pippa. »Mit einer Vollmacht ausgestattet, kann ich morgen Ihren Wahlbrief gerne in die Urne werfen.« Sie reichte Franz Stift und Papier, aber der wehrte ab.

»Das Angebot kann ich nicht annehmen, dann müssen Sie ja bei mir bleiben, bis Lilo aus dem Krankenhaus zurück ist und die Entscheidung meines Bruders mitbringt.«

»Kein Problem, das hatte ich ohnehin vor. Sie werden mich heute so schnell nicht los«, versprach Pippa.

»Aber mich«, sagte Ursula und rief ihren Hund zu sich. »Ich komme morgen früh noch mal mit Bienenstichmedizin vorbei. Bei ihrem derzeitigen Pensum sollte Lilo unbedingt etwas gegen Unterzuckerung einnehmen.«

Als Pippa mit Ursula vor die Haustür trat, rollte ein Geländewagen in die Einfahrt und parkte mitten im Hof. Zwei

Männer stiegen aus, und Ursula pfiff durch die Zähne. »Wenn mich nicht alles täuscht, wird der Stammtisch vom harten Kern aus dem ›verlorenen Schatz‹ gerade in Lilos gute Stube verlegt.« Sie wandte sich an Pippa: »Im großen Glasschrank, ganz links, befindet sich die Bar. Am besten kippst du alles Vorhandene zusammen und gibst noch eine Prise Chili und einen guten Esslöffel Rizinus hinein, sonst wirst du Max und Arno nie wieder los.«

»Will ich das denn?«, fragte Pippa vorsichtig. »Ist doch sehr nett, dass die zwei ihren Kollegen besuchen, oder?«

Ursula überlegte einen Moment und antwortete dann so leise wie möglich: »Ich habe mich schon zu Gisberts Lebzeiten gefragt, ob ›Stammtischhocker‹ die richtige Bezeichnung für unsere Exemplare ist. Waffenbrüder wäre treffender – wobei die Waffen nicht selten auch mal gegeneinander gerichtet werden, wenn einer nicht in der Spur läuft. Erklärt das meine Skepsis?«

Pippa hielt es für zu gefährlich, zu antworten, denn Max Passenheimer half bereits seinem Großvater die wenigen Stufen zum Eingang hinauf und nickte den beiden Frauen zur Begrüßung zu. »Wir kommen zu Ihrer Entlastung, Frau Bolle. Solange wir hier sind, können Sie sich ausschließlich um den Hofladen und die Tiere kümmern.«

»Das ist sehr freundlich«, antwortete Pippa, obwohl der Satz eher wie ein Befehl als ein Angebot geklungen hatte. »Franz liegt im ...« Arno Passenheimer hob die Hand und schnitt damit ihren Hinweis auf Franz' Aufenthaltsort ab. »Wir kennen den Weg. Kranke liegen in Lieblich *immer* im Wohnzimmer, woanders ist nicht genug Platz für die Besucher«, erklärte er und sah dann Ursula Findeisen an. »Wie viel Bienenstich ist noch übrig? Oder gibt es noch einen anderen Grund, weshalb du hier bist?«

»Wir sind doch alle immer nur zum Besten der anderen

unterwegs, oder?«, schnappte Ursula und ging zu ihrem Verkaufswagen hinüber, während Jo-Jo sich vor Arno Passenheimer setzte, den Kopf schief legte und aussah, als würde er überlegen, ob er erst bellen oder gleich beißen sollte. Pippa griff ihn sich, um das Ergebnis der Entscheidung zu verhindern, und trug ihn zu Ursula Findeisens Auto.

»Was war das denn gerade?«, fragte sie, als die Passenheimers im Haus verschwanden.

Ursula seufzte. »Eines der harmloseren Scharmützel zwischen den Gralshütern des Andenkens Gisbert Findeisens und seiner unseligen Witwe, wie Arno es formulieren würde.«

»Und wie lautet deine Interpretation?«

»Stetes Misstrauen mündet in zivilisiertem Hass.« Ursula schüttelte den Kopf. »Leider weiß ich nicht, womit ich mir den verdient habe, deshalb kann ich daran auch nichts ändern.«

»Willst du das denn?«, fragte Pippa und registrierte, dass Ursula an diesem Tag schon die Zweite war, die von Hass sprach, eine Vokabel, die ihr nicht in die so friedlich wirkende Umgebung Lieblichs zu passen schien.

Ihr Gegenüber sah sie traurig an. »Ich habe nicht den Schimmer einer Ahnung. Ich weiß nur, dass die Wahrnehmung naher Verwandter untereinander nun mal in wesentlichen Facetten von dem Bild abweicht, das Freunde voneinander haben. Jedes Mal, wenn ich Arnos Eindruck von Gisbert mit dem Original in Einklang bringen will, hält er mich für eine Nestbeschmutzerin. Genau wie Rüdiger.« Ursula stieg ins Führerhaus ihres Wagens, und Jo-Jo hopste sofort hinterher. »So etwas passiert, wenn man mit der Wahrheit zu lange hinter dem Berg hält.« Sie streichelte den Hund, der sich glücklich an sie schmiegte, und sprach erst wieder, als er es sich nach einem Fingerzeig von ihr im Fußraum bequem gemacht hatte. »Ich bin selbst schuld. Wäre es mir nicht immer wichtiger gewesen, auf dem Revers unserer Ehe kein Staubkorn zuzulassen, würden jetzt viel mehr Leute verstehen, warum ich zwar trauere, aber nicht jammere.«

Sie will ihr Leben wieder in die eigenen Hände nehmen, genau wie Elsie, dachte Pippa, als Ursula die Fahrertür zuschlug. Aber wie Elsie kämpft sie gegen das Ansehen eines Ehemannes, der seinem guten Ruf in der Außenwelt in den eigenen vier Wänden nicht gewachsen war.

Zu weiteren Überlegungen blieb keine Zeit, denn mehrere Kunden verlangten nach Butter, Milch und Wurstwaren. Als sie endlich wieder in den Hausflur kam, hörte sie, wie sich Franz' Stimme vor Aufregung überschlug. »Sprengen?«, rief er aufgebracht. »Wir sollen den alten Schieferstollen selbst gesprengt haben? Wieso sollten wir so etwas tun? Obendrein, während wir noch drinnen waren? Wir sind doch nicht lebensmüde.«

»Dann erklär uns, wie der Stollen einfach so mir nichts, dir nichts einstürzen kann, nachdem er hundert Jahre lang jeder Erschütterung standgehalten hat. Na, irgendeine Vermutung?« Pippa konnte nicht erkennen, wer sprach, aber der Unmut in der Stimme des Sprechers war nicht zu überhören.

»Nein, ihr vielleicht?«, gab Franz die Frage in ebenso scharfem Tonfall zurück. »Gibt es da draußen jemanden, der Rüdiger, Hans oder mir den Schatz nicht gönnt und nachgeholfen hat? Unter all dem Geröll wird jetzt sicher kein Hinweis mehr auf die letzte Nacht der Schnapphahnbande zu finden sein.«

»Höre ich da eine unterschwellige Unterstellung?«, kam es schneidend zurück.

Unschlüssig, ob sie durch ihr Erscheinen der Unterhaltung ein Ende bereiten sollte oder nicht, stellte sich Pippa in den offenen Türspalt.

»Du hörst das aus dem Wald herausschallen, was du

selbst hineingerufen hast, Arno«, sagte Franz ehrlich entrüstet und machte damit klar, wer sein Kontrahent war. »Ich sage euch dasselbe, was ich der Polizei zu Protokoll gegeben habe: Der Stollen ist ohne unsere Einwirkung eingestürzt, und das kam für uns völlig überraschend.«

»Klar, der Polizei hätte ich auch diese Version mit nach Hause gegeben – aber *wir* wollen die Wahrheit. Oder hast du etwa den Stammtischschwur vergessen, dass derjenige, der den Schatz der Schnapphahnbande findet, ihn mit allen teilt?«

Pippa trat einen Schritt vor und konnte so durch den Türspalt die Passenheimers mit dem Rücken zu sich sitzen sehen, mit aufrechtem Oberkörper, wie zum Sprung bereit. Franz presste wütend die Lippen zusammen und ließ sich wieder in die Kissen fallen, entgegnete aber nichts.

»Gut, wenn du dazu nichts sagen willst, wissen wir auch Bescheid«, übernahm jetzt Max Passenheimer. »Dann halten wir uns wegen weiterer Auskünfte an Rüdiger Lehmann. Wenn wir ihm zusichern, dass er in jedem Fall den nächsten Stammtischplatz bekommt, wird er schon reden.«

»Ach ja?«, fragte Franz. »Und wen, bitte, soll er ersetzen? Man kann doch nur aus freien Stücken ausscheiden oder wenn einer von uns stirbt. Wie ich das sehe, ist nicht mal Arno gewillt, uns diesen Gefallen zu tun.«

»Nun«, ließ Arno Passenheimer sich hören, »die Mehrheit könnte zum Beispiel beschließen, dass jemand freiwillig ausscheidet, um einem loyaleren Kollegen Platz zu machen ...«

»Ein loyalerer Kollege? Dann kann es nicht Rüdiger sein. Da müsstet ihr den Herrn Pfarrer wählen, der euer unheiliges Tun auch noch absegnen kann«, antwortete Franz. »Oder ihr nehmt noch einen wie Bodo, den ihr für weitere Spionagezwecke einspannen könnt.«

Pippa schnappte nach Luft. Was hatte denn das zu bedeuten? Spitzelte Bodo etwa nicht nur für Kati, sondern gab seit dem Eintritt in die Stammtischliga den Doppelagenten für die Herrenriege? Ganz gleich, worum es sich bei dieser Andeutung handelte, sie hatte keine Lust mehr, den Lauscher an der Wand zu spielen. Beherzt trat sie ins Wohnzimmer und klatschte in die Hände: »So, meine Herren, die Besuchszeit ist beendet. Der Patient muss sich ausruhen. Wir dürfen nicht vergessen, dass er gestern noch in großer Gefahr schwebte, so etwas hinterlässt Spuren. Zu viel Aufregung ist Gift.« Sie blitzte die Passenheimers an und hatte sogar die Stirn, an Max' Stuhllehne zu ziehen, sodass dieser unweigerlich aufstehen musste, wenn er nicht auf dem Hosenboden landen wollte. In Arnos Augen blitzte der Wunsch nach Gegenwehr auf, aber sein Enkel kam ihm zuvor, indem er eine Laptoptasche vom Boden aufhob und einen Computer herauszog. »Sie haben so recht, Frau Bolle«, sagte er. »Wir sollten es unserem Patienten so bequem wie möglich machen. Deshalb schlage ich vor, wir nehmen seine Stimme für die morgige Wahl gleich mit. Wie bei einer Briefwahl, die ja auch schon vor dem eigentlichen Wahltag erledigt werden kann, habe ich unser Programm mit der Möglichkeit versehen, frühzeitig zu wählen. Mein Großvater und ich haben heute noch allerhand vor. Wir wollen all jenen zur Hand gehen, die im Umgang mit Computern nicht so versiert sind wie wir.«

Aus rein selbstlosen Beweggründen und nur zum Besten aller Beteiligten, dachte Pippa. Laut sagte sie: »Vielen Dank für das Angebot, aber Nico hat uns bereits die Briefwahlunterlagen ausgehändigt. So kann Franz in aller Ruhe noch bis morgen überlegen, auf welche Seite er sich festlegt.«

»Ich kann ohnehin noch nicht wählen«, warf Franz ein. »Ich muss erst wissen, wie Hans sich entschieden hat.«

Arno Passenheimer stierte ihn an. »Ist das nicht klar? Er ist doch immer lautstark auf der Seite der Neustarter gewesen. Genau wie du.«

Franz schloss kurz die Augen, und Pippa hatte den Eindruck, dass er einen inneren Kampf mit seinem Schweinehund ausfocht. Dann holte er tief Luft und sagte: »Ich gucke, was Hans wählt – und nehme dann das Gegenteil.«

Kapitel 18

»Pippa? Bist du im Haus?«, rief eine Stimme vom Hof her und unterbrach das Schweigen, das nach Franz' revolutionärer Kehrtwende herrschte.

»Dies ist kein Bauernhaus, sondern ein Taubenschlag«, sagte Pippa, war aber über diese Unterbrechung so froh wie über keine andere an diesem Tage. Sie warf den drei Männern einen warnenden Blick zu, dann ging sie durch den Flur zum Ausgang, gerade rechtzeitig, um Eveline Berlinger abzufangen.

»Lilo hat mich angerufen«, begann die Schäferin ohne Umschweife. »Hans soll heute noch operiert werden. Sie möchte über Nacht in Wiesbaden bleiben, weil sie da sein will, wenn er aufwacht. Ich übernehme deshalb die Nachtwache bei Franz.«

»Aber das hätte ich auch machen können«, warf Pippa ein. »Ich war geistig schon darauf eingerichtet.«

Eveline winkte erschöpft ab. »Lass uns lieber tauschen. Du schläfst im Schäferkarren und ich hier. Ich bin ganz gerne mal eine Nacht nicht auffindbar«, brummte sie. »Im Moment weiß ich ohnehin nicht, wo mir der Kopf steht.«

»Wie ich vermutet habe«, sagte Pippa. »Pfarrer Michel hatte zusätzliche Arbeit im Gepäck, und jetzt wird dir alles zu viel.«

Eveline sah verwirrt aus. »Kornelius? Woher weißt

du …?« Dann schlug sie sich mit der Hand vor die Stirn. »Stimmt! Du hast uns vorhin gesehen.« Sie seufzte. »Nein, er hat keine Arbeit gebracht, sondern schlechte Nachrichten.«

»Das tut mir leid.«

»Ich werde es überleben«, wiegelte Eveline ab. »Aber nicht gerne. Und nicht, falls es noch eine andere Lösung gibt.«

Pippa las im Gesicht der Schäferin Enttäuschung und Sorge. »Wenn ich irgendwie helfen kann …«, begann sie.

Eveline nickte. »Deshalb bin ich hier. Du bist die Einzige, die das kann. Das Problem besteht nur wegen dir.«

Pippa riss vor Überraschung die Augen auf, legte aber geistesgegenwärtig den Zeigefinger auf die Lippen, um Eveline vom Weiterreden abzuhalten. »Schön, wie sich alle um Franz sorgen, aber er braucht jetzt Ruhe. Ich kann keinen weiteren Besuch erlauben«, sagte sie lauter als zuvor, um Eveline anzuzeigen, dass es unerwünschte Mithörer gab. Dann eilte sie ins Wohnzimmer zurück und schob Max Passenheimer aus dem Raum. »Ich wollte die Herren gerade verabschieden, damit Franz sich ausruhen kann«, sagte sie. Dann hakte sie Arno unter, als wollte sie den alten Herrn stützen, und bugsierte ihn ebenfalls an Eveline vorbei zur Haustür. Die Schäferin sah belustigt zu, wie Pippa jeden Fluchtversuch vereitelte und erleichtert ausatmete, als die Männer vom Hof fuhren. »Du hast vergessen, den beiden ihre gute Laune wieder mitzugeben«, sagte sie. »So, wie die zwei gerade an mir vorbei sind, hängt die noch im Kühlhaus.«

Pippa kicherte. »Zu Hause würde ich mich solch ein Verhalten nie trauen, aber beim Haushüten, in einer Umgebung, in der mich keiner kennt, kann ich meine Rausschmeißerqualitäten mühelos abrufen.«

Die beiden Frauen setzten sich auf die Steinstufen vor dem Hauseingang. »Jetzt bitte der Reihe nach, das Wichtigste zuerst: Geht es Hans schlechter? Warum hat Lilo mich nicht selbst kontaktiert?«, fragte Pippa.

»Sie hat es versucht, aber dein Handy lag im Wohnzimmer, während du im Hofladen bedient hast – da ist Max für dich ans Telefon gegangen, und ihm wollte sie die Neuigkeiten nicht durchgeben. Erst danach hat sie es bei mir probiert.«

Pippa schnappte nach Luft. »Max hat mir nichts von dem Telefonat erzählt. Er hätte mich doch rufen können!«

»Zu dem Zeitpunkt war er wahrscheinlich schon der Ansicht, dass dein Kopf für seinen Geschmack ein wenig zu eigen ist.« Eveline grinste. »Oder, genauer gesagt, für Arnos. Der Mann lebt seit Jahren in einer Welt, die es schon in seiner Jugend so nicht mehr gab – oder nicht hätte geben sollen. Arno ist sechsundneunzig, aber der gesamte Passenheimer-Clan tanzt noch immer nach seiner Pfeife.«

»Kann der Jugendriege auch keinen Spaß machen, sein Leben zu leben, statt das eigene zu genießen«, vermutete Pippa.

»Die dürfen immer noch nicht wirklich erwachsen werden, obwohl sie selber nicht mehr taufrisch sind«, bestätigte Eveline und grinste. »Wir nennen Max und Gila heimlich Prinz Charles und Camilla …« Dann wurde sie ernst. »Auf der Weide, auf der meine Herde derzeit steht, gibt es kein Netz. Ich habe mit Lilo ausgemacht, dass wir versuchen, uns alle paar Stunden beieinander zu melden, damit sie moralische Unterstützung hat. Diesmal hat sie mich auf dem Veterinäramt erwischt und durchgegeben, wie es um Hans steht.«

»Offensichtlich nicht zum Besten«, vermutete Pippa.

»Beim Einsturz des Schieferstollens muss ihm etwas auf den Kopf gefallen sein. Er hat einen Schädelbasisbruch und innere Blutungen. Was bei der Operation genau gemacht werden soll, weiß ich nicht, auf jeden Fall glauben die Ärzte, es muss heute noch geschehen«, gab Eveline wieder, was sie von Lilo erfahren hatte.

»Ich bin mir nicht sicher, ob ich die Überbringerin dieser Nachricht sein sollte«, überlegte Pippa. »Könntest du Franz Bescheid sagen?«

Ihr Gegenüber nickte. »Mache ich gerne für dich – wenn du dafür mit dem Ehepaar Lamberti über mich redest.«

»Was hast du mit den Lambertis zu tun?« Pippa stutzte, dann kombinierte sie: »Oder kommen wir jetzt zu dem Grund, der dich früher als erwartet zu mir getrieben hat?«

Eveline sah sich um, als wollte sie sichergehen, dass sie tatsächlich mit Pippa allein war. »Es ist unglaublich«, sagte sie. »Seit drei Jahren schaffe ich es, ein Geheimnis zu bewahren – du bist knappe drei Tage hier, und schon ist es in Gefahr.« Sie holte tief Luft. »Ich kann in dieser Sache nur auf dein Verständnis und auf absolute Verschwiegenheit hoffen. Um es noch eindringlicher zu formulieren: Meine Zukunft liegt in deinen Händen, Pippa.«

»Jetzt habe ich Herzklopfen.«

»Genau darum geht es«, erwiderte Eveline. »Um Herzklopfen und ein immer unwahrscheinlicher werdendes Happy End.«

Pippa verdrehte die Augen. »Raus damit! Sofort!«

»Deine Freunde, die Lambertis, sind gestern von Nico durch Lieblich geführt worden, richtig?« Eveline wartete, bis Pippa nickte, dann fuhr sie fort: »Ihnen hat offenbar gefallen, was sie da sahen.«

»Sehr!«, bestätigte Pippa. »Seit Jodokus zu viel freie Zeit hat, ist er für alle erdenklichen Themen leicht zu entflammen. Wäre ihm nicht die Explosion dazwischengekommen, hätte er jetzt schon eine Möglichkeitsstudie zur Rettung des Dorfes im Kopf, samt einem Investitionsplan. Und sei es nur, um Regina Winterling ein Schnippchen zu schlagen. Er kann einfach nicht aus seiner Haut: Wenn etwas sein Interesse weckt, dann macht er Pläne – aber in den allermeisten Fällen bleibt es dabei.«

»Diesmal will er sie offenbar in die Tat umsetzen«, sagte Eveline.

Pippa runzelte die Stirn: »Dann weißt du mehr als ich.«

»Hat er dir gegenüber das ›Hotel Sonnenklang‹ erwähnt? Am Hang unterhalb des Dorfes? Mit freiem Blick über das Wispertal und den Hinterlandswald?«, fragte Eveline nach. »Ein Bau aus der Blütezeit des Kurgeschäftes: dreißig Zimmer, Bad über den Flur, aber große Liegewiese und Swimmingpool unter Bäumen. Üppige Verwendung von Glasbausteinen und schmiedeeisernen Geländern an Balkonen und Treppen. Retro in echt – aber leider nur noch ein Schatten seiner selbst.«

»Er hat auf dem Weg zurück zur Mühle davon gesprochen, aber nur flüchtig und nur, um uns – und vor allem sich selbst – vom Erlebten abzulenken. Unser Hauptthema war der Einsturz des Stollens.«

»Offenbar nicht für Jodokus Lamberti«, Eveline verzog den Mund, »denn heute hat er die Besitzerin des Hotels angerufen, nach dem Preis gefragt und sie um einen Besichtigungstermin gebeten. Das Haus habe die schönste Aussicht, die er sich vorstellen kann, hat er geschwärmt.«

Pippa sah die Schäferin verständnislos an. »Jodokus will ein Hotel kaufen, weil ihm die Aussicht gefällt? Das kann nicht dein Ernst sein.«

»Er findet, es eignet sich hervorragend, um daraus einen Rückzugsort für Menschen zu machen, die sich in die Unerreichbarkeit zurückwünschen.«

»Stelle dich vierundzwanzig Stunden der Natur, ohne sie dir von deinem Smartphone erklären zu lassen? Ich kenne eine ganze Menge Leute, denen allein der Gedanke Schweißausbrüche verursachen würde«, sagte Pippa. »Allerdings scheint mir dies das perfekte Konzept für diese Gegend.«

»Das fand die Besitzerin auch und hat deshalb eine exorbitante Summe gefordert. Leider hat sie deinen Freund nicht abgeschreckt. Mittwoch will er kommen und durch das Hotel gehen – mit einem Architekten!«

Pippa pfiff durch die Zähne. »Das nenne ich Tempo. Und jetzt erklär mir bitte, warum ich auf die Bremse treten soll.«

»Weil ich das Haus für mich will.« Eveline sah ihr Gegenüber direkt an. »Aber ich könnte mit dem aufgerufenen Preis niemals konkurrieren – und mir würde es meine Tante auch nicht verkaufen.«

»Das Haus gehört deiner Familie?«

»Wie man es nimmt. Es wurde bis zu seiner Schließung von meinen Eltern geführt, aber es gehört Margot Passenheimer, geborene Berlinger.«

»Der Mutter von Max?«, fragte Pippa. »Ja, sind denn in diesem Dorf alle miteinander verwandt?«

»Lass mich überlegen«, bat Eveline mit gespieltem Ernst. »Es fällt mir tatsächlich niemand außer den Neuner-Brüdern ein, die nicht hier ihre Wurzeln haben.«

»Ich beginne den Vorteil einer Großstadt zu erkennen. Dort kann man wenigstens Eis essen gehen, ohne dass andere die Kalorien zählen«, ging Pippa auf ihren Ton ein. »In Lieblich habe ich ständig das Gefühl, jemand versucht, meine Gedanken zu lesen.«

»Da liegst du gar nicht so falsch«, bestätigte Eveline. »So schön es ist, einer Gemeinschaft anzugehören, manchmal erstickt das enge Zusammenleben auch die beste Initiative im Keim und man muss zu unlauteren Mitteln greifen, um zum Ziel zu kommen.«

»Wie gegenüber deiner Tante Margot, die offenbar nicht gut auf dich zu sprechen ist.«

»Meine Eltern sind, als das Kuren hier ein Ende hatte, abgewandert und führen jetzt ein Gästehaus im Harz. Ohne ihre Arbeitskraft konnte Margot den Familienbetrieb nicht aufrechterhalten.«

»Fremde wollte sie nicht einstellen?«

»Die hätten regelmäßigen Urlaub und ordentliche Bezahlung verlangt. Zu solcher Geldverschwendung haben die Passenheimers nie geneigt. Als meine Eltern gingen, schuldete ihnen Margot noch ein kleines Vermögen an Gehältern.«

Nico ist also nicht der Erste, der unter dem Deckmantel der Familie ausgebeutet wird, dachte Pippa.

»Margot behauptet seither steif und fest, sie musste das Hotel aufgeben, weil sie von einem auf den anderen Tag keine Mitarbeiter mehr hatte. Nach ihrer Version haben meine Eltern sie ruiniert.«

»Ich dachte, nach dem Ende des Kurbooms schlossen ohnehin alle Übernachtungsbetriebe ...«

»Du sagst es, aber zu viel Realität stört die Legendenbildung. Deshalb hatte ich auch keine Skrupel, für den geplanten Kauf des Hotels einen Ausweg zu suchen, den Margot Passenheimer nicht ablehnt – solange sie nicht weiß, dass ich dahinterstecke, natürlich.«

»Da bin ich gespannt ...«

»Ich habe Pfarrer Michel gebeten, sich einzuschalten, und als Gegenleistung angeboten, bei ihm zu arbeiten. Er hat daraufhin meine Eltern mit Zins und Zinseszins ausgezahlt und sich gleichzeitig das Vorkaufsrecht für das Hotel gesichert. Seither beteuert er glaubhaft, dass sich das Sonnenklang, schon vom Namen her, hervorragend als Exerzitienhaus eigne, in dem man Abstand zum Alltag gewinnen könne.« Sie lächelte schelmisch. »Leider wird er nie die Zeit finden, sich um öffentliche Gelder für dieses Vorhaben zu bemühen, und deshalb erleichtert sein, dass ich vorschlage ...«

»... ihm die Arbeit abzunehmen, um das Projekt selbst in die Tat umzusetzen«, vollendete Pippa. »Cleverer Schachzug.«

»Funktioniert aber nur, wenn nicht jemand kommt, der so viel Geld bietet, dass Margot Passenheimer Kornelius das bereits geflossene Geld zurückerstatten kann und trotzdem noch finanziellen Reibach macht.«

»Jemand wie Jodokus.« Pippa dachte über das Gehörte nach. »Trotz all der Entwicklungspläne, die gerade durch Lieblich schwirren, war er der Erste, der Interesse an diesem Bau gezeigt hat?«

»Nein.« Eveline zögerte. »Am Tag, bevor er starb, hat Gisbert Findeisen Kornelius angeboten, ihm seine Kosten zu erstatten, und Margot gleichzeitig ein Angebot gemacht, welches einer Schenkung an ihn gleichgekommen wäre. Hätte er länger gelebt, wäre der Betrag sicher weiter nach oben gekrochen. Mit Regina Winterlings Unterstützung in der Hinterhand wäre daraus vielleicht sogar ein Geschäft geworden, wer weiß. Das werden wir nicht mehr erfahren. Einen eigenen Vorschlag hat die *UCFC* jedenfalls nicht gemacht. Die denken laut über eine kleine Mitarbeitersiedlung auf der Wisperweide nach.«

»Und du meinst es wirklich ernst? Du willst deine Schafe verkaufen und Hotelwirtin werden?«

»Ich werde alle anderen Jobs aufgeben, um endlich das zu machen, was ich von meinen Eltern gelernt habe«, sagte Eveline sehr ernst. »Und die Schafe sind Teil des Kapitals, mit dem ich das in allernächster Zeit erreichen kann. Wenn Jodokus Lamberti mich lässt.«

Pippa schickte Eveline zu Franz hinein und ging dann zum Telefon, um die Lambertis anzurufen. Ilsebill meldete sich sofort. »Schade, meine Liebe«, sagte sie, als sie hörte, wer am Telefon war, »aber Jodokus ist leider noch nicht zurück. Er sitzt seit dem Mittagessen in der hessischen Landesbibliothek und ist nicht erreichbar. Das Rätsel um Tacitus Schnapphahn und seine Bande hält ihn fest im Griff, aber für die Antworten musst du ihm noch ein wenig Zeit geben.«

»Was seine derzeitigen Aktivitäten angeht, bin ich geduldig. Ich rufe wegen seiner morgendlichen Umtriebe an«, sagte Pippa und erklärte der Freundin ihr Anliegen.

»Dieser Schlawiner«, sagte Ilsebill. »Das hat er mir wohlweislich verschwiegen. Ich wünschte, er würde sich weiter als Hobbykoch betätigen und nicht ständig unterhalb meines Radars neue Vierundzwanzigstundenjobs anfliegen. Damit Jodokus das Ausruhen lernt, braucht es kein weltabgeschiedenes Hotel, sondern eine Gummizelle.« Sie fluchte wenig damenhaft. »Überlass ihn ruhig mir. Dieses Projekt gehört bereits wieder der netten Schäferin. Das schwöre ich dir, so wahr ich Ilsebill Lamberti heiße.«

»Ich verlasse mich auf dich, auch wenn ich seit gestern nicht recht weiß, was ich von deinen Schwüren zu halten habe, meine Liebe«, sagte Pippa.

»Erwischt.« Ilsebill lachte. »Du spielst auf den Liebesbrief in den Stiefeln an. Bin ich der Polizei gegenüber nicht überzeugend genug gewesen?«

»Ich kann nicht für den Herrn Kommissar sprechen, aber mir sind Zweifel geblieben. Du bist so schnell über das Thema hinweggerutscht wie eine Eisschnellläuferin über die Bahn. Sehr verdächtig.«

»Kein Wunder, dass du schon sechs Fälle gelöst hast, du beobachtest einfach zu genau. Kaum kennt man dich ein paar Tage, wird aus jeder Verhaltensabweichung ein Indiz.«

»Danke für das Kompliment, aber ich bin heute durch keine Schmeichelei abzulenken. Also, raus mit der Sprache. Kannst du dich erinnern, was in dem Brief stand?«

»Warte kurz«, antwortete die Freundin. »Ich les ihn dir vor.«

»Was? Ich dachte, du hast den Brief zurückgesteckt?«

»Hab ich«, sagte Ilsebill in unschuldigem Tonfall. »Aber nicht, ohne ihn vorher fotografiert zu haben.«

Pippa hörte es rascheln, als Ilsebill ihre Lesebrille suchte, dann begann sie vorzulesen: »*Liebster, es tut mir so leid. Auch wenn ich es nur ungern zugebe: Der Fehler liegt bei mir. Ich würde dich gerne treffen und dir alles erklären, aber wie soll das gehen? Alle sind hinter dir her, von jedem wirst du beobachtet und mir geht es nicht besser. Ich wünsche ganz Lieblich auf den Mond, damit wir die Erde wieder für uns haben. Pass auf dich auf, ich werde es auch tun.*«

»Der Brief war nicht unterzeichnet?«

»Nein, leider endet er ebenso kryptisch, wie er begonnen hat«, bestätigte Ilsebill. »Kannst du dir vorstellen, wer hier an wen schreibt?«

»Leider nein«, erwiderte Pippa, »Aber ich werde Augen und Ohren offen halten.«

Als Pippa ins Wohnzimmer ging, um Eveline die Entwarnung zu bringen, wurde sie Zeuge eines Schlagabtausches zwischen Franz und der Schäferin: »Wie war das gestern wirklich im Stollen, Franz? Was war los?«

»Was soll los gewesen sein? Wir sind rein wie immer. Wie Hunderte Male zuvor. Genau wie du und auch alle anderen im Dorf.«

»Es war nichts anders als sonst?«

»Nein.«

»Und ihr wart allein?«, bohrte Eveline weiter.

»Ja.«

»Könntest du dir vorstellen, dass jemand gegen die Stützbalken getreten ist und so einen Dominoeffekt ausgelöst hat?«

»Wenn derjenige Schuhgröße 100 trägt und die Kraft eines Riesen hat ...«

Von Evelines Langmut kann ich noch was lernen. Ich hätte schon aufgegeben, dachte Pippa, als Eveline sich nicht beirren ließ und weiterfragte: »Hattet ihr irgendjemandem erzählt, wann ihr geht und was ihr vorhabt?«

»Nein, nicht mal dem Stammtisch.«

»Vielleicht hat ja Rüdiger mit seinem Auftrag an euch vor anderen geprahlt, und es ist euch jemand in den Stollen gefolgt«, gab Eveline zu bedenken.

»Den hätten wir doch gehört oder gesehen. Haben wir aber nicht. Da war niemand.«

Jetzt hielt es Pippa nicht mehr aus, und sie ergriff die Gelegenheit, die eine Frage zu stellen, die ihr unter den Nägeln brannte: »Und wer war dann der Mann mit dem weißen Hut, mit dem ihr, Hans und du, auf der Lichtung gesprochen habt?«

Franz drehte sich überrascht zu ihr um. »Mann? Weißer Hut? Lichtung? Wovon sprechen Sie?«

Pippa versuchte, wortgetreu wiederzugeben, was das Ehepaar Lamberti der Polizei gesagt hatte. Franz hörte aufmerksam zu und schien nachzudenken. »Stimmt. Das hatte ich bei all der Aufregung völlig vergessen«, sagte er schließlich. »Ein Mann wollte wissen, wo er das Areal findet, auf dem die Versuchsflächen entstehen sollen. Hans hat ihn an Regina Winterling verwiesen und ihm beschrieben, wo er sie um diese Zeit findet. Es war gerade Sonntagssingen, da ist ja jeder bei Agnes Freimuth im Gasthaus, selbst die Frau von der *UCFC*.« Er sah Pippa direkt an: »Er hatte übrigens vorher schon an der Plappermühle geklingelt, um Auskunft zu bekommen, aber Sie waren offenbar nicht zu Hause.«

»Wie Sie schon sagten, Herr Neuner«, antwortete Pippa und glaubte ihm kein Wort seiner Geschichte, »während des Sonntagssingens ist alle Welt im ›verlorenen Schatz‹ – wenn er nicht gerade den verlorenen Schatz sucht.«

»Es war also niemand aus Lieblich?«, hakte Eveline nach.

»Niemand aus Lieblich«, bestätigte Franz. »Sonst hätte sich das im Dorf doch schon lange rumgesprochen.«

Pippa überlegte gerade, ihn zu fragen, ob er diese Version auch der Polizei aufgetischt habe, als Franz plötzlich gesprächig wurde. »Rüdiger hat alle Dokumente, die es über die letzten Tage der Schnapphahnbande gibt, sorgfältig gesichtet«, führte er aus. »Danach kann es nur drei Orte geben, an denen die Beute des letzten Raubzuges der Schnapphahnbande versteckt sein kann: entweder vergraben im Wald, irgendwo zwischen der Lichtung und der Mühle, oder im Stollen, in dem die Schmuggler ihre letzte Nacht verbracht haben, oder in der Plappermühle.« Franz Neuner schloss einen Moment die Augen, als überlegte er, ob er noch mehr sagen sollte, dann fuhr er fort: »Rüdiger und Gisbert haben gemeinsam monatelang nicht nur das Gebiet rund um die Lichtung, sondern den gesamten Wald bis hoch zur Wisperweide mit dem Metalldetektor durchkämmt und nichts gefunden.«

»Also tatsächlich auf der Jagd, nur nicht nach Wild«, wagte Eveline einzuwerfen. »Hab ich es doch gewusst.«

»Seht ihr es denn nicht? Nach der Suche an Platz 1 war Gisbert tot«, fuhr Franz düster fort. »Nach der Suche an Platz 2 liegt Hans im Krankenhaus und ich auf diesem Sofa.«

»Bleibt nur noch die Suche an Platz 3«, führte Eveline die Zählung weiter.

»Die Plappermühle«, sagte Pippa.

Franz drehte den Kopf, damit er sie ansehen konnte. »Sie sollten gut achtgeben, wer Sie besuchen kommt, Frau Bolle. Lassen Sie keinen rein, den Sie nicht kennen. Und bei denen, die Sie kennen, gucken Sie noch mal genauer hin. Versprechen Sie mir das«, forderte er eindringlich. »Ich bin mir sicher: Irgendjemand geht für diesen verwünschten Schatz über Leichen.«

Kapitel 19

Kurz vor Sonnenuntergang stand Pippa vor Evelines knallgelbem Schäferkarren und freute sich, die Nacht mitten in der Natur verbringen zu dürfen. Sie stieg die wenigen Stufen zur Tür hinauf, die nicht nur zweigeteilt, sondern auch zweifach gesichert war. Die untere Hälfte hatte ein normales Haustürschloss; der obere Teil war von innen mit einem Riegel versehen. Als sie den Wagen öffnete, schlug ihr warme, abgestandene Luft entgegen. Der Schäferkarren stand zwar unter einer Baumreihe, aber die Schwüle des Tages war durch das Holz gedrungen und hatte das Innere aufgeheizt. Pippa schob das Fenster auf, um Durchzug zu schaffen und die Abendluft einzulassen, dann erst sah sie sich um und zollte Eveline Berlinger Respekt. Das selbstgebaute, gerade mal sieben Quadratmeter umfassende Rechteck des Karrens wirkte einladend und war komfortabel ausgestattet. Die mit Polstern belegten Sitzflächen der Bänke zu beiden Seiten der Längswände verdeckten Stauraumtruhen, in denen Pippa frische Bettwäsche, Decken und Kissen fand, allesamt im Muster der Vorhänge des Schiebefensters. Auf den Regalen gegenüber der Tür stand Geschirr einträchtig neben Büchern und einem batteriebetriebenen Weltempfänger.

Eine Petroleumlampe hing von der Decke, und Pippa überlegte, ob sie damit gleich für Licht sorgen sollte. Da die Wände aus Lärchenholz dem Karren im Dämmerlicht eine besonders heimelige Atmosphäre verliehen, entschied sie sich stattdessen, auf dem Gaskocher Wasser zu erhitzen und das letzte Licht des Tages mit einer Tasse Tee auf den Stufen des Einstiegs zu genießen. Auf einem Regal in der winzigen Kochnische hinter der Tür fand sich Trinkwasser in Glasflaschen und ein passender Teekessel. Während sie darauf wartete, dass das Wassers kochte, baute sie aus den Sitzflächen und Polstern ein Bett zusammen, das schließlich von einer Wand bis zur anderen reichte. Eveline hatte ihr Refugium so eingerichtet, dass sich auch eine Großstädterin sofort zurechtfand.

Während Pippa ihren Tee trank, lauschte sie dem Rauschen der Baumwipfel und hörte das leise Rufen der Mutterschafe nach ihren Lämmern. Der Wind, der schon am Nachmittag Regen versprochen hatte, schob über ihr dunkle Wolken zusammen. Wenn ich Glück habe, regnet es heute Nacht, und ich komme in den Genuss, dem Trommeln des Regens auf dem Dach lauschen zu können, dachte sie und beschloss, die Treppenstufen unter den Wagen zu klappen, damit sie am Morgen trocken waren.

Sie verschloss die Tür und schob den Riegel vor, bevor sie sich ins Bett legte. Nachdem sie sich in die bequemste Liege-Lese-Position gebracht hatte, musste sie sich eingestehen, dass es zum Schmökern zu dunkel geworden war. Stirnrunzelnd sah sie zur Petroleumlampe hinauf und fragte sich, ob sie schon in einer halben Stunde zu müde sein würde, um noch einmal aufzustehen und das Licht zu löschen. Sie angelte sich stattdessen eine Taschenlampe vom Regal über ihr und hielt den Lichtkegel genau über ihr Buch. Aber schon fünf Minuten später schweiften ihre Gedanken von Orwells Werk ab. Sie lauschte in die Stille und empfand es als großes Glück, statt Autolärm, Musik aus fremden Wohnungen und Streitgesprächen naher Nachbarn einmal nichts als die Geräusche der Natur wahrzunehmen, das Schreien einer Eule und das Knacken trockener Zweige. Moment, dachte sie, auf die Erde herabgefallene Zweige knacken nicht ohne menschliches Zutun. Alarmiert löschte sie die Taschenlampe und setzte sich auf. Deutlich hörte sie, wie erneut auf trockene Äste getreten und das nahe Gatter mit leichtem Quietschen geöffnet und wieder geschlossen wurde. Vorsichtig zog sie sich zum Schiebefenster hinauf und linste, durch die Gardine verdeckt, nach draußen. Sie hätte am liebsten vernehmlich geflucht: Rüdiger Lehmann, eine Sturmlampe in der Hand, stapfte auf den Schäferkarren zu. Pippa ließ sich genervt in die Kissen zurückfallen. Wenn ich keinen Ton von mir gebe, wird er hoffentlich glauben, der Wagen ist verwaist und Eveline noch unterwegs, dachte sie. Ich habe heute keine Lust mehr, mit irgendeinem Lieblichen zu reden, und sei es auch nur, um ihn abzuwimmeln.

»Eveline, ich bin's«, rief Rüdiger. »Ich weiß, dass du da drin bist. Ich habe eben noch Licht gesehen. Machst du mal auf?« Als keine Antwort kam, fügte er hinzu: »Ich habe mit dir zu reden. Es ist wichtig.«

Pippa konnte deutlich hören, wie er um den Schäferwagen herumging, und war froh um die Gardine, die ihm den Blick ins Innere verwehrte.

»Wenn du nicht aufmachen willst, auch gut. Dann hörst du mir eben durch die Wand zu«, begann Rüdiger erneut. »Zunächst einmal möchte ich mich bei dir bedanken, für die Aufnahme in das Organisationskomitee der Schnapphahnkerb. Mir machst du nichts vor, da hattest du deine Hände im Spiel. Die anderen hätten mich ohne deinen Zuspruch nie aufgenommen.« Rüdigers Stimme nahm einen weichen Ausdruck an. »Seitdem weiß ich, dass ich dir nicht ganz gleichgültig bin.«

Verdammt, dachte Pippa, an die Möglichkeit, dass der

Mann gleich losquasselt, habe ich nun wirklich nicht gedacht. Ich kann doch nicht einfach seinen Liebesschwüren lauschen, ohne mich bemerkbar zu machen, oder?

Aber Rüdiger Lehmann redete bereits weiter. »Morgen ist ein großer Tag. Am Abend wird endlich für alle klar sein, dass die Versuchsfelder angelegt werden, daran kann kein Zweifel bestehen. Und ich bekomme den zweiten Teil meiner Provision ausgezahlt. Das wird ein schöner Batzen sein. Nun muss ich ja nicht mehr teilen. Jetzt, wo Gisbert nicht mehr da ist.«

Pippa musste an sich halten. Wenn schon die Neustarter gewannen und er für Katis Idee kassierte, hatte er dann nicht wenigstens den Anstand, der Witwe seines besten Freundes etwas abzugeben?

»Dann können wir zwei uns richtig was leisten. Du redest doch immer davon, dass du die großen Schafherden Neuseelands sehen willst. Ich schenke dir die Reise, das ist dann ganz locker drin. Inklusive Ausspannen auf Fidschi, mit einer Hochzeitsfeier nur für uns zwei. Ich weiß doch, wie du Menschenmassen hasst. Na, was sagst du?«

Wenn ich das bloß wüsste, dachte Pippa und fühlte sich in der Klemme. So, wie Rüdiger redete, konnte man fast an ein gewisses Einverständnis zwischen ihm und Eveline glauben.

»Du musst nicht gleich ja sagen, ich kann warten bis nach der Kerb. Aber lass dir nicht zu lange Zeit, hörst du? Ich könnte mich sonst wieder daran erinnern, dass Gisbert dir nachgestellt hat und wie entsetzlich unangenehm dir das war. Ich gebe zu, als ich euch zusammen sah, dachte ich erst, du würdest auf seine Avancen eingehen, aber am nächsten Tag habe ich dann verstanden ... Keine Angst, Eveline, von mir erfährt keiner, dass du bei ihm an der Bank warst. Ich würde doch meine zukünftige Frau nicht ans Messer liefern ... Ich habe mich erkundigt, rein rechtlich brauchen Verlobte nicht gegeneinander auszusagen ...«

Pippa hielt den Atem an. Was deutete Rüdiger da an? Eveline war in der verhängnisvollen Nacht bei Gisbert auf dem Dorfplatz gewesen und hatte mit ihm geredet, weil er ihr nachstellte? Ihr hatte man doch erzählt, dass Gisbert – wie fast alle anderen Männer des Ortes – von Kati fasziniert gewesen war, jedenfalls, bis Regina Winterling auftauchte und ihn um den Finger wickelte. Vor Aufregung hörte sie kaum, wie Rüdiger laut darüber nachdachte, was er und Eveline als Paar gemeinsam erreichen könnten. »Auf jeden Fall sind mit dem Tag unserer Heirat deine Finanzsorgen Vergangenheit. Und diese Aussicht kann dir in Lieblich kein anderer bieten!« Rüdiger schien einen Moment zu überlegen und fuhr dann fort: »Bis auf Thilo Schwange vielleicht. Der muss sich in seinem Bankerleben dumm und dämlich verdient haben, was man so hört. Wieso der überhaupt noch arbeitet, frage ich mich. Und ausgerechnet Bienenzucht, damit kann man doch kein Geld verdienen. Sonst hätte Bodo ja weitergemacht. Nein, Bienenzucht ist ein Hobby, keine ...« Rüdiger stoppte mitten im Satz. »Mist, verdammter. Da joggt jemand mit Stirnlampe durch die Nacht, direkt auf das Gatter deiner Wiese zu. Ich will hier nicht gesehen werden, das gibt nur wieder Diskussionen.« Draußen wurde es schlagartig dunkler, als Rüdiger die Sturmlampe löschte. »Ich mache mich in Richtung Wisperweide davon und schlage den großen Bogen zurück bis zum Dorf, damit ich niemandem begegne. Wir sehen uns morgen bei der Auszählung. Und dann feiern wir! Wir haben jeden Grund. Schlaf gut, Eveline.«

Pippa hätte um ein Haar geantwortet, dann lag sie wie erschlagen auf dem Bett und fragte sich, wie sie mit ihrem neuen Wissen umgehen sollte und wer davon erfahren musste. Keine leichte Entscheidung, besonders, wenn sie die

Neuigkeiten zuerst Wolfgang Schmidt-Daubhaus mitteilte und der Kommissar dann Eveline befragte, ohne dass sie vorher Gelegenheit gehabt hatte, mit ihr zu sprechen.

Ihr blieb keine Zeit, sich eine Lösung zu überlegen, denn sie hörte erneut das Quietschen des Gatters und dann rief Regina Winterling: »Nicht einschlafen, Frau Berlinger! Warten Sie noch, ich bin gleich bei Ihnen!«

Pippa war nahe dran, verzweifelt aufzustöhnen. Diese Frau hatte offenbar unerschöpfliche Energie. Wie oft am Tag rannte die denn um das Dorf herum? Wirklich drei Mal? Sie lugte wieder hinter dem Vorhang hervor und sah, wie Regina Winterling sich schwer atmend gegen einen Baum lehnte.

»Ich weiß, dass Sie noch wach sind. Sie haben ja eben erst hier draußen das Licht gelöscht. Warum sind Sie dann in Ihren Wagen geflüchtet? Möchten Sie nicht mit mir reden?« Regina Winterling stellte sich direkt unter das Fenster, und Pippa war, als könnte sie durch das Holz spüren, wie die Unterhändlerin sich mit dem Rücken dagegenlehnte. »Aber ich will mit Ihnen reden. Und wenn mich nicht alles täuscht, wollen Sie auch hören, was ich zu sagen habe. Zumal ich zufällig nicht nur weiß, wie dringend Sie Geld brauchen, sondern auch, in welchem Dilemma Sie stecken. Sie wissen schon, was ich meine.« Die Unterhändlerin der *UCFC* klopfte sanft gegen das Holz. »Es ist geradezu romantisch, wie aus einem Buch von Hedwig Courths-Mahler: die Schäferin und der Pfarrer. Sie können zusammen nicht kommen, es sei denn, bei einem echten Schäferstündchen, in einem echten Schäferkarren. Zu köstlich!« Regina Winterling lachte. »So ein Zölibat ist eine praktische Sache, es macht eine Beziehung doppelt prickelnd, und man muss als Frau keine Angst haben, dass die Gegenseite plötzlich von Heirat redet.« Sie seufzte theatralisch. »Es macht die besten Beziehungen kaputt, wenn der Mann plötzlich den Wunsch entdeckt, sich fortzupflanzen.

Das können wir uns in unserer Position doch gar nicht leisten, dafür müssen wir andere Lösungen finden. Ich gebe zu, die Ihre imponiert mir. Die Frage ist nur, würde das Dorf, würde die katholische Kirche meine Einstellung teilen? Was meinen Sie? Sie kennen die Lieblichen besser als ich.«

Regina Winterling legte eine rhetorische Pause ein, und Pippa starrte in die Dunkelheit und wagte kaum, zu atmen. In ihrem Kopf wirbelten die Neuigkeiten durcheinander wie in einer Lostrommel.

»Ich für meinen Teil habe in den letzten Monaten gelernt, dass die Bewohner Ihres Ortes um einiges unberechenbarer sind, als meine Firma angenommen hat. Deshalb haben wir bei den Passenheimers auch eine Hochrechnung über den Ausgang der morgigen Wahl in Auftrag gegeben. Leider, leider zeigt sich der Ausgang dabei nicht so eindeutig wie von uns gewünscht. Die UCFC liebt aber keine Überraschungen. Und deshalb bin ich hier.« Sie trommelte mit den Händen gegen das Holz des Schäferwagens, als wollte sie sicherstellen, dass ihre Zuhörerin nicht einschlief. »Ich weiß, Sie wären für Ihr Leben gerne im Pro-Natur-Forum, schwanken aber aufgrund Ihrer vielen Jobs noch, ob Sie für oder gegen eine sichere Zukunft für Lieblich stimmen sollen. Ich kann Ihnen an dieser Stelle versichern, ich werde mich persönlich dafür einsetzen, dass Ihnen im Rahmen der Möglichkeiten meiner Firma eine adäquate und lukrative Stelle angeboten wird, sobald wir uns hier etabliert haben.« Sie seufzte abermals. »Das setzt natürlich voraus, dass morgen Abend das Pendel in unsere Richtung ausschlägt.« Pippa hörte, wie die Unterhändlerin den Fuß in eine Speiche des Wagenrades stellte, um sich zum Fenster hochzuziehen. »Ich lasse Ihnen deshalb ein paar ganz besondere Wahlunterlagen da. Wenn Sie die gelesen haben, werden Sie wissen, wie Sie abstimmen – und wie Ihr romantisches Geheimnis gewahrt bleibt.«

Der Vorhang bauschte sich, und ein weißer Umschlag segelte ins Innere wie durch einen Briefschlitz. Pippa fing ihn ganz automatisch auf. Das Rascheln und Knicken des Papiers in ihrer Hand wurde von Regina Winterling mit hellem Lachen quittiert, so als hätte sie genau das erwartet und werte es als Annahme des Deals. Dann schlug sie zum Abschied noch einmal mit der flachen Hand gegen die Wand. Das Nächste, was Pippa hörte, war das Quietschen des Gatters, das geöffnet und wieder geschlossen wurde.

Ich hoffe, sie ist wirklich weg. Ihr würde ich auch zutrauen, das Tor einfach nur quietschen zu lassen, um sich zurückschleichen zu können und zu erfahren, was Eveline als Nächstes tut. Pippa wartete mehr als eine halbe Stunde, bis sie es wagte, das Schiebefenster zu schließen und unter der Bettdecke die Taschenlampe einzuschalten. Erst dann öffnete sie den Umschlag. Um ein Bündel Geldscheine war ein Foto gewickelt, das Eveline zusammen mit Kornelius Michel bei einem Konzert auf der Freilichtbühne Loreley zeigte, Hand in Hand. Auf der Rückseite des Bildes stand: *Wo dies war, sind noch mehr – das gilt sowohl für die Geldscheine als auch für die Fotos. Auf gute Zusammenarbeit!* So geht also Bestechung à la Winterling, dachte Pippa. Schade, ich hatte gerade angefangen, ihr für ihre Überzeugungen Respekt zu zollen. Dann zählte sie die Geldscheine und dachte nach. Wie um alles in der Welt will die Frau herausfinden, ob sie mit ihrer milden Gabe tatsächlich ihr Ziel erreicht hat? Eveline könnte doch heimlich wählen, was sie will, und trotzdem versichern, im Sinne der *UCFC* gehandelt zu haben? Oder hält Regina Winterling Eveline schlicht für anständiger als die gesamte Aktion? Dreitausend Euro, die Zusicherung eines Arbeitsplatzes und die Bewahrung eines brisanten Geheimnisses: ein ganz schön massiver Einsatz für nur eine einzige Stimme, überlegte sie. Wenn Regina Winterling so viel aufbietet, deutet das für mich auf ein Kopf-an-Kopf-Rennen zwischen Pro-Natur-Forum und Neustart-für-Lieblich-Liga hin. Wer hätte das gedacht! Es gibt da also den einen oder anderen Revoluzzer in den Reihen der früheren Gisbert-Anhänger. Franz ist nicht allein.

Sollte ich mich beim Gespräch mit Eveline über den selbstlosen Einsatz der Geldmittel von Kornelius Michel zu ihren Gunsten gewundert haben, so gibt es dafür jetzt auch eine einleuchtende Erklärung. Ich kann Evelines exzellentes Zeitmanagement nur bewundern. Wie schafft sie es neben all den Jobs, die sie zur Zufriedenheit ihrer Auftraggeber erledigt, Rüdiger bei der Stange zu halten und auch noch ein Liebesverhältnis mit dem Herrn Pfarrer zu pflegen?

»Ein Akt echter Nächstenliebe«, sagte sie laut und kicherte. »Die enge Beziehung zwischen den beiden ist bestimmt nur deshalb seit Jahren unentdeckt geblieben, weil niemand sich vorstellen kann, wo bei Eveline neben all der Arbeit und einer gesunden Nachtruhe noch Zeit und Energie für die wachste Variante des Schlafes sein könnte.« Gerade, als sie sich daran erinnerte, dass Kati auf ihre Vermutung, Kornelius Michel habe in der Sonntagnacht zu ihr gewollt, mit: *Unser Pfarrer gehört mir nicht* geantwortet hatte, hörte sie ein dumpfes Geräusch und spürte Unruhe unter den Schafen in der nahen Umgebung. Schnell versteckte sie den Briefumschlag in einer der Stauraumtruhen und lauschte auf das Quietschen des Gatters, das aber nicht kam. Auch fiel kein Lichtschein durchs Fenster. Wenn da draußen jemand war, dann schlich er sich an und wollte unerkannt bleiben. Mit klopfendem Herzen huschte Pippa zur Tür. So leise sie konnte, entriegelte sie den oberen Teil und stellte sich dahinter auf. In ihrem Kopf rasten die Gedanken. War Kornelius Michel auf dem Weg zu einem Stelldichein, weil Eveline vergessen hatte, ihm zu sagen, dass Pippa im

Schäferwagen schlief? Hatte irgendjemand vor, der Schäferin einen Schabernack zu spielen – oder Schlimmeres? Pippa sah Szenarien vor sich, in denen unter dem Wagen Feuer gelegt wurde und unschuldige Lämmer ihr Leben ließen. Der Schäferkarren erzitterte, als jemand die eingeklappte Treppe mit einem schnellen Ruck wieder vorzog. Kein Zweifel, es gab einen weiteren nächtlichen Besucher und der kam nicht mit guten Absichten. Pippa legte die Hände flach gegen den oberen Teil der Tür, als sie hörte, wie ein Dietrich ins Schloss eingeführt wurde, um es zu knacken. Sie war sich sicher, dass der Einbrecher seinen Kopf zum Schlüsselloch herunterbeugen musste, um wenigstens ansatzweise zu sehen, woran er arbeitete. Seine Stirn musste jetzt genau in der richtigen Höhe sein. Als das Schloss aufschnappte, holte Pippa tief Luft, nahm all ihren Mut zusammen und warf sich dann mit ihrem gesamten Körpergewicht gegen die Tür – und diese dem Einbrecher mit Schwung an den Kopf. Mit einem Schmerzensschrei fiel der Täter nach hinten und landete unsanft drei Stufen tiefer auf dem Rücken. Pippa griff sich die Taschenlampe und leuchtete dem Unbekannten direkt ins Gesicht.

»Nicolai Schnittke«, sagte sie.

Von Pippa fiel alle Anspannung ab, so erleichtert war sie, den jugendlichen Delinquenten vor sich zu haben – ganz gleich, was er im Schilde führte.

»Pippa Bolle?«, fragte Nico Schnittke ungläubig und rieb sich den Kopf. »Was machst du denn hier?«

»Schäfchen zählen, damit ich schlafen kann. Und du?«

Kapitel 20

Nico rieb sich den Kopf. »Manno, hast du einen Schlag«, sagte er und versuchte aufzustehen, sackte aber sofort wieder zusammen. »Aua. Ich habe mir bestimmt das Rückgrat gebrochen.«

»Dafür müsstest du erst einmal eines haben. Leute mit Rückgrat hätten geklopft und höflich um Einlass gebeten, statt einzubrechen«, sagte Pippa und stieg zu ihm hinab, um ihm aufzuhelfen. »Komm rein, ich drücke dir ein Messer auf die Stirn, dann hält sich die Beule morgen in Grenzen.«

Nico hob abwehrend die Hand. »Bloß nicht noch eine Waffe in deiner Hand«, sagte er, ließ sich dann aber doch gefallen, von Pippa verarztet zu werden.

»Präzisionsarbeit«, sagte sie zufrieden, als sie die Petroleumlampe entzündet hatte und Nicos Stirn bei Licht betrachtete. »Genau auf die zwölf! Verdienter Lohn für deinen Einbruchsversuch, oder wie lautet deine Vokabel für diese Aktion?«

»Also ich wollte ...«, begann Nico halbherzig. »Eveline ist doch ständig unterwegs ... Sie arbeitet immer und ist so schlecht zu erreichen, also ...«

»Also wolltest du ihren Wagen durchsuchen«, vollendete Pippa unnachgiebig. »Wonach?«

Nico sah sie erstaunt an. »Wenn ich wüsste, was sich hier finden lässt, bräuchte ich doch gar nicht mehr zu suchen.«

Pippa platzte der Kragen. »Nico, dies ist das zweite Mal, dass ich dich dabei erwische, wie du versuchst, fremder Leute Eigentum zu öffnen, und das in nur drei Tagen. Ich wage gar nicht, mir auszumalen, wo du überall deine Finger reinsteckst, wenn ich nicht hinsehe.«

»Entwarnung: Woanders einzubrechen ist doch sonst gar nicht nötig«, verteidigte sich Nico. »In Lieblich ist alles vernetzt, da wissen wir umfassend Bescheid, die Leute können wir jederzeit erreichen. Aber dieser Wagen steht ja faktisch auf einer prä-digitalen Wiese, völlig außerhalb ...« Nico fing Pippas zornigen Blick auf, biss sich auf die Lippe und versuchte dann, mit einem unschuldigen Augenaufschlag abzulenken.

Aber Pippa war nicht gewillt, nachzugeben. »Wer ist *wir*?«

»Hab ich *wir* gesagt?«

»Hast du.«

»Warte mal, nennt man das nicht Pluralis Majestatis, wenn einer ...?«

»Aha, also nicht nur hochbegabt, sondern auch Hochstapler«, fiel Pippa ihm ins Wort. »Könnten Euer Hochwohlgeboren dann bitte zur Abwechslung mal die Wahrheit bemühen? Sonst gehe ich morgen zu Kommissar Schmidt-Daubhaus und erzähl ihm meine Version, eine lange und ausführliche, mit ganz grellen Schleifchen.«

Nico riss die Augen auf. »Aber ich habe doch noch gar nichts gemacht! Und ich wollte auch überhaupt nichts klauen.«

»Diese unwesentliche Kleinigkeit würde ich in meiner Geschichte unerwähnt lassen.« Pippa sah ihn wütend an. »Einbruch, auch versuchter Einbruch, ist kein Kavaliersdelikt, Nico. Wer wüsste das besser als du? Ich würde meine Geschichte also damit beginnen, dass du im Namen der Passenheimers eingestiegen bist.«

Nicos Mund formte ein »O«, aber er unterbrach sie nicht.

»Die Passenheimers nutzen Nico aus, würde ich erklären. Sie lassen ihn allerhand ungesetzliche Dinge tun, die er aufgrund seines Vorlebens nicht mal als besondere Herausforderung betrachtet.« Sie stand auf, nahm sich die Taschenlampe und leuchtete den Boden vor dem Schäferkarren ab. Dann stieg sie zur Wiese hinunter und hob ein kleines Etui auf, in dem Dietriche in verschiedenen Größen und Formen steckten, fischte im Gras nach dem, mit dem Nico das Schloss geöffnet hatte, und kletterte in den Wagen zurück. »Dieses Etui würde ich als Beweis vorlegen.«

»Das ist doch purer Unsinn. Niemand verlangt von mir, irgendwo einzubrechen ...«

»Und trotzdem bist du hier. In einer Nacht, in der Eveline zufällig nicht im Schäferwagen schläft.«

Nico tastete nach seiner Beule, sagte aber nichts.

Pippa sah ihn an. »Ich warte.«

»Was denn? Ich wollte einfach mal wissen, wie es hier drin aussieht«, unternahm er einen lahmen Versuch der Verteidigung.

»Dann hättest du bei Tageslicht kommen können und wenn die Besitzerin zu Hause ist.« Pippa blieb unerbittlich. Sie mochte den Jungen und wollte ihm klarmachen, dass er sich nicht nur auf dünnem Eis befand, sondern nah daran war, dorthin zurückzuwandern, wo er schon einmal gesessen hatte. Seine Welt wäre dann wieder auf die wenigen Quadratmeter einer Zelle begrenzt, allerdings nicht mehr im Jugendstrafvollzug. »Also: Was wolltest du wirklich hier? Sonst erzähle ich Schmidt-Daubhaus, du bist eingebrochen und hast Eveline beklaut.«

Nico riss vor Empörung die Augen auf. »Echt, das ist Erpressung.«

»Das lernt man hier. Ich passe mich nur dem allgemeinen Klima in Lieblich an.«

Nico fluchte. »Das Schlimme ist, dieser Kommissar ist dein Buddy. Der würde dir alles glauben, und ich wäre am Arsch.«

Pippa stutzte. Sie hatte niemandem ein Sterbenswörtchen über ihre Bekanntschaft mit Wolfgang Schmidt-Daubhaus verraten, also konnten nur Ilsebill und Jodokus geplaudert haben. Konnte in dieser Umgebung eigentlich niemand etwas länger als fünf Minuten für sich behalten? Aber bevor sie fragen konnte, hob Nico seine Hände in einer Was-soll's-Geste und lenkte ein. »Also gut, hier ist ein Stück Nicolai-Schnittke-Geschichte für dich, und der Grund, warum ich heute Nacht hier bin.« Er wartete, bis Pippa sich und ihm ein Glas Wasser eingeschenkt und auf der Bank ihm gegenüber Platz genommen hatte. »Nur fürs Protokoll: Mein Können mit Dietrich & Co stammt nicht in erster Linie aus *Ein*brüchen, sondern vom *Aus*brechen. Ich kann überhaupt nicht zählen – und meine Erzieher erst recht nicht –, wie oft ich aus dem Jungenheim abgehauen bin. Ehrlich, es gab eine Zeit, da war kein Schloss vor mir sicher. Mittlerweile bin ich etwas eingerostet.« Er zeigte auf die geteilte Tür des Schäferkarrens. »Dafür habe ich drei lange Minuten gebraucht, und es ist nicht mal ein besonders sicheres Exemplar. Ich kann dir bei Gelegenheit mal an einem durchsichtigen Übungsschloss zeigen, wie du deine Haustür ganz einfach wieder öffnest, falls sie hinter dir zugefallen ist.«

Pippa hob den Zeigefinger. »Hier wird eine Straftat nicht in nützliches Wissen umgedeutet«, mahnte sie. »Bleib beim Thema.«

Ihr Gegenüber nickte und knüpfte wieder nahtlos an seine Geschichte an. »Das wäre ewig so weitergegangen mit mir. Ich wäre ausgebrochen und nach ein paar Tagen zurückgebracht worden, hätte mich wieder in meine Bücher vergraben, bis ich einen neuen Plan gehabt hätte, und dann wäre ich wieder weg gewesen. Irgendwann wäre irgendwem der Kragen geplatzt, und ich wäre in irgendeiner Institution gelandet, wo das Leben gar keinen Spaß mehr macht. Oder ich wäre draußen auf jemanden getroffen, durch dessen Ideen zur Geldbeschaffung ich früher oder später für sehr lange in einer Zelle gelandet wäre. Das wäre die Hölle für mich gewesen. Ich muss immer etwas zu tun haben, etwas lernen dürfen, sonst gehe ich ein.«

Nico atmete tief durch. »Ich habe mich im Heim immer nur gelangweilt. Um mich rum eine Menge Vollidioten, die zwar durchaus in der Lage gewesen wären, in ganzen Sätzen zu sprechen, das aber nicht cool fanden. Von manchen Erziehern und der Heimleitung will ich gar nicht erst reden. Denen war ich echt über, und das hat sie erst recht gegen mich aufgebracht. Kein Erwachsener ist gerne dümmer als ein Kind, und schon gar nicht eines, wie ich es war. Warum denken immer alle, wenn man aus ... anstrengenden Verhältnissen kommt, ist man auch blöd? Wäre ich der Sohn eines Professors der Hochschule unten in Geisenheim oder der Sprössling irgendeines Wirtschaftsfuzzis, dann hätte man mich als verwöhnten Lackaffen bezeichnet und meine Straftaten als ›Dummejungenstreiche‹. Aber einer wie ich steht irgendwann vor einem Psychologen, der allerhand Sachen abfragt, ein paar Spielchen einfordert und nach wenigen Stunden ein Urteil fällt, in dem gestörte Familienverhältnisse, erhöhtes Aggressionspotential durch ständige Unterforderung und Langeweile eine große Rolle spielen, und der abschließend die Vermutung äußert, dass bei dem vorhandenen Intelligenzquotienten eine steile Karriere in der Frankfurter oder Offenbacher Bronx vorgezeichnet ist. Als hätte man Lust, dem Vorbild der eigenen Eltern nachzueifern! Es ist zum Kotzen.«

»Aber in deinem Fall kam Lieblich ins Spiel«, warf Pippa ein.

»Das erschien mir damals wie ein Hauptgewinn«, bestätigte Nico, und Pippa notierte geistig das ›damals‹ und den wehmütigen Klang seiner Stimme. »Meine Betreuerin war echt okay. Sie hatte schon lange über eine bessere Lösung für mich nachgedacht und mir erst einen Computer vor die Nase gesetzt, an dem und durch den ich alles lernen konnte, was ich wollte, und dann für mich eine Lehrstelle gesucht. Fernab von …«, er grinste, »Einflüsterungen früherer Freunde.«

»Und auf ihrer Suche nach geeigneter Umgebung hat sie die Passenheimers gefunden?«

»Nein, den Stammtisch, vertreten durch Gisbert Findeisen.«

»Du solltest erst zu den Findeisens kommen?«

»Es war eher so, dass meine Betreuerin mit ihm besprach, wohin ich am ehesten passe, aber dass es Lieblich sein sollte, war klar. Allerdings gab es da ja wegen der bekannten Umstände nach der Schließung der meisten Betriebe nicht allzu viele Möglichkeiten. Ich habe erst bei der alten Frau Gardemann zwischen Dorfplatz und Kirche gewohnt und ein Praktikum bei Jonathan gemacht, aber Tierpfleger oder Tierarzthelfer, das war nicht so meins. Bei jedem Tier, dem wir nicht helfen konnten, habe ich geheult wie ein Schlosshund.«

Daher rührt also das gute Verhältnis zwischen Jonathan und Nico. Und auch die gegenseitige Achtung, dachte Pippa.

»Ich hätte das mit den Tieren durchgezogen, klar, aber es hat einfach nicht so richtig zu mir gepasst. Deshalb bin ich zwei Häuser weiter in den Passenheimer-Clan gewechselt. Tiere und Natur sind ja ganz kuschelig, aber ich bin lieber der Hacker in Lieblichs Cybergarten.«

»Danke für deine Geschichte, Nico«, sagte Pippa aufrichtig, »aber wie bringt uns die zusammen an den Tisch in Evelines Schäferkarren, und das mitten in der Nacht?«

»Ich habe gehört, dass Eveline vom Pfarrer den Auftrag bekommen hat, für die nächste Kerb eine Broschüre über unsere Kirche zusammenzustellen: Ihre Geschichte, die Bedeutung der Kirchenfenster, die Architektur und der Grund, warum sie dem heiligen Nikolaus geweiht wurde. Und die Unterlagen für diese Broschüre suche ich.«

»Das soll ich dir glauben?«, fragte Pippa. »Danach hättest du Eveline doch einfach fragen können. Ich bin sicher, sie hätte dir Einsicht gewährt.«

»Hätte sie nicht.«

»Das ist doch Unsinn, Nico. In ein paar Wochen wäre der Text gedruckt, die Prospekte lägen in der Kirche aus oder würden auf der Schnapphahnkerb verteilt, und wären damit ohnehin für alle lesbar. Da kommt es auf ein paar Tage früher oder später doch gar nicht an.«

Nico sah vor sich in das Glas Wasser, als gäbe es auf dem Grund Wichtiges für ihn zu entdecken, dann sagte er leise: »Ich wollte das finden, was sie weglassen soll.«

Pippa hätte fast gelacht, aber da Nico die Sache so ernst zu nehmen schien, unterdrückte sie den Impuls. »Du meinst, es wird Zensur ausgeübt, und sie darf nicht alles schreiben, was sie schreiben möchte?«

»Ich kam gerade in die Kirche, um auf der Kanzel ein Mikro zu installieren, da habe ich gehört, wie Kornelius Michel Eveline oben auf der Empore ermahnte: ›Aber verwende nur Informationen, die alle Welt erfahren darf, also bitte keinen Hinweis auf meine Abstammung von Tacitus Schnapphahn, keine Anspielung auf den verlorenen Schatz und nichts über den Grund, weshalb Nico in Lieblich ist.‹«

»Kann man doch verstehen, dass Kornelius so etwas nicht

ausposaunen will. Das geht nur Liebliche etwas an – und eben dich, Nico. Er wollte sich und dich schützen.« Pippa runzelte die Stirn. »Diese Informationen sind doch nichts Neues für dich. Du weißt schließlich am besten, warum du hier bist.«

»Das dachte ich auch, aber der Pfarrer hat leider noch einen Satz hinzugefügt. Und der macht mich nervös. Er sagte: ›Nicht, dass da noch jemand einen Zusammenhang konstruiert und der Junge zum Verdächtigen wird.‹« Nico sah Pippa verzweifelt an. »So denken die Leute doch: Der hat früher schon nichts anbrennen lassen, wer weiß, was er jetzt auf dem Kerbholz hat. Einmal straffällig geworden, immer schuldig. Unbescholtene Bürger können jede Menge Dreck am Stecken haben, trotzdem beteuern alle, wie herzensgut sie eigentlich sind.«

»Aber von welchen Zusammenhängen kann denn da die Rede sein?«, fragte Pippa verwirrt. »Für die Explosion hast du doch ein wasserfestes Alibi. Die Lambertis würden jeden Eid schwören, dass ihr ohne Unterbrechung zusammen gewesen seid.«

»Ich fürchte, es geht um Gisberts Tod.« Nico schwieg, und Pippa ließ ihm Zeit. Das Licht der Petroleumlampe begann zu flackern, und sie nahm die Taschenlampe, um in den Regalen nach dem Nachfüllkanister zu suchen. Es schien Nico zu beruhigen, dass sie mit anderen Dingen beschäftigt war und ihn nicht mehr ständig ansah, denn er sprach weiter. »Alle wissen, dass ich in der Nacht seines Todes einer der wenigen Einwohner Lieblichs war, die nicht am großen Treffen im ›verlorenen Schatz‹ teilgenommen haben. Ich habe zu Hause am Computer gearbeitet und gleichzeitig darauf geachtet, dass Klein Martin keinen Unsinn anstellt. Das war gar nicht so einfach, denn er hat die ganze Zeit gegreint, weil seine Katze nicht nach Hause gekommen war. Draußen tobte der Schneesturm, und seine kleine Puschel-Luzie tauchte einfach nicht auf. Um den Jungen zu beruhigen, bin ich kurz nach draußen und habe nach dem Tier gerufen, das muss so gegen dreiundzwanzig Uhr gewesen sein. Wie immer, wenn sich nachts auf der Straße etwas regt, hat sich die alte Frau Gardemann sofort aus dem Fenster gehängt und nach Ruhe gebrüllt. Doppelt so laut wie ich natürlich.« Er schüttelte den Kopf und lachte, aber Pippa konnte sehen, dass er diese Verrücktheit großartig fand. »Sie ist der festen Überzeugung, dass der Schönheitsschlaf ihrer Zuchtvögel Einfluss auf die Farbintensität des Gefieders hat und deshalb auf gar keinen Fall gestört werden darf. Ich habe mich bei ihr entschuldigt und bin wieder rein. Klein Martin hat angefangen zu heulen, als ich ohne seine Katze zurückkam. Um ihn zu beruhigen, habe ich ihm eine Geschichte vorgelesen, bei der er endlich eingeschlafen ist.« Nico sah Pippa zu, wie sie die Petroleumlampe befüllte, und half ihr dabei, sie wieder unter die Decke zu hängen. »Manche Kinder werden so was von verwöhnt. Klein Martin bekommt vorne und hinten alles reingepustet, aber im Grunde will er nicht mehr, als dass seine Luzie jede Nacht neben ihm im Bett schläft und er beim Räuber-und-Gendarm-Spiel den Hauptmann geben darf. Auf der Räuberseite selbstverständlich.«

Die beiden setzten sich wieder, und Nico kehrte nach seinem Exkurs freiwillig zum Thema zurück. »Als ich endlich zum Computer zurückkam, begann sich die Versammlung im ›verlorenen Schatz‹ gerade aufzulösen, und ich war froh, den Jungen im Bett zu haben, bevor seine Mutter mir eine Standpauke halten konnte.«

»Moment mal«, bat Pippa. »Wie hast du das gemerkt? Hast du aus dem Fenster gesehen?«

»Ich habe auf meinen Bildschirm geguckt, was sonst?

Wir hatten in der Gaststube zwei Kameras und Mikrofone installiert, und meine Aufgabe war, die Aufzeichnung zu überwachen und auszusteuern.«

»Bitte? Erklärst du mir hier gerade, dass es von dieser denkwürdigen Nacht einen Mitschnitt gibt?«, fragte Pippa ungläubig.

»Ja klar, der Stammtisch hatte das so angeordnet. Man wollte sichergehen, dass Regina Winterling später alle Versprechen hält, die sie in dieser Nacht gab, und dafür einen schlagenden Beweis parat haben.«

»Das ist ja ausgebufft«, sagte Pippa anerkennend. »Wusste sie davon?«

»Jep«, bestätigte Nico. »Ich bin mir nicht mal sicher, ob das Ganze nicht ursprünglich ihre Idee war. Sie ist nämlich anschließend gekommen und hat sich von mir eine Kopie geholt. Sie wollte sich genau anschauen, wie ihre Rede auf die einzelnen Lieblichen gewirkt hat, und mit all denen reden, deren Gesichtsausdruck bis zum Schluss Skepsis ausdrückte. Das hat sie mir selbst gesagt.«

»Die lässt aber auch nichts aus«, sagte Pippa halb bewundernd.

»Das kannst du laut sagen«, bestätigte Nico. »Mit mir hat sie auch geredet und mir in Gegenwart meines Chefs erklärt, welche Vorteile das Projekt *UCFC* für mich persönlich haben könnte. Sie hat angedeutet, wie dringend die Labore auf Computer angewiesen sind, und somit auf jemanden, der die Pflege der Software übernimmt und weiterentwickelt. Dabei hatte sie die Stirn, Max anzuschauen, nicht mich.« Er seufzte in Erinnerung an den Vorfall. »Der war danach tagelang schlecht gelaunt und hat mich aufgefordert, sie zu fragen, wie das gemeint gewesen sei, denn er hatte schon ein sehr passables Angebot für genau diese Aufgaben bei ihr eingereicht. Von dem Geld will er eines der leerstehenden Häuser kaufen, damit Gila und er und Klein Martin endlich eigene vier Wände haben und nicht mehr bei Arno und Margot wohnen müssen.«

»Und?«, wollte Pippa wissen. »Hast du mit ihr geredet?«

»Habe ich. Konkurrenz belebt das Geschäft, hat sie gesagt, und dass sie mir die Stelle zutrauen würde.«

»Sie schreckt also auch vor Abwerbung nicht zurück. Wahrscheinlich war ihr Max' Angebot zu teuer, und sie wollte den Preis drücken«, vermutete Pippa. »Oder sie wollte einfach Zwietracht zwischen euch säen.«

»Das hat auch geklappt«, bestätigte Nico. »Max hat mich tagelang angemault, obwohl ich gar kein Interesse habe, zu wechseln. Und er hat zusammen mit Arno über einem zweiten, sehr viel günstigeren Angebot gebrütet«, bestätigte Nico. »Eines, bei dem er seinen Traum vom Eigenheim noch lange weiterträumen muss.«

»Regina Winterling ist also derzeit nicht seine beste Freundin?«

»Nein, aber die von Arno, denn der wäre mit einem Auszug überhaupt nicht einverstanden gewesen. Er hält Regina Winterling für die einzige Frau, die er in seinem Leben getroffen hat, die es mit ihm aufnehmen kann.«

»Siehst du das auch so?«

»Vielleicht stimmt es aus Arnos Sicht«, überlegte Nico, »für mich gibt es zwischen den beiden entscheidende Unterschiede.«

»Da bin ich aber mal gespannt ...«

»Arno weiß immer genau, was er will, aber er führt es nie selbst aus, das überlässt er anderen. Wenn etwas schiefgeht, poltert er rum, bis man einen zweiten Versuch unternimmt, und noch einen und noch einen, bis es endlich so ist, wie er es haben will. Regina Winterling dagegen will alles selber machen. Die vertraut keinem, weil sie die Lorbeeren persönlich einheimsen will. Der eine will für die Familie Geld horten und für schlechte Zeiten aufheben, die andere will mit niemandem teilen, damit sie sich so bald wie möglich auf einer Karibikinsel häuslich einrichten kann und nie wieder einen Handschlag tun muss. Das Lieblich-Projekt kann beiden das garantieren.«

Pippa staunte. »Das ist ja mal eine genaue Analyse, die hätte ich dir gar nicht zugetraut.«

»Sie stammt auch nicht von mir, sondern von Arno und Regina Winterling selbst«, gab Nico zu. »Du musst nicht mehr als zweimal mit den beiden geredet haben, um ihre Lebensziele serviert zu bekommen, ob du das willst oder nicht.«

»Meinst du, die Unterhändlerin hatte nach Gisberts Tod Gewissensbisse?«

Schlagartig war die Spannung in Nicos Stimme zurück. »Sie nicht, aber ich. Auch deswegen bin ich heute Nacht hier.« Er steckte den Daumen in den Mund wie ein kleines Kind und begann, an den Nägeln zu kauen. Erst als Pippa schon drauf und dran war, seine Hand festzuhalten, sprach er leise weiter. »Gisbert hatte mir ein paar Tage vor der denkwürdigen Nacht einen Auftrag erteilt. Einen heiklen Auftrag.« Nicos Nervosität übertrug sich auf Pippa, als er sagte: »Er wollte, dass ich ihm K.-o.-Tropfen besorge. Ganz gleich, welche, Hauptsache wirkungsvoll. Er wusste, ich würde es ihm nicht abschlagen, nicht nach all dem, was er für mich getan hat.«

Pippa versuchte, gelassen zu klingen. »Hat er gesagt, wofür er sie haben will?«

»Jeder wusste, dass er nicht gut schlafen konnte und schon alles Mögliche versucht hat, von Schlaflabor bis Valium und zurück. Jetzt wollte er K.-o.-Tropfen probieren – und die sollte ich ihm nach der Veranstaltung bringen.«

Anscheinend hat das halbe Dorf in dieser Nacht mit Gisbert eine Verabredung gehabt, dachte Pippa. Umtriebiger Mann.

»Wir hatten uns für fünf Minuten nach eins an der Bank in der Dorfmitte verabredet.« Nico biss heftig auf seinem rechten Daumennagel herum, bevor er weitersprach. »Schlag eins gehen in Lieblich die Straßenlaternen aus. Gisbert wollte sichergehen, dass uns niemand erkennen kann, deshalb sollte ich erst kurz danach kommen.«

Wieso hat er keinen anderen Platz gewählt als ausgerechnet Lieblichs Präsentierteller?, fragte sich Pippa und dachte wütend an den Mann, der aus Eigeninteresse Nico zum Kauf illegaler Drogen angestiftet hatte. »Und? Hat euch jemand gesehen?«

»Wenn ich das wüsste, wäre mir wohler. Und wenn ich wüsste, warum unser Pfarrer glaubt, es ist wichtig, dass niemand erfährt, wieso ich tatsächlich nach Lieblich gekommen bin.«

Pippa überlegte einen Moment und zählte dabei eins und eins zusammen. »Du hast Angst, Kornelius könnte glauben, dass man dich nur hergeholt hat, damit du den Lieblichen Drogen besorgst. Und du fürchtest, die Polizei könnte doch noch herausfinden, dass du dich mit Gisbert getroffen hast – und ihm die K.-o.-Tropfen nicht nur übergeben, sondern eingeflößt hast.«

»Hab ich nicht. Ehrlich. Die Tropfen hätten ihn doch auf seiner Bank festgenagelt. Willenlos«, bestätigte Nico mit Tränen in den Augen. »Den Rest haben dann Schnee und Eis besorgt.«

»Tückisch, diese Tropfen«, überlegte Pippa. »Sie sind schon nach sechs bis zehn Stunden nicht mehr nachweisbar. Und Gisbert wurde ja erst viele Stunden später gefunden. Aber warum hätte er die Tropfen schon auf der Bank einnehmen sollen und nicht erst im warmen Bettchen? Das ergibt doch keinen Sinn.«

Nico sah sie ernst an. »Ich muss herausfinden, wer nach mir noch bei ihm an der Bank war und warum bis heute niemand die Flasche mit den Tropfen bei ihm gefunden hat. Sonst machen die Lieblichen oder die Polizei eines Tages aus mir kleinem Einbrecher noch Gisberts Mörder.«

Kapitel 21

Während sie durch die Nacht zum Dorf gingen, fragte sich Pippa, warum sie sich so sicher war, nicht neben einem Mörder herzulaufen, sondern neben einem verstörten jungen Mann, der höllische Angst hatte, das Leben, das er nun führte, wieder zu verlieren. Ich mag ihn einfach, dachte sie. Er ist mir sympathisch in seiner jugendlichen Andersartigkeit und er erinnert mich an Sven, der an derselben Stelle des Lebens steht, es aber dank der Liebe und Unterstützung seiner Familie und Freunde sehr viel leichter hat, seinen Weg zu finden. Außerdem wird meine Zuneigung von den Lambertis geteilt, und von Wolfgang, sonst hätte er ihm keine Computeraufträge gegeben.

»Und du meinst wirklich, dass es etwas nutzt, mein Treffen mit Gisbert vor Ort noch einmal nachzustellen?«, fragte Nico in ihre Gedanken hinein.

»Bei mir hilft das immer«, antwortete sie. »Wenn ich etwas vergessen habe, gehe ich an den Ort zurück, wo ich den Faden verloren habe, schau mich um und weiß meistens wieder, was mir fehlt. Oder mir fällt etwas Besseres ein – und damit bin ich dann auch zufrieden.«

»Und wie wollen wir das anstellen?«

»Ich bin Gisbert Findeisen und du bist du. Wenn das nicht hilft, wechseln wir die Rollen«, schlug Pippa vor. »Es ist Hochsommer und keine grausame Winternacht, das macht schon einen Unterschied, aber es würde mich doch sehr wundern, wenn bei dieser Aktion nicht irgendetwas herauskäme.«

»Wie willst du so nur feststellen, wer mich gesehen hat?«, fragte Nico zweifelnd.

»Will ich nicht. Ich will erfahren, was *du* gesehen hast, ohne dich daran zu erinnern.«

»Ich kann mir nicht vorstellen, wie das gehen soll. Ich habe ja kein fotografisches Gedächtnis.« Er seufzte vernehmlich. »Lieblich wieder verlassen zu müssen wäre für mich die Höchststrafe. Meine Betreuerin ist damals von Pontius zu Pilatus gelaufen, damit ich nach meiner Zwangspause im Jugendknast nicht noch einmal ins Heim gesteckt werde. Aber wen sie auch gefragt hat, die sind alle vor meinem Strafregister zurückgeschreckt.«

»Schön, dass der Stammtisch damit kein Problem hatte«, bemerkte Pippa und vollendete in Gedanken: falls dieser Umstand in den Augen von Arno & Co angesichts der Tradition der Schnapphahnbande nicht sogar einen Pluspunkt darstellt. »Deine Betreuerin muss überglücklich gewesen sein, endlich jemanden aufgetan zu haben, wo du bleiben kannst.«

Nico blieb kurz stehen. »Du glaubst, sie hat Gisbert gefunden? So war das nicht. Der Stammtisch hat sie kontaktiert und sich praktisch um mich beworben. Sie haben keinerlei Informationen über mich angefordert. Die hätten mich auch genommen, wenn ich ein Serienkiller gewesen wäre. Das ist es ja, deshalb fühle ich mich ihnen so verpflichtet.«

Sieh mal einer an, dachte Pippa, als sie an der Kirche vorbeikamen. So war das. Jetzt glaube ich langsam auch, dass es noch einen weiteren Grund geben muss, warum Nico ausgerechnet hier gelandet ist. Als sie die Straße betraten, die zum Dorfanger hinunterführte, verlöschten die Straßenlaternen und es wurde schlagartig dunkel.

»Perfekt«, sagte Pippa. »In fünf Minuten sind wir an der Bank. Genau zur selben Zeit wie du damals.«

Auf dem Kopfsteinpflaster klang jeder Schritt überlaut in ihren Ohren. Schweigend, um die friedlich schlafende Welt nicht zu stören, gingen sie bis zur Dorfmitte.

»Stell mich genau dorthin, wo Gisbert stand, als du hier ankamst«, forderte Pippa Nico auf.

Der zögerte einen Moment und zog sie dann hinter die Bank. »Als ich kam, stand er mit dem Rücken zu mir, die Hände in Lederhandschuhen, und stützte sich auf der Lehne ab. Er sah konzentriert zum südlichen Ortsausgang, dorthin, wo die Straße ins Wispertal hinunterführt, wenn man nicht den Umweg über die Wisperweide und die Plappermühle nimmt.«

Pippa folgte seinen Anweisungen, und er stellte sich neben sie.

»Hast du das Zeugs?«, fragte sie. »In dieser Kälte sollten wir das hier draußen möglichst schnell über die Bühne bringen.«

Nico kicherte. »Du bist echt gut. Sinngemäß hat er genau so was gesagt. Ich habe dann das Fläschchen aus meiner Jackentasche gezogen, und er hat es mit der rechten Hand in seinen linken Handschuh gestopft.«

»Das konntest du in der Dunkelheit erkennen? Ich denke, die Straßenlaternen waren aus.«

»Jetzt, wo du mich darauf hinweist, fällt es mir auf«, sagte Nico, Erstaunen in der Stimme. »Es hatte aufgehört zu schneien, aber der Schnee ließ alles viel heller erscheinen als sonst. Ich konnte in Gisberts Gesicht deutlich lesen, dass er alles andere als gut gelaunt war. Dabei war ich pünktlich gewesen ...«

»Was konntest du von der Umgebung ausmachen, als du hier standest? Guck dich noch mal genau um«, forderte Pippa ihren Begleiter auf.

Nico betrachtete ein Haus nach dem anderen in seinem Blickfeld. »Nichts, alles war dunkel. Kein Licht in den Fenstern, keine Eingangslampe ... bis auf die Laterne über dem Tor des Feuerwehrgerätehauses. Die brannte, und ich dachte, die hat bestimmt Eveline angemacht, damit der Feuermelder auch in einer so scheußlichen Nacht gut sichtbar ist. Ich habe sogar noch überlegt, ob die Freiwillige Feuerwehr bei solchem Wetter überhaupt ausrücken könnte oder ob ein Schneepflug vornewegfahren müsste.«

Bingo, dachte Pippa. Wenn das nicht bedeutet, dass Eveline noch spät im Feuerwehrhaus gewesen war und vergessen hatte, das Licht zu löschen – oder gespannt darauf wartete, bis Nico verschwand, um Gisbert anschließend in die Schranken zu weisen. Es würde nicht nur erklären, warum Rüdiger von dem Stelldichein mit ihrem Freund wusste – Pippa drehte sich kurz zu seinem Haus, um zu sehen, wo er sich versteckt gehalten haben könnte –, sondern auch, warum Eveline und Kornelius sich Sorgen um Nicos Alibi machen. Laut sagte sie: »An was kannst du dich sonst noch erinnern? Welche Autos waren hier geparkt? Kanntest du alle Besitzer?«

Nico kniff die Augen zusammen. »Die Wagen waren eingeschneit. Ich hätte nicht erkennen können, wem sie gehören ... aber ... auf dem Parkplatz des ›verlorenen Schatzes‹ standen keine.«

Pippa sah zum Kundenparkplatz des Gasthauses hinüber. »Stehen dort normalerweise die Autos der Übernachtungsgäste?«

»Für keinen von uns lohnt es sich, zur Kneipe zu fahren, wir gehen die paar Schritte hierher zu Fuß. Nur Thilo und Kati parken dort und die Leute von der Wisperweide. Und natürlich Gisbert. Ansonsten tatsächlich nur Gäste, die ein Zimmer gemietet haben. Das sind meistens Wanderer, die auf dem Wispersteig oder dem Rheinsteig laufen wollen –

und neuerdings natürlich Regina Winterling.« Er überlegte. »Ich kann mich nicht erinnern, ob Gisbert sein Auto dabeihatte oder ob Uschi ihn hergefahren hat, aber eins weiß ich genau: Ein Wagen hätte da stehen müssen, der von Regina Winterling. Sie ist nur ein einziges Mal mit dem Firmenwagen angereist, sonst fliegt sie immer. Aber für diesen Abend hatte sie jede Menge Prospekte und Lagepläne dabei, die sie verteilen wollte. Das ganze Dorf war anschließend damit zugepflastert, so viel Material hatte sie mit ihrem dicken, fetten Geländewagen angeschleppt.«

»Woher wusstest du denn, welcher Wagen ihr gehört?«

»Na, wegen des Kennzeichens. Die UCFC hat ihren Sitz in Österreich, Leopoldsdorf bei Wien, glaube ich, und da war auch der Wagen angemeldet.«

»Sag ich doch«, sagte Pippa zufrieden. »Nicht nur der Mörder kehrt immer wieder an den Ort des Verbrechens zurück, um die Tat noch einmal nachzuerleben, die Ermittler sollten es auch tun. Gut gemacht!« Sie klatschte sich mit Nico ab. »Dann werden wir die Dame bei passender Gelegenheit fragen, warum sie in einer so stürmischen Nacht nicht neben dem Gasthaus geparkt hat.« Noch während sie sprach, traf sie ein Blitz der Erkenntnis. »Jetzt wird mir klar, warum Gisbert trotz der eisigen Kälte draußen geblieben ist: Der hat nach Regina Winterling Ausschau gehalten. Sie hat nicht irgendwo anders geparkt, Nico. Sie hatte noch etwas zu erledigen, was so wichtig war, dass nicht mal der Schneesturm sie davon abhalten konnte.« Pippa wandte sich wieder an Nico. »Also los, weiter im Text, was passierte, nachdem Gisbert die Flasche hatte?«

»Nichts weiter, wir haben uns verabschiedet, und ich bin gegangen.«

»Er hat nichts mehr zu dir gesagt?«

Nico schüttelte den Kopf.

»Hat Gisbert denn das Fläschchen nicht mal bezahlt?«

»Ich hatte mir statt Geld Bienenstich gewünscht, fünf Bleche, mit doppelter Füllung. Die wollte ich einfrieren, für nächtliche Heißhungerattacken während der Computerarbeit.« Er verzog das Gesicht. »Es war wie bei der Einladung zum Essen durch die Lambertis. Immer, wenn ich mich in Naturalien bezahlen lassen will, kommt der Tod dazwischen.«

Pippa drückte Nicos Hand. »Komm morgen ... oder vielmehr heute Abend nach der Auszählung der Stimmen zu mir in die Plappermühle. Ich koche was Italienisches, und dann gucken wir zusammen die Verfilmung von *1984*.« Sie zwinkerte ihm zu. »Ich werde das Treffen bei deinem Chef ganz offiziell als Auftrag deklarieren. Dann kannst du Überstunden aufschreiben und bekommst den Besuch auch noch bezahlt.«

Auf dem Weg zurück zur Kirche bat Pippa Nico, genauso zu gehen, wie er es damals in der Nacht getan hatte. Sofort drückte er sich an die Hauswand des Anwesens der Passenheimers, als bliese ihm eiskalter Wind ins Gesicht. Dann hielt er inne und tat, als würde er eine Pudelmütze abnehmen und sie ausschütteln. Beim pantomimischen Aufsetzen sah er nach oben und schnaufte vor Überraschung. »Genau wie damals«, sagte er und zeigte auf ein Fenster des Nachbarhauses. »Auch in dieser Januarnacht war bei der alten Frau Gardemann noch Licht. Und unter ihrem Fenster hing noch eine von diesen Weihnachtsgirlanden, die brannte auch. Ich erinnere mich, weil ich mich gefragt habe, ob ihre Zuchtvögel nachts nur von Lärm und nicht auch durch Licht gestört werden.«

Pippa sah zum Fenster des Fachwerkhauses hinauf. »Was ist da oben?«, fragte sie. »Ihr Schlafzimmer?«

»Eher so eine Art Allzweckzimmer. Sie geht ja kaum noch

aus, aber sie sitzt viel am Fenster. Ich frage mich, ob sie etwas ... mich in der Nacht gesehen hat.« Bevor sie Nico davon abhalten konnte, war er bereits an der Tür und klingelte Sturm.

»Bist du wahnsinnig?«, fragte sie entsetzt, aber da öffnete sich bereits die Tür, und Jonathan Gardemann stand im Eingang. Er verschränkte die Arme vor der Brust und betrachtete die nächtlichen Besucher mit Stirnrunzeln. »Kommt ihr auch zum Krankenbesuch?«, fragte er.

Pippa wäre am liebsten im Boden versunken und verwünschte Nicos Spontanität. »Wir können gerne ein anderes Mal wieder reinschauen, wenn wir ungelegen kommen«, quetschte sie heraus und wollte Nico weiterziehen.

»Wieso? Kein Zeitpunkt ist besser als die tiefe Nacht, um eine alte Dame zu besuchen, die an seniler Bettflucht leidet.« Gardemann sah demonstrativ auf die Uhr. »Ich nehme an, das war deine Idee, Nico?«

»Du hast doch gesagt, ich soll sie besuchen, wann immer ich Lust habe ...«, antwortete er in unschuldigem Tonfall.

Hoffentlich fragt Jonathan jetzt nicht nach dem Grund unseres nächtlichen Auftritts, betete Pippa. Schließlich konnten sie unmöglich gestehen, dass sie unterwegs waren, um herauszufinden, ob sein eigener Bruder durch Nicos Tropfen gestorben war.

»Bitte bestell der Dame unsere besten Genesungswünsche«, sagte sie deshalb und machte Anstalten, wieder zu gehen.

»Danke, aber mein Krankenbesuch bezieht sich diesmal ausschließlich auf die Tiere. In den letzten Tagen sind zwei von Großmutters Harzer Rollern gestorben, und heute Abend lag schon wieder einer tot in der Voliere. Jetzt will sie wissen, ob ihre Kanarienvögel an einer ansteckenden Krankheit leiden. Ich hole gerade das letzte Opfer ab, um es im Morgengrauen zu obduzieren«, erklärte Jonathan Gardemann. »Aber was treibt euch hierher?«

»Wir wollten ein paar Fragen zum Freistaat Flaschenhals stellen«, wich Pippa aus und hoffte inständig, Nico würde ihr Ausweichmanöver mittragen.

»Dafür eignet sich in der Tat kein Zeitpunkt besser als direkt nach der Geisterstunde«, sagte Jonathan und klang amüsiert. »Dann mal rein mit euch.«

Jonathan nahm die beiden mit in den ersten Stock, in dem die alte Dame sich ein gemütliches Refugium mit kurzen Wegen zwischen Bett, Sofa, Tisch und einem offenen Blick auf eine riesige Voliere geschaffen hatte. Sie saß in einem gemütlichen Ohrensessel am Fenster, neben sich einen Rollator. Seidendeckchen und Kissen mit Hasenohren suchte man in diesem Zimmer vergeblich, aber ein Glasschrank offenbarte eine beachtlich bestückte Bar, die noch größer wirkte, weil die Wände mit Spiegeln ausgekleidet waren.

»Darf ich vorstellen: Pippa Bolle aus Berlin.« Gardemann nickte erst seiner Großmutter zu und dann Pippa: »Letizia Gardemann, die älteste Bürgerin Lieblichs.«

Pippa gab der alten Dame die Hand, war aber überrascht. »Ich dachte, Arno Passenheimer ist der älteste Bewohner des Dorfes.« Sofort traf sie ein strafender Blick.

»Genau, meine Gute, *der* älteste Bewohner ist Arno, mit seinen sechsundneunzig Lenzen. Aber *die* älteste Liebliche bin ich. Da kann er sich noch so gerade halten, er überholt mich nicht. Ich bin und bleibe zwei Jahre älter. Also bekomme ich auch jedes Jahr vom Ortsvorsteher die Gratulationsurkunde.«

»Oh, die deutsche Sprache, da hat sie mich aufs Glatteis geführt«, sagte Pippa amüsiert. »Ich habe nicht mal in Betracht gezogen, dass jemand noch älter sein könnte als er.«

»Ja, was den Schein angeht, leisten die Männer ganze Arbeit.« Die alte Frau Gardemann kicherte. »Trotzdem halte ich unsere Sprache für sehr weiblich: Bei uns ist die Sonne eine Frau, die vom Mann im Mond umkreist wird. Genau wie es sein soll. Die Gestirne wissen besser Bescheid, wie die Welt funktionieren sollte, als manche Leute auf der Erde, finden Sie nicht?« Dann wandte sie sich an ihren Enkel. »Dabei fällt mir ein, da steht noch ein sehr schöner Rieslingsekt kalt. Könntest du bitte …?«

Pippa warf Jonathan einen verzweifelten Blick zu, aber der winkte ab und scherzte nur für ihre Ohren hörbar, als er an ihr vorbeikam: »Das ist die gerechte Strafe, weil ihr mir nicht sagt, warum ihr wirklich hier seid. Jetzt müsst ihr ihren abgestandenen Sekt trinken, den habe ich geöffnet, als Gisbert die letzte Urkunde brachte.«

Dann wandte er sich an seine Großmutter: »Die zwei sammeln Informationen für das diesjährige Thema der Schnapphahnkerb und hoffen, du kannst ihnen helfen.« Er sah bedeutungsvoll in Pippas Richtung. Ihr wurde heiß, weil ihr die passenden Fragen zu der faulen Ausrede fehlten. Sie warf einen flehentlichen Blick in Nicos Richtung, aber der rannte übereifrig zum Schrank, um Gläser zu holen.

»Können Sie sich noch an die Zeit des Freistaates Flaschenhals erinnern?«, fragte sie, um Zeit zu gewinnen, und versuchte krampfhaft nachzurechnen, ob Letizia Gardemann damals überhaupt schon geboren war.

»Das Privileg der Menschen, die so alt werden wie ich: Wir können erzählen, was wir wollen, es ist kaum noch jemand da, der uns aus eigener Anschauung das Gegenteil beweisen kann«, verkündete die alte Dame genüsslich. »Aber ich bin nicht Arno. Ich will ehrlich sein: Wenn ich etwas erinnere, dann nur aus Erzählungen meiner älteren Geschwister oder meiner Eltern. Ich war noch zu jung damals. Aber ich erinnere Gefühle – und eine ständige Spannung. Nicht nur in der Familie ... sondern in der Luft. So, als würde alles auf einen mächtigen Donnerschlag hinauslaufen.«

»Ist es ja auch«, sagte Jonathan, während er den Korken einer frischen Flasche knallen ließ und den Sekt in die Gläser füllte. »Die Schießerei zwischen den Gendarmen und der Schnapphahnbande muss wie eine Entladung gewirkt haben.«

»Mag sein«, sagte seine Großmutter, »aber in der Plappermühle haben wir Kinder davon nichts mitbekommen. Wir waren im wahrsten Sinne des Wortes weit ab vom Schuss.«

Pippa staunte: »Sie haben in der Plappermühle gewohnt?«

»Ich bin dort geboren, genau wie meine Geschwister. Wir zogen erst nach Lieblich, als der Mühlenbetrieb eingestellt wurde. Da waren wir alle schon erwachsen.« Die alte Dame lächelte in guter Erinnerung. »Unsere Familie war übrigens die erste, die in den sechziger Jahren umstellte auf Kurgäste. Wir vermieteten Zimmer in der Plappermühle und hier im Haus.«

Auf Pippas Bitte hin zählte sie auf, womit die anderen zu Zeiten des Freistaates offiziell ihren Lebensunterhalt verdienten: »Wie gesagt, uns Gardemanns gehörte die Mühle, die Lehmanns kümmerten sich um die Wälder und die Jagden, die Freimuths führten das Gasthaus und die Passenheimers betrieben die Dorfläden.«

»Im Grunde genau wie heute«, warf Nico ein. »Die Familien, die in Lieblich den Ton angeben, sind immer noch dieselben.«

Letizia Gardemann hob huldvoll die Hand. »Deshalb wurden diese vier Familien von den anderen Dorfbewohnern auch während der Freistaatzeit gebeten, einen passenden Mann zu suchen, der Lieblich in dieser schwierigen Zeit ein wenig ... zur Hand gehen konnte. Wir lebten hier oben auf dem Wispertaunus so abgeschieden, da brauchte man einen fähigen Kopf, der den Handel mit dem Umland und den Besatzungszonen organisierte.«

»Schmuggel, Oma, das war kein Handel, das war Schmuggel«, korrigierte ihr Enkel.

Letizia Gardemann ging über diesen Einwurf nonchalant hinweg, indem sie ihr Glas hob und allen der Reihe nach zuprostete. »Auf Tacitus Schnapphahn, der dafür sorgte, dass es in Lieblich nie zu Versorgungsengpässen, nie zu Hunger kam«, sagte sie. »Und der dafür mit dem Leben bezahlte.«

»Dann kam der Verrat tatsächlich aus den eigenen Reihen? Von den vier führenden Familien?«, wollte Pippa wissen.

»Woher sonst? Der damalige Pfarrer Michel war sein bester Freund, der hat ihn bestimmt nicht verpfiffen. Die beiden waren ein Herz und eine Seele. Wenn Tacitus im Lande war, wohnte er bei ihm und seiner unverheirateten Schwester.«

Jonathan Gardemann hob bedeutungsvoll die Augenbrauen. »Aus solchen Nächten werden Legenden gestrickt. Weil sie ein paar Jahre zuvor mit einem unehelichen Kind bei ihrem Bruder untergekrochen war und ihm von da an den Haushalt führte, entstand das Gerücht, Tacitus sei der Vater des Kindes, denn er unterstützte die Familie reichlich. Das war allerdings ein Geben und ein Nehmen, denn der Pfarrer hatte Tacitus wiederum als passenden ... Handlungsreisenden für Lieblich vorgeschlagen.«

Letizia griff den Faden auf. »Und genau aus diesem Grunde glauben heute viele, dass unser Kornelius Michel ein Nachfahre unseres Helden ist. Das ist im Grunde durch nichts zu belegen, zwang den vermeintlichen Nachfahr aber praktisch dazu, ein Theologiestudium zu absolvieren, weil der Stammtisch das passend fand und großzügig finanzierte.«

»Diese Theorie widerspricht aber der Tatsache, dass

Schnapphahn zur selben Zeit mit der Wirtstochter des ›verlorenen Schatzes‹ liiert war«, überlegte Pippa laut.

»Der damals noch ›Der Lieblichen Wirtin‹ hieß«, erinnerte Nico.

»Diese doppelte Bindung wurde später als einer der Gründe genannt, weshalb Tacitus nicht zu trauen gewesen sei, und warum sich seine Amanda nach seinem Tod schweren Herzens mit dem Barbier des Ortes zusammentat. Man musste schließlich irgendwie rechtfertigen, was man ihm und all den anderen, die im Kugelhagel starben, angetan hatte.« Letizia Gardemann machte ihrem Enkel ein Zeichen, ihr nachzuschenken. »Tacitus Schnapphahn kam nicht von hier. Er stammte aus der Stadt, aus Wiesbaden, deshalb war er auch so erfolgreich. Er kannte alle Schliche, wie man die Reichen und Schönen dort ausnehmen konnte.«

»Die ideale Wahl«, unterbrach Jonathan. »Er hatte keine Wurzeln im Dorf. Ihn über die Klinge springen zu lassen war kein Problem.«

»Ein junges, verliebtes Mädchen unglücklich zu machen, war offenbar ein zu verschmerzender Kollateralschaden«, vermutete Pippa und schüttelte sich.

»Man wartete den letzten Raubzug ab und ließ Tacitus dann ohne Bedenken hinrichten. Mit dem grässlichen Hintergedanken, die Beute unter sich aufzuteilen und nach Ende des Freistaates Flaschenhals davon in Saus und Braus zu leben. Außerdem konnte man sich durch den Verrat mit den Behörden gutstellen und als Kronzeugen straffrei ausgehen«, erzählte Letizia weiter.

»Kein schönes Erbe, was unsere Familien da mit sich herumtragen«, fasste Jonathan die Ausführungen seiner Großmutter zusammen.

»Blöd nur, dass der Schatz nicht dort lag, wo er sein sollte.« Nico feixte. »Tacitus Schnapphahn hatte sich nicht an die Vereinbarung gehalten. Anstatt die Beute in der Krypta der Kirche zu verbergen, versteckte er sie an einem Ort X – nach dem ihn nun keiner mehr fragen konnte. Echt Pech!«

»Die Strafe folgte auf dem Fuße: Das Dorf war all die Jahre zu dumm, den Schatz zu finden.« Letizia Gardemann lächelte verschmitzt. »Trotz ihrer Heirat mit dem Barbier ließ es sich Amanda Klein nicht nehmen, jedes Jahr zu Tacitus' Todestag auf diese Schmach hinzuweisen. Und die Wirtin selbst streute mit der Umbenennung ihres Gasthauses den Lieblichen mit jedem Glas Bier weiter Salz in die Wunde.«

»Da half nur, Tacitus Schnapphahn und seine Bande zu Helden umzudeuten und ihnen zu Ehren jedes Jahr ein großes Fest zu feiern«, Nico kicherte, »damit diese Blamage wenigstens einmal im Jahr in den Hintergrund rückt.«

Letizia nickte ernst. »Trotzdem kommt das Gerücht um den Schatz nie zur Ruhe. Die Gier wächst mehr oder weniger im Verborgenen, aber sie wächst und wächst und wächst.« Sie stellte ihr Glas ab und sah traurig in die Runde. »Und fordert immer wieder Opfer. Wie Gisbert. Und wie Hans und Franz.«

Kapitel 22

Als Pippa am nächsten Morgen erwachte, musste sie sich erst orientieren und daran erinnern, dass sie im Schäferkarren übernachtet hatte. Sie hatte einen schalen Geschmack im Mund und einen schweren Kopf. Der Winzersekt der alten Frau Gardemann hatte sehr gut geschmeckt, und so war es nicht bei einer Flasche geblieben. Jonathan hatte sich allerdings zurückgehalten und sie spät in der Nacht mit seinem Geländewagen zurück auf die Wiese gebracht. Sie rechnete es ihm hoch an, dass er dabei keinen Versuch unternommen hatte, den wirklichen Grund ihres Besuches bei seiner Großmutter zu erfahren. Jetzt lauschte sie dem gleichmäßigen Rauschen des Regens, kuschelte sich in ihre Decken und genoss die Ruhe. Sie schickte anerkennende Gedanken an Bodo, der den Regen vorhergesehen und ihre Lebensmittel sicher im Bienenhaus verstaut hatte. Beim Gedanken an Brötchen und Marmelade meldete sich ihr Magen, und sie kämpfte sich aus dem Bett, um Teewasser aufzusetzen. Während sie wartete, bis es kochte, legte sie die Decken zusammen und baute aus dem Bett wieder zwei Sitzbänke. Sie ließ die vergangene Nacht Revue passieren und fragte sich, wie sie es anstellen könnte, dem Wahlspektakel in Nataschas Friseursalon für eine Stunde zu entkommen, um noch einmal zu Letizia Gardemann zu gehen. Sie wollte erfragen, was Nico und sie in der vergangenen Nacht wirklich hatten wissen wollen.

Lautes Hupen ertönte, und Pippa hätte vor Schreck fast das Teewasser neben die Kanne und auf ihre nackten Füße gegossen. Sie stellte den Kessel ab und öffnete die obere Hälfte der Tür. Jenseits des Gatters stand Jonathans Geländewagen. Der Tierarzt ließ das Seitenfenster herunter und rief: »Frühstück ist fertig, bei Oma. Da wolltest du doch heute sowieso noch mal hin, oder?«

Pippa lachte. Kein Wunder, dass er mich heute Nacht in Ruhe gelassen hat, dachte sie, er wusste schon, wie er an die Informationen kommt, die er haben will. »Gib mir fünf Minuten«, rief sie, schloss die Tür und beeilte sich mit Katzenwäsche und Anziehen. Dann sah sie sich im Schäferkarren um, um sicherzugehen, dass sie ihn so hinterließ, wie sie ihn vorgefunden hatte. Auf dem kurzen Weg zum Auto wurde sie pudelnass, weil sich das Gatter als sperriger erwies als erwartet.

»So, geduscht bin ich jetzt auch«, sagte sie gut gelaunt, als sie ins Auto einstieg. »Bedanken für die Organisation meines Frühstücks werde ich mich nicht, jedenfalls nicht, bevor du dir nicht das Einverständnis von Nico geholt hast, dass du bei meinem zweiten Gespräch mit deiner Großmutter dabei sein darfst.«

Jonathan Gardemann sah sie ernst an. »Das Einverständnis brauche ich nicht. Seit der Nacht, in der Gisbert starb, tue ich täglich mein Möglichstes, um Nico von jeglichem Verdacht freizuhalten. Von mir wird niemand erfahren, dass er einer der Letzten war, die meinen Bruder lebend gesehen haben.«

Pippa öffnete vor Erstaunen den Mund. »Du weißt davon?«

»Ich wurde damals zu einem Krankenbesuch nach Espenschied gerufen, deshalb war ich mit dem Wagen unterwegs. Als ich gegen Ende der Veranstaltung wieder zurück war, stellte ich ihn vor dem Haus meiner Großmutter ab. Ich hatte ohnehin geplant, anschließend zu ihr zu gehen, um Bericht zu erstatten. Sie schläft normalerweise nie vor zwei Uhr ein, und ich wusste, sie war begierig zu erfahren, wer sich auf welche Seite geschlagen hatte.«

Pippa begriff. »Nicht nur deine Großmutter, auch du hast am Fenster gestanden und Nico und deinen Bruder zusammen gesehen.«

Jonathan nickte. »Der Junge schlägt dem Stammtisch nie etwas ab, das weiß ich, aber in der Nacht fand ich das Ansinnen der Hocker wirklich übertrieben.« Der Tierarzt verzog unwillig den Mund. »Nico hatte stundenlang konzentriert für den Mitschnitt des Abends gesorgt, da hätte man ihn doch ins Bett gehen lassen können. Aber nein, mein Bruder war so scharf auf die Aufnahme, dass er sie noch in derselben Nacht haben wollte. Was sollte darauf schon zu sehen sein, was er nicht gerade selbst erlebt hatte? Ich habe mir seitdem diese DVD schon dreimal angesehen, kann mir aber nicht erklären, warum sie für ihn so wichtig war.«

Pippa schaute angelegentlich aus dem Seitenfenster des Land Rovers, um sich durch ihren Gesichtsausdruck nicht zu verraten. Jonathan Gardemann hatte zwar eine wichtige Beobachtung gemacht, aber die falschen Schlüsse gezogen. Sie sah sich nicht in der Lage, das tatsächliche Geschehen mit dem Tierarzt zu erörtern, und behielt ihr Wissen für sich. Wolfgang Schmidt-Daubhaus war der Einzige, dem sie von den K.-o.-Tropfen berichten würde, aber dafür wollte sie das nächste Treffen abwarten.

»Wenn du mir meine Frage, ob Nico von irgendwem gesehen worden ist, selbst beantworten kannst«, fragte sie, um abzulenken, »warum sind wir dann eigentlich auf dem Weg zu Letizia Gardemann? Von ihr kann ich doch auch nicht mehr erfahren als von dir.«

Jonathan grinste. »Darauf kommt es Großmutter auch nicht an. Sie will nur nicht alleine frühstücken.«

Pippa kam es vor, als erlebte sie ein Déjà-vu. Als sie bei der alten Dame eintrafen, saß Nico schon bei ihr am gedeckten Tisch. Offenbar hatten ihn seine Sorgen hergetrieben. Erleichtert schenkte er den Neuankömmlingen Tee ein. Die beiden hatten wohl schon über das heikle Thema geredet, denn er sagte ohne Umschweife: »Wenn ich gewusst hätte, dass ihr zwei mich gesehen habt, aber der Polizei gegenüber dichthaltet, hätte ich die letzten Monate um einiges besser geschlafen«, sagte er. »Dann könnt ihr mir sicher auch sagen, weshalb ich vom Stammtisch nach Lieblich geholt wurde. Warum ausgerechnet ich und nicht irgendein anderer?«

»Wahrscheinlich, weil du schlicht klüger bist, als du dich bis dato verhalten hattest«, vermutete Jonathan, »und man dir zutraute, deine Chance zu nutzen.«

»Ich kenne zwar so einige Schliche meiner lieben Nachbarn, doch zu dieser Entscheidung kann ich dir nichts sagen.« Letizia Gardemann aß mit gutem Appetit, legte aber für die Antwort eine Pause ein. »Aber ich kann dich beruhigen: Was den Tod meines Enkels Gisbert angeht, so warst du damals nicht der Einzige, der in seiner Nähe war. Trotz der Kälte war in dieser Januarnacht unten auf der Straße mehr los als an einem verkaufsoffenen Sonntag in der Wiesbadener Innenstadt.« Sie lachte in sich hinein. »Ich habe bis weit nach zwei Uhr jeden kommen und gehen sehen, nur als ich Jonathan verabschiedete, hatte ich die Straße natürlich nicht im Blick.«

Pippa sah den Tierarzt an. »Du hast nicht zufällig auch noch bei deinem Bruder angehalten, als du an ihm vorbei nach Hause gefahren bist?«

»Hat er«, antwortete seine Großmutter für ihn. »Er sollte

Gisbert bitten, bei Gelegenheit mal wieder bei mir vorbeizuschauen.«

»Das habe ich auch getan«, bestätigte Jonathan. »Aber ich habe auch von ihm verlangt, er solle Nico nicht ständig wie einen Laufburschen behandeln. Wie immer hat er darauf nur geantwortet, dass ich mich aus seinen Angelegenheiten gefälligst ebenso raushalten soll, wie er das bei mir auch täte. Unsere Begegnung war denkbar kurz und so unerfreulich wie immer. Ich denke, man konnte unser Verhältnis als unterkühlt bezeichnen«, erklärte er.

Seine Großmutter sah ihn liebevoll an und kam dann auf ihre Aufzählung zurück. »Nachdem Jonathan weitergefahren war, dauerte es nur wenige Minuten, und Rüdiger stellte sich zu Gisbert. Er fuchtelte bei diesem Gespräch viel mit den Armen und stapfte nach fünf Minuten wütend davon.«

Pippa horchte auf. »Wieso denken Sie, dass er wütend war?«

»Er drehte sich auf halbem Weg zu seinem Haus, direkt unter meinem Fenster, um und machte eine wegwerfende Handbewegung. Wie jemand, der auf einen anderen eingeredet hat, ohne dass dieser sich in seiner Meinung beirren ließ. Eine Handbewegung, wie man sie macht, wenn man keine Argumente mehr hat und aufgibt.«

Sieh mal einer an, dachte Pippa und warf einen Seitenblick auf Nico. Die Liste, die ich an meinen Kommissar weitergeben kann, wird immer länger. Neugierig wandte sie sich wieder der alten Dame zu. »Und weiter? Wen haben Sie noch gesehen?«

»Eher was«, gab Letizia Gardemann zurück. »Gisbert hat dann für eine Weile seinen Platz verlassen und ist die Dorfstraße hinuntergegangen, in Richtung südlicher Dorfausgang. Der hat kalte Füße, habe ich gedacht, und will sich wieder warm laufen. Einen Moment lang hatte ihn die Dunkelheit dann verschluckt. Dafür hastete plötzlich unser Herr Pfarrer durch die Nacht, zurück zu seinem Pfarrhaus neben der Kirche.«

»Kornelius Michel?«, fragten Pippa und Nico wie aus einem Mund.

»Ich habe keine Ahnung, woher er kam, aber er musste an meinem Haus vorbei, und ich konnte dank der Weihnachtsbeleuchtung sein Gesicht sehen. Er sah besorgt, geradezu unglücklich aus, und ich fragte mich, ob er zu jemandem gerufen worden war, um die Letzte Ölung zu erteilen, und wir am Morgen von der Totenglocke geweckt würden.«

»War dann ja auch irgendwie so«, sagte Nico düster. »Der arme Gisbert war tot.«

»Der arme Gisbert?«, wiederholte Letizia. »Der arme Gisbert? Gisbert war alles andere als arm, aber er hat andere dazu gemacht. Nein, das einzig wirklich Gute an meinem älteren Enkel war seine Frau. Als er ihren Namen angenommen hatte, musste ich mich nicht mehr so für ihn schämen, weil die Verbindung zwischen ihm und mir nicht mehr so offensichtlich war.«

Pippa sah die alte Dame erschrocken an, aber die kam gerade erst richtig in Fahrt. »Ich habe immer befürchtet, dass es mit ihm kein gutes Ende nimmt«, sagte sie, und Jonathan nahm tröstend ihre Hand. »Er hat zu vielen wehgetan oder ist ihnen wissentlich und willentlich auf die Füße getreten. Das konnte nicht gut gehen. Glauben Sie mir, Pippa: Wenn Gisbert Findeisen, geborener Gardemann, gekonnt hätte, hätte er seine eigene Großmutter verkauft.« Sie überlegte einen Moment. »Wenn ich es recht bedenke, hat er das sogar getan. Und seinen Bruder dazu.«

»Letizia ist sehr gerecht. Sie hat mir mein Studium finanziert und meinem Bruder dafür die Plappermühle überschrieben. Er hatte vorgeschlagen, sich im Gegenzug um sie zu kümmern, damit sie ihre letzten Jahre in seiner Nähe verbringen kann«, erklärte Jonathan.

»Aber ich habe ihm zu lange gelebt«, sagte seine Großmutter leise. »Er wollte nicht mehr warten, bis er endlich zu Geld kommt, um von seiner Frau unabhängig zu sein. Deshalb hat er die Mühle verkauft.«

»Ich habe ihn immer wieder gebeten, mir das Anwesen zu vermieten, bis ich in der Lage wäre, es ihm abzukaufen. Aber auch das hätte ihm zu lange gedauert. Gegen die finanziellen Möglichkeiten eines Thilo Schwange wäre ich ohnehin nicht angekommen«, erzählte Jonathan, und Pippa konnte nicht sagen, ob er die Hand seiner Großmutter hielt, um ihr Trost zu spenden oder selbst Kraft zu schöpfen. »Du siehst«, sagte Jonathan, »nicht nur Nico, auch ich hatte Zeit und Gelegenheit, meinen Bruder zu töten. Und was schlimmer ist, im Gegensatz zu Nico hatte ich auch noch ein wirklich gutes Motiv: Rache.«

Nach dieser Eröffnung flüchtete Pippa geradezu aus dem Haus. Sie war froh, als Entschuldigung anführen zu können, sie habe Natascha versprochen, sie bei der Wahlaufsicht zu unterstützen. Jonathan bestand darauf, sie mit dem Regenschirm zu begleiten. »Dabei schlage ich mehrere Fliegen mit einer Klappe. Ich kann den Wahlbrief meiner Großmutter einwerfen, kann Kati treffen, bevor sie nach Berlin fährt, und bin zum ersten Mal pünktlich bei Natascha für meine wöchentliche Nassrasur.« Er überlegte kurz. »Um noch länger im heutigen Zentrum des Geschehens zu bleiben, werde ich dort auch gleich wählen. Dann muss ich mich nicht an den Computer setzen und mich durch das Online-Procedere klicken«, sagte er, aber Pippa war sofort klar, dass er mit ihr allein reden wollte.

Kurz bevor sie den Friseursalon erreichten, sagte er: »Ich nehme stark an, Nico und ich werden nicht die Einzigen sein, die heute versuchen werden, dich ins Vertrauen zu ziehen. Seit wir wissen, dass du eine gute Freundin des ermittelnden Kommissars bist, hoffen wir alle inständig, du wirst ein gutes Wort für uns einlegen. Ich ganz bestimmt.«

»Werde ich«, sagte Pippa, »nur nicht für den, der das Gerücht über meine Freundschaft mit Wolfgang durchs Dorf getragen hat. Von wem hast du es erfahren?«

Jonathan kratzte sich am Kopf. »Warte mal, von Nico glaube ich.« Dann korrigierte er sich. »Nein, Arno hat es mir gesagt. *Kommt hier in den Ort und macht einen auf hilfsbereit, aber hat es faustdick hinter den Ohren,* hat er gesagt. *Pippa Bolle ist die Spionin des Kommissars.*«

»Spionin?« Pippa war amüsiert. »Aus dem Munde eines so ausgebufften Schnüfflers wie Arno Passenheimer ist das wohl ein Kompliment.«

Jonathan klopfte an die Scheibe des Friseurladens, um Nataschas Aufmerksamkeit zu erregen, die im Spielbereich des Salons Kinder mit Keksen und Schokolade versorgte. Sofort kam sie zur Tür und schloss auf. »Entschuldigt, ich hatte wieder abgeschlossen, nachdem die Kinder gebracht wurden, weil ich erst mit Beginn der Wahlzeit Zugang zur Urne gewähren wollte.« Sie zeigte auf die drei Sprösslinge in der Spielecke. »Die Kleinen wählen ja noch nicht mit«, sie betrachtete einen etwa fünf Jahre alten Jungen, der gerade die Hände in die Hüften stemmte, »obwohl einige bereits feste Vorstellungen vom Leben haben. Klein Martin macht keiner was vor.« Pippa wusste sofort, was sie meinte, da der Kleine mit dem Brustton der Überzeugung verkündete: »Kommt gar nicht infrage. Ich bin der Räuberhauptmann und nichts anderes. Ich will kein Polizist sein, die verlieren immer. Ich will gewinnen.«

Jonathan Gardemann seufzte theatralisch: »Wer will das

nicht?« Dann ging er die Treppe zum oberen Stock hinauf, um Kati herunterzuholen und vor aller Welt zu demonstrieren, dass sie auf dem Weg der Genesung war.

»Halt!«, rief Pippa ihn zurück. »Erst die Wahlbriefe in die Urne! Dann kann ich dich und deine Großmutter schon mal von der Liste streichen und mir anschließend von Natascha in aller Ruhe einen neuen Haarschnitt verpassen lassen.« Sie selbst steckte Franz' Wahlbrief in ein großes Aquarium, dem jemand einen Deckel mit Schlitz verpasst und gut verklebt hatte. Dann setzte sie sich in den Friseurstuhl und sah Natascha durch einen Blick in den Spigel erwartungsvoll an.

Die Friseurin prüfte konzentriert Pippas Haare, die sich durch die Feuchtigkeit draußen noch mehr kräuselten, als sie es sonst schon taten.

»Wann warst du das letzte Mal beim Friseur?«, fragte sie. »Ich kann nicht den Ansatz eines Schnittes erkennen.«

»Das muss Jahre her sein. Ich schneide nur ab und an die Spitzen. Ansonsten trage ich die Haare so lang, damit sie mir keine Arbeit machen. Waschen, trocknen lassen, fertig«, gab Pippa zu. »Aber heute möchte ich Veränderung.« Sie drehte sich um und imitierte den Ton des kleinen Martin: »Natascha: Abschneiden, bitte! Alles abschneiden!«

Natascha zog sich einen rollbaren Frisierhocker heran, setzte sich und sah ihrerseits in den Spiegel. Sie legte den Kopf ein wenig schief, als überlegte sie, wie Pippa mit Kurzhaarschnitt wirken würde, und sagte dann: »Raspelkurz also, ja? Dann wird das hier eine längere Sitzung, denn vorher musst du mir erzählen, warum du deine alten Zöpfe wirklich abschneiden willst. Was ist gerade los in deinem Leben?«

»Fragst du das jeden, der zu dir in den Laden kommt und einfach nur eine neue Frisur will?«

»Nur, wenn es sich um eine so radikale Veränderung handelt, wie du sie gerade willst. So verhindere ich, dass er oder sie am nächsten Tag wiederkommt und künstliche Haarverlängerung verlangt. Auf meine Kosten.«

»Verstehe!« Pippa grübelte, wie sie ihre derzeitige Lebenssituation am besten umschreiben könnte, gab einen kurzen Abriss und sagte dann: »Ich möchte meine Italienisch-Lektion beenden, kann mich aber noch nicht ganz für das englische Kapitel entscheiden.«

»Engländer?«, fragte Natascha, während sie ihr die Haare wusch und dann eine Haarkur aufbrachte.

»Schotte.«

»Nicht schlecht, ich könnte auch jemanden gebrauchen, der mir als Liebesdienst eine Sprache beibringt. Wenn ich dich richtig verstehe, ist da jetzt ein Italienischlehrer frei«, folgerte Natascha.

»Vorsicht«, warnte Pippa. »Dieser spezielle braucht leider mehrere Schülerinnen gleichzeitig. Deshalb bin ich weg, als mein Italienisch gut genug war.« Noch während sie das sagte, erkannte Pippa, dass sie endlich Scherze über Leo und sich machen konnte. Vielleicht müssen die Haare doch nicht auf Stoppellänge gekürzt werden, dachte sie zufrieden und genoss die Kopfmassage, die Natascha ihr angedeihen ließ.

»Kompliment«, sagte sie laut. »Du pflegst eine Art des Umgangs, die es leicht macht, sich zu öffnen und zu reden. Ich wundere mich, dass ich dir das alles erzähle, obwohl ich dich erst seit zwei Tagen kenne – von denen ich noch die Hälfte verschlafen habe.«

»Farbe bekennen ist beim Friseur im wahrsten Sinne des Wortes im Preis inbegriffen. Nur wer sich den Kopf waschen lässt, der bekommt ihn auch frei.« Natascha kicherte. »In Lieblich hat man zwei Möglichkeiten, zu beichten, den Herrn Pfarrer und mich. Wenn du zu Kornelius gehst, weiß nach fünf Minuten das ganze Dorf, du hast ein Problem, das groß genug ist, dass du dafür seinen Beistand suchst; bei mir muss man zwar für die Aussprache bezahlen, sieht aber anschließend besser aus. Die Frage ist also nicht, was willst du beichten, sondern wem.«

Pippa lachte. »Vielleicht reicht es dann bei mir tatsächlich, wenn du dein Glätteisen rausholst, um meine Gedanken zu entkrausen. Dann sind meine Entscheidungsprobleme zwar immer noch nicht weg – aber plattgemacht.«

In diesem Moment kamen ein paar Leute herein, die auf einem Aussiedlerhof wohnten, der zu Lieblich gehörte. Sie wollten ihre Stimme abgeben. Natascha bat sowohl Pippa als auch die Wähler um einen Moment Geduld und ging in den ersten Stock, um Kati, von Jonathan unterstützt, die Treppe herunterzuholen. Die beiden sollten abwechselnd die Wählerliste führen, bis Pippa Zeit hatte, sich darum zu kümmern. »Wir wollen schließlich sicherstellen, dass bei der Auszählung heute Abend nicht das halbe Dorf zwei Stimmen abgegeben hat – eine für das Pro-Natur-Lager und eine für die Neustart-für-Lieblich-Liga.«

Während Pippa auf Nataschas Rückkehr wartete, schaute sie aus dem Salonfenster und sah Regina Winterling aus dem ›verlorenen Schatz‹ treten. Sie näherte sich dem Friseurladen, hier und dort das Gespräch mit Lieblichen suchend. Auch Klein Martin hatte sie im Visier und krähte durch den ganzen Raum: »Kommt die jetzt etwa hier rein? Ich will nicht, dass die hier reinkommt.« Dann stampfte er wütend mit dem Fuß auf. »Alle, aber die nicht.«

Pippa winkte den Jungen zu sich und fingerte eine Tafel Schokolade aus ihrer Handtasche. »Schokolade beruhigt die Nerven«, sagte sie, als würde sie sich mit einem Erwachsenen unterhalten. »Die Frau da draußen ist nicht deine Freundin?«, fragte sie, als er sich die Tafel schnappte und aufriss.

»Die mag keine Katzen!«, sagte er, als wäre das gleichbedeutend mit einem Verbrechen.

»Wie kommst du denn darauf?«, wollte Pippa wissen, während sie zusah, wie er versuchte, sich eine ganze Rippe auf einmal in den kleinen Mund zu schieben.

»Schie hat meine Lutschie getreten«, nuschelte er, »gansch doll.«

»Das hat sie sicher nicht so gemeint. Katzen streichen ja gerne mal Menschen um die Beine. Vielleicht hat sie deine Luzie nicht richtig gesehen. Und schon ist es passiert.«

Klein Martin stopfte ein Stück Schokolade nach und schien zu überlegen. »Dasch kann nisch schein.« Er schluckte kräftig, um den Mund wieder leer zu bekommen. »Meine Luzie ist ganz groß und puschelig, die kann man auch im Schnee gut sehen. Und auch in der Nacht.«

Pippas Herz klopfte schneller, als sie zu begreifen begann, was der Fünfjährige ihr gerade erzählte. Sie zog ihn etwas näher zu sich heran, um die anderen Erwachsenen nicht auf sich aufmerksam zu machen, die gerade Lieblichs Probleme und deren Lösungsmöglichkeiten nach dem heutigen Abend erörterten. »Deine Katze ist dir mitten im Winter weggelaufen, und du hast sie vermisst?«, fragte sie so leise, dass nur noch der kleine Mann sie hören konnte.

Der nickte vehement. »Nico hatte Luzie schon gesucht, aber nicht gefunden. Meine Katze ist sonst nachts immer zu Hause. Ich dachte, vielleicht ist das wie bei Hunden, die können im Schnee nicht so gut riechen und finden nicht wieder heim. Ich hatte mächtig Angst um meine Luzie.« Er wickelte den Rest der Schokolade wieder in das Glanzpapier und steckte sie sich wie selbstverständlich in die Fronttasche seiner Latzhose.

»Wie war das denn damals genau?«, fragte Pippa, immer mit Blick auf Natascha und die anderen Erwachsenen, die lautstark über die Vor- und Nachteile der Versuchsfelder und die Gefahren von Genmanipulation diskutierten.

»Menno, hab ich doch schon gesagt«, sagte Klein Martin und verdrehte die Augen. »Luzie war weg, und es war Nacht, und da sollen Kinder und Katzen nicht allein draußen sein. Das ist gefährlich.«

»Aber du bist trotzdem rausgegangen?«

»Nee, ich bin nur wieder wach geworden und noch mal aufgestanden. Dann hab ich mir einen Stuhl geholt und vor das Fenster geschoben. Und dann habe ich rausgeguckt. Unten auf dem Parkplatz vorm ›verlorenen Schatz‹ stand Onkel Gisbert und leuchtete mit einer Taschenlampe unter ein Auto. So ein ganz großes.« Klein Martin lief hin und her und fuchtelte mit den Armen, um eine Größe anzuzeigen, die vom Geländewagen bis zum Schwertransporter alles umfassen konnte. »Und diese doofe Frau stand daneben, mit so einem Koffer in der Hand, ganz aus Silber. Der leuchtete richtig in der Nacht.«

Pippa hätte für ihr Leben gerne nachgefragt, wie der silberne Koffer genau ausgesehen hatte, wollte aber seine Erzählung nicht noch einmal unterbrechen. »Ich habe das Fenster aufgemacht und wollte Onkel Gisbert rufen, damit er auch nach Luzie guckt, aber da kam Papa rein, hat das Fenster wieder zugemacht und gesagt, er kümmert sich drum. Das wäre auch ganz leicht gewesen, denn genau da haben wir Luzie gesehen. Sie ist direkt vom Balkon des ›verlorenen Schatzes‹ auf das Autodach gehopst. Da ist sie dann abgerutscht, weil alles so nass und so glatt war, ist die Windschutzscheibe runtergesegelt, über die ganz lange Motorhaube und dieser Frau direkt vor die Füße. Die hat sich total erschreckt und ist nach hinten gekippt, so ganz blöd, mitten rein in ganz viel Schnee. Den doofen Koffer hat sie dabei fallen lassen und der ist aufgegangen und ganz viel Papier ist rausgefallen. Papa hat so gemacht«, Klein Martin imitierte seinen Vater, indem er die Augen aufriss und den

Mund zu einem ›O‹ formte. »Aber genau da hatte die Frau sich wieder aufgerappelt und hat meine Luzie getreten. Ganz doll.« Der Junge nickte gewichtig, so als würde jetzt das Wichtigste dieser Erzählung kommen. »›*Diese Bastarde! Die haben keine Ahnung, was ihnen jetzt blüht*‹, hat Papa da gesagt. ›*So was tut man nicht!*‹ – und das finde ich auch.«

Kapitel 23

Pippa hatte keine Zeit, sich von Klein Martins Eröffnungen zu erholen, denn Natascha kam zu ihr zurück und scheuchte den Jungen in die Spielecke. Während die Friseurin Pippas Haare Strähne für Strähne mit einer feinen Paste bestrich, um ihr für ein paar Monate glatte Haare zu bescheren, konnten beide beobachten, wie Regina Winterling vor dem Schaufenster des Friseursalons auf und ab flanierte und alle ansprach, die im Wahllokal ihre Pflicht erfüllen wollten.

»Was genau macht die da draußen?«, fragte Natascha, während sie Pippa kämmte, um eine gleichmäßige Verteilung des Keratinproduktes zu erreichen.

Pippa kniff die Augen zusammen und registrierte, wie grüne Scheine von der Hand der Unterhändlerin in die eines Lieblichen wechselten. »Wenn mich nicht alles täuscht«, sagte sie, »erklärt Regina Winterling den Wahlberechtigten eindringlich die finanziellen Vorteile der Versuchsanlage für jeden Einzelnen.«

Als der Mann, der gerade von der Unterhändlerin beschenkt worden war, in den Laden kam und auf die Urne zusteuerte, fragte Kati barsch: »Na, wie viel hast du bekommen?«

»Zweihundert Euro. Ich frage mich gerade, was meine Stimme bei einer Bundestagswahl …«

»Und?«, unterbrach Natascha. »Beeinflusst die Summe deine Meinung?«

»Na klar. Wenn jemand bezahlen muss, statt gute Argumente zu haben, dann ist an der Sache was faul. Ich votiere deshalb doch für das Pro-Natur-Forum.«

Die Bäuerin, die gleich darauf eintrat, gehörte offenbar schon zur Seite der Naturschützer, denn Kati und Natascha sahen mit Befremden, wie sie erst die zweihundert Euro sorgfältig im Portemonnaie verstaute, bevor sie den fertigen Wahlumschlag einwarf.

»Bist du sicher, dass du richtig gehandelt hast?«, fragte Kati traurig. »Als eine der Landfrauen des Ortes müsstest du doch am Erhalt unserer Umwelt besonders interessiert sein.«

»Bin ich. Das Geld kommt in den Sammeltopf für unsere Streuobstwiesen, da muss dringend geschnitten und neu gepflanzt werden. Die alten Bäume bringen fast keinen Ertrag mehr, trotz der Arbeit eurer fleißigen Bienen.«

»Du wählst also das Pro-Natur-Forum?«, wollte Natascha wissen.

»Ja, klar. Mein Stimmzettel ist fertig. Ich hätte keine Lust, alles noch mal auszufüllen. Und ein schlechtes Gewissen muss ich nicht haben. Frau Winterling hat eben selbst gesagt, wir sollen das Geld nur als Prämie sehen, dass wir überhaupt zur Wahl gehen. Das wäre ja in der heutigen Zeit keine Selbstverständlichkeit mehr.«

Pippa fragte sich zwar, ob es wirklich so viel Arbeit machte, ein neues Kreuz zu setzen, hütete sich aber nachzufragen, denn Natascha und Kati schien ein Stein vom Herzen zu fallen. Der Nächste, der hereinstürmte, verlangte, noch während er die beiden Geldscheine in der Hand hielt, nach einer Wahlkabine und einem neuen Stimmzettel.

Kati seufzte. »Du verkaufst deine Seele also für schnöden Mammon.«

»Ja, für was denn sonst?«, war die entrüstete Antwort. »Ich bin ja überhaupt nur hergekommen, weil ich von der Aktion gehört habe. Sonst säße ich jetzt weiter zu Hause am Computer.«

»Wundert mich sowieso, dich hier zu sehen«, mischte Natascha sich ein. »Bei dir war ich sicher, du wählst online.«

Der Mann warf einen Blick über die Schulter, um zu prüfen, ob die Eingangstür ins Schloss gefallen war und kein Laut nach draußen dringen konnte. »Habe ich auch gemacht. Deshalb brauche ich jetzt eine Wahlkabine und einen leeren Umschlag, den ich einwerfen kann. Damit alles echt aussieht. Ich konnte mir dieses Zubrot schließlich nicht entgehen lassen, so wenig, wie ich in letzter Zeit verdiene. Also los, was kann ich tun, damit die da draußen nicht merkt, dass ich nicht wähle, und vor allem nicht sie?«

Pippa musste sich die Hand vor den Mund halten, um nicht laut loszulachen. »Na, wenn auch in diesem Fall das Angebot die Nachfrage bestimmt«, sagte sie, »dann haben wir bald sämtliche dreihundertdreiunddreißig Seelen dieser Gemeinde hier im Laden, und das Wahlalter wird auf die pränatale Phase vordatiert.«

»Bei diesen dreien hatten wir Glück, aber ich fürchte, die Hoffnung auf Arbeitsplätze wird vielen wichtiger sein als unser Wald und die Wiesen.« Natascha sah wieder auf den Dorfplatz hinaus, wo Regina Winterling gerade einem Lieblichen jovial auf den Rücken klopfte, nachdem sie länger mit ihm verhandelt hatte.

»Ich dachte, es wären nur zwölf Familien, die per Hand wählen kommen«, sagte Pippa, als der Auflauf draußen größer wurde und wieder jemand in den Salon kam, um seinen Stimmzettel in die gläserne Urne zu werfen.

Da Natascha vorläufig ihre Arbeit an Pippas Kopf abgeschlossen hatte, winkte sie Jonathan zu sich, damit er für seine Rasur den Platz mit Pippa tauschen konnte. Er hatte Pippas Frage gehört. »Am Computer ist es anonym, da gibt es keine Diskussionen, keinen Riesling – und kein Geld. Das ist vielen Lieblichen zu unspektakulär. Da machen sie aus diesem Tag lieber eine spontane Kerb.«

»Was will die Frau denn mit dieser Aktion wirklich erreichen?«, fragte Natascha. »Öffentlich Geld zu verteilen, obendrein als Wahlprämie deklariert, das macht doch gar keinen Sinn. Das riecht doch zehn Meilen gegen den Wind nach Schmiergeld.«

»Clever, wie die Winterling ist, hat sie das bestimmt mit der Rechtsabteilung abgesprochen«, vermutete Kati. »Ich verwette meine Fahrkarte nach Berlin, dass da mehr dahintersteckt.«

Pippa überlegte einen Moment und fluchte dann leise. »Ich fürchte, die Lösung ist denkbar einfach. Sollte heute Abend wider Erwarten das Pro-Natur-Forum gewinnen, kann sie guten Gewissens die Wahl anfechten lassen: Wegen Bestechung. In der Situation kann es ihr gleich sein, dass sie es selbst war, die aus dem Ergebnis ein fragwürdiges gemacht hat.«

»Da könntest du verdammt recht haben«, knurrte Kati und stürmte aus der Tür, ohne an Humpeln auch nur zu denken. Erst als Jonathan ihr durch das Fenster ein Zeichen machte, erinnerte sie sich wieder an ihre Scharade und hob den linken Fuß, als wollte sie ihn entlasten. Trotz der geschlossenen Tür konnte Pippa die Worte ›unlauter‹, ›Bestechung‹ und ›Warnung‹ verstehen, so laut sprach sie. Regina Winterling nickte zu allem freundlich, antwortete aber nicht. Erst als Kati die Eingangstür zum Salon wieder aufstieß, sagte sie: »Das hätte ich nicht besser formulieren können, Frau Lehmann. Genauso sehe ich das auch. Und genau das würde ich auch anführen, sollte das Pendel heute wider

Erwarten nicht zugunsten der Versuchsfelder ausschlagen. Im Gegensatz zu Ihnen: Sie sollten das Ergebnis besser akzeptieren.« Sie machte eine bedeutungsvolle Pause. »Gerade Ihnen und Ihrem Thilo kann an weiteren Auseinandersetzungen mit der UCFC nicht gelegen sein, damit Sie auf Ihrer Seite keine schlafenden Hunde wecken. Deshalb beten Sie, dass heute alles so ausgeht, wie es für uns alle – und besonders für Sie – besser ist.«

Kati hatte die Tür zufallen lassen wollen, blieb jetzt aber wie angewurzelt im Rahmen stehen und drehte sich langsam wieder zu Regina Winterling um. »Wie meinen Sie das?«, fragte sie mit heiserer Stimme, sichtlich beunruhigt.

Mittlerweile hatte sich vor der Tür ein Pulk aus Lieblichen gebildet, die den Schlagabtausch aus nächster Nähe erleben wollten. Sogar Arno und Max Passenheimer verlagerten ihren Frühschoppen vom Stammtisch auf den Dorfplatz, dicht gefolgt von Rüdiger Lehmann, der eifrig auf die beiden einredete, obwohl Arno ihn mit seinem Gehstock mehrmals rüde auf Abstand schob.

»Sehen Sie nur«, sagte Regina Winterling und zeigte triumphierend auf die von allen Seiten heranströmenden Dorfbewohner. »Die Lieblichen sind wie Bienen. Sie kommunizieren auf sehr intelligente Weise; durch Flügelschlagen teilen sie ihresgleichen mit, in welcher Richtung sie das leckerste Futter gesammelt haben und wie weit es entfernt ist. Sie holen sich dort, was sie zum Leben wirklich brauchen.«

Wie zur Bestätigung dieser These fuhr nun Bodo Baumeister mit dem Motorrad um den Dorfplatz und hielt auf dem Parkplatz vor dem ›Haar-Klein‹. Er nahm den Helm ab und rief aufgeregt, ohne die Menschenansammlung um sich herum im Mindesten zu registrieren: »Kati, Kati, ich komme gerade aus dem Bienenhaus. Ein Volk ist ausgeschwärmt. Willst du mitfahren und es suchen?«

Jonathan hatte bisher allem Treiben mit großem Interesse, aber mit stoischer Ruhe zugesehen. Statt Nataschas Aufforderung zu folgen und sich rasieren zu lassen, stellte er sich hinter Kati: »Wenn sie morgen Abend ohne dicken Fuß in Berlin ankommen will, sollte sie sich heute noch schonen. Ich kann nicht erlauben, dass sie ihren Knöchel über Gebühr belastet. Aber vielleicht will Pippa ...«

»Keine Chance«, unterbrach Natascha ihn. »Die muss noch mindestens zwei Stunden unter meiner Aufsicht bleiben.«

»Bei all dem Kleister, den ich auf dem Kopf habe, würde ich Gefahr laufen, dass die Bienen tot umfallen. Ich stinke, als hätte ich faule Eier in den Haaren. Außerdem führe ich ab jetzt die Wählerliste«, sagte Pippa. »Ich fürchte, diesen Schwarm musst du allein einfangen.«

»Macht nichts«, versicherte der Imker aus Leidenschaft und klang geradezu glücklich über die Aussicht. »Das schaffe ich schon. Ich nehme den alten Stülper zum Einfangen. Mit dem komme ich am besten zurecht.« Er stieg vom Motorrad und drückte sich dann an Kati vorbei in den Salon. Dabei öffnete er die Tür so weit, dass sie im Türschnapper arretierte und nicht wieder zufiel. Frische Luft, gemischt mit dem Duft schweren Tabaks, der Bodo stets umschwebte, erfüllte den Raum.

Pippa nahm Jonathans Platz hinter der Wählerliste ein und ließ sich von Bodo den Personalausweis zeigen. »Gut, dass du kommst«, sagte sie, während sie ihm den Stimmzettel aushändigte. »Ich habe mit dir noch ein paar Igel zu kämmen.«

Bodo stutzte. »Wie meinst du das? Ist irgendwas mit den Lebensmitteln nicht in Ordnung, die ich für dich gekauft habe? Stehen sie deshalb noch immer im Bienenhaus?«

Pippa vergewisserte sich, dass alle anderen mit den Vorgängen auf dem Dorfplatz beschäftigt waren, zog Bodo am Ohrläppchen zu sich herunter und flüsterte: »Spitzel, Überläufer, Doppelagent.«

Wie von der Tarantel gestochen zuckte Baumeister zurück und sah sich hektisch um. Pippa machte eine Kopfbewegung zur Spielecke hinüber, und Bodo trabte brav hinter ihr her, so weit wie möglich von eventuellen Mithörern entfernt. Der Lärmpegel der Kinder, so hoffte Pippa, würde ihrer Unterredung den nötigen Schutzwall verpassen. »Was hast du dir da bloß einfallen lassen, Bodo? Konntest du dir nicht denken, dass es irgendwann rauskommt, wenn du sowohl für den Stammtisch als auch für Kati spionierst?«

Bodo machte Dackelaugen. »Na, ich arbeite Katis Zuschuss doch jeden Tag ein bisschen mehr ab, da darf doch auch meine Loyalität immer mehr abnehmen, oder?«

Pippa hatte Mühe, über diese Logik nicht zu lachen, fand die Situation aber zu ernst. Darum versuchte sie es erneut: »Ganz abgesehen von der Tatsache, dass es nie fein ist, jemanden auszuspionieren und aus diesem Wissen Vorteile zu ziehen – du hast von beiden Seiten Geld eingestrichen und jede in dem Glauben gelassen, nur für sie da zu sein. Schämst du dich nicht, wirklich jeden hinters Licht zu führen und dafür auch noch entlohnt zu werden?«

Bodo schüttelte den Kopf. »Nein, wieso? Ich dachte, das versteht man unter einer klassischen Win-win-Situation: Ich gewinne durch beides ...«

»Ich weiß, wann ich verloren habe«, sagte Pippa, insgeheim amüsiert, »also los, gib deine Stimme ab. Aber in meinem Beisein und für das Pro-Natur-Forum – sonst erzähle ich allen, was ich weiß!«

»Hat dir schon mal einer gesagt, dass du schnell lernst?«, fragte Bodo und machte sein Kreuz willig am richtigen Platz.

»So gut wie jeder im Dorf«, sagte Pippa. »Ich fürchte, ich hatte diese *lieblichen* Anlagen bereits in mir.«

Erst bei der Rückkehr zur Wahlurne bemerkten die beiden, dass die Situation auf dem Dorfplatz zu eskalieren drohte.

»Fragen Sie ihn doch selbst«, sagte Regina Winterling, und jedes Wort klang selbstgefällig. »Rüdiger Lehmann ist ja hier. Von wem, außer ihm, könnte ich meine Informationen haben?«

Kati sah unsicher zu Rüdiger Lehmann hinüber, der wenig erfolgreich versuchte, sich ausgerechnet hinter Arnos schmalen Schultern zu verbergen. »Stimmt das, was sie sagt?«, fragte sie. »Raus mit der Sprache und bitte den genauen Wortlaut.«

Die Augen aller wandten sich Lehmann zu, aber der schwieg beharrlich.

»Kati wird ganz schnell wieder solo sein, sagte er«, übernahm Regina Winterling für ihn. »Sobald die mitkriegt, dass Thilo nie was von ihr wollte, sondern einfach nur das Gebiet um das Bienenhaus brauchte, um Zugriff auf das gesamte Areal zu erlangen, zieht sie einen Schlussstrich. Genau wie von Thilo geplant, ist die Hochzeit dann geplatzt, aber er hat zusätzlich ein paar Monate ein sehr privates Unterhaltungsprogramm genossen.« Regina Winterling lächelte böse. »Thilo Schwange hätte Ihnen jede Summe für Ihr Grundstück gezahlt, Frau Lehmann, jede. Aber Sie haben ja kein Geld gewollt, sondern sich obendrein völlig umsonst dazugelegt.«

Bodo zog erschrocken die Luft ein und wollte etwas sagen, aber Pippa legte die Hand auf seinen Arm. »Nicht verteidigen«, warnte sie leise. »Lass lieber Rüdiger reden. Wenn Kati Glück hat, riskiert er dabei Kopf und Kragen. Dann weiß anschließend jeder, was er von so bösen Gerüchten zu halten hat, und glaubt ihm zukünftig kein Wort mehr.«

Kati schien nicht auf die Unterhändlerin zu achten, sie fixierte Lehmann, bis alle vor ihm zurückwichen und er völlig allein dastand, ihrem Blick ausgesetzt. »Ich habe dich was gefragt, liebster, bester Cousin«, sagte Kati, und Pippa bewunderte, wie sehr sie sich unter Kontrolle hatte. Sie lehnte jetzt im Türrahmen, und nur wer nah genug bei ihr stand, konnte erkennen, wie weiß ihre Handknöchel waren, so fest hielt sie die Zarge umklammert. »Ich warte. Woher stammt dein Wissen?«

Rüdiger trat die Flucht nach vorne an. »Woher soll ich das schon haben? Von Thilo selbstverständlich. Weil er damals zuerst zu mir kam. Er bot mir Geld für das Waldgrundstück. Viel Geld. Er wollte das gesamte Areal von der Plappermühle bis zur Lichtung und weiter bis zur alten Forststraße kaufen, Stollen und Hochsitz inklusive.« Rüdiger sah sich triumphierend um, aber keiner der Anwesenden verzog eine Miene. »Ich habe ganz schön abgestaubt, aber Schwange hat nicht mit der Wimper gezuckt. Der Mann hat mächtig überzahlt, das ist klar. Dieser Bankenfuzzi hatte ja keine Ahnung, was die Wälder wirklich wert sind.« Er drehte seine Hände nach außen, als wollte er anzeigen, dass ihn keine Schuld traf. »Was sollte ich machen? Ich hab ihm den Gefallen getan. Beim Notar hat er dann nicht schlecht gestaunt, als ausgerechnet das Fleckchen um das Bienenhaus nicht zum Kaufumfang dazugehörte und er damit zu Bodo gehen musste ...«

»Jetzt versteh ich überhaupt nichts mehr: Thilo war, bevor er zu mir kam, bei Rüdiger? Davon wusste ich nichts. Ich dachte, alles, was ich ihm erzählte, wäre neu für ihn«, sagte Bodo, mehr zu sich selbst als zu Pippa. »Ich dachte, er hätte sich in die Abgeschiedenheit verliebt und wäre bei seiner Suche nach einem geeigneten Platz für seine Bienen zufällig auf mich gestoßen.« Er wandte sich Pippa zu und flüsterte: »Thilo hat mir so viel Geld geboten, das musste ich einfach machen. Ich war finanziell echt klamm, weil ich meine Werkstatt erweitert hatte, für Motorräder. Da fiel sein Angebot wie ein warmer Regen auf mein Konto, und die Pacht habe ich auch noch gespart ...«

»Du hast Thilo erst beim Notar reinen Wein eingeschenkt?«, wiederholte Kati Rüdigers Worte angewidert. »Das sieht dir ähnlich. Du erzählst ja immer nur die erste Hälfte einer Geschichte, nie das Ende.« Sie holte tief Luft, als würde sie einen langen Atem brauchen. »Aber deine gemeinen Unterstellungen nehme ich nicht ernst. Thilo liebt mich, daran ändert auch deine Gerüchteküche nichts. Allerdings kann ich mir vorstellen, wie du darauf gekommen bist, diese Lügen zu verbreiten. Schließlich gibst du dich ja schon seit Monaten wie ein verliebter Straßenköter, um dich bei Eveline einzuschmeicheln.« Kati stand jetzt frei im Rahmen der Tür, ganz wie eine Rednerin, die sich der vollen Aufmerksamkeit ihres Publikums gewiss ist. »Und aus welchem Grund? Weil du mit Gisbert die halbe Welt nach dem verdammten Schnapphahnschatz abgesucht hast. Der einzige Platz, wo der Detektor ausschlug, aber an dem ihr nicht graben durftet, war dummerweise die Schafsweide. Genau unter der kleinen Baumreihe. Dort, wo Eveline mit ihrem Schäferkarren am liebsten steht. Wenn sie dich heiraten würde, könntest du endlich unter den Wurzeln wühlen, bis du fündig wirst. Nichts wünschst du dir mehr.« Sie machte eine Pause und lächelte in die Runde. »Du hast recht, das ist echte Liebe.«

»Bam«, sagte Bodo. »Das hat gesessen.«

Ein Tumult brach los. Jeder diskutierte, wog ab, hatte etwas zu diesen Ausführungen beizutragen – oder wäre gerne sofort zur Schafsweide aufgebrochen, um dort nach dem Schatz zu suchen.

Kati drehte sich um, ging zu einem der Sessel im Wartebereich und ließ sich hineinfallen. Natascha und Pippa waren sofort an ihrer Seite.

»Stimmt das, was du da gerade über Rüdiger gesagt hast?«, wollte Natascha wissen.

»Keine Ahnung«, sagte Kati erschöpft. »Ich brauchte einfach eine Retourkutsche. Über mich und Thilo sind so viele böse Gerüchte im Umlauf, ich wollte auch eines lostreten.«

»Wie es aussieht, hast du damit ins Schwarze getroffen«, vermutete Pippa. »Rüdiger schiebt gerade alle Umstehenden rüde zur Seite und macht sich auf den Heimweg. Ich schätze mal, Eveline hat ab jetzt Ruhe vor ihm.«

»Die wird bald hier sein, auf den Schwingen dieses Klatsches kommt sie bestimmt angeflogen«, vermutete Natascha. »Und sie wird sich wunderbar frei fühlen.« Noch während sie das sagte, verstärkte sich der Aufruhr vor ihrem Haus. Zwar waren mittlerweile so viele Dorfbewohner da, dass Pippa kein ankommendes Auto gesehen hatte, aber die Lieblichen bildeten eine Gasse, um die Kommissare Schmidt-Daubhaus und Röhrig sowie einen ihr unbekannten Mann durchzulassen.

»Lieblich überrascht mich immer wieder«, sagte Wolfgang Schmidt-Daubhaus. »Ich wünsche mir Aufmerksamkeit, und kein Mensch hört zu. Ich will unter vier Augen mit Regina Winterling reden, und das ganze Dorf steht als Zeuge parat.« Einen Moment sah er irritiert zu Pippa und ihrer feuchten Haartracht hinüber, dann stellte er den Mann an seiner Seite vor. »Frau Winterling, lassen Sie mich Ihnen Herrn Theo Bahlke vorstellen, sozusagen von Experte zu Experte.« Er lächelte hintergründig. »Herr Bahlke ist Rheingauer Winzer. Von der ganz engagierten Sorte, aus Hallgarten, einem der sogenannten Bergdörfer des Rheingaus, in denen bester Riesling gedeiht. Da ich selbst so gar keine Ahnung von Rebsorten habe – außer in ihrer flüssigen Form –, habe ich ihn gebeten, sich einmal die Bedingungen anzusehen, unter denen die *UCFC* hier mit gewaltigem Einsatz von EU-Geldern Versuchsfelder plant. Darf ich Sie bitten, uns auf unserem kleinen Rundgang über die Proberodungen zu begleiten und unsere Fragen zu beantworten?«

Regina Winterlings Gesicht war, während er sprach, völlig ausdruckslos geblieben. Jetzt kräuselte sie die Lippen. »Ich habe zwar keine Ahnung, was die Polizei unsere Planungen angehen und was sie mit dem Tod Gisbert Findeisens zu tun haben könnten, aber wenn es der Wahrheitsfindung dient, bitte!«

Wolfgang Schmidt-Daubhaus blinkerte mehrmals mit den Augen, als wäre er verwirrt. »Bis eben habe ich unsere Ermittlungen überhaupt nicht mit dem Tod des Dorfvorstehers in Verbindung gebracht. Meine Kollegen und ich wollen lediglich erfahren, ob sich durch die bereits erfolgten Erdarbeiten das Gefüge der Landschaft verändert haben könnte. Wir wüssten gerne, ob das womöglich ein Grund für den Einsturz des Stollens sein kann.« Er legte kurz den linken Zeigefinger an die Lippen, um das Raunen der Menge zu unterbinden. »Da fällt mir auf, ich habe bei der Vorstellung vergessen zu erwähnen, dass Herr Bahlke sich hervorragend mit Bodenbeschaffenheiten, unterirdischen Wasserläufen und den vielen Stollen des Wispertaunus auskennt. Außerdem erstellt er Expertisen im Zusammenhang mit Rodungen für neue Weinbergslagen und die daraus folgenden unabdingbaren Maßnahmen gegen Bodenerosion.«

Regina Winterling strich sich eine imaginäre Haarsträhne aus dem Gesicht, und Pippa bewunderte nicht zum ersten Mal, wie ruhig die Unterhändlerin in unvorhergesehenen Situationen nach außen hin blieb – und auch den zauberhaften Opal am Ring ihrer linken Hand.

»Wenn Sie mir und Herrn Bahlke auch gleich noch erklären könnten, warum eine weltweit agierende Firma wie die *UCFC* teure Versuchslabore einrichtet, während bereits fast in Laufentfernung Spezialisten einer renommierten Hochschule seit Jahren dasselbe erforschen, wäre das sehr freundlich. Es wird die Damen und Herren des Ortes sicher ebenfalls interessieren, warum diese Fachleute niemals kontaktiert wurden. Wussten Sie«, sprach er die Lieblichen direkt an, »dass ein wesentlich tiefer als Lieblich gelegener Weinberg am Auerbacher Rain nicht angelegt wird, weil man um die Sicherheit der darunterliegenden Dörfer fürchtet? Dort kann bei Starkregen der Halt des Bodens nicht dauerhaft gewährleistet werden. Aber wem erzähle ich das? Sie alle wissen, wie oft es allein zwischen Kaub und Rüdesheim zu gefährlichen Erdrutschen kommt, sodass Bahnstrecke und Landstraße immer wieder mal wochenlang gesperrt sind.« Er legte eine Pause ein, damit das Gesagte bei allen sacken konnte, und fuhr dann fort: »Zu unser aller Beruhigung wollen wir deshalb bei unserem Rundgang sicherstellen, dass die Häuser Lieblichs, allesamt am Hang gelegen, weder durch Proberodungen noch durch die gestrige Detonation plötzlich gefährdet sind und drohen, in die Wisper hinunterzurutschen. Mein Kollege Röhrig und ich möchten unbedingt verhindern, dass wir hier oben noch in einem weiteren Unglück ermitteln müssen ...«

Die Luft schwirrte binnen Sekunden vor Mutmaßungen, Rede und Gegenrede, aber Regina Winterling verschaffte sich auf professionelle Weise Gehör: »Bitte entschuldigen Sie mich einen Moment, Herr Kommissar. Ich gehe nur schnell ins Gasthaus und ziehe mir festes Schuhwerk an, dann können wir das Areal gerne ablaufen und Ihren Experten *gemeinsam* davon überzeugen, dass die *UCFC* ihre Gelder bestens anzulegen weiß.«

Pippa sah ihr nach, als sie den Dorfplatz überquerte, und

dachte: Bei jeder anderen Person hätte das jetzt nach Flucht ausgesehen, aber sie hat sogar die Chuzpe, Wolfgang in ihre Antwort mit einzubeziehen, so als stünden sie beide auf derselben Seite. Dann winkte sie ihren Freund zu sich heran. »Da hast du aber gerade eine ganze Menge Leute verunsichert, die noch wählen wollen«, flüsterte sie ihm zu. »Weißt du, wie man so etwas nennt?«

»Ich hoffe doch«, sagte der Kommissar genüsslich. »Wahlbeeinflussung!«

Kapitel 24

Die Menge vor dem Salon war in den ›verlorenen Schatz‹ gewechselt, um dort die neuesten Entwicklungen bei Riesling und Wispertalforelle ausführlich zu diskutieren. Seit im ›Haar-Klein‹ Ruhe eingekehrt war, saß Pippa neben Kati hinter der Wählerliste und wünschte sich, sie könnte mit Bodo durch den frischen Wald stapfen und nach dem Bienenschwarm suchen. Das würde ihr helfen, ihren Kopf zu klären. Stattdessen musste sie eine Haartracht tragen, die sich mittlerweile anfühlte wie eine enganliegende Plastikhaube.

Die meisten Kinder waren von ihren Eltern abgeholt worden, nur ein Mädchen spielte noch friedlich mit dem Kaufmannsladen und versuchte, Klein Martin davon zu überzeugen, bei ihr einzukaufen. »Ich will aber keinen Plastikkuchen. Ich will Bienenstich«, maulte der gerade. »Wieso gibt's hier keinen Bienenstich?«

»Das wüsste ich auch gerne«, sagte Pippa, nahm ihr Smartphone und versuchte, Ursula Findeisen zu erreichen. Vielleicht konnte sie ein paar Stücke ihrer Delikatesse mitbringen, falls sie per Hand und nicht online zu wählen gedachte.

»Schade, Ursula ist nicht zu Hause«, sagte sie dann enttäuscht zu Natascha. »Ich wollte gerade Kuchen ordern. Seit dem ersten Biss bin ich so verloren, als hätte mich Graf Dracula persönlich besucht. Ich will mehr.«

»Uschi ist nicht da? Das ist ungewöhnlich.« Die Friseurin zog die Stirn in Falten. »Heute ist Dienstag. Dienstags räuchert sie normalerweise ihre Forellen und ist auf jeden Fall da. Wahrscheinlich stellt Jo-Jo ihre Routine auf den Kopf. Seit ich den Racker kenne, bin ich auch versucht, mir einen Hund anzuschaffen. Der Kleine wäre ja bei mir nie allein, und ich selbst würde definitiv mehr aus dem Haus kommen. Ein Boxer oder eine französische Bulldogge wäre schön. Oder beides. Die würde ich dann Pink und Floyd nennen.«

Die Ladentüre öffnete sich, und Gila Passenheimer steckte den Kopf zur Tür herein. »Hallo, ihr drei, ich nehme euch die beiden Kinder ab. Martins Freundin kann bei uns mittagessen. Ich habe wieder mal viel zu viel gekocht. Die Männer ziehen es vor, bei Agnes zu bleiben, um das Dorf noch mal auf die Neustart-für-Lieblich-Liga einzuschwören, und Margot hat irgendeine Absage den Appetit verdorben.«

»Hast du schon gewählt?«, fragte Natascha. »Bei uns ist auch die Gegenseite willkommen, das weißt du.«

Gila trat ein und ging zur Urne. »Ich habe meine Stimme am Computer abgegeben. Aber wie ich sehe, hattet ihr guten Zuspruch.«

»Von den Familien ohne Internetzugang waren alle da«, konstatierte Pippa mit Blick auf die Wählerliste, »deshalb müsste es jetzt ruhiger werden; aber vielleicht besinnt sich ja noch der eine oder andere und nimmt doch lieber Papier in die Hand.«

»Ich hätte es ohnehin besser gefunden, wenn die gesamte Wahl ohne Elektronik gelaufen wäre«, sagte Gila. »Ich bekomme meinen Mann und Nico überhaupt nicht mehr zu Gesicht, so viel Arbeit macht das Ganze.« Sie verdrehte die Augen. »Noch ein paar Tage, und ich wäre ausgeflippt. Immer nur von der Komm-du-erst-mal-in-mein-Alter-Generation umgeben zu sein, kann jeden über kurz oder lang ins

Pro-Natur-Forum drängen. Bei mir haben sie das jedenfalls geschafft. Ich bin froh, wenn dies alles vorbei ist, aber auch stolz, gewählt zu haben, was ich mir für Lieblich wirklich wünsche.« Sie nahm die Kinder an die Hand und ging, ohne einen Kommentar abzuwarten, in Richtung Heimat. Natascha und Kati sahen ihr mit offenem Mund nach.

»Hast du gehört, was ich gehört habe?«, fragte Kati.

Natascha grinste. »Wir sind gerade Zeuge eines denkwürdigen Ereignisses geworden: Lady Camilla hat aufbegehrt.«

»Jetzt wüsste ich zu gern, ob Prinz Charles sich an ihr ein Beispiel nimmt oder ob er von dieser Palastrevolution gar nichts ahnt.«

»Zeit wird es, dass die beiden ein Stoppschild hochhalten. Wenn ich unter Arnos Fuchtel stünde, hätte ich schon an Selbstmord gedacht – oder an Mord«, sagte Kati. »Ist der Mann unsterblich oder will der Teufel in der Hölle nur seinen Großvater nicht zurück?«

»Ist das nicht ein wenig barsch geurteilt?«, fragte Pippa. »Alte Menschen haben eben ihre Eigenheiten.«

»Wenn sie nur Eigenheiten haben, kann man das tolerieren«, antwortete Kati. »Wenn sie sich aber in alles einmischen und selbstherrlich das Geld verwalten, obwohl sie es nicht selber verdient haben, ist das schon was anderes. Die gesamte Familie tanzt seinen Tango, aber außer ihm mag niemand die Musik.«

»Ich kenne keinen, der sich gegen den Alten dauerhaft durchzusetzen weiß, außer Letizia Gardemann vielleicht. Arno weiß immer genau, wo er drücken muss, damit es richtig wehtut. Darum erfüllen alle lieber sofort seine Wünsche. Der Mann ist die Pest, und man kann nur hoffen, dass der Rest der Familie sich nicht ansteckt«, erklärte Natascha und winkte Pippa ans Waschbecken, um ihr die Haare auszuspülen. »Wäre Arno mein Großvater, würde ich ihm ab und an

K.-o.-Tropfen auf den Bienenstich träufeln, um ihn wenigstens ein paar Stunden außer Gefecht zu setzen und meine Ruhe zu haben.«

»Wie kommst du denn jetzt auf K.-o.-Tropfen?«, fragte Pippa und versuchte, ihr Erschrecken zu verbergen.

»Na, weiß doch jeder: Gut dosiert, ist das Opfer für eine Weile ausgeschaltet und bekommt nichts mehr mit, wacht aber ohne Schädelbrummen wieder auf.«

»Wobei das Wort *Opfer* auf Arno nicht recht passen will, bei dem wäre der Einsatz schlicht Notwehr«, schaltete sich Kati ein. »Das wäre bei der alten Frau Gardemann schon anders.«

Pippa war durch diese Worte wie elektrisiert und froh, am Waschbecken ihren Gedanken nachhängen zu können. Wäre die Überlegung wirklich zu weit hergeholt, fragte sie sich, während Natascha ihre Haare wieder und wieder spülte, dass Gisbert seine K.-o.-Tropfen vielleicht nicht gegen sein Schlafdefizit wollte, sondern um seiner Großmutter den ewigen Schlummer zu bescheren? Bewusstlos gemacht, Kissen aufs Gesicht, fertig. Sie schluckte trocken. Während Natascha ihren Haarschopf in ein Handtuch wickelte, trocknete und danach eine Fixierung auf die Haare aufbrachte, überlegte Pippa, welche Vorteile Gisbert von Letizias Tod gehabt hätte. Zahlte er die Miete für das Haus, in dem seine Großmutter wohnte, und wollte auf das Geld nicht mehr verzichten? Oder waren die todbringenden Tropfen doch für jemand anderen gedacht gewesen? Jemanden, der seinen Plänen im Wege stand? Während Natascha ihre Haare auskämmte, sah Pippa nachdenklich durch das Schaufenster auf den Dorfplatz hinaus. Jemanden außer Gefecht zu setzen oder seinen Tod zu planen bedurfte eines handfesten Motivs, wie zum Beispiel der Wunsch nach Besitz ... Pippa sog überrascht die Luft ein, als genau in diesem Moment Ursula Findeisen mitsamt einem Rotkäppchenkorb in ihrem Blickfeld auftauchte. Einen Besitz wie die Fischzucht der eigenen Frau, vollendete sie ihren Gedanken. Bis Ursula den Salon erreichte, hatte Pippa sich so weit wieder unter Kontrolle, dass sie Gisberts Witwe in normalem Ton begrüßen konnte.

»Na«, fragte die Forellenzüchterin, »habe ich die Verteilung des Mannas verpasst?«

Kati stürmte zum Korb, spähte hinein und sagte beim Anblick des frischen Bienenstichs zufrieden: »Nein, alle anderen!«

Natascha sah sich um. »Wo hast du denn den kleinen Jo-Jo?«

»Der ist bei Jonathan, für ein paar fällige Untersuchungen und Impfungen. Ich hole ihn anschließend wieder ab und laufe mit ihm nach Haus.«

Die Friseurin beorderte Kati und Ursula sofort nach oben in die Küche, um Kaffee zu kochen. »Kommt mir erst wieder runter, wenn ihr Sahne geschlagen habt und der Kaffee stark genug ist, dass der Löffel darin steht. Ohne Doping überlebe ich diesen Tag nicht«, sagte sie. Dann beugte sie sich zu Pippa hinunter und sagte leise: »Und du sagst mir, sobald die beiden außer Hörweite sind, warum du dich eben unter meinen Händen so versteift hast. Vergiss nicht, du sitzt hier im Beichtstuhl – und ich habe dir noch keine Absolution erteilt.«

Pippa zögerte, erste Vermutungen gleich mit jemanden zu teilen, und brachte ihre Reaktion deshalb mit dem Geplänkel zwischen der Friseurin und Kati in Verbindung. »Ich habe mich wirklich erschreckt, wie leichtfertig ihr geredet habt nach allem, was in letzter Zeit hier so passiert ist.«

»Tadel akzeptiert, auch wenn ich dahinter ein Ausweichmanöver vermute. Aber du hast recht, mir fehlt die nötige Ehrfurcht vor dem Stammtisch im Allgemeinen und Arno und Gisbert im Besonderen – und das hat seinen Grund.« Sie schaltete den Föhn ein und nutzte das Geräusch des Haartrockners, um nur für Pippas Ohren hörbar zu sein. »Der Stammtisch kommt jede Woche einmal gesammelt zur Rasur. Immer freitags. Das Ritual besteht, seit es den Stammtisch gibt. Im Laufe der Zeit haben die fünf aufgehört, meine Anwesenheit wirklich wahrzunehmen, so als wäre ich Agnes Freimuth, die drei Minuten am runden Tisch steht, um die Bestellung aufzunehmen, und erst wiederkommt, wenn sie das Gewünschte serviert. Ich bin taubes und stummes Beiwerk, quasi ein Rasierapparat.«

»Wie eine Bedienstete in der Kaiserzeit, die zwar um die Herrschaft herum die Arbeit erledigt, aber dafür nie gewürdigt wird?«, half Pippa mit einem Bild aus.

»So ungefähr«, bestätigte Natascha. »Auf jeden Fall hecheln die fünf das Dorf bei mir ebenso ungeniert durch wie an in ihrem Stammtisch. Ohne Rücksicht auf irgendjemanden oder irgendwas.« Sie verzog den Mund. »Und wenn ich ehrlich bin, genieße ich die Rolle des Mäuschens in gewisser Weise. Ich gebe zwar nur in Notfällen Hinweise an die Betroffenen weiter, aber dadurch habe ich schon einige meiner Kunden vor unliebsamen Überraschungen bewahrt.«

Pippa begann zu verstehen. »Bei einem dieser Rasur-Rituale plante Gisbert, sich K.-o.-Tropfen zu besorgen?«

»Er tönte, dass mit den Versuchsanlagen für ihn goldene Zeiten anbrächen, dann müsse er endlich keine glitschigen Fischleiber mehr aus dem Wasser ziehen. Regina Winterling hatte ihm allen Ernstes angeboten, das gutbezahlte Bindeglied zwischen der *Upper Crust Food Company*, dem Dorf und den neu hinzuziehenden Mitarbeitern der Anlage zu werden. Seine Führungsqualitäten habe er als Ortsvorsteher hinlänglich bewiesen.«

Kati kam die Treppe herunter, um den Kaffeetisch zu decken, und Natascha schaltete sofort um. Sie richtete sich auf und sagte: »Ich nehme nur Bürsten mit Schweineborsten, nichts anderes. Sie verleihen dem Haar Glanz und Glätte. Und föhnen musst du immer vom Deckhaar aus.« Sie zeigte Pippa, wie sie es meinte. »Wenn die Hitze von oben kommt, fallen die kleinen Härchen nach unten und das Haar nimmt bereitwillig die Form an, die du ihm geben willst. Die Rundbürsten lasse ich so lange im Haar, bis es kalt ist. Genau wie Wickler. Wenn ich sie später herausnehme, hat alles mehr Volumen. Nur noch ein paar Minuten, meine Liebe, und du wirst dich zum ersten Mal ohne Locken erleben«, erklärte sie sehr engagiert, solange ihre Freundin in Hörweite war, dann kam sie nahtlos auf das eigentliche Thema zurück. »Die anderen vier waren natürlich beeindruckt von seinem Gerede, und Hans Neuner, unser Dauercharmeur, fragte, ob Ursula damit einverstanden sei, die Forellenzucht aufzugeben. Da hat sich Gisbert mit dem Finger an die Nase getippt und gesagt, auch dafür habe er schon einen Plan. Ursula würde die Fischteiche niemals aufgeben, sagte er, dafür wäre sie der Familientradition viel zu sehr verbunden. Also würde sie seine Entscheidung nur mittragen, wenn sie zuvor schwere finanzielle Verluste erlitten habe.« Natascha warf einen Blick zum Treppenaufgang, um sicherzugehen, dass Ursula und Kati oben beschäftigt waren, und sagte dann: »Dieser Widerling wollte K.-o.-Tropfen in die Zuchtbecken geben, um zu sehen, wie die Fische reagieren. Wären sie paralysiert – wenn das Zeug also dieselbe Wirkung hätte wie auf Menschen –, dann würden sie am nächsten Tag allesamt mit dem Bauch nach oben schwimmen ...«

»Der Mann wird mir immer unsympathischer«, murmelte Pippa und dachte erleichtert: Immerhin hat er dann beim Kauf der Tropfen nicht an seine Großmutter oder seine Frau gedacht – oder doch?

Fünf Minuten später rief Natascha in den ersten Stock hinauf: »So, Mädels, kommt mit dem Bienenstich. Wir feiern die neue Pippa!«

Die saß vor dem Spiegel und starrte sich ungläubig an. Ihr tizianrotes Haar fiel in großen, glatten Wellen bis weit über die Schulter. »Ganz ehrlich? Ich finde es toll. Ich könnte mich auch mit kurzen Haaren nicht veränderter finden. Ich hätte nie gedacht, dass das Zeug so gut funktioniert.«

Natascha grinste. »Die Pracht hält ungefähr drei Monate, bis dahin solltest du dich entschieden haben: Entweder für kurze Haare oder für den Mann.«

Alle vier stießen mit ihren Kaffeetassen an, und Natascha schoss mit Pippas Smartphone ein paar Fotos, die Pippa sofort an ihre Berliner Familie, Karin, ihren Freund Morris und die Lambertis schickte. Versehen mit dem Kommentar: »Hier läuft alles glatt ...«

Von Jodokus und Ilsebill kam postwendend eine Nachricht zurück: »Das sehen wir uns morgen selbst an – toi, toi, toi für die Auszählung: Möge der Beste gewinnen.«

Pippa rief sofort zurück. »Wollt ihr denn nicht selbst dabei sein?«, fragte sie Jodokus verwundert.

»Wir kommen morgen in aller Frühe. Heute Abend treffe ich mich mit einem Informanten«, sagte Jodokus gewichtig. »Könnte ein Flop werden, ich hoffe aber auf das Gegenteil. Auf jeden Fall kostet es mich ein Abendessen in einem Sternerestaurant. An wen darf ich die Spesenrechnung schicken?«

Pippa lachte und versprach: »Du bekommst im Gegenzug ein Blech von Ursula Findeisens Bienenstich, der verdient fünf Sterne. Bis morgen dann!«

Als sie aufgelegt hatte, nahm sie sich ein weiteres Stück Bienenstich und biss selig hinein. »Einfach unvergleichlich, Ursula!«

»Ab morgen also zwei Esser mehr für unseren Bienenstich, und das ist erst der Anfang. Wenn nach der Entscheidungsschlacht heute Abend hier die Mitarbeiter der *UCFC* einfallen«, sagte Kati, »dann bleibt nur noch: schlingen oder teilen.«

Natascha seufzte. »Wenn die Kunde von Ursulas Backkünsten in die Ferne getragen wird, wirkt das bestimmt wie ein Schneeballsystem und es bleibt immer weniger für uns übrig. Wenn nun jemand kommt und sie abwirbt? Das wäre nach den Versuchsfeldern die nächste Katastrophe. Und ich weiß nicht, was schwerer zu ertragen wäre.«

Ursula lächelte zwar über das Lob, sah aber traurig aus: »Ich denke tatsächlich manchmal darüber nach, mir ein Beispiel an Elsie Neuner zu nehmen. Ich bin drauf und dran, auch zum Zigarettenautomaten zu gehen, möglichst zu einem, der Kontinente weit entfernt liegt. Für euch alle kommt die große Veränderung erst mit der heutigen Auszählung, ich kämpfe bereits seit Monaten mit ihr. Und der Kampf hat mich müde gemacht. Mich hält hier nichts mehr.«

Natascha blieb vor Schreck ein Bissen im Hals hängen. »Das ist nicht dein Ernst! Und was wird aus deinen Fischteichen?«

»Die kann man verpachten.«

»Und Jo-Jo?«

»Der mag lange Spaziergänge. Wenn es nach ihm geht, könnte der Zigarettenautomat am anderen Ende der Welt stehen.«

Kati legte Ursula beruhigend die Hand auf den Unterarm. »Du wirst dich doch von diesem widerlichen Männertratsch nicht aus Lieblich vertreiben lassen. Seit ich mit Thilo zusammen bin, lebe ich damit – und sitze das aus. Setz dich doch einfach neben mich.«

»Wenn das so einfach wäre«, antwortete Ursula Findeisen, »aber das ist es nicht. Meine Einnahmen sind zurückgegangen. Nicht beim Bienenstich, aber bei allem anderen. Ich verkaufe in der Region kaum noch Forellen. Nicht mal Agnes nimmt noch die frühere Menge ab, dafür haben Rüdiger und der Stammtisch gesorgt. Ohne meine Touren wäre ich schon pleite.«

»So schlimm?«, fragte Natascha entsetzt. »Das hätte ich nicht gedacht. Dieser Stammtisch entwickelt sich zu einer echten Plage.«

»Ursula und ich haben unter Schmähungen und Drohungen zu leiden, sogar unter Lügen und Täuschungen, wie von Regina Winterling gerade demonstriert«, sagte Kati. »Aber aufgeben gilt nicht. Lass uns kämpfen, Uschi. Wenn nicht mit Nettigkeit, dann eben mit härteren Bandagen. Wenn wir zusammenhalten, kann uns keiner etwas anhaben. Davon bin ich überzeugt. Wir müssen nur wachsam sein und wissen, wen wir an uns heranlassen und wen nicht. Wir sollten bei jedem die Probe aufs Exempel machen. Ohne Ausnahme und ohne Ansehen der Person.«

Ursula schwieg, und Pippa dachte bei Katis Worten zurück an ihr Gespräch mit Thilo im Volkspark Rehberge. Der Imker hatte weit weniger beherzt geklungen als seine Verlobte. Er hatte Angst um Kati. Pippas Aufgabe war klar definiert: »Pass auf meine Freundin auf. Lass sie nicht aus den Augen.« Aber seit ihrer Ankunft in der Plappermühle hatte Pippa Kati so gut wie nie zu Gesicht bekommen, und aus Thilos Auftrag war ein klassischer Haushüteaufenthalt geworden.

Abrupt setzte Pippa ihre Tasse ab. Die junge Frau war bei Natascha untergeschlüpft und hatte sich so ihrem Einfluss entzogen. Warum war ihr das nicht längst aufgefallen? Kati hatte ihr nicht vertraut. Die Frage war: Obwohl – oder weil

Thilo sie ausgewählt hatte? Dann tu ich mal, was du empfiehlst, Kati, und schaue, wie *du* bei der Probe aufs Exempel reagierst. »Du musst sicher noch deine Koffer packen und die Wäsche wechseln, bevor du morgen losfährst. Ich helfe dir, dann bist du schneller fertig. Du kannst später auch gerne mit uns essen. Ich koche für Nico, während er den VHS-Recorder anschließt. Gleich nach der Auszählung.«

»Nicht nötig«, lehnte Kati das Angebot ab, »das habe ich alles gestern schon erledigt. Eveline hat mich auf dem Weg zum Veterinäramt mitgenommen und mich anschließend wieder abgeholt. Die Koffer stehen oben. Meiner Abreise steht nichts mehr im Wege. Ich werde also auch heute Nacht hier schlafen. So ist es für Rüdiger bequemer, mich abzuholen, und ich muss nach der Stimmenauszählung nicht so weit laufen.«

Wenn das nicht das allererste Mal ist, dass du dir Gedanken über Rüdigers Bequemlichkeit machst, dachte Pippa. Sie kam nicht dazu, einen zweiten Versuch zu starten, denn Ursula verabschiedete sich und sagte: »Rechnet nachher nicht mit mir. Ich komme nicht in den ›verlorenen Schatz‹. Ich mag mich nicht mehr anbiedern. Die Bienen legen ihren Nektar dem Imker auch nicht vor die Füße. Er muss ihn sich holen.« Sie stand auf und ging zur Tür. »Wer in Zukunft Bienenstich will, muss zu mir kommen.«

Die drei Frauen sahen Ursula jede auf ihre Weise nach: Kati ärgerlich, Natascha mitfühlend und Pippa grübelnd.

»Wie können wir ihr denn etwas Gutes tun?«, fragte die Friseurin. »Sie ist immer für alle da, und trotzdem meckern ständig Leute an ihr herum – und das, obwohl sie am schwersten zu tragen hat.«

»Ist doch Unsinn, sich unterkriegen zu lassen. Sie sollte besser dem Stammtisch und Rüdiger entgegentreten und ihnen mit einer Anzeige wegen Verleumdung drohen.« Kati haute mit der Faust auf den Tisch, dass die Tassen klirrten. »In Lieblich ziehen immer die Falschen die Konsequenzen. Das muss mal aufhören.«

Pippa konnte Katis Unmut zwar nachvollziehen, antwortete aber dennoch lieber auf Nataschas Frage: »Ich fahre morgen Nachmittag mit Ursula auf ihre Verkaufsrunde. Da habe ich Zeit und Gelegenheit, noch einmal mit ihr zu reden. Vielleicht habe ich Glück und sie öffnet sich.«

Natascha und Kati räumten den Nierentisch ab und baten Pippa, unten zu bleiben. »Nur noch eine halbe Stunde bis achtzehn Uhr«, sagte die Friseurin und zeigte auf die Wahlurne. »Dann tragen wir die Büchse der Pandora hinüber in den ›verlorenen Schatz‹ und wissen, wie es mit uns allen weitergeht.«

Pippa holte einen Notizblock mit Bleistift aus ihrer Handtasche und vertrieb sich die Zeit mit dem Aufstellen von Listen: Eine mit den Leuten, die in der fraglichen Nacht nacheinander mit Gisbert gesprochen hatten, und eine mit all den Menschen, die für die Zeit des Stolleneinsturzes kein Alibi besaßen. Nico, Jonathan, Regina Winterling, Rüdiger und Eveline hatten sich trotz der Eiseskälte auf dem Dorfanger herumgetrieben. War auch Max Passenheimer noch unterwegs gewesen? Und nicht nur, um Katze Luzie einzusammeln? Während der Explosion hatten sich wirklich alle beim Sonntagssingen aufgehalten, nur Nico nicht, aber für den konnten die Lambertis bürgen. Sie stutzte. Nein, das stimmte nicht, Ursula und Kati waren nicht im ›verlorenen Schatz‹ gewesen. Aber welches Motiv sollten die beiden haben, Hans und Franz unter einer dicken Erdschicht zu begraben?

Zähneknirschend begann sie eine dritte Liste mit ungeklärten Fragen:

Als Eveline hörte, wie Gisbert seiner Frau drohte, wen meinte er da mit ›wir‹?

Wieso hat der Stammtisch Nico nach Lieblich geholt? Passt so viel soziales Engagement zu den Hockern?

Worum ging es, als Nico und Max am Hochsitz miteinander stritten?

Wer hat den Liebesbrief aus den Stiefeln geschrieben – wem gehören die Stiefel?

Wer war der ominöse Mann mit dem weißen Hut, und was wollte er von Regina Winterling?

Wo ist die Flasche mit den K.-o.-Tropfen geblieben?

Wo war Regina Winterling, als Gisbert an der Bank auf sie wartete?

Warum hat sich die UCFC für ihre Versuchsweinberge ausgerechnet Lieblich ausgesucht?

Während sie die Liste noch einmal durchlas, fiel ihr auf, dass sie zumindest auf die Frage nach dem Mann mit dem Hut sofort eine Antwort bekommen könnte. Sie rief Wolfgang Schmidt-Daubhaus an und fragte nach.

»Das tut mir leid, Pippa«, antwortete der, »du rufst ein paar Minuten zu spät an. Die Dame hat sich gerade von uns verabschiedet, um noch eine Runde um das Dorf zu joggen. Wir sind auf dem Weg zurück nach Hallgarten, um unseren Experten nach Hause zu bringen.«

»Und?«, wollte Pippa wissen. »Gibt es Neuigkeiten?«

»Die sind auch noch frisch, wenn ich während der Auszählung im ›verlorenen Schatz‹ eine wohlverdiente Wispertalforelle esse.«

»Apropos Essen«, sagte Pippa, ohne auf seine Ablehnung einzugehen. »Kannst du mir wenigstens sagen, was Gisbert Findeisen als Letztes gegessen hatte, bevor …«

»Bienenstich, und zwar jede Menge. Der Mann hat sich den Wanst vollgehauen.«

»Sonst nichts?«

»Wieso? Ich denke, dieser Kuchen ist Grundnahrungsmittel in Lieblich.«

»Wann genau hat er den gegessen?«

»Das müsste ich nachschauen, aber keine Stunde vor seinem Tod, glaube ich. Wieso willst du das wissen? Gibt es da von deiner Seite Neuigkeiten?«

Pippa grinste in sich hinein. »Die sind auch noch frisch, wenn du während der Auszählung im ›verlorenen Schatz‹ deine wohlverdiente Wispertalforelle isst«, sagte sie und hängte auf.

Sie fügte ihrer Liste gerade die Frage *Wo hat Gisbert seine Henkersmahlzeit eingenommen?* hinzu, als die Ladentür aufging und Lilo eintrat. Sie sah blass aus und schleppte sich mehr zur gläsernen Urne, als dass sie ging. Einen Moment stützte sie sich darauf ab, dann ließ sie einen Wahlbrief durch den Schlitz fallen. »Der ist von Hans. Sein Kreuz ist das Letzte, was er für Lieblich getan hat. Wenn nicht das Einzige«, sagte sie. »Hans ist tot.«

Kapitel 25

Als Natascha die Wahlurne eine halbe Stunde später ›Zum verlorenen Schatz‹ hinübertrug, standen die Lieblichen Spalier. »Urne ist ein passendes Wort«, hörte Pippa einen Dorfbewohner sagen, »denn der Inhalt trägt unsere Vergangenheit zu Grabe.«

»Unsinn«, korrigierte Rüdiger Lehmann. »Sie enthält unsere Zukunft. So hinterwäldlerisch wie bisher kann es doch nicht weitergehen.«

»Wieso nicht?«, kam die Rückfrage, »schließlich wohnen wir direkt am Hinterlandswald. Selbst du kannst den nicht ganz abholzen lassen. Du bist Forstoberinspektor *a. D.*, erinnerst du dich? Außerdem hast du einen Unterstützer weniger, wie ich höre.«

Rüdiger Lehmann setzte sofort eine Betroffenheitsmiene auf. »Schlimme Sache, schlimme Sache«, sagte er. »Der arme Hans.«

»Echt, meinst du?« Sein Gegenüber schien erstaunt. »Ich dachte, du siehst eher die positive Seite.«

Lehmann runzelte die Stirn: »Was soll denn an einem plötzlichen Heimgang positiv sein?«

»Liegt doch auf der Hand: Stammtischplatz Nummer 2 ist frei geworden. Du hast wieder Chancen, Rüdiger.«

Pippa schnappte nach Luft. Sie wunderte sich zwar nicht darüber, dass die Kunde von Hans Neuners Tod wie ein

Lauffeuer die Runde gemacht hatte, staunte aber, wie wenig Betroffenheit unter den Lieblichen herrschte. Entweder war Hans alles andere als beliebt gewesen oder die Spannung vor der Auszählung überdeckte jegliches Mitgefühl. Allerdings konnte sie einige Dorfbewohner sehen, die Lilo kondolierten, bevor Eveline sie nach Hause brachte. Sie bekam auch mit, wie andere die Hoffnung äußerten, die junge Frau möge in der Erbfolge nicht leer ausgehen, falls Elsie Neuner nie wieder auftauchte.

Auch Natascha sorgte sich um Lilo. Als sie mit der Wahlurne an Jonathan Gardemann vorbeikam, blieb sie stehen.

»Gehst du bitte bei Lilo und Franz nach dem Rechten schauen und unterstützt sie?«

»Ich habe Eveline fürs Erste Baldrian mitgegeben. Später werde ich noch mal hinfahren und sehen, wie die zwei alles verkraften.« Der Tierarzt wies auf die Menge, die sich auf Biergarten und Schankraum zu verteilen begann. »Jetzt werde ich hier gebraucht. Eine Seite wird gleich Beruhigungsmittel nötig haben ...«

Im Biergarten des Gasthofes wirkte alles wie nach einer Wahlparty, die abgebrochen worden war, bevor sie stattfand. Die Lieblichen standen unschlüssig herum und schienen nicht recht zu wissen, ob sie nach dieser schlimmen Nachricht das Auszählungsergebnis wirklich hören wollten. Ein riesiger Bildschirm sorgte dafür, dass die Draußenbleibenden genauso nahe am Geschehen sein konnten wie im Inneren des ›verlorenen Schatzes‹.

In der Schankstube selbst waren alle Tische bis auf zwei an die Seite geschoben worden, um Platz zu machen für die öffentliche Auszählung, auch hier gab es einen Bildschirm, der den Ablauf bis in jede Ecke übertrug. Agnes Freimuth dirigierte Natascha an die Stelle des Raumes, wo die Urne von allen gesehen werden konnte und die Kamera für die Übertragung den besten Winkel auf das Geschehen hatte.

»Ich dachte, du stellst das Ding hier hin und entnimmst einen Wahlumschlag nach dem anderen. Dann ziehst du gut sichtbar den Stimmzettel heraus und händigst ihn dem ersten Zähler aus. Der verkündet, wo das Kreuz gesetzt wurde, und gibt dann den Stimmzettel einem Kontrolleur weiter, zum Eintrag in die Ergebnisliste. Soll schließlich alles seine Richtigkeit haben.« Sie zeigte auf einen weiteren Stuhl am Tisch. »Von mir aus können wir auch noch jemanden dazuholen, der kontrolliert, ob die Stimme auch in der richtigen Spalte landet.« Kaum hatte sie diesen Vorschlag ausgesprochen, setzte Arno Passenheimer sich wie selbstverständlich auf den Stuhl des Kontrolleurs und orderte: »Der Stammtisch übernimmt die Angelegenheit. Schon allein zu Ehren unserer verstorbenen Mitglieder Hans und Gisbert ist wohl klar, dass die Initiatoren des Projekts das selbst in die Hand nehmen müssen.«

Agnes Freimuth verdrehte die Augen. »Ich bin sicher, dass die Pro-Natur-Liga das ein klein wenig anders sieht.«

»Die Pro-Natur-Liga sieht das sogar ganz erheblich anders«, meldete Kati sich zu Wort. »Für uns riecht das nach Mauschelei. An jedem Platz sollten Befürworter beider Lager stehen, damit der Unterstützerklüngel keine Chance hat.«

Pfarrer Michel hatte dem Wortgefecht mit wachsendem Unmut zugehört. Jetzt schob er sich durch die Menge der Lieblichen bis zum Tisch und nutzte die Wahlurne als Kanzel: »Ruhe jetzt, aber alle. Natürlich wollen wir so bald wie möglich wissen, wie das Dorf in der wichtigsten Frage seit Jahren entschieden hat. Trotzdem sollten wir eines nicht vergessen: Mit dem *UCFC*-Projekt sind für einige von uns Trauer und Leid verbunden. Lilo, Franz und Ursula sind, aus nur zu gut bekannten Gründen, heute Abend nicht unter uns. Wir sollten ihnen und ihren verstorbenen Angehörigen Respekt zollen und diesen Abend mit so viel Anstand wie möglich bewältigen. Das Ergebnis – wie immer es auch ausfallen mag – wird deshalb ohne Beleidigungen oder Beschimpfungen akzeptiert, kapiert?« Er drehte sich den Mitgliedern des Stammtisches zu, die, ihrer Hockerheimat beraubt, zusammen mit Rüdiger Lehmann an der Theke Platz genommen hatten. »Mein Vorschlag ist deshalb denkbar einfach. Wir lassen die Stimmen von Personen auszählen, die nicht aus Lieblich stammen und deshalb als unparteiisch gelten können.« Er zeigte auf die Bedienungen des ›verlorenen Schatzes‹ und dann auf Pippa. »Die Kellnerinnen sind aus Espenschied und Frau Bolle kommt aus Berlin. Ich denke, jeder von uns wird diese drei akzeptieren können. Ich selbst überwache mit Gottes Hilfe die Richtigkeit der eingetragenen Stimmen.« Kornelius Michel sah sich im Schankraum um, traf aber bei niemandem auf Kritik. »Ausgezeichnet«, sagte er. »Darf ich dann annehmen, dass wir endlich beginnen können?«

»Erst, nachdem wir alle noch mal mit Getränken versorgt wurden«, maulte Rüdiger. »Wenn Agnes allein bedient, dauert es doch ewig, bis wir etwas kriegen.« Er lächelte die Wirtin an. »Ich hoffe, du hast genug Sekt kalt gestellt? Ich gebe heute jedem ein Glas aus. Es gibt einiges zu feiern.«

Du meine Güte, dachte Pippa, ich hatte deine nächtliche Serenade an Eveline schon völlig vergessen. Die arme Frau weiß ja noch gar nichts von ihrem Liebesglück. Mit großer Erleichterung stellte sie fest, dass ihr noch Zeit blieb, mit Eveline zu reden, denn Agnes Freimuth lehnte sein Ansinnen ab. »Heute wird hier nicht gefeiert. Einer der Stammtischhocker ist tot, und dem wird Rechnung getragen. Ich tanze auf keinem Grabstein, das hat meine Familie nie getan. Als Tacitus Schnapphahn und seine Freunde starben, wurde auch nicht gezecht. Stattdessen wurde der Name des Gasthofes ihm zu Gedenken geändert – da wirst wohl auch du einen Abend verzichten können, oder?«

Rüdiger Lehmann war sichtlich erleichtert, durch das Eintreten des Kommissars und Nicos einer Antwort enthoben zu werden, denn aller Augen wandten sich den beiden zu. Nico hatte einen Laptop unter dem Arm, von dem alle wussten, dass auf ihm die Online-Ergebnisse gespeichert waren.

Wolfgang Schmidt-Daubhaus trat überrascht einen Schritt zurück, als er Pippa sah: »Dir hat aber jemand ganz mächtig den Kopf gewaschen. Steht dir ausgezeichnet. Die Mähne sieht nicht mehr so wild aus wie sonst. Muss ich das als Versprechen auf ruhigere Zeiten werten oder darf ich hoffen, dass die Frisur nicht dein Inneres widerspiegelt?«

»Das hängt ganz von dir ab: Je mehr du mich in die Ermittlungen einbeziehst, desto näher kommst du deiner Antwort.«

»Dann hilf mir erst mal auf die Sprünge, du bist doch hier die offizielle Wahlbeobachterin: Wie viele Wahlberechtigte gibt es in Lieblich? In diesem Raum ist eine Hitze, als wäre mindestens die Hälfte davon hier.«

»Das kann ich Ihnen sagen«, meldete sich Nico zu Wort. »Es gibt dreihundertdreiunddreißig Liebliche. Da das Wahlalter auf vierzehn heruntergesetzt wurde, macht das genau zweihundertfünfundsechzig Wähler, von denen einhundertachtzig ihre Stimme im Online-Portal abgegeben haben. Pippa hatte also an der Urne mehr Zulauf als erwartet.« Er klang erschöpft. »Wenn dies alles vorbei ist, reiche ich Urlaub ein. Ich brauche dringend weniger ... Lieblich.«

Pippa sah ihn besorgt an. »Alles in Ordnung, Nico? Möchtest du heute Abend lieber Zeit für dich? Oder bleibt es bei unserer Verabredung?«

»Unbedingt. Wenn es nach mir ginge, könnten wir gleich gehen. Ich habe auf den Ausgang dieser Wahl so was von gar keine Lust – aber auf den versprochenen *Mozzarella Croccante* und die *Penne all'arrabbiata.*«

»Höre ich da das Versprechen kalorien- und kohlehydratreicher Kost? Dann bin ich mit von der Partie. Allem Anschein nach bleiben hier heute die Wispertalforellen leider ungebraten«, lud Wolfgang Schmidt-Daubhaus sich selbst zum Essen ein. »Dann mal los.«

»Nichts da, hiergeblieben. Pippa waltet erst ihres Amtes – und Sie am besten auch, Herr Kommissar. Bitte stellen Sie sich zu Pippa an die Urne. Dann können wir sicher sein, dass sich niemand über Regelverstöße beschwert«, bestimmte Natascha. »Hatten Sie nicht vorhin Frau Winterling entführt? Kommt sie gleich her? Sie will doch bestimmt bei der Auszählung dabei sein.«

»Davon gehe ich aus. Sie wollte joggen und bei Bodo Baumeister am Bienenhaus vorbeilaufen, um Honig zu kaufen.« Der Kommissar grinste und fügte mit offensichtlichem Vergnügen hinzu: »Sie ist eine ganz Süße, hat sie gesagt.«

»Bei mir war sie nicht«, schaltete Bodo sich ein. »Bei mir war überhaupt niemand. Leider. Keiner da, der mir beistehen konnte. Ich habe den Bienenschwarm gefunden, er hing in luftiger Höhe, direkt unter dem Hochsitz. Meine Honigheldinnen habe ich ganz allein in den Stülper bugsiert, es war ja niemand anderes da, der die Pracht dieses neuen Volkes bewundern konnte. Dann habe ich es ganz vorsichtig ins Bienenhaus getragen. Für heute Nacht stehen die Mädels dort warm, sicher und trocken, aber morgen muss mir jemand helfen, sie in die endgültige Beute zu bringen.« Bodo sah hoffnungsvoll von Kati zu Pippa: »Kann mich eine von euch unterstützen?«

Nico bekam leuchtende Augen. »Darf ich? Und dabei deinen Tabak rauchen?«

Bodo konnte gerade noch nicken, bevor Regina Winterling alle Aufmerksamkeit auf sich zog. Frisch geduscht und in einem sehr femininen Kleid, das Pippa an die sechziger Jahre erinnerte, wirbelte sie in die Schankstube. »Das ist aber nett! Sie haben mit der Auszählung auf mich gewartet.« Wie zur Erklärung für ihre Verspätung zog sie ihr Smartphone aus einer Unterarmtasche. »Ich wurde leider aufgehalten. Wenn der oberste Chef persönlich nach dem Wohl und Wehe Lieblichs fragt, hat eben alles andere Nachrang.« Sie schwang sich auf den Barhocker neben Rüdiger und bestellte allein mithilfe der Finger und stummen Gesten zwei Flaschen Riesling und Gläser für alle Stammtischhocker, ganz so, als wäre dies eine Aufmerksamkeit, die sie Abend für Abend wiederholte. Obwohl sie nach außen wirkte wie immer, hatte Pippa das Gefühl, dass irgendetwas an der Selbstsicherheit der Unterhändlerin gerüttelt hatte. Vermutlich hat dein Chef keine Lobeshymnen gesungen oder die Kommissare haben dich doch aus dem Konzept gebracht, dachte sie, als sie gemeinsam mit Natascha die Abdeckung der Urne wegnahm.

Nachdem Wolfgang Schmidt-Daubhaus rechts neben ihr und der Pfarrer hinter ihr Aufstellung genommen hatten, zog Pippa den ersten Umschlag heraus. Sie riss den Umschlag auf, entnahm den Stimmzettel und verkündete: »Ja, für das Neustart-für-Lieblich-Forum.« Während die Anhänger des Projektes klatschten und der Stammtisch Regina Winterling zuprostete, reichte Pippa den Zettel zur Kontrolle an ihren Freund weiter. Der bestätigte mit kurzem Kopfnicken ihre Aussage, bevor er den Zettel den beiden Kellnerinnen zum Protokollieren übergab.

Während Brief um Brief aus der Urne geöffnet und die Stimmen verkündet wurden, fiel Pippas Blick auf Max Passenheimer. Er drängelte sich durch die eng gedrängten Reihen der Lieblichen, bis er bei seiner Frau angekommen war.

Dann stellte er sich liebevoll hinter sie und zog sie rücklings in seine Arme. Gila drehte den Kopf und bekam erst einen Kuss auf die Stirn, dann auf den Mund. Pippa seufzte über so viel partnerschaftliches Einvernehmen und hoffte inständig, es blieb bestehen, wenn Max von Gilas Wahl erfuhr.

»Was ist denn?«, fragte Schmidt-Daubhaus. »Etwas nicht in Ordnung, Pippa? Soll ich weitermachen?«

»Alles bestens«, antwortete sie, trat aber dennoch zur Seite. »Übernimm ruhig, dann kann ich den Rest der Truppe besser ins Visier nehmen.«

Der Kommissar öffnete den nächsten Wahlbrief. »Dieser Stimmzettel ist ungültig. Oder wie soll verfahren werden, wenn beide Parteien angekreuzt wurden?«

Einige der Anwesenden lachten, andere fluchten und die Protokollantinnen schufen eine dritte Rubrik für Enthaltungen und ungültige Wahlzettel. Wolfgang Schmidt-Daubhaus zog den nächsten Umschlag aus dem umfunktionierten Aquarium und stockte, als er ihn öffnete. Er zottelte den Wahlzettel umständlich heraus und verkündete: »Neustart-für-Lieblich-Liga«, dann hustete er und beugte sich dabei nach vorne, während er Pippa das Papier übergab. Blitzschnell verschwand der Umschlag, der diesen Stimmzettel enthalten hatte, in seiner Hosentasche, während er gleichzeitig so tat, als würde er ein Taschentuch herausholen, um den Husten zu ersticken. Pippa hoffte, dass der Pfarrer die Transaktion übersehen hatte, stellte sich geistesgegenwärtig vor Schmidt-Daubhaus und zog den nächsten Umschlag aus der Urne. »Pro-Natur-Forum«, teilte sie den gespannten Zuhörern mit.

»Gleichstand. Vierzig zu vierzig«, sagte einer, der offenbar mitgezählt hatte, und ein Raunen ging durch den Raum.

Rüdiger Lehmann zischte: »War doch klar, an der Urne sind die Ökofuzzis stärker vertreten. Die machen von Natur aus einen großen Bogen um moderne Technik. Die wählen nun mal nicht per Mausklick.«

Jetzt fehlten nur noch vier Stimmen, die aber allesamt auf das Konto des Pro-Natur-Forums gingen. Die beiden Kellnerinnen steckten die Köpfe zusammen, um das Endergebnis zu ermitteln. Arno Passenheimer riss ihnen die Aufzeichnungen aus den Händen und verkündete mit gewichtiger Stimme: »An der Urne wurden insgesamt fünfundachtzig Stimmen abgegeben, davon eine ungültige. Vierzig Personen votierten für die Neustart-für-Lieblich-Liga und vierundvierzig für die Gegenseite. Ein denkbar knappes Ergebnis, das mein Enkel Max und unser Nico jetzt mit den Computerstimmen zusammenführen werden.«

Die beiden saßen bereits vor dem Laptop, um das Ergebnis der Online-Abstimmung aufzurufen, das als Großbild direkt auf die Bildschirme übertragen werden sollte. Pippa beobachtete Nicos Finger, wie sie über die Tasten glitten, und flüsterte Wolfgang zu: »Solche Schnelligkeit und Präzision habe ich nicht mehr gesehen, seit meine Großmutter väterlicherseits mit dem Strümpfestricken aufhörte. Ob er auch so schnell denkt, wie er tippt?«

Auf dem Bildschirm flackerte es kurz, dann erschienen die Zahlen – und Chaos brach los. Arno Passenheimer stand der Mund offen. Rüdiger Lehmann fiel sein Glas aus der Hand und zersprang auf dem Boden. Kati, die seit Beginn der Auszählung ihr Handy am Ohr hatte, um Thilo per Standleitung am Geschehen teilhaben zu lassen, sprang in die Höhe und kreischte: »Unfassbar – wir haben gesiegt! Das Pro-Natur-Forum hat gesiegt. Thilo, Thilo, es wird keine Versuchsfelder geben!« Auch andere schlossen sich ihrem Jubel an, der Pfarrer bekreuzigte sich.

»Hundertzwanzig zu hundertvierundvierzig. Da hätte jetzt die eine ungültige Stimme auch nichts mehr rausgerissen«, sagte Margot Passenheimer, als könnte sie es immer noch nicht glauben. »Herr Pfarrer, wann wollten Sie mein Hotel übernehmen? Ich habe es mir überlegt, ich verkaufe doch an Sie.«

In Katis Freudentaumel hinein schrie Rüdiger Lehmann: »Wie ist das möglich? Es gibt doch außer ein paar Idioten niemanden, der nicht gutes Geld verdienen will. Und mit den Versuchsfeldern hätten wir alle gewonnen. Hier stimmt doch etwas nicht. So gut wie jeder hier war doch bis gestern noch Neustarter.«

Jonathan Gardemann ging zu ihm hinüber, und Pippa konnte sehen, dass es ihm Genugtuung bereitete, als er sagte: »Wie gewonnen, so zerronnen. Du musst jetzt deine Vermittlungsgebühr zurückzahlen, richtig? Deinen Anteil *und* den von Gisbert. Na, wenigstens bleibt durch deine Gier Ursula dieselbe Enttäuschung erspart, denn die hat ja nie einen roten Heller gesehen.«

Rüdiger Lehmann hörte nicht auf ihn. Er hüpfte vor Wut auf und nieder wie Rumpelstilzchen. »Das kann doch nicht mit rechten Dingen zugehen! Es war doch alles abgemacht. Es war doch alles klar.« Mit Ellbogenkraft boxte er sich einen Weg zu Max Passenheimer und baute sich vor ihm auf. »Gib zu: Das war ein abgekartetes Spiel. Und ich bin hinten runtergefallen. Als ihr Bodo Baumeister Gisberts Platz gegeben habt, da hätte es bei mir schon klingeln müssen, da hätte mir schon klar sein sollen, dass ich abserviert werde. Was hat Thilo Schwange euch geboten? Wieso hat das Pro-Natur-Forum plötzlich gewonnen?« Er wischte sich den Schweiß von der Stirn. »Ich finde heraus, was hier gespielt wird, verlasst euch drauf. Und dann sorge ich dafür, dass es jeder erfährt. Das ist das Ende des Stammtischs.« Wütend stieß er zwei andere Männer zur Seite und marschierte zum Ausgang. Beim Hinausgehen wetterte er: »Ihr habt mich betrogen. Ich weiß nicht, wie, und ich weiß nicht, warum, aber ihr habt mich betrogen. Mich und Lieblich.« Er hob drohend die Faust gegen Max und Arno Passenheimer. »Der Passenheimer-Clan ist an allem schuld. Schon im Freistaat Flaschenhals habt ihr eure Freunde verladen, und jetzt versucht ihr es wieder. Ich kenne meine Passenheimer.«

Pippa hatte der Szene atemlos zugesehen, aber auch verfolgt, wie Regina Winterling reagierte. Die Unterhändlerin saß zunächst ruhig da, als ginge sie der Ausgang der Revolution nichts an, hielt ihren Blick aber unverwandt auf Kati gerichtet. Als einziges Zeichen innerer Spannung drehte sie den Ring an ihrer Hand. Als Kati Lehmann ausgelassen zu hüpfen begann, leckte sich Regina Winterling über die Lippen und ließ sich vom Hocker gleiten. Während Rüdiger sich durch die Menge hindurchboxen musste, wichen die Lieblichen vor ihr zurück, aber das schien sie als ihr natürliches Recht zu betrachten. Sie ging auf Armeslänge an Kati heran, blieb dann stehen und hörte ihrem Telefonat aufmerksam zu. Als die junge Frau noch einmal begeistert ausrief: »Es ist unglaublich, Thilo. Wir haben gesiegt, tatsächlich gesiegt!«, griff Regina Winterling nach dem Handy und sprach hinein: »Denken Sie daran, Thilo Schwange, ich weiß immer, wie ich meine Pfründe rette. Ich habe grundsätzlich einen Plan B.« Im Raum wurde es schlagartig still, als sie fortfuhr: »Zugegeben: Diese Schlacht habt ihr gewonnen – aber nicht den Krieg.«

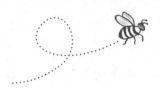

Kapitel 26

»Pasta-Überstunden sind mir die liebsten«, sagte Kommissar Schmidt-Daubhaus zwei Stunden später am großen Tisch in der Plappermühle. Dann schob er seinen leeren Teller ein Stück zur Seite und sah auf die Notizen hinunter, die er sich nach den Aussagen von Pippa und Nico gemacht hatte. »Eine recht turbulente Nacht, die vom 9. auf den 10. Januar«, stellte er fest. »Das halbe Dorf hat sich wie ein Kettenkarussell um Gisbert Findeisen gedreht. Und anschließend leider nichts davon der Polizei erzählt.« Er tippte mit dem Finger auf das Papier. »Letizia Gardemann ist nachtaktiv, sagt ihr? Dann werde ich sie heute noch besuchen und fragen, wie lange Gisbert in der Dunkelheit verschwunden war. Warum hat er seinen Platz an der Bank verlassen? Wonach oder nach wem wollte er Ausschau halten? Oder hat er sogar noch jemanden getroffen, den wir nicht auf der Liste haben?« Er las jeden Namen laut vor. »Rüdiger Lehmann, Regina Winterling, Jonathan Gardemann, Eveline Berlinger, Pfarrer Kornelius Michel und wahrscheinlich auch noch Max Passenheimer, auf der Suche nach Katze Luzie. Nicht zu vergessen unser Nico. Sollten Hans und Franz wirklich eine Ausnahme gemacht und friedlich in ihren Betten geschlummert haben? Kaum mehr vorstellbar. Irgendein Hinweis auf die beiden, Nico?« Er sah fragend zu ihm hinüber, aber der legte nur das Besteck aus der Hand und kehrte die

Hände in einer Keine-Ahnung-Geste nach außen. »Gut, dann werde ich auch noch mal bei Bruder Franz vorbeischauen. Schock und Trauer bringen die Leute zum Reden. Vielleicht erfahre ich heute Abend mehr als gestern.« Dann zog der Kommissar den großen Tontopf, in dem Pippa die Penne großzügig mit Käse überbacken hatte, zu sich heran. »Gibt es Nachtisch? Falls ja, lasse ich Platz, sonst nehme ich mir den Rest der Pasta.«

»Eines kann man jedenfalls sagen«, konstatierte Pippa, »deine Fälle verderben dir nicht den Appetit.«

»Ich kann eben Wichtiges und Unwichtiges trennen«, gab Wolfgang zurück. »Und Nachtisch ist wichtig. Schon allein, um der Unterzuckerung entgegenzuwirken und bis in die Nachtstunden an der Aufklärung arbeiten zu können.«

»Wollen wir zu dritt Obstsalat schnippeln?«, fragte Nico begeistert. »Nach den Mengen zu urteilen, die wir vorhin aus dem Bienenhaus in die Speisekammer geschleppt haben, können wir damit heute Abend noch zu geistiger Hochform auflaufen.«

»Einverstanden, ihr fabriziert einen Obstsalat und ich koche dazu heißen Grießpudding. Dazu gibt es geeiste Sahne.« Pippa leckte sich die Lippen. »Genau das Richtige, um diesen turbulenten Tag abzuschließen und sich für das weitere Gespräch zu stählen. Wir haben zwar schon all unser Wissen über dir ausgegossen, Wolfgang, aber ich bin sicher, du willst die Brühe noch mal neu aufkochen.«

»Du kennst mich besser als mancher, der mich täglich sieht.« Der Kommissar grinste. »Ich hätte da tatsächlich noch ein paar Dinge, die Fälle betreffend, bei denen ihr zwei mir helfen könnt.«

»Wahnsinn«, sagte Nico. »Darf ich das twittern? *Die Polizei bittet Nico Schnittke um Unterstützung bei der Aufklärung einer Straftat – und es ist nicht seine eigene!*«

Pippa lachte und schickte dann beide zu Schneidebrett, Messer, Banane und Co. Bevor Nico Äpfel zu schälen begann, ging er jedoch in den Wohnraumteil hinüber und zog das Telefon aus der Steckdose. Dann bat er Pippa und den Kommissar, ihre Smartphones abzustellen. »Ich würde gerne einmal völlig von der Außenwelt abgeschnitten sein«, erklärte er. »Nicht zu orten. Von niemandem.«

Pippa kniff die Augen zusammen. »Du meinst, der Passenheimer-Clan hält dich über Smartphone ständig an der kurzen Leine?«

»Ist nur zu meinem Besten, sagen sie, damit ich nichts anstelle. Aber natürlich weiß ich so auch immer, wo sie gerade stecken.« Nico wischte wild auf seinem Telefon herum und fasste dann zusammen: »Gila ist drüben bei Rüdiger, gut Wetter machen, nehme ich an. Arno und Margot kehren im ›verlorenen Schatz‹ noch immer den Scherbenhaufen ihres Neustarts auf, und Max ist zu Hause; einer muss ja auf Klein Martin aufpassen.«

»Du kannst tatsächlich mit deinem Smartphone herausfinden, wo sich die anderen Familienmitglieder befinden?«

Mit einem vorsichtigen Seitenblick auf den Kommissar gestand Nico: »Nicht nur bei den Passenheimers. Mit ein wenig Geduld könnte ich das auch bei jedem anderen. Ob sie es wollen oder nicht.«

»Bitte? Das ist ja im wahrsten Sinne des Wortes ... zum Davonlaufen. Gibt es keine Möglichkeit, so etwas zu verhindern?« Pippa war unangenehm überrascht.

»Es gibt jede Menge Verschlüsselungen, die man einbauen kann, aber kaum jemand benutzt sie, aus reiner Bequemlichkeit«, erklärte Nico. »Außerdem teilen ja die meisten sämtliche Inhalte ihres Kochtopfes freiwillig mit. Von Online-Bankgeschäften bis hin zu ungesicherten Messenger-Diensten brüllen alle: Ich habe nichts zu verbergen! Beute mich aus, meine Daten gehören dir! Verdiene mit mir Geld. Ich benutze auch gerne immer dasselbe Passwort, damit du nicht so schuften musst, du lieber Datendieb.«

Pippa schwieg ertappt, denn auch sie benutzte nur drei verschiedene Passwörter, obwohl ihr Patensohn Sven immer wieder für ein gesichertes Passwortprogramm plädierte. »Und wegen dieser Bequemlichkeit mache ich mich so verwundbar? Öffne ich Tür und Tor einem ... Mitleser?«

Wolfgang Schmidt-Daubhaus verzog das Gesicht. »Leider ist das so. Dafür braucht man nicht einmal viel über Computer und Datensicherheit zu wissen. Legal ist es natürlich nicht.« Er warf Nico einen strafenden Blick zu. »Aber wer über sein Smartphone, meilenweit entfernt vom heimischen Herd, einem Apparat den Befehl erteilen kann, die Jalousien herunterzulassen, der muss auch damit rechnen, dass sich jemand unentdeckt in seine Datenstrahlen einbindet, um zu sehen, wie man damit Geld verdienen kann. Und da rede ich nicht mal von kriminellen Hackerbanden, sondern von Firmen, die so ihren Lebensunterhalt verdienen. Die Einzigen, die sich wirklich sicher fühlen können, sind die, die von der Unsicherheit leben.«

»Du machst Witze!« Pippa zog ihr Smartphone aus der Tasche und sah es ratlos an. »Du könntest nicht wirklich in jedes Handy kriechen, Nico, oder?«

Der schnappte sich ihr Telefon, tippte darauf herum und verzog dann triumphierend den Mund. »Dein Handy gehört dir nicht allein, Pippa, da spielen in der Zweiten Liga eine ganze Menge Leute mit. Du hast Massen an Trackingdiensten als ziemlich beste Freunde. Lass mal sehen, du hast also Immobilien in England angesehen und von einer Kreuzfahrt durch den Panamakanal geträumt. Dein Computer müsste seitdem voll sein von guten Ratschlägen zu diesen Themen.

Das ist alles wunderbar vernetzt – es sei denn, du tust etwas dagegen.«

»Wird alles, was ich tue, gespeichert? Überprüft? Geortet?« Pippa hatte sich die Tiefe, in der man durch die ständige Erreichbarkeit im Netz verfolgbar wurde, nie vergegenwärtigt. »Ist es so leicht?«

»Wie man es nimmt. Aus dir und deinen Wünschen ein sehr detailliertes Profil über dich zu erstellen und dadurch natürlich auch zu wissen, wo du verwundbar bist, ist ein Klacks. Große Firmen machen sich unsere Offenheit zunutze und verdienen sich auf unsere Kosten eine goldene Nase nach der anderen oder rationalisieren Arbeitsplätze weg, weil sie uns Tätigkeiten aufdrücken, die kurz vorher noch Dienstleitungen waren, wie Überweisungen oder Flugbuchungen. Nicht mehr lange, und es wird Zugfahren ohne klassisches Ticket geben. Du steigst mit deinem Smartphone an irgendeiner Station ein, und die Bahn erkennt, wie lange du mitfährst und welchen Preis sie berechnen darf. Im Nachklapp könnte jemand auf die Idee kommen, nachzuschauen, was du sonst noch so auf deiner Reise treibst, und je mehr Geld du zur Verfügung hast, desto teurer wird dann deine Rückfahrt. Schon heute ist die Auskunft zu Flügen oder Mietautos über deine Suchmaschine auf dein Persönlichkeitsprofil und deinen Geldbeutel zugeschnitten. Den günstigen Fahrpreis von heute bekommst du morgen auf keinen Fall mehr. Denn mit der zweiten und dritten Suche beweist du, wie wichtig dir die Reise ist – also kann man dir auch entsprechend mehr abverlangen. Irgendwann werden dann die Preise nur noch nach deinem Geldbeutel berechnet und nicht mehr nach einem festgelegten Tarif.«

»Schöne neue Welt«, knurrte Pippa.

»Nein, das ist das andere Buch. Heute Abend ist erst mal *1984* dran.« Nico grinste und gab ihr das Telefon zurück.

»Deshalb gehe ich jetzt rüber zum Fernseher und schließe den VHS-Recorder an. Dann können wir den Nachtisch auf dem Sofa essen, dabei den Film gucken und richtig chillen.«

»Und wer macht den Obstsalat?«, empörte sich Wolfgang Schmidt-Daubhaus.

»Der ist Polizeisache.«

Während alle drei ihrer Arbeit nachgingen, sagte Wolfgang zu Pippa, ohne im Geringsten darauf Rücksicht zu nehmen, dass auch Nico mithören konnte: »Das leidige Handythema bringt mich geradewegs auf den Einsturz des Stollens und zu den Neuigkeiten, die ich noch für dich habe.«

Überrascht stellte Pippa die Milch für den Grießbrei auf der Küchenplatte ab. »Wie kriegst du da jetzt den Zusammenhang hin?«

»Ich hatte bisher keine Gelegenheit, es dir zu sagen. Unsere Leute haben den gesamten Stollen freigelegt und Spitzhacken, Sturmlampen, Luftmatratzen, Decken und sogar Zahnpasta gefunden, aber leider keine Schatzkarte – woraufhin der Elan der Kollegen schlagartig verebbte«, begann Wolfgang. »Trotzdem ist es jetzt amtlich: Hans und Franz trifft keine Schuld am Einsturz des Stollens. Wir haben einen der besten Sprengmeister bemüht, und der ist sich sicher: Genau in der Mitte zwischen den beiden Ausgängen war eine Sprengladung angebracht – und die wurde ferngezündet. Höchstwahrscheinlich durch ...«

»... ein Handy«, hauchte Pippa entsetzt. »Aber dann ist es ja fahrlässige Tötung, wenn nicht gar Mord.«

»Noch gehen wir davon aus, dass jemand bei der Schatzsuche weit über das Ziel hinausgeschossen ist und die Sprengung in der Annahme erfolgte, der Stollen sei leer«, korrigierte ihr Freund. »Franz behauptet, nicht zu wissen, wie und warum er und sein Bruder plötzlich unter Schutt begraben lagen. Vielleicht hat er Angst und geht deshalb so sparsam mit der Wahrheit um. Hans wäre gesprächiger gewesen.«

»Du konntest nicht mehr mit ihm reden?«

»Dummerweise glaubte ich, eine genaue Befragung hätte Zeit bis nach seiner Operation. Aber ein Blutgerinnsel war schneller als die Ärzte.«

»Lilo war doch die ganze Zeit bei ihm. Hat er ihr keine Nachricht hinterlassen?«

»Nicht ihr persönlich, aber ganz Lieblich!« Wolfgang Schmidt-Daubhaus fasste in seine Hosentasche und holte den Wahlumschlag heraus, den er bei der Auszählung hatte verschwinden lassen. Pippa schnappte danach, aber Wolfgang war schneller. Er zog ein Blatt Papier heraus und hielt es hoch. »Irgendetwas sagt mir, dass du, genau wie deine Freundin Ilsebill, den Inhalt dieses Briefes bereits kennst.«

Pippa las nur die erste Zeile: *Liebster, es tut mir so leid ...*, dann wurde sie rot. »Der Liebesbrief aus dem Stiefel«, sagte sie. »Ist dies das Original?«

»Das ist anzunehmen, denn er muss sich bereits während der Rettungsaktion in Hans' Hosentasche befunden haben, so schmutzig und zerknittert, wie er ist. Zu schade übrigens, dass er nicht mit der Hand geschrieben ist, denn mit einer Schriftprobe könnten wir die Autorin leicht ausfindig machen.« Wolfgang wendete das Blatt und hielt es Pippa wieder hin. »Hans hat auf der Rückseite etwas vermerkt. Er wollte offenbar, dass man seine Zeilen bei der Auszählung findet, um das Dorf vor ein weiteres Rätsel zu stellen – oder eines zu lösen, je nachdem.«

»Was du verhindert hast ...«

»Man tut, was man kann. Ich spiele gerne mal Vorsehung.«

Pippa nahm ihm das Blatt aus der Hand und las vor, was da in krakeliger Schrift geschrieben stand. Es musste Hans in seinem Zustand unglaubliche Anstrengung gekostet haben, die Zeilen zu Papier zu bringen: »*Wir wissen nicht, von wem dieser Liebesbrief stammt, aber wir sind uns sicher, wir wissen, an wen er gerichtet ist – und sind entrüstet. Wir finden, Thilo Schwange sollte nur Liebesbriefe von Kati erhalten, von niemandem sonst. Sie darf diesen Pseudo-Imker nicht heiraten. Der Mann hat zu viele andere Eisen im Feuer, und keines davon brennt für Lieblich.*«

Pippa zog scharf die Luft ein. »Das glaube ich jetzt nicht«, sagte sie. »Der Mann ist todsterbenskrank, aber sorgt sich ausgerechnet um Katis Zukunft? Wie kommt der Brief überhaupt in seine Hände?«

»Ich denke mir das so – und die Bestätigung hole ich mir noch heute Abend von Franz: Die Brüder haben den Brief entdeckt, gelesen und in den Stiefel zurückgesteckt, bevor deine Freunde in den Stollen gestiegen sind. Dann haben sie eine Weile über den Inhalt nachgedacht und darüber, wer sich hinter dem Absender und dem Adressaten verbergen könnte. Irgendetwas, was wir Nichteingeweihte überlesen, hat sie dann auf die Idee gebracht, Thilo Schwange sei der Auserwählte – und das hat für die zwei nach Geld gerochen.«

»Du meinst, sie wollten ihn erpressen?«

»Sagen wir, sie wollten eine Gebühr für die Briefzustellung.«

Pippa kombinierte. »Deshalb hat Hans den Brief an sich genommen, als sie, um erneut nach dem Schatz zu suchen, in den Stollen zurückgegangen sind. Als Beweisstück. Nur konnte er weitergehende Pläne nicht in die Tat umsetzen, weil es geknallt hat.«

»Im Krankenbett hat Hans sich dann entschieden, Thilo auf der Wahlveranstaltung vor aller Welt bloßzustellen. Altersmilde geht anders.«

Pippa überlegte. »Mir sieht das eher nach einem enttäuschten Gegenschlag aus. Vielleicht haben die Brüder mit Thilo telefoniert, aber er hat über ihre Forderungen gelacht. Dieser Liebesbrief bedeutet ja nicht zwangsläufig, dass Thilo seine Verlobte betrügt, sondern höchstens, dass er mal ein Verhältnis hatte und die betreffende Dame es gerne auffrischen würde.«

»Lies den Brief noch mal. Ich denke, es geht nicht allein um Liebe«, forderte Wolfgang sie auf.

Pippa nahm sich Hans' Zeilen noch einmal vor: »Ich verstehe: Er beschuldigt den Gründer des Pro-Natur-Forums auch, Eisen gegen Lieblich im Feuer zu haben. Ein solcher Vorwurf aus den Reihen der Opposition ist doch nicht weiter verwunderlich, oder?«

»Aber es brachte mich nicht zum ersten Mal auf den Gedanken, dass unser guter Freund Nico uns noch etwas erzählen könnte.« Wolfgang Schmidt-Daubhaus ging in den Wohnzimmerteil des Raumes hinüber und hockte sich neben Nico, der gerade eine VHS-Kassette in den Rekorder einschob, um zu sehen, ob die Verbindung zum Fernseher funktionierte. »Nico, bitte denk noch mal an Sonntag zurück. Gib zu, du hast vom Hochsitz aus mehr gesehen, als du bisher erzählt hast. Raus mit der Sprache: Wer, glaubst du, war der Mann, mit dem die Neuner-Brüder gesprochen haben.«

Nico biss sich auf die Lippen. »Ich habe ihn nicht deutlich erkannt. Und wenn man jemanden nicht eindeutig identifizieren kann, sollte man ihn nicht beschuldigen – jedenfalls nicht jemand wie ich. Mit meiner Vergangenheit gelte ich bei Behörden nicht als besonders glaubwürdig. Erst recht nicht, wenn es sich um reine Vermutungen handelt.«

Wolfgang nickte. »Ich würde deine Bedenken verstehen, wenn es sich um ein Verbrechen handelte, aber an einem Gespräch ist nichts Verwerfliches und auch nicht daran, die Gesprächspartner aufzuzählen.«

Nico drehte sich zu Pippa um, und die nickte ihm aufmunternd zu. »Ich bin mir echt nicht sicher, vor allem nicht, seit Pippa mir erzählt hat, dass sie mit ihm bis in die frühen Morgenstunden des Samstags gefeiert hat.«

»Thilo?«, kam es von Pippa und Wolfgang gleichzeitig. »Da musst du dich getäuscht haben«, schob Pippa hinterher.

»Siehste! Genau das hat Max auch gesagt, als ich ihm am Hochsitz davon erzählte. Er hat sehr ernst auf mich eingeredet. *Bloß keine haltlosen Verdächtigungen*, hat er gesagt, *das bringt einen jugendlichen Delinquenten wie dich nur in Teufels Küche*. Deshalb habe ich den Mund gehalten. In Teufels Küche war ich schon mal, da will ich nie wieder hin.«

»Mach dir keine Sorgen, Nico«, bat der Kommissar. »Sollte deine Annahme falsch sein, wird niemand davon erfahren. Ist sie richtig, tun sich allerdings ganz neue Möglichkeiten auf – und keine davon will mir gefallen, solange Pippa allein in der Plappermühle wohnt.«

»Du denkst, Thilo ist irgendwo in Lieblich? Womöglich in der Nähe der Plappermühle? Das hätte ich doch mitbekommen, oder?« Pippa war sich plötzlich nicht mehr sicher, schließlich hatte sie die letzten zwei Tage die Plappermühle kaum betreten, nicht einmal zum Schlafen.

»Denk dran, was der Suchtrupp im Stollen gefunden hat«, erinnerte Wolfgang. »Nicht gerade eine bequeme Wohnstatt, aber trocken.«

»Und seit Sonntag nicht nur unbewohnbar, sondern auch von der Polizei belagert«, gab Pippa zu bedenken. »Da wären das Bienenhaus oder der Geräteschuppen schon sicherer. Bodo hält sich an seine festen Besuchszeiten. Darauf kann man sich einstellen und währenddessen verschwinden.« Sie dachte nach, dann schüttelte sie den Kopf. »Welchen Grund sollte ein geheimer Aufenthalt in Lieblich für Thilo haben? Kati nachzuspionieren? Das halbe Dorf könnte ihm erzählen, was sie treibt. Den Stollen zum Einsturz bringen? Das würde nicht mal dann Sinn machen, wenn er Hans und Franz daran hindern wollte, nach dem Schatz zu suchen, weil er sich selbst in aller Ruhe durchs Erdreich wühlen will. Durch all den Schutt hätte er sich ja selbst blockiert.«

»Vielleicht haben die beiden ihn hergelockt«, warf Nico ein, »um ihm den Brief zu ... verkaufen. Dann passierte plötzlich das Unglück, und er hat sich verdrückt, damit ihn niemand verdächtigt. Hätte ich an seiner Stelle auch gemacht.«

»Wenn er für diesen Brief heimlich nach Lieblich zurückgekehrt ist, wäre das ein Beweis, dass ihm die betreffende Dame noch wichtig ist«, überlegte der Kommissar.

»Oder er will auf jeden Fall verhindern, dass Kati davon erfährt«, ergänzte Pippa. »Ganz gleich, wo er sich aufhält, wir sollten herausfinden, wer den Brief geschrieben hat. Hat jemand Ideen? Welcher Frau hat Thilo mal schöne Augen gemacht?«

Nico fand zu seinem Humor zurück: »Wir können es handhaben wie der Prinz in ›Aschenputtel‹: Wir ziehen mit den Stiefeln durchs Dorf, und jedes Mädchen, dem sie passen, wird befragt. So viele können es ja nicht sein, die selbst in Gummistiefeln so zierliche Füße haben.« Er überlegte einen Moment. »Überhaupt, warum hat diese liebeskranke Frau einen so komplizierten Weg eingeschlagen, um ihren Angebeteten auf sich aufmerksam zu machen? Noch dazu einen so unsicheren? Im Stollen laufen ständig Leute rum, Jugendliche für Mutproben, Kinder, die Räuber und Gendarm spielen, Liebespaare, wenn der Hochsitz belegt ist. Da kann man sich doch gar nicht sicher sein, dass der Richtige ihn auch findet. Die Stiefel mit dem Brief in unseren Schieferstollen zu stellen, ist so was wie ein öffentlicher Post auf Facebook oder Instagram. Da könnte man Thilo gleich auf dem Dorfplatz darum bitten, Farbe zu bekennen.«

Wolfgang schlug dem jungen Mann anerkennend auf die Schulter. »Du bist dein Gewicht in Gold wert. Warum bin ich nicht selbst darauf gekommen? Der Brief wurde nicht in die Stiefel gesteckt, damit Schwange ihn nach seiner Rückkehr aus Berlin findet; er war für alle gedacht, die ihn lesen, während er fort ist! Die Kunde über seine Untreue sollte sich verbreitet haben, bevor er Kati wiedersieht, und ihn zu einer öffentlichen Entscheidung für oder gegen Kati zwingen.«

»Dann wäre es viel logischer, wenn die Stiefel nicht der Verfasserin des Briefes gehören, sondern Kati selbst. Damit könnte die Briefschreiberin der Prinzessin des Ortes richtig wehtun und ihre Chancen, Thilo zurückzubekommen, erhöhen, weil seine Verlobte mit ihm Schluss macht.« Pippa stand auf und ging zum Schuhschrank neben der Tür. Sie hob ein paar Schuhe hoch und drehte sie um: »Größe 37!«

»Passt«, bestätigte der Kommissar und seufzte. »Damit hätte ich heute noch einen weiteren Hausbesuch zu machen. Erst Franz, dann Kati, dann erst die Nachteule.« Er stand auf. »So leid es mir tut, aber den Nachtisch kann ich erst morgen essen. Wagt es ja nicht, meine Portion anzurühren.«

»Warte mal«, bat Pippa und zog ihr Handy aus der Hosentasche. »Ihr habt doch behauptet, jeder x-beliebige böse Bube könnte mich oder jeden anderen anhand seines Telefons aufspüren, wenn er es darauf anlegt.«

»So sieht es aus, leider«, sagte der Kommissar. »Ich darf das nur mit Erlaubnis von oben, Verbrecher fackeln nicht lange. Deshalb geht es bei denen auch wesentlich schneller als bei der Polizei.«

»Dann werde ich den Gang durch die Behörden mal drastisch verkürzen. Und zwar mit Pippas persönlicher Direktansprache-Ortung.« Sie wählte Thilo Schwanges Nummer und wünschte ihm, als er sich meldete, fröhlich einen guten Abend. »Ich wollte dir persönlich zum Sieg des Pro-

Natur-Forums gratulieren«, sagte sie und strengte sich dann an, außer seiner Stimme noch andere Laute zu erkennen, die durch den Hörer an ihr Ohr drangen. »Ich habe gerade mit Freddy und Karin telefoniert, die haben heute noch vor, um die Häuser zu ziehen«, log sie ungeniert. »In ihrem Lieblingsclub ist italienische Nacht. Karaoke. Sie wollen unbedingt den ersten Platz ergattern – und dafür brauchen sie dich. Du weißt schon: *Bello e impossibile*. Wo ist dein Lehrgangshaus? Die beiden holen dich ab.«

Sie hörte einen Moment intensiv zu und stieß dann einen Laut des Bedauerns aus. »Du musst heute noch mit der Gruppe das Nachtverhalten der Bienen unter künstlichem Licht beobachten? Klar, da darfst du nicht fehlen. Schade, aber nicht zu ändern. Vielleicht könnt ihr etwas zusammen unternehmen, wenn Kati in Berlin ist.« Pippa folgte aufmerksam Thilo Schwanges Verabschiedung und legte dann auf. Sie drehte sich langsam zu Nico und Wolfgang um. »Schwindler, Heuchler, Fabulant«, sagte sie wütend. »Ihr braucht Thilo Schwange nicht mehr zu suchen, Wolfgang, nur noch zu bewachen. Ich weiß, wo er ist. Es ist genau so, wie ich dachte. Er schläft entweder im Bienenhaus oder im Geräteschuppen dahinter.«

»Bist du dir sicher?«, fragten Nico und der Kommissar gleichzeitig.

»Todsicher.« Sie ging zur Eingangstür und öffnete sie, um sich zu vergewissern. Eine Windböe fegte ins Zimmer. »Westwind. Wir haben Westwind. Ich habe es durch das Telefon gehört: Bodos Teekessel hat laut genug gepfiffen«, sagte sie und erklärte dem Kommissar die besondere Alarmanlage, die der Bienen-Fan für seine Völker gebaut hatte.

»Wind?«, fragte Wolfgang Schmidt-Daubhaus. »Reicht mir nicht für dieses vermaledeite Dorf. Bei mir stehen die Zeichen auf Sturm. Ich lasse mich nicht weiter an der Nase herumführen. Ab sofort werden jede Frau und jeder Mann, die der Polizei im Rheingau zur Verfügung stehen, auf diesen Fall eingenordet. Ich werde den Wisperwald abriegeln. Und wenn die Verstärkung dafür nicht nur aus Wiesbaden, sondern aus ganz Hessen anrücken muss: Hier kommt mir keiner mehr raus, der für dieses Schlamassel mitverantwortlich ist.« Er wandte sich an Nico. »Du hast vor, hier zu übernachten, richtig? Pass mir auf Pippa auf. Und zwar so lange, bis ich dir das Staffelholz wieder abnehme. Ich will kein Risiko eingehen. Ganz gleich, ob Thilo Schwange sich derzeit im Bienenhaus, in Berlin oder Timbuktu aufhält, um von dort gegen Lieblich zu Felde zu ziehen, oder ob eine verstoßene Geliebte Pippa mit Kati verwechselt und ihr die Augen auskratzen möchte – du sorgst hier für ihre Sicherheit, ist das klar?«

Pippa wollte protestieren: »Ich kann ganz gut allein auf mich ...«, doch dann sah sie das Strahlen in Nicos Gesicht, der die flache Hand zum nautischen Gruß an die Schläfe legte und »Aye, aye, Kapitän!« sagte. Sie verkniff sich jedes weitere Wort.

Gemeinsam sahen die beiden dem Kommissar hinterher, als er die Treppe hinunterstieg und mit einem Winken hinter der Hausecke verschwand.

»Irre, dein Freund hat Vertrauen zu mir«, sagte Nico mit Erstaunen in der Stimme und sah dabei aus, als hätte er ein Weihnachtsgeschenk bekommen. »Und was noch abgefahrener ist, ich auch zu ihm.«

Kapitel 27

Nico und Pippa dimmten das Licht und machten es sich mit jeweils einer Schale heißem Grießbreis, Obst und einer gewaltigen Haube geeister Schlagsahne auf dem Sofa bequem. In der Ferne grollte der Donner eines aufziehenden Gewitters, aber mehr als Grummeln und Wetterleuchten drang nicht zu den beiden durch die Fenster.

Nico stopfte sich selig den Nachtisch in den Mund. »Die einfachsten Sachen schmecken am besten«, erriet Pippa aus seinem Nuscheln und stimmte ihm vorbehaltlos zu. Sie angelte nach der Verpackung der VHS-Kassette und las die Schauspielerliste. »Was meinst du, Nico, Richard Burton und John Hurt dürfen wir zu uns reinlassen, oder? Gegen die zwei wird der Herr Kommissar doch nichts einzuwenden haben.«

»Wie ernst hat er seine Warnung gemeint? Macht er sich wirklich Sorgen, dass jemand unseren Kinobesuch stören könnte?«, fragte Nico ehrlich interessiert.

»Ich habe Wolfgang Schmidt bereits bei zwei Mordfällen erlebt. Wenn wir auch beileibe nicht immer derselben Meinung waren, so gestehe ich ihm doch ohne Einschränkungen zu, dass er immer überlegt handelt. Ich nehme ernst, was er mir ans Herz legt. Wenn er glaubt, dass mir Gefahr droht, dann stecke ich mittendrin. Ich bin wirklich froh, heute Nacht nicht allein zu sein.«

Nico atmete erleichtert auf. »Das ist gut. Ich dachte schon, er wollte mir mit seiner Aufforderung signalisieren, dass ich mich dir gegenüber gefälligst ordentlich zu verhalten habe, weil er mir sonst in die Kniekehlen tritt. Sag ihm, er muss keine Angst haben, dass ich mich danebenbenehme. Ich will schließlich noch mal so gut essen wie heute.« Er kuschelte sich behaglich in die Kissen und nahm sich die Fernbedienung, um den Spielfilm zu starten. Dabei sagte er zufrieden: »Du kannst dich wehren, aber es wird dir nichts nützen. Du stehst ab jetzt unter meinem persönlichen Schutz.«

Während der Vorspann zu *1984* über den Bildschirm flimmerte, dachte Pippa an das Gespräch mit Wolfgang Schmidt-Daubhaus zurück und fragte: »Warum hast du vorhin so bereitwillig deine Kunststücke auf dem Smartphone demonstriert? War das nicht gefährlich gegenüber einem Gesetzeshüter?«

»Dein Kommissar würde mir doch keine Minute glauben, dass ich so etwas *nicht* kann.« Er kicherte. »Er hat sich in meinem Computerkummerkasten eingehend nach E-Mail-Verschlüsselungen erkundigt. Während seiner Arbeitszeit scheinen sie ja solche Fortbildungen nicht anzubieten. Jedenfalls nicht hier auf dem platten Land.«

»Du hast all dein Wissen über Computer und seine ... Hintergründe von Max?«

»In der Berufsschule bin ich voll der Beste, weil mein Chef so ein Crack ist. Gemeinsam knacken wir jede Nuss.«

»Und von denen ist keine faul?«

Nico biss sich auf die Lippen. »Zugegeben, ich habe schon mal den einen oder anderen Film oder ein Buch aus Piratenportalen heruntergeladen. Früher. Heute ist mir das zu unsicher. Die Strafen sind verdammt hoch, wenn man erwischt wird.«

»Es ist Diebstahl«, erinnerte Pippa. »Wenn auch für die Allgemeinheit nicht so sichtbar wie im Kaufhaus.«

»Ich weiß. Seit ich in Lieblich wohne, bin ich in dieser Hinsicht auch völlig sauber.«

Pippa quittierte den Hinweis auf die *Hinsicht* mit Stirnrunzeln, widmete aber ihre ganze Aufmerksamkeit lieber der Verfilmung von George Orwells weitsichtiger Dystopie.

Während auf dem Bildschirm ›Der große Bruder‹ die Geschicke der kleinen Menschen lenkte, musste Pippa immer wieder an Hans und Franz Neuner denken, die um dieselbe Frau gebuhlt hatten. Der eine, weil er sie haben konnte, der andere aus Liebe, die aber selbst in seinen Augen nicht ausreichte, um Anfeindungen und Gewalt mutig entgegenzutreten. Während die Liebenden auf dem Bildschirm unter denselben Ängsten einknickten wie er und sich gegenseitig verrieten, fragte sie sich, ob Franz nach dem Tode seines Bruders um Elsie kämpfen oder ebenso allumfassend aufgeben würde wie sein Pendant im Film. Bevor sie eine Antwort gefunden hatte, hörte sie Nico aufstöhnen. Er saß vor dem Fernseher, als hätte man ihm aufgetragen, jedes Wort auswendig zu lernen.

»Kann ich das mal kurz zurückspulen?«, fragte er und zeigte auf eine Folterszene zwischen den beiden männlichen Hauptdarstellern.

»Ja, natürlich«, sagte Pippa und hörte einen Moment später noch einmal die Frage, die Nico so beeindruckt hatte. Sofort spulte er erneut zurück und bewegte seine Lippen lautlos zum Text: »*Wie bekommt ein Mensch Macht über den anderen? ... Indem man ihn leiden lässt ... Gehorsamkeit reicht nicht aus ...*« Dann hörte er wieder aufmerksam zu, bis der Satz kam, der auch Pippa Gänsehaut über den Rücken jagte: »*Macht ist kein Mittel zum Zweck. Sie ist der Zweck.*«

Nico schloss kurz die Augen und atmete durch. »Arno Passenheimer ist ein böser alter Mann, und er weiß, was er sagen und tun muss, um uns alle in Spur zu halten. Er ist ein

Tyrann, einer, der zufrieden lächelt, wenn er dir wehtut. Macht hält ihn am Leben. George Orwell muss ihn gekannt haben.«

Im Zimmer wurde es plötzlich taghell, fast zeitgleich krachte Donner um das Haus, als stünde ein Gewitter direkt über der Mühle. Keine Sekunde später donnerte es erneut.

»Himmel, hab ich was Falsches gesagt?«, versuchte Nico zu scherzen, aber es klang traurig. Dann wechselte er das Thema, als ob ihm die Szene im Film zu nahegegangen wäre. »Hier unten hört sich ein Gewitter noch eine Spur gewaltiger an als bei uns auf der Höhe.«

»Im engen Tal vervielfältigt das Echo jeden Ton«, bestätigte Pippa. »Was meinst du, sollen wir die Elektrogeräte ausstellen, bevor ein Blitz das für uns erledigt?«

»Das übernehme ich.« Nico sprang auf, deutlich erleichtert, von den düsteren Gedanken wegzukommen, die *1984* in ihm ausgelöst hatte. »Ich weiß, wo der Sicherungskasten steht, seit Kati vor ein paar Monaten ihre alte Stereoanlage um die Ohren geflogen ist.«

»Dann hole ich Kerzen, Streichhölzer und Taschenlampen aus meinem Koffer.«

»Du hast Teebeutel in der Handtasche und Taschenlampen im Koffer?«

»Nenn es meine Haushüter-Grundausstattung«, bestätigte Pippa. »Sie wird immer perfekter. Bei jedem neuen Einsatz kommt etwas dazu.«

Pippa rannte nach oben. Die Schwüle in ihrem Zimmer war unerträglich, und so öffnete sie die Schiebetür zur Loggia. Sie sah über die Wiese hinweg bis zu den ersten Fischteichen und schauderte, als sie an Thilo Schwange im Bienenhaus dachte. Dass es dort für ihn jetzt ungemütlich wurde, hatte er in ihren Augen mehr als verdient. Dann ließ sie sich von der Natur ablenken. Ohne jeden Tropfen Regen entlud sich ein Blitz nach dem anderen, und es schien, als würde der Druck des Donners die Baumwipfel bewegen. Pippa rief Nico zu sich herauf, damit er das Naturschauspiel auch sehen konnte. Die beiden entzündeten Kerzen und setzten sich in eine geschützte Ecke der Loggia, um das Toben über dem Tal mitzuerleben.

»Diese Szenerie könnte man in jeden Horrorstreifen reinschneiden«, sagte Nico. »Gespenstisch, oder?«

»Gewaltig – und schön«, sagte Pippa. Dann zeigte sie auf einen grauen Schleier, der sich von Westen her näherte und die Konturen der Landschaft zu schlucken schien. Eine Regenwand schob sich vom Rheingraben kommend über das Wispertal, direkt auf die Mühle zu. Keine Minute später ging ein gewaltiger Wolkenbruch nieder. Der Regen prasselte mit solcher Wucht auf das Dach, als wollte er die Schindeln einzeln lösen und in die Plapper hinunterspülen. Das tausendfache Trommeln dämpfte sogar die Lautstärke des Donners. Vor der Loggia wirkte der Niederschlag wie ein Vorhang und gab Pippa das Gefühl, hinter einem Wasserfall zu stehen.

»Wie kommt man aus so was wieder raus?«, fragte Nico unvermutet.

»Woraus?«

»Nie so ganz ehrlich zu sein ...«

Pippa antwortete nicht sofort, zu groß schien ihr die Sorge, die sich hinter dieser Frage verbarg. »Durch Freunde, die einem helfen, und indem man reinen Tisch macht. Leicht ist das nicht, aber erleichternd.«

Nico saß ganz still, und Pippa musste sich anstrengen, ihn zu verstehen, als er sagte: »Seit drei Jahren versuche ich, sauber zu werden, aber ich habe eben keine echten Freunde hier, keine Leute, die das auch wollen.«

»Du sprichst vom Stammtisch?«

»Die sehen sich doch allesamt in der Tradition dieses verdammten Tacitus Schnapphahn und glauben, sie müssten ihm nacheifern. Und weil man im Computerzeitalter geschmuggelte Waren nicht mehr in Höhlen verstecken muss, sondern virtuell verschieben kann, sind sie auf die Idee verfallen, Max und mir diese Arbeit aufzudrücken und uns nicht mehr aus den Fängen zu lassen.« Nico schwieg einen Moment. »Dämlich, wie wir waren, haben wir uns darauf eingelassen. Bis zum letzten Sonntag. Da kam Arno mit der Forderung vom Sonntagssingen zurück, die geplante Wahl online zu stellen und die Neustarter auf diese Weise haushoch gewinnen zu lassen. Es ist ihm gar nicht in den Sinn gekommen, dass Max und ich schon seit Monaten geschuftet haben, damit genau das Gegenteil eintrat.«

»Die Wahl war manipuliert?« Pippa staunte. »Es war keine freie und geheime Wahl?«

»An deiner Urne schon. Aber nicht in unserem Portal. Wir haben jede Stimme überwacht und es so gedeichselt, dass das Endergebnis nicht anders heißen konnte ...«

»... als Pro-Natur-Forum«, warf Pippa ein und schüttelte ungläubig den Kopf.

Nico zuckte mit den Achseln. »Freie und geheime Wahlen gehen nur ohne elektronische Hilfe. Das muss jedem klar sein. Wo willst du denn bei Online-Wahlen die Beobachter hinstellen? Neben die Enter-Taste? Das wäre alles andere als frei und geheim. In die derzeit gängigen Wahlmaschinen hätte ich erst recht kein Vertrauen – es sei denn, ich hätte sie selbst programmiert.«

»Und ihr habt keine Angst, dass man euch auf die Spur kommt?«

»Wenn Rüdiger weiterhin so tobt und das Ergebnis anfechten lässt, haben wir eine gute Chance, dass es bekannt wird.«

Pippa wartete den nächsten Donner ab, der jetzt leiser, aber immer noch kräftig genug war, um sie zu übertönen. »Ihr *wollt* ertappt werden?«

»Zumindest vom Stammtisch. Wir wollen ihm ja zeigen, dass wir keine Lust mehr haben, dass es uns endgültig reicht. Arno ist nicht dumm, der hatte das wahrscheinlich schon begriffen, als er das Ergebnis hörte.« Nico knurrte wie ein junger Hund. »Die leben allesamt wie die Maden im Speck von dem, was Max und ich tun. Wer schuftet? Wir! Und wer würde auf der Anklagebank landen? Wir!«

»Halt. Stopp. Bevor du weiterredest ... Dir muss klar sein: Was immer du an Ungesetzlichkeiten beichtest, gebe ich weiter.«

Nico zwinkerte ihr hoffnungsvoll zu. »Aber du wirst es deinem Wolfgang so erzählen, dass es softer klingt, als wenn ich es selbst tue. Wenn du es ihm erklärst, wird er verstehen, dass ich nicht Nein sagen konnte, wenn ich in Lieblich bleiben wollte.«

»Verstehe ich dich richtig? Auch Max will, dass du mir alles gestehst?«, fragte Pippa nach.

»Der sucht schnellstens einen Weg raus aus der Misere. Er hat Angst, dass Gila sonst die Biege macht und Klein Martin mitnimmt.«

Pippa fasste sich an den Kopf. »Kannst du mir bitte mal erklären, worum es hier wirklich geht? Erst dann kann ich entscheiden, ob ich in die Rolle der Anklägerin oder der Vermittlerin schlüpfe.«

»Alles fing ganz harmlos an«, begann Nico. »Der Stammtisch suchte nach Möglichkeiten, zu Geld zu kommen, ohne sich vom runden Tisch erheben zu müssen. Die sehen sich doch, im Angedenken an den Freistaat Flaschenhals und seine Schmugglerdienste, geradezu in der Pflicht, illegale Geschäfte auszuhecken. Und kein anderes Werkzeug eignet sich dafür so gut wie das Internet. Außerdem braucht man nichts als einen Tisch, einen Stuhl, einen Computer und ein klein wenig Grips. Man kann auf jedem Gerät eine zweite Ebene schaffen, die dem eigentlichen Besitzer des Computers verschlossen bleibt. Und damit kann man so einiges anstellen und gutes … äh, schlechtes Geld verdienen.«

Pippa begriff. »Deshalb bietet ihr überall in Lieblich und Umgebung eure Dienste so viel günstiger an als andere. Als Administratoren habt ihr Zugang zu vielen Computern und könnt mit den E-Mail-Accounts der Besitzer und wahrscheinlich sogar mit sämtlichen Adressbüchern spielen«, vermutete Pippa und versuchte sich vorzustellen, was das im Einzelnen bedeuten konnte. »Ja, kann man denn in Lieblich kein Geheimnis mehr haben?«

»Ich hoffe nicht, also jedenfalls nicht vor mir«, flachste Nico, wurde aber sofort wieder ernst. »Computer und Smartphone sind offene Bücher, jedenfalls für den, der darin zu lesen versteht. Und ich kann lesen. Besonders einfach bei allen, die Messenger-Dienste nutzen. Aber ich habe nie jemanden mit meinem Wissen erpresst. Ich habe sogar vieles … völlig übersehen, damit Arno und Konsorten nichts davon erfahren.«

Pippa stöhnte. »Wie zum Beispiel?«

»Dass du den Kommissar ›Wolle‹ nennst, wenn ihr allein seid, und er das furchtbar findet, dass unsere Schäferin und der Pfarrer ganz genau wissen, was man unter einem Schäferstündchen versteht, und dass Elsie Neuner nicht hinter dem Mond, sondern nur in Rheinhessen lebt.«

Pippa schloss einen Moment die Augen, um sich die Dimension zu vergegenwärtigen, die sich ihr eröffnete. »Passenheimer Computersysteme: Hege, Pflege und Aufzucht«, zitierte sie Nicos Worte. »Ihr stellt den Leuten also nicht nur PCs ins Haus, ihr sorgt auch dafür, dass sie sich auf diese Weise in eure Hände begeben.«

Ein Blitz erhellte die Landschaft vor der Mühle, und für den Bruchteil einer Sekunde schien der Wald lebendig. Diese Unterbrechung hatte Pippa gebraucht, um sich klar zu werden, dass Nico dieses Mal nicht nur vom Stammtisch, sondern auch von Max Passenheimer instrumentalisiert wurde. »Nico, so geht das nicht. Merkst du es nicht? Du wirst von Max vorgeschickt, um seine Probleme zu lösen.«

»Es war mein Vorschlag, so vorzugehen«, widersprach Nico. Dann stand er auf und stellte sich an die Balkonbrüstung, das Gesicht in den Regen gereckt, als benötige er Abkühlung. Als er sich umdrehte, triefen seine Haare und sein Brustkorb vor Nässe. »Wenn ich dieses Problem in den Griff bekomme, darf ich bei Gila, Klein Martin und Max bleiben. Die drei suchen sich eine eigene Wohnung oder ein Haus, und da kann ich mit einziehen.«

»Bei all euren Machenschaften hätte doch schon lange mehr als genug Geld da sein müssen, eines zu kaufen und auszuziehen.«

»Das denkst du. Arnos Leidenschaft ist das Sammeln von Geld, nicht das Ausgeben.« Nico fluchte leise. »Gila sagt immer: Unser Geld stirbt eher auf dem Sparkonto durch Inflation als Uropa Arno an Altersschwäche.«

»Die beiden sind doch erwachsen, warum wehren sie sich nicht?«

»Ganz einfach.« Nico atmete tief durch. »Arno hatte immer ein unschlagbares Gegenargument: Wenn ihr nicht tut, was sich sage, dann verrate ich alles der Polizei, und dann sieht es düster aus mit dem harmonischen Familienleben. Ihr kommt ins Gefängnis und Klein Martin ins Heim. Nur mir passiert nichts: Ich bin zu alt für den Knast. Also geduldet euch und wartet, bis ihr dran seid.«

»Und wann soll das sein? Nach seinem Tod?«

Nico nickte. »Leider hat er eine eiserne Konstitution.

Kein Wunder, er lässt sich ja auch von uns allen pampern.«

»Trotzdem, so geht das nicht, Nico. Ich will gar nicht wissen, wie ihr euch an den ungesetzlichen Möglichkeiten des Internets bereichert, und erst recht nicht, wer noch alles involviert ist. Mir reicht schon, dass ich beginne, das Ausmaß zu ahnen. Ich stelle mir vor, wie ihr ahnungslosen Lieblichen Computer verkauft, über die ihr die totale Kontrolle habt, und schon ist mir schlecht.« Sie schüttelte sich. »Ganz gleich, ob ihr Versandhäuser leer räumt, ohne verwertbare Spuren zu hinterlassen, und die Sachen später weiterverkauft, oder euch Aktien aneignet, deren Fehlen an den Börsen anderer Kontinente Kopfschmerzen verursacht – damit muss Schluss sein. Und als Erstes: Schaltet euer persönliches NSA-Programm ab. Sofort. Sonst muss ich euch jemanden auf den Hals hetzen, der euch dazu zwingt.«

»Brauchst du nicht«, sagte Nico stolz. »Wir bieten ab morgen einen kostenlosen Datensicherheitscheck für jeden Lieblichen an – und dabei säubern wir ihre Computer. Die sind danach besser als neu. Versprochen. Das wird viel Arbeit, aber wenn wir damit fertig sind, wird uns keiner mehr was nachweisen können – außer Arno, der leider in irgendeinem Safe irgendwelche Beweise lagert und uns so um die Möglichkeit bringt, alles ohne großes Aufsehen zu Ende zu bringen. Deshalb rede ich mit dir und du hoffentlich mit deinem Kommissar. Wir haben Angst vor Arno Passenheimers Rache.«

Da kompensiert ein alter Mann seine schwindenden Körperkräfte durch Macht, dachte Pippa angewidert. Bindung durch Angst und Druck statt durch Liebe. Kein Wunder, dass die jungen Leute aus diesem Teufelskreis rauswollen, zumal Margot Passenheimer ein ganz ähnliches Kaliber zu sein scheint. Jedenfalls, wenn man an ihren Geiz und die

Schacherei um das stillgelegte Hotel denkt. Ich fürchte, sie hätte nach Uropa Arnos Tod kein Problem, in seine Fußstapfen zu treten. »Was hat dir das Leben in Lieblich jenseits dieser Ungesetzlichkeiten eigentlich bisher eingebracht, Nico?«, fragte sie.

»Ein Leben weit weg von den Leuten, die ich am liebsten vergessen würde, eine Lehrstelle und demnächst einen Führerschein und ein Auto. Jedenfalls, wenn ich die Abschlussprüfung mit Bestnote bestehe.« Er richtete sich stolz auf. »Das sollte aber kein Problem sein. Dann bin ich endlich ganz frei, habe einen Beruf und kann machen, was ich will. Jedenfalls, wenn der Stammtisch mich lässt.«

Und genau daran zweifle ich bei dieser verlogenen Bande, dachte Pippa. Diese Rattenfänger haben Nico nach Lieblich geholt, um ihn nach ihrer Pfeife tanzen zu lassen, und dadurch erpressbar gemacht. Warum sollten sie ihn gehen lassen, nachdem er sich jahrelang als so nützlich erwiesen hat? Ungeheure Wut auf die egoistischen Männer am runden Tisch stieg in ihr auf. Wie hatten sie Nicolai Schnittke ausgenutzt! Und nicht nur ihn. Auch Lilo hatte für die beiden Neuner-Brüder geschuftet, ohne zu wissen, dass die beiden ein durchaus ansehnliches finanzielles Polster ihr Eigen nannten – selbst wenn es nicht auf ehrliche Weise erworben worden war. Allem Anschein nach hatten Gisbert Findeisen und Arno Passenheimer ihr Orchester virtuos dirigiert. Hatte Rüdiger Lehmann dabei die erste Geige gespielt? Bezog das ›wir‹, mit dem Gisbert Ursula am Tag seines Todes gedroht hatte, sowohl den Methusalem des Ortes mit ein als auch seinen besten Freund? Im Geiste ging sie die anderen Stammtischhocker durch. Als sie an den Besuch der Passenheimers bei Franz dachte, wurde ihr kalt. »Max hatte mein Smartphone am Wickel«, sagte sie. »Ist damit weiter alles in Ordnung oder hat er es manipuliert?«

Nico zog ertappt den Kopf ein. »Ich sage mal so … seit ich es vorhin in der Hand hatte, ist es wieder so sauber wie ein Kinderpopo nach dem Windelwechsel, reicht dir das?«

»Fürs Erste«, sagte Pippa. »Und jetzt noch mal fürs Protokoll. Ihr habt heute Abend das Pro-Natur-Forum gewinnen lassen, um dem Stammtisch eins auszuwischen?«

»Dass die Versuchsfelder nicht kommen, tut denen richtig weh. Es war schließlich viel Geld in der Sache drin, für jeden von ihnen: durch den Verkauf der Wisperweide für Hans und Franz, für Gisbert als zukünftiger Repräsentant der Anlage und den Umbau seiner Fischzucht zum Hauptquartier, für Arno als Ausrüster des Projektes mit Computern, und natürlich auch für Rüdiger durch den Verkauf seines Waldes. Der hätte erst alles abgeholzt und jede Menge Festmeter Holz verkloppt und dann den Kahlschlag teuer verkauft.« Er raufte sich die Haare. »Echt, ich versteh das nicht. Wo Geld ist, kommt immer noch was dazu. Wenn man es geschafft hat, gilt eine Gaunerei plötzlich als clever. Guck dir nur mal die Hedgefonds-Manager an, die kassieren gutes Geld für zweifelhafte Taten und in der Politik tummeln sich Leute, die Parteispenden verschieben, als wären es nicht Geldsäcke, sondern Bonbontüten. Aber einer wie ich, der schafft es nicht mal, ehrlich zu sein, selbst wenn er das gerne möchte.«

»Der Vergleich mit noch Üblerem hat aus Schlechtem noch nie Gutes gemacht.« Pippa tat es leid, hart sein zu müssen, denn sie begriff Nicos Dilemma. Wer würde ihm mit seiner Vorgeschichte schon glauben, dass er nicht einer der eifrigsten Betrüger war? »Euch bleibt nichts anderes übrig, als reinen Tisch zu machen. Das wird schmerzhaft werden, aber danach ist Ruhe.«

»Und du redest mit Schmidt-Daubhaus?«

»Bleibt mir anderes übrig? Du weckst einfach Mutterinstinkte in mir.«

»Echt?« Nico strahlte.

»Ich weiß allerdings nicht, ob sich mein selbstloser Einsatz auch auf Max Passenheimer erstrecken wird. Auf ihn ist deine Entschuldigung nun wirklich nicht anzuwenden. Woher kommt sein Sinneswandel?«

»Das ist ganz einfach. Aus Klein Martin wird Martin. Max und Gila bekommen wieder Nachwuchs. Und der soll nicht mit einem Papa im Gefängnis aufwachsen.«

Pippa sah das innige Tableau des Wahlabends wieder vor sich. Ja, dachte sie, für so eine Familie wird jeder gerne anständig.

»Außerdem hat Max die Winterling mit ein paar Sachen konfrontiert, die ihm an der *UCFC* und dem Lieblich-Projekt nicht passen. Und seitdem knirscht es im Gebälk.«

»Bei meiner Ankunft auf dem Flughafen hörte es sich noch an, als kämen sie und er bestens miteinander aus.«

»Ja, aber an dem Abend hat Max ihr gesagt, dass er das Spiel nicht mehr mitspielt und keine weiteren Unterschriften leistet. Sie musste sich danach für ihre krummen Geschäfte an Arno halten.«

Pippa zog die Augenbrauen zusammen. »Um was geht es da genau? Die Ablehnung seines Computerangebots und deine Abwerbung sind ja wohl schwerlich krumme Geschäfte zu nennen. Nicht unbedingt fair, aber auch nicht ungesetzlich.«

Nico schüttelte den Kopf. »Da geht es um mehr … Geld. Richtig viel Geld. Nicht grün, nicht blau, nicht braun, sondern schwarz.«

Pippa stöhnte. »Das wird ja immer schöner.«

»Ja, finden wir auch«, bestätigte Nico. »Max sagt, es gibt Grenzen des Betrugs, und die sind erreicht, wenn man sich öffentliche Mittel erschleicht, die danach in Krankenhäusern und Kindergärten fehlen, oder wenn Geld aus faulen Quellen sprudelt und reingewaschen werden soll.«

»Max, der Ehrenmann«, sagte Pippa sarkastisch. Dann dachte sie darüber nach, wie die nächsten Schritte zu seiner und Nicos Läuterung aussehen könnten. Sie ging in ihr Zimmer, holte ihren Laptop und rief die Webseite von Max Passenheimers Computerfirma auf. Bereits auf der Startseite wurden umfangreiche Wartungsmaßnahmen angekündigt für jeden Lieblichen, der bei ihm einen Computer erworben hatte. »Das muss man ihm lassen«, sagte sie, »Max macht Nägel mit Köpfen. Es stimmt also, was du sagst. Er meint es ernst.« Dann wechselte sie auf den Internetauftritt der Plappermühle und sah traurig auf Texte hinunter, die sie für Thilo ins Englische und Italienische übersetzt hatte. Sie klickte auf die Galerie der Fotos, deren Abbildungen ihr mittlerweile in natura vertraut waren. Als sie auf die Luftaufnahme stieß, die Thilo ihr im Volkspark Rehberge gezeigt hatte, vergrößerte sie das Bild. So war besser zu erkennen, dass das Foto aus einem Propellerflugzeug aufgenommen worden war, denn am unteren Rand wurden Armaturen sichtbar und ein Teil des Steuerknüppels, den eine Frauenhand fest im Griff hatte. Pippa sah genauer hin, atmete tief ein – und vergrößerte ein weiteres Mal. »Nico, könntest du mir helfen?«, bat sie. »Weißt du, wie ich herausfinde, an welchem Datum dieses Foto aufgenommen wurde?«

»Nichts leichter als das«, sagte er und nahm sich den Laptop auf den Schoß. »Thilos Daten werden von uns verwaltet, da habe ich ohnehin Zugriff.« Er arbeitete konzentriert und sagte dann: »Die sind von Thilos eigener Kamera. Die Aufnahmen hat er uns später für die Internetseite zur Verfügung gestellt. Die sind alle schon mehr als zwei Jahre alt ... wenn du es genauer wissen willst, kann ich ...«

»Danke«, sagte Pippa und atmete durch. »Das reicht mir als Antwort.« Dann zeigte sie auf die Frauenhand. »Siehst du diesen ungewöhnlichen Opal an der Hand der Pilotin? Wenn dieses Schmuckstück nicht noch einen eineiigen Zwilling hat, dann wurde dieses Flugzeug von Regina Winterling gesteuert. Weißt du, was das bedeutet?«

»Und ob! Thilo Schwange und die Unterhändlerin der *UCFC* kannten sich bereits, als unser Dorf noch nicht ahnte, dass es sich einmal in das Neustart-für-Lieblich-Forum und in die Pro-Natur-Liga aufspalten würde«, sagte Nico. »Die zwei machen gemeinsame Sache, tun aber nach außen, als wären sie Feinde.«

»Ein abgekartetes Spiel.« Pippa presste wütend die Lippen zusammen. »Aber wir haben jetzt ein Ass im Ärmel.«

Kapitel 28

»Pippa, Pippa, hörst du mich? Die Lambertis sind da und haben jede Menge leckeres Zeugs mitgebracht. Sogar bei Uschi sind sie vorbeigefahren, um Bienenstich zu holen. Der ist noch ganz warm.« Nicos Stimme schob sich in einen beunruhigenden Traum, in dem Tausende von Bienen Lieblich besetzt hielten und jeden stachen, der versuchte, über Computer oder Handy einen Notruf abzusetzen, und sich in Schwärmen auf alle stürzten, die in bienenfreie Dörfer flüchten wollten. Erst das immer lauter werdende Klopfen an der Zimmertür brachte Pippa in die Wirklichkeit zurück. Ein Blick auf die Uhr zeigte ihr, dass es kurz vor sechs Uhr morgens war und sie das Klingeln des Weckers eine halbe Stunde zuvor erfolgreich ignoriert hatte.

Nach einem aufgeregten nächtlichen Telefonat mit Wolfgang, in dem auf beiden Seiten der Leitung wild über Thilos Gründe für sein Versteckspiel mit Regina Winterling spekuliert worden war, hatte der Kommissar ihr aufgetragen, Ilsebill und Jodokus so schnell wie möglich in die Plappermühle zu rufen. »Vielleicht bringt die Recherche der beiden Licht ins Dunkel dieser geheimnisvollen Verbindung.« Den Hausbesuch bei Kati Lehmann hatte er gestrichen und nur bei Letizia Gardemann vorgesprochen, um danach Maßnahmen einzuleiten, die sicherstellten, dass Thilos Scharade beendet wurde. »Schwange mag zwar die Aufstellung auf dem

Schachbrett vorgegeben haben und glauben, noch immer am Zug zu sein«, hatte er abschließend gesagt, »aber wir werden ihm beibringen, wie schnell auch der beste Taktiker schachmatt gehen kann.« Dann hatte er ihr ein paar Stunden Ruhe verordnet. »Nico und du, ihr zwei verschwindet danach sofort in den Federn. Ich brauche euch morgen früh so fit wie möglich.«

»Ob du gut geschlafen hast, brauche ich ja wohl nicht zu fragen«, tönte es von der anderen Seite der Tür. »Wenn ich reinkommen darf, bekommst du flüssigen Wecker serviert. Ilsebill hat gesagt, du liebst Tee zum Aufstehen.«

Pippa rief Nico ins Zimmer, und er trat mit einer dampfenden Tasse an ihr Bett. »Ich habe auch wie ein Stein geschlafen. Das Sofa da unten ist saugemütlich.« Er gab ihr den Tee, und Pippa trank genießerisch den ersten Schluck. »Tee ans Bett. Willst du dich unentbehrlich machen, Nico?«

Er grinste. »Der Tee war die gute Nachricht. Jetzt kommt die schlechte: Kommissar Schmidt-Daubhaus sitzt bereits am Frühstückstisch und trommelt vor Hunger und Ungeduld mit den Fingern. Er hat gestern Abend noch eine ganze Latte Leute herbestellt, die ebenfalls zu früher Stunde mitfuttern wollen. Max hat signalisiert, dass er der Einladung des Kommissars so schnell wie möglich folgen wird. Dem zittern vor der Begegnung die Knie mindestens so sehr wie mir. Bodo kommt auch, will aber dafür Speck und Eier und zum Nachtisch Bienenstich. Lilo kommt nicht nur mit Franz, sondern auch mit deiner Milchbestellung von gestern. Sie klang echt miserabel, die hat bestimmt noch nichts angerührt. Wir müssen sie füttern.«

»Mit anderen Worten«, sagte Pippa und sprang aus dem Bett, »wenn ich mich nicht beeile, ist der Bienenstich weg, bevor ich unten bin. Das darf nicht passieren. Sag den Lambertis, ich bin in fünf Minuten am Platz. Und danke, dass du dich um alles gekümmert hast.«

Nico verneigte sich wie ein Butler, drehte sich um und ging zur Tür. Ohne sich noch einmal umzugucken, sagte er: »Für mich war der gestrige Abend was Besonderes. Gemeinsam kochen, essen, fernsehgucken, reden, schweigen, ernst genommen werden ... nur der Film dürfte das nächste Mal lustiger sein.«

Als Pippa nach unten kam, war der Tisch gedeckt und die Lambertis, Wolfgang Schmidt-Daubhaus und Nico sahen ihr erwartungsvoll entgegen. Sie begrüßte alle herzlich. Dem Kommissar schlug sie freundschaftlich auf die Schulter: »Arbeitest du rund um die Uhr oder hast du tatsächlich ein paar Minuten geschlafen? Kann dein Kollege Röhrig nicht mal alleine Freund und Helfer sein?«

»Der überwacht schon seit Stunden das Wohl und Wehe weiter Teile der Bevölkerung und bringt dabei ganzen Einsatz.« Wolfgang Schmidt-Daubhaus bediente sich aus dem Brotkorb und langte dann nach der Platte mit dem Lachs und geräuchertem Forellenfilet, aber Pippa war schneller. Sie häufte sich einen guten Vorrat auf ihren Teller, reichte die Fischplatte dann an den Kommissar weiter und wechselte dabei mit ihm einen Blick des Einverständnisses. Leichte Aufregung stieg in ihr auf, und sie zwang sich innerlich zur Ruhe, als sie sagte: »Ilsebill, Jodokus, danke, dass ihr so früh hergekommen seid. Wenn wir nicht schon befreundet wären, würde ich euch heute das Du anbieten. Es ist großartig, direkt aus Bett und Dusche bei Croissants, Ciabatta und frischen Schrippen zu landen.«

Ilsebill reichte ihr Meerrettich über den Tisch. »Jetzt wird sich erst einmal gestärkt.«

Jodokus hob die Hand. »Und zwar ausgiebig, wenn ich

bitten darf. So habt ihr alle etwas im Mund, und ich kann reden, ohne unterbrochen zu werden.«

»Hoffentlich verdirbt mein Mann euch mit unseren Rechercheergebnissen nicht den Appetit«, sagte Ilsebill, und Pippa registrierte ihren nervösen Seitenblick auf Nico.

Bloß nichts Negatives über Nico Schnittke, dachte sie. Ich bin jetzt schon unschlüssig, wie ich seine fleckige Weste gegenüber Wolfgang weiß reden soll.

»Beginnen wir mit meinen Resultaten zur *UCFC*«, leitete Jodokus Lamberti seine Ausführungen ein. »Es ist hinlänglich bekannt, dass ich mein Leben zwischen Bank und Börse verbracht habe und dort bis heute eine ganze Menge Leute kenne, die mir bei meinen Erkundigungen hilfreich unter die Arme greifen konnten und wollten. Dennoch möchte ich eines vorausschicken: Die meisten Informationen sind mir inoffiziell zugespielt worden. Offene Auskünfte wollte ich nicht einholen, um Regina Winterling oder ihre Firma nicht auf mich aufmerksam zu machen.«

Ilsebill goss ihrem Mann Tee ein. »Schatz, das geht auch kürzer. Nur die Fakten bitte, sonst hängen alle nur an deinen Lippen und keiner isst mehr etwas.«

»Du hast ganz recht, meine Liebe. Deshalb in aller Kürze: Die *UCFC* hat ihren Firmensitz vor ein paar Jahren von der Schweiz nach Österreich verlegt, um für neue Projekte EU-Gelder beantragen – und bekommen – zu können. Äußerst geschickt entwerfen sie Projekte für strukturschwache Gebiete. Ob die Firma tatsächlich ein gesteigertes Interesse hat, stärker auf Regionalität zu setzen, weil sie darin marketingtechnische Vorteile sieht, oder ob sie lediglich absahnen will, lässt sich bei der Fülle der eingereichten Anträge nicht zweifelsfrei klären, wichtig ist aber: Die Unterstützungen müssen nicht zurückgezahlt werden, wenn einwandfrei nachgewiesen wird, wie sie ausgegeben wurden, und wenn das Investitionsvolumen in der Gegend verbleibt.« Er sah sich triumphierend um. »So viel konnte ich erfahren: Lieblich hat der Firma einen Batzen Geld eingebracht, ohne dass hier bisher wirklich etwas Substanzielles passiert ist.«

Kommissar Schmidt-Daubhaus hob die Hand. »Kurze Verständnisfrage: Die müssen nachweisen, dass das Geld ausgegeben wurde, zum Beispiel durch Landerwerb oder um Rodungen durchzuführen und Pflanzungen anzulegen. Dabei zählt nicht so sehr das Ergebnis als die schriftlichen Bestätigungen der Regionalvertreter, mit denen sie zusammenarbeiten?«

»So ist es. Die Repräsentanten werden um Stellungnahme gebeten, bestätigen schriftlich ihre Kontrollfunktion, und dann fließt das Geld.« Jodokus grinste. »In diesem Fall sitzen die regionalen Vertreter wie zufällig alle am Stammtisch und heißen Arno Passenheimer, Hans Neuner und Gisbert Findeisen. Auch Rüdiger Lehmann ist mit von der Partie.«

»Den hat sein Freund Findeisen mit an die Futterkrippe geholt, da gehe ich jede Wette ein«, kommentierte Pippa und registrierte gleichzeitig das Fehlen Max Passenheimers und Franz Neuners in der Liste. »Für die *UCFC* ist also das lukrativste Geschäft gelaufen, wenn sie sich ein paar Unterschriften sichert, etwas Geld ausschüttet und ansonsten nichts tut?«

»Zu diesem Schluss könnte man kommen«, bestätigte Jodokus, »wäre da nicht Regina Winterling, die das Projekt offenbar nicht aus ihren Klauen lassen will. Es scheint ganz so, als hätte sie tatsächlich persönliches Interesse daran. Bei allen anderen Aufträgen hat sie sich nämlich früh in die zweite Reihe zurückgezogen und erst einmal einen ausgiebigen Urlaub in der Karibik verbracht, um sich für die nächste Aufgabe zu stählen.«

Das Telefon des Kommissars klingelte, er ging ran. Bis

auf ein kurzes »Ausgezeichnet« und »Dacht' ich's mir doch« gab er keinen Kommentar ab, aber Pippa beobachtete, wie seine Augen dabei um den Tisch wanderten und jeden Einzelnen ins Visier nahmen. Ganz so, als wollte er abschätzen, ob jeder der Anwesenden in seine Planungen einbezogen werden durfte. Nach dem Ende des Telefonats war seine Entscheidung offenbar positiv ausgefallen. »Seit gestern Abend gehen Pippa, Nico und ich davon aus, dass Thilo Schwange nicht in Berlin ist, sondern sich bereits seit Tagen in Lieblich versteckt.«

»Kein Wunder, dass er alles andere als glücklich war über den plötzlich angekündigten Besuch seiner Kati«, entfuhr es Jodokus, aber Schmidt-Daubhaus ließ sich nicht aus dem Konzept bringen. »Unsere Annahme wurde gerade zur Gewissheit.« Schmidt-Daubhaus zeigte auf sein Handy. »Ich habe meine ehemaligen Kollegen in Berlin gebeten, zum Lehrgangsort des Bienenzüchtervereins zu fahren und Schwange um eine Stellungnahme zu bitten.« Er hob sein Handy. »Den Kurs gibt es und Schwange war auch angemeldet – aber er hat ihn nicht angetreten. ›Ging nicht‹, sagte der Lehrgangsleiter. ›Der arme Mann hat sich am Samstag den Knöchel verstaucht.‹«

Pippa stieß einen Laut der Überraschung aus. »Sieh einer an: Thilo und Kati haben dieselben Beschwerden.«

»Und haben beide einen Oscar für schauspielerische Leistung verdient«, knurrte Nico.

Eine Weile herrschte Schweigen am Tisch, dann sagte Ilsebill leise: »Im Lichte dieses ungewöhnlichen Verhaltens wirkt unsere Recherche noch einmal ganz anders. Vielleicht sollte Jodokus fortfahren.«

Der Kommentar machte eine auffordernde Handbewegung, und Lamberti kam auf seine letzte Aussage zurück. »Irgendwo besteht ein Zusammenhang zwischen Regina

Winterlings privaten Interessen und dem hiesigen Projekt, und der ist unabhängig von ihrer Provision. Die hat sie bereits in der Tasche. Lieblich könnte also schon lange ebenso abgehakt sein wie andere Unternehmungen, die aufgrund der Renitenz von Bewohnern oder erhöhter Umweltauflagen drohten, ihren Arbeitgeber Geld zu kosten, statt welches einzubringen. Warum sie hier so hartnäckig weitermacht, müssen Sie herausfinden, Herr Kommissar, das konnte ich nicht in Erfahrung bringen.«

Schmidt-Daubhaus murmelte: »Ich ahne den Grund und hoffe, dass mir Max und Nico dafür solide Beweise liefern können. Eine Hand wäscht die andere.«

»Kommen wir zum Besitzer dieser herrlichen Mühle: Meine Informanten erzählten mir über Thilo Schwange nur, was wir bereits wissen. Er war Hedgefonds-Manager, lebte in Frankfurt, hatte wenige Interessen, außer an der Börse zu spekulieren, und war bis zur Bankenkrise gut im Geschäft. Wie viele andere verlor er seinen Job, als sein Arbeitgeber in Schwierigkeiten geriet und die unsauberen Mitarbeiter aussortierte, um sich beim Staat Lieb Kind zu machen und danach um Rettung zu bitten.«

»Thilo wurde gekündigt?«, fragte Pippa erstaunt nach. »Er ist nicht von allein gegangen? Weil er krank war?«

»Krank sind die an der Börse doch alle«, warf Nico ein. »Diese Big-Business-Strampler.«

Ilsebill lächelte entzückt und warf einen beredten Blick auf ihren Gatten. »Danke, Nico, das Wort hat mir all die Jahre gefehlt.«

Jodokus tat, als hätte er nichts gehört, holte ein Notizbuch heraus und sah in seinen Aufzeichnungen nach. »Ganz eindeutig, Thilo Schwange *wurde* gegangen. Ohne Abfindung, was darauf hindeutet, dass er seinem Arbeitgeber mit seinen Transaktionen nicht nur Freude bereitete. Aber er dürfte gerade deshalb genug Geld auf der hohen Kante haben, um mehr als eine Plappermühle so umzugestalten, wie er sich das wünscht. Ich denke, um seine finanzielle Situation brauchen wir uns keine Sorgen zu machen.« Er klappte das Notizheft wieder zu. »Die Recherche über die *UCFC* und Thilo Schwange war leicht. Ich musste nur ein paar gute alte Bekannte auf seine Fährte setzen, dann lief alles wie von selbst. Die Nachforschungen zu Tacitus Schnapphahn und seine Bande waren da schon ein anderes Kaliber. Ich war in einigen Museen, Bibliotheken und Archiven und konnte alte Zeitungsberichte einsehen, die sich mit seinem Werdegang als Anführer einer Schmugglerbande auseinandersetzten, allerdings nicht mit ihm persönlich. Das änderte sich erst, als Ilsebill in einem verschimmelten Baedeker Hinweise auf die Kirchenfenster der Sankt-Nikolaus-Kirche in Lieblich fand, die damals wegen der ungewöhnlichen Wahl der Themen Aufsehen erregten.«

»Eines der Fenster wurde nach dem Ableben des Schmugglers gestiftet, und zwar vom damaligen Pfarrer Ludwig Michel, der den Betrag, den die Gestaltung kostete, mit seinem Salär unmöglich hätte aufbringen können«, übernahm Ilsebill die Erklärung. »Er hat das Geld dafür zusammenbekommen, indem er gefälschte Dokumente mit Hinweisen auf die Beute des letzten Raubzuges verkaufte. Ich habe mindesten drei dieser Schatzbriefe gelesen, die unterschiedliche Fundorte nahelegten. Von tatsächlich verwertbaren Informationen kann dort keine Rede sein.« Sie setzte ihre Lesebrille auf und faltete ein Blatt Papier auseinander. »Ich habe hier eine Kopie eines Berichtes, der das so formuliert: Der Pfarrer der Gemeinde Lieblich war über den gewaltsamen Tod des Anführers der berühmt-berüchtigten Schnapphahnbande tieferschüttert, auch weil ihm von den Gendarmen verwehrt worden war, dem Freund aus Kindertagen die Letzte Ölung zu spenden. Wohl aus diesem Grunde liegt das Augenmerk des Kirchenfensters auf Dismas, dem reuigen Verbrecher zur Rechten Jesu, dem dieser noch am Kreuz den Einzug ins Paradies versprach. Pfarrer Ludwig Michel hegte offenbar die Hoffnung, dass seinem besten Freund Tacitus Schnapphahn durch die Stiftung dieselbe Gnade zuteilwurde.«

»Von wem ist der Besichtigungshinweis geschrieben worden?«, wollte Pippa wissen und nahm sich das Blatt. »Sieh an, er stammt von Jeremias Klein, dem Dorfbarbier! Der Mann konnte also nicht nur Bärte abschneiden, der konnte auch schreiben – falls nicht seine liebe Frau Amanda dahintersteckte.« Sie erklärte den anderen am Tisch kurz, was sie durch die Hochzeitstruhe von Nataschas Vorfahren erfahren hatte.

»Amanda Freimuth hat sich aber verdammt schnell mit einem anderen Mann getröstet«, maulte Nico. »Das mit Tacitus war doch angeblich die ganz große Liebe.«

»War es auch«, bestätigte Ilsebill. »Jedenfalls auf Seiten Amandas. An dieser Stelle wurde ich neugierig, weil ja einige Dorfbewohner Tacitus Schnapphahn nicht die Wirtstochter, sondern die Schwester des Pfarrers als Räuberbraut zusprechen.«

»Es sei denn, man schlägt im ›verlorenen Schatz‹ die Menükarte auf und liest sich die Geschichte des Hauses aus deren Sicht durch, während man auf seine ›Forelle Müllerin‹ wartet«, warf Pippa ein.

»Genau aus diesem Grunde wollte ich gern wissen, wer denn nun wirklich die trauernde Witwe war, Amanda oder das Schwesterlein des Pfarrers, und habe um Einsicht in die Taufregister gebeten«, bestätigte Ilsebill.

»Das ging so schnell?«, fragte Pippa erstaunt.

»Reibungslos«, bestätigte Jodokus. »Jedenfalls, nachdem wir uns gleichzeitig finanziell für die kirchliche Jugendarbeit starkgemacht hatten.«

»Verstehe«, murmelte Wolfgang Schmidt-Daubhaus. »Schon schade, dass mir so ein Instrument so gänzlich verwehrt ist.«

»Natürlich versuchten wir zunächst, etwas über die Schwester des Pfarrers herauszubekommen, denn die Legende besagt ja, sie sei mit ihrem Kind nur nach Lieblich gekommen, um in Tacitus' Nähe zu sein«, fuhr Jodokus fort.

»Wir waren uns einfach sicher, dass Schnapphahn, wenn sein Verhältnis zu Pfarrer Ludwig Michel schon so innig war, nicht einfach einer anderen Frau als dessen Schwester die Ehe versprochen hätte – besonders, wenn er bereits ein Kind von ihr hatte. Diese Annahme hat sich bestätigt. Die Schwester des damaligen Pfarrers war nicht Ludwig Michels Schwester, sie war seine Geliebte.«

»Also die alte Geschichte, Haushälterin und Geistlicher«, sagte Pippa und dachte dabei auch an Eveline und Kornelius. »Aber das stand doch so sicher nicht offen in den Kirchenbüchern.«

»Nein«, gab Ilsebill zu, »das haben wir uns zusammengereimt, weil dieser Diener Gottes freiwillig aus einer lukrativen Gemeinde mitten in Wiesbaden ausgeschieden war, um sich in einem gottverlassenen Ort wie Lieblich um neue Schäfchen zu kümmern. Und dann kam er kurz darauf wie durch ein Wunder zu einer Schwester mit Kind, die ihm den Haushalt führte.«

»Abgefahren. Das muss man erst mal geistig mitschneiden«, unterbrach Nico beeindruckt.

»Die Familie Michel aus Wiesbaden hatte insgesamt fünf Söhne, die, bis auf den Geistlichen, allesamt heirateten und Urahnen des heutigen Pfarrers Kornelius Michel sind«, bestätigte Jodokus. »Wenn die es damals mit der Unterdrückung der Frau nicht vollends übertrieben haben, dann hätten sie eine Tochter wohl nicht gänzlich unerwähnt gelassen und auch sie im Stammbuch oder Taufregister aufgeführt.«

»Die Schwester des Pfarrers war also Ludwig Michels Geliebte und Mutter seines Kindes«, fasste Pippa zusammen. »Somit war Tacitus frei für seine Amanda. Das ist auf jeden Fall ein weiteres, dick mit Orangenmarmelade bestrichenes Croissant wert.« Sie griff wieder gleichzeitig mit Wolfgang zu. »Lass uns teilen«, schlug Pippa vor. »Dann bleibt mehr Platz für den krönenden Abschluss. Oder tauschst du meine Hälfte gegen deine Bienenstichration?« Als der Kommissar den Kopf schüttelte, stand sie auf, ging zum Herd und setzte Wasser für die nächste Kanne Tee auf. »Aber wenn der damalige Pfarrer Michels und seine vermeintliche Schwester wegen des Zölibats nicht heiraten durften, wie hieß dann die gute Frau und wie das Kind?«, fragte sie nebenbei und sah zu ihrem Erstaunen, dass Jodokus und Ilsebill einen verzweifelten Blick teilten.

»Also, das ist jetzt heikel.« Jodokus räusperte sich. »Damit kommen wir zu einem entscheidenden Punkt unserer Recherche. Die Frau hieß Hiltrud und der Junge genau wie die Kirche, Nikolaus. Nikolaus Schnittke.«

Pippa setzte erschrocken die Teekanne ab, der Kommissar pfiff durch die Zähne und Nico saß mit offenem Mund da. »Der hieß wie ich?«

Ilsebill legte ihre Hand auf seine. »Wenn wir nicht irgendwo einen groben Fehler gemacht oder etwas übersehen haben, bist du tatsächlich ein Nachkomme dieser Verbindung. Die Herren des Stammtisches glaubten hingegen an die Vaterschaft von Tacitus Schnapphahn, haben daraus falsche Schlüsse gezogen ...«

»... und Nico nach Lieblich geholt, um sich das Erbe des Schatzes zu sichern, sollte er tatsächlich gefunden werden«, mutmaßte Pippa wütend.

»Wahrlich eine selbstlose Bande«, knurrte Wolfgang Schmidt-Daubhaus. »Die hätten dem Jungen abgeluchst, was ihm rein rechtlich gar nicht gehört. Wie ich Nico kenne, hätte er auch noch geschwiegen und sie gewähren lassen, aus purer Dankbarkeit.«

Nico saß wie ein begossener Pudel auf seinem Stuhl und starrte den Bienenstich auf dem Teller vor sich an. Dann schob er ihn ganz langsam von sich fort. »Das war es also, was Kornelius Michel nicht publik machen wollte. Er kannte die Zusammenhänge von Anfang an und hat den Mund gehalten, um mich zu schützen.«

»Als Pfarrer hat er Zugang zu den Kirchenbüchern und -archiven. Irgendwann wollte er wahrscheinlich seine Verwandtschaft mit Tacitus erforschen – und hat dabei deine entdeckt«, mutmaßte Pippa.

»Könntet ihr so nett sein und das alles für euch behalten, bis ich meine Prüfung abgeschlossen habe?«, flüsterte Nico, und Pippa konnte die Tränen in seiner Stimme hören. »Wenn der Stammtisch jetzt die Wahrheit erfährt, flippen die aus. Das wird denen gar nicht gefallen, dass sie in mich investiert haben, ohne dass ich es wert bin. Schließlich haben sie mich ganz umsonst jahrelang durchgefüttert.«

Im Raum herrschte Schweigen, dann sagte Jodokus: »Von uns erfahren sie nichts. Aber sie werden ohnehin nicht wagen, dich aus fadenscheinigen Gründen wegzuschicken. Du hast einen Ausbildungsvertrag, und der muss eingehalten werden.«

Nico hielt seinen Blick gesenkt. »Es ging nie um mich. Immer nur um den verdammten verlorenen Schatz.«

»Leider«, sagte Jodokus. »Aber der gehört einem anderen. Und wir wissen auch, wem.«

Eine Bombe hätte nicht gründlicher für Aufmerksamkeit sorgen können. Alle wandten sich den Lambertis zu.

»Durch Ilsebills Fahndungserfolg angestachelt, ging ich zurück in die Landesbibliothek und suchte diesmal nicht unter den Schlagwörtern ›Freistaat Flaschenhals‹ oder ›Lieblich‹ nach Informationen, sondern unter ›Schmugglerbanden‹ und ›Räuber, berühmte‹. Da tauchten dann ganz schnell Namen wie Schinderhannes, der Mannefriedrich und Tacitus Schnapphahn auf.« Jodokus strahlte. »In einer wissenschaftlichen Abhandlung der Universität Mainz über Straßenräuber, die zu Volkshelden wurden, fand ich einen entscheidenden Hinweis: Die Bandenführer erhielten oft Spitz- oder Ehrennamen, die den eigenen völlig verdrängten. Aus Johannes Bückler wurde Schinderhannes, aus Philipp Friedrich Schütz der Mannefriedrich ...«

»Aus Robin von Locksley Robin Hood«, unterbrach Nico. »Nachdem ich die Filme mit Kevin Costner und Russell Crowe gesehen hatte, habe ich mich auch über das Buch hergemacht. Der Typ hatte Klasse. Dem hätte ich mich auch angeschlossen.«

»Mir reicht die Bande, die dich in Lieblich aufgenommen hat«, brummte der Kommissar.

Pippa sah Nicos alarmierten Gesichtsausdruck und intervenierte sofort. »Künstlernamen für Schwarzhändler und Pseudonyme für Banditen«, lenkte sie ab. »Das kann die Arbeit der Gendarmen nicht gerade erleichtert haben.«

Nico kräuselte die Stirn. »Aber was ist an dem Namen Tacitus Schnapphahn nicht echt? Zugegeben, der Name ist dämlich, aber dafür kann er ja nichts.«

Jodokus richtete sich zu voller Größe auf. »Mir ist es auch nicht aufgefallen, aber Ilsebill. Die hat nämlich im Herkunftswörterbuch nachgeschaut und folgende Erklärung gefunden ...«

»Das Wort *Schnapphahn* war im Mittelalter ein Synonym für Wegelagerer, Schmuggler und Schleichhändler, kurz:

für einen Banditen«, erklärte Ilsebill. »Das Wort wurde Tacitus also als Spitzname, als Ehrentitel beigegeben, ergo musste er auch noch einen bürgerlichen Namen haben. Den haben wir schließlich in einem alten Polizeibericht gefunden.«

»Und damit halten wir den Schlüssel zu damals und zu heute in der Hand.« Jodokus Lamberti leckte sich die Lippen, als wäre das Folgende eine besonders leckere Speise. Dann sagte er: »Der Anführer der Schnapphahnbande hieß Schwange, Tacitus Schwange, und war Thilos Urgroßonkel.«

Kapitel 29

»1:0 für uns«, sagte Pippa bitter, »und 10:0 für Thilo Schwange. Der Mann hat uns auf ganzer Linie gelinkt.«

»Dich hat er immerhin dafür bezahlt, dass du ohne dein Wissen als Spionin fungiertest«, versuchte Jodokus zu scherzen. »Und mir hat der Mann zwei ausgefüllte Recherchetage beschert.« Er rieb sich voller Tatendrang die Hände und sah deutlich frischer aus, als die frühe Uhrzeit nahelegte. »Endlich mal wieder was los in meinem Leben.«

Ilsebill zog die Augenbrauen hoch. »Für mich fühlte sich jeder Tag so an: Immer ein wenig unter Strom, weil ich Angst haben muss, dass du wieder ein neues Projekt findest ...«

»Spionin?«, griff Pippa Jodokus' Erklärung zu ihrem Haushüterauftrag auf. »Du vermutest, Thilo wollte durch mich immer genau wissen, wo Kati sich gerade aufhält, damit er nicht in Gefahr gerät, gefunden zu werden? Hat er mich deshalb so kurzfristig engagiert? Er muss geradezu erleichtert gewesen sein, als sie es sich bei Natascha bequem machte. Bodo aus dem Weg zu gehen war für ihn weit weniger problematisch. Der nimmt außer seinen Prinzessinnen kaum etwas wahr.« Pippa dachte an die friedvolle Stunde, die sie mit Bodo im Bienenhaus verbracht hatte, und schüttelte sich bei dem Gedanken, dass sie dabei unter Beobachtung gestanden hatte. Hoffentlich hat Thilo es im Geräteschuppen derweil höllisch unbequem gehabt, wünschte sie sich.

»Ich denke, wir liegen richtig, wenn wir davon ausgehen, dass der Herr Hedgefonds-Manager von der bösen weiten Börsenwelt in den Wispertaunus gezogen ist, um sich tatkräftig an der Suche nach dem verlorenen Schatz zu beteiligen«, vermutete Schmidt-Daubhaus. »Auch eine interessante Art, die Familiengeschichte aufzuarbeiten.«

»Wenn schon wir von Dokumenten wissen, die beschreiben, wie sein Vorfahr die letzte Nacht seines Lebens verbrachte, wird auch seine Verwandtschaft sie gekannt haben«, warf Jodokus ein. »Kein Wunder, dass er sich sofort auf die Plappermühle gestürzt hat, als sie auf den Markt kam.«

Am schlimmsten fand Pippa, wie Thilo mit Kati umgegangen war. »Ganz schön ausgebufft, sich auch noch die Lieblichste aller Lieblichen zu schnappen, um auf ihrem Grundstück unbehelligt Schatzsuche betreiben zu können.«

»... und es ihr nicht einmal zu sagen«, gab Ilsebill zu bedenken. »Teilen will er offenbar nicht mit ihr.«

»Durch Kati wusste er immer bestens über alle Dorfneuigkeiten Bescheid, konnte überall mitmischen und sich die wichtigsten Pfründe sichern«, fasste Pippa zusammen. »Immerhin, er hat nicht mit seiner Abstammung geprahlt.«

»Wenn die Lieblichen gewusst hätten, wer er ist, wäre er zum beliebtesten Bürger gewählt worden.« Nico verzog den Mund. »Und er hätte jede Menge Freunde mit Hacken und Spaten gehabt.«

In diesem Moment ging die Türglocke. Pippa stand auf und öffnete Max Passenheimer. Er zog den Kopf ein, als er sie sah. »Hallo, geht's gut?«, fragte er vorsichtig, und Pippa war sich nicht sicher, ob er eher nach ihrer Befindlichkeit oder nach dem richtigen Zeitpunkt seines Auftauchens fragte. Sie deutete wortlos auf einen freien Stuhl am Tisch und beobachtete, wie der Computerfachmann und sein Auszubildender einen schnellen Blick des Einvernehmens tauschten. Sie ließ die Tür offen, um die Morgenluft einzulassen, bevor sie zum Frühstückstisch zurückging.

»Sie kommen gerade richtig, Herr Passenheimer«, sagte Wolfgang Schmidt-Daubhaus. »Wie Nico mir heute auf nüchternen Magen versicherte, sind Sie bereit, mir und meinem ... erweiterten Ermittlerteam ein paar Fragen zu beantworten und dabei den Zeugen der Anklage zu spielen. Bleibt es dabei?«

Als Passenheimer wortlos nickte und unsicher zu Pippa hinübersah, machte sie sofort Anstalten, sich zusammen mit dem Ehepaar Lamberti in ihr Zimmer zurückzuziehen. »Nein, bitte, Frau Bolle«, sagte er. »Bitte bleiben Sie, wenn der Kommissar nichts dagegen hat. Nico möchte das, und ich halte es auch für das Beste.«

»Ja, Zeugen sind immer gut«, bestätigte Wolfgang Schmidt-Daubhaus trocken. »Für jede Seite. Wenn ich das richtig verstehe, wollen Sie ja jetzt zu den Ehrbahren wechseln. Gute Entscheidung, bleiben Sie dabei.« Er nahm sich ein weiteres Brötchen, bestrich es dick mit Schmand und häufte Pflaumenmus darauf. Dann sah er das Resultat geradezu liebevoll an. »Sie haben dieses Brötchen lang Zeit, mir Ihre Suche nach Katze Luzie zu schildern und sich damit selbst ein Stück weit aus dem Dreck zu ziehen.«

»Die Nacht vom 9. auf den 10. Januar.« Max Passenheimer seufzte. »Da habe ich begriffen, dass es nicht nur hinter den Bildschirmen unserer Computer eine zweite Ebene gibt, sondern auch im Lieblich-Projekt der *UCFC*. Subventionsbetrug und Geldwäsche sind mir zuwider.«

»Sieh an, da sind sie ja, die großen Worte, auf die ich gewartet habe«, sagte Wolfgang Schmidt-Daubhaus. »Jetzt müssen wir zwei nur noch einen Weg finden, aus den Worten Beweise zu machen.«

»Da bin ich dabei. Wenn es um die Zukunft meiner Kinder geht, kenne ich keinen Spaß. Aus demselben Grund würde ich niemals Steuern hinterziehen. Ich hätte das Gefühl, einem Kind einen Kindergartenplatz wegzunehmen«, erklärte Passenheimer im Brustton der Überzeugung und wirkte dabei auf Pippa völlig glaubhaft. »Diese Erkenntnis legte auch den Grundstein zu meinem Wunsch, mich aus den Fängen meines Großvaters und des restlichen Stammtisches zu befreien. Nur deshalb habe ich das Amt des Ortsvorstehers in Gisberts Nachfolge angetreten, als Arno es mir befohlen hat. Während er ganz selbstverständlich davon ausging, er könnte auf diese Weise noch größeren Einfluss auf mich und das Dorf ausüben, plante ich einen günstigen Zeitpunkt für eine Wahl zwischen Neustart und Pro-Natur, die nach meiner Fasson ausgehen sollte.« Er warf einen dankbaren Blick auf Nico. »Wir haben wochenlang an einer geschmeidigen Programmierung getüftelt, um alle Voraussetzungen parat zu haben, sobald sich eine gute Gelegenheit ergab. Ohne Nico hätte ich das nicht geschafft. Keiner kann so gut dichthalten wie dieser Junge.«

Nico strahlte über dieses nicht ganz lupenreine Lob, und sein Chef fuhr fort: »Als Ortsvorsteher bekam ich natürlich auch Einblicke in Dinge, von denen ich zuvor keine Ahnung gehabt hatte – und habe mir alle gemerkt.«

Der Kommissar legte das Brötchen aus der Hand, als könnte er sich dann besser konzentrieren. »Zum Beispiel?«

»Ich hatte immer geglaubt, Gisbert Findeisen und Rüdiger Lehmann wären diejenigen gewesen, die die *UCFC* auf Lieblich aufmerksam gemacht haben. Jedenfalls hat Gisbert das dem Stammtisch gegenüber behauptet, um seine Provision und das Stellenangebot zu erklären. Aber das war nicht der Fall, jedenfalls nicht, wenn man Regina Winterling glauben darf. Sie hat auf der Informationsveranstaltung ganz offen erzählt, sie kenne unseren Ort durch Kuraufenthalte seit frühester Kindheit. Darüber war ich wirklich erstaunt und fragte sie deshalb auf dem Parkplatz, wieso sie dann nächtens Bestechungsgelder in silbernen Koffern mit sich herumtrage.« Max Passenheimer kniff die Augen zusammen, als vergegenwärtige er sich die damalige Szene. »Sie hat gelacht und behauptet, das Geld sei zum Ankauf und Umbau leerstehender Häuser. Außerdem würden sie und ihr Kompagnon niemals Bestechungsgelder verteilen, das hätten sie bei ihrem Geschäftsmodell gar nicht nötig. Wenn ein Projekt nicht zustande käme, wäre das kein Beinbruch. Genug Geld hätte man dann bereits verdient.«

»Sie hat wirklich von einem Kompagnon gesprochen? Das würde ja nahelegen, dass Gisbert von der Geschäftsbeziehung zwischen ihr und Thilo Schwange wusste«, fragte Wolfgang Schmidt-Daubhaus nach und klärte dann die anderen über die Verbindung zwischen der *UCFC*-Unterhändlerin und dem Imker auf.

Max Passenheimer war überrascht. »Weil Gisbert neben ihr stand, bin ich wie selbstverständlich davon ausgegangen, sie spricht von ihm.«

»Bestimmt nicht.« Jodokus machte eine ablehnende Handbewegung. »Ein Vollblutprofi wie Regina Winterling nennt niemanden ihren Sozius, wenn er den Einsatz nicht bis ins Detail mit ihr geplant hat. So eine teilt ihren Gewinn nicht, wenn es nicht nötig ist.«

»Aber sie wollte Gisbert den Koffer mit dem Geld und jeder Menge unterschriebener Papiere zur Aufbewahrung überlassen. Das hat sie selber gesagt. Das macht man doch nur, wenn man jemandem bedingungslos vertraut«, versuchte Passenheimer, seine Annahme zu untermauern.

»Warum fand bei so viel Vertrauen die Übergabe wohl mitten in der Nacht statt?«, wollte der Kommissar wissen.

»Genau das habe ich sie auch gefragt. Da hat sie wütend die Hände in die Hüften gestemmt und gezischt: ›Das habe ich Ihrer verdammten Katze zu verdanken. Um diese Zeit wollte ich mit meinem Koffer schon längst im warmen Zimmer sitzen, um die Weitergabe hätte ich mich erst morgen gekümmert. Aber dieses blöde Vieh hat dafür gesorgt, dass ich mich mitten in der Nacht für ein paar Scheinchen durch Tiefschnee graben und die Hälfte der Lappen im Gasthof über die Heizung legen muss.‹« Max Passenheimer zog den Kopf ein, als stünde Regina Winterling noch immer vor ihm. »Sie hat mich wie einen Schuljungen abgekanzelt, und ich habe mich bei ihr entschuldigt, mir Luzie unter den Arm geklemmt und die Flucht ergriffen.«

Wolfgang Schmidt-Daubhaus nickte bedächtig und sagte dann zu Pippa: »Jetzt wissen wir, dass dieser Koffer vor der Veranstaltung noch nicht in ihrem Besitz gewesen ist. Geld und wichtige Papiere lässt man nicht stundenlang unbeaufsichtigt im Auto liegen, wenn das eigene Hotelzimmer samt Safe nur zwei Schritte entfernt liegt. Gisbert Findeisen wartete also an der Bank nicht nur sehnsüchtig auf ihre Rückkehr, sondern vor allem auf eine großzügige Belohnung.«

»Bei den winterlichen Straßenverhältnissen muss der Koffer aber im näheren Umkreis auf sie gewartet haben«, vermutete Ilsebill. »Bei oder in der Plappermühle.«

»Ich denke eher, im Bienenhaus«, sagte Pippa. »Sonst hätte Kati etwas von der Transaktion mitbekommen. Und ich glaube nicht, dass das in Thilos Sinne gewesen wäre.«

Jodokus wiegte den Kopf. »Ich muss sagen, ich bin beeindruckt. Hier hat wirklich jeder jeden betrogen. Die *UCFC* die EU und die öffentliche Hand, und Regina Winterling & Co die *UCFC*, indem sie persönliche Geschäfte mit denen ihrer Arbeitgeber verquickte. Sie hat sich außerdem den Stammtisch zum Verbündeten gemacht, und die Hocker wiederum haben alles gegeben, um die heile Welt Lieblichs vollends zu korrumpieren.«

In diesem Moment vernahmen sie, wie sich ein Wagen näherte und parkte. Kurz darauf klappten Autotüren und Stimmen kamen näher. Nico legte den Kopf schief, als könnte er so besser hören, und sagte dann: »Das sind Lilo und Bodo. Sie haben Franz im Schlepptau.« Er sprang auf, eilte den dreien entgegen und kurze Zeit später wurde die Tischgesellschaft Zeuge einer Diskussion, die offenbar am Fuße der Außentreppe geführt wurde. Sie hörten Sätze wie: »Ich lasse mich doch nicht wie eine Braut über die Schwelle tragen … ich will sofort runter, Bodo … Aua, passt doch auf, meine Schulter ist auch lädiert …«

»Aus denselben dummen Gründen wie dein Bein«, konterte Lilo. Zu einer Antwort kam Franz nicht, denn Bodo setzte ihn im Türrahmen ab und Nico hielt ihm seine Krücken hin. Nach einer kurzen Begrüßung sorgte Pippa dafür, dass Franz es am Tisch bequem hatte, während Bodo an der Tür stehen blieb und schnupperte. »Hier riecht es nur nach Tee«, sagte er enttäuscht. »Soll ich kurz zum Bienenhaus laufen und Kaffee holen?«

Pippa sah erschrocken zum Kommissar hinüber, aber der wies bereits einladend auf einen Platz am Tisch. »Bitte, setzen Sie sich und lernen Sie stattdessen die Vorzüge anregenden englischen Tees kennen, Herr Baumeister.«

Jodokus Lamberti stand eilfertig auf, legte den Neuankömmlingen sauberes Geschirr und Besteck vor und goss ihnen Tee ein. Wie ein Häufchen Elend saß Franz Neuner am Tisch und schielte vorsichtig zu Lilo hinüber. Die war offensichtlich nicht bereit, dafür zu sorgen, dass er sich wohler fühlte, sondern starrte in ihre Tasse, als wollte sie daraus die Zukunft lesen.

»Seit gestern Abend knabbere ich daran, dass Franz aus

Angst, etwas Falsches zu sagen und dafür von seinem großen Bruder ausgeschimpft zu werden, so beharrlich geschwiegen hat«, sagte sie unvermittelt und mehr zu ihm als zu den anderen. »Dabei hätte er sich bei mir schon mit der geringsten Gegenrede außerordentlich beliebt gemacht. Ich hatte es so satt, Hans allein im Zaum zu halten.«

»Ich wusste doch nicht, wohin ich gehen soll, wenn er mich rausschmeißt. Ich gehörte ja nur über ihn zur Familie, deshalb durfte ich es mir mit ihm nicht verscherzen.« Franz sah um Verständnis bittend von einem zum anderen. »Ich habe noch nie etwas alleine gemacht. Ich weiß gar nicht, wie das geht. Außerdem hatte Hans doch das ganze Geld, und er hat seine Almosen nur verteilt, wenn ich entsprechend gekuscht habe. Das hatte er sich von Arno abgeguckt.«

Max Passenheimer zuckte bei diesen Worten zusammen, und Lilo seufzte vernehmlich. »Auch das hättest du mir ruhig gestehen können«, sagte sie.

»Das wollte ich nicht. Du hast dir über uns schon immer mehr Gedanken gemacht, als wir es wert waren«, sagte Franz. Dann sah er mit traurigen Augen in die Runde. »Ich bin und bleibe ein Feigling. Ich sehe zu, wenn ein Mann seine Frau schlägt, ich halte den Mund, wenn ein Junge ausgebeutet wird, und bin schon zufrieden, wenn man mich wenigstens aus ungesetzlichen Handlungen heraushält. Hochmut, Neid, Groll, Geiz, Unkeuschheit, Gier und Trägheit sind Todsünden? In der Aufzählung fehlen Feigheit und pure Bequemlichkeit.« Er legte seine Hände übereinander und hielt sie dem Kommissar hin. »Insofern bin ich schuldig. Ich habe immer nur zugesehen und mir gedacht: Irgendjemand wird das schon richten.«

»Genau. Diese Leute sitzen bei der Polizei und haben in ihrer Ausbildung ein paar nützliche Dinge gelernt, wie sie Gesetzesbrecher stoppen können.« Wolfgang Schmidt-Daubhaus sprach eindringlich. »Aber dafür brauchen wir Hinweise aus der Bevölkerung, wo oder bei wem wir den Hebel ansetzen müssen. Gestern Abend haben Sie uns, Gott sei Dank, endlich einen Ansatz geliefert. Ein wenig spät, zugegeben, aber früh genug, um den heutigen Tag nach *unseren* Spielregeln zu gestalten und sie uns nicht von Thilo Schwange diktieren zu lassen. Wir wollen den Ton angeben. Genau deshalb habe ich Sie alle zu dieser frühen Stunde herbestellt.«

»Bin ich hier der Einzige, der nicht begreift, warum wir alle ausgerechnet an Thilos Tisch sitzen, der aber weder davon weiß noch sonderlich begeistert davon wäre, wenn er es wüsste? Und was hat Thilo mit Hans und Franz zu tun?«, fragte Bodo sichtlich verwirrt.

»Von da, wo ich sitze, sieht es so aus, als hätten unsere feinen Stammtischbrüder nicht nur mit uns, sondern auch mit der Gegenseite zusammengearbeitet. Und es würde mich schon sehr wundern, wenn es dabei nicht wieder einmal um den verlorenen Schatz gegangen wäre.« Max Passenheimer sah Franz forschend an.

»Um den geht es in Lieblich doch immer«, bestätigte Wolfgang Schmidt-Daubhaus. »Deshalb werden wir jetzt noch einmal gemeinsam rekapitulieren, was am Sonntag geschehen ist. Und keine Ausflüchte, bitte. Es sind genug Leute anwesend, die Sie korrigieren können. Wir beginnen mit der Szene, als Sie mit Ihrem Bruder und Thilo Schwange am Waldrand standen.« Der Kommissar beugte sich zu Franz Neuner hinüber. »Erste Frage: Wer hat mit dem Liebesbrief gewedelt und versucht, seinen Inhalt in bare Münze zu verwandeln, Hans oder Sie?«

»Ich habe meinem Bruder gesagt, er soll das lassen. Geradezu angebettelt habe ich ihn, aber er ließ sich nicht umstimmen«, wagte Franz einen halbherzigen Versuch der Verteidigung. »›Aus Thilos Reaktion werden wir erkennen, was der Brief für ihn wert ist und ob er wirklich der richtige Empfänger ist‹, hat er gesagt. ›Erst dann lege ich den Preis fest.‹ Thilo reagierte auch tatsächlich nervös. Der wusste genau, wer ihn geschrieben hatte, und wieso.« Franz Neuner sah Lilo an, während er redete, aber die würdigte ihn keines Blickes. »Er war stinksauer auf die Schreiberin, aber er hat uns nicht verraten, wer sie ist. Er verlangte nur, dass Kati nichts davon erfährt. Unter keinen Umständen. Das mussten wir ihm versprechen.«

Endlich sah Lilo auf. »Welche Summe hat Hans genannt?«
»Zwanzigtausend Euro.«
»Dreitausend Gläser bester Waldhonig ...«, kalkulierte Bodo, und Lilo schüttelte entnervt den Kopf.

»Thilo hat zu unserer Forderung nur wütend genickt und ist dann abgedampft mit den Worten: ›Ihr hört von mir – und was ihr hören werdet, wird euch nicht gefallen.‹« Franz Neuner biss sich auf die Lippen. »Die Drohung hat er keine halbe Stunde später wahr gemacht. Da ist uns der Stollen um die Ohren geflogen.«

»Du denkst, das war Thilo?«, wollte Max Passenheimer wissen. »So etwas Dummes würde er nie tun. Wie hätte er das denn anstellen sollen, ohne sich selbst zu gefährden?«

»Es war eine Fernzündung«, erklärte Schmidt-Daubhaus. »Aller Wahrscheinlichkeit nach ausgelöst durch ein Handy.«

Max Passenheimer schnappte nach Luft. »Im Ernst?« Er nahm seine Tasse und schüttete sich den heißen Tee in die Kehle, als wäre es kaltes Wasser. Dann sagte er: »Dann, fürchte ich, weiß ich, wer da gesprengt hat, und ich Idiot habe ihm auch noch erklärt, wie es geht.«

»Ahnte ich doch, dass diese Zusammenkunft mir weiterhelfen würde«, kommentierte der Kommissar trocken. »Wen darf ich verhaften?«

»Rüdiger Lehmann.« Max Passenheimer seufzte. »Er bat

mich, ihm beizubringen, wie er Feuerwerkskörper fernzünden kann. Er hat mir weisgemacht, er wolle dem Dorf als Überraschung zum Abschluss der Schnapphahnkerb ein ›pyrotechnisches Spektakel‹ schenken. Schon bei dem Wort ›schenken‹ hätte ich misstrauisch werden müssen, aber ich habe ihm stattdessen begeistert mehrere leicht nutzbare Vorrichtungen zusammengebaut.«

»Na super«, kommentierte Nico. »Dann tragen die jetzt allesamt deine Fingerabdrücke. Wir zwei können aber auch nie gewinnen.«

»Ich hätte doch nicht gedacht, dass Rüdiger einen Riesenwumms plant, um damit den Schieferstollen in die Luft zu sprengen. Ich verstehe auch immer noch nicht, wieso er das getan hat.« Max Passenheimer klang ratlos.

Franz räusperte sich und hatte sofort die Aufmerksamkeit aller. »Rüdiger hatte einige Tage vorher die Schachtwände Stück für Stück abgeklopft und im Mittelteil einen Bereich gefunden, hinter dem es hohl klang«, erzählte er. »Und dann hat er jemanden gesucht, der ihm diese Woche die Wand einreißt und das Geröll wegschafft. ›Ich werde es euch leicht machen‹, hat er uns versprochen. ›Ihr werdet nicht schuften müssen.‹« Max Passenheimer fasste sich an den Kopf, unterbrach Franz aber nicht. »Bei Rüdiger weiß man nie, ob er wirklich zahlt, wenn ihm die Ergebnisse der Aktion nicht gefallen. Wir wollten aber nicht umsonst arbeiten. Deshalb haben wir seine Information noch am selben Tag an Thilo Schwange weiterverkauft.«

»Etwa am Freitag?«, fragte Pippa, und Franz nickte bestätigend.

»Thilo ist bereits am Samstag nach Lieblich zurückgekommen, so scharf war er auf den Tipp. Sein Auto hat er in Wiesbaden am Bahnhof abgestellt, dort haben wir ihn abgeholt.« Franz stockte. »Es sollte ja niemand wissen, was wir vorhaben. Deshalb haben wir keinem erzählt, dass er da ist, und obendrein die Zeit des Sonntagssingens genutzt, um unbeobachtet arbeiten zu können.« Er deutete auf das Ehepaar Lamberti. »Mit Touristen aus Wiesbaden konnte ja keiner rechnen.«

»Ich fasse es nicht. Zu Hause schaffen sie es kaum, eine Tasse Kaffee selbstständig zum Mund zu führen, und in der freien Wildbahn machen sie der Mafia Konkurrenz.« Lilo sah Pippa bittend an: »Hast du was Stärkeres als Tee da? Cognac, Whisky, Rum? Ich nehme auch alle drei in Kombination.«

»Willst du nicht erst mal was essen?«, erkundigte sich ihr Onkel besorgt. »Du hast seit gestern nichts mehr angerührt.«

»Will ich, ja, aber ich muss mir vorher den Magen ausbrennen, ich habe sonst Angst, mir kommt die Galle hoch.«

»Nur noch mal fürs Protokoll«, forderte Pippa, als sie aufstand, um Lilo ein Glas Wasser mit Natron anzurühren. »Ihr habt weder Rüdiger noch Thilo gegenüber erwähnt, dass ihr am Sonntag auf eigene Rechnung in den Schacht steigen wollt, um euer Glück schon mal ohne die beiden zu versuchen, oder?«

Franz nickte zögerlich.

»Wirklich schade«, sagte Lilo bitter, »denn dann hätte ich heute noch einen Onkel mehr und Kommissar Schmidt-Daubhaus einen zweiten Zeugen ...«

Bodo hob vorsichtig den Finger: »Darf ich fragen, wie lange das hier noch dauert? Könnte ich vielleicht, bis alle ihre Meinung gesagt haben, den Stülper mit dem neuen Bienenvolk versorgen? Ich möchte, dass meine Prinzessinnen ...« Er verstummte, als er das Gesicht des Kommissars sah.

»Auch Ihre Bienen passen in meinen Plan, Herr Baumeister. Nur jetzt noch nicht.« Dann stand er auf und winkte erst Pippa und dann Nico und Max, ihm in den ersten Stock zu folgen. Auf der Treppe drehte er sich zu den beiden Männern um. »Ich bewege mich am äußersten Rand meiner Möglichkeiten, um euch Gelegenheit zur Läuterung zu geben. Lasst mich nicht im Stich, ihr zwei. Bringt vollen Einsatz – findet so viel belastendes Material wie möglich gegen Thilo Schwange und Regina Winterling. Ich bin nicht zimperlich. Von Unterschlagung bis Insidergeschäften nehme ich alles. Im Gegenzug für eure Mitarbeit werde ich sowohl der Staatsanwaltschaft als auch dem Gericht klarmachen, wie kriegsentscheidend euer Eifer war. Legt los: Findet mir Beweise gegen Thilo Schwange – und zu euren Gunsten.«

Kapitel 30

Auf dem Weg in Thilo Schwanges Büro dachte Pippa an Kati, die noch nichts davon ahnte, dass man ihrem Verlobten an den Kragen wollte. Schlagartig wurde ihr die Tragweite von Wolfgangs Planungen bewusst. Wie würde ich mich fühlen, wenn jemand meinen Freund beschuldigte? Wie würde ich mich verhalten? Würde ich helfen oder versuchen, das zu verhindern?

»Puh«, sagte sie, während sie die Tür des Büros hinter den drei Männern schloss. »In meinem Bauch wirbeln Tausende von Nadeln durcheinander und piken in alles, was ich gegessen habe, und das ist nicht wenig. Außerdem kribbelt meine Haut, als hätte ich an einen elektrischen Zaun gefasst. Wie kannst du nur so ruhig sein, Wolfgang? Was nehmt ihr Ordnungshüter, damit ihr solch einen Marathon durchhaltet?«

»Nennt sich Adrenalin und wird von jedem Kollegen kostengünstig selbst produziert. Du lernst nachher, wie das geht. Ich warte nur noch auf das Startzeichen, Codewort: Regina joggt.« Dann wurde er ernst. »Und jetzt walte bitte deines Amtes. Als Haushüterin hast du faktisch freie Hand und wirst dafür bezahlt, dass du dich um Thilos Belange kümmerst. Akzeptiere deshalb in seinem Namen das großmütige Angebot des Passenheimer-Computer-Clans, seinen PC auf den allerneuesten Stand der Sicherheitstechnik zu heben – wobei sie hoffentlich über nicht ganz lupenreine Daten stolpern.« Er sah alle drei auffordernd an. »Schaut gemeinsam durch die vorhandenen Ordner, die virtuellen und die im Regal. Findet mir die fehlenden Puzzleteile. Irgendetwas, was aufzeigt, wie Regina Winterling und er zusammenhängen, und wohin das Geld fließt, das nicht aus Honigtöpfen stammt. Ich wüsste zu gerne, ob diese ganze Bienenzüchterei nur die clevere Variante einer Briefkastenfirma ist, in der nicht nur Geld der EU versickert, sondern auch illegales gewaschen wird.« Er zeigte auf eine Reihe Akten. »Ich werde mich hüten, selbst etwas anzurühren, solange der Durchsuchungsbeschluss nicht da ist. Solltest du für Ursula nicht offene Honigrechnungen kopieren, Pippa? Die sind jetzt eine willkommene Entschuldigung.«

Während Max Passenheimer Schwanges Computer hochfuhr, blätterte Pippa durch einen Finanzordner. Sie konnte allerdings nichts finden außer Aufzeichnungen, die auf Ausgaben für die Imkerei, Reparaturen an der Mühle oder am Bienenhaus hinwiesen und alle zu einem ganz normalen Konto mit einem ganz normalen Kontostand bei einer Sparkasse im Nachbarort führten.

Nico und Max zogen sich Stühle an den Schreibtisch heran und begannen, Seite an Seite zu arbeiten. Pippa glaubte von einem der beiden ein gemurmeltes »Trifft sich gut, dass wir die Passwörter unserer meisten Kunden besser kennen als sie selbst ...« zu verstehen, war sich aber nicht sicher.

Während sie sich den Ordner ›Offene Rechnungen‹ schnappte, um tatsächlich Ursulas offene Rechnung zu finden, telefonierte Wolfgang mit seinem Kollegen Röhrig. »Wie viele Leute haben wir jetzt im Einsatz? ... Auf wen warten wir noch? ... Können Sie zwei Kollegen zur Mühle abstellen, um auf die Lieblichen aufzupassen, die hierbleiben? ... Bestens ... Wo sind Sie jetzt? ... Lassen Sie mir die Winterling nicht aus den Augen. Ihrem rigiden Tagesplan nach zu urteilen, müsste sie bald losjoggen ... Und achtet auf Kati, ich wünsche keinen Moment ohne Aufsicht, kapiert? ... Rüdiger Lehmann lag die ganze Nacht in seinem Bett? Sein häuslicher Friede ist hiermit offiziell beendet. Auf das Revier mit ihm, zur Vernehmung. ... Wunderbar, weiter so. Ich melde mich wieder.«

Als der Kommissar sein Handy wegsteckte, sah Pippa von ihrem Ordner hoch. »Du hast nicht nur Kati und Regina Winterling, sondern auch Rüdiger überwachen lassen?«

»Nicht nur die drei.« Er seufzte. »Das halbe Dorf. Allein wegen Thilo Schwange lagen drei unserer Leute im Wald auf der Lauer, damit er sich nicht in letzter Minute verdrückt. Ich weiß, all das ist viel Aufwand, aber ich bin mir sicher, dass die Fische, die uns heute ins Netz gehen, dicker sind als die herkömmlichen Wispertalforellen. Dies ist der erste Großeinsatz der Rheingauer Polizeikräfte – und ich habe mich einem Kollegen damit besonders empfohlen.«

Pippa hob fragend die Augenbrauen. Der Kommissar neigte sich zu ihr und flüsterte: »Der junge Mann, der letzte Nacht den Schäferwagen observierte, hat eine ganze Menge Anregungen für sein Liebesleben bekommen.« Wolfgang grinste. »Er hat gesagt, er verstehe jetzt erst richtig, was die katholische Kirche unter ›Liebet einander‹ versteht.«

Pippa lachte und zollte dem Freund insgeheim Respekt, dass er sich bemühte, ihre Anspannung zu lösen, obwohl er selbst hoch konzentriert bleiben musste.

Als sie sich wieder dem Ordner widmete, sagte sie: »Du glaubst doch nicht ernsthaft, dass Thilo seine weniger lupenreinen Einnahmen einfach sauber abgeheftet hat, oder?«

»Nein, aber vielleicht gibt es Hinweise auf die Art, wie er aus schlechtem Geld gutes gemacht hat, und die korrespondieren mit dem, was Nico und Max finden. Ich brauche etwas, womit ich Thilo Schwange aus der Fassung bringen kann, wenn ich mit ihm rede. Da ist mir jedes Offshore-Konto recht.« Er seufzte. »Auch wenn Rüdiger Lehmann durch grobe Fahrlässigkeit tatsächlich den Tod Hans Neuners zu verantworten hat, gibt es immer noch Gisbert Findeisen, für dessen Ableben ich ebenfalls gerne eine plausible Erklärung hätte.«

»Du willst aus dem Dreieck Regina Winterling, Gisbert Findeisen und ihrer geheimen Zusammenarbeit mit Thilo eine Brücke zu einem Mord bauen? Mord traue ich Thilo nicht zu.«

»Hättest du ihm alles andere zugetraut? Geld waschen? Das Pro-Natur-Forum gründen und gleichzeitig gemeinsame Sache mit Regina Winterlings *UCFC* machen? Sich mit einer Frau verloben, um auf ihrem Grundstück den verlorenen Schatz suchen zu können, und dabei keine Minute ans Teilen zu denken?«, fragte Wolfgang nach.

»Du hast recht, hätte ich nicht.« Sie versuchte, ein weniger aufregendes Thema anzuschneiden, das sie aber dennoch brennend interessierte. »Letizia Gardemann. Hat sie dir heute Nacht weiterhelfen können?«

»Ich fürchte, die Frau ist ausgebuffter als Al Capone. Sie weiß mehr, als sie verrät, aber sie schafft es, dass man vergisst, danach zu fragen, bis man wieder auf der Straße steht.« Er zog ein Notizbuch aus der Tasche und schlug nach. »Als Gemeindeschwester und älteste Bürgerin hat sie so ziemlich jeden im Ort aufwachsen sehen. Sie hat eine Liste im Kopf, auf der sie alles und jeden unter Gut und Böse einteilt. Arno und Margot Passenheimer belegen die vordersten Plätzen in der Spalte der unangenehmen Zeitgenossen. Sie sind nach Gisberts Tod weiter aufgerückt, hat sie gesagt.«

»Und Nico? Und Max?«, fragte sie, während Nico die Ohren spitzte und Max auf den Tasten herumhämmerte, als hinge sein Leben davon ab.

»Max steht tatsächlich unter ›gut‹«, vermerkte Wolfgang. »Für Nico gibt es sogar eine separate Rubrik mit der Überschrift ›Lieblinge‹. Wenn ich das richtig verstanden habe, liegen in dem Schubfach nur noch Jonathan Gardemann, Ursula Findeisen und du.«

Dann gab er Max Passenheimer die Nummer seines Smartphones. »Überspielen Sie mir, was immer Sie finden. Jederzeit. Sie stören nicht. Im Gegenteil.« Dann öffnete er eine Textnachricht und grinste. »Pünktlich wie ein Schweizer Uhrwerk, die Frau. Regina Winterling hat soeben den ›verlorenen Schatz‹ verlassen und macht auf dem Dorfplatz ihre Aufwärmübungen. Bevor sie unseren ersten polizeilichen Streckenposten passiert, sollte Kati Lehmann informiert sein.« Er schob Pippa aus der Tür und die Treppe hinauf in ihr Zimmer, damit sie völlig ungestört waren. »Jetzt bist du dran. Ruf sie an und starte die ›Operation Bienenhaus‹.«

Pippas Herz schlug schneller, als sie vom Festnetz aus Kati Lehmanns Nummer wählte und den Lautsprecher anstellte. Zu ihrer Überraschung ging die junge Frau bereits nach dem zweiten Klingeln dran und schien hellwach. »Ist etwas passiert?«, fragte sie ohne Umschweife.

»So genau weiß ich das noch nicht«, stotterte Pippa, weil ihr klar wurde, wie viel von diesem Telefonat abhing. »Aber ich habe da so eine Ahnung.«

»Und die hat dich ausgerechnet in aller Herrgottsfrühe überfallen?«

»Das liegt daran, dass Regina Winterling jeden Morgen vor dem Frühstück ihre Runde um das Dorf dreht«, legte Pippa nach. »Und wahrscheinlich ist die heutige ihre letzte, bevor sie abfährt.«

»Warum sollte mich interessieren, wann Regina Winterling durch die Gegend hetzt?«

»Weil dich ihr Ziel interessieren könnte.«

»Ach ja?« Pippa konnte in Katis Stimme deutliches Misstrauen ihr gegenüber erkennen, aber auch etwas, das nach Traurigkeit klang.

»Regina Winterling nimmt jeden Tag mehrmals dieselbe Route«, sagte sie deshalb mit fester Stimme, »und die führt sie immer zum Bienenhaus. Sie besucht Thilo!«

Am anderen Ende der Leitung herrschte Stille. Wolfgang hatte Pippa eingeschärft, mit Informationen sparsam umzugehen, um so eine etwaige Mitwisserschaft Katis besser einschätzen zu können. Deshalb wartete sie wie auf glühenden Kohlen auf eine Antwort, aber es kam keine.

Auf einen Wink von Wolfgang versuchte sie es noch einmal. »Du brauchst heute Nachmittag nicht nach Berlin zu fahren, um Thilo zu sehen. Du kannst das gleich haben. Er ist schon seit Tagen hier.«

»Ich weiß.«

»Was?«, rief Pippa. »Du weißt Bescheid?«

»Glaub nicht, dass ich dumm bin, nur weil ich in Lieblich lebe«, flüsterte Kati mit belegter Stimme. »Natürlich weiß ich Bescheid. Ich habe es lange zu ignorieren versucht, aber Thilos Verhalten konnte nur bedeuten, dass es noch eine zweite Frau gibt. Und da bleibst nur du.«

»Ich?« Pippa war entgeistert, und auch Wolfgang Schmidt-Daubhaus kratzte sich erstaunt am Kinn. »Wieso denn ich?«

»Ständig fährt Thilo nach Berlin, um Texte mit dir durchzusprechen, oder hängt am Telefon, um mit dir zu reden oder ein Übersetzungsproblem zu diskutieren.« Kati seufzte. »Was soll ich denn da denken? Zumal die Anzahl seiner Veröffentlichungen bisher wirklich überschaubar ist und keine Dauertelefonate mit dir rechtfertigt. Und dann kommst du nach seinem Besuch bei dir auch noch her, um dir anzugucken, wie es hier aussieht, angeblich, um mir Gesellschaft zu leisten. Haltet ihr zwei mich für einfältig?«

»Ich verwette meine sichere Beamtenpension«, murmelte Wolfgang Pippa zu, »du warst Thilo Schwanges Alibi für seine Geschäftsgespräche mit Regina Winterling. Großartig. Ist denn in diesem Wisperwald nie etwas, wie es scheint?«

»Deshalb hast du dich schon vor meiner Ankunft zu Natascha abgesetzt und mich ohne Bedenken für alles eingespannt, was in der Gerüchteküche brodelte«, kombinierte Pippa. »Du wolltest herausfinden, ob ich mich verrate. Glaub mir, ich bin die Falsche. Thilo habe ich nur zwei Mal in meinem Leben gesehen, ansonsten verlief unsere Kommunikation per E-Mail oder Telefon. Deinen Verlobten und mich hat nie etwas anderes verbunden als eine reine Arbeitsbeziehung.« Pippa bemühte sich, ruhig zu bleiben. »Es ist Regina Winterling, bei der ich mir nicht sicher bin, ob sie privat und Geschäft immer so gut auseinanderhalten kann.«

»Soll das ein Witz sein? Thilo kann die Frau nicht ausstehen.«

»Ich vermute, sie versucht, dir Thilo auszuspannen«, setzte Pippa noch eins drauf, solange sie Katis Aufmerksamkeit hatte. »Sie hat ihm sogar einen Brief geschrieben und den im Stollen in deinen Gummistiefeln hinterlegt, damit …« Pippa schwieg verblüfft, als sie Kati lachen hörte.

»Der Brief? Natürlich lag der in meinen Gummistiefeln. Ich habe ihn ja eigenhändig hineingelegt, um zu sehen, ob Thilo ihn an sich nimmt und dir zeigt. Hat er ja wohl auch, sonst wüsstest du nicht davon. Es war ein erbärmlicher Versuch, Thilo zurückzubekommen. Aber der letzte, das schwöre ich. Von mir aus kannst du ihn haben.«

»Himmel, Kati! Ich kann mich nur wiederholen: Ich will ihn nicht. Und wenn wir Franz Neuner irgendetwas glauben dürfen, dann hat selbst dein Thilo geglaubt, dass dieser

Liebesbrief nicht von dir stammt, sondern von Regina Winterling. Genau wie ich.«

»Und das soll ich dir glauben?«

»Wenn nicht ihr, dann mir«, sagte Wolfgang Schmidt-Daubhaus und übernahm den Hörer für weitere Erklärungen, aber da hatte Kati schon aufgelegt. Keine zwei Minuten später meldete sich sein erster Streckenposten: »Kati Lehmann ist eben an mir vorbei. Hat die einen Zahn drauf! Sie läuft querfeldein und durchpflügt den Schlamm, als würde ihr am Bienenhaus eine Goldmedaille überreicht. Wenn die so weiterrennt, ist die in null Komma nichts bei euch.«

»Na, dann los«, befahl Wolfgang Schmidt-Daubhaus und bedeutete Pippa, mit ihm ins Erdgeschoss zu gehen.

Auf dem Weg durch den großen Mühlenraum rief er: »Wer will, darf mir folgen«, und brachte damit Jodokus Lamberti in Rekordzeit zum Ausgang. »Ich kann jeden Zeugen gebrauchen«, sagte der Kommissar und winkte Bodo Baumeister zu sich. »Kommen Sie. Jetzt holen wir Ihren Kaffee.«

Der Weg zum Bienenhaus war Pippa noch nie so weit vorgekommen. Durch den Regen der vergangenen Nacht war die Erde aufgeweicht, und sie kam nicht so schnell voran wie Bodo mit seinen langen Beinen oder der durchtrainierte Kommissar. Als sie endlich am Warnschild vor dem Bienenhaus anlangte, blieb sie abrupt stehen. Da stand Kati Lehmann, schwer atmend, und rief nach Thilo. Vor ihr, wie immer selbst in Sportkleidung elegant und kein bisschen verschwitzt, machte Regina Winterling ungerührt Dehnübungen. »Guten Morgen, die Herrschaften«, sagte sie, als wäre die Ankunft halb Lieblichs in Begleitung eines Kommissars etwas, was sie jeden Morgen zu Gesicht bekam. »Schon so früh unterwegs?«

Regina Winterlings Gelassenheit brachte Kati offenbar vollends aus der Ruhe. Sie baute sich vor der Unterhändlerin auf und rief: »Wo ist er? Was habt ihr hinter meinem Rücken getrieben?«

Regina Winterling griff mit beiden Händen nach Bodos Windanzeiger und zog sich daran hoch, als wäre er ein Turngerät, antwortete aber nicht. »Eins muss man ihr lassen«, raunte Wolfgang Schmidt-Daubhaus Pippa zu, »die Frau hat Nerven wie Drahtseile. Die bringt nichts und niemand dazu, etwas zu gestehen, was sie nicht gestehen will.«

»Vielleicht knickt Thilo schneller ein«, antwortete Pippa. »Der hat zwar die ganze Planung mitgetragen, aber ich schätze, erdacht wurde sie von Regina. Das könnte deine Chance sein. Aber dafür muss er erst mal erscheinen.«

Kati hatte während ihrer Unterhaltung weiter nach Thilo gerufen, aber der ließ sich nicht blicken.

»Ich könnte mal in den Geräteschuppen gehen und schauen, ob Thilo sich dort versteckt hält«, schlug Bodo vor, dem Katis verzweifeltes Rufen offensichtlich an die Nieren ging.

Der Kommissar schüttelte abwehrend den Kopf. Er trat auf Regina Winterling zu und sagte: »Mich wundert, dass Sie noch immer im Lande sind. Gibt es dafür einen Grund? Seit dem Ausgang der Wahl müsste Ihnen doch klar sein, dass Ihre Mission hier gescheitert ist.«

»Gescheitert?« Die Unterhändlerin ließ ein helles Lachen ertönen. »Ich bekomme immer, was ich mir vorgenommen habe, und glauben Sie mir, das wird auch dieses Mal der Fall sein.«

»Und was genau soll das sein?«, fragte Kati bissig. »Lieblichs Geld? Den verlorenen Schatz? Thilo?«

Ihre Gegnerin wiegte langsam den Kopf hin und her. »Das fasst es ganz gut zusammen«, sagte sie, bevor sie Kati den

Rücken zudrehte und mit makellosen Kniebeugen weitermachte. »Aber die Reihenfolge stimmt nicht. Der Schatz fehlt noch.«

Pippa zollte Regina Winterling widerwillig Respekt. Das ist keine, die den Schwanz einzieht; ein wenig von dieser Chuzpe würde jeder von uns gut zu Gesicht stehen, dachte sie.

Kati musste ähnliche Gedanken haben, denn sie ging einmal ganz um ihre Kontrahentin herum, als würde sie Maß nehmen, und nickte dann, als hätte sie eine Entscheidung getroffen. Sie ging zum Bienenhaus und rief wieder nach ihrem Verlobten. Dann verschwand sie im Inneren, und Pippa hörte die Türen zur Schlafkammer und zum Bienenrefugium klappen. Danach herrschte Ruhe. Bodo sah unschlüssig von einem zum anderen, aber der Kommissar verbot ihm, sich einzumischen. In diesem Moment hörten sie Motorengeräusche und sahen kurz darauf, wie sich der Range Rover Jonathan Gardemanns durch den Wald arbeitete. Kurz vor Pippa und dem Ehepaar Lamberti kam er zum Stehen. Jonathan und Ursula kletterten heraus und halfen dann Letizia Gardemann aus dem Fond, begleitet von Jo-Jos lautem Kläffen.

»Ich habe zwar ein Fernglas, aber das nützt mir hier nichts. Der Wald um das Bienenhaus ist zu dicht«, erklärte die alte Dame ohne Umschweife und lehnte sich schwer an Jonathan, bis Ursula ihr einen Klappstuhl hingestellt hatte. »Habe ich was verpasst?«

Kommissar Schmidt-Daubhaus grinste. »Ich denke, jetzt, wo Sie da sind, geht es erst richtig los.«

Als hätte er mit diesen Worten den Vorhang zu einem Theaterstück aufgezogen, erschien Kati in der Tür des Bienenhauses. Sie hatte eine Imkerjacke mit integriertem Hut und Sichtnetz angezogen und Schutzhandschuhe übergestreift. Bodo zog scharf die Luft ein, denn sie trug seinen alten Stülper mit dem neuen Bienenvolk vor sich her wie eine Trophäe. Regina Winterling hatte sich beim Knarren der Tür nicht umgesehen. Sie machte ruhig eine Kniebeuge nach der nächsten und schien nichts Wichtigeres zu tun zu haben, als leise mitzuzählen. »Einunddreißig, zweiunddreißig«, sagte sie und ging gerade wieder in die Knie, als Kati dicht hinter sie trat.

»Ich setze fünfundzwanzigtausend dagegen«, sagte sie und hielt Regina den Stülper genau über den Kopf. »Bodo wird es Ihnen präziser sagen können, aber aus ungefähr so vielen Bienen besteht ein Schwarm. Haben Sie genug Fantasie, sich vorzustellen, was passiert, wenn ich Ihnen den über die Ohren drücke, sobald Sie sich aufrichten?«

Wolfgang Schmidt-Daubhaus fluchte leise, wagte aber nicht, näher zu treten, und sah zu Bodo hinüber, der das Schauspiel mit offenem Mund verfolgte. Regina Winterling blieb in der Hocke, schielte vorsichtig nach oben und blickte offenbar genau in das vor Bienen wuselnde offene Ende des Bienenkorbes, denn sie stieß einen entsetzten Laut aus. Etwa zwanzig bis dreißig Tiere schwirrten um sie herum und machten allen klar, dass im Innern des Stülpers noch ungezügelte Schwadronen auf sie warteten. Die Unterhändlerin schnappte nach Luft.

»Etwas lauter«, forderte Kati, »ich habe nicht verstanden. Wo, sagten Sie, ist Thilo?« Als Regina Winterling nicht antwortete, legte Kati nach: »Man kann den Stülper auch schütteln. Was glauben Sie, wer dann eher in Panik gerät, die Bienen – oder Sie?«

Regina Winterling sah hilfesuchend zu Wolfgang Schmidt-Daubhaus hinüber, aber Letizia Gardemann sagte: »Bitten Sie nicht den Kommissar, Ihnen zu helfen, bitten Sie Thilo. Der ist Imker. Durch ihn könnte Ihr Rendezvous mit der Tierwelt glimpflich abgehen. Rufen Sie ihn zu sich.« Sie zeigte auf den

Bienenkorb. »Und an Ihrer Stelle würde ich mich damit beeilen, denn so ein Korb ist schwer. Ich erinnere mich gut aus meinen Jugendtagen. So einen vollen Stülper, den hält man mal fünf Minuten alleine, vielleicht auch zehn, aber wenn man Pech hat ... und die Kräfte versagen ...«

Das ließ sich Regina Winterling nicht zweimal sagen, sie rief eindringlich nach Thilo Schwange. »Beeil dich, Thilo! Komm endlich. Und tu was! Ich kann nicht ewig in der Hocke sitzen.«

»Ausgerechnet«, sagten Jodokus Lamberti und Bodo wie aus einem Mund, als die Tür zum Toilettenhäuschen aufging und Thilo Schwange heraustrat. Mit schnellen Schritten war der Imker bei Kati, aber die war vorbereitet und ließ den Stülper bedrohlich nah an den Kopf der Unterhändlerin sinken. Regina Winterling duckte sich weg, kippte nach hinten und saß mit dem Hosenboden im Dreck.

»Denkt bloß nicht, ich gebe auf, ohne die Wahrheit zu wissen. Es ist mir egal, wenn ich dafür von euch vor Gericht gezerrt werde«, sagte Kati. »Also? Was habt ihr mir zu sagen? Ich höre.«

Während Thilo mit weitschweifigen Entschuldigungen versuchte, seine eigene Haut statt die seiner Geschäftspartnerin zu retten, winkte Wolfgang Schmidt-Daubhaus Bodo Baumeister zu sich heran. »Ich gebe zu, auf alles war ich vorbereitet, aber nicht auf diese Art von Waffe. Bitte versuchen Sie, einen Imkeranzug aufzutreiben und Kati Lehmann diesen Bienenkorb wegzunehmen.«

»Sie würde hören, wenn ich ins Bienenhaus gehe, und ich will nicht schuld sein, wenn Regina Winterling dann unter dem Stülper verschwindet«, sagte er. »Ich gucke, was sich an Schutzkleidung im Geräteschuppen finden lässt.« Dann schlich er in weitem Bogen um den Land Rover herum und verschwand im Wald.

In der Zwischenzeit hatte Kati eine weitere Frage gestellt, aber Thilo Schwange zeigte sich empört. »Weder Regina noch ich haben etwas mit Gisbert Findeisens Tod zu tun. Warum auch? Wir sind bestens mit ihm ausgekommen. Wir hätten hier in der Umgebung noch viele Projekte gemeinsam durchziehen können.«

»Die einzige Schwierigkeit war wohl, eure gegenseitige Abneigung glaubhaft genug zu demonstrieren, damit niemand merkt, wie ihr euch gegenseitig die Portemonnaies auspolstert«, sagte Jonathan Gardemann angewidert und raunte dann Pippa und dem Kommissar zu: »Kati hält da eine gefährliche Waffe in der Hand. Ich habe zwar entsprechende Arzneimittel im Auto, aber Antihistaminika sind für ein oder zwei Stiche gedacht, nicht für den Angriff eines ganzen Bienenschwarms. Wir sollten niemanden da drüben allzu sehr reizen ...«

Aber Jodokus Lamberti hatte diese Bitte nicht gehört und legte los: »Ich bitte Sie, Schwange, Sie können mir doch nicht erzählen, dass es hier nicht um mehr ging. Geben Sie zu, mit der Zockerei an der Börse können die Erträge Ihrer fliegenden Heerscharen nicht konkurrieren. Also: Welcher Zusammenhang besteht zwischen Bienen, Börse und dem Gerangel um die Ausbeutung der Natur in Lieblich?«

»Ich denke, da können wir weiterhelfen«, sagte Max Passenheimer etwas außer Atem, da er zusammen mit Nico den Weg von der Plappermühle bis zum Bienenhaus im Sturmschritt zurückgelegt hatte. Er schwenkte ein paar Blätter Papier. »Ich habe hier Rechnungen an Firmen in Liechtenstein, Luxemburg, auf Jersey, ja sogar auf den Cayman-Inseln, an die unser guter Thilo monatlich Unmengen an Bienenprodukten liefert. Und die Preise, die er dafür fordert, legen nahe, dass seine Bienen nicht Honig, sondern Gold sammeln.« Max überreichte die Beweise dem Kommissar. »Erklärt sich übrigens von selbst: Die Zahlungen für die Lieferungen kommen niemals in Lieblich an. Um es seinen Kunden leicht zu machen, wird alles auf Konten in den genannten Steueroasen verbucht.«

»Wie kommen Sie dazu, einfach an meinen Computer zu gehen? Das ist illegal!«, tobte Thilo Schwange.

Max Passenheimer hob die Hand. »Ich habe nur Arbeiten durchgeführt, die unser Wartungsvertrag vorsieht, und die Dame hier«, er verbeugte sich kurz vor Pippa, »hat das gutgeheißen und möglich gemacht. Das ist laut Haushütervertrag, wie ich höre, Teil ihrer Aufgaben, wenn Gefahr im Verzug ist.«

»Von welcher Seite die Gefahr droht«, ergänzte Pippa genüsslich, »ist ja nicht näher definiert.«

»Was habe ich dir gesagt?«, kreischte Regina Winterling, durch Nässe und Schmutz eines Teils ihrer Selbstbeherrschung beraubt. »Hol diese Frau nicht einfach her, habe ich dir gesagt, bring sie erst auf unsere Seite. Sie ist zu clever für das, was du vorhast.«

»Was hatte er denn vor?«, wollte Kati wissen. »Die dumme Dorftrine Kati übers Ohr hauen? Dem Dorf den Schatz wegnehmen und dann auf Nimmerwiedersehen verschwinden?«

Regina Winterling hütete sich, darauf zu antworten, aber Letizia Gardemann sagte: »Zum verlorenen Schatz kann ich einiges beitragen, aber nicht hier und nicht heute. Jetzt nur so viel: Da, wo ihr alle ihn vermutet, liegt er nicht. Und einer wie Thilo Schwange wird ihn niemals finden.« Alle sahen sie erstaunt an, nur Wolfgang Schmidt-Daubhaus las weiter in den Computerausdrucken.

Mittlerweile hatte die Morgensonne ihren Weg durch die Bäume gefunden, und viele Bienen aus dem Stülper schwirrten durch die Luft. Pippa war froh, gelernt zu haben, dass es nichts nützte, nach ihnen zu schlagen, und blieb ebenso ruhig wie die anderen. Nico trat sogar einen Schritt auf Kati zu. »Klasse ist das«, sagte er begeistert. »Wie am Schluss eines Krimis. Am Ende kommen alle zusammen, und der Mörder wird entlarvt.«

»Nur, dass es hier weit und breit niemanden gibt, der ermordet wurde«, schimpfte Thilo. »Gisbert Findeisen ist erfroren und Hans Neuner bei einer Operation gestorben. Das kann uns keiner anhängen.«

Wolfgang Schmidt-Daubhaus hielt die Ausdrucke hoch. »Es muss nicht immer Mord sein. Ich akzeptiere als Ersatz auch Steuerhinterziehung, Insidergeschäfte und Veruntreuung öffentlicher Gelder. Gerne nehme ich auch alle anderen verbotenen Aktivitäten aus Ihrem Portfolio auf. Da werden einige Jahre zusammenkommen, die Sie beide sich nicht sehen.«

Regina Winterling hob abwehrend die Hand: »Mir können Sie nichts nachweisen, das hat alles nichts mit mir zu tun. Diese Geschäfte sind allein Thilos Sache. Ich bin und bleibe immer im legalen Bereich. Immer. Ich …«

Schwange starrte auf seine Partnerin hinab, als könnte er nicht glauben, was er da hörte. »Bitte«, rief er, »was soll denn das jetzt? Das waren doch alles deine Ideen. Der Honig als Deckmantel für die Geldtransfers, die Kontakte zu den Briefkastenfirmen, die …«

»Ich würde meine genussreiche Zukunft in der Karibik niemals durch windige Geschäfte gefährden«, antwortete Regina Winterling. »Oder kannst du dich erinnern, dass es irgendwo eine Unterschrift von mir gibt oder ein Dokument, auf dem mein Name steht? Ich denke nicht.«

Thilo blieb der Mund offen stehen. Für den Bruchteil einer Sekunde sah es so aus, als wollte er flüchten. Stattdessen trat er auf Kati zu, griff sich den Bienenkorb und holte aus, um ihn Regina Winterling mit Wucht auf den Kopf zu stülpen. Da schoss mit dem Schrei eines Ninjakriegers Bodo Baumeister hinter dem Bienenhaus hervor, einen Imkerhut auf dem Kopf und Schutzhandschuhe an den Händen. »Neeeeeein!«, schrie er. »Meine Prinzessinnen setzt niemand auf einen gefärbten Haarspraykopf«, und entriss Thilo den Stülper. Der verlor das Gleichgewicht und fiel über Kati und diese wiederum auf Regina Winterling. Wolfgang Schmidt-Daubhaus schrie: »Zugriff«, und von allen Seiten erschienen Beamte aus dem Dickicht, um die Kontrahenten zu trennen und festzunehmen.

Im gesamten Trubel stand Bodo Baumeister wie angewurzelt und hielt seinen Stülper umklammert. Die Bienen umschwirrten ihn, beruhigten sich aber durch seine Ruhe zusehends. Als Pippa vorsichtig näher kam, um zu fragen, ob sie helfen könne, sah sie, dass er mehrere Stiche an Stellen davongetragen hatte, die seine Hemdsärmel und die Schutzhandschuhe nicht bedeckten. »Ich wollte irgendwann als Bienenflüsterer ins Guinness-Buch der Rekorde eingehen: Als einziger Imker, der niemals gestochen wurde«, sagte er mit tränenerstickter Stimme. »Das ist jetzt leider vorbei.«

»Das kannst du immer noch.« Pippa lächelte. »Ich sehe keine Stiche, Bodo. Nur Küsse deiner Heldinnen. Sie haben Thilo Schwange überführt.«

Epilog

Die Sankt-Nikolaus-Kirche füllte sich bis auf den letzten Platz. Einige Besucher zögerten kurz, als würden sie überlegen, ob die linke oder rechte Seite die richtige für sie sei, erinnerten sich dann aber daran, dass die Teilung des Ortes seit zwei Monaten der Vergangenheit angehörte. Die meisten setzten sich dann so nahe wie möglich an die Kanzel, um vom Gedenkgottesdienst für Letizia Gardemann nichts zu verpassen.

Eveline Berlinger zündete die Kerzen auf dem Altar an und stellte einen Kassettenrekorder dazwischen, der in den Siebzigerjahren der letzte Schrei gewesen sein musste. Als sie sich umdrehte und auf die Gemeinde hinuntersah, erblickte sie mehr als einen Lieblichen, der sonst nur an Weihnachten den Weg in die Kirche fand oder in eines der Nachbardörfer zum evangelischen Gottesdienst fuhr.

In der ersten Bankreihe auf der linken Seite hatte Jonathan Gardemann neben Ursula Findeisen einen reservierten Platz eingenommen. Sie gab den beiden einen Wink. »Habt ihr das Foto?«

Der Tierarzt sprang sofort auf und brachte ein Bild von Letizia Gardemann, das er an den Kassettenrekorder lehnte. Lächelnd sah er es an. Das Foto war kurz vor Ende ihres Arbeitslebens aufgenommen worden, es zeigte seine Großmutter in der Tracht einer Gemeindeschwester, in der sie wie die personifizierte Definition des Wortes ›adrett‹ wirkte. Selbst als die Berufsbekleidung schon lange keine Pflicht mehr gewesen war, hatte sie stets darauf bestanden, ihre Uniform zu tragen, weil sie den Lieblichen auf diese Weise leicht zeigen konnte, ob sie gerade beruflich oder privat unterwegs war.

»Die Kirche wird voll.« Ursula Findeisen war neben Jonathan getreten. »Je größer der gewünschte Bahnhof, desto wichtiger die Ankündigung, fürchte ich. Ich bin schon seit Tagen aufgeregt, was sie uns alles zu sagen hat.«

Eveline kicherte. »Kornelius geht es nicht anders. Der versucht, ständig beschäftigt zu bleiben, damit er nicht aus Versehen etwas verrät.« Sie zeigte auf den Pfarrer, der zusammen mit Wolfgang Schmidt-Daubhaus zwei Staffeleien aus der Sakristei ins Kirchenschiff trug, um sie auf den breiten Stufen vor dem Altar für alle sichtbar aufzustellen. Pippa war den beiden mit zwei großen Rahmen gefolgt und sah jetzt fragend zu Eveline hinauf.

»Sie wollte, dass Tacitus Schnapphahn rechts steht und Amanda und Jeremias Klein auf der linken Seite«, beantwortete die Küsterin nach dem Blick auf einen Zettel die unausgesprochene Frage und half dann Pippa, die überlebensgroßen Porträts auf die Staffeleien zu hieven. Amanda und Jeremias Klein waren an ihrem Hochzeitstag abgelichtet worden, in einer für die damalige Zeit üblichen Anordnung: Amanda saß vor ihrem Mann auf einem Stuhl; er stand leicht versetzt hinter ihr und ließ die rechte Hand auf ihrer Schulter ruhen. Ungewöhnlich jedoch war, dass Amanda die Linke erhoben hatte und damit seine umfasste, und beide einen Blick innigen Einverständnisses teilten, statt starr geradeaus in die Kamera zu blicken. Die Aufnahme von Tacitus Schnapphahn zeigte einen Mann mit ausladendem, breitkrempigem Hut und strahlendem Lächeln. Obwohl das Foto in Sepia gehalten und seine Schärfe im Laufe der Jahre verblasst war, konnte sich Pippa dem Charme seiner Erscheinung nicht entziehen. Gerade deshalb musste sie an ihren Auftraggeber denken. »Thilo ist noch in Untersuchungshaft?«, fragte sie, an Wolfgang gewandt.

»Da wird er auch bleiben, bis er endgültig in den Bau einfährt«, bestätigte der Kommissar. »Bis dahin wird er nicht ein einziges Mal Besuch gehabt haben. Regina Winterling hat für ihren ehemaligen Kompagnon keine Zeit mehr. Sie richtet sich gerade auf den Cayman-Inseln ein Apartment ein. Mit unverbaubarem Blick auf den 7-Mile-Beach, wie ich höre.«

»Sie kommt also tatsächlich davon?«, wollte Eveline wissen.

»Die *UCFC* hat nicht nur eine hervorragende Rechtsabteilung, man kann von der Firma auch in Sachen gut kalkulierte Ehrbarkeit sehr viel lernen. Regina Winterling hat zwar immer auf Messers Schneide gearbeitet, sich aber nie zu große Stücke von der Torte abgeschnitten.«

»Was man von Thilo Schwange leider nicht sagen kann«, kommentierte Eveline. »Seid ihr dann so weit? Wir würden gerne mit dem Gedenkgottesdienst beginnen.« Sie konsultierte wieder ihren Merkzettel. »Für dich, Pippa, ist in der ersten Reihe ein Platz reserviert, gleich neben Kati und Natascha. Nico und die Lambertis sitzen direkt hinter dir, und der Passenheimer-Clan jenseits des Ganges.« Sie kicherte amüsiert. »Arno sitzt allerdings weiter hinten. Er genießt zusammen mit Rüdiger den Schutz der Polizei.« Sie zeigte auf den hinteren Teil des Kirchenschiffs, wo Kriminalmeister Kaspar Röhrig den Ausgang einer linken Bankreihe blockierte, in der die zwei mit verkniffenen Gesichtern auf den Beginn des Gottesdienstes warteten. Augenscheinlich hassten sie es, den neugierigen Blicken der anderen Dorfbewohner ausgesetzt zu sein. Um Evelines Ausführungen verfolgen zu können, hatte Pippa sich zum Eingang umgedreht und grüßte jetzt auf die Empore hinauf, wo Bodo zur Feier des Tages seine Künste an der Orgel demonstrieren wollte. Er winkte ihr zu, drehte sich dann um und intonierte *Ich weiß, es wird einmal ein Wunder geschehen* von Zarah Leander.

Pippa lachte. »Hat Letizia sich das gewünscht?«

Eveline nickte. »Sie hat für *alles* präzise Anweisungen gegeben. Auf der Musikliste hat sie vermerkt, dass sie uns bedauert: Wir hätten leider nur Konserve oder die Orgel, aber sie könne sich während des Gottesdienstes ihre Lieblingslieder von den himmlischen Heerscharen vorsingen lassen.«

Pippa kam nicht dazu, das zu kommentieren, denn ein Raunen ging durch die Reihen, als drei weitere Personen die Kirche betraten.

»Ist das Elsie Neuner?«, fragte Pippa, als sie Franz und Lilo erkannte.

Eveline grinste. »Vorgestern eingetroffen, kurz vor dir. Für jemanden, der die letzten Jahre südlich des Äquators verbracht hat, ist sie seltsam blass, oder?«

»Wird sie hierbleiben?«

»Definitiv nicht.« Eveline war bestens informiert. »Ich fahre sie schon morgen wieder nach Rheinhessen. Aber sie nimmt mehr mit als nur ihre Koffer. Franz hat sie gebeten, ihn in ihrer Katzenpension als Helfer anzustellen, und sie hat akzeptiert ...«

Jetzt kam Kornelius Michel aus der Sakristei gestürmt. »Eveline«, rief er, Panik in der Stimme. »Wo ist meine Soutane? Du hast sie nicht rausgehängt, und der Schrank ist abgeschlossen, von den Schlüsseln keine Spur.«

Eveline nahm wieder ihre Notizen zur Hand. »Ich habe nur getan, was Letizia mir aufgetragen hat.« Sie las vor: »Kornelius dazu anhalten, dass er den grauen Nadelstreifenanzug trägt, der ihm so gut steht und in dem er viel zu selten zu sehen ist. Unbedingt den Schrank mit den Gewändern abschließen, damit er nicht in letzter Minute kneift.«

Kornelius Michel sah an sich hinunter. »Und warum sollte es unbedingt dieser sein?«

Eveline grinste breit. »›Falls er fragt, warum es unbedingt dieser Anzug sein soll, lautet die Antwort: Darin siehst du sexy aus. Auch alte Frauen sind nicht blind.‹«

Pippa lachte laut und bedauerte, Letizia Gardemann und ihren treffsicheren Witz nicht lange genug gekannt zu haben. Der Pfarrer wurde puterrot im Gesicht und schaute deshalb angelegentlich über die vollen Bankreihen, in denen die Menschen jetzt dicht an dicht saßen. »Bei diesem Interesse hätten wir das heutige Ereignis auch auf Großleinwand nach draußen übertragen können«, versuchte er, von sich abzulenken. »Fehlen eigentlich nur noch Nico und die Lambertis.«

»Die drei müssen jeden Moment eintreffen. Sie sind nicht rechtzeitig losgekommen, weil Nico sein Prüfungszeugnis nicht finden konnte und Eveline darauf bestanden hat, dass er es mitbringt.«

»Anweisung von oben«, sagte Eveline. »Letizia wollte das so.«

»Hat Nico sich bei deinen Freunden gut eingelebt?«, wollte Kornelius Michel wissen.

»Ich denke schon«, antwortete Pippa. »Die drei verstehen sich prächtig.«

»Vor Gericht macht es einen guten Eindruck, wenn Nico und Max nicht jeden Tag zusammenhängen«, fügte Wolfgang Schmidt-Daubhaus hinzu. »Jedenfalls ist das die Ansicht seines Verteidigers. Und der hat, wie Jodokus Lamberti uns glaubhaft versicherte, sogar korrupte Aufsichtsräte von Automobilkonzernen aussehen lassen wie brave Lämmer.«

Wie aufs Stichwort erschien Ilsebill, elegant wie immer, und hielt die Kirchentür auf. Nico und Jodokus rollten zwei

Servierwagen herein, auf denen Gläser, Apfelsaft für die Kinder und jede Menge Weinflaschen standen.

»Statt Leichenschmaus: Riesling für alle!«, rief Nico fröhlich.

»Letizia hat aber auch an alles gedacht«, bemerkte Ursula und eilte den Gang hinunter, um beim Austeilen zu helfen.

»Dieser Gedenkgottesdienst entwickelt sich langsam zur Gardemann-Kerb«, kommentierte Eveline. »Auf meinen Anweisungen hat sie nur vermerkt: Überraschung durch Nico am Anfang.«

»Deswegen musste ich ihm den besten Messwein liefern«, knurrte Kornelius. »Ich dachte, sie wollte, dass er seine Prüfung zünftig feiern kann.«

»Kann er doch«, erklärte Eveline. »Auf dem Programmablauf steht an erster Stelle: Anstoßen auf Nico!«

Nachdem alle mit Wein versorgt worden waren und auf Nicos Wohl getrunken hatten, stieg Kornelius Michel auf die Kanzel. Es wurde mucksmäuschenstill in der Kirche.

»Ich danke euch im Namen unserer jüngst verstorbenen, ältesten Mitbürgerin Lieblichs«, begann er. »Ihr denkt sicher alle, dies ist eine Erinnerungsfeier zu Letizias Ehren, aber sie selbst hat bestimmt, dass es vielmehr ein Gedenkgottesdienst für Tacitus Schnapphahn-Schwange sowie Amanda und Jeremias Klein werden soll. In Erinnerung an eine große Liebe, an Verständnis ohne Bedingungen – und mit der Auflösung des Rätsels um den verlorenen Schatz.«

Kornelius Michel räusperte sich. »Letizia hat mich bei meinem letzten Besuch bei ihr eindringlich darum gebeten, dass ihr alle am Schluss dieses Gottesdienstes, ich zitiere: ›... einmal einen Moment die Klappe haltet. Ich bitte um nichts anderes als um ein wenig Besinnung. Eine Schweigeminute sollte nach meiner Beichte schon drin sein. Von allen, selbst von Arno.‹« Der Pfarrer hüstelte und sah dann seine Küsterin an: »Eveline, würdest du bitte?«

Eveline stieg die Stufen zum Altar hinauf und stellte sich dann neben den Kassettenrekorder. »Letizia Gardemann war eine besondere Frau. Wie großartig sie wirklich war, weiß ich erst, seit ich ihren Anweisungen gefolgt bin und diesen Tag organisiert habe. Sie hat mich schriftlich gebeten, euch heute ihre Rede an alle Lieblichen vorzuspielen. Neugierig, wie ich bin, wäre es mir sehr schwergefallen, nicht wenigstens kurz in die Kassette reinzuhören. Das hat Letizia gewusst und sie deshalb an meine Eltern geschickt, die sie bis heute in ihrem Safe aufbewahrt haben. Mama, kannst du mir bitte den Umschlag bringen?«

Eine stattliche Frau erhob sich aus einer der hinteren Bankreihen und brachte einen wattierten Umschlag nach vorne, während Bodo auf der Orgel den James-Bond-Titelsong *Live and Let Die* spielte. Eveline öffnete den Umschlag, zog eine Audiokassette heraus und legte sie in den Rekorder ein. Als die letzten Töne der Filmmusik verklungen waren, schaltete sie den Rekorder ein.

Nach vernehmlichem Knacken, weil offenbar das Mikrofon getestet worden war, schallte Letizias Stimme durch das Kirchenschiff: »Schön, dass ihr alle meiner Einladung gefolgt seid, um mir die Beichte abzunehmen. Eveline, setz dich endlich, du bist genug herumgerannt. Und nicht nur für mich, sondern auch für alle anderen. Damit muss mal Schluss sein.« Es folgte eine kurze Pause, in der die Sprecherin offenbar darauf wartete, dass die Küsterin ihrer Aufforderung Folge leistete.

Exakt in dem Moment, in dem Eveline Berlinger sich neben ihrer Mutter niederließ, setzte Letizia wieder ein: »Ich wurde vor fast einem Jahrhundert in Lieblich geboren und habe hier den größten Teil meines Lebens verbracht. Hierher kehrte ich nach meiner Ausbildung als Gemeindeschwester zurück, und es gab nur wenige Momente, in denen ich das bereute. Ich liebte meinen Beruf und alles, was er mit sich brachte. Ich hatte Zugang zu jedem Haus und erfuhr vieles, was sich hinter verschlossenen Türen und Herzen abspielte. Ganz gleich, ob ich etwas im Schmerz erfuhr oder aus purer Freude: Ich habe nie etwas verraten. Außer mir gibt es heute nur zwei Leute, die ebenso verlässlich sind: Natascha Klein, unsere stets geduldige, immer freundliche Friseurin, die völlig zu Recht die Nachfolge ihres Großvaters und Urgroßvaters angetreten hat, und unseren Herrn Pfarrer, dessen allerletzter Gottesdienst meine Gedenkfeier werden wird – jedenfalls, wenn er vernünftig ist, und davon gehe ich aus. Ich wünsche dir und Eveline viel Glück mit euren gemeinsamen Plänen. Ich wünschte, ich könnte auf eurer Hochzeit tanzen.« An dieser Stelle zupfte Kornelius Michel sich nervös am Ohr und sah um Unterstützung bittend den Gang hinunter, bevor er die Kanzel verließ und sich neben Eveline setzte und den Arm um sie legte. Gemurmel kam auf; der eine oder andere wagte eine hämische Bemerkung.

»Ruhe!«, donnerte es aus dem Kassettenrekorder. »Niemand wird es wagen, diese Liebe zu kritisieren, ist das klar? Bestimmt nicht mehr, wenn ich mit euch fertig bin. Dann werdet ihr genug mit euch selbst zu tun haben. Seid froh, dass eine gute Predigt nie länger als fünfzehn Minuten dauern soll, sonst hätte ich mir jeden von euch einzeln vorgeknöpft. Genug zu erzählen gäbe es da: *Big sister was watching you!*« An dieser Stelle kicherte Letizia, und ihr Publikum sah verstohlen von einem zum anderen, fand aber sofort wieder zur Ruhe.

»Damit mein Wissen nicht bei meinem Ableben verloren geht, habe ich übrigens im Laufe der Jahre alles akribisch dokumentiert und das gesamte Material bei einem sehr guten Anwalt hinterlegt. Das wird die hier Anwesenden hoffentlich in ehrenwerter Spur halten. Es handelt sich dabei um denselben Anwalt, bei dem Margot Passenheimer liebenswürdigerweise ein Dokument unterschrieben hat, in dem sie Eveline und Kornelius einen sehr vernünftigen Preis für ihr stillgelegtes Hotel anbietet. Das Geld, das sie den Berlingers bisher nicht zurückzahlen konnte, wird großzügig mit Zins und Zinseszins damit verrechnet.« Alle Augen wandten sich Margot Passenheimer zu, die lange geübt hatte, um sich bei dieser Herausforderung ein Lächeln ins Gesicht zu zwingen. Gila hingegen strahlte, und Klein Martin krähte: »Ich krieg ein Schwesterchen, und das kriegt das Zimmer meiner Oma, wenn die nicht aufhört zu schimpfen ...«

Die Kommentare zu diesen Neuigkeiten wurden von Bodos Orgel und seiner Interpretation von *Davon geht die Welt nicht unter* verschluckt.

»Leider stimmt der Text dieses Liedes nicht in jeder Lebenslage«, verschaffte Letizias Stimme sich wieder Aufmerksamkeit, als der letzte Orgelton verklungen war. »Es gibt Gründe, warum ganz persönliche Welten einstürzen können. Meiner lieben Ursula ist das passiert. Nicht nur stand sie von einem auf den anderen Tag allein in der Welt, viele von euch haben – statt ihr mitfühlend durch die schwere Zeit zu helfen – an der bösen Gerüchteküche des Stammtisches mitgekocht und sich lautstark darüber Gedanken gemacht, ob sie Gisbert getötet hat, um für Jonathan frei zu sein. Schämt euch!« Einige der Lieblichen guckten betreten auf den Fußboden, andere interessierten sich angelegentlich für die Kirchenfenster. »Damit kein Schatten des Verdachtes mehr auf Ursula fällt, will ich, dass heute jeder die Wahrheit über Gisberts Tod erfährt. Und zwar genau so, wie ich ihn der Kriminalpolizei gebeichtet habe. Kommissar Schmidt-Daubhaus, wenn ich bitten darf!«

Wolfgang Schmidt-Daubhaus stand auf, ging nach vorne

und stellte den Kassettenrekorder ab. »In der Nacht, bevor Thilo Schwange festgenommen wurde, stattete ich Letizia Gardemann einen Besuch ab. Ich wollte ihr mitteilen, dass der Mann, den ich für den Mörder ihres Enkels Gisbert hielt, wieder in Lieblich aufgetaucht war, und ich plante, ihn am nächsten Morgen mit Pauken und Trompeten zu überführen. Aber die alte Dame überzeugte mich, es nicht zu tun.«

Er drückte die Taste, und Letizias Stimme sagte: »Thilo war es nicht. Die Mörderin bin ich.«

Wolfgang stoppte den Kassettenrekorder erneut und wartete geduldig, bis sich die Aufregung in der Gemeinde gelegt hatte. Pippa warf einen erschrockenen Blick zu Ursula hinüber, aber diese saß ganz ruhig da, als wäre die Aussage für sie nichts Neues. Gott sei Dank, Wolfgang hat Ursula vorher informiert, dachte sie erleichtert.

»Letizia hat sich schuldig gefühlt«, führte Wolfgang Schmidt-Daubhaus weiter aus. »Aber dazu hatte sie keinen Grund, denn sein Tod war ein klarer Fall von du oder ich.« Er legte eine kurze Pause ein und fuhr dann fort: »Am Abend des 9. Januar hatte Ursula der alten Dame einen Besuch abgestattet und ihr bei der Gelegenheit nicht nur ihren köstlichen Bienenstich mitgebracht, sondern ihr auch von Gisberts Drohung erzählt, ihr die Fischzucht wegzunehmen. Letizia war empört und schickte spät in der Nacht Jonathan bei seinem Bruder an der Bank auf dem Dorfplatz vorbei, um ihm eine Einladung Letizias zu bringen. Der ließ sich das nicht zweimal sagen und kam, als letzte Amtshandlung in dieser Nacht, bei seiner Großmutter vorbei, um sich bei ihr mit Bienenstich vollzustopfen. Er hatte sich K.-o.-Tropfen besorgt, mit denen er vorhatte, sie außer Gefecht zu setzen. Diesen Schluss jedenfalls legt sein Tun nahe, das ihm nachfolgend selbst den Tod bescherte.« In der Stille hätte man eine Stecknadel zu Boden fallen hören.

Der Kommissar drückte erneut die Starttaste, und Letizias Stimme erklärte: »Gisbert war in dieser Nacht so uneinsichtig, wie ich ihn noch nie erlebt hatte. Er wollte keine Argumente hören, ganz gleich, ob sie mich betrafen oder Ursula. Um ihn ein wenig zu beschwichtigen, stellte ich den Bienenstich auf den Tisch und ging zu meiner kleinen Bar, um mir einen Whisky zu holen. Jeder, der mich schon einmal besucht hat, weiß, dass diese Bar dem kleinen Tisch, an dem ich esse, direkt gegenübersteht und dass sie mit Spiegeln ausgekleidet ist. In dieser Nacht sah ich durch die Spiegel, wie Gisbert in dem Moment, als ich ihm den Rücken zudrehte, ein Fläschchen aus seiner Brusttasche holte und mein Stück Bienenstich großzügig mit einer Flüssigkeit beträufelte. Ich hatte keine Ahnung, was er da in der Hand hielt. Aber weil er als Jugendlicher schon einmal etwas Ähnliches mit mir gemacht hatte, nur um mich zu ärgern, glaubte ich, es wieder mit Abführtropfen zu tun zu haben, und dachte: O nein, den Durchfall bekommst du dieses Mal selbst. Ich schloss die Bar und bat ihn, mir aus der Küche Wasser für meinen Whisky zu holen. In der Zwischenzeit habe ich unsere Teller vertauscht.« Als Letizia schwieg, führte der Kommissar weiter aus: »Gisbert ist in jener Nacht zu seinen ... Bankgeschäften zurückgekehrt in der Ansicht, seine Großmutter in den ewigen Schlaf gewiegt zu haben. Er muss sich ein paar Minuten hingesetzt haben, um die bleierne Müdigkeit zu bekämpfen, die ihn beschlich. Sie alle wissen, das ist ihm nicht gelungen.«

Pippa fasste sich an den Hals, und sie konnte sehen, dass auch andere sich unwohl fühlten. Sie war Bodo dankbar, der jetzt eine leise klassische Melodie spielte, damit alle sich von ihrem Schock erholen konnten. Zu ihrer Überraschung blieb Wolfgang weiter am Rekorder stehen und wartete, bis die Orgel verstummte, dann sagte er: »Lieblich bleibt nur noch ein einziges Rätsel – und auch das wird Letizia jetzt für uns lösen.« Er startete die Kassette erneut und kam dann zu Pippa und setzte sich zwischen sie und Natascha.

»Was ist mit der Flasche?«, flüsterte sie. »Wo ist die Flasche mit den K.-o.-Tropfen geblieben?«

»Du gibst auch nie Ruhe, oder?« Wolfgang seufzte. »Letizia war die Letzte, die Gisbert lebend sah, Ursula diejenige, die seine Leiche fand. Sie hat die Flasche an sich genommen und im Fischteich versenkt, aus Angst, beschuldigt zu werden. Zu schade, dass die Welt uns guten Cops so selten vertraut. Wir hätten unsere Arbeit bestens erledigt – und Ursula und Letizia einiges an Leid erspart.«

»Pscht«, machte Natascha und zeigte auf den Kassettenrekorder, aus dem Letizias Erklärungen zum Freistaat Flaschenhals und zu Tacitus Schwange erklangen.

»Der Zeitvertreib unseres Ortes in den letzten achtzig Jahren war die Suche nach dem verlorenen Schatz. Ganze Heerscharen von Goldsuchern wühlten sich durch unsere Region. Der Stammtisch versuchte sogar, den rechtmäßigen Erben zu finden, der ihnen den Nachlass sichern sollte. Aber ihr habt euch alle getäuscht: der Stammtisch, Thilo, Kati und auch unser netter Besuch aus Berlin und Wiesbaden. Alle haben Nachfahren gefunden, aber die direkteste Verwandte übersehen. Der Erbe wäre nicht Thilo gewesen und nicht Kornelius oder Nico. Die echte Urenkelin Tacitus Schnapphahns heißt: Natascha Klein.«

Der Tumult, der losbrach, war ungeheuerlich, die Einzige, die stumm dasaß, war Natascha selbst. »Wie ist das möglich?«, fragte sie den Kommissar, und Pippa verstand, warum er sich zu ihr gesetzt hatte.

»Ich habe euch fünf Minuten Aufregung zugestanden«, hörte sie Letizias Stimme weiterreden, »jetzt bin ich wieder dran. Liebe Natascha, ich sagte vorhin, du seist eine würdige Vertreterin deines Fachs und deines Namens. Das gilt vor allem, weil sich Familie Klein immer in jeder Hinsicht als groß erwiesen hat und du in ihre Fußstapfen trittst. Deine Freundin Kati kann das bestätigen.« Pippa sah, wie Kati Natascha die Hand drückte und ihr zunickte. »Deine Urgroßmutter Amanda hat mir erzählt, welch großes Herz ihr Mann hatte und wie sehr sie Jeremias dafür geliebt hat. Bis zu meinem Tode, das habe ich hoch und heilig versprochen, würde ich ihr Geheimnis nicht preisgeben. Das Versprechen habe ich gehalten – aber von der anderen Seite fühle ich mich an dieses Versprechen nicht mehr gebunden.« Letizia räusperte sich und richtete ihre nächsten Worte direkt an die Frisörin. »Liebe Natascha, ich erzähle dir jetzt deine Geschichte: Als Amanda ihr erstes und einziges Kind bekam, war noch Stillschweigen nötig, aber die Welt hat sich weitergedreht. Heutzutage ist eine alleinerziehende Mutter eine Alltäglichkeit, uneheliche Kinder sind kein Grund mehr für Verachtung und Hohn. Damals aber wäre ein Kind ohne Vater eine Ungeheuerlichkeit gewesen; eine Schande, vor der Amanda Freimuth von Jeremias Klein, dem Dorfbarbier, gerettet wurde. Er liebte Amanda schon lange und tat das Richtige, als er erfuhr, dass seine Angebetete von Tacitus schwanger war. Er verstand, dass nur eine schnelle Heirat sie vor Schimpf und Schande bewahren konnte. Gemeinsam mit der Besitzerin des damals noch ›Der Lieblichen Wirtin‹ genannten Gasthauses planten beide nach Tacitus' gewaltsamem Tod jeden einzelnen Schritt, um Amanda zu seiner Frau und ihr Kind zu seinem zu machen. Als ich Amanda in hohem Alter jeden Tag betreute, gestand sie mir: ›Erst wollte ich niemandem erzählen, dass Tacitus der Vater meines Sohnes ist, weil es zu sehr geschmerzt hätte, wenn man über mich den Stab gebrochen oder über Jeremias' selbstgewähltes Kuckuckskind gelacht hätte. Später wollte ich nicht, dass die Lieblichen erfahren, wer der

Vater ist, weil das Kind so sehr Jeremias' Sohn war, dass er sogar seinen Beruf ergriff. Die beiden waren ein Herz und eine Seele – ein Blut war völlig unnötig.‹« Letizia seufzte vernehmlich und sagte dann: »Die arme Frau ist damals durch die Hölle gegangen, aber sie hatte in Jeremias einen echten Freund, einen wirklichen Partner. Schaut euch mal um: Wer von euch kann das von sich sagen?«

Letizia hatte an dieser Stelle *Wind beneath My Wings* von Bette Midler eingefügt, und Pippa fragte sich, wann und vor allem mit wessen Hilfe sie die Kassette produziert hatte. Sie drehte sich zu Nico um und hob fragend die Augenbrauen. Sowohl die Lambertis als auch er strahlten und nickten sofort. »Zu dumm, dass du in der Zwischenzeit nach Berlin zurückmusstest«, flüsterte Ilsebill. »Sonst hättest du dabei sein können, wenn wir uns getroffen haben. Es war jedes Mal ein Fest. Ich bedaure sehr, dass sie kurz darauf gestorben ist.«

»Klar, die Session wäre digital von besserer Qualität, aber Letizia wollte unbedingt alles auf Kassette haben. Es hat keiner mehr einen Rekorder, also kann auch niemand in die Versuchung kommen, es zu früh abzuspielen, hat sie gesagt«, erklärte Nico, und Pippa war ein klein wenig neidisch, so weit von Lieblich entfernt zu leben, dass sie nichts von diesen Umtrieben mitbekommen hatte.

Dann hörte sie wieder Letizias letzten Worten zu: »Amanda hat aber Jeremias nicht nur geliebt, weil er ihr ihre Beziehung zu Tacitus nie vorgeworfen hat, sondern auch, weil er ehrlich entsetzt war, dass offensichtlich einer der Lieblichen die Schnapphahnbande verraten und in den Tod geschickt hatte. In all den Jahren, in denen er den Männern des Dorfes im wahrsten Sinne des Wortes um den Bart ging, hat er nie herausgefunden, wer es gewesen ist. Deshalb hat er der damaligen Wirtin unseres Gasthauses eine grandiose Rache vorgeschlagen, die bis heute bei jedem einzelnen Lieblichen nachwirkt.« Letizia verstellte ihre Stimme, damit sie ein wenig mehr wie die eines Mannes klang. »Nennt euren Gasthof in Zukunft ›Zum verlorenen Schatz‹, und ich werde bei jeder einzelnen Rasur dafür sorgen, dass die Lieblichen in jeder Ritze, jeder Bodensenke, unter jeder Baumwurzel einen Batzen Gold vermuten, einen Schatz, den es zu suchen – und zu finden – gilt.« An dieser Stelle lachte Letizia, und Nico sagte, leicht beleidigt: »Das hat sie ohne uns aufgenommen ...«

»Ich habe mich all die Jahre prächtig auf Kosten des Stammtisches amüsiert. Schon allein deshalb hätte ich nichts von meinem Wissen verraten, weil dann diese Quelle stetiger Unterhaltung versiegt wäre. Der Stammtisch, ach was, die ganze Menschheit ist gierig nach Geld – würde sie der Liebe ebenso viel Zeit widmen, dann hätte bestimmt jemand erkannt, was das Ehepaar Klein mit dem neuen Namen des Gasthauses wirklich ausdrücken wollte: Amandas Verlust ihrer ersten großen Liebe, *ihres verlorenen Schatzes.*« Letizia kicherte. »Schade, dass ich eure Gesichter jetzt nicht sehen kann. Los, aufstehen! Erweist Amandas großer Liebe und ihrem cleveren zweiten Schatz Respekt!«

Die gesamte Gemeinde stand stramm, als der Knopf des Rekorders automatisch heraussprang. Die Schweigeminute für Letizia Gardemann wurde von allen mühelos eingehalten.

Hogg disch her!

In den letzten zehn Jahren habe ich für und mit Pippa Bolle viele Recherchereisen unternommen und dafür Orte ausgewählt, deren Flair auf meiner persönlichen Sympathielandkarte einen Platz in den oberen Rängen einnimmt und an die es mich immer wieder zurückzieht. Stets war das Anliegen, die Region, in der Pippa ein Haus hütet, so authentisch und einladend wie möglich zu präsentieren und dem Land in der Geschichte eine wichtige Rolle zu geben. In diesem Buch lag dieses Land zum ersten Mal direkt vor meiner Haustür, und es gab mir schon durch seine realen Attraktionen Hinterlandswald, Wispertal und Freistaat Flaschenhals das Versprechen, einen Schritt aus dem Alltag hinaus und in eine Märchenwelt hinein zu tun. Nie fiel es mir leichter, mir eine Geschichte auszudenken, wie sie so nur hier spielen könnte. Wann immer ich Inspiration brauchte, musste ich nur in den Rheingau hinunter- oder auf den Wispertaunus hinauffahren – und schon konnte ich in Pippas Mikrokosmos ein neues Kapitel aufschlagen. Allerdings wurde es dadurch auch so wichtig wie nie zuvor, der Gegend ein Dorf wie Lieblich hinzuzufügen, wo ich dem Verbrechen freien Lauf lassen konnte, ohne die Wirklichkeit zu stören. Alle Personen dieses Buches sind frei erfunden, aber sie passen in die Welt, die ich mir für sie vorstelle. Eine Welt, so reizvoll wie das Wispertal, so außergewöhnlich wie der Freistaat Flaschenhals – und rundum lieblich. Eine Welt, die ich so nur beschreiben konnte, weil nette Menschen mir und meinen Fragen viel Zeit widmeten und mir halfen, Lieblich zu verstehen.

Mein Dank geht an

... meine Kollegin Frau Keller, die Pippas Reise durch die ersten sechs Bücher liebevoll und mit viel Verve mitgestaltete und die jetzt alle Seiten voll zu tun hat, eigene Ermittler durch andere spannende Fälle zu führen. Toi, toi, toi und viel Erfolg bei jeder Aufklärung!
... den Wanderführer Robert Carrera, der Menschen aus aller Welt die Schönheit des Wispertals und seine Geheimnisse nahebringt. Durch deinen Einsatz lernte ich die Besitzer meiner Plappermühle kennen, erforschte Schieferstollen, holte mir in einem historischen Brunnen nasse Füße und bewunderte großartige Ausblicke auf Wald, Wald, Wald. Wenn eine meiner Figuren jemals nach Lateinamerika muss, fährt sie mit dir.
... den Birkenhof in Espenschied, auf dem ich mich bei bestem Sommerwetter in die ›Wisperweide‹ einfühlen durfte. Tamara Mainz, die nicht nur den Hof führt, sondern auch die Ferienwohnungen mit viel Liebe betreut, gebührt besondere Anerkennung, denn sie hat sich als Testleserin zur Verfügung gestellt und bei jeder Zeile darauf geachtet, dass Atmosphäre und Erscheinungsbild ihrer Welt so lieblich wurden, wie sie tatsächlich sind.
... Natascha Judesch und das ganze Team des Salons Babadada's in Geisenheim, die mit Geduld und Können Pippas Haare über Wildschweinborstenbürsten trockneten und mich durch eine Keratinbehandlung davor bewahrten, Pippa eine Kurzhaarfrisur zu verpassen. Wann bekommt Floyd seine Pink?

… Pauline Peters, die Nataschas Können »Haar-Klein« an sich ausprobieren ließ und mir einen bleibenden Eindruck von Pippas Aussehen mit glatten Haaren hinterließ.

… Norbert Niedermeier und Martina Klee, zwei Imker mit Herz und Verstand und der Gabe, ihr Wissen so anschaulich weiterzugeben, dass ich Bienen seitdem nicht nur mit besonderer Hochachtung, sondern auch mit Zuneigung betrachte. Ein besonderer Gruß geht an dieser Stelle nach Limburg an den fleißigen Imkernachwuchs.

… Britt Sondershausen, die mich ohne Zögern in ihre Mühle einlud und mir durch die Besichtigung eine Vorstellung von Pippas Heimat auf Zeit gab.

… die Winzerfamilie Kreis aus Hallgarten, ohne deren ganz besondere Weinberg-Wanderung ich nicht auf die Idee gekommen wäre, über Riesling in Höhenlagen nachzudenken, und Pippa nicht in den Rheingau, geschweige denn nach Lieblich gekommen wäre.

… Sven Leistikow, der meinem Computer und meinen Fragen unendlich viel Zeit widmet und der niemals aufgibt, wäre das Problem auch noch so kompliziert. Mein Nico heißt Sven!

… Klaudia Zotzmann-Koch, von der ich mein erstes Set Dietriche erwarb und die mir beibrachte, wie ich in mein eigenes Haus einbrechen kann. Für deine kenntnisreichen Einblicke in die dunklere Seite des Internets und für all das, was du mir über Metadaten und die damit einhergehenden Gefahren beigebracht hast, gebe ich dir gerne etwas zurück: Wir sehen uns bei Shakespeare!

… Sabine Steck und Laura Gambrinus für immerwährenden Beistand, Anfeuerungsrufe und Sprach- und Satzhege der besonders gepflegten Art. Auf euren Blick kann Pippa sich hundertprozentig verlassen. Und tut es auch.

… die Sängerinnen und Sänger des musikalischen Frühschoppens im Gasthaus ›Zur Linde‹ und die Wirtin Helga Elben-Naderhoff. Hier wird seit vierzig Jahren ohne Unterbrechung jeden Sonntagmorgen demonstriert, was der Volksmund schon lange weiß: *Wo man singt, da lass dich ruhig nieder, böse Menschen haben keine Lieder.*

… die Forellenhöfe unterhalb der Lauksburg in der Hand der Familie Seitz, über deren wunderschöne Anlage ich laufen durfte, um mir ein Bild von Ursulas Arbeitsleben machen und es anschließend beschreiben zu können.

… die Freistaat-Flaschenhals-Initiative, die die Erinnerung an die kuriose deutsche Mikrorepublik mit leckeren Rheinweinen wachhält. Ein Hoch auf ihren Präsidenten Peter Josef Bahles aus Kaub und den Außenminister Marco Barillaro sowie auf das Team des Campingplatzes Suleika, die der Invasion von Autoren und Autorinnen aus vier Ländern mit Geduld, Spundekäs und Wispertalforelle begegneten. Für nächstes Jahr beantragen wir wieder ein Visum!

… das Fastenhotel Bellevue in Bad Orb, Familie Drisch, Mandy und die gesamte Crew, die schon zum zweiten Mal dafür sorgten, dass Pippas Welt in völliger Ruhe ein Kapitel nach dem anderen hinzugefügt werden konnte. Bei euch erfährt auch die Autorin spannende Entspannung.

… meine neuen und alten Testleser, deren Antworten und Anmerkungen ich jedes Mal mit Spannung entgegensehe. Werden sie auf den ersten hundert Seiten erkennen, wer der Mörder ist? Liegen die richtigen Leichen im Keller, oder ist eine Figur im Tableau des Geschehens zu kurz gekommen? Wirken meine Sympathieträger tatsächlich sympathisch und sind die Hintergründe einer jeden Figur erkennbar? Für alle diese Antworten, das großzügige Geschenk ihrer Zeit und den Enthusiasmus, meine Fragen ausführlich zu beantworten, bedanke ich mich bei

… Martina aus Hamburg, die Pippa von Anfang an die Treue hält,

… Anett aus Potsdam, die das Glück hatte, mit Eveline in Geisenheim zu studieren,

… Ole aus Emsdetten, der verlässlich mitdenkt und -rechnet,

… Claudia aus Edinburgh, deren Analysen meiner Figuren so treffsicher sind, dass ich sie nach dem Lesen besser kenne,

… Judith aus Neustadt bei Coburg, die vom Pippa-Fan zur Mitstreiterin wurde und deren Katze Luzie zur Belohnung in der Nacht vom 9. auf den 10. Januar in das Geschehen eingreifen darf,

… Christiane aus Osterode am Harz, die nicht nur mit Pippa, sondern auch mit mir immer und immer wieder durch dünn und sehr, sehr dick geht,

… Stefan Blazek von der rheinhessischen ›Seid‹ des Rheins, an der nichts, aber wirklich gar nichts ›eebsch‹ ist,

… Leila aus Rüdesheim, die jeden Weg und Steg im Rheingau kennt und Pippas Spurensuche auf regionale Echtheit prüfte,

… Annette aus Berlin, mit der Pippa berlinern darf, und die nicht nur bei mir dafür sorgt, dass in ihrer Umgebung stets Sommer ist,

… Heike aus Bremen, die kommissarisch Pippas Polizeiarbeit leitet, nachdem sie jahrzehntelang selbst als gutes Beispiel vorangegangen ist.

Und weil durch sie alles erst möglich wird, geht mein tiefempfundener Dank natürlich immer an

… meine Agentin Margit Schönberger, die stets die richtigen Worte für Pippa findet und deshalb sowohl für den Verlag als auch für mich ›in jedem Fall‹ absolut unverzichtbar ist,

… Janina Dyballa vom Ullstein Verlag, eine Lektorin, wie eine Autorin sie sich für ihre Arbeit wünscht. Ich schätze mich glücklich, mit meinen Anliegen Gehör zu finden. Mein Dank geht auch und besonders an Heide Kloth und Rabea Dahlhausen, die den Bienenkorb und den Freistaat Flaschenhals zuerst in meine Richtung schoben,

… Uta Rupprecht, Pippas Lektorin, die uns seit der ersten Stunde den letzten Schliff verpasst und dabei aus dem Spagat zwischen Berlin, Bayern und Hessen eine Symbiose macht,

… an alle, die zusammen mit mir gerne ein Glas Rheinwein genießen, ganz gleich von und in welcher Lage.

Auf Euer Wohl!

Auerbach & Keller
Unter allen Beeten ist Ruh'

Ein Schrebergarten-Krimi
ISBN 978-3-548-61037-5

Pippa Bolle hat die Nase voll von ihrer verrückten Berliner Familien-WG und bietet ihre Dienste als Haushüterin in der beschaulichen Kleingartenkolonie auf der Insel Schreberwerder an. Das Paradies für jeden Großstädter! Bienen summen, Vögel zwitschern, das Havelwasser plätschert. Doch die Ruhe trügt: Nachbarn streiten sich um Grundstücke, ein Unternehmer träumt vom großen Coup. Und dann gibt es auch schon die erste Tote ...
Miss Marple war gestern: Jetzt ermittelt Pippa Bolle in ihrem ersten Fall!

List

www.list-taschenbuch.de

Auerbach & Keller
Tote Fische beißen nicht

Ein neuer Fall für Pippa Bolle
ISBN 978-3-548-61089-4

Pippa Bolle wähnt sich im Glück: Sie soll in Südfrankreich die Renovierung eines Sommerhauses überwachen. In einem Anglerparadies bei Toulouse bezieht Pippa eine Ferienwohnung, die Pascal, Koch der Hôtellerie au Vent Fou, ihr unentgeltlich zur Verfügung stellt – nicht ohne Hintergedanken. Als dann auch noch der Berliner Anglerclub »Kiemenkerle e. V.« zum großen Wettangeln anreist, ist es mit der Ruhe vorbei: Denn plötzlich hängt kein Fisch am Haken, sondern eine Leiche. Und schon befindet sich Pippa, Detektivin wider Willen, in einem neuen Fall.

List

www.list-taschenbuch.de

Auerbach & Keller

Tote trinken keinen Whisky

Ein neuer Fall für Pippa Bolle

Kriminalroman.
Taschenbuch.
Auch als E-Book erhältlich.
www.list-taschenbuch.de

Eine Hochzeit, drei Todesfälle und Millionen Liter illegaler Whisky

Flüssiges Gold, Dudelsäcke und wilde Landschaften – darauf freut sich Pippa Bolle, als sie die Einladung ihrer Freunde Duncan und Anita zur Hochzeit auf die schottische Halbinsel Kintyre annimmt. Im Gepäck hat Pippa das perfekte Hochzeitsgeschenk: Sie hütet Duncans Whiskybrennerei während der Flitterwochen des Brautpaares – bis ihre romantischen Vorstellungen mit der Realität kollidieren und die Ereignisse so stürmisch werden wie das Novemberwetter. Zwischen Leichen und schottischen Flunkereien lernt Pippa viel über alte Bräuche und neue Freundschaften.

List